U0139819

博雅撷英

张 健 著

清代诗学研究 （修订本）

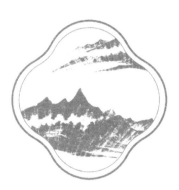

北京大学出版社
PEKING UNIVERSITY PRESS

图书在版编目（CIP）数据

清代诗学研究/张健著.—2版（修订本）.—北京：北京大学出版社，2024.3
（博雅撷英）
ISBN 978-7-301-33975-6

Ⅰ.①清… Ⅱ.①张… Ⅲ.①古典诗歌—诗歌研究—中国—清代 Ⅳ.①I207.227.49

中国国家版本馆 CIP 数据核字（2023）第 080269 号

书　　　名	清代诗学研究（修订本）	
	QINGDAI SHIXUE YANJIU（XIUDINGBEN）	
著作责任者	张　健　著	
责 任 编 辑	郑子欣	
标 准 书 号	ISBN 978-7-301-33975-6	
出 版 发 行	北京大学出版社	
地　　　址	北京市海淀区成府路 205 号　　100871	
网　　　址	http://www.pup.cn　　　新浪微博 @北京大学出版社	
电 子 邮 箱	编辑部 wsz@pup.cn　　　总编室 zpup@pup.cn	
电　　　话	邮购部 010-62752015　　发行部 010-62750672	
	编辑部 010-62752022	
印 刷 者	涿州市星河印刷有限公司	
经 销 者	新华书店	
	650 毫米×980 毫米　A5　26.375 印张　686 千字	
	1999 年 11 月第 1 版	
	2024 年 3 月第 2 版　2024 年 3 月第 1 次印刷	
定　　　价	138.00 元	

序

张少康

　　张健博士新著《清代诗学研究》即将问世，嘱我为序。读完他这部六十多万字皇皇巨著，我对他学习之勤奋、知识之广博、钻研之精深、治学之严谨，感到十分钦佩。张健博士自 1986 年到北大攻读硕士学位以来，我们共同相处已有十多年了，我对他的为人和治学都是比较了解的。他朴实淳厚，不务虚名，一直潜心研究明清诗学，早在攻读博士学位期间就已经出版了《王士禛论诗绝句三十二首笺证》一书，以王渔洋大量论诗杂著资料，结合中国古代诗学发展历史，来注释其论诗绝句，并作了深入的理论分析，为研究王渔洋诗学思想作出了重要贡献。以后又把研究的领域扩大到明清两代诗学，他认真地阅读了许多重要诗人和文学批评家的文集，以及有关的大量文献资料，研究他们的生平思想状况，还对他们的诗学著作作了很多必要的考索，特别着重在探讨明清两代诗学思想发展的特点和规律，同时也对整个中国诗学发展的历史作了全面的考察。他的这部《清代诗学研究》，就是他近十年来研究成果的总结。

　　清代诗学理论批评在中国古代文学理论批评发展的历史上具有十分显著的重要地位。我以为中国古代文学理论批评的发展有三个最重要的时期：先秦、六朝和明末清初。先秦是中国文学理论批评发展的奠基时期,虽然这个时期还没有多少直接的文学批评理论,但是,在儒家的经典和诸子百家的著作中,蕴藏着丰富的文艺美学思想,后来两千多年的文学理论批评正是在这个基础上发展起来的。特别是先秦的儒家和道家的文艺美学思想,对后代文学理论批评的发展影响更为突出。六朝是把先秦的文艺美学思想具体化为文学理论批评的重要时期,出现了像《文心雕龙》《诗品》这样的伟大著作,并提出了一系列具有中国特色的美学范畴和文艺理论术语,形成了中国古代文学理论批评的体系。正像这个时期的文学发展具有承前启后的重要作用一样,这个时期的文学理论批评也为中国后来一千多年的文学理论批评发展,奠定了一个具有极大潜在能量的深厚基础。而明末清初则是中国文学理论批评发展的另一个重要时期,它的特点是对中国古代文学理论批评成果的总结和发展。这一时期所出现的一些成就卓著的文学理论批评家,如诗学方面的王夫之、叶燮、王士禛、沈德潜、袁枚,小说理论批评方面的金圣叹、毛宗岗、张竹坡、脂砚斋,散文理论批评方面的方苞、刘大櫆、姚鼐,以及戏剧理论批评方面的李渔等,他们中有些人虽然出身于明代末年,但主要活动是在清代前期。他们都是各自领域中的杰出代表人物,不仅从各方面总结了文学理论批评发展的历史经验,并且提出了很多重要的新见解,使中国文学理论批评的发展达到了历史上的最高峰,并且直接影响到近现代文学理论批评的发展。而诗学发展的成就在这一时期尤为突出,因此,以明末清初为中心,对清代诗学作一个全面系统的深入分析,其意义是十分深远的,它将对整个中国文学理论批评发展史的研究起到重要的推动和促进作用。

　　对清代诗学的研究,中外学者们都作过很多工作,也取得了不少成绩,但主要还是偏重在对几个代表人物的研究上,综合性的研究虽也有一些,然而比较一般。由于这一时期资料浩瀚,涉及的人又很多,因此在研究的深度和广度上都还有所欠缺,特别是对这一时期总体的诗学发展线索及其特点规律的探讨，就更显得不够了。张健博士这本书在掌握丰富的第一手资料基础上，从宏观与微观相结合的角度，对清代诗学的发展状况作了全面、系统、深入的论述，涉及的面非常广，然而又不是一般铺叙，着重在探讨清代诗学发展的各个不同阶段的特点和演变规律。他研究的起点比较高，善于准确地把握明清两代各个历史阶段的文学思潮主要特点，以此为核心来分析和评述各家各派的具体诗学理论和诗学批评。他的视野也非常开阔，除了对一些主要的诗歌理论批评家的诗学思想有精深独到的剖析外，还对各个诗学流派的群体作了细致的综合考察，分析了各个诗学流派的相互关系，比较了他们之间的异同，结合社会历史背景和文化思想、学术思想状况，清楚地阐明了他们各自的发展嬗变轨迹，对清代诗学发展中的一些二三流的批评家也作了比较充分的研究。他对清代诗学的研究不是孤立的，而是把它放在整个诗学发展历史长河中来考察。例如，为了阐明明代诗学向清代诗学的过渡和演变轨迹，他用了相当长的篇幅来论述以陈子龙为代表的云间诗派和以钱谦益为代表的虞山诗派，发掘了很多新的资料，提出了许多自己的新见解，而这也正是以往研究清代诗学比较薄弱的方面。近二十年来，大家对清代几个著名诗学理论批评家的研究是比较多的，也有一定深度，但大都是比较单一的个案研究，因此难以有较大的突破。张健博士在本书中能把他们放到整个清代诗学发展的背景下去考察，有很多新的视角和尺度，所以对他们诗学思想的分析不落俗套，颇多新意。如对王夫之、叶燮、王士禛、沈德潜、袁枚等的论述，都在现有研究的基础上，有不少新的开拓。所以，张健博士的这本书应该说是目前清代诗学研究中很有价值的新成果。

　　张健博士是一位很勤奋、很踏实的青年学者。这从他已经出版的有关王渔洋论诗绝句的专著和有过较大影响的论文《〈诗家一指〉的产生时代与作者——兼论〈二十四诗品〉作者问题》等，都可以看得很清楚。很难得的一点是,他既善于理论思考,又注重文献考订,努力把这两方面都贯穿于自己的研究工作中。前者使他不为考证而考证,后者使他的理论分析建立在牢固的文献学基础之上。我以为这是他能在研究工作中不断获得新进展的重要原因。最近,他对《沧浪诗话》成书问题所作的考辨,使我们对如何确切理解严羽的诗论又前进了一步。他这部新著的出版,可以充分证明他所走的治学道路是正确的。我相信他只要沿着这条路走下去,一定会有更大的成果奉献给大家。

1999 年 5 月

目　录

绪　论

　　清代诗学是中国古代诗学的总结,传统诗学的各种理论观点在其中几乎都能找到回响。本书研究清代诗学的演变历程,探讨其内在线索及主导观念,并力图揭示其理论形态。

一　真伪、正变与雅俗:明清诗学的基本问题

　　"诗言志"是中国诗学的开山纲领,为中国诗学的逻辑起点与第一原理。整个中国诗学系统就是在这一基本命题基础上建立起来的。"诗言志"命题涉及诗与志的关系,即作品与作者的关系。传统诗学强调作品中所表现之志与现实中诗人之志的同一,这种同一性就是真,"诗如其人"即是这一观念之体现。真,是中国诗学价值系统中最基本的价值尺度之一。尽管诗歌史存在虚拟情感、诗非其人的现象,但"诗如其人"是理所当然,不如其人是事有非然,前者是规范性命题,后者是描述性命题,非然之事实不能否定当然之原理。在中国诗学传统中,虚拟情感是受到批判的。刘勰《文心雕龙》反对"为文而造情",批评"志深轩冕,而泛咏皋壤;心缠机务,而虚述人外";元好问《论诗三十首》说"心画心声总失真,文章宁复见为人。高情千古闲居赋,争信安仁拜路尘",指出文学史中情感"失真"即伪的事实,对此持否定态度。真伪问题不仅关涉情感本身,也与表现形式及风格密切关联。中国传统诗学

一方面认为,形式风格受制于诗人的性情,性情不同造成了风格的差异,由风格特征可以观其诗人;另一方面也认识到,形式风格可以外在地人为地造成,形式美有自己的规律,并已形成传统,掌握规律就可以造成各种风格,可以复现传统。诗之所以可拟,格调之所以可仿者为此。

真伪问题贯穿明清诗学。主格调者固然主张诗歌表现自己的性情,固然肯定真,但他们认为性情必须出乎本人,格调可以来自古人,亦即以古人的形式风格抒写自己的性情。格调派所谓真,着眼的是性情,认为只要性情真,其诗便真。但公安派以及钱谦益等主性情的诗学家们认为,真不仅涉及性情,而且关乎体格。本人的性情必须在体格上呈现出来,必须有自己的面目,才是真;无自己的面目,便是优孟衣冠,即是伪。以上两派代表了传统诗学关于性情与形式风格关系观念的两个侧面,一是性情决定体格,一是体格有其独立性。

正变是传统诗学另一对极为重要的范畴,也是影响明清诗学发展的关键范畴。朱自清先生《诗言志辨》对正变有专门的论述。正变本属汉儒解释《诗经》所用,指时代政治之盛衰在诗歌中的表现。正与盛世相连,变与衰世相关。诗歌风格不仅是审美问题,更是政治问题。这种观念乃是儒家诗学关于诗歌的审美风尚与时代政治关系的基本原理之一,对后来诗学及诗歌史产生了极为深远的影响。首先,它是判定诗歌价值的重要标准。由于正变与时代盛衰相关,故正往往受到肯定,变则相反。其次,正变观念对诗歌创作具有直接影响。坚信正变说的诗人在创作上求正而避变。明清之际以陈子龙为代表的云间派与以钱谦益为代表的虞山派在诗学倾向上尽管具有很大的差异,但他们都基于儒家诗学的正变理论对晚明竟陵派诗风提出批评,以"诗妖"目之。清初,陈维崧、汪琬、王士禛等"国朝诗人"要扭转明清之际表现兴亡之感的哀怨诗风,依据的也是正变观念。儒家诗学的正变说对于明末清初的诗学取向具有重大的影响。

正变范畴除与时代政治相关的一面外,还具有独立的审美内涵。在审美方面,所谓正指正宗的传统的特征,变指偏离传统的非正宗的特色。审美方面的正变,前人或称之为正宗与变体。审美方面的正变划分可以有不同的着眼点。着眼于时代,可以说某一时代的诗歌为正,某一时代的诗歌为变,比如宗唐抑宋派就认为唐诗为正,宋诗为变。着眼于诗体,每一种诗体都有该诗体所应具有的典范特征,这些特征在某些时代或诗人的作品中典型地体现出来。以五言古诗体而言,七子派就认为以汉魏为代表的《选》体为正,而唐代五言古诗为变。以七言古诗体而论,何景明就认为初唐四杰体为正,杜甫体为变。

当代研究者往往用继承与创新来诠释中国诗学的正变范畴,在一定范围内是正确的。但两对范畴并不能等同。创造性强调前所未有,而变则意味着从前面的事物、特征、状态而来,不能前无所凭。中国诗学传统甚至整个中国艺术传统中都不以创造性为最高的价值尺度。中国诗学的主流传统强调正与变的统一,尽管不同时代、流派、个人于两者之间会有所侧重,但整体而言,要求正与变处于平衡统一状态。明代七子尤其是后七子派崇正而黜变,公安、竟陵派崇变而弃正,两者都偏离了平衡统一,因而都受到批判。清代不同诗学流派虽然于正变也侧重,但都强调正变之间的统一。

雅俗是传统诗学另一对重要范畴,也深刻影响了明清诗学。雅俗涉及三个层次:一、对诗歌内容的判定,比如声色货利是俗,山水田园是雅;二、对诗歌的审美特征的判定,比如简淡是雅,浓艳是俗;三、对文化品格的判定,比如七子派认为古代的风格为雅,当代的特征为俗,这种判定的依据超出了诗学系统本身,关涉大的文化价值系统,在这种意义上可以说雅俗乃是诗歌的文化品格。当文化价值系统发生变化,雅俗的观念和标准也会随之变化。

二　明代诗学:两极对立

明代诗学尽管流派众多,但就整体诗学倾向言,大体可分为两大对立的思潮:一是以前后七子为代表的格调派,二是以公安、竟陵派为代表的性灵派。以传统的诗学观念言,前者求雅、求正,但陷入伪;后者求真、求变,但陷入俗。

明初以来,在精英文化领域有一股复古思潮。这股文化复古思潮伴随着民族思想与情绪。作为异族统治的朝代,元代文化受到少数民族文化的渗透,明朝建立后,士人反省当时文化,以为有胡化之特征,必须转向,因而在文化领域里出现强烈的回归文化传统的倾向。诗文领域的审美复古思潮正是整体文化复古思潮的一部分。就诗文而言,由于当时生活习俗变化巨大,语言也有很大变化,传统诗文形式面对着当代生活、当代情感、当代语言、当代趣味,总之面临着当代化问题。依时人观念,当代化不仅是俗化,而且是胡化。诗歌属于雅文化,在当时的文化语境中,正确的方向必然是超越俗与胡,必然是回归传统,必然是复古。诗文领域的古今之别不仅关系雅俗之辨,而且涉及华夷之辨,因而关涉整个文化价值系统。

在七子派的诗学中,雅俗被置于优先的位置。雅俗是方向性问题,在诗歌内部体现为古今问题。七子派选择了复古,这种选择不仅是诗学的选择,更是文化的选择。选择复古之后,对于他们而言,在古的范围内也面临进一步的选择问题。因为古有《诗经》《楚辞》之古,有汉魏之古、六朝之古,还有唐宋之古,要复古,就必然要对诗歌传统进行鉴别与判断,于是就有正变问题。七子派崇正而抑变,在创作上要复现古典传统,又带来诗学内部的真伪问题。

诗歌作为雅文化中一种精致的艺术形式,其传统演化到明代,几乎成为一个自足的封闭系统。要回归传统，就要接受这一系统的规范。七子派之复古，试图将当代的生活及情感内容纳入传统的体格中，赋予当代的内容以古典的形式和风格，使当代的事物具有古典化的形态，归今入古，化俗为雅。但这种古化或雅化必然要对当代的生活情感内容进行变形，而抽掉了当代生活情感的当代性的原生形态，就会减损其本然的真实性。诗人在创作过程中必须按照古人的方式去感知、体验与表现，也就是说，诗人作为创作主体必须化为古典性的主体。作为生活中的主体，诗人是当代人；作为创作主体，则应该是古代人。创作主体与生活主体的古今之异，就会造成诗人与真人的分离，导致诗不如其人的问题，而有伪诗之疑。其实李梦阳已经意识到此一问题，承认"予之诗非真也"，而认为民歌的情感是真实的，这是因为民歌所表现的情感是一种当代形态的情感。

　　公安派选择的是另一条道路。明初士人所面对的华夷之辨的文化处境在公安派的时代已不复存在，古今之辨不再具有民族内涵。公安派受李贽影响，提倡童心性灵，批判假人假言，以真为第一价值。崇尚真可以突破古今之别、雅俗之辨。公安派不是让当代生活与情感服从古典形式，而是将诗歌形式风格当代化，使之适应当代生活情感，使当代生活情感在诗歌当中获得一种当代化的形态，具有当代趣味，从创作主体角度看，其作为审美主体与生活主体是一致的，也是当代化的，诗人即真人。公安派追求的真就是这种具有当代形态的真实性。诗歌形式风格的当代化必然要对传统进行重大的变革，势必会偏离审美传统。因而公安派必然要对这种变革进行辩护，从理论上肯定变，肯定当代性的价值。但从传统诗学的审美价值系统看，当代化即是俗化。公安派诗歌被批评为"俚俗"，正是为此。公安派的变革使得雅俗之辨再次凸显出来。诗歌能否突破雅俗之界，不只是诗学系统内部的问题，更是整个文化价值系统的问题。如果容忍其走向俗化，必然引起整个文化价值系统的倾斜。而文化价值系统关乎整个意识形态,关系到政治系统。李贽、公安派试图重建文化价值系统,对传统进行价值重估,否定了经典的至高无上,肯定了俗文化的价值。这股异端思潮背离了主流意识形态,最终归于失败。

三　从对立到综合:清代诗学的道路

清代诗学建立在反省明代诗学的基础之上。清初的反省与重建沿着两条路线展开:一是以钱谦益为代表的虞山派继承公安派主性情与崇真重变之路,而又去俗归雅,主变融正,以解决公安派的真与俗的矛盾,虞山派之后兴起的宋诗派、叶燮等,都是沿此道路;一是云间派、西泠派,继承七子派重格调与尊正崇雅的诗学,又去伪返真,主正存变,以解决七子派主正而失真的问题,力求性情之真与审美之正的结合,将真性情与汉魏盛唐审美传统结合起来。云间派提出"情以独至为真,文以范古为美",正是这种倾向的体现。陈祚明、施闰章、王夫之、王士禛以至沈德潜等,都是循此途径。

以上两种途径涉及古典诗学的根本问题。在"诗言志"的命题中,就情感与形式的关系言,情感对形式具有优先性,形式服从于情感,形式必须是情感的体现才具有价值。诗学领域里的这种观念有着深厚的思想文化根源。儒家传统认为作为内在德性的仁优先于作为外在仪式的礼,外在的礼仪必须作为主体内在德性的表现形式才具有意义,若无内在德性而徒具礼仪形式,便没有价值。诗学中性情与形式关系的观念和儒学中仁与礼关系的观念相通。情感优先于形式,形式必须是表现情感的形式,这种价值取向使得形式主义在中国难以得到充分的发展。一旦形式独立的倾向有所抬头,总会得到纠正。这是因为中国诗学的价值系统中有这种纠偏机制。但是另一方面,在诗歌发展史中,形式本身又有承继性,在历史过程中形成了自己的传统。从理论上说,情感只要被表现出来,都具有形式,但是某种表现形式是否具有审美价值,必须放到审美传统中来确认。就性情决定形式的一面说,形式要服从于性情;就形式有其自身的传统一面说,又要求个人的情感表现形式要服从于传统。前者要求个性化,后者要求非个性化,这两者之间形成一种张力,必须保持一种平衡关系。站在两者统一的立场上说,既要求审美上有自己的面目,也承认对审美传统的继承关系。如果站在要求平衡统一的立场上看七子派与公安派的分歧,前者偏向形式本身的承继性的一面,而后者则强调性情对形式的决定性的一面。两者的主张各有其正当性,但也有其弊端。清代诗学家认识到明代诗学的内在问题,并力图在理论上加以综合,重建平衡统一。

　　"诗言志"涉及作品与作者的关系,故有"诗如其人"的命题,在此命题基础上,又有所谓人品与诗品的关系问题。既然"诗如其人",诗即其人,那么,人品有高下之分,人品高下的分别与诗歌作品的价值高下有无关系? 这是从道德伦理角度透视诗与人的关系必然面临的问题。清代诗学将这一问题深入展开了。儒家诗学认为,人品决定诗品,人品高,则诗品高,人品低,则诗品低。这一原理运用到创作上,遂成为对作者人品方面的要求。诗人若要自己的诗品高,就必须修养道德,提高人品。从理论上说,诗人应该追求最上等的诗歌品格,应该具有高尚的情操,但在现实当中,诗人并不都是道德模范,诗人的人格并不全都高尚。于是就出现了理想与现实的矛盾,理所当然与事有非然的冲突。儒家诗学主张伦理优先,道德价值优先,固然主张真与善的统一,但认为应该归真于善,而非归善于真。在儒家诗学范围内,解决真善矛盾的途径理当是诗人通过修养道德提高人品,但在现实中,诗人并不都能作到。诗人为了追求高诗品,不是提高自己的人品,而是虚设情感,成为一个虚拟的道德化的创作主体。这样诗中之人与经验中之人不一,真伪的问题也随之出现。在清代诗学中,沈德潜、纪昀的诗学都主伦理优先,却存在上述善与真的矛盾。袁枚的性灵说强调诗与人一,强调真人、真诗,正是针对儒家诗学的问题而发。袁枚性灵说反对儒家诗学的伦理优先观念,只强调"诗如其人",而不谈人品决定诗品;只求真,而不求善。其性灵说对于诗人的人格并无特别要求,就人格上说,诗人与常人无别。同样是"诗如其人"的命题,儒家诗学中的人是具有崇高人格的善人,而性灵说中的人是日常生活的真人。在儒家诗学系统中,诗人作到"诗如其人"难,故容易陷入伪;在性灵说的诗学系统中,诗人作到"诗如其人"易,往往能够存其真。

　　袁枚性灵说是清代诗学的解放。但袁枚的时代与公安派不同。公安派是在晚明的异端文化思潮中产生的,这股思潮改变了正统的文化价值系统,但其新价值观念很快就受到批判而又回归正统。在袁枚的时代,正统文化价值观并没有发生根本性的变化,因而袁枚的思想中还有很多正统观念的成分,这与公安派大为不同。但总体上说,袁枚的诗学对于传统诗学来说,确实是个解放。从性情上说,是对儒家诗学以伦理为价值中心观念的解放,从形式上说,是对尊唐宗唐两派诗学的解放。在性情问题上,袁枚只求真而不求善,对儒家诗学是个挑战。在形式问题上,传统诗学严格区分审美上的雅俗之界,袁枚虽然也主张雅,但其所谓雅在内涵上已不同于传统诗学,其审美趣味有当代化倾向。袁枚诗学在思想方面背离了正统,在审美方面背离了主流审美传统,故在当时正统的文化价值系统中不能受到承认。

　　纵观明清诗学的演变,晚明公安派提出"独抒性灵,不拘格套"的口号,在思想上提倡个性,审美上突破传统,而明末清初诗学无论在思想上还是在审美上都有一种向正统与传统回归的趋势,到袁枚的性灵说,才在某种意义上回复到公安派的诗学道路上来。从中国诗歌走向现代的历程来看,袁枚的诗学介乎古典与近代之间。

对于清代诗学的现代研究,铃木虎雄《中国诗论史》将明请诗学分为格调、神韵、性灵三说,是以诗学流派为中心的研究。郭绍虞《中国文学批评史》论清代诗学,分虞山诗派、神韵说、格调说、性灵说与肌理说诸派,大体奠定了清代诗学的框架。青木正儿《清代文学评论史》关注到清初崇尚晚唐等诗学现象,有新的视野。吴宏一《清代诗学初探》是第一部专门研究清代诗学的专著,论述全面。王英志《清人诗论研究》对一些未受关注的诗论家作了阐发。本书在前贤研究的基础上,尝试以真伪、正变、雅俗三对范畴为观念框架,力图揭示清代诗学的内在理论问题及其发展脉络。

第一章
明清之际:儒家诗学政教精神的复兴

　　这里所说的明清之际是指从明崇祯年间到清康熙初年的一段历史时期。从诗学角度看,清初诗学思潮是晚明诗学的延续。清初诗坛最有影响的两个诗学流派——以钱谦益为代表的虞山派和以陈子龙为代表的云间、西泠派都是从晚明过渡而来。虽然陈子龙在顺治四年(1647)殉国,但云间、西泠派的其他成员则仍活跃在清初诗坛,因而我们把晚明到清初的诗学思潮联系起来研究。

　　明清之际诗学总体趋向是:儒家诗学政教精神在明清之际特殊的政治文化背景下出现复兴,在审美上开始从公安、竟陵派的主性情诗学与七子派的主格调诗学之间的两极对立趋向综合与统一。

一　诗歌的现实地位与儒家诗学政教传统的失落

1. "古以教谏为本","今以托兴为本":儒家诗学的政教传统及其变化

　　在中国诗歌发展的初期,具体地说,在《诗经》的时代,诗歌原本是作为王者之治道的一个组成部分,被组织在政治架构当中,发挥政治教化作用。诗人以诗歌咏自己的情感,发表对社会政治的意见,统治者通过采诗、观诗了解民风,并以诗歌教化民众。诗歌在这一架构中发挥作

用,涉及上下两极。在下一极是诗人,诗歌的政治作用是颂美,是怨刺,即表达对社会政治的意见;在上一极是统治者,诗歌的作用是观,是教。观是观民风,故有采诗、观诗之举;教即所谓教化,所谓"温柔敦厚诗教也",即是谓此。此上下两极是一种互制互动关系。诗人陈其美刺,统治者采诗而观之,了解民情,知道自己政治的得失,从而加以改进;统治者又以诗歌来教化下民,从而改变风俗。根据结构决定功能的观点,上下两极的架构如果缺少一极,诗歌在政治架构中的政教功能就不能实现。在下的诗人如果没有美刺,在上的统治者就无从观和教;在上的统治者如果不以诗歌观与教,则诗人的美刺也就无法真正实现。上下两极的互制互动形成一个可以循环的结构系统,美、刺、观、教的政治和道德功能正是在这一架构中得以实现。儒家诗学关于诗歌政治教化作用的思想,乃是对先秦时代诗歌的实际政治教化作用的总结和概括。

但是,古代诗歌在其发展过程中逐渐从实际政治架构中脱离出来。采诗、观诗的制度不复存在,统治者既不把当代诗歌作为观民风的途径,也不以其作为教化的工具。保证诗歌政教功能得以实现的架构缺少了在上的一极,诗歌遂丧失了实际的政教功能。这种政教传统只存在于儒家诗学的价值系统中,仅作为一种精神传统存在,而不再落实到现实政治制度的层面,不复以一种制度的形式存在于实际的政治架构中。对于这种变化,清人王闿运说:

> 古之诗以正得失,今之诗以养性情,虽仍诗名,其用异矣。故余尝以汉后至今诗即乐也,亦足感人动天,而其本不同。古以教谏为本,专为人作;今以托兴为本,乃为己作。①

---

① 《论诗法》,《王志》卷二。

所谓"教谏",教谓教化,乃就统治者而言;谏指讽谏,是就诗人而言。此是从政治教化的层面论诗歌作用,所以称"正得失"。谏是讽谏别人,教是教化别人,故是"专为人作"。在王闿运看来,诗歌的政治教化作用在汉代以后就已不复存在,只有表现诗人性情的功能。王闿运所云这种古今诗歌之别,正是就诗歌在实际政治架构中的功用而言。如若不然,白居易的新乐府诗明显是为讽谏而作,与古人岂有不同? 但从诗歌在政治架构中的作用看,白居易作诗虽为讽谏,统治者若不采而观之,这种讽谏就只是诗人一极在表达意见,而未发挥实际的政治作用。因为如前所言,上下两极中缺少一极,就不能实现儒家诗学所说的政教功能。正因实现政教功能的政治架构不复存在,故不可再把诗歌放到政治架构中来看待,而只能就诗人一极来讲论。就诗人一极说诗,只能说自己"托兴",只能说"为己作",而不能说"为人作",因为一旦说到"教谏",一旦说到"为人作",其前提就是要保证有两个极。正因为如此,故毛奇龄说:"夫为诗与为帖括同一无用,然而宁为诗者,岂非以诗本于志,内之可以见性情,外之亦可以觇问学哉?"①此所谓无用,乃是指没有实际的政治教化作用。诗无实际的政治教化作用,就剩下抒写性情表现学问的功能。毛奇龄、王闿运的表述虽然不同,但都说出同一事实:诗歌已经丧失实际的政教功能。站在儒家诗学的立场上说,虽本非所愿,但事实如此,故毛奇龄、王闿运都充满无奈。

2. 儒家诗学政教传统在明代的失落

当诗歌从实际的政治架构中脱离出来,儒家诗学的政教传统就失去制度上的保证,只能作为一种精神传统存在。当这种政教传统

---

① 《蔡子珮诗序》,《西河文集》序十。

强化时,诗人秉持着这种政教精神写诗,就是所谓言志一派,杜甫、白居易等代表了这一传统;当这一传统弱化时,诗人不必秉持儒家诗学的政教精神创作,就是所谓缘情一派,六朝诗、性灵派就属于这一类。

站在儒家诗学的政教立场上看,在明代,儒家诗学的政教传统失落了。明代诗歌史上有两股影响最大的诗学思潮:一是前后七子倡导的复古思潮,一是公安、竟陵派倡导的性灵诗说。前后七子倡导复古,但其所要恢复的是汉魏盛唐的审美传统,而不是政教传统;他们注意的中心在诗歌的形式风格方面,所以后来公安派以及明清之际的钱谦益等人都抨击这一诗学流派不论性情,只讲形式,失掉诗歌的根本,钱谦益一派在明清之际强调诗歌的言志传统,正是针对七子派而发。这一点我们将在后面论及。公安派提倡性灵说,更是与儒家诗学的政教精神相违背。如果从诗学传统中看公安派的性灵说,当然可以说它继承了诗学传统中重情感的一面,但给予性灵说以最直接影响的却是李贽的童心说。公安派主真重趣,认为最能体现其所谓真趣的是天真的儿童,因为儿童没有受到外在的道德规范和价值观念的熏染,这正与李贽的童心说相一致。性灵不是向外指向社会政治道德,而是要从社会政治道德等等所有他们所谓的外在的东西中脱离出来,而回到自己原初的本真状态。但是,他们的这种本真状态的童心或者性灵不是人的道德本性,而是人的情欲等感性内容。公安派的性灵说与儒家诗学强调政治道德在价值取向上是对立的。正因为如此,他们的诗歌多表现个人的情趣,而较少带有深厚的现实内容。就其功能论来看,只强调诗歌是表现性灵的工具,而不重诗歌的政治道德作用。这种诗学偏离了儒家诗学。总之,儒家诗学的政教精神,无论是七子派的诗学中,还是公安、竟陵派的诗学中,都失落了。

3. 诗歌在明代世人心目中的地位

在明代,诗歌不仅失去了其实际的政教功能,而且从个人功利的角度说,也失去了实际的功利作用。本来,唐代以诗赋取士,作诗是士人们取得功名的必要能力之一,所以受到社会的普遍重视。清初吴乔说:

> 唐人重诗,方袍、狭邪有能诗者,士大夫拭目待之。北宋犹然,以功名在诗赋也。既改为经义,南宋遂无知诗僧妓,况今日乎!①

在唐及北宋时代,诗歌能够给人带来实际的利益,所以受到重视。但自南宋以后,由于诗歌已无这种功用,所以不受重视。在明代,以八股文取士,八股文能够给人带来实际的利益,诗歌却不能给人带来这种利益,因而在世人心目中乃是无用之物。年轻人习八股文被看作正道,习诗则被视为歧途,常常受到家长的反对。施闰章《汪舟次诗序》云:

> 尝见前辈言,隆、万之间,学者窟穴帖括,舍是而及它文辞,则或以为废业;比其志得意满,稍涉声律,余力所成,无复捡括。②

这里说的是明代隆庆、万历年间的情况。士人们都致力于举业,一旦从事于诗文,就被看作是荒废学业。只是到中了科举以后,才开始作诗。陈子龙称其少时喜读李梦阳、王世贞诗文,想学作之,但是,"是时方有

---

① 《围炉诗话》卷一。
② 《施愚山文集》卷五。

父师之严,日治经生言。至子夜人定,则取乐府、古诗拟之"①。陈子龙白天受家长、老师的严厉管束,学习举业,不敢作诗文,只有在夜深人静时偷偷作之。冯班云:"吾见人家教子弟,未尝不长叹也,不读诗书,云妨于举业也。"②这里所说的是晚明的情况,与施闰章、陈子龙所言相同。陈维崧《陈迦陵文集》卷一《徐唐山诗序》引徐唐山言曰:

> 昔予之为诗也,里中父老辄谯让之,其见仇者则大喜曰:夫诗者,因能贫贱人者也。若人而诗,吾知其长贫且贱矣。及遇亲厚者则又痛惜之。以故吾之为诗也,非惟不令人知也,并不令妇知。旦日,妇从门屏窥见余之侧弁而哦,有类于为诗也,则诟厉随焉,甚且至于涕泣。盖举平生之偃蹇不第、幽忧愁苦而不免于饥寒,而皆归咎于诗之为也。

在世人的心目中,作诗是与贫贱联系在一起的,所以人们看见仇人喜欢作诗就高兴,见到亲朋好友作诗就为之痛惜。正因为如此,徐氏作诗不仅不敢让外人知道,连自己的妻子也不敢让其知道。而妻子一旦窥见他有作诗的样子,就痛哭流涕,诟骂相加。如果不见到这段文字,我们简直无法想象到诗歌在世人的心目中竟会沦落到这种地步。

世人对诗歌的看法必然会影响到士人们,士人也是以举业文为重。毛奇龄说:

> 当明崇祯间,访友来杭,人士跫跫多以艺文相往来,每通刺

---

① 《仿佛楼诗稿序》,《陈忠裕公全集》卷二十五。
② 《钝吟杂录》卷一。

后,必出所镌文互相质询,顾未尝及于诗也。即偶以诗及之,必谢去。①

士人们见面,互相商榷的是举业文,而不谈论诗歌,即便偶尔有人谈及诗歌,其他人也不愿意谈论。这样会写诗的人在当时不多。毛奇龄又说:

　　崇祯之末,言帖括者诗不工,然亦无正言诗者,华亭陈卧子(按,即陈子龙)先生,遂与其同党言诗。当是时,先生仕吾郡(指绍兴),漳州黄宗伯(黄道周)过之,偕吾郡士人登会稽山,顾座中赋诗,无能者,即他日索之座之外,无能者。②

正因为诗歌在世人心目中是无用之物,士人也不重视之。士人们学诗,或在中科举以后,或在举业无望以后,而诗歌对于他们来说,只是应酬的工具而已。吴乔说:

　　诗坏于明,明诗又坏于应酬。朋友为五伦之一,既为诗人,安可无赠言? ……唐人赠诗已多,明朝之诗,惟此为事。唐人专心于诗,故应酬之外,自有好诗。明人之诗,乃时文之尸居余气,专为应酬而学诗,学成亦不过为人事之用,舍二李(按,李梦阳、李攀龙)何适矣!③

---

① 《凌生诗序》,《西河文集》序十八。
② 《云间蒋曾箓诗集序》,《西河文集》序三。
③ 《围炉诗话》卷四。

吴乔指出,明人学诗的目的就是应酬,七子派诗歌之所以风行于世,也是因为他们的诗歌"易成而悦目"①。这种说法也许不免有过激之处,却也指出了明人以诗歌为应酬之具的事实。

诗歌上不能为统治者所用,下不能为世人所重,而只为应酬的工具,那么儒家诗学的政教传统在哪里落实呢?

二 经世精神与"尊经复古": 儒家诗学政教精神复兴的政治文化背景

在明清之际,儒家诗学的政教精神在其特殊的政治文化背景下出现了复兴。明清之际有两个影响最大的诗学流派,一个是以陈子龙为代表的云间、西泠派,一个是以钱谦益为代表的虞山派。前者继承了七子派的复古思想,后者继承了公安派的情感优先思想,但与其前辈的不同是,这两个诗学流派都倡导儒家诗学的政教精神。本节先论述政教精神复兴的政治文化背景。

1. 经世精神

明代中期以来,皇帝不问政事,宦官专权,官僚倾轧,士风不振。政治的黑暗到明末终于酿成了空前的社会政治危机。李自成的起义、明朝的灭亡、清朝的入主中原、南明政权的覆灭,国破家亡,生灵涂炭。这是中国历史上最为惨痛的时期之一。

晚明以来,空前的社会政治危机唤起了士人强烈的社会责任感。这一时期士人的一个突出特点,就是强烈的经世精神。这种精神既表

———————————

① 《围炉诗话》卷四。

现在政治方面,也表现在文化方面。晚明以来士人结社特盛,从谢国桢先生《明清之际党社运动考》一书中可以了解这一时期社团活动的面貌。这些团体既是文化团体,也是政治团体,因此他们的文化活动具有鲜明的政治色彩,他们要求学术文化具有现实的目的性,要为现实服务。复社是晚明最有政治影响的社团。其领袖张溥著有《治夷狄论》《边备论》《治河论》《马政论》《赋役论》《兵论》等,探讨经国济世之道。虞山派的代表人物钱谦益既是曾在明朝政府中担任要职的政治家,也是文化学术领域的领袖,其文化学术活动具有明确的政治目的。云间诗派的代表人物陈子龙既是复社的骨干,又是几社的领袖。他与徐孚远、宋征璧共同编选了《皇明经世文编》。陈子龙在序言中批评俗儒对"时王所尚,世务所急,是非得失之际,未之用心",其编纂此书显然意在经世。黄宗羲主张学问与事功合一,以"救国家之急难"①。其《明儒学案》对明代学术思潮的总结与反省,《明夷待访录》对专制的批判,都体现着强烈的现实精神。顾炎武主张:"君子之为学,以明道也,以救世也,徒以诗文而已,所谓雕虫篆刻,亦何益哉!"②顾氏的学术贯穿着强烈的经世精神。他著《音学五书》本是研究语音问题,但他称"天之未丧斯文,必有圣人复起,举今日之音而还之淳古者"③;其自言著《日知录》的目的就是希望"有王者起,将以见诸行事,以跻斯世于治古之隆"④。万斯同批评那些不以经世为念的学者道:

　　　　吾窃怪今之学者,其下者既溺志于诗文,而不知经济为何事;

---

　　① 《姜定菴先生小传》,《南雷文定》五集卷三。
　　② 《与人书二十五》,《亭林文集》卷四。
　　③ 《音学五书序》,《亭林文集》卷二。
　　④ 《又与人书二十五》,《亭林文集》卷四。

> 其稍知振拔者,则以古文为轨,而人未尝以天下为念。其为圣贤之
> 学者,又往往疏于经世,见以为粗迹,而不欲为。于是学术与经济
> 遂判然分为两途,而天下始无真儒矣,而天下始无善治矣。呜呼!
> 岂知救时济世,固孔孟之家法,而己饥己溺,若纳沟中,固圣贤学问
> 之本领也哉!①

他要求学术要以经世为目的,反对为学术而学术,劝其从子"使古今之
典章法制,烂然于胸中,而经纬条贯,实可建万世之长策,他日用则为帝
王师,不用则著书名山,为后世法"②。要为救时济世而学术,学术要探
求救时济世之道,这种主张与顾炎武等人是一致的。

2. 明清之际士人对明代文化学术的反省与批判

具有经世思想的明清之际的士人们反思当时的社会政治灾难,但
反思的途径与今日历史学家不同。今日历史家持经济基础决定上层建
筑、意识形态的唯物史观,对明代社会政治问题的分析往往从经济方面
来说明。明清之际的士人们则认为文化学术决定社会政治状况。钱谦
益说:"治本道,道本心。传翼经,而经翼世。其关楗统由乎学也。学
也者,人心之日月。"③李颙说:"天下之治乱,由人心之邪正,人心之邪
正,由学术之明晦。"④在他们看来,文化学术决定人心,人心决定治乱,
因而文化学术状况决定社会政治状况,与国家的盛衰兴亡有密切的关
系。钱、李之论实际上代表了当时士人们对学术文化与社会政治关系

---

① 《与从子贞一书》,《石园文集》卷七。
② 同上。
③ 《大学衍义补删序》,《有学集补》。
④ 《匡时要务》,《二曲集》卷十二。

的基本认识。正是基于这种认识，明清之际的士人们对社会政治问题的反思乃是从学术文化入手。明确他们的反思方式，对于理解明清之际文化学术思潮的取向具有重要意义。正是基于对学术文化与社会政治状况密切关系的认识，明清之际的士人们要寻找明代社会走向灾难乃至灭亡的原因，必然会从学术文化着眼，而他们要救世，也要从学术文化建设入手。

从学术文化角度看，明代中期以来，作为官方意识形态的程朱理学受到了王阳明心学的挑战。心学吸收了禅学佛性人人具足的思想，认为良知为人心所固有，圆满自足。那么儒家经典对于心学来说就面临着如佛经之于禅宗的地位。既然佛性人人自足本具，那么成佛的依据就在个人自身，佛经对于成佛就不是必需的；从众生都具佛性而言，人人都是潜在的佛。对于心学来说，良知人人本有具足，那么成圣的根据就在个人内心，儒家经典对于成圣就不是必需的；从人人都具良知而言，则人人都是可能的圣人。故王阳明说"满街都是圣人"。在王阳明，虽然没有否定经典与圣人的权威，但已经蕴含着这种可能性。当心学发展到晚明王学泰州学派，尤其是李贽，就逐渐演变成为一种异端思潮。李贽从心学的良知本有自足的基本命题出发，一方面反对儒家经典对人精神的内在束缚，对圣人与经典抱着嘲弄与轻蔑的态度①，另一方面反对礼教对人行为的外在束缚②，主张唯任这个赤裸裸的童心而行。本来王阳明说心即性、心即理有个前提设定，那就是这个心是内在的道德性。而李贽所谓童心就是其所谓私心，就是人们的感性欲求，而与道德理性相对立。李贽的这种异端思想影响巨大。据朱国桢《涌幢小品》称，士人"全不读《四书》《五经》，而李氏《藏书》《焚书》，人挟一

---

① 《童心说》，《焚书》卷三。
② 《四勿说》，《焚书》卷三。

册,以为奇货",很快形成一股异端文化思潮。这对儒家传统的价值系统乃是巨大的冲击。

明清之际的士人们认为,这股异端思潮导致了具有官方意识形态性质的程朱理学的价值系统在士人身上的失落,造成了全社会的价值混乱。晚明江西大社的领袖艾南英认为,"国朝理学之传,至正、嘉,而王氏之学行,天下靡然日趋于异端"①,又称晚明"士子谈经义,辄厌薄程朱,为时文,辄訾先正。而百家杂说,六朝偶语,与夫郭象、王弼、《繁露》、《阴符》之俊句,奉为至宝"②,程朱理学所确立的价值系统在晚明已经失去了权威的地位,艾氏认为正是王阳明心学的盛行造成了这种价值混乱,他呼吁改变这种混乱状态,要求回到程朱理学上来。钱谦益云:

> 经学之熄也,降而为经义;道学之偷也,流而为俗学。胥天下不知穷经学古,而冥行擿埴,以狂瞽相师。驯至于今,轻材小儒,敢于嗤点《六经》,呰毁三《传》,非圣无法,先王所必诛不以听者,而流俗以为固然。生心而害政,作政而害事,学术蛊坏,世道偏颇,而夷狄寇盗之祸,亦相挺而起。③

在他看来,经学、道学都背离了传统而成为"俗学",成为异端之学。经典失去了权威,学术背离了正道,造成了价值混乱,影响到世道,世道也陷入偏颇,最终导致了内乱外患。钱谦益把明末的社会政治灾难以至灭亡的责任都归到了学术文化上面来。因而他对晚明学术"谀闻曲

① 《张伯羹稿序》,《天佣子集》卷四。
② 《增补今文之定今文待序》,《天佣子集》卷一。
③ 《新刻十三经注疏序》,《初学集》卷二十八。

见,横骛侧出""离圣而异躯"的倾向痛加指责①,对锺惺等人以文艺的
眼光评点经典猛烈抨击:

> 九经三史之学,专门名家,穷老尽气,苟能通其条贯,窥其指
> 要,则亦代不数人矣。敬之如神明,尊之如师保,宝之如天球大训,
> 犹惧有陨越。僭而加评骘焉,其谁敢?……评骘之滋多也,议论之
> 繁兴也,自近代始也。而尤莫甚于越之孙氏②,楚之锺氏③。……
> 是之谓非圣无法,是之谓侮圣人之言。而世方奉为金科玉条,递相
> 师述。学术日颓,而人心日坏,其祸有不可胜言者,是可视为细
> 故乎?④

经典是信仰的对象,如果加以评点,就意味着将经典等同于一般文艺作
品,而以一种超越于经典之上的眼光来看待经典,就贬低了经典的崇高
地位。其实,早在李贽就已经贬低经典的地位,公安派就已经将经典与
文学作品相比。袁宏道有《听朱生说〈水浒传〉》,就将《水浒传》的艺
术感染力与经典作比较,称"《六经》失组练",认为《水浒传》的艺术感
染力胜过《六经》。但由于钱谦益与公安派之袁中道有师友之谊,因而
钱氏并未对公安派乃至李贽痛加批判。但他对异端的痛斥其实也可视
为对李贽、公安派的批判。他的弟子冯班则直接指斥李贽云:"一家之
人,各以其是非为是非,则不齐。推之至于天下,是非不同,则风俗不
一,上下不和,弄赏无常,乱之道也。李卓吾者,乱民也。不知孔子之是

---

① 《李贯之先生存余稿序》,《有学集》卷十八。
② 按指孙鑛,有《孙月峰评经》。
③ 按指锺惺。
④ 《葛端调编次诸家文集序》,《初学集》卷二十九。

非,而用我之是非,愚之至也。"①顾炎武称"自古以来,小人之无忌惮,而敢于叛圣人者,莫甚于李贽"②,王夫之则谓李贽、锺惺一类人"导天下于淫邪,以酿社稷生民之祸"③,吕留良说:"道之不明也几五百年矣。正、嘉以来,邪说横流,生心害政,至于陆沉。此生民祸乱之原,非仅争儒林之门户也。"④这显然是把明朝灭亡的责任归之于晚明学术。

3. "尊经复古"

正是因为明清之际的士人们把晚明社会政治灾难乃至灭亡的责任归之于学术文化,所以他们要寻求摆脱危机和复兴之路,自然要从学术文化入手,进行学术文化的重建。明末以来,士人们开始自觉地扭转晚明学术文化的方向,提出"尊经复古"的口号,要重建经典的权威,恢复传统的价值系统。关于明清之际的学术思潮,一些思想史家将其视为启蒙主义,乃是着眼于其从政治思想层面批判君主专制、在人性论层面肯定人的感性,固不无道理,但是,这股思潮的主流方向并非在此。在我们看来,明清之际思潮的主流是"尊经复古",正是对李贽为代表的异端思潮的反动。

复社的前身是应社,其立社的宗旨就是"志于尊经复古"。其领袖张溥说:"经学之不言久矣。学者骤而明其说,则众士有所不通,惑之而不得其端,则群与聚而议为迂阔。"⑤应社的成立正是针对经学不振的状况,要重振经学,张溥说:"应社之始立也,所以志于尊经复古者,

---

① 《家戒》,《钝吟杂录》卷二。
② 《日知录》卷十八"李贽"条。
③ 《叙论》三,《读通鉴论》卷末。
④ 《复高汇旃书》,《吕晚村先生文集》卷一。
⑤ 《易文观通序》,《七录斋集》卷二。

盖其至也。"①而复社的宗旨也是如此。陆世仪《复社纪略》说:

> 天如(按,即张溥)乃合诸社为一,而为之立规条,定课程,曰:
> 自世教衰,士子不通经术,但剿耳绘目,几幸弋获于有司。登明堂
> 不能致君,长郡邑不知泽民。人材日下,吏治日偷,皆由于此。溥
> 不度德,不量力,期与四方多士共兴复古学,将使异日者务为有用,
> 因名曰复社。②

张溥认为当世缺乏真正的经国济世之才,吏制腐败,乃是士人不通经术
所致,因而复社在晚明要挽救社会政治危机,就应该从"尊经复古"开
始。这是复社开出的救世的药方。张溥编《汉魏六朝百三家集》,就是
其兴复"古学"的成果之一。以陈子龙为首的几社诸子也以兴复"古
学"为己任。杜登春《社事始末》谓"几者,绝学有再兴之机"。这里
"绝学"即是复社所谓"古学"。而所谓兴复"古学",其意义并不仅仅
在于复兴古代学术,更重要的是重建儒家正统的价值系统。

　　钱谦益认为,要救世就要从学术文化开始,称要"以反经正学为救
世之先务"。在他看来,人心决定治乱,"诚欲正人心,必自反经始;诚
欲反经,必自正经学始"③。要正人心,就必须返回经典上来,用经典
统一思想;要用经典统一人心,首先要有统一的权威的经学;因为经
学是诠释经典的,如果对经典的诠释不统一,就无法用经典统一人
心。正是基于这种认识,钱谦益对当代的"俗学"进行了猛烈的抨
击,并致力于学术文化的重建,尊经典、重博学、重传统,建立"通经汲

---

① 《五经征文序》,《七录斋集》卷二。
② 见该书卷一。
③ 《新刻十三经注疏序》,《初学集》卷二十八。

古之说"①,形成了以经史之学为核心的"虞山之学"②。他要以这种学术倾向来扭转明中期以来的学术文化思潮。钱谦益的这种学术价值取向在明清之际具有很大的影响。钱氏门生毛晋是著名的藏书家,其藏书楼名"汲古阁",与钱氏"通经汲古"正相一致,他先后刊刻了《十三经注疏》和《十七史》,而钱氏亲为其作序。这两部大书的刊刻,正是钱谦益"通经汲古之学"学术观的具体体现,对于清代学术面貌的形成起了一定的作用。

在清初,顾炎武、王夫之、张尔岐等都偏向程朱一派,而对王学不满;孙奇逢、黄宗羲等虽偏向于陆王一派,但也着力纠正王学左派的异端倾向。顾炎武称"目击世趋,方知治乱之关必在人心风俗,而所以转移人心,整顿风俗,则教化纪纲为不可阙矣"③,所以《清史稿》本传说他"论治于礼教尤兢兢",称其"常欲以古制率天下"。黄宗羲认为"学问必以《六经》为根柢,游腹空谈,终无捞摸"④,批评"明人讲学,袭语录之糟粕,不以《六经》为根柢,束书而从事于游谈",主张"问学者必先穷经"。⑤ 这些都是"尊经复古"思想的继续。

三　儒家诗学政教精神的复兴

明清之际,在经世致用精神影响下,要求一切学术文化为现实政治服务,诗歌作为整个文化系统的一个组成部分,也必然被要求为现实政治服务。而"尊经复古"的学术文化思潮,重新确立了儒家经典

---

① 《答山阴徐伯调书》,《有学集》卷三十九。
② 《复李叔则书》,《有学集》卷三十九。
③ 《与人书九》,《亭林文集》卷四。
④ 《黄宗羲年谱》康熙七年。
⑤ 见《清史稿》黄宗羲本传。

的权威地位。在这种背景下,儒家诗学的政教精神开始复兴。但是这一时期诗学所强调的是诗人对于政治社会的干预精神,而不是教化精神。

1. 云间派对怨刺的强调

云间派是明清之际影响最大的诗学流派之一。这一派有陈子龙、夏彝仲、彭宾、徐孚远、李雯、周立勋,号称"云间六子";又有宋征舆、宋征璧、宋存标三人,号称"三宋"。陈子龙在崇祯年间曾任绍兴府推官,其诗学在当地产生了重大影响。陆圻、柴绍炳、沈谦、陈廷会、毛先舒、孙治、张纲孙、丁澎、虞黄昊、吴百朋十人都出自陈子龙之门,号称"西泠十子"。西泠派实际上是云间派的延伸①。

宋征璧序陈子龙《平露堂诗集》称,陈子龙"当诸生时,即留意经国。凡缘情赋物,感怀触事,未尝不于朝廷治乱之关,世风升降之际,一篇之中,留连规讽焉,为得作诗之本也"②。可见陈子龙的经世精神也体现在其诗歌中。不仅如此,陈子龙在诗学上重又举起儒家诗学的旗帜。我们前面说过,儒家诗学的政教传统有上下两极,可以站在统治者的立场上说教化,也可以站在诗人的立场上说美刺。陈子龙正是站在诗人的一极强调诗歌的美刺作用。他说:

> 夫作诗而不足以导扬盛美,刺讥当时,托物连类而见其志,则是《风》不必列十五国,而《雅》不必分大小也。虽工而余不

---

① 毛先舒《白榆集·小传》称:"先舒著《白榆集》,流传山阴祁中丞之座。适陈卧子于祁公座上见之,称赏,遂投分引欢,即成师友。其后西泠十子,各以诗章就正,故十子皆出卧子先生之门。国初,西泠派即云间派也。"

② 宋征璧《平露堂集序》,陈子龙撰,施蛰存、马祖熙标校《陈子龙诗集》附。

好也。①

所谓"导扬盛美，刺讥当时"，就是儒家诗学传统中的美刺说。诗人抒情言志必须与政治相关联，否则就不能有美刺。正因为如此，故陈子龙说："诗者，忧时托志之所作也。"认为这是"诗之本"。②把忧时与托志联系起来，这就把诗人的性情与社会政治联系在一起，使诗人一己的性情具有深广的社会政治内涵，就把广阔的社会现实带到诗歌的表现范围里来。这与公安派所说的性灵已经有了本质的不同。陈子龙的这种诗歌主张明确要求诗歌为现实政治服务。这显然是在那个危机四伏的时代中，士人们强烈的忧患意识及经世精神的反映。

但是，陈子龙在他的时代重新提出美刺说，又面临着非常困难的现实问题。如今人说文学要干预生活，干预政治，用古人的话说就是美刺，这作为理论口号提出容易，而作家要真正落实到创作中却并非易事，因为这不是作家一厢情愿的事情，用我们的话说，这不只关涉到作家一极，要有两极方可，要有制度的保证才行。陈子龙提出美刺说，正面临着这一问题。我们说过，早期诗歌是整个政治架构中的一部分，因而其政治教化作用有制度的保证。但后来诗歌从整个政治架构中分离出来，其政教作用便失去制度上的保证。陈子龙也感觉到这种古今之别，其《诗论》③一篇专门讨论美刺的古今之变的问题。他先说今人美刺之难：

　　称人之美，未有不喜也；言人之非，未有不怒也。为人所喜，未

<hr>

① 《六子诗序》，《陈忠裕公全集》卷二十五。
② 同上。
③ 《陈忠裕公全集》卷二十一。本节以下未注明出处者俱出此文。

> 有非谀也;为人所怒,未有弗罪也。呜呼! 三代以后,文章之士,不
> 亦难乎! 欲称引盛德,赞宣显人,虽典颂哀雅乎,即何得非谄? 其
> 或慷慨陈辞,讥切当世,朝脱于口,暮婴其戮。呜呼! 当今之世,其
> 可以有言者鲜矣。

美就是"称人之美",刺就是"言人之非"。但是要赞美一个显要的政治
家,容易有谄媚之嫌,有伤于自己的品德;要批评一个当政者,则有获罪
被杀的危险。无论是美是刺都非常困难,所以陈子龙感叹"当今之世,
其可以有言者鲜矣"。这是陈子龙在当时提倡美刺说所面临的现实处
境。他认为,不仅是他所处的时代如此,而是自三代以后就已经是
如此。

他又言《诗经》时代的美刺之易:

> 我观于《诗》,而知古者之易易也。国有贤士大夫,其民未尝
> 不歌咏其德。虽其同列,相与称道,不为比周。至于幽、厉之世,监
> 谤拒言,可谓极乱矣,而刺讥之文多于曩时,亦未闻以此见法。

陈子龙所言之古的时代即所谓三代,更具体地说是指《诗经》的时代。
在这个时代,统治者有善,下民可以颂扬,即便是统治者的同僚之间也
可以互相称颂对方之善,而不被认为是结党营私("比周"),这是就美
的一面说;就刺的一面说,即便是在政治黑暗的周幽王、厉王的时代,
拒绝纳谏,甚至派人监视批评时政者,讥刺之文反而比以前更多,却
并没有听说有谁因此而被绳之以法。三代时美刺易,三代后美刺难。
这就是陈子龙所说的美刺的古今之异。但是,陈子龙不是从制度的
层面理解这种古今的差别,而是从道德角度来说明这种差异的原因。
他说:

　　盖古之君子,诚心为善,而无所修饰;古之小人,亦诚心为恶,而不冀善名。今之君子,为善而不能必其后;今之小人,为恶而不欲居其声。是以古者颂刺皆易,而今者善恶难断也。

古代君子为善、小人为恶都是诚心而为,直截了当,不加修饰,而当代的君子善始往往不能善终,小人作恶也不愿落得恶名。所以对于古人来说,善恶容易判断,因而美刺都容易,对于今人来说,善恶难以判断,因而美刺都困难。正是因为他从道德的角度来理解古今的这种差别,所以他要称赞三代之时"风俗尚醇而忌忮不作"。

　　既然这种古今之异已经无法改变,那么,关键的问题在于今人应该怎么办。陈子龙说:

　　夫居今之世,为颂则伤其行,为讪则杀其身,岂能复如古之诗人哉!虽然,颂可已也。事有所不获于心,何能终郁郁耶?我观于《诗》,虽颂皆刺也。时衰而思古之盛王,《嵩高》之美申,《生民》之誉甫,皆宣王之衰也。至于寄之离人思妇,必有甚深之思,而过情之怨,甚于后世者。故曰皆圣贤发愤之所为作也。

在陈子龙看来,因当代善恶难断,称颂当政者易伤品行,那么当代诗人可以不再颂美。但是,诗人心中对于当代的现实有不满,却无法永远积郁在心里而不发露出来。有不满就需表露,可怨刺当政又会有杀身之祸,此诗人面对之两难困境。陈子龙在这篇文章中指出两条途径。一是以颂为刺。处在衰世,不直接指斥当世,而颂扬古代的盛王,以对古代盛王的称颂与怀念来显示其对当代政治的不满。这种作法从社会心理学的角度说自有道理。当人们对现实不满时,容易产生恋旧的情绪。因为人们有这种共同的心理倾向,所以诗歌可以用这种方式来表现对现实的不满。第二条途径是借离人思妇的爱情来表现诗人对于政治的怨愤之情。古代有以夫妇寄寓君臣的比兴传统,当代诗人可以将自己对政治现实的不满之情进行形态的转换,以离人思妇的夫妇之情表现出来。离人思妇之情形态上与政治无关,所以可以不受束缚淋漓尽致地表现。以这种方式表达可以有"甚深之思""过情之怨",这种情感实质上就是政治情感。

其实陈子龙还指出过第三种表现途径,那就是借对古代盛王的痛骂来表现对现实的不满情绪。其《庄周论》云:

> 夫乱世之民,情懑怨毒,无所聊赖,其怨既深,则于当世反若无所见者。忠厚之士未尝不歌咏先王而思其盛,今之诗歌是也。而辨激悲抑之人,则反刺诟古先,以荡达其不平之心,若庄子是也。二者其文异观而其情一致也。嗟乎!乱世之民,其深切之怨,非不若庄氏者,特以无所著见,故愤愤作乱,甘为盗贼,岂非以圣贤为不足慕,而万物者皆可齐耶。①

陈子龙认为乱世之民都有"情懑怨毒"之情,但由于性格的不同,其表现方式也有不同。忠厚之士往往歌咏先王,而情感激烈悲愤之人则往往诟骂先王。前者正是上述以颂为刺的方式,而《庄子》则是后一种方式。陈子龙认为,处在乱世,这种怨毒之情具有普遍性,不能积郁而不发,后世民众的作乱也正是这种怨毒之情的表现。陈子龙当然不主张犯上作乱,但他肯定了这种怨愤之情的合理性。

陈子龙主张怨刺,但其所言以上三种途径都避免直接批判现实政

---

① 《陈忠裕公全集》卷二十一。

治,这是在当时的政治现实中为免杀身之祸而不得不作出的选择。当代研究者往往泛言陈子龙主张怨刺,实难以真正理解陈子龙诗学。"西泠十子"的理论代表毛先舒也强调诗歌"陈美以为训,讽恶以为戒"①,故陆圻序毛氏《诗辩坻》,称其辩诗是要"广诗之治于天下"②。但是,他们所说的美刺也与陈子龙一样有古今之异。

2. 钱谦益等对儒家诗学政教传统的再提倡

与云间、西泠诸子回归儒家诗学的倾向相一致,以钱谦益为代表的虞山派及其同调们也体现出这一趋向。

钱谦益论诗也是从儒家诗学的政教传统立论。但云间、西泠派与明七子派有直接的继承关系,钱谦益则与晚明公安派有明显的理论渊源。钱氏站在儒家诗学立场上,批判七子派诗学只讲求诗歌的形式风格,而遗失了儒家诗学的政教传统。他说:"夫诗本以正纲常,扶世运,岂区区雕绘声律剽剥字句云尔乎?"③这里所谓"雕绘声律、剽窃字句"乃是指七子派的诗歌而言,只在形式上讲求,没有内容,诗歌的政教作用根本无从谈起。所以钱谦益主张:"诗道大矣,非端人正士不能为,非有关于忠孝节义纲常名教之大者亦不必为。"④诗歌本是为政治道德服务的,如果诗歌与政治道德无关,就可以不作。这种主张在明清之际的社会政治背景下乃是要求诗人关心现实政治,以诗歌为政治现实服务。这也是经世精神在诗学中的体现。站在儒家诗学政教立场上,他提出了"诗之本"说:

---

① 《诗辩坻》卷一。
② 见《诗辩坻》卷首。
③ 《十峰诗序》,《有学集补》。
④ 同上。

> 古之为诗者有本焉。《国风》之好色,《小雅》之怨悱,《离骚》
> 之疾痛叫呼,结轖于君臣夫妇友朋之间,而发作于身世逼侧、时命
> 连蹇之会,梦而呓,病而吟,春歌而溺笑,皆是物也,故曰有本。①

钱谦益所说的诗的根本,就是关乎君臣夫妇友朋,与自己的身世遭遇、
时代命运相关联的性情。他把这种性情当作诗歌的根本,不仅与七子
派讲求诗歌的形式风格相对立,而且他这样说性情,与公安派也有着明
显的分界。这种性情超越了公安派的性灵,而具有了深广的社会政治
和道德内涵。正是从这种立场出发,钱谦益要求诗人胸中要有“天地
之高下,古今之往来,政治之污隆,道术之醇驳”②,要对宇宙、人生、历
史、政治、学术有清醒而深刻的自觉。

　　黄宗羲也强调性情要具有广阔深远的社会政治内涵。他认为诗歌
的性情有“一时之性情”,有“万古之性情”:

> 夫吴歈越唱,怨女逐臣,触景感物,言乎其所不得不言,此一时
> 之性情也。孔子删之以合乎兴、观、群、怨、思无邪之旨,此万古之
> 性情也。吾人诵法孔子,苟其言诗,亦必当以孔子之性情为性情。
> 如徒逐逐于怨女逐臣,逮其天机之自露,则一偏一曲,其为性情亦
> 末矣。③

“一时之性情”乃是个人一己的性情,而“万古之性情”则是合乎儒家政
教精神的性情。他也提出了诗歌的“原本”问题:

---

① 《周元亮赖古堂合刻序》,《有学集》卷十七。
② 《瑞芝山房初集序》,《初学集》卷三十三。
③ 《马雪航诗序》,《南雷文定》四集卷一。

夫生天地之间,天道之显晦,人事之治否,世变之污隆,物理之盛衰,吾与之推荡磨励其中,必有不得其平者,故昌黎言:"物不得其平则鸣。"此诗之原本也。①

黄宗羲这里所说的诗歌的"原本"就是人们关于宇宙人生、社会政治的情感,故称诗人"一人之性情,天下之治乱皆所藏纳"②。

贺贻孙论诗受公安、竟陵派影响,也主性灵。但是,贺贻孙的性灵的主体既不同于公安派的具有童心、摈弃道理闻见的带有异端色彩的主体,也不同于竟陵派的带有遁世色彩的主体,而是一个具有儒家思想、民族气节、饱经忧患的主体。他指出诗歌要"原本忠孝"③,认为"诗人佳处多是忠孝至性之语","忠孝之诗,不必问工拙也"。④ 这种忠孝在明清之际的政治背景下,主要偏向于忠君爱国一面⑤。贺贻孙特别强调动荡的时代环境和艰难的个人处境对诗人性情的作用,认为"使皆履常席厚,乐平壤而践天衢,安能发奋而有出人之志哉?必历尽风波震荡,然后奇人与奇文见焉"⑥。他自述自己的创作道路云:"时值国变,三灾并起,百忧咸集,饥寒流离,逼出性灵,方能自立堂奥。"⑦可见其所谓性灵乃是与社会政治息息相关、与时代风云密切相连的饱经忧患的主体之性灵。贺贻孙要求诗歌能"使人兴观群怨,事父事君,随感

---

① 《朱人远墓志铭》,《南雷文定》四集卷三。
② 《诗历题辞》,《南雷诗历》卷首。
③ 《李闻孙诗序》,《水田居文集》卷三。
④ 《诗筏》。
⑤ 王英志《贺贻孙诗学管窥》,《清人诗论研究》。
⑥ 《激书·自序》。
⑦ 《示儿一》,《水田居文集》卷五。

而遇"①,发挥其社会作用。

朱鹤龄认为古代诗人尽管有各种变化,但是"其中必有根柢焉"②,这个"根柢"就是"上以补裨风化,下以陶写性情"。他举陈子昂《感遇》、李白《古风》、杜甫《北征》《咏怀》《新安史》以及韩愈《南山》、白居易《秦中吟》等篇,认为这些是他们的"根柢"。他所说的"根柢"即是儒家诗学的政教精神。

著名学者顾炎武也提出"文须有益于天下"③,认为"诗言志"是"诗之本","陈诗以观民风"是"诗之用","疾今之政以思往者"是"诗之情",称诗歌是"王者之迹也",④这就把诗歌纳入儒家政治理论体系中。

明代诗歌在世人心目中地位甚低,作之者多为应酬之用。但这种情况在明清之际发生了变化。明末以来,先是内忧外患,继之国破家亡,士人们的忧时悯乱之意、伤亲吊友之情、家国兴亡之感,哀怨激愤,郁焉于中,长歌当哭,诗歌乃是最合适的形式。因而这一时期的诗歌与社会政治有密切关系,明清之际的社会大动荡和大灾难在诗歌中得到广泛而深刻的表现。

明朝未亡时,士人专心举业,无心于诗,但明亡以后,众多的士人出于民族气节,放弃科举,转而攻诗,以为人生之寄托。毛奇龄说:"今之为诗者,大率兵兴之后,掣去制举,无所挟撮,而后乃寄之于诗。"⑤朱鹤龄《传家质言》云:"诗赋一道,余本无所能,惟少时读《离骚》《文选》。

---

① 《李闻孙诗序》,《水田居文集》卷三。
② 《汪周土诗稿序》,《愚庵小集》卷八。
③ 《日知录集释》卷十九。
④ 《日知录集释》卷二十一。
⑤ 《王鸿资客中杂咏序》,《西河文集》序十。

丧乱之余,既废帖义,时借以发其悲悯。"①这样,清初的诗歌创作出现了兴盛的局面。杨凤苞《书南山草堂遗集》说:"明社既屋,士之憔悴失职高蹈而能文者,相率结为诗社,以抒写其旧国旧君之感,大江以南,无地无之。其最盛者东越则甬上,三吴则松陵。"②诗社的勃兴正是诗歌兴盛的体现。施闰章说:"今士大夫多穷愁,比户声诗,下邑僻壤,不乏一二人。"③所言正是这种状况。

四　关于正变与温厚和平问题讨论的
现实政治意义

明清之际的这股诗歌思潮因其特殊的时代原因,与社会政治有着密切的关系,站在儒家诗学的立场上,就会遇到如下问题:诗人应该如何表现自己所面临的这种社会灾难和历史变迁? 明清之际诗人的痛哭与呼喊在儒家的诗学价值系统中应该怎样评价?

汉儒论《诗经》有正变之说,风有正风、变风,雅有正雅、变雅,诗歌的正变与时代政治相关。《诗大序》说:"至于王道衰,礼义废,国异政,家殊俗,而变风变雅作矣。"变风变雅是与政治道德的衰废、国家的衰亡连在一起的。"治世之音安以乐","乱世之音怨以怒","亡国之音哀以思",治世之音是温厚和平之音,乱世亡国之音是怨怒哀思之音。变风变雅就是乱世亡国之音。对于明末的诗人来说,正变的问题涉及对明末国运的认识与判断,如果诗人在创作中表现出怨怒哀思的变风变雅之音,那就等于承认这个时代是衰变之世。对于清初的诗人来说,变

---

① 《愚庵小集》附。
② 《秋室集》卷一。转引自谢国桢《大江南北诸社》,《明清之际党社运动考》。
③ 《汪舟次诗序》,《施愚山文集》卷五。

风变雅是衰世亡国之音;清朝统治逐渐稳定,如果站在清统治者的政治立场上看,新王朝要有开国之气象,必然要求在诗歌领域表现出这种气象,必然要求治世之音,这样变风变雅之音就不符合清王朝的政治需要。因而正变与温厚和平的传统诗说在明清之际的诗学中绝非纯粹的诗学理论问题,而是非常现实的政治问题。关于这一问题,明清之际有着热烈的讨论。

1. 云间、西泠派对温厚和平的盛世之音的倡导

陈子龙认为,诗歌的风尚与国家政治的盛衰有着密切的关系。他说:

> 诗繇人心生也,发于哀乐,而止于礼义,故王者以观风俗,知得失,自考正也。世之盛也,君子忠爱以事上,敦厚以取友,是以温柔之音作,而长育之气油然于中,文章足以动耳,音节足以竦神,王者乘之以致其治;其衰也,非辟之心生,而亢丽微末之声著,粗者可逆,细者可没,而兵戎之象见矣。王者识之,以挽其乱。故盛衰之际,作者不可不慎也。①

盛世诗歌的特征是"温柔之音",衰世诗歌的特征是"亢丽微末之声",即不温柔和平之音。诗歌风尚乃是时代盛衰的征兆。但这里蕴含一个问题:诗歌作品是"温柔之音"还是"亢丽微末之声"——是盛世之音还是衰世之音,是取决于时代,还是取决于诗人?若取决于时代,诗人只是时代盛衰的被动的反映者,盛世必然有"温柔之音",衰世必然有"亢

---

① 《皇明诗选序》,《陈忠裕公全集》卷二十五。

丽微末之声",诗人无法改变;如果由诗人决定,诗人自己就有主动性,他可以在衰世而不作衰世之音,可以不使自己的诗歌成为衰世的征兆。对这一问题,陈子龙一方面认为时代决定诗歌风尚,另一方面又认为诗人有主动性。关于时代决定诗歌风尚的一面,陈子龙《三子诗选序》云:

> 夫鸟非鸣春,而春之声以和;虫非吟秋,而秋之响以悲。时乎为之,物不能自主也。当五、六年之间,天下兵大起(按,指明末农民起义),破军杀将,无日不见告,故其诗多忧愤念乱之言焉;然以先朝(指崇祯)躬秉大德,天下归仁,以为庶几可销阳九之厄,故又多恻隐望治之旨焉。念乱,则其言切而多思;望治,故其辞深而不迫。斯则三子(指陈子龙、李雯、宋征舆)之所为诗也。①

他以鸟虫之鸣为喻,来说明诗人受时代决定的一面。诗人作盛世之音还是衰世之音,也正如鸟鸣虫吟一样,不是由自己决定,而是由时代决定的。陈子龙认为,他与李雯、宋征舆的诗歌正是如此。天下大乱时,诗人忧愤念乱,其诗歌急切而多哀思,这种急迫哀思之音不是温厚和平的盛世之音,而是衰世之音。当崇祯帝继位,诗人以为国家有望,其诗歌深沉而不急迫,这是温厚和平的盛世之音。他在《宋尚木诗稿序》中说:

> 盖尚木之为诗者凡三变矣。始则年少气盛,世方饶乐,盖多芳泽绮艳之词焉。是未免杂乎郑、卫;既当先朝兵数起,无宁岁,慨然

---

① 《陈忠裕公全集》卷二十六。

> 有经世之志,盖多感慨闵激之旨焉。是为齐秦之音及《小雅》之
> 变;今王气再见春陵,天下想望太平,故其为诗也,深婉和平,归于
> 忠爱,庶几乎《召南》之有"羔羊""素丝"。①

"世方饶乐"是安定时代,崇祯朝"兵数起"是大乱年代,清顺治三年
(1646),南明永历政权的抗清主力齐集湖南,形式有利,是所谓"王气
再见",宋征璧(尚木)诗歌的"三变"正是这三个时代的反映。《诗经》
的《召南》按照传统的说法属于正风,乃是盛世之音。所以陈子龙说:
"今尚木际明时,位禁近,发为诗歌,和厚渊至,此岂季世之音乎? 可以
占世运而无忧矣。"②陈子龙写这篇序文之时,清朝已经定鼎北京,抗清
运动正在发展,诗人发出的是忠爱和平的盛世之音,根据时代决定诗歌
的原理,他认为这种盛世之音正是南明国运昌盛的征兆。

在陈子龙看来,诗人在时代盛衰面前并非只有被动的一面,还有主
动的一面。诗人当然无法决定时代的盛衰,但诗人可以决定自己的性
情。陈子龙说:"和平者,志也;其不能无正变者,时也。"③正是强调诗
人的情志不受时代决定的一面。时代政治有正与变之分,正是盛,变是
衰。从诗人方面说,诗人的性情也有正变之别,和平是正,哀怨是变。
如果从时代盛衰决定诗歌的一面说,则时代的正变决定诗人性情的正
变。诗人性情的正变与时代的正变具有一致性。但是,在这里,陈子龙
强调的却是另一面,诗人虽然不能决定时代政治的正变即盛衰,但可以
决定自己的性情。诗人处衰变之世,也可以有和平之性情;诗人处衰变
之世,也可以作盛世之音。这样诗人的作品就可以不成为国运不祥的

---

①　《陈忠裕公全集》卷二十六。
②　同上。
③　《佩月堂诗稿序》,《陈忠裕公全集》卷二十五。

征兆。正因为有这一面,所以他强调"词贵和平"①。正因为如此,他在评价诗人作品时也强调性情的和平,其《文用昭雅似堂诗稿序》云:

> 豫章文子理秀之……又以其暇日作为诗歌,采往事,发所见闻,微而章,直而和,痛而不乱,瑰丽诘曲,而不诡于正。其远者,刺当时之失,抒忠爱之旨;其近者,迫于忧谗畏讥之怀,而其要归不失于和平婉顺。②

陈子龙处在衰变之世,却强调诗人作盛世之音,这正是他希望国运昌盛的表现。这也正是他在那个时代重提正变与温厚和平这一古老的诗学命题的现实意义所在。

　　但是陈子龙毕竟处在一个衰变的时代,他并不一味强调诗人要作温厚和平的盛世之音,他认为诗人应该对自己的时代作出判断:

> 盖君子之立言,缓急微显,不一其绪,因乎时者也。当夫孽芽始生,风会将变,其君子深思而不迫,为之念旧俗,追盛王,以寄其忾叹,如《彼都人士》《楚茨》诸作是也。洎乎势当流极,运际板荡,其君子忧愤而思大谏,若震聋不择曼声,拯溺不取缓步,如《召旻》《雨无正》之篇,何其刻急鲜优游之度耶!乃知少陵遇安史之变,不胜其忠君爱国之心,维音哓哓,亦无倍于风人之义者也。③

诗人作诗对于和平与否的选择要视时代而定。当"孽芽始生,风会将

---

①　《宣城蔡大美古诗序》,《安雅堂稿》卷二。
②　《安雅堂稿》卷二。
③　《左伯子古诗序》,《安雅堂稿》卷四。

变”,即时代刚刚趋向衰变时,诗人应作和平之音,而当“势当流极,运际板荡”,即时代已经处于衰变之极,诗人可以有忧愤的不和平之音。这样肯定了变风变雅的不和平之音的合理性。

陈子龙肯定变风变雅之音的诗学观念在当时诗坛并未产生大的反响,其影响于诗坛的是其主张和平的理论。曾经受教于陈子龙的毛奇龄,在其《苍崖诗序》中说,陈子龙在任绍兴府推官时,曾就“二《雅》正变之说为之论辩,以为正可为,而变不可为。而及其既也,则翕然而群归于正者且三十年”①。西泠派诸子继承的正是这种思想。毛先舒谓“《诗》有变风雅”,但“诗人有作,必贵缘夫二《南》、正《雅》、三《颂》之遗风”,②所以他说“诗者,温柔敦厚之善物也”③,并一口气列举了直接指斥之诗的十七条弊端。这种诗学观念,在陈子龙本来是着眼于时代政治、为救亡服务的,但如果强调了和平的一极,在那样一个国破家亡、以歌当哭的时代,就会对诗人抒发感情构成限制。云间、西泠诗人表现明清鼎革现实之作,一般不去正面描绘那血淋淋的屠杀和战争,不作呼天抢地的痛哭,正是这种观念的产物。“西泠十子”创作的总集《西陵十子诗选》刻于顺治七年(1650),但其选编的宗旨仍以“旨趣敦厚”为归,也正是这种诗学观念的产物。

2. 清初对温厚和平之音的提倡与对变风变雅之音的排斥

清初,从顺治年间到康熙初年,随着清朝统治逐渐稳固,社会也渐趋安定。这一时期,以顺治年间新进士为主体的新诗群开始走向诗坛,并成为诗坛的主流,而遗民诗群则逐渐失去诗坛的主导地位。对于新

① 《西河文集》序十一。
② 《诗辩坻》卷一。
③ 《诗辩坻》卷三。

王朝来说,国运始兴,开国气象是重要的。这时儒家诗学关于时代盛衰与诗歌正变的关系的理论又一次被突出地提了出来。

　　站在儒家诗学的立场上来看,明清之际诗坛的一片哀怨悲痛之声乃是变风变雅之音,这是衰世亡国之音。清军入关之初,容忍士人们怀恋旧朝的情绪,对这一派诗歌没有一概压制,卓尔堪甚且有《遗民诗》之选。但是,对于新的王朝来说,这一派变风变雅之音毕竟与开国气象相背,随着清朝统治的稳定,这种衰世亡国之音越来越成为新时代的不和谐音。站在清王朝的立场上说,必然需要体现出清朝开国气象的盛世之音。这种盛世之音,在以清朝进士为主体的新诗群中出现了。

　　施闰章是顺治进士,清初著名诗人。钱谦益序其诗集称:

　　　　昔者隆平之世,东风入律,青云干吕,士大夫得斯世太和元气,吹息而为诗。欧阳子称圣俞之诗,哆然似春,凄然从秋,与乐同其苗裔者,此当有宋之初盛,运会使然,而非人之所能为也。兵兴以来,海内之诗弥盛,要皆角声多,宫声寡;阴律多,阳律寡;噍杀恚怒之音多,顺成啴缓之音寡;繁声多破,君子有余忧焉。愚山之诗异于是,铿然而金,温然而玉,诎拊搏升,朱弦清泛,求其为衰世之音不可得也。①

钱谦益这里先说盛世(“隆平”)会表现于诗歌,不过他是从音乐律吕的角度说。所谓“角声”“阴律”“噍杀恚怒之音”都是衰世之音,而“宫声”“阳律”“顺成啴缓之音”都是盛世之音。这正是儒家文艺观关于时代盛衰与诗乐关系理论的翻版。钱谦益以梅尧臣诗来说明之,称梅氏

　　① 《施愚山诗集序》,《有学集》卷十七。

诗歌是宋代开始走向兴盛的国运的表现。梅尧臣是安徽宣城人,施闰章也是宣城人,故钱谦益借以比拟施闰章。施闰章的"铿然""温然"的金玉之音属于盛世之音,所以钱谦益说"求其为衰世之音不可得也"。但是,钱谦益也没有直接说是盛世之音,因为这个时代毕竟不能说是盛世。在这种意义上说,施闰章是在非盛世时作出盛世之音。正因为此,施闰章这种盛世之音,可以作为清朝走向兴盛的国运的征兆。如果说遗民诗群的变风变雅之音被与明朝的衰亡联系在一起的话,那么施闰章温和的金玉之声则与清朝的开国气象联系在一起。从政治归属上看,这两个诗群、两种诗风有着明显的分界。

王士禛的诗歌也被看作是清朝开国气象的反映。陈维崧序王士禛诗集云:

> 新城王贻上(按,士禛)先生性情柔澹,被服典茂,其为诗歌也,温而能丽,娴雅多则,览其意者,冲融懿美,如在成周极盛之时焉。①

事实上,这种盛世之音不仅在施闰章、王士禛的诗作中体现出来,而且同样体现在新一代诗人如汪琬、程可则等很多诗人的作品中,成为新诗群区别于遗民诗群的一个显著特征。

不仅如此。新朝诗人对自己的这种诗学取向有着鲜明的自觉,乃是自觉地站在新王朝的政治立场上旗帜鲜明地提倡这种诗观。施闰章《佳山堂诗序》说:"诗文之道与治乱终始。"并且直接引述《乐记》之论云:"大抵忧心感者,其声噍以杀;乐心感者,其声啴以缓;怒心感者,其声粗以厉;敬心感者,其心直以廉。"基于以上立场,他称冯溥诗歌温柔

---

① 《王阮亭诗集序》,《陈迦陵文集》卷一。

敦厚,是"洋洋大国风"的"苗裔",而谓作者是"以诗持世"。① 陈维崧在《王阮亭诗集序》中批评明末以来诗歌"幼眇者调既杂于商角,而亢厉者声直中夫鞞铎,淫哇噍杀,弹之而不成声",乃是亡国衰世之音。他认为"今值国家改玉之际,郊祀燕飨,次第举行,饮食男女,各言其意,识者以为风俗淳厚,且夕而致。而一二士女,尚忧家室之未靖,闵衣食之不给焉"。按此序作于康熙初年。站在清政府的立场上,陈维崧要求诗人看清形势,认准主流,而称那些写哀怨之诗的诗人只是为自己的身家衣食而忧。正因为要提倡盛世之音,所以陈维崧推尊王士禛,称王士禛"既振兴诗教于上,而变风变雅之音渐以不作"。反对变风变雅之音,明显是排斥明清之际的哀怨诗风。在此,陈维崧明确提出了正诗风的要求。

另一位著名诗人汪琬也明确提出了这一要求。其《唐诗正序》称:

> 《诗》风雅之有正变也,盖自毛、郑之学始。成周之初,虽以途歌巷谣而皆得列于正;幽、厉以还,举凡诸侯、夫人、公卿、大夫,闵世病俗之所为,而莫不以变名之。正变云云,以其时,非以其人也。故曰:志微噍杀之音作而民忧思,啴谐慢易之音作而民康乐,顺成和动之音作而民慈爱,流僻邪散、狄成涤滥之音作而民淫乱。夫诗固乐之权舆也。观乎诗之正变,而其时之废兴、治乱、隆污、得丧之数可得而鉴也。史家所志五行,恒取其变之甚者以为诗妖诗孽、言之不从之征,故圣人必用温柔敦厚为教,岂苟然哉。②

汪琬也是把风雅之正变与时代政治联系起来,而且与陈维崧一样,都把

① 《学余堂文集》卷七。
② 《尧峰文钞》卷二十六。

正变说与诗教联系起来,以温柔敦厚为正,而排斥"闵世病俗"的变风变雅之音。这种主正斥变之论不仅是论唐诗,更是论当代诗,更是要排斥当代的变风变雅之音。从这种立场出发,汪琬对杜甫诗歌的悯时伤乱也作了批评,反对当代诗人学习杜甫。其《程周量诗集序》云:

> 孔子曰:温柔敦厚,诗教也。……今之学者,每专主唐之杜氏,于是遂以激切为工,以拙直为壮,以指斥时事为爱君忧国。其原虽稍出于《雅》《颂》,而风人多设辟喻之意亦以是而衰矣。世之论《三百篇》者曰:"取彼谮人,投畀豺虎。"不可谓不激切也。……斯其说诚然矣。然古之圣贤未尝专以此立教。其所以教人者必在性情之和平,与夫语言感叹之曲折,如孔子所云温柔敦厚是已。……夫作诗至于《三百篇》,言诗者至于孔子可矣,学者舍孔子不法而专主于杜氏,此予不能无感也。①

以汪琬的说法,杜诗不符合温柔敦厚的诗教,当代诗人不应向他学习。其实汪琬提出这一问题的实质不是反对学杜,而是要求当代诗人在新朝不能再写那些怨愤的变风变雅之音。这与其说是对当代诗人的诗学要求,不如说是政治要求。

　　清初魏石生汇选当代诗人的作品,名为《观始诗集》,吴伟业为之作序。在序中,吴伟业转述了魏氏的诗观。魏氏云:"依古以来,世道之污隆,政事之得失,皆于诗之正变辨之。"再以《诗经》以来的诗歌史之正变与社会政治的关系加以印证,然后称:"夫诗之为道,其始未尝不渟漾含蓄养一代之元音,其后垂条散叶,振藻敷华,方底于极盛,而浸

---

① 《钝翁前后类稿》卷二十八。

淫以至于衰也。"从这种观点看,清初恰恰是一代之始。按照他所说的
时代与审美风尚的关系的规律,这个时代的诗风正是要"淳漉含蓄养
一代之元音",故他称其诗选"若夫淫哇之响,侧艳之辞,哀怒怨诽之
作,不入于大雅,皆吾集所弗载者也"。① 这是明确地通过选诗排斥明
清之际的变风变雅之音,提倡盛世之音。

　　力倡温厚和平的盛世之音,逐渐成为诗坛的主流观念。李光地
《榕村语录》卷三十论诗力主温柔敦厚,其《榕村诗选》亦以温柔敦厚为
宗旨。徐乾学称"诗之为教,主于温柔敦厚……唯恐稍涉凌厉,有乖温
柔敦厚之旨"②。朱彝尊《曝书亭集》卷三十七《钱学士诗序》肯定钱氏
诗"为诗缠绵悱恻,不失温柔敦厚之遗",王士禛则谓"予读施愚山侍读
五言诗,爱其温柔敦厚,一唱三叹,有风人之旨"③。

　　提倡温厚和平之音,排斥变风变雅之音,这正符合清朝最高统治者
的利益。康熙帝《御选唐诗序》云:

　　　　孔子曰:温柔敦厚,诗教也。是编所取,虽风格不一,而皆以温
　　柔敦厚为宗。其忧思感愤、倩丽纤巧之作,虽工不录。使览者得宣
　　志达情,以范于和平。盖亦用古人以正声感人之义。④

康熙皇帝以温柔敦厚的诗教排斥"忧思感愤"之作,乃是排斥变风变雅
之音。在《御选唐诗》中,杜甫之"三吏""三别"、白居易之新乐府等反
映民生疾苦的作品一概不选,正是排斥忧思感愤的变风变雅之音的表

---

① 《观始诗集序》,《梅村家藏稿》卷二十七。
② 《十种唐诗选序》,王士禛《十种唐诗选》卷首。
③ 《带经堂诗话》卷十二。
④ 《圣祖仁皇帝御制文集》第四集卷二十二。

现。康熙皇帝虽然是序唐诗,但其实是在提倡温柔敦厚的诗教,排斥当时诗坛的变风变雅之音。

顺、康之际的这股从理论到实践的返归温柔敦厚的思潮与明清之际的陈子龙等提倡温柔和平不同。陈子龙等人提倡温柔和平是站在明王朝的立场,其提倡温柔和平并不排斥怨刺,甚至以怨刺为核心。顺康之际的温柔敦厚思潮则是站在清王朝的立场,其排斥怨刺,意在扭转明清之际的哀怨诗风而使之成为盛世之音。但是它们在诗学理论形态上是一致的。从理论上的继承关系说,清初提倡温柔敦厚诗教的一些诗人还与云间派有师承关系。比如陈维崧就曾学诗于陈子龙,毛奇龄也是如此。这两位诗人原本都是遗民身份,但后来都归附了清朝。这在某种意义上也表明遗民诗群大势已去。

排斥变风变雅之音,这实质上等于否定明清之际哀怨激愤的诗风的合理性,贬低其价值。这引起了明清之际这股诗歌思潮的理论代表者的反驳。于是爆发了两股诗学思潮之间的论争。

3. 钱谦益、黄宗羲等人对变风变雅之音的肯定

钱谦益对温柔敦厚的诗教提出了新的解释,其《施愚山诗集序》说:

> 记曰:温柔敦厚,诗之教也。说诗者谓《鸡鸣》《沔水》,殷勤而规切者,如扁鹊之疗太子;《溱洧》《桑中》,咨嗟而哀叹者,如秦和之视平公。病有浅深,治有缓急,诗人之志在救世,归本于温柔敦厚一也。①

---

① 《有学集》卷十七。

钱谦益认为,温柔敦厚不能从表达意见方式的层面理解,而应从目的层面理解。按照这种说法,只要是志在救世,无论性情和平还是不和平都合于温柔敦厚的诗教。从诗人的目的理解温柔敦厚,在理论上可以解释《诗经》中既有和平之音也有激愤之词的问题。根据传统说法,《诗经》由孔子删定,而温柔敦厚的诗教也为孔子提出,如果说性情和平才符合诗教,那么孔子在删定《诗经》时何以不删那些不和平的违反诗教的作品?对此,主张性情和平才符合温柔敦厚诗教者无法给予完满的理论说明,而钱谦益从诗人目的上理解诗教,则可以从理论上解决这一问题。当然,更重要的是这种理解的现实意义,即肯定了明清之际的变风变雅之音的合理性。

黄宗羲旗帜鲜明地肯定变风变雅之音,他说:

> 谓《诗经》之有正变,此说诗者之言也。而季札听诗,论其得失,未尝及变。孔子教小子以可群可怨,亦未尝及变。然正变云者,亦言其时耳,初不关于作诗者之有优劣也。美而非谄,刺而非讦,怨而非愤,哀而非私,何不正之有?夫以时而论,天下之治日少而乱日多,事父事君,治日易而乱日难。韩子曰:和平之音淡薄,而愁思之声要妙;欢愉之辞难工,而穷苦之言易好。向令风雅而不变,则诗之为道狭隘而不及情,何以感天地而动鬼神乎?①

黄宗羲首先怀疑正变之说的权威性,认为正变之说并非出自圣人之口。他认为即便承认正变之说,正变之间也无优劣之分。从时代而论,变属必然,因为天下安定之日少而动乱之日多,而事父事君在动乱之日是困

---

① 《陈苇庵年伯诗序》,《南雷续文案·撰杖集》。

难的。从审美角度说,属于变的愁思穷苦之音才更动人。因此应该肯
定变。不仅如此,黄宗羲实际上把变置于正之上。这种观点显然与陈
维崧、汪琬是对立的。

　　黄宗羲也反对把温柔敦厚与哀怨之情对立起来,反对将温柔敦厚
狭隘地理解为"委蛇颓堕,有怀而不吐";若如此理解温柔敦厚,那么诗
歌就只能表现"闲散放荡,岩居川观""茗碗熏炉,法书名画"之类的闲
情逸致,而失去其社会政治作用。黄宗羲认为只有"疾恶思古,指事陈
情","怒则掣电流虹,哀则凄楚蕴结,激扬以抵和平,方可谓之温柔敦
厚"。① 这种说法不仅与陈子龙一派不同,与钱谦益也有差异。在钱谦
益,性情的和平与不和平都可以是温柔敦厚,而在黄宗羲,则更强调哀
怨愤怒之情的抒发。这种主张更能代表明清之际的时代精神。

　　申涵光也为变风变雅之音辩护,他说:

　　　　温柔敦厚诗教也。然吾观古今为诗者,大抵愤世疾俗,多慷慨
　　不平之音。自屈原而后,或忧谗畏讥,或悲贫叹老,敦厚诚有之,所
　　云温柔者,未数数见也。子长云:"《三百篇》,圣贤发愤之所为
　　作。"然则愤而不失其正,固无妨于温柔敦厚也欤。②

申涵光认为和平的情感是温柔敦厚,慷慨不平之音非温柔敦厚,此与汪
琬等人理解相一致。但他认为诗歌史的主流是愤世疾俗、慷慨不平之
音,如果否定这一派作品,就将整个诗歌史的主流否定了。他认为只要
诗人所表达的思想情感是正确合理的,这种怨愤不平并不妨害温柔敦
厚。这种解释事实上是反对以温柔敦厚的诗教排斥变风变雅之音。他

---

① 《万贞一诗序》,《南雷文定》四集卷一。
② 《贾黄公诗引》,《聪山集》卷二。

又说：

> 凡诗之道,以和为正。……乃太史公谓:"《诗三百》,大抵圣贤发愤之所为作。"夫发愤,则和之反也。其间劳臣怨女,悯时悲事之词,诚为不少。而圣人兼著之,所以感发善心,而得其性情之正。故曰温柔敦厚诗教也。所以正夫不和者也。①

从心理学上说,和是一种平和的心理状态。在中国文化传统中,和又被赋予伦理的含义,指一种人格修养。这种人格修养表现为性情上的平和。申涵光对这两层意义的和作了区分。他认为作为人格修养意义上的和,与性情之正是联系在一起的。只有这二者联系在一起,才是真正的和,否则"绕指之柔与俗相上下,其为诗必靡靡者,非真和平也"②。在申涵光看来,和应该而且必须与正相统一,如果站在正即道德的立场上,而对不正的事物采取和的态度,那么这本身就是违背道德的,不是真正的人格意义上的和平。所以申涵光反对一味追求性情表现形式上的和平,认为那种在性情表现形式上不和平而得性情之正的作品,其归宿必然是真正的和平。上论黄宗羲所说的"激扬以抵和平"也正是此意。

汪琬、陈维崧等人崇正,黄宗羲诸人贵变;汪琬等人以温柔敦厚排斥哀怨之音,黄宗羲诸人则以哀怨之音为温柔敦厚应有之义;前者属于新诗群,后者则代表遗民诗群。这两种观点的论争,实际上是两个时代诗风的论争,而更深一层则是两个时代诗人不同政治态度的论争。黄宗羲诸人的政治对抗态度到晚年才改变,而且即便是结束对抗,其政治态度也与汪琬等人积极站在清政府一边不同。

---

① 《连克昌诗序》,《聪山集》卷一。
② 《屿舫诗序》,《聪山集》卷一。

尽管黄宗羲、叶燮、申涵光等人为明清之际的哀怨诗风辩护,但是"温厚和平"的诗风还是占据上风而成为主流。

五 "以诗补史":
对明清之际诗歌思潮的历史价值的认定

钱谦益、黄宗羲等人站在诗歌史的高度,对明清之际这股具有深刻现实性的诗歌思潮的性质及价值,有着清醒的认识。他们提出诗史说,就是对这股诗歌思潮的价值认定。

钱谦益《胡致果诗序》云:

> 孟子曰:"《诗》亡而后《春秋》作。"《春秋》未作以前之诗,皆国史也。人知夫子之删诗,不知其为定史;人知夫子之作《春秋》,不知其为续《诗》也。《诗》也,《书》也,《春秋》也,首尾为一书,离而三之者也。三代以降,史自史,诗自诗,而诗之义不能不本于史。曹之《赠白马》,阮之《咏怀》,刘之《扶风》,张之《七哀》,千古之兴亡升降,感叹悲愤,皆于诗发之。驯至于少陵,而诗中之史大备,天下称之曰诗史。唐之诗,入宋而衰。宋之亡也,其诗称盛。皋羽之恸西台,玉泉之悲竹国,水云之著歌,《谷音》之越吟,如穷冬沍寒,风高气栗,悲噎怒号,万籁杂作,古今之诗莫变于此时,亦莫盛于此时。至今新史盛行,空坑崖山之故事,与遗民旧老,灰飞烟灭。考诸当日之诗,则其人犹存,其事犹在,残篇啮翰,与金匮石室之书,并悬日月。谓诗之不足以续史也,不亦诬乎?①

---

① 《有学集》卷十八。

钱谦益认为诗歌应该体现历史精神。他举《孟子·离娄下》"《诗》亡而后《春秋》作"之说，认为既然《春秋》继《诗》而作，则《春秋》的作用与《诗》是相通的。所以他说"《春秋》未作以前之诗，皆国史也"，因而诗与史相同。三代而后，诗、史分离，但"诗之义不能不本于史"，诗歌还应该贯穿着史的精神。那么，这种史的精神是什么？就是要在诗歌中表现"千古之兴亡升降，感叹悲愤"，即通过诗歌昭见时代的盛衰、国家的兴亡，并表现诗人的兴亡升降之感。这对诗歌有两点要求：其一，诗歌必须与时代政治密切相关；其二，诗歌要有真实性。这样才能以诗续史。在他看来，诗歌体现历史精神，并不只在理论的范围里，而且自《诗经》以来已经形成了一种诗歌传统。曹植、阮籍、刘琨、张载，都是这种传统的呈现者，而杜甫则是此一传统的集大成者。这一传统在宋代灭亡之际又得到突出的体现，而明清之际的诗歌再次呈现了这一传统。

钱谦益诗史相通的理论要求诗人具有历史意识。其《列朝诗集》就具有历史意识。他选编《列朝诗集》出于程嘉燧①的建议，《列朝诗集序》云：

> 孟阳之言曰：元氏（按，好问）之集诗也，以诗系人，以人系传，中州之诗，亦金源之史也。吾将仿而为之。吾以采诗，子以庀史，不亦可乎？②

程嘉燧和钱谦益都受元好问编《中州集》借诗以存史的启发，意在从诗歌的角度呈现历史。黄宗羲《姚江逸诗序》云：

---

①　程嘉燧（1565—1644），字孟阳，号松圆，安徽休宁人，寓居嘉定。与唐时升、娄坚、李流芳号称"嘉定四先生"。钱谦益论诗受其影响。
②　《有学集》卷十四。

　　孟子曰:"《诗》亡然后《春秋》作。"是诗之与史,相为表里者也。故元遗山《中州集》窃取此意,以史为纲,以诗为目,而一代之人物,赖以不坠。钱牧斋仿之为《明诗选》,处士纤芥之长,单联之工,亦必震而矜之,齐蓬户于金闺,风雅衮钺,盖兼之矣。①

此所言《明诗选》即钱氏《列朝诗集》。黄宗羲所谓"诗之于史,相为表里",是以诗为表,以史为里,与钱谦益所说的"诗之义不能不本于史"正相一致。他们在易代之际,对于诗歌所担负的历史使命有着清醒的自觉意识。黄氏《万履安先生诗序》提出了"以诗补史"说:

　　今之称杜诗者以为诗史,亦信然矣。然注杜者,但以史证诗,未闻以诗补史之阙,虽曰诗史,史固无借乎诗也。逮夫流极之运,东观兰台,然记事功,而天地之所以不毁,名教之所以仅存者,多在亡国之人物。血心流注,朝露同晞,史于是而亡矣。犹幸野制遥传,苦语难销,此耿耿者明灭于烂纸昏墨之余,九原可作,地起泥香,庸讵知史亡而后诗作乎?是故景炎、祥兴,《宋史》且不为之立本纪,非《指南》、集杜,何由知闽、广之兴废?非水云之诗,何由知亡国之惨?非白石、晞发,何由知竺国之双经?陈宜中之契阔,《心史》亮其苦心;黄东发之野死,宝幢志其处所;可不谓之诗史乎?元之亡也,渡海乞援之事,见于九灵之诗。而铁崖之乐府,鹤年席帽之痛哭,犹然金版之出地也。皆非史之所能尽矣。明室之亡,分国鲛人,纪年鬼窟,较前代干戈,久无条序,其从亡之士,章皇草泽之民,不无危苦之词。以余所见者,石斋、次野、介子、霞舟、希

_____

① 《南雷文案》卷一。

声、苍水、密之十余家,无关受命之笔,然故国之铿尔,不可不谓之
史也。①

黄宗羲认为传统所谓"诗史"一般是指"以史证诗",即以历史来验证诗
歌中所写的时事。在这种意义上说,诗歌需要借助于历史来说明,而并
没有对历史有所补充。黄宗羲认为只有这一层意义还不能够称为真正
的诗史,真正的诗史还必须能够"以诗补史"。诗歌记录了历史所没有
记载的事实,要了解相关的历史只有借助于诗歌,在这种意义上说,诗
补历史之未备。黄宗羲所说的这种"以诗补史"的诗史往往出现在亡
国易代之际,此时史官不能再正常记录历史,而这一时代的历史事件往
往见于亡国时代的诗人的作品。宋元时代亡国之际的史事就是记录在
当时诗人的作品中,明代灭亡,其亡国之际的事实也多见于明遗民的诗
作,这些作品可以补史之不备。黄宗羲曾与人合编过《姚江逸诗》,正
是"以诗补史"之意。

　　钱谦益、黄宗羲提出的诗史说,是对明清之际表现时代兴亡之感的
诗歌思潮的历史价值的认定。

---

　　①　《南雷文定》前集卷一。

第二章
情志为本与格调优先：云间、西泠派 对七子派诗学价值系统的重建与调整

明代诗歌面临的基本问题是情感的真实性与形式风格的古典性亦即真和雅之间的矛盾。七子派强调形式风格的古典性，但牺牲了情感的真实性，雅而不真；公安派强调情感的真实性，但牺牲了形式风格的古典性，真而不雅。真与雅是传统诗学的两个内在的价值尺度，要求处于平衡状态。云间派与虞山派是明清之际最大的两个诗学流派。云间派继承七子派诗学，立足于雅，反对公安派诗歌的俗化，但也吸收了公安派重真的思想；虞山派继承了公安派诗学，立足于真，抨击七子派诗歌的假，但也吸纳了七子派重雅的观念。两个流派不同的立足点，正是传统诗学的两个价值尺度。两者在不同的立足点上都力图调和真与雅的矛盾，是真与雅两个价值尺度要求统一恢复平衡的内在要求的表现。本章论述云间、西泠派的诗学。

一　真伪与雅俗之间：明代诗学的内在问题

明清之际的诗坛面临着互相对立的两种传统：七子派的传统和公安派的传统。在审美上，前者主张明代诗歌全面回归汉魏盛唐传统，后者则主张审美形式风格的当代化。站在诗歌史的立场看，公安派的诗

歌当代化的主张更具合理性,但是在明清之际,这股当代化的审美思潮却受到云间、西泠派的强烈批判,而朝向七子派的复古立场回归。何以会出现这种逆转? 其实,诗歌的审美问题不仅是诗歌本身的问题,也受到大的文化价值系统的制约。明清之际诗学的这种审美上的逆转正与文化价值系统有关。

1. 大小传统之别与诗学内部真与雅之矛盾

明中期以来,审美文化面临着大小传统之间的矛盾。所谓大传统指的是士人文化,小传统则指民间文化。在传统的文化价值系统当中,诗文(士大夫文学)属于大传统的范围,戏曲、小说、民歌等民间文学属于小传统的范围。当然,在中国文学史上,大小传统之间有着密切的关系。一种文学样式往往是先发源于民间,然后被文人士大夫吸收、改造,而成为一种雅化的文学形式,成为大传统的组成部分。但是,元明以来,大小传统之间的双向交流变得十分困难。这主要是因为大小传统之间的差异越来越大。从作为小传统的民间文化而言,宋元以来,由于市民阶层的兴起和扩大,以戏曲、小说为代表的市民审美文化也随之兴起、壮大,在这一过程中,士人阶层起了很大的作用。在元代,由于士人地位的低下,士人阶层基本上沦入市民阶层,这就使得他们能够摆脱正统文化价值观念的影响而成为市民文化的创造主体,促进了市民文化的繁荣。明代建立以后,随着科举制度的恢复,士人地位的提高,士人阶层又从市民文化阵营回归正统文化阵营。士人阶层的文化角色的转变使得他们的文化价值观念也发生了巨大的变化。他们持的是正统的文化价值观念。在明代,文化问题与民族问题纠结在一起。元代是异族统治的朝代,文化上受到少数民族文化的渗透。明朝建立以后,伴随着民族情绪,在整个文化领域里有一股强烈的回归文化传统的思潮。正统文化价值观念与传统文化观念密切联系在一起,排斥市民文化,大传统与小传统、正统文化与市民文化处于界限分明的对峙状态。

在大小传统界限分明的文化背景之下，诗文作为大传统的典型形式，不能接受小传统而作大的变革；而从总的趋向看，乃是要排斥小传统对诗文的渗透。于是诗歌的发展遇到了新的问题。

就诗歌自身而言，其本质是抒情，真实性是其内在的基本价值尺度之一。真实性不只关涉情感本身，也要求与情感相适应的表现形式。当代化的个人化的情感，必然要求形式风格的个性化、当代化。这种要求就是变，因而变乃诗歌发展的内在要求。但是形式风格的变化又必然意味着对审美传统进行变革。由于言文之间的分离越来越大，诗歌在当时已经脱离当代口语，成为一个自足的封闭的系统。它有自己的语音系统、词汇系统、语法规则、意象系统、表现系统及价值系统。这些不同层面的系统互相制约，从而维持其传统性与古典性。一旦其中的一个层面当代化，就会引起整个大系统内部的各层面关系的失衡，破坏诗歌的古典性与传统性，而带有当代化色彩。在正统的文化价值观念中，当代化就意味着俗化。大传统与小传统、雅与俗的界限使得士人们只能将诗歌放在大传统的范围内，难以从小传统中吸收新的成分而进行自我革新。立足于性情的真实性，必然要求与当代性情相适应的当代化的表现形式风格；诗歌作为雅文化的性质而言，又要求古典性的表现形式风格。这样，在明代诗学中，真与雅这两个价值尺度就发生了矛盾。

2. 七子派：雅而不真

明七子派的诗学一直受到当代研究者的诟病，但其出现并非偶然，而是明代诗歌所面临的真与雅的矛盾的反映。李梦阳在《诗集自序》

中记述了他与曹县王叔武①的一段耐人寻味的对话：

> 李子曰：曹县盖有王叔武云，其言曰：夫诗者，天地自然之音
> 也。今途咢而巷讴，劳呻而康吟，一唱而群和者，其真也，斯之谓风
> 也。孔子曰："礼失而求之野。"今真诗乃在民间。……李子曰：
> 嗟！异哉！有是乎？予尝聆民间音矣，其曲胡，其思淫，其声哀，其
> 调靡靡，是金元之乐也，奚其真？王子曰：真者，音之发而情之原
> 也。古者国异风，即其俗成声。今之俗既历胡，乃其曲乌得而不胡
> 也？故真者，音之发而情之原也，非雅俗之辩也。②

二人的对话典型地反映出明代诗学面临的问题。民歌的真不仅是"其
思淫"即情感本身的真实，而且与"其曲胡""其声哀""其调靡靡"这些
形式风格的当代特征联系在一起。李梦阳站在正统文化的雅俗之辨的
立场上看，民歌的这些特征显然是俗。他把真与雅俗之辨联系起来，如
果不雅，他不承认其真。在李梦阳，雅的价值高于真。与李梦阳不同，
王叔武强调真的价值尺度，反对以雅俗之辨来限制真。在王叔武，真的
价值高于雅。王叔武与李梦阳关于民歌问题的讨论，实际上反映出明
代诗歌面临的真与雅的矛盾。真是中国抒情诗学传统的内在要求，而
雅也是正统诗歌的文化品格所要求的价值。真不仅涉及情感本身，即
某种情感是否诗人实有的情感，而且涉及情感的表现形态，要求当代人
情感的表现形态应该具有当代特征，即所谓的"即其俗成声"。但是，
诗歌表现形态的当代化特征放到正统文化价值系统中则被视为俗。这
样，诗歌内部的真的价值尺度与诗歌的文化品格所要求的雅的价值尺

---

① 即王崇文，弘治六年(1493)进士，官副都御史。
② 《空同先生集》卷五十。

度就发生了矛盾。

　　七子派解决这一矛盾的途径是求雅而失真。李梦阳本人说:"以我之情,述今之事,尺寸古法,罔袭其辞。"①试图将自我的情感、当代的生活与古典的雅的审美表现形式统一起来。但这种统一实是以牺牲真为代价的。因为如果求性情之真,必然要求在形式风格方面有自己的面貌,必然要求形式风格方面有当代化形态;七子派在形式风格方面求古,则要给自己的情感赋予古人的面貌;为使自己的性情适合古人的形式风格,势必要对自己的情感本身应有的当代表现形态进行变形,使自己的当代的情感具有古人的表现形态。读者在阅读中,觉其貌似古人,而感觉不到当代诗人自己的面目。何景明就批评这种诗歌是"古人影子"②,而李梦阳自己最终也承认:"予之诗,非真也。王子所谓文人学子韵言耳,出之情寡而工之词多也。"③李梦阳从理论上被折服后,改变了自己的观点。据载,李梦阳、何景明都教学诗者向民歌学习。但在当时雅俗之界分明的文化背景下,他们不可能真正使正统的诗歌向民歌这一小传统靠拢。后七子在复古的路上比前七子走得更远。真与雅的矛盾,前后七子都没能真正解决。

3. 公安派:真而不雅

　　李梦阳晚年试图解决真与雅的矛盾,欲以雅统真,未能成功;公安派则从另一途径解决这一问题,走的是真而俗的道路。

　　公安派是晚明异端文化思潮在文艺上的代表。公安三袁(袁宗道、袁宏道、袁中道)都受李贽思想的影响。李贽打破了正统的文化价

---

　　① 《驳何氏论文书》,《空同先生集》卷六十一。
　　② 同上。
　　③ 《诗集自序》,《空同先生集》卷五十。

值观,《童心说》标举的就是真,在真的旗帜下,打破了雅俗的界限。
他称:

> 苟童心常存,则道理不行,闻见不立,无时不文,无人不文,无
> 一样创制体格文字而非文者。诗何必古选,文何必先秦。降而为
> 六朝,变而为近体;又变而为传奇,变而为院本,为杂剧,为《西厢
> 曲》,为《水浒传》,为今之举子业,皆古今至文,不可得而时势先后
> 论也。

李贽所谓童心就是真心。他认为只要表现真心,任何时代的作品都是
文,任何人的作品都是文,任何体格形式都是文。在其异端思想中,正
统文化观念被冲破了,雅俗界限被打破了,通俗文学的价值获得了肯
定。七子派所面临的真与雅的矛盾在李贽这里可以得到另一种形式的
解决:真而俗的结合。

公安派的性灵说正是建立在李贽《童心说》之理论基础上。性灵
的根本特征就是真,而这种真性灵拒斥道理闻见即正统思想。公安派
所标举的真的典范乃是当代民歌,袁宏道说:

> 吾谓今之诗文不传矣。其万一传者,或今闾阎妇人孺子所唱
> 《擘破玉》《打草竿》之类,犹是无闻无识真人所作,故多真声。①

公安派强调真,而以明代民歌为典范,这也突破了雅俗的界限。公安派
的诗歌不学习古人的形式风格,而是向民歌学习,在诗歌语言及审美趣

---

① 《叙小修诗》,《袁中郎全集》卷一。

味上都有当代化的倾向。当然形式风格本身也有很多的层面,有最基本的外在形式规范层面,比如律诗的平仄韵律;有表现方式的层面,比如赋、比、兴三种方式;有结构的层面,比如章法、句法等;有风格的层面,比如平淡、艳丽等等;所有这些层面结合起来组成一个系统,它们之间的不同组合会形成不同的审美特征,而这些审美特征在传统的审美价值系统中具有不同的地位,或雅或俗,或高或低,都有着不同的评价。公安派主张"独抒性灵,不拘格套",并不是彻底打破所有层面的形式规则,而是在表现形式风格方面不遵循审美传统,直接用当代的语言入诗,使诗歌在审美上具有当代化色彩。这样真性情与当代化的表现形态得到统一。

公安派诗学的真而俗的统一是在晚明异端文化思潮打破雅俗之界的文化背景下实现的。但是站在传统的立场上看,真与雅之间的矛盾、当代趣味与审美传统之间的矛盾、大传统与小传统之间的矛盾不是解决了,而是扩大了。袁中道晚年也发现这一问题,强调学古。竟陵派诗学也试图解决这一问题。竟陵派强调性灵,强调真,这是继承公安派的学说;竟陵派又强调学古,这是要向审美传统靠拢。但竟陵派学古又不欲陷入复古派的旧途径,所以避开审美正统而转入幽深孤峭一途。这似乎是把真和雅从理论上统一起来了,但他们又面临着新的问题。竟陵派的幽深孤峭,背离了千百年来已被认定的审美正统。这在持正统立场的人们看来,是陷入了怪僻,偏离了诗歌发展的通途。

二　"情以独至为真,文以范古为美":
云间、西泠派对真、雅统一的追求

公安派以来的诗歌俗化倾向,打破了正统的文化价值系统,冲破了雅俗界限。随着明清之际"尊经复古"思潮的兴起,正统的文化价值系统重新处于支配地位,雅俗界限再度分明,公安派的审美取向受到了否定。无论是云间、西泠派还是虞山派,都批评公安派诗歌的俗化倾向,在审美取向上开始回转,反俗归雅。由于诗学渊源的不同,他们反俗归雅的途径也有差异。云间、西泠派重新举起七子派的复古旗帜。但云间、西泠派毕竟兴起在公安、竟陵派对七子派的批判之后,他们也认识到七子派缺乏情感的弊端,尤其是在明清之际的家国之难面前,以诗抒情乃是时势的迫切要求,故其对公安、竟陵派重抒情的主张也有吸收。陈子龙提出"情以独至为真,文以范古为美"①,前一句强调真情,后一句强调形式风格上学古,力图统一真与雅。

1. 情志为本,体格形式为次

云间、西泠派诗学强调诗歌的抒情言志功能。第一章说过,陈子龙把"忧时托志"作为"诗之本",在《青阳何生诗稿序》中,他对性情与表现形式风格的关系作了明确的论述:

> 明其源,审其境,达其情,本也;辨其体,修其辞,次也。②

所谓"明其源",就是要明确诗歌"抒忠爱,寄恻隐"、表达"怨悱"之情的传统;"审其境",是强调诗人的诗歌与其遭际、境遇相关,要求诗人"境与情会","不得已而发之咏歌",反对"不情而强为优之啼笑"。③以上两者,前者强调情感的政治道德内涵,后者强调情感的真实性,都

---

① 《佩月堂诗稿序》,《陈忠裕公全集》卷二十五。
② 《安雅堂稿》卷二。
③ 同上。

与情志有关。因而可以说"明其源，审其境，达其情"就是"忧时托志"，以这三者为本，就是以"忧时托志"为本，简言之就是以情志为本。而辨体、修辞是形式风格方面的问题，陈子龙认为这方面为次。

陈子龙的以情志为本、以形式风格为次的观点与公安派"独抒性灵，不拘格套"①的主张有什么区别呢？当然两者对于性情内容的理解有明显的差异，此在第一章已经言及。若抛开性情的内容不论，仅就他们对于性情与形式风格关系的理论而言，两者之间也存在明确的分界。公安派所谓"独抒性灵"者，是只讲性灵，所谓"不拘格套"者，是不考虑形式风格方面的问题，这等于取消了形式风格方面的相对独立的价值。陈子龙以情志为本，这可以与公安派的主性情的诗学相通。但是，以形式风格为次，只是说形式风格相对于情志而言处于次要的地位，并非说形式风格方面不重要，这与"不拘格套"有明确的分界。我们在下一章将要说到，钱谦益也是以情志为本，但他说形式风格是末，这与陈子龙说形式风格为次也有不同。

正是因为陈子龙重视形式风格问题，所以他主张性情与形式风格两者应该统一，而不应有所偏废。他说：

> 贵意者率直而抒写，则近于鄙朴；工词者黾勉而雕绘，则苦于繁缛。盖词非意则无所动荡，而盼倩不生；意非词则无所附丽，而姿制不立。此如形神既离，则一为游气，一为腐材，均不可用。②

这里以意与词对举，则意是指情志方面，词是指形式风格方面（不同于今人所说的言语，而是指审美表现形式风格的诸因素），"贵意者"是指

---

①　《叙小修诗》，《袁中郎全集》卷一。
②　《佩月堂诗稿序》，《陈忠裕公全集》卷二十五。

重性情者,"工词者"是指重形式者。陈子龙认为意与词缺一不可,"二者不可偏至",应该统一。重性情一派诗人,只注重直抒性情,而不注意形式美;重形式的一派诗人偏重形式美的讲求,而掩盖了性情,两者都有弊端。陈子龙认为《诗经》是这两方面统一的典范:

> 盖古者民间之诗,多出于纴织井臼之余,劳苦怨慕之语,动于情之不容已耳。至其文辞,何其婉丽而隽永也!得非经太史之采,欲以谱之管弦,登之燕享,而有所润饰其间欤。①

《诗经》有很多民间之作,这些作品与自己的劳动生活紧密相关,都是有感而发,其情深矣,而其文辞也婉丽隽永。一般而言,民歌不加修饰,文辞鄙俗,而《诗经》的民歌所以婉丽隽永者,陈子龙认为是经过太史的润饰。在《诗经》中,深至的情感与雅丽的形式得到了统一。后世的诗歌多出于文人之手,照理说应该能够将情与辞统一得很好,但是事实上却未能作到应有的统一。陈子龙认为,这是由于后代诗人或"贵意"或"工词",在两者之间总有所偏。这种偏至的状态自汉魏时代就已经存在。他说:

> 夫三代以后之作者,情莫深于《十九首》,文莫盛于陈思王,今读其"青青河畔草""燕赵多佳人",遂为靡丽之始。至《赠白马王彪》《弃妇》《情诗》诸作,凄恻之旨,溢于词调矣。②

《诗经》之后,情最深的是《古诗十九首》,但是其中"青青河畔草""燕

---

① 《佩月堂诗稿序》,《陈忠裕公全集》卷二十五。
② 同上。

赵多佳人"两首也文饰太过,陷入靡丽;《诗经》之后,文辞最美的无过曹植,但是其《赠白马王彪》《弃妇》等作品,却在形式上讲求不够,以至情溢于辞。情与辞两者的完美统一并非易事,却是陈子龙的诗学追求。他提出"情以独至为真,文以范古为美",正是要将真情与雅丽之词两者统一起来。他在《佩月堂诗稿序》中说:

> 今子之诗,大而悼感世变,细而驰赏闺襜,莫不措思微茫,俯仰深至,其情真矣。上自汉魏,下讫三唐,斟酌摹拟,皆供麈染,其文合矣。①

陈子龙认为宋氏之诗作到了两者统一。

古代诗学对于性情与形式风格的关系,一方面认为性情决定形式风格,形式风格是性情的表现,有什么样的性情,就有什么样的形式风格,形式风格必须有诗人性情的贯透,与自己的性情相一致,否则形式风格就与性情处于分离状态,就只是与性情无关的空壳。另一方面,也认为形式风格本身具有一定的独立性和继承性,承认形式风格有其自身的传统,并非所有的形式风格都具有审美价值,一种形式风格是否具有审美价值,必须放到审美传统中判定。在这两方面之间,就形式风格受性情的决定一面言,可以说形式风格内在于性情,或者说形式风格具有内在性;就形式风格具有独立性的一面言,可以说形式风格外在于性情,或者说形式风格具有外在性。这两者必须处于一种平衡状态。但是在这两者之间,七子派强调的是外在性的一面,强调形式风格的古典性;公安派强调的是内在性的一面,强调性情对形式风格的决定性一

---

① 《陈忠裕公全集》卷二十五。

极。陈子龙提出了真情的问题,宋征璧也说:"诗家首重性情,此所谓美心也。不然即美言美貌,何益乎?"①但是他们却不强调性情对形式风格的决定性一面,而是像七子派一样强调形式风格的独立性与传统性一面。公安派强调性情决定形式风格,其所谓真既要求性情本身的真实性,也要求形式风格具有自己的面貌,当代的性情必然要有当代的面貌。而云间派不强调性情对形式风格的决定性,因而他们所说的真性情可以只指性情本身的真实性,而不必要求有自己的面貌。自己的真性情可以用古人的表现方式和风格来表现,自己的性情可以有古人的面貌。在他们看来,只要有自己的性情,没有自己的面貌,也是真;但公安派认为,只有自己的性情,而没有自己的面貌,就是优孟衣冠,就是假。在云间派,真性情可以和古人的形式风格结合起来,而在公安派,真性情不能和古人的形式风格结合起来。这是两派诗学的重要理论分界之一。

西泠派与云间派一样也强调性情与格调的统一。毛先舒说:

> 鄙人之论云:"诗以写发性灵耳,值忧喜悲愉,宜纵怀吐辞,蕲快吾意,真诗乃见。若模拟标格,拘忌声调,则为古所域,性灵斯掩,几亡诗矣。"予案是说非也。标格声调,古人以写性灵之具也。由之斯中隐毕达,废之则辞理自乖。夫古人之传者,精于立言者为多,取彼之精,以遇吾心,法由彼立,杼自我成,柯则不远,彼我奚间?此如唱歌,又如音乐,高下疾徐,豫有定律,案节而奏,自足怡神,闻其音者,歌哭抃舞,有不知其然者,政以声律节奏之妙耳。倘启唇纵恣,戛击任手,砰磅伊亚,自为起阕,奏之者无节,则聆之者

---

① 《抱真堂诗话》。

> 不欣,欲写性灵,岂复得耶！离朱之察,不废玑衡;夔、旷之聪,不斥
> 琯律。虽法度为借资,实明聪之由人。借物见智,神明逾新,标格
> 声调,何以异此!①

"鄙人之论"是公安、竟陵派的观点。所谓"标格""声调"就是体格、声调,即格调。性灵派认为以古人的格调来抒写性情,就会掩盖自己的性灵;毛先舒主张,学习古人的格调正是为了表现自己的性灵。两种观点其实正道出传统诗学关于性情与形式风格关系的两个方面。前者是从性情一面谈形式风格,应该性情优先,性情决定格调,什么样的性情有什么样的格调,而不应以古人格调套在我的性情上,致使不能见出我的面目。毛先舒则是从形式风格的传统性一面说,古人的作品流传下来,必然在抒情方式上是最好的,这些典范已经形成传统,并且已经凝聚成法则,不仅体现在价值系统中,而且渗透到人们的审美趣味中,如此则美,不如此则不美,后人必须遵守才能被认可接受。这两面各有其合理性,问题是从前者言变,要变到能为传统所能接受的程度;从后者言继承传统,要以不掩盖自己的面目为限度,这样才能在两个尺度之间取得平衡。毛先舒说格调的继承性时,还要说性情决定格调的一面才能全面。他虽然说了"借物见智,神明逾新",但其立足点并不在此。

2. "先辨形体之雅俗","后考性情之贞邪":格调优先

　　尽管陈子龙主张以性情为本,形式风格为次,但他却认为形式风格的问题应优先考虑,进而提出论诗要先辨形式风格之雅俗,后考察性情的邪正。他说:

---

　　①　《诗辩坻》卷一。

> 夫今昔同情,而新故异制;异制若衣冠之代易,同情若嗜欲之
> 必齐;代易者一变而难返,必齐者深造而可得。故予尝谓今之论诗
> 者,先辨形体之雅俗,然后考性情之贞邪。假令有人操胡服胡语而
> 前,即有婉娈之情,幽闲之致,不先骇而走哉! 夫今之为诗者,何胡
> 服胡语之多也! ①

陈子龙认为,性情古今相同("今昔同情"),但是诗歌的形式风格则古
今有别("新古异制");因为性情古今相同,故对于诗人来说,只有修养
到与不到的差别,若修养不到的话,则通过努力可以达到;但在体格方
面,就如衣冠一样,代有不同,有雅俗之别,一旦陷入俗化,再返回雅道,
就很困难。陈子龙主张"先辨形体之雅俗","后考性情之贞邪",乃是
认为诗歌在形式风格上的雅俗之辨别优先于性情之正与邪的考察。这
种主张我们可以称之为格调优先。

　　陈子龙既主张以情志为本,以形式风格为次,又主张先辨形体,后
考性情,那么这两者有没有矛盾? 所谓本次,是表示价值等级的范畴,
是在两者之间判定哪一个为根本,哪一个更为重要,因而在判定诗歌价
值的时候,要以哪一个为更根本的标准。而所谓先后,在陈子龙来说,
并不表示价值高低的意义,而是表示程序的先后,先辨形体并不等于说
以形体为根本,只是表示这方面的问题程序上应该优先考虑。从理论
上说,两者并不矛盾。但是问题在于,如果一首诗形式风格不雅,而具
有真性情,换言之,性情上合乎要求,而形体上不符合标准,陈子龙应该
如何评价呢? 若依情志为本的观点,就应该从根本上肯定其价值。如
果按照先辨形体、后考性情的程序,则要先辨其形体之雅俗,先从次要

---

　　① 《宣城蔡大美古诗序》,《安雅堂稿》卷二。

方面入手,若形体不雅,次要的方面不符合要求,就不会考虑其性情这一根本性问题,不再论其性情。按照这种程序,作品在论性情之前,就先因其形体之俗而被否定,这样情志为本的定理就失去了效用。因此,陈子龙说情志为本,其实有一限定条件,即在形式体格方面必须先符合基本的要求。在上述前提条件之下,才能谈到性情这一根本的问题。这样先辨形体的程序性原则对情志为本的价值原则构成了限制。

事实上,陈子龙提出"先辨形体之雅俗"的主张,把形式风格的雅俗之辨置于优先考虑的位置,与他对当时诗坛状况的判断有关。他认为当时诗坛的主要问题是诗歌的俗化问题,其曰"夫今之为诗者,何胡服胡语之多也",可见在他看来诗坛俗化问题之严重。站在儒家诗学立场上看,诗歌的形式风格问题不仅仅是诗学问题,而且与政治道德有密切的关系。他说:

> 至万历之季,士大夫偷安逸乐,百事堕坏,而文人墨客所为诗歌,非祖述《长庆》,以绳枢瓮牖之谈为清真,则学步《香奁》,以残膏剩粉之资为芳泽。是举天下之人,非迂朴若老儒,则柔媚若妇人也。是以士气日靡,士志日陋,而文武之业不显。①

陈子龙认为,万历时代诗人崇尚长庆体、香奁体诗歌的审美风尚与晚明社会风气有密切关系。士大夫"偷安逸乐,百事堕坏"的社会政治状况影响诗风,盛行长庆体与香奁体,而这种审美风尚又影响了社会风气,并且产生了重大的社会政治后果。

---

① 《答胡学博》,《安雅堂稿》卷十八。

　　陈子龙以上论断主要是针对推崇白居易的公安派而发。他又认为,锺惺、谭元春二人虽想改变公安诗风,但也走错了道路:

> 　　(按,锺、谭)少知扫除,极意空淡,似乎前二者之失,可少去矣。然举古人所为温厚之旨,高亮之格,虚响沉实之工,珠联璧合之体,感时托讽之心,援古证今之法,皆弃不道,而又高自标置,以致海内不学之小生,游光之缁素,侈然皆自以为能诗,何则?彼所为诗,意既无本,词又鲜据,可不学而然也。①

竟陵派诗学崇尚“孟(按,浩然)、韦(应物)之枯淡”②,似乎可以免除迂朴、柔媚之弊,但其抛弃了汉魏、盛唐诗的主流传统,陈子龙站在儒家诗学的立场上深感不满,认为孟浩然、韦应物田园山水诗并非庙堂之响,实乃乡野之音,其清幽的诗境不能体现盛大之气象,这在明末国运飘摇的时代极为忌讳,常被视为衰世的象征,所以陈子龙批评他们“居荐绅之位而为乡鄙之音,立昌明之朝而作衰飒之语”,是“世运大忧”。③ 由此可见,陈子龙强调形式风格的雅俗之辨,与他强调诗歌要有“忧时托志”的内容一样都具有鲜明的政治意义。
　　既然诗歌审美风尚与时代政治的关系如此密切,那么挽救诗风就成为挽救时代政治的一部分。陈子龙曾与李雯、宋征舆共同选编《皇明诗选》,其目的就是要“去淫滥而归雅正”,“以维心术”。④ 云间派强调雅俗之辨的思想也体现在西泠派的诗学当中,柴虎臣认为“《三百》

① 《答胡学博》,《安雅堂稿》卷十八。
② 《成氏诗集序》,《安雅堂稿》卷三。
③ 《答胡学博》,《安雅堂稿》卷十八。
④ 《皇明诗选序》,《陈忠裕公全集》卷二十五。

而降,厥体屡变,根极性情,缘以文藻,轨因代殊,要归雅则"①,丁澎《正
巳堂诗集题词》称"风雅之归,典则居要"②,都强调典雅的重要性。西
泠派毛先舒等辑有《西陵十子诗选》,也是有感于"正声浸衰",而要以
十子的创作作为"颓流之障"。③ 云间、西泠派要求改变诗风,有着极为
强烈的现实政治意义。

3. 体格与音调

陈子龙所谓"辨形体之雅俗",包括两个方面:一方面是指审美特
征的辨析,另一方面是指价值评判。其所谓形体是与性情相对的,我们
在上文称之为形式风格,乃是一个宽泛的说法,其具体的意义包括两个
方面:体格与音调。

关于体格,云间、西泠派有时单称"体",有时连称"体格",乃指呈
现在诗歌体貌上的审美特征,其意义近于风格。体格在云间、西泠派诗
学中主要有以下的含义:

(1) 指诗歌作为一个文类的总的审美特征,与文、词等其他文类相
区别。比如说诗文各有体,诗庄词媚,就是指此而言。诗歌这一文类内
部各种诗体都体现出这些审美特征。用现代的术语说,这是诗歌的审
美本质特征。

(2) 指诗歌这一文类内部的不同体裁样式所具有的审美特征,如
五言古诗、七言律诗作为体裁样式所具有的审美特征。云间、西泠派认
为,某一体裁样式除了具有所有体裁样式共同具有的基本审美特征之
外,还具有该体裁样式作为一个体裁类别所应有的审美特征。如毛

---

① 《西陵十子诗选序》,《西陵十子诗选》卷首。
② 《扶荔堂文集》卷十一。
③ 《西陵十子诗选序》,《西陵十子诗选》卷首。

先舒说：

> 乐府、古诗，相去不远。然大抵古诗以和婉为旨，以详雅为绪，
> 以典则为其辞。乐府以淫泆凄戾为旨，以变乱为绪，以俳谐诘屈为
> 其词。①

此段就是对乐府体与古诗体的审美特征进行辨析。"和婉""详雅""典
则"是古诗作为一种体裁样式的典范的审美特征；"淫泆凄戾""变乱"
"俳谐诘屈"则是乐府作为一种体裁样式所具有的典范的审美特征。
各种诗体都有其典范的审美特征，区别于它种诗体。

（3）指某种题材或内容所具有的审美特征，如应制体、山水体、咏
物体等每一种体都具有典范的审美特征。陈子龙说："郊庙之诗肃以
雍，朝廷之诗宏以亮，赠答之诗温以远，山薮之诗深以邃，刺讥之诗微以
显，哀悼之诗怆以深。"②即指此类特征。

（4）指某一时代诗歌呈现出的审美特征，比如汉魏体、盛唐体、晚
唐体。既可以指该时代所有诗体的诗歌呈现出的总体特征，也可以指
该时代中某一诗体创作的审美特征。

（5）指某一个人或某一团体的诗歌所体现出的审美特征，如杜甫
体、江西诗派体等。这种意义上的体可以指某诗人各种体裁的诗歌呈
现出的总体特征，也可以指某一诗体作品的特征。

从体格的层面透视诗歌史，则整个诗歌史乃是体格的演变史。在
这一演变史中，各个时代有其特征，各个诗人有其特征，构成演变的环
节。如果以某一种诗歌体裁样式透视诗歌史，则见到的是某一体裁诗

---

① 《诗辩坻》卷一。
② 《皇明诗选序》，《陈忠裕公全集》卷二十五。

歌的体格的演变史,比如从七言古诗这一体裁的角度透视唐诗,见到的
就是唐代七言古诗的体格演变史,初、盛、中、晚各有其时代特征,各个
诗人也有其自己的特征。如果以诗歌的题材透视诗歌史,则见到的是
某种题材诗歌的体格的演变史,比如咏物、山水等各有其体格上的流
变。云间、西泠派的辨体就是从体格的层面对诗歌史的演变进行研究
辨析。他们对每一种体格都用品鉴性的词语来描述,比如陈子龙说杜
甫的七言古诗"雄健低昂"、李白"轻扬飘举"、李颀"隽逸婉娈",①就是
如此。每一个时代、每一个诗人的每一种体裁或题材诗歌的体格特征,
都被组织在云间、西泠派的体格演变史中,从而成为一个纵横交错的
系统。

　　但是,云间、西泠派并不是纯客观地对诗歌史上的各种体格进行辨
析,而是同时对各种体格进行价值判定,这就是所谓的辨雅俗。雅俗的
判定需要有标准,这就涉及其审美价值系统。云间、西泠派的审美价值
系统包括两个层面:一是各种诗歌体裁或题材各自的审美价值标准,比
如七古与七律、山水诗与咏史诗,各有其自身的审美价值标准;二是各
种体裁共同的审美价值标准。确立各种诗体的价值标准必须以各种诗
体共同的标准为依据,比如说七言古诗应该具有什么特征,必须以诗歌
应该具有什么特征为依据,而诗歌应该具有什么特征要以风雅传统为
依据,所以其价值系统的终极依据乃是风雅传统。要判定诗歌的审美
价值,必须将作品放到其诗学价值系统中来,不仅要看其符合不符合各
种体裁共有的价值标准,还要看其符合不符合某一体裁具体的审美价
值标准,这样来认定作品的格高与格卑。

　　由于云间、西泠派把体格的辨析与价值的判定结合起来,这样任何

---

　　①　《六子诗序》,《陈忠裕公全集》卷二十五。

时代、任何诗人的任何体裁或题材的作品，其体格的特征在云间、西泠派的审美价值系统中都有高下的判定。比如毛先舒认为七言歌行应主气势，从这种观点看王维七言古诗，他就认为"气骨顿弱，已逗中唐"，从气势的角度说，王维七言古诗确实不如岑参有力；从这种观点看孟浩然的七言古诗，其力度还不如王维，所以毛先舒说孟浩然的歌行"下右丞一格"。① 云间、西泠派对诗歌史进行体格的辨析，是为了确立最高的体格，以作为他们模仿的范本。

　　所谓音调，并非仅仅指押韵平仄这些形式特征，更是指诗歌中所体现出来的诗人的情感节奏、力度等因素。陈子龙称作古诗要"审音"，即审查音调：

> 词贵和平，无取优厉；乐称肆好，哀而不伤。使读之者如鼓琴操瑟，曲终之会，希声不绝。此审音之正也。②

陈氏所说的"正音"就是和婉的音调，因而他反对激烈的音调。这实际是诗人的情感状态在诗歌中的体现。诗人的情感激烈，诗歌的节奏必然急促，力度往往刚硬而外突，如人面红耳赤，青筋暴突，声色俱厉；诗人的情感和平，诗歌的节奏必然和缓，力度往往蕴含而不外突。在儒家诗学看来，诗歌的音调是诗人的情感状态的表现，而诗人的情感状态既与诗人的人格修养有关，也与时代政治相关。陈子龙在《皇明诗选序》中说"世之盛也，君子忠爱以事上，敦厚以取友，是以温柔之音作"，"其衰也，非辟之心生，而亢丽微末之声著"，③将和平的音调视为盛世之

---

① 《诗辩坻》卷三。
② 《李舒章古诗序》，《安雅堂稿》卷二。
③ 《陈忠裕公全集》卷二十五。

音,把激烈的音调看作是衰世之响,正是儒家诗学思想的体现。李梦阳说"宛亮者调"①,陈子龙称赞李舒章古诗,也说其"音则婉亮",亮是响亮,是壮亮,这是刚性与力度的表现,而婉则是和婉、和缓,这样有刚性、力度又含而不外露;亮是刚,婉是柔,只有刚则硬直,只有柔则易弱,两者相济,这是儒家传统中对于人之性格的基本要求。诗歌的音调不仅具有审美的内涵,更具有政治道德的意义。

从审美的层面看,音调作为一种韵律以及情感的节奏、力度感等因素组合而成的声音模式,能够给人以美感。照俄国形式主义诗学的说法,声音模式是诗歌语言区别于散文语言(日常语言)的重要特征之一,它把诗歌语言的美感凸现出来,使它脱离日常语言的实用性。照这种理论,一般认为形象是诗文的区别所在,而忽略音调的意义。在日常语言中,语音没有审美的价值,只不过是交流的手段,因而人们不去关注音调问题。但在诗歌中,语音不仅仅是达意的工具,还具有独立的价值,由字音组合的音调使其超越了工具性而具有独立的审美价值。形式主义诗学关于诗歌语音层面的作用的理论对我们理解明七子派至云间派强调诗歌的音调具有启发意义。从音调的层面看诗歌史,宋诗弱化了诗歌的音乐性,使诗歌语言与散文语言的界限模糊了。这实是宋人以文为诗的重要表现之一。严羽反对以文为诗,要恢复汉魏盛唐传统,但他注重的是兴趣、妙悟,用现代术语说是形象问题,尽管其论诗之六法中有"音节"一法,但在他的理论中未占突出地位。到明代李东阳,情形大为不同,他对诗的音调极为重视:"盖其所谓有异于文者,以其有声律讽咏,能使人反复讽咏,以畅达情思,感发志气,取类于鸟兽草木之微,而有益于名教政事之大。"②认为音调是诗区别于文的主要特

---

① 《驳何氏论文书》,《空同先生集》卷六十一。
② 《沧州诗集序》,《李东阳集·文前稿》卷五。

征之一。七子派诗学的目标之一就是恢复诗歌的音调,因而音调是其诗学的重要内容。七子派对古代诗歌的音调进行了细密的辨析,不同的有创造性的诗人各有其不同的音调,同时代的诗人在音调上表现出一定的共同性,而不同时代的诗歌在音调上有不同的特征。李梦阳所谓"古调""唐调",指的就是音调的不同时代特征。

正是因为音调不仅具有审美内涵,还具有政治道德意义,故云间、西泠派都十分重视诗歌的音调问题,音调成为其诗学的一个重要层面。他们在评诗时也每每对作品的音调进行辨析:

> 音节近谣辞。(宋征舆评何景明《莫罗燕》,《皇明诗选》卷一)
>
> 音调近《十九首》。(陈子龙评王世贞《答俞氏》,《皇明诗选》卷四)
>
> 音调从阮公得来。(陈子龙评刘基《旅兴》其二,《皇明诗选》卷二)
>
> 此乃齐梁间声调。(李雯评王世贞《置酒行》,《皇明诗选》卷一)
>
> 不失古调。(李雯评王廷陈《艳歌行》,《皇明诗选》卷一)
>
> 犹有初唐之调,故可存耳。(宋征舆评屠应峻《歌风台》,《皇明诗选》卷六)

在他们看来,并非任何音调都具美感,当代诗人已经不可能创造出美的音调,只有向古人学习,云间、西泠派的学古,其重要方面就是要学古人的音调。

云间、西泠派虽然主张以情志为本,格调为次,但是他们却"先辨形体之雅俗",把形式风格的问题放在优先位置考虑。这样形体之雅俗的辨析成为其诗学的中心问题。由于云间、西泠派认为当代诗人只有在格调上学习古人才能雅,这样辨形体又以对诗歌史的辨析为中心,而对诗歌史的雅俗之辨,正为当代的创作提供了典范与样本。

4. "规古近雅,创格易鄙":求雅与拟古

云间、西泠派要求体格、音调之雅,为什么要转向模拟古人? 为什么要"文以范古为美"? 当代诗人为什么自己不能创造出雅的形式风格?

陈子龙从雅俗之辨看形式风格的问题,认为雅丽的格调已经为前人创造完备,后代诗人已无再创造的可能。他说:

> 既生于古人之后,其体格之雅,音调之美,此前哲之所已备,无可独造者也。①

陈子龙并没有否认后人在体格音调方面有创新的可能性,而是说后代诗人不可能再创造出雅的体格与美的音调。为什么陈子龙认为后代诗人不能创造出雅的格调? 这是因为他所谓雅是以古人作为标准来衡量,以同于古人为雅,异于古人为俗(当然,陈子龙等人对于古人的传统也有鉴别,并不是认为所有的古代作品都雅,他确立了诗歌的审美正统,此点稍后再论)。后代诗人如果求雅,就只能转向古人,模拟古人的格调,而不能独创,所以陈子龙说:"生于后世,规古近雅,创格易鄙。"②后代诗人模拟古人的格调近于雅,而要在格调方面创新的话,易落入鄙俗。这是云间派在格调上模拟古人的理论依据。

陈子龙并非没有意识到创造性的价值,但是在陈子龙,诗歌的创造性必须放在雅俗范畴之下,而在大小传统即雅俗界限分明的背景下,诗

---

① 《李舒章仿佛楼诗稿序》,《安雅堂稿》卷三。
② 《青阳何生诗稿序》,《安雅堂稿》卷二。

歌属于大传统即雅文化的范畴,雅不仅具有审美价值,更与整个文化价
值系统相关联,标志着诗歌在整个文化价值系统中的大传统的文化定
位,而创造性的价值只体现在诗歌的价值系统内部,只具有审美价值,
因而雅的价值高于创造性价值;古人可以将雅与创造性统一起来,这当
然是最理想的状态,但在当代已不能再有这种统一,因为在他看来雅与
古相连,创与俗相连;当这两者不能统一之时,就要舍弃创造性,而求
雅。求雅,就只能复古。雅俗之辨束缚了诗歌的创造性。

　　陈子龙的这种观点不仅代表了云间派,也代表了西泠派。毛先
舒说:

　　　　鄙人之论又云:"夫诗必自辟门户,以成一家,倘蹈前辙,何由
　　特立?"此又非也。上溯玄始,以迄近代,体既屡变,备极范围,后
　　来作者,予心我先,即有敏手,何由创发? 此如藻采错炫,不出五色
　　之正间;爻象递变,不离八卦之奇偶。出此则入彼,远吉则趋凶。①

"鄙人之论"云云指公安、竟陵派主创新的观点。毛先舒认为,诗歌发
展到近代,"体既屡变,备极范围",各种体都已完备,后人无法再有创
造。就如各种绚丽的色彩都不过是基本的五色的组合,各种卦象变化
离不开八卦的奇偶组合。如果说陈子龙只是强调美和雅的格调已经无
法再创造,毛先舒则进而称一切体格已无创新的可能。

　　云间、西泠派的这一观念源自明代七子派。被后七子派代表人物
王世贞列为"末五子"之一的胡应麟说:

　　　　诗至于唐而格备,至于绝而体穷。故宋人不得不变而之词,元

────────────

　　① 《诗辩坻》卷一。

> 人不得不变而之曲。词胜而诗亡矣,曲胜而词亦亡矣。①

胡氏认为诗歌到唐代已经在体格方面发展到尽头。在我们看来,宋诗虽不能说在体上有创造,但在格上却突破了传统。而在复古派的诗学价值系统中,这种突破传统的变格不被承认,因而胡应麟说宋代"诗亡"。这种观点认为,诗歌自唐代以后已经没有再变的可能性,诗歌的创造性价值只能体现在唐以前,而唐以后的诗人不应该再追求新变。既然唐以后的诗人不应该追求创造性价值,那么后代的诗人应该追求什么? 后代诗歌的价值何在? 胡应麟说:

> 明不致工于作,而致工于述;不求多于专门,而求多于具体,所以度越元宋,苞综汉唐也。②

明诗所走的道路不是"作",不是创造,而是"述",是复古。在胡应麟看来,宋元时代就应该走"述"的道路,但他们走错了道路。述而不作在诗歌史上有什么地位呢? 胡应麟认为汉唐作者擅长的是某些诗体,是专门家,明人可以取各体的最高格而加以模拟,如此可以兼善众体,而且每一种体都是最高格,这样就兼有汉唐之长,是集其大成。于是述而不作的明诗就有了自己的价值地位。云间、西泠派的诗学价值取向正是从七子派那里而来。陈子龙说,前后七子复古,"尝以一人之力,兼数家之长。虽作述有殊,然专者易工,该者难合。程其劳逸,未可轻也。是以昭代之诗,较诸前朝,称为独盛"③。他认为前人是作,七子派是

----

① 《诗薮》内编卷一。
② 同上。
③ 《皇明诗选序》,《陈忠裕公全集》卷二十五。

述;前人是专擅,七子派是兼长;专擅容易,而兼长困难,因而对七子派述而不作的价值应该大力肯定。这种观点与胡应麟如出一辙。

其实,创造性的要求在七子派诗学中也有人提出过。前七子派的何景明在与李梦阳的论辩书信中就提出过诗歌的创造性问题,他主张"富于材积,领会神情,临景结构,不仿形迹","自创一堂室,开一户牖",①但这种观点受到李梦阳的猛烈抨击。在李梦阳看来,所谓"自创"必然要背离传统,而诗歌传统是万古不变的。他称:"学不的古,苦心无益。又谓文必有法式,然后中谐音度,如方圆之于规矩。古人用之,非自作之,实天生之也。今人法式古人,非法式古人也,实物之自则也。"②李梦阳把古人的法则上升到物之自则的高度,古人的法则就脱离了具体的时代而成为永恒的法则。在这种观念下,李梦阳取消了诗歌的创造性尺度。他说:"夫文与字一也,今人模临古帖,即太似不嫌,反曰能书,何独至于文而欲自立一门户耶?"③李、何之争是诗学内部传统与创造两个价值尺度失衡乃至冲突的表现。在今天看来,何景明的主张更具有合理性,但当时理论背景下,何氏的主张必然要受到排斥。其实,何景明所谓"自创"与今人所理解的创造性有所不同。他不是不要学习古人,不是不要复古,只是要在总体上复古的前提下有某些新变,只是要"不仿形迹"即不求形似而已。但他从理论上把创造性问题提出来,要求重视这一尺度,就必然引起传统与创造两种尺度之间的紧张,对复古模拟构成了理论障碍,这与当时诗学思潮的主流不符。到后七子时,王、李主盟,何氏之主张已成绝响,模拟成为主流的价值取向。

---

① 《与李空同论诗书》,《大复集》卷三十二。
② 《答周子书》,《空同先生集》卷六十一。
③ 《再与何氏书》,《空同先生集》卷六十一。

　　云间派、西泠派继承了前后七子派的主流倾向,但是他们在公安派抨击七子派模拟之弊之后,也不能不受其影响。陈子龙说:"夫诗衰于宋,而明兴尚沿余习,北地(按,李梦阳)、信阳(何景明),力返风雅,历下(李攀龙)、琅琊(王世贞),复长坛坫,其功不可掩,其宗尚不可非也。"①陈子龙从主流方向上肯定了前后七子派的复古"宗尚",但较之李梦阳、李攀龙等,他已经认识到创造性价值的问题,所以他对前后七子的"摹拟之功多,而天然之资少"也有所指摘。其《仿佛楼诗稿序》认为:"盖诗之为道,不必专意为同,亦不必强求其异。"他认为所同者在体格音调方面,即上文所谓"体格之雅,音调之美,此前哲之所已备,无可独造者"。关于所异者,他说:

　　　　至于色采之有鲜萎,丰姿之有妍拙,寄寓之有浅深,此天致人工,各不相借者也。譬之美女焉,其托心于窈窕,流媚于盼倩者,虽南威不假颜于夷光,各有动人之处耳。若必异其眉目,殊其玄素,以为古今未有之丽,则有骇而走矣。②

诗歌的格调前贤已备,后人不能再去创造,只能复古。但后人可以在"色采""丰姿""寄寓"诸方面与前人有所不同。这三方面中,寄寓属于内容方面,而色采、丰姿属于表现形式。陈子龙提出"情以独至为真,文以范古为美",所谓范古之文就是体格,而独至之情乃是寄寓的问题。由此可以看出,在诗歌表现形式方面,陈子龙虽然要在同与异之

间作出折中,虽然承认了变,但能变的仅限于姿色的层面,而基本的格调层面不能变,所以其立足点还是在同。用现代的流行的术语说就是"求大同存小异"。站在这种立场上看公安派,其弊端在于废除了古人的体格音调,只求异而不求同,所以陈子龙批评他们"师心诡貌,惟求自别于前人",以至于"万历以还数十年间,文苑有阕两之状,诗人多侏俪之音也"。① 站在这种立场上看复古派,求同而不知变者也可原谅,因为其主流是对的。唯其如此,毛先舒说:"要期合律,虽递袭而不妨乎高;苟乖大雅,则弥变弥堕。"②他为只知复古而不求变通者作出了辩护:

> 抑有专求复古,不知通变,譬之书家,妙于临模,不自见笔,斯为弱手,未同盗侠。何则? 亦犹孺子行步,定须提携,离道便仆。故孺子依人,不为盗力,博文依古,不为盗才。作者至此,勿忘自强,然而有充养之理,无助长之法也。③

毛氏以书法为例,认为擅长临摹而无创造性的书法家,只能视之为境界未至,乃为弱手,而不可谓其剽窃。诗歌亦同此理。

　　这里涉及学诗过程与创作诗歌两个不同层面的问题。今人受西方诗学影响,从逻辑上讨论诗歌应该如何如何,中间有一预设,即创作主体乃是符合其诗学的理想诗人,创作活动是应当如此的典型状态。现代诗学不谈一个人如何成为诗人的过程,认为这是入门书要解决的问题,而古人论诗(指文人诗)并非如此。古代诗学既论诗当如何,标出

---

① 《仿佛楼诗稿序》,《陈忠裕公全集》卷二十五。
② 《诗辩坻》卷一。
③ 同上。

一种最高境界;也说怎样达到这种境界,即功夫。这就如儒家不只说圣人是如何如何,标出圣人的境界,也说怎样成为圣人,即所谓成圣功夫。从这种角度看,现代诗学一般只从境界上说,不就功夫上论;而古代诗学则是境界与功夫一起说,要讨论如何达到某种境界,所以刘勰论文要讲文章作法,严羽高谈妙悟,但也要说诗法,王渔洋谈神韵,也要谈诗法。因为在古人看来,境界无论多高,总要有入手的途径,否则这种境界只是缥缥缈缈,如在天际,高固高矣,却无所从入,只是枉然。从功夫的角度说诗,要说学诗的过程。要学诗必须从模拟前人的作品入手,然后才谈得上创造。书法也是如此。学书法不临帖,上来就讲创造性,自成一家,会被认为是无知。学书者必须先临帖,先求似,然后再求不似,自成一家。毛先舒说:"学诗如学书,必先求其似,然后求其不似,乃得。"①正是此意。但是,毛先舒没有看到评诗与学诗不同。评诗是从最高境界上说,谓诗歌应当如此,所以应该要求诗人有自己的面目;而从学诗的过程即从功夫上说,则不必作这一要求。毛先舒将对待学诗的态度与评诗的标准混淆了,就容易把不成熟的习作当作文学作品。

5. 拟古:追求体格、音调的单纯性

云间、西泠派学古与七子派一样,突出特点是追求体格、音调的单纯性。学一种体就要专学一体,而不能杂入他体。由于追求单纯性,故其学古追求在体格、音调上与古人相似,这种学古的方式必然要在格调上模拟古人。这是复古派学古的最突出的特征之一,也是其最大的弊病所在。陈子龙说:

① 《诗辩坻》卷三。

生于后世,规古近雅,创格易鄙,然专拟则貌合而中漓,群汇则采杂而体乱。①

所谓"专拟",即要学习某种体,就专门模拟这种体。比如学《古诗十九首》,就专模拟此体而不杂入他体。这是追求体的单纯性。所谓"群汇",就是不仅学习一家或一体,而是汇取各家。汇取各家,把各家的特征综合在一起,就会杂有各家特征,但与所学的各家皆不全似,从单纯性的角度看是所谓"体乱"。这种由不同的体组成的"杂体"放在传统中看,等于又添了一种新体,由于陈子龙等人认为后人在体格上的创新必然会陷入鄙俗,因而此一新特征在其审美价值系统中不被承认。这种追求体的单纯性的思想来自七子派。前七子派的王廷相说:

君子之言曰:诗贵辨体。效《风》《雅》,类《风》《雅》;效《离骚》《十九首》,类《离骚》《十九首》;效诸子,类诸子;无爽也,始可与言诗已矣。②

后七子派王世贞的弟弟王世懋《艺圃撷余》曰:

作古诗先须辨体。无论两汉难至,苦心模仿,时隔一尘;即为建安,不可堕落六朝一语;为三谢,纵极排丽,不可杂入唐音。小诗欲作王、韦,长篇欲作老杜,便应全用其体。第不可羊质虎皮,虎头蛇尾。词曲家非当家本色,虽丽语博学无用,况此道乎?

---

① 《青阳何生诗稿序》,《安雅堂稿》卷二。
② 《刘梅国诗集序》,《王氏家藏集》卷二十二。

七子派的辨体落实到自己的创作上,就是要为模仿古人服务。只有仔细辨析,才能认清各家的特征,才能学一种体像一种体,才不会杂入其他体。

诗歌的格调涉及语词运用、意象构成、句法结构、篇章结构等诸层面,这些层面结合为一个系统,形成诗歌在审美表现方式及审美风貌上的特征。其中一个层面的变化会引起诗歌整体美感的变化。以诗歌语言为例,诗歌语言对诗歌的美感具有强大的影响力。由于时代的发展,言文之间分离得越来越远。诗歌的韵律在唐代已经定型,后代作诗用的都是唐韵。因而诗歌至少在语音上已经与当代语言有很大的差别。诗歌在语词上也有其传统,具有了一定的封闭性。形式美学对实用语言与审美语言作了区分。在实用的场合中,语言只传达实用的信息,人们只注意其实用方面的意义,对其超出实用以上的各种色彩并不注意。而在审美的场合,这些色彩都具有重要的审美意义。语言不仅有口语与书面语的语体上的区别,也有时代色彩的差别。如果把当代色彩的语言带入古诗体当中去,也就把当代的时代色彩带入其中。这样造成的审美感觉就有当代感。这就是所谓的不古的感觉。七子派追求复现古人的审美特征,正面临这样的问题。比如明代的官名、地名,与古代已有不同,如果照当代的名称写进诗中,这就把当代色彩带进诗歌里。从审美感来说,古的审美色彩感与今的审美色彩感之间就会引起冲突,就会破坏他们所追求的纯粹的古典之美。七子派主张,学汉魏就要用汉魏的语言,学六朝就要用六朝的诗歌语言,其原因就在这里。李梦阳主张用典应用唐以前典故。典故也带有时代色彩,如果追求纯粹的古典风格,后代的典故会影响到审美风格的单纯性。由于七子和西泠、云间派等人的学古追求的是审美的单纯性,所以他们对各个时代诗歌美感的时代色彩特别敏感,有精细的辨析。

但是,陈子龙已经自觉追求纯粹性带来的问题,后人的拟作固然貌似古人作品,但缺乏自己的情感。这一问题在他的诗学中未能得到很好的解决。

三　汉魏、盛唐、明诗: 云间、西泠派确立的风雅正宗

云间、西泠派要辨诗歌形体之雅俗,就要对诗歌的审美特征作出判断,但是作出判断需要有标准,什么形式风格是雅? 什么是俗? 比如陈子龙认为古人为雅,为什么古人才雅呢? 他批评晚明人学长庆体、香奁体的审美风尚,长庆体、香奁体不是古代之体吗? 何以长庆体、香奁体不可学呢? 这背后是隐含着审美价值标准的。而标准的确立又要有标准来说明,这样追问下去,整个诗学价值系统必须有个最后的基石,正是在这个基石上,整个诗学价值系统得以建立。

1. 风雅传统的最高地位与汉魏、盛唐诗歌正统地位的认定

对于儒家文艺观来说,《诗经》不仅是诗歌史的源头,而且是整个诗学价值系统的基础。就前者而言,后代的诗歌皆是源此而来,就后者言,它是衡量诗歌价值的最后的终极的依据。正是由于《诗经》既是诗歌史的源头,又是最高的价值标准,所以后代诗歌作品的价值及其在诗歌史上的地位乃是以其继承风雅传统的程度为根据的,这样评价诗歌只能是向前看,将后人的作品放到风雅传统中来,与风雅传统作比较,不是肯定对风雅传统的变异,而是肯定与风雅传统的类同,这就决定了儒家诗学的价值系统从总体上说乃是一个尊重传统的复古的系统。

但是,由于后人对于风雅传统的诠释不同,因而在尊风雅的大的价值系统中也可以引申出不同的诗学观点。七子派尊风雅传统,但比较偏向从审美表现方式方面诠释风雅传统;钱谦益也尊风雅传统,却偏向

从言志抒情的角度诠释风雅传统。正是由于对于风雅传统理解与诠释上的差异，所以七子派尊传统，必然会重在形式风格方面的复古；钱谦益尊传统，则强调学习古人的言志抒情。同样是尊风雅，会有截然不同的诗学观，是由于各人站在自己的立场上理解与诠释风雅传统，即便是在七子、云间派内部，由于诠释的差异，其诗学立场上也存在着某些不同。这一点我们将在后面讨论。

在风雅传统被确立为诗学价值系统的基础之后，后代的诗歌的价值就必须以风雅传统为价值标准来认定。《离骚》经过了数百年的争论，被接纳进了风雅传统而被与《国风》并称为"风骚"。整个接纳过程就是审查其是否符合风雅传统的过程。刘安认为"《国风》好色而不淫，《小雅》怨悱而不乱，若《离骚》者可谓兼之"①，刘勰认为《楚辞》是"《雅》《颂》之博徒"②，都是将其放到风雅传统中来认定的。由于被认定符合风雅传统，所以《离骚》获得了近乎经典的地位。

自六朝至明末，诗学史上有三次大的价值厘定。第一次是在唐代，但可以上溯到梁代的锺嵘，其《诗品》一是叙源流、二是评高下。上品诗歌的源头乃是《国风》《小雅》《离骚》。因而《诗》《骚》成为评判诗歌的价值标准。到唐代陈子昂肯定"汉魏风骨"，得到普遍的认同，汉魏诗歌传统实际上取得了亚经典的地位。第二次是在南宋末年，以严羽为代表，肯定盛唐诗的传统，批评宋诗传统，到元代确立了盛唐诗歌的正统地位。第三次是明前后七子，上承严羽，在理论上肯定汉魏、盛唐传统，并力图在创作上复现这种传统，使得回归汉魏、盛唐传统成为声势浩大的复古运动。云间、西泠派在公安、竟陵派打破了七子派确立的诗歌正宗之后，要重建汉魏、盛唐的正统地位，并且认定前后七子诗是

① 《史记·屈原列传》。
② 《文心雕龙·辨骚篇》。

汉魏、盛唐诗的继承者,这样就形成了诗歌史上汉魏、盛唐、明诗三个高峰时代。这三次价值厘定都以追溯传统为特征。

云间、西泠派认定汉魏、盛唐的正宗地位,也是先确立风雅传统的最高地位,然后将各个时代的诗歌放到风雅传统中作比较,符合者肯定之,背离者否定之,因而他们的诗学价值系统也是一个尊传统的复古系统。

陈子龙说:"吟咏之道,以《三百》为宗。"①这是要确立《诗经》的最高价值地位。宋征舆称"汉之苏武、李陵,无名人《古诗十九篇》,魏之曹植,晋之阮籍,皆风人之遗也"②,肯定了汉魏乃至晋诗对《诗经》的继承。这种说法与七子派基本一致。李梦阳说:"夫《三百篇》虽逖绝,然作者犹取诸汉魏。"③这是以汉魏为风雅传统的继承者。何景明曰:

> 夫周末文盛,王迹息而诗亡。孔子、孟轲氏盖尝慨叹之。汉兴,不尚文而诗有古风,岂非风气规模犹有朴略宏远者哉!继汉作者,与魏为盛,然其风斯衰矣。④

何景明认为汉诗有"古风",就是认为汉代继承了风雅传统。他所说的"古风"是指汉代诗歌在审美上的质朴特征。尽管他认为魏诗不如汉代存有"古风",但他还是将汉魏并称,谓为"汉魏之风"。何景明认为汉魏以后诗歌远离了风雅传统:"晋逮六朝,作者益盛,而风益衰。"⑤而

---

① 《左伯子古诗序》,《安雅堂稿》卷四。
② 《皇明诗选序》,《陈忠裕公全集》卷二十五。
③ 《刻阮嗣宗诗序》,《空同先生集》卷四十九。
④ 《汉魏诗集序》,《大复集》卷三十四。
⑤ 同上。

宋征舆则认为齐梁以后诗歌远离了风人传统:"自齐梁声偶之学兴,而风人之致益寡。"①虽则两人所划的时代界线有所不同,但他们都认为其所说的时代的诗歌远离了风雅传统。

七子派及云间、西泠派都推崇盛唐,陈子龙《壬申文选凡例》说"文当规摹两汉,诗必宗趣开元"②。他们对唐诗的肯定也只能是肯定其继承传统的一面,何景明说陈子昂至李、杜等初盛唐诗人都是"好古者"③,正是如此。但盛唐诗在风雅传统中的地位如何排定?汉魏和盛唐相比地位有无差别呢?这是他们必然要面对的问题。

七子派认定《诗经》既是后代诗歌的源头,又是后代诗歌最高的典范,也是评判后代诗歌的最高标准,而他们对风雅传统的理解又与《诗经》特定的审美表现方式及特征联系在一起,那么这种认定已经隐含了否定新变的思想。诗歌在形式上的演变,必然使得诗歌在体格上离开其源头,若以源头为最高范本和价值标准,则后代诗歌越发展变化,越远离其源头,其价值就愈低。事实上何景明即持这种观点。他称汉诗有"古风",魏诗"其风斯衰矣",晋至六朝诗"风益衰","唐诗工词,宋诗谈理,虽代有作者,而汉魏之风蔑如也"。④ 整个诗歌史就是"古风"衰微以至完全丧失的过程。胡应麟也持这种观点。他说:"《三百篇》降而《骚》,《骚》降而汉,汉降而魏,魏降而六朝,六朝降而三唐,诗之格以代降也。"⑤这显然是说距离《诗经》的时代越远,诗歌的品格就越低。按照这种说法,不仅汉魏诗高于唐诗,就是齐梁诗在品格上也高于唐诗。其实,七子派都崇尚唐诗,但是把唐诗放到风雅的传统中来看

① 《皇明诗选序》,《陈忠裕公全集》卷二十五。
② 《陈忠裕公全集》卷三十。
③ 《海叟集序》,《大复集》卷三十四。
④ 《汉魏诗集序》,《大复集》卷三十四。
⑤ 《诗薮》内编卷一。

的话,唐诗在他们的诗学价值系统中不能享有崇高的地位。因为他们以《诗经》为最高范本和价值尺度,首先肯定汉魏传统的亚经典地位,然后又以汉魏传统为标准来衡量后代诗歌,事实上在审查唐诗之前就已经先确认了汉魏传统在价值上高于唐诗。虽然胡应麟也说"上下千年,虽气运推移,文质迭尚,而异曲同工,咸臻厥美"①,表明其价值尺度不是单一的,从美的角度可以肯定唐诗的价值,但从品格上却贬低了唐诗的地位。因而七子派虽然在创作上模拟唐诗,但在理论上并不能真正解决唐代诗歌价值地位的问题。

　　云间派评价汉魏传统与唐诗传统时,也认为汉魏传统高于唐诗。宋征舆与七子派一样认为唐诗远离了风雅传统,他说:

　　　　唐人五七言近体绝句作,而绳墨饰然,比于律令。我不敢谓初唐四家、李白、杜甫、王维、高适诸人无当于诗,然其视《三百篇》也,犹之延年之新声,必不协于伶伦之嶰竹矣。②

在他看来,唐诗与《诗经》的不同,正如汉武帝时代李延年制作的新乐与黄帝时代伶伦用嶰竹奏出的古乐之不同。宋征舆不是肯定后代的发展,而是批评其不符合传统。西泠派的理论代表人物毛先舒甚至与七子派一样认为六朝诗比唐诗更多地继承了传统:

　　　　汉变而魏,魏变而晋,调渐入俳,法犹抗古。六代靡靡,气稍不振,矩度斯在。何者?俳者近拙,拙犹存古;藻者征实,实犹存古。嗣是入唐,为初为盛,麟德、乾封间,气魄已见,开元而后,奇肆跌

　　① 《诗薮》内编卷一。
　　② 《皇明诗选序》,《陈忠裕公全集》卷二十五。

宕,穷姿极情,譬犹篆隶流为行草耳。穗迹云书,永言告绝,怀古之
士,犹增欷歔。然而谈者方夸为中兴,谓足高掩六季,何邪?①

从汉到晋,诗歌趋向于俳俪,注重诗语的偶对。陆机诗为其代表,毛先
舒称之为"骈整"②。这一特征为谢灵运所继承。陆机时代的俳俪偶对
处于讲求形式的初期,与唐诗的精巧相比,未免显得笨拙。但在毛先
舒看来,这种拙处正是其保留古风的所在。六朝诗讲求藻采,要对字词进
行研求组纂,这与唐诗的讲求气魄、奇肆跌宕相比,还是显得朴实,这种
朴实正是其保留传统的所在。毛先舒认为,六朝诗比唐诗更多地继承
了传统,因而他反对将唐诗置于六朝之上:

> 高廷礼曰:"汉魏质过于文,六朝华浮于实,得二者之中,备风
> 人之体,惟唐诗为然。"案高语是以唐人高于汉魏也。且汉魏非乏
> 采,而六朝絜汉为摘华,较唐犹为存朴,徒自俳俪句字求之,真以目
> 皮相耳。③

高棅在《唐诗品汇》中,从文质统一的角度出发,认为汉魏质胜于文,六
朝文胜于质,而唐诗文质彬彬,得二者之中,为诗歌史的最高峰。毛先
舒反驳这种观点,认为汉魏诗并不缺乏文采。毛先舒所说的文采不仅
是字词的华丽,更是诗歌中所写的花草虫鱼这些自然之物。他又认为,
六朝诗与汉魏相比尚属华丽,但与唐诗相较则还是朴质。在他看来,高
氏之论只是着眼于字句形式,乃是皮相之见。

---

① 《诗辩坻》卷一。
② 《诗辩坻》卷二。
③ 《诗辩坻》卷三。

陈子龙也认为汉魏诗比唐诗更多地继承了风雅传统,但是,当他抛开具体的形式风格特征而从比兴的角度来评价唐诗时,却认为初盛唐诗歌继承了风雅传统,并且以为中晚唐诗也继承了这种传统。他说:

> 夫中晚之诗,凡郊庙典则,赠答雍容,每芜弱平衍,不敢望初盛之藩。若事关幽怨,体涉艳轻,或工于摹境,征实巧切;或荒于措思,设境新诡;要能使人欣然以慕,慨然以悲。惟其意存刻露,与古人温厚之旨或殊,至其比兴之志,岂有间然哉!①

在他看来,中晚唐诗的刻露不符合温柔敦厚的诗教,但其用比兴以抒情却符合传统。陈子龙对唐诗实际上持有宽与严两种衡量尺度,当他将唐诗与汉魏传统相比较时,往往持严的标准,以表明其尊汉魏于唐诗之上的态度;当独立就唐诗作出评价时,往往持宽的标准,以肯定唐诗的风雅正统地位。

从理论渊源上说,七子、云间、西泠派尊汉魏、盛唐的观点与严羽诗学有继承关系,但是七子、云间诸子尊汉魏于唐之上,与严羽相同。严羽未从《诗经》出发建立其诗学价值系统,因而在严羽的诗学中没有以距离风雅传统的远近来评诗的问题。他认为汉魏晋、盛唐都是第一义,并没有对二者作高下的区分,而且在论述中“舍汉魏而独言盛唐”,显然是以盛唐而概汉魏。这种观点与七子、云间诸子颇为不同。盛唐诗在严羽诗学价值系统中的地位与在七子派诗学价值系统中是不同的。今人每言七子派继承严羽思想,多未注意到两者的差别所在。

诗歌的发展越来越远离其源头,唐诗与《诗经》传统存在着巨大的

---

① 《沈友羹诗稿序》,《安雅堂稿》卷三。

差异,这是诗歌史的事实。由于七子、云间及西泠派的审美价值系统是以《诗经》为基点建立起来的重传统、重同的价值系统,所以对唐诗的变异也是否定的。但是,唐代毕竟是诗歌兴盛的时代,七言古诗体及律诗、绝句体都在唐代成熟定型并取得巨大的成就,无论是七子派还是云间、西泠派诗人都推崇唐诗,不过在汉魏传统与唐诗传统之间,他们必然将汉魏传统置于比唐诗更高的位置。汉魏时代的代表诗体是乐府体与五言古诗体,因而他们也将这两种诗体置于更高的地位,在编集自己的诗集时,也是将乐府体与五言古诗体置于前列。云间、西泠派内部对传统诠释有异,其对唐诗的评价也并不完全相同。这表现出他们对待唐诗的矛盾态度。

2. 对宋元诗传统的排斥与对七子派复古方向的肯定

当云间、西泠派以其价值系统衡量宋诗时,便发生了认同的危机,他们把宋诗排斥在风雅传统之外。

其实传统诗学对于宋诗的认同危机早在宋代已经出现。严羽对宋诗的批评就是这种认同危机的典型体现。严羽论诗以汉魏、盛唐为第一义,其审美价值系统是立足于汉魏、盛唐诗歌传统建立起来的。他说"诗者,吟咏情性也"①,又说"诗有别才,非关书也;诗有别趣,非关理也"②,都是对汉魏、盛唐传统的理论概括。他以汉魏、盛唐传统为标准衡量宋诗,认为宋诗背离了这一传统,所以他说:"近代诸公乃作奇特解会,遂以文字为诗,以才学为诗,以议论为诗。夫岂不工,终非古人之诗也。"③所谓"终非古人之诗"就是不符合汉魏、盛唐传统。元代诗学

① 《沧浪诗话·诗辨》。
② 同上。
③ 同上。

继续对宋诗提出批评。相传是傅与砺述范德机意而作的《诗法正论》
指出："唐人以诗为诗，宋人以文为诗。唐诗主于达性情，故于《三百
篇》为近；宋诗主于立议论，故于《三百篇》为远。"这里是把唐宋诗放到
《诗经》的传统里来衡量，认为唐诗继承了《诗经》传统，而宋诗背离了
《诗经》传统。不仅如此，论者还把《诗经》以来的抒情传统上升到诗歌
本质的层面，以抒情与议论作为诗文的分界，这样宋诗不仅背离了《诗
经》的传统，也违背了诗歌的抒情本质，因而是"以文为诗"。元代出现
的回归唐诗的思潮不能不说与这种认识有关。

　　明七子派排斥宋诗，也是因为在他们看来，宋诗背离了风雅传统。
他们对宋诗的抨击主要在三个方面：一是宋诗说理议论，二是宋诗缺乏
比兴，三是宋诗没有音乐性。李梦阳抨击"宋诗主理"，称："诗何尝无
理？若专作理语，何不作文而诗为邪？"①认为诗歌应该抒情，宋诗"专
作理语"是文而非诗。七子派在《诗经》的赋、比、兴三种表现方式中强
调比兴传统，李梦阳说："夫诗，比兴错杂，假物以神变者也。"以此为依
据，他批评"宋人主理，作理语，于是薄风云月露，一切铲去不为，又作
诗话教人，人不复知诗矣"②。宋人主理，铲除了风云月露之类比兴之
辞，就有赋而无比兴，李梦阳又说："古诗妙在形容之耳，所谓水月镜
花，所谓人外之人，言外之言。宋以后则直陈之矣。"③"直陈之"即赋
也。在李梦阳看来，宋诗废比兴而用赋法，背离了传统。七子派抨击宋
诗的第三个方面是宋诗没有音乐性。李梦阳说："诗至唐，古调亡矣，然
自有唐调可歌咏，高者犹足被管弦。宋人主理不主调，于是唐调亦亡。"④

①　《缶音序》，《空同先生集》卷五十一。
②　同上。
③　《论学》下第六，《空同集》卷六十六。
④　《缶音序》，《空同先生集》卷五十一。

指出了宋诗缺乏音乐性的问题。李梦阳抨击宋诗的三个方面都与其主理有关,因为主理,背离了抒情性传统,背离了比兴传统,背离了音乐性传统。而李梦阳对宋诗的抨击恰恰彰显出他们所理解的审美正统的三个基本方面:抒情传统、比兴传统、音乐性传统。

　　云间、西泠派继承了七子派诗学,继续对宋元诗进行抨击。云间、西泠派与七子派一样强调比兴传统。陈子龙曰:

　　　　君子之修辞也,正言之不足,故反言之;独言之不足,故比物连类而言之,是以六义并存,而莫深于比兴之际。①

他要求诗歌"托意"要"微",认为"深永之致皆在比兴,感慨之衷丽于物色",②要把诗人的情感曲含在形象当中,以期含蓄委婉。从比兴出发,陈子龙对中晚唐诗也作了某种肯定,这种肯定与七子派不同。毛先舒《诗辩坻》要求诗歌要含蓄,"微之以词指,深之以义类",要作到这一点,应该运用比兴。他以《诗经》立论,认为"含蓄者,诗之正也;讦露者,诗之变也"③,崇正而抑变。西泠诗人张纲孙论诗谓"少陵七律能用比兴,他人虽极工炼,不过赋尔"④,可知他也是重比兴而轻赋。从比兴出发,必然要否定宋诗。陈子龙说:"宋人不知诗而强作诗,其为诗也,言理而不言情,故终宋之世无诗焉。"⑤他把言情与否看作是诗与非诗的界限,宋诗不言情而言理,所以可以说宋无诗。毛先舒甚至把宋诗的议论说理追溯到杜甫:

────────────

① 《文用昭雅似堂诗稿序》,《安雅堂稿》卷二。
② 《李舒章古诗序》,《安雅堂稿》卷二。
③ 《诗辩坻·自序》。
④ 朱彝尊《明诗综》卷七十八《诗话》引。
⑤ 《王介人诗余序》,《安雅堂稿》卷三。

> 汉后皆风人之诗,魏后皆词人之赋,虽四始道微,而菁华犹未遽竭。何也?以不堕理窟,不缚言筌耳。世目杜陵义兼雅、颂,然末叶蔽法,颇见权舆。逮宋人踵之,而并今之诗法俱丧。①

毛先舒认为杜甫开了宋诗议论说理的先河。七子派虽然抨击宋诗说理议论,但并没有将宋诗的这一特征与杜甫联系起来,到毛先舒则上溯到杜甫,其议论较之七子更为偏狭。

毛先舒说:"宋人之诗伧,元人之诗巷。"②称严羽"能独睹本朝诗道之误",认为严羽对苏轼及江西诗派的批评"亦可称沉着痛快,真复绝之识,其书之足传宜也"。③ 柴绍炳说"宋习鄙钝,元音俚下",是"艺林厄运"。④ 云间、西泠派对于宋元诗往往不屑论之。宋征璧《抱真堂诗话》、毛先舒《诗辩坻》,对宋元诗都略而不论。胡应麟《诗薮》对宋元诗有所评论,毛先舒对此不满,说他"眼中能容尔许尘物,即胸次可知,宜诗之不振矣"⑤。由此可见,他们对宋元诗的偏激态度之深。

云间、西泠派把汉魏盛唐诗歌传统当作风雅传统的体现者,因而既是典范,又是法则,他们将这一传统上升到诗歌的本质层面来看待,认为这种传统正体现了诗歌的本质,后代的诗歌符合这一传统的就是诗,不合于这一传统者就不是诗。这种诗学价值观念实质上把诗歌传统封闭起来,不能再有所发展。因为凡有所发展,就意味着背离传统。在这种观念支配下,再看诗歌史,他们必然认为诗歌的体格发展到唐代就已达到顶峰,已无再发展的余地。

---

① 《诗辩坻》卷一。
② 《诗辩坻》卷三。
③ 同上。
④ 《西陵十子诗选序》,《西陵十子诗选》卷首。
⑤ 《诗辩坻》卷三。

明代复古派对回归汉魏、盛唐传统的运动有深刻的自觉,有明确的直接盛唐的意识。李梦阳主张不读唐以后书,李攀龙《古今诗删》不选宋元诗,而以明诗直接唐诗。王世懋说:"国朝于诗,绝宋轶元,上接唐风。"①云间、西泠诸子认为,前后七子上接汉魏、盛唐,继承和恢复了正统,"力返风雅"②,成为继汉魏、盛唐之后中国诗歌的第三座高峰。陈子龙《皇明诗选序》云:

> 或谓诗衰于齐梁,而唐振之;衰于宋元,而明振之。夫齐梁之衰,雾縠也,唐黼黻之,犹同类也;宋元之衰,砂砾也,明英瑶之,则异物也。功斯迈矣。③

在陈子龙的眼里,七子派的力返风雅之功甚至超过唐代诗人。关于七子及云间、西泠派的诗学价值观,叶燮评论说:

> 必曰苏、李不如《三百篇》,建安、黄初不如苏、李,六朝不如建安、黄初,唐不如六朝;而斥宋者,至谓不仅不如唐,而元又不如宋;惟有明二三作者,高自位置,惟不敢自居于《三百篇》,而汉魏、初盛唐,居然兼总而有之而不少让。④

这可以说是对七子及云间、西泠派诗学价值观的简明概括。

---

① 《王生诗序》,《王奉常集》卷七。
② 陈子龙《仿佛楼诗稿序》,《陈忠裕公全集》卷二十五。
③ 《陈忠裕公全集》卷二十五。
④ 《原诗》内篇下。

3. 古诗以汉魏为宗

云间、西泠派确立汉魏、盛唐诗为风雅传统的继承者,但是在他们看来,汉魏诗歌是风雅传统的最好体现者,汉魏时代盛行五言古诗体与乐府体,所以五言古诗及乐府诗的正宗应是汉魏诗歌。

云间、西泠派继承七子派诗学,从辨体角度出发,将五古从时代上分为《选》体五古与唐体五古两个大的流派,认为唐代五言古诗背离了汉魏传统,因而加以贬斥。其实,这种思想在金代的元好问那里已见端倪。元好问《东坡诗雅引》云:

> 五言以来,六朝之谢、陶,唐之陈子昂、韦应物、柳子厚,最为近风雅。自余多以杂体为之,诗之亡久矣。杂体愈备,则去风雅愈远,其理然也。①

又《别李周卿三首》之二云:“《古诗十九首》,建安六七子。中间陶与谢,下逮韦、柳止。”②将以上两段联系起来看,元好问是将陶、谢、韦、柳及陈子昂视为汉魏古诗的继承者,可以上接风雅传统,其他诗人不能在体格上继承汉魏传统(体杂),远离了风雅。值得注意的是,元好问把陈子昂、韦应物、柳宗元三人从整个唐代五言古诗中区分出来,而上接汉魏传统,等于把除以上三人而外的整个唐代五古从汉魏传统中分离了出来。这种分离显然含有价值评判在内,是以为唐代五言古诗背离了风雅传统。

李梦阳主张五言古诗学汉魏,下至陆机、谢灵运而止:“夫五言者

---

① 《遗山先生文集》卷三十六。
② 《遗山先生文集》卷二。

不祖汉则祖魏,固也,乃其下者即当效陆、谢矣。"①李氏五古创作亦体现其诗学主张,集中虽有效初唐体、杜体②,但大多是学《选》体。可见他已有轻视唐代五古的倾向。何景明云:

> 盖诗虽称盛于唐,其好古者,自陈子昂后,莫若李、杜二家。然二家歌行、近体诚有可法,而古作尚有离去者,犹未尽可法之也。故景明学歌行、近体,有取于二家,旁及唐初盛唐诸人,而古作必从汉魏求之。③

何景明认为唐代连"好古者"李、杜的"古作"(指五言古诗)"尚有离去者",其他作者离古愈甚,所以他也贬斥唐代的五古。到后七子的李攀龙,则更提出"唐无五言古诗,而有其古诗,陈子昂以其古诗为古诗,弗取也"④,明确指出唐代五言古诗不符合汉魏五古的传统,连被普遍认为继承汉魏五言古诗传统的陈子昂,李攀龙也称其以自己的古诗为古诗,背离了汉魏古诗的传统。李攀龙把李、何的思想更直接明确揭示出来⑤。

云间、西泠派继承七子派贬抑唐代五言古诗的倾向。陈子龙《宣城蔡大美古诗序》云:

> 诗自两汉而后,至陈思王而一变。当其和平淳至,温丽奇逸,

---

① 《刻陆谢诗序》,《空同先生集》卷四十九。
② 《空同先生集》卷十四、十五。
③ 《海叟集序》,《大复集》卷三十四。
④ 《选唐诗序》,《古今诗删》卷十。
⑤ 王世贞虽然认为李、杜五言古诗是变体,但亦认为可采,较李攀龙稍宽。见《艺苑卮言》卷一。

足以追风雅而蹑苏、枚；若其绮情繁采，已隐开太康之渐。自后至
康乐而大变矣，然而新丽之中尚存古质，巧密之内犹征平典。及明
远以诡藻见奇，玄晖以朗秀自喜，虽欲不为唐人之先声，岂能自持
哉！……夫文采日富，清音更邈，声响愈雄，雅奏弥失，此唐以后古
诗所以益离也。①

依此论，古诗发展到谢灵运虽是一大变，但谢诗却是趋向汉魏的，鲍照、
谢朓则与唐更接近，开唐人之先。唐以后古诗更加远离汉魏传统。不
过，与李攀龙等人不同的是，陈子龙虽然最推尊汉魏古诗，但他的取法
范围并不只限于汉魏，他评李攀龙："于鳞五言古，规摹建安以前，不减
新丰缔造，特潘、陆以后，涉笔便少，未免取境太狭。"②《明诗综》引朱云
子语称陈子龙"五古初尚汉魏，中学三谢，近相见辄讽太白诸篇"，可见
其观点是逐渐开放的。

柴绍炳说："考镜五言，气质为体，俳俪存古，仰逮犹近，浏亮为工，
失之逾远。"所以他说"武德（按，唐高祖年号）而降难为古。"③这正是
李攀龙"唐无五言古诗"说的翻版。毛先舒对唐代五言古诗也是贬
斥的：

　　李于鳞云："唐无五言古诗，而有其古诗。陈子昂以其古诗为
　　古诗，弗取也。"两"其"字竟作"唐"字解，语便坦白。子昂用唐人
　　手笔，规模古诗，故曰"弗取"，盖谓两失之耳。④

----

①　《安雅堂稿》卷二。
②　《皇明诗选》卷四，李攀龙五言古诗评语。
③　《西陵十子诗选序》，《西陵十子诗选》卷首。
④　《诗辩坻》卷三。

在毛先舒看来,模仿古诗就应该用古人的形式,陈子昂用唐人的格调来模仿古诗,这样不古不唐,所以是"两失之"。毛先舒也贬低唐代五古,其《诗辩坻》对唐代五古作品不作评论。云间、西泠派贬低唐代五言古诗,乃是认为汉魏古诗最近风雅传统,汉魏传统高于唐诗传统的结果。

　　云间、西泠派五言古诗学汉魏,体现在创作上有两类:一类是直接以拟古为题的作品,标明所模拟的诗人及作品名称。五言古诗而拟古,其源甚早。在晋代陆机就有《拟行行重行行》等十二首,《文选》有"杂拟"一类,收录了十位诗人的拟古作品六十三首。尽管拟古有传统,但在五言古诗的创作传统中并没有形成一种突出的创作现象,也没有在某一时代形成一种创作潮流。形成潮流自后七子始。前七子倡言古诗学汉魏,但还没有大量地拟作。与前七子为同流的薛蕙曾仿江淹的拟古之作《杂体诗三十首》而作《杂体诗二十首》,又有《效阮公咏怀三十首》。这种模拟方式对王世贞、李攀龙等产生了影响①。王世贞《四部稿》中五言古诗甚多拟古之作,李攀龙亦如此。这种倾向为云间、西泠派所继承。陈子龙有《拟古诗十九首》《拟公燕诗八首》《咏怀(仿阮公体)十首》等等,李雯《蓼斋集》五古中也有"拟古"一类,也逐一模拟《古诗十九首》。在《西陵十子诗选》中,人人都有拟《古诗十九首》、魏公宴诗的作品,此外,还有拟应瑒、陈琳、陆机、陶渊明、谢灵运、颜延之等人的作品。这些拟作从意象、语词到抒情方式乃至意象结构均同于原作。

　　云间、西泠派还有另一类未标明为拟古的作品。这些作品主要是在抒情方式、审美特征上学习前人,尽管不是直接的拟作,但模仿的痕

---

　　①　王世贞《弇州山人四部稿》卷九《拟古有序》言拟古诗之源流,提及薛蕙的拟古诗。

迹也是很重的。李雯的五古在内容题材上有"述感"与"游览"的分类，"述感"一类多宗法曹植、阮籍等诗人，如《古诗一百首》，显然是取法阮籍《咏怀》。而"游览"则多宗法大、小谢，连诗题、诗中语言的色调亦如此。如《繇白沙岭下丞相源》《繇丞相源下汤池口望别庐山》《下新江入桐庐》《下七里滩经严子陵钓台》等均如此。陈子龙及西泠诗人大体亦然。

拟古乐府也是云间、西泠诗人突出的创作流向。这也受到七子派之影响。前七子有模拟古乐府的作品，后七子派李攀龙认为拟古乐府，要如"胡宽营新丰，士女老幼，相携路首，各知其室，放犬羊鸡鹜于通途，亦竞识其家"①，要求拟作与原作应该相像，难以分辨。李攀龙集中有很多拟作，尽管其引《易》言谓"拟议以成其变化"，但其模拟之似，实有抄袭之嫌。这种风气也为云间派所继承。陈子龙于乐府体亦多有拟作。其《仿佛楼诗稿序》云："予幼时既好秦汉间文，于诗则喜建安以前……至子夜人定，则取乐府古诗拟之……要之，以多为胜，以形似为工而已。"②清人王昶所辑的陈子龙诗集，古乐府题有三卷三百一十二首，汉乐府题如《上邪》《战城南》等几乎全被拟作一过，云间派另一主将李雯的《蓼斋集》乐府有六卷之多，从汉铙歌到隋曲歌辞皆有拟作。毛先舒所辑《西陵十子诗选》中，也是人人拟汉乐府。不妨举一例，以窥豹一斑。李雯拟作的《上邪》：

> 上邪！我与君相知，日出月没天知之。乌白马角鱼高飞，龙伯人生鳌足出。山海易，不敢与君息。

---

① 《古乐府》题序，《沧溟集》卷一。
② 《陈忠裕公全集》卷二十五。

这首拟作从主题到结构到抒情主人公均同于原作,仅更换了几个意象,但相较于原作,却显得机械做作,其艺术性与原作有云泥之别。

　　乐府及五言古诗的模拟倾向不仅在云间、西泠诗人中普遍存在,而且对清初诗坛也产生极大影响。王士禛《禹津草堂诗集序》谓:"三十年前,予初出,交当世名辈,见夫称诗者,无一人不为乐府,乐府必汉《铙歌》,非是者弗屑也;无一人不为古选,古选必《十九首》、公宴,非是者弗屑也。予窃惑之,是何能为汉魏者之多也?"①所指即是诗坛的这种倾向。这一类拟作,由于过似古人,实际并无"独至之情",亦无艺术价值,自然被淘汰,在编于康熙中后期的诗文集中就已经很难再看到大量的拟古作品,表明到那个时期人们已清楚认识到拟古的弊端而不再创作此类拟古之作。

4. 歌行、近体以初盛唐为法

　　由于五言古诗体是与汉魏传统联系在一起的,所以五古作为一种体裁样式也被云间、西泠派认为高于七言歌行与近体诗,陈子龙说:"自《三百篇》以后,可以继风雅之旨,宣悼畅郁,适性情而寄志趣者,莫良于古诗。"②显然是认为五言古诗体优于其他诗体。但是,汉魏时代的代表诗体毕竟只有五古、乐府两体,而七言歌行、近体则是成熟于唐代,所以他们不可避免地要以唐为法。

　　对七言歌行的正宗的判定,也要把这一体裁的作品放到风雅以及汉魏传统中来,看其继承传统的程度。云间、西泠派面临的问题是七子派提出的初唐四杰与杜甫这两个传统谁为正宗的问题。

　　这一问题是何景明提出来的。其《明月篇序》云:

---

① 《带经堂集》卷六十五。
② 《李舒章古诗序》,《安雅堂稿》卷二。

　　仆始读杜子七言诗,爱其陈事切实,布词沉着。鄙心窃效之,以为长篇圣于子美矣。既而读汉魏以来歌诗,及唐初四子者之所为而反覆之,则知汉魏固承《三百篇》之后,流风犹可征焉;而四子者,虽工富丽,去古远甚,至其音节,往往可歌。乃知子美词固沉着,而调失流转,虽成一家语,实则歌诗之变体也。夫诗本性情而发者也,其切而易见者,莫如夫妇之间。是以《三百篇》首乎《关雎》,六义始乎风,而汉魏作者,义关乎君臣朋友,辞必托诸夫妇,以宣郁而达情焉。其旨远矣。由是言之,子美之诗,博涉世故,出于夫妇者常少;致兼雅颂,而风人之义或缺。此其调或非在四者下与。①

何景明把初唐四杰与杜甫诗歌放到风雅传统中作了两个方面的比较。一是音调方面,他首先确认汉魏诗歌继承了《诗经》的传统,然后将初唐四杰与汉魏传统作比较,认为四杰虽然以富丽为工,远离了传统,但是其音节往往可歌,这一点继承了传统,属于正体;而杜甫诗虽然沉着有力,自成一家,但是"调失流转",没有可歌性,当属变体。其二是体格方面,汉魏诗歌继承《国风》的传统,往往以夫妇之辞表现君臣朋友之义,初唐四杰的七言歌行也是如此,所以是《国风》的继承者;杜甫诗歌广泛地表现社会政治内容,但很少用夫妇之辞来表现,放在风雅传统中看,是雅颂传统的继承者,而缺乏风人之意。那么,这里就涉及《风》诗传统与雅颂传统的地位问题。何景明认为《风》诗的传统高于《雅》《颂》,其理由是:《诗经》的"六义"(风、赋、比、兴、雅、颂)以风始,《诗经》的首篇《关雎》,就是以夫妇之辞表现君臣之义,因为《风》诗的传统高于雅颂传统,所以初唐四杰诗高于杜甫。其实,何景明之所以会得出

---

　　①　《皇明诗选》卷五,何景明《明月篇》评语。

这一结论,关键在于他认为汉魏传统高于唐诗传统,他用汉魏传统作标准来衡量唐诗,对唐诗传统作价值判定,而其着眼点又在体格、音调方面,这样自然会认为初唐四杰诗更接近汉魏传统。而当代学者往往认为反映社会现实是汉魏诗歌的传统,从这种角度看来,恰恰是杜甫更接近汉魏传统。事实上李梦阳、何景明的七言古诗也都是以学杜甫为主的,但是当把杜甫的传统与初唐四杰的传统作比较时,他们必然会遇到这样的问题。

李攀龙则肯定杜甫,而对李白有所不满。其《选唐诗序》云:"七言古诗,唯杜子美不失初唐气格,而纵横有之,太白纵横,往往强弩之末。"①所谓"不失初唐气格"是强调杜甫对于初唐七古的继承关系,而"纵横有之"则指出其对初唐七古的发展,与何景明只强调杜甫与初唐四杰的区别不同,李攀龙更强调其相同的一面。此是针对何景明之论而发。

云间派在对七言古诗正宗的确认上与七子派不同,他们一方面肯定何景明之论,陈子龙称其《明月篇序》"深得风人之旨",宋征舆称"此叙不独为七言古立说,亦殊有功于风雅",②但云间派并不以初唐四杰为宗,而以李、杜及李颀为宗。陈子龙云:

> 七言古诗,初唐四家,极为靡沓。元和而后,亦无足观。所可法者,少陵之雄健低昂,供奉之轻扬飘举,李颀之隽逸婉姿。然学甫者近拙,学白者近俗,学颀者近弱,要之体兼风雅,意主深劲,是为工耳。③

---

① 《古今诗删》卷十。
② 《皇明诗选》卷五,何景明《明月篇》评语。
③ 《六子诗序》,《陈忠裕公全集》卷二十五。

陈子龙主张七言古诗"体兼风雅,意主深劲",风与雅相兼,这与何景明尊风的传统于雅之上是不同的。而"意主深劲"者,要深沉而有力度,以这个标准看初唐四杰诗,自然会嫌其靡弱,再看元、白以后的七言古诗又转学初唐体,也有此弊,而在这方面恰恰盛唐诗符合其标准。这种主张也体现在其创作中,王士禛称其七古"源于东川,参以大复"①,指出其学李颀的一面;朱笠亭则谓其"章法意境似杜,其色泽才气似李"②,指出其学李、杜的一面。

西泠派毛先舒与陈子龙有所不同,他对初唐体有更多的肯定。他说:

> 七言歌行,虽主气势,然须间出秀语,不得全豪;叙述情事,勿太明直,当使参差,更附景物,乃佳耳。③

毛先舒主张豪壮与华美的结合。他认为初唐"卢、骆组壮,沈、宋高华",王勃诗"华不伤质,自然高浑",都作到了豪壮与华美的结合。对于李、杜的歌行,他则有所不满,称"李、杜纤佻而好变","李飘逸而失之轻率,杜沉雄而失之粗硬",④这种观点与陈子龙有所不同。

在近体诗方面,云间、西泠派主张以初盛唐为正宗。陈子龙说:"夫词莫工于初唐,而气极完;法莫备于盛唐,而情始畅。近体之作,于焉观止。自此以后,非偏枯粗涩,则漓薄轻佻,不足法矣。"⑤在创作上,

---

① 《分甘余话》卷四。
② 陈子龙撰,施蛰存、马祖熙标校《陈子龙诗集》附录三。
③ 《诗辩坻》卷三。
④ 同上。
⑤ 《熊伯甘初盛唐律诗选序》,《安雅堂稿》卷二。

陈子龙取法王维、李颀与杜甫。西泠派中,柴虎臣主张"近制断自大历",认为"元和而还难为近",①毛先舒主张律诗应以初盛唐为法,对中唐也有所肯定,认为晚唐律诗不足取。

云间、西泠派确立汉魏古诗与初盛唐歌行、近体诗的正宗地位,也就是确立模仿的对象。他们像七子派一样在格调上模拟古人,欲兼汉魏、初盛唐之长。

四 格调拟古、姿色求变与英雄之美: 云间、西泠派对汉魏、盛唐传统 与六朝及晚唐传统的结合与统一

云间、西泠派的拟古是在体格、音调的层面,而在色彩和丰姿方面,他们则主张要有自己的特征。在格调方面,他们继承的是汉魏、盛唐传统,这与七子派一致;但在姿色方面,他们又吸收六朝及晚唐诗的传统,此与七子派有重要的不同。云间、西泠派主张将汉魏、盛唐诗歌传统与六朝、晚唐诗歌传统结合起来,把庄严壮大、铿锵有力的格调与柔美的姿色统一起来,形成刚柔兼济的英雄之美。

1. 格调拟古,姿色求变

陈子龙在《仿佛楼诗稿序》中说,诗歌的雅的体格、美的音调已经被前人创造完备,后人无法再创造,只能模仿古人,但是,"至于色采之有鲜萎,丰姿之有妍拙,寄寓之有浅深,此天致人工,各不相借者也"。寄寓属于内容方面的问题,色彩、丰姿属于审美表现方面,陈子龙认为

---

① 《西陵十子诗选序》,《西陵十子诗选》卷首。

可以而且应该有自己的特色。西泠派毛先舒也把色彩作为诗歌可以有
新变的层面,他说:"诗主风骨,不专文彩,第设色欲稍增新变耳。"①云
间、西泠派较之七子派肯定新变的价值,其所谓新变就体现在姿色
方面。

　　所谓色彩,指诗歌中意象造成的审美色彩感。毛先舒论及诗歌的
"设色"云:

> 自皎然以窃占白云、芳草诋刘、李诸贤,而近代亦诮白雪黄金、
> 中原紫气,是则诚然,然要非大疵也。初盛唐之乌鹊、凤凰,南山、
> 北斗,龙阙、凤城,横汾、宴镐,汉魏人之凤凰、鸳鸯、双鹄、鸣雁、惊
> 风、白日,胪陈竹素,览者初不讶之。②

意象本身除传达情感之外,还带有不同的审美色彩感:或明亮或暗淡,
或淡雅或浓重,或新俊或古朴;有的柔,有的刚;有的粗犷,有的细腻。
诗歌意象的审美色彩组合起来会有一种整体的色彩感。

　　云间、西泠派所要求的色彩是华艳之美。自宋代以来,不论是道学
家还是文人都贬斥华艳,崇尚平淡质朴,故自此以后,艳丽在儒家诗学
审美价值系统中一直受到贬抑。诗歌史上代表华艳之美的两个时
代——齐梁与晚唐,其诗歌都受到贬斥。但在云间、西泠派看来,色彩
之美是诗歌应有的一个层面。陈子龙等选《皇明诗选》,把色彩作为衡
量诗歌的尺度之一③。他们从雅俗之辨的角度看待诗歌的色彩问题,
批评公安派等人"居缙绅之位而为乡鄙之音",认为士大夫的诗歌应该

---

① 《诗辩坻》卷一。
② 同上。
③ 陈子龙《皇明诗选序》,《陈忠裕公全集》卷二十五。

是廊庙之作,而非乡鄙之音;廊庙之作就应有华丽的色彩,正如帝王庙堂,应富丽堂皇,而不能如乡野的竹篱茅舍。由此,白居易及宋诗的质朴乃是使诗歌陷入了乡鄙之气,"迂朴如老儒",鄙俚而非雅。因此,云间、西泠派虽然与七子派一样主张汉魏、盛唐传统,但在汉魏、盛唐格调的基础上又吸收了六朝以及晚唐诗的华美。尽管陈子龙称"诗必宗趣开元",但也主张"至于齐梁之赡篇,中、晚之新构,偶有间出,无妨斐然",①可以吸收齐梁乃至中晚唐诗的"斐然"的色彩。这与七子派有所不同,乃是一种新的取向。

这种新的审美取向首先表现在七律上。周立勋序陈子龙《白云草》,称其"七言律兼盛、晚之长,音节铿然,华艳清绮"②。其实不只是陈子龙,云间派的七律大都是如此。《明诗综》引钱瞻百语云:"云间七律,多从艳入。"以盛唐为宗,但又兼采齐梁及晚唐诗的华艳,正是这种华采使其七律呈现出自己的特色。尽管只是局部的吸收,但毕竟在审美上突破了七子派完全贬斥齐梁及中晚唐诗的倾向。陈子龙《钱塘东望有感》曰:

> 清溪东下大江回,立马层崖极望哀。晚日四明霞气重,春潮三浙浪云开。禹陵风雨思王会,越国山川出霸才。依旧谢公携伎处,红泉碧树待人来。

这首诗在格调上学的是杜甫的《登高》。我们不妨引杜甫诗作一比较:

> 风急天高猿啸哀,渚清沙白鸟飞回。无边落木萧萧下,不尽长江滚滚来。万里悲秋长作客,百年多病独登台。艰难苦恨繁霜鬓,

---

① 《壬申文选凡例》,《陈忠裕公全集》卷三十。
② 陈子龙撰,施蛰存、马祖熙标校《陈子龙诗集》附。

潦倒新停浊酒杯。

陈子龙诗从格调上模仿杜甫诗,境界的阔大、抒情主人公的苍凉感、音调的力度感,这些均与杜甫诗的基调相似。但是在色调上,两首诗有些差异,杜甫诗给人以清苍之感,而陈子龙诗则有意点缀"晓日""霞气""红泉碧树",较之杜甫色彩鲜明。这就是其所谓的格调模拟古人而色彩求变。

云间派崇尚华丽的审美取向,为西泠派所继承和发展。陆圻是西泠派在创作方面的代表人物,被王士禛称为"西泠十子之冠"。柴绍炳称其诗以"绮丽为宗"①,朱彝尊《静志居诗话》称"其诗文采组六朝",正是柴氏语的注脚。沈谦亦喜温、李之作,后来受到陈子龙的影响,改学汉魏、盛唐,但也在色泽上吸收了六朝诗的传统,"采组于六朝,故特温丽"②。丁澎则诗学晚唐。毛先舒有《诗客主论》数篇,以主客辩难的形式讨论诗学问题,主要论证华艳是诗歌应有的审美特征,其三云:

> 诗出于《诗》,文出于《书》。《诗》每衔华,《书》多笃实。……谈诗者亮无主空虚而客章采也。然古诗犹可,近体弥否。故韩、柳于诗格既非高,宋之诸贤益更俚下。③

毛先舒已将"华"作为诗歌的基本审美特征,认为韩愈、柳宗元乃至宋诗都缺乏华丽之美,因而嫌其"俚下"。当然,他认为古诗也可以不讲求色彩的华美,这是考虑到汉魏诗的传统。不过在他看来,汉魏诗也不

---

① 《西陵十子诗选序》,《西陵十子诗选》卷首。
② 朱彝尊《明诗综》,卷八十上。
③ 《毛驰黄集》卷六。

缺乏文采。而对于律诗来说，更应具华丽之色彩。其《诗客主论》一云：

> 客曰：七律体主庄雅，乃间杂以六朝绮语，似不应尔。论曰：非也。律体本为轩冕之作，未宜枯瘦。欲见庄严，讵能无借？

这里涉及庄雅与华丽能否统一的问题。毛先舒认为应该而且可以统一。他所说的庄雅是庙堂式的庄雅，这种庄雅不能没有色彩，所以他称律诗为"轩冕之作"。从这种观念出发，他对六朝、初唐诗给予了肯定的评价，《诗客主论》二云：

> 客曰：诗当以杜、李为极则，六朝、四杰不足云也。论曰：非也。李称谪仙，杜号武库。近体至二公乃为结穴，然亦诗格之极变耳。……即六朝绮靡有之，而整丽未乖古调，四杰承借，加壮亮耳。

在《诗客主论》五中，毛先舒指出六朝、初唐四杰是李、杜的先河，反驳那些贬低六朝、初唐诗之论。尤其值得注意的是，他站在诗歌应有色彩的立场对杜甫的诗歌有所批评，称"工部老而或失于俚"①，认为杜甫诗与宋诗犯了一样的俚俗之病。

对于毛先舒的这种审美取向，西泠派另一位诗人柴虎臣提出异议，二人互相致书，往复争论。柴虎臣认为毛先舒"偏尚云间三子之制，艳逸相高"②，但他并不反对诗歌色泽上的华腴，其本人的创作也有绮丽的倾向，只是认为毛先舒崇尚华艳有些过分而已。柴虎臣试图说服毛

---

① 《诗辩坻》卷一。
② 《与毛稚黄论诗书》，毛先舒《毛驰黄集》卷五附。

先舒改变自己的诗学观,但毛先舒并未接受柴氏的意见。毛先舒在创作上不仅吸取了华艳的色泽,而且晚年有《蕊云集》之作,皆为艳体;著有《晚唱》,为摹李商隐、李贺、温庭筠、韩偓四家之体。这表明毛先舒晚年的审美观已经大大突破七子派的审美价值系统。

云间、西泠派所谓丰姿,就作品整体给人的审美感觉而言,乃是指作品所呈现出的一种柔性美的感觉。陈子龙说"丰姿之有妍拙",妍者丽也,乃是指女性的柔性的美感。毛先舒说"绵秀为姿"①,绵是柔性的,绵秀乃是柔性的秀美感,与陈子龙一致。事实上,云间、西泠派所谓丰姿与色彩有着密切的关系。他们所谓的丰姿正是由华艳的色彩所透露出的柔性美,缺乏华丽之色的柔性在他们看来就没有美可言。在这种意义上说,有色才能有姿。云间、西泠派有时并不把丰姿作为诗歌的一个独立的层面,而是将姿归入了色中。陈子龙《皇明诗选序》说他与李雯等一起选录明诗时,持有四个标准——色、体格、音调与宗旨,涉及从内容到形式的四个层面,其中就没有丰姿,其实是将丰姿归入色中。毛先舒在不少场合也只说色而不言姿,也是以色统姿的缘故。

2. 英分与雄分相兼:诗歌的英雄之美

陈子龙曾批评晚明诗歌风尚的流弊"是举天下之人,非迂朴如老儒,则柔媚若妇人也",迂朴者没有色彩,柔媚缺乏刚气。在陈子龙看来,无论是迂朴的老儒,还是柔媚的妇人,都是晚明士风靡弱不振的表现,为了扭转这种诗歌审美风尚,他崇尚壮丽的英雄之气。李雯《属玉堂集序》云:

---

① 《诗辩坻》卷一。

　　卧子独好与余言诗……大约以为诗贵沉壮,又须神明。能沉壮而无神明者,如大将军统军,刁斗精严,及其鼓角既动,战如风雨,而无旌旆悠扬之色。有神明而不能沉壮者,如王夷甫、卫叔宝诸人,握麈谈道,望若神仙,而不能以涉山川冒险难。此所谓英雄之分也。以乐府、古诗论之,曹孟德雄而不英,曹子桓英而不雄,而子建独兼之。以唐诗言之,则高达夫雄而不英,李颀英而不雄,王右丞则英中之雄,王龙标则雄中之英,而子美独兼之。此卧子之才,纵横间出,凡此诸家,命意即合,而独于二子深有宗尚也。

汉代刘劭《人物志》论英雄,谓:"夫草之精秀者为英,兽之特群者为雄。故人之文武茂异,取名于此。是故聪明秀出谓之英,胆力过人谓之雄。"英的特征是智慧,雄的特点在胆力。人们于二者虽有所偏,但不可一绝有一绝无,"夫聪明者英之分也,不得雄之胆,则说不行;胆力者,雄之分也,不得英之智,则事不立",而应二者结合。

　　陈子龙借刘劭之说以论诗,雄的特征是沉壮,英的特点是神明;沉壮体现出力量,神明体现出智慧;正与《人物志》以胆力为雄、聪明为英相对应。雄而不英的境界,如大将军统率军队,只有进军的鼓角,激烈的战斗,而没有旌旗的悠扬飘动;英而不雄的境界,如智者谈道,有神仙之姿,而不能实战。陈子龙对雄与英的比喻性说明,显示出其所说的雄之美偏向于壮烈、博大、庄严、力度、气势等刚性的一面,而英之美则偏向于秀逸、轻扬、柔和等柔性的一面。概言之,雄偏于壮美之境,英偏于秀美之境。陈子龙认为诗歌应该兼有英雄之美。他在《六子诗序》中说五七言律诗应该"雄与逸并美",这里的"逸"就是"英雄"之"英",所谓"雄与逸并美"者,就是"英分"与"雄分"相兼之美。在他看来,汉魏诗歌中,曹操偏于雄,曹丕偏于英,曹植则两者兼美;唐诗中,高适偏于雄,李颀偏于英,王维基调是英,但带有雄气,王昌龄基调是雄,而带有

英气,杜甫则是英雄相兼。站在这种英雄兼美的立场上看七子派诗,陈子龙认为七子派没有能够作到两者的结合,他评七子派:

> 意主博大,差减风逸;气极沉雄,未能深永。空同(按,李梦阳)壮矣,而每多累句;沧溟(李攀龙)精矣,而好袭陈华;弇州(王世贞)大矣,而时见卑词;惟大复(何景明)奕奕,颇能洁秀,而弱篇靡响,概乎不免。①

所谓"博大""沉雄"是雄的一面,"风逸""深永"是英的一面。李梦阳诗歌的特点是壮,壮是雄;李攀龙诗歌也有壮的特征,但去除了李梦阳"多累句"的弊病,所谓李攀龙"精"是承接李梦阳诗歌"多累句"而言,"多累句"即不精;王世贞诗歌的特征是大,大也是雄;陈子龙认为只有何景明的诗歌能"洁秀","洁秀"是英,但却有"弱篇靡响",缺乏壮大的雄气。李、何、王、李四子或偏于雄,或偏于英,没有能够将两者结合。

　　七子派推尊汉魏、盛唐,其所崇尚的格调,主流倾向是偏于雄的一面。云间派继承了这种主流基调。陈子龙评诗喜欢"壮凉高浑,雄烈之概","正大苍老,昭亮之响",②推崇"才情雄骏"③,"纵体高迈,挟气清刚"④,这些都是雄的一面。但是他认为只有这种雄的基调尚未达最高境界,缺乏所谓的"旌旆悠扬之色",这种"旌旆悠扬之色"其实即姿色。因而他主张在学习汉魏、盛唐传统的同时,吸收六朝、晚唐诗的传统,在格调的基础上加以姿色,这样雄与英兼美,就如大将军帅兵,鼓角并作,杀声震天,同时又有旌旗的悠扬之色。陈子龙这种英雄兼美的主

---

① 《仿佛楼诗稿序》,《陈忠裕公全集》卷二十五。
② 《成氏诗集序》,《安雅堂稿》卷三。
③ 《六子诗序》,《陈忠裕公全集》卷二十五。
④ 《仿佛楼诗稿序》,《陈忠裕公全集》卷二十五。

张也体现在诗歌创作中。陈子龙的创作追求的正是英雄之美。周立勋
云:"盖卧子之诗,乐府为汉制,古诗原子建,歌行诸体,取则子美。"①陈
子龙以曹植、杜甫为取法对象,显然以英雄之美自期。

李雯亦以英雄论诗,他说:"当何(按,景明)、李(梦阳)时,长于五
言古诗者,有子衡(王廷相)、君采(薛蕙),子衡峻丽得其雄分,君采隽
洁得其英分。"②宋征舆谓:"舒章(按,李雯)所言似谓子衡似空同,君
采近大复也。"③李雯称王廷相诗歌的雄得自李梦阳,薛蕙诗歌的英得
自何景明,这就等于说李梦阳诗歌为雄,而何景明诗歌为英。这与陈子
龙正相一致。而他认为陈子龙乃兼李、何之长,英雄兼美。

云间派的英雄论,是在明末国势衰微的背景下,士人阶层救亡图强
思想在审美领域的表现。

云间派把汉魏、盛唐传统与六朝、晚唐传统结合的倾向,也为西泠
派所继承。毛先舒称赞陈子昂诗说:"陈伯玉律体,清雄为骨,绵秀为
姿,设色妍丽,寓意苍远。"④"清雄为骨"即清刚之气,就是陈子龙所说
的"雄分","绵秀为姿,设色妍丽"即陈子龙所说的姿色,是"英分"。
清雄之骨应该是作品的基本方面,而绵秀妍丽的姿色属于次要方面,正
体现此意。柴绍炳主张:"气格为主,色泽为辅;色泽欲新,气格欲老;
新故不厌华腴,老亦时存质直。"⑤此所谓"气格欲老"与毛先舒所谓
"风骨"一致,"色泽欲新"即是毛先舒所谓"设色",而"气格为主,色泽
为辅"者,正与毛先舒"诗主风骨"一致。

---

① 《白云草序》。
② 《皇明诗选》卷三,评王廷相。
③ 同上。
④ 《诗辩坻》卷三。
⑤ 《与毛稚黄论诗书》,《毛驰黄集》卷五附。按柴虎臣有与毛先舒论诗书信数封,
皆被毛先舒附于自己的文集中。

尽管云间、西泠诗人还只是在汉魏、盛唐格调的基础上吸收六朝及晚唐的姿色,其主流仍是格调说,但是他们毕竟在一定程度上突破了七子派的审美价值观,而丁澎、毛先舒的取法晚唐,更是冲破了七子派的樊篱。这与虞山派的冯舒、冯班兄弟具有某种一致性。

云间、西泠派之复古固然具有深刻的现实背景,但是从格调上模拟,在艺术上缺乏应有的创造性,尤其是云间、西泠诗人所作乐府及古诗,陷入李攀龙等人抄袭的泥潭。不过,其在审美上回归传统的倾向却受到当时诗坛很多人的肯定,认为这是将公安、竟陵走入歧途的诗道又返回正道。《明诗综》卷七十五引钱瞻百语谓陈子龙"当诗学榛芜之余,力辟正始",又引缪天自语称"卧子(按,陈子龙)当楚人众咻之余,力追正始,允矣人豪"。这一派的诗学在清初诗坛产生了巨大影响。

比较主格调派与主性情派,可以发现:格调派在诗歌批评方面成绩卓著,而诗歌创作成就不高;主性情者在创作方面较有成就,而诗歌批评成就不高。这与他们的诗学特点有密切关系。复古派倡导复古,就要确立模拟的对象,需要对诗歌史进行研究及辨析,对各个时代、各个诗人的作品的审美特征及价值作出判断,这就需要确立标准,建立一套审美价值系统。复古派以风雅传统为基准建立了这样一个价值系统,他们对诗歌史进行了精细的研究,对各个时代、各个诗人的审美特征都有所揭示,并给予评价,所以对诗歌批评作出很大贡献。但是,复古诗学一旦落实到创作上,主张模拟古人的格调,则必然会造成古代的格调与当代的性情之间的矛盾,会牺牲性情的本真性,而且在艺术上必然缺乏创造性。主性情派如公安派、钱谦益等强调性情优先,主张新变,往往不去对各个时代诗人的形式风格进行精细的辨析与评价,对于诗歌史的研究成绩不及格调派;但是这种主张在创作上更符合诗歌的抒情本质,体现诗歌的创造性价值,所以其创作成就又高于格调派。

第三章
从格调优先到性情优先：
以钱谦益为代表的虞山派诗学

性情与形式的关系乃是一对矛盾。传统诗学一方面立足于性情论形式风格，认为性情决定形式风格，另一方面也从形式风格本身着眼，认为形式风格有其自身传统。明七子派及云间、西泠派强调形式风格本身的传统与继承性一面，而忽略了性情对形式风格决定性的一面。这种理论的弊端是剥离性情而谈形式风格，致使形式风格成为脱离了诗人本真性情的空洞的形式，使形式的传统性与性情的本真性产生尖锐的对立。公安派主张性情优先，旨在纠正七子派诗学的偏失，强调性情对形式风格的决定性一面，却忽略形式风格自身的传统及继承性，从审美传统的角度，公安派陷入俚俗。钱谦益为首的虞山派诗学一方面继承公安派性情优先诗学的观点，于性情方面主张融入政治社会内容，改变了公安派的异端倾向；于审美方面则主张在传统中求新变，纠正了公安派的俗化倾向。

一　从格调优先到性情优先

钱谦益对七子派的诗学有根本性的认识：七子派不讲求抒写性情，只讲求诸如格调等形式风格的层面，而且在这些方面也只模拟古人；概言之,即格调优先。钱谦益认为抒写性情才是诗歌之根本,即性情优先。在钱谦益看来,七子派的诗学背离了诗歌言志抒情的根本,而他要寻回这个根本,扭转诗坛盛行的七子派诗风。钱谦益对自己的使命有极为清醒的自觉。从七子派到钱谦益的诗学有一个根本转变,即立足点的转变:从立足于格调到立足于性情,从格调优先到性情优先。这一转变带来整个诗学价值系统的重大变化。

1. 诗本于言志:性情优先

钱谦益将其诗学推原到中国诗学最古老的"诗言志"命题:

> 《书》不云乎:"诗言志,歌永言。"诗不本于言志,非诗也。歌不足以永言,非歌也。①

这种推原对于钱谦益的诗学而言,具有极为重要的意义。"诗言志"命题乃是其整个诗学系统的逻辑起点。他从这一命题来确立诗歌的本质,解释究竟什么是诗。确立诗歌的本质不仅具有理论意义,更具非常现实的实践意义。因为在他看来,七子派及云间派倡言格调,正是迷失了诗歌的本原,而他要反对复古派、建立其性情优先的诗学,就必须从追问诗歌本质问题开始。钱谦益从"诗言志"的命题推论说:"诗不本于言志,非诗也。"言志才是诗,不言志不是诗,诗歌的本质就是言志,这是他对于诗歌本质的认定。这一认定隐含的意义是:只要言志就是诗。他说:

> 夫诗者,言其志之所之也。志之所之,盈于情,奋于气,而击发

---

① 《徐元叹诗序》,《初学集》卷三十二。

> 于境风识浪奔昏交凑之时世,于是乎朝庙亦诗,房中亦诗,吉人亦
> 诗,棘人亦诗,燕好亦诗,穷苦亦诗,春哀亦诗,秋悲亦诗,吴咏亦
> 诗,越悲亦诗,劳歌亦诗,相春亦诗。①

只要言志,不论政治、爱情、欢悦、悲痛,都是诗;不论士人之歌咏,民间
的劳动号子,皆为诗。判定什么是诗只有一个标准,即言志抒情;决定
诗与非诗即诗歌的本质的,只能是性情,而不是形式。钱氏又以文学史
来说明这一点:"古之作者本性情,导志意……途歌巷春,春愁秋怨,无
往而非诗也。"②其如此论诗歌的本质,实际上包括了民歌在内,因为从
抒写性情这一层面上看,民歌与文人诗没有分别。但钱谦益并非主张
诗人写民歌,他还是承认文人诗与民歌的分界,其所以要连民歌一起言
说,乃是强调诗歌的抒情言志本质。

　　钱谦益认定诗歌的本质是言志抒情,决定诗与非诗的是性情,而不
是形式风格,这就确立了性情优先于形式风格的位置。正是因为性情
优先,所以表现在价值论方面,必然是性情的价值高于形式风格的价
值。情志是本,形式风格是末。本是决定性的层面,末是被决定的层
面。诗歌的价值取决于本,而不是末。只要有了本,无论什么样的形式
风格都具有价值。他说:

> 唐之李、杜,光炎万丈,人皆知之。放而为昌黎,达而为乐天,
> 丽而为义山,谲而为长吉,穷而为昭谏,诡灰冪兀而为卢仝、刘叉,
> 莫不有物焉,魁垒耿介槎丫于肺腑,击撞于胸臆,故其言之也不惭,

---

① 《爱琴馆评选诗慰序》,《有学集》卷十五。
② 《王元昭诗序》,《初学集》卷三十二。

而其流传也至于历劫而不朽。①

"放""达""丽""谲""穷"及"诡灰夐兀",都是指风格而言,钱谦益认为,韩愈等人的诗歌无不表现性情("有物"),因而无论是什么风格都有其价值。反之:"今之为诗,本之则无,徒以词章声病比量于尺幅之间,如春花之烂发,如秋水之时至,风怒霜杀,索然不见其所有,而举世咸以此相夸相命,岂不末哉?"②当代诗人只在词章声病这些形式风格的层面上讲求,乃是舍本逐末,其诗必然缺乏价值。

因为性情优先于形式风格,所以评价诗歌首先要看其有无性情,而不是其形式风格。正是在这种意义上,钱谦益提出了要先论"有诗无诗"、后论"妍媸巧拙"即先论性情、后论形式风格的主张。他说:

> 余常谓论诗者,不当趣论其诗之妍媸巧拙,而先论其有诗无诗。所谓有诗者,惟其志意逼塞,才力愤盈,如风之怒于土囊,如水之壅于息壤,傍魄结轖,不能自喻,然后发作而为诗。凡天地之内,恢诡谲怪,身世之间,交互纬繣,千容万状,皆用以资为诗。夫然后谓之有诗,然后可以叶宫商,辨其声病,而指陈其高下得失。如其不然,其中楛然无所有,而极其挦扯采撷之力,以自命为诗。剪采不可以为花也,刻楮不可以为叶也。其或矫厉矜气,寄托感愤,不疾而呻,不哀而悲,皆象物也,皆余气也,则终谓之无诗而已矣。③

所谓"有诗无诗",是指有无情感,而"妍媸巧拙"则是形式风格层面。

---

① 《周元亮赖古堂合刻序》,《有学集》卷十七。
② 同上。
③ 《书瞿有仲诗卷》,《有学集》卷四十七。

钱谦益所以要先论"有诗无诗",后论"妍媸巧拙",就是要先看有无性情,因为有性情,才是诗。在这一前提下,谈论形式风格的"妍媸巧拙"才有意义;离开这一前提,徒具形貌,或者虚拟情感,就不是诗,谈论形式风格的"妍媸巧拙"就没有意义。在这一问题上,钱谦益与七子派的分界在于:七子派认为形式风格有独立于性情之外的价值,所以他们可以脱离性情去谈形式风格的高下;而在钱谦益,形式没有脱离于性情之外的独立价值,只有工具的价值。作为工具,只有在其体现性情时,才能显示其价值。换言之,形式风格因其表现性情而获得价值。只有在这种前提下,形式风格才有高下之分,因为形式在表现性情时也有完美与不完美之别。

站在性情优先的立场上,钱谦益认为七子派的诗学正是把格调这些属于形式风格层面的东西放到了优先于性情的位置,乃是本末倒置。他抨击李梦阳道:

> 献吉(按,李梦阳)以复古自命,曰古诗必汉魏,必三谢;今体必初盛唐,必杜,舍是无诗焉。牵率模拟剽贼于声句字之间,如婴儿之学语,如桐子之洛诵,字则字,句则句,篇则篇,毫不能吐其心之所有,古之人固如是乎?[1]

不写性情,只讲求形式风格,并且不是讲求自己的形式风格,而是模拟古人的形式风格,这就是钱谦益对七子派诗学特征的总概括。他认为,七子派的复古思潮影响至当代诗坛,"近代之学诗者,知空同(按,李梦阳)、元美(王世贞)而已矣。其哆口称汉魏、称盛唐者,知空同、元美之

---

[1] 《列朝诗集小传·李副使梦阳》。

汉魏、盛唐而已矣"①。这其实是针对以云间、西泠派为代表的诗歌风尚而言。他批评当代诗坛的弊病：

> 今之作者……矜虫鱼，拾香草，骈枝而俪叶，取青而妃白，以是为陈羹像设斯已矣，而情与志不存焉。②

所谓"矜虫鱼，拾香草"云云，都是指在辞藻形式层面讲求，徒有其表，而缺乏性情。钱谦益要扭转这股思潮，使诗坛从只讲求形式风格回到讲求性情的正道。钱谦益在明清之际的诗坛大声疾呼，不遗余力，《列朝诗集小传》中抨击七子派，情感色彩极为强烈，其首要目标就是实现这种立足点的转变：从格调优先到性情优先。这是钱谦益与七子派诗学的最根本分界。

　　公安派的性灵说是性情优先的诗学，所谓"独抒性灵，不拘格套"③正是这种思想的体现。钱谦益曾"闻临川（按，汤显祖）、公安之绪言"④，其诗学受到公安派的影响。他虽继承公安派的性情优先的思想，却未沿用公安派的性灵之说，而是重提中国诗学最古老的"诗言志"命题。这是因为他与公安派提出问题的背景和方式不同。公安派诗学深受浸透狂禅精神的李贽思想的影响。李贽的"童心"与禅宗所谓"本心"具有理论上的渊源关系，而公安的性灵说直接来自童心说。性灵说尽管体现了古代诗学传统中性情优先的思想，但从其理论继承关系看，并非直接从传统诗学引出。由于受禅宗佛性人人具足、排斥权

---

①　《黄子羽诗序》，《初学集》卷三十二。
②　《王元昭诗序》，《初学集》卷三十二。
③　袁宏道《叙小修诗》，《袁中郎全集》卷一。
④　《宋玉叔安雅堂集序》，《有学集》卷十七。

威经典思想的影响,李贽、公安派对经典权威都抱拒斥之态度,认为自我即可作祖,便直接挑出性灵以立说,而对这一问题未作理论论证。这在其理论脉络之内是可以成立的。但钱谦益所处的时代与公安派已有不同,他处在"尊经复古"、重建儒家传统价值系统的时代,他本人正是这股思潮的发起者之一,因而钱谦益乃从儒家诗学传统引出他的诗学理论,将其诗学追溯到"诗言志"这一最古老的命题,这种追溯其实是在为其性情优先的理论寻找经典依据。他在其论述中说"古之作者"如何如何,这种以古为证的作法其实是在为其理论寻找诗歌史传统的依据。以经典、以传统为其理论依据,正是"尊经复古"思潮在诗学领域的表现。钱谦益称其诗学理论是"古学",而与七子派的"俗学"相对。如果从其提出问题的思路来看,钱谦益的诗学也可以说是一种复古,只不过其所复之古与七子派不同罢了。正因如此,故钱氏诗学虽与公安派具有某种内在的一致性,但其理论背景却有重大不同。在儒家诗学理论框架中谈论性情问题,必然要突出性情的政治伦理内涵,这是他与公安派的重要理论分界之一,这一点第一章已经论及。当代研究者谈论钱谦益与公安派的关系多重其相同处,其实他们的相异处更值得注意,这种异处正显示出明清之际诗学的嬗变。

黄宗羲也主张性情优先。他在《明文案序》中称:"凡情之至者,其文未有不至者也,则天地间街谈巷语,邪许呻吟,无一非文;而游女田夫,波臣戍客,无一非文人也。"[1]性情是文之为文的本质,只要有性情,则任何形式都是文,任何人都是文人。这虽然是论文,其实也可以看作是他的诗论,因为他论诗也以性情为根本:

> 诗之为道,从性情而出。性情之中,海涵地负,古人不能尽其

---

[1]　《南雷文案》卷一。

变化,学者无从窥其隅辙,此处受病,则注目抽心,无所绝港,而徒
声响字脚之假借,曰此为风雅正宗,曰此为一知半解,非愚则
妄矣。①

诗歌从性情中来,性情无穷无尽,则诗亦无穷尽,作诗应该着眼性情,而
不是形式(声响字句)。这正是以性情为诗歌的根本,是性情优先。他
批评高棅以来的格调说"夫诗以道性情,自高廷礼以来,主张声调,而
人之性情亡矣"②。自高棅至七子派主张声调而性情亡,这种批评与钱
谦益对七子派的批判是一致的。不仅如此,黄宗羲还有比钱谦益更激
烈之处。他不仅批评高棅七子派以来诗歌不写性情,而且更进一步指
出当代人根本无性情可写。其《黄孚先诗序》比较古今人的性情与诗
歌。他先言自己对情的理解:"情盖难言之矣。情者可以贯金石,动鬼
神。"③其所谓情是极真之情、极深之情、极感人之情,而他以为,古人之
情正是这种情:

> 古之人,情与物相游而不能相舍,不但忠臣之事其君,孝子之
> 事其亲,思妇劳人,结不可解,即风云月露、草木虫鱼,无一非真意
> 之流通。故无溢言曼辞以入章句,无谄笑柔色以资应酬,唯其有
> 之,是以似之。

古人的真情、深情、感人之情不但体现在君臣父子、思妇劳人之间,而且
灌注到自然景物之中。正是因为古人有情,所以他们的诗歌没有人为

① 《寒村诗稿序》,《南雷文定》后集卷一。
② 《景州诗集序》,《南雷文案》卷一。
③ 《南雷文案》卷二。

修饰之词,没有应酬之色。黄宗羲论当代人之情说:

> 今人亦何情之有?情随事转,事因世变,干啼湿哭,总为肤受,即其父母兄弟,亦若败梗飞絮,适相遭于江湖之上。劳苦倦极,未尝不呼天也,疾痛惨怛,未尝不呼父母也,然而习心幻结,俄顷销亡,其发于心、著于声者,未可便谓之情也。由此论之,今人之诗,非不出于性情也,以无性情之可出也。

他认为今人之情停留在表面,非常肤浅,随事而发,事过即亡,这种情不能称之为情。正是因为今人没有情,所以其诗歌也没有情。这样,黄宗羲就把当代人诗歌缺乏情感的弊病归结到了当代人没有情上面来。

2. "能为"与"不能不为":为形式而作与为性情而作

钱谦益主张性情优先,不仅在性情与表现形式风格的关系上说性情为本、形式风格为末,而且也从创作动因方面说,要辨别是什么动因驱动作者写诗。

每个人都有性情,但诗人之所以为诗人,就在于他不仅有性情,还具有审美表现方面(形式风格方面)的能力,但钱谦益主张性情优先,必然要求诗人为抒写性情而作诗,而不是为了表现自己的审美才能而作诗。若为抒写性情而作诗,必然以性情为中心;若为表现自己的审美才能而作诗,则必然讲求形式风格,必然以形式风格为中心。钱谦益在两者之间有严格的分辨,他借用苏轼的说法,把为抒写性情而写诗称作"不能不为",把为表现审美才能而写诗称为"能为"。"能为"与"不能不为"的分辨对钱谦益诗学而言十分重要,这是其诗学与七子派诗学的重要分界之一。钱谦益《瑞芝山房初集序》云:

苏子瞻叙《南行集》曰："昔之为文者,非能为之为工,乃不能
不为之为工也。"古之人,其胸中无所不有,天地之高下,古今之往
来,政治之污隆,道术之醇驳,苞罗旁魄,如数一二,及其境会相感,
情伪相逼,郁陶骀荡,无意于文,而文生焉,此所谓不能不为
者也。①

钱谦益的"不能不为"之说来自苏轼《南行前集叙》。钱谦益从性情优
先的角度加以引申,把它当作性情优先的典型的创作状态。他从主体
的条件与客观的境遇两方面来说"不能不为":从主体方面说,诗人对
宇宙、对历史、对政治、对学术都具有深刻的体认与见解,从这种胸怀中
发出的性情是与常人不同的;但只有主体方面的条件还不够,还必须有
客观的境遇感发之,主体的性情才能被引发出来;主体心灵被客观境遇
所激发,诗人产生强烈的情感,这种情感积郁在心里,有强烈的抒发的
冲动,而且这种冲动愈来愈强烈,诗人无法抑制,不能不抒发,便用诗的
形式发抒出来。此时诗人不是为了写诗,而是为了抒发积郁的情感;诗
人完全沉浸到自己的情感里,并没有意识到自己是一个诗人,没有意识
到自己是在写诗,没有考虑如何表现自己的情感,在这种状态下的创作
是所谓"不能不为"。
　　一般人也常有同样的体验:人们在某种境况中被激发起强烈的情
感,有强烈的抒发情感的冲动。但是一般人抒发情感的方式与诗人不
同,可以痛哭一场,可以狂歌乱舞;而诗人则是用诗歌的形式来发抒这
种积郁的情感,需遵从诗歌抒发情感的特殊规律。钱谦益要求诗人写
诗时就要像常人抒发情感那样,不要意识到其作为诗人的特殊性,不要

① 《初学集》卷三十三。

意识到诗歌的特殊性,不要意识到他是在写诗,诗歌在此时只不过是他抒发情感的工具,就如常人以痛哭狂叫发抒情感一样。此时的创作是源于主体情感的内在驱动,情感自发地获得其表现,这种作品是从性情中流出来的,而不是"作"出来的,这种作品才是真正有情感的作品。钱谦益描绘王元昭的创作状态说:

> 当其登高能赋,对客伸纸,酒后耳热,慷慨悲歌,不知其孰为笔孰为墨也,亦不知其孰为诗孰为文也,笔不停书,文不加点,若狂飙怪雨之发作,而风樯阵马之凌厉也;若神仙之冯于乩,而鬼神之运其肘也;若雷电之倏忽下取,而虬龙之攫拿相掉也。有低回萌折不可喻之情,有峭独坚悍不可干之志,而后有淋漓酣畅不可壅遏之诗文。①

因为诗人的创作是情感积郁到极点,不得不发,所以一旦为外物所触,情感找到突破口,就如激流奔湍,奔腾而出。此时,诗人对自己的创作已经没有自觉意识,他已经意识不到笔墨的存在,也意识不到是作诗还是作文,只是任凭情感的激流驱使着他在写。钱谦益用一连串的比喻来描绘这种状态,如同有一种主体之外的力量支配着诗人在写作。这种创作状态乃是一种非理智化的状态,但是非理智化的创作也有两类,一类是激情式的,一类是平静式的,前者如长江大河滚滚而来,后者如小河流水静静而至。钱谦益所主张的乃属于前者。这种创作状态与李贽在《杂说》中所言正属一类:

> 且夫世之真能文者,比其初皆非有意于为文也。其胸中有如

---

① 《王元昭集序》,《初学集》卷三十二。

许无状可怪之事,其喉间有如许欲吐而不敢吐之物,其口头又时时有许多欲语而莫可所以告语之处,蓄极积久,势不能遏。一旦见景生情,触目兴叹,夺他人之酒杯,浇自己之垒块,诉心中之不平,感数奇于千载。既已喷玉唾珠,昭回云汉,为章于天矣,遂亦自负,发狂大叫,流涕恸哭,不能自止。①

李贽所说的这种状态也是强调情感积郁到极点,"势不能遏",不可阻挡,发而为文。

与"不能不为"相反的是"能为"。诗人并没有表现情感的内在冲动,不是情感驱动他去写诗,而是为形式美这一外在因素所驱动,是有意作诗。作品不是从主体的情感中流出来的,而是人为地从形式风格上着眼而"作"出来的,这种作品是缺乏情感的。钱谦益《瑞芝山房初集序》说:

> 如其不然,以能为之为工,则为剽贼,为涂抹,为捃拾补缀,譬诸穷子乞儿,沾人之残膏冷炙,自以为厌饫,而终身不知大庖为何味也,可不悲哉!

"剽贼""涂抹"云云指模拟前人作品,只在形式风格上着力,就没有自己的情感,没有自己的面目。这指的是七子派的创作。

但是,钱谦益主张"不能不为",也面临这样的理论问题:对于文人诗来说,诗歌有其审美规律,有其传统,既然用诗歌来抒发情感,则情感的发抒就要符合其审美规律,符合某种传统,不是任何形式的抒写都被

---

① 《焚书》卷三。

认可。钱谦益主张"不能不为"的创作状态,要求完全任情感之流动而自由抒写,是不是不考虑诗歌的表现形式风格方面的问题呢?不是。钱谦益认为正是这样的创作状态才能写得好。其《虞山诗约序》说:

> 古之为诗者,必有深情畜积于内,奇遇薄射于外,轮囷结轖,朦胧萌折,如所谓惊澜奔湍,郁闭而不得流;长鲸苍虬,偃蹇而不得伸;浑金璞玉,泥沙掩匿而不得用;明星皓月,云阴蔽蒙而不得出。于是乎不能不发之为诗,而其诗亦不得不工。①

这一段先描绘"不能不发"的状态,然后说"其诗亦不得不工"。"工"是一个审美价值范畴,指诗歌达到了很高的审美水平。"工"原本有工巧之义,指工匠的技巧达到很高的水平,就其字源的意义来说,是与人为技巧相关;应用到诗歌评价上,指诗人的作品体现了很高的技巧水平,具有很高的审美价值。但是,这里有个问题:诗人在"不能不发"的创作状态,本来并没有考虑诗歌的形式美的问题,甚至连自己是在作诗也没有意识到,而只是发抒情感,那么何以会有"工"呢?其实钱谦益所说的"工"不是"人工"的"工",而是"天工"的"工",乃是一种自然之美。他说:

> 古人之诗,以天真烂漫、自然而然者为工,若以剪削为工,非工于诗者也。天之生物也,松自然直,棘自然曲,鹤不浴而白,乌不黩而黑,西子之捧心而妍也,合德之体自香也,岂有于矜嚬笑、涂芳泽者哉?今之诗人,骈章丽句,谐声命律,轩然以诗为能事,而驱使吾

---

① 《初学集》卷三十二。

性情以从之,诗为主而我为奴,由是而膏唇拭舌,描眉画眼,不至于
补凑割剥,续凫断鹤,截足以适屦,犹以为工未至也,如是宁复有
诗哉?①

钱谦益分别了两种"工":"天真烂漫、自然而然"之"工"与"剪削"之
"工",前者是天工,后者是人工。天工是自然而然,松之直、棘之曲、鹤
之白、乌之黑、西施之美全都是自然而然。人工是人为的技巧造就。本
来天工与人工各有其美,但是钱谦益将它们分别与性情优先及格调优
先两派诗学联系起来,将它们与"不能不为"与"能为"两种创作联系起
来,认为性情优先、"不能不为"者是自然天工,而格调优先、"能为"者
为人工,这样,钱谦益所谓的人工就是以形式风格为中心,而让主体的
性情服从于形式风格,"诗为主我为奴",结果只能是在形式风格上
用力,而不顾自己的性情,背离诗歌言志抒情的根本。

3. 观色与观香:形式之美与性情之美

钱谦益认为七子派全是在表现形式风格上讲求,而不讲求性情这
一诗之根本,针对七子派的这一弊病,他提出了评价诗歌的不同方式:
"观色"与"观香"之说。其《香观说书徐元叹诗后》云:

> 余老懒不耐看诗,尤不耐看今人诗。人间诗卷聊一寓目,蒙蒙
> 然隐几而卧。有隐者告曰:"吾语子以观诗之法,用目观,不若用
> 鼻观。"余惊问曰:"何谓也?"隐者曰:"夫诗也者,疏瀹神明,洮汰
> 秽浊,天地见之香气也。目以色为食,鼻以香为食。今子之观诗以

---

① 《题交芦言怨集》,《有学集》卷十九。

目,青黄赤白、烟云尘雾之色,杂陈于吾前,目之用有时而穷,而其香与否,目固不得而嗅之也。吾废目而用鼻,不以视而以嗅,诗之品第,略与香等,或上妙,或中下,或斫锯而取,或煎笮而就,或熏染而得,以嗅映香,触鼻即了,而声色香味四者,鼻根中可以兼举,此观诗方便法也。"余异其言而谨识之。①

钱谦益托为隐者之言而讲其诗学观,隐者就是钱谦益本人。他在这里提出观诗的两种不同方式:以目观色与以鼻观香。用"目观"是"观色",看的是诗歌的形态颜色,即"青黄赤白、烟云尘雾",这些都是外表形式层面的东西。为什么钱谦益反对用"目观"的方式来观诗呢?因为"目观"的方式只能"观色",看到的只能是形式外表层面的东西,而讲求形式外表在他看来恰恰就是七子派的特征,他说:"献吉辈之言诗,本偶之衣冠也,土菌之文绣也,烂然满目,终为象物而已。"②认为七子派的诗学,是穿戴着衣冠的木偶、披着文绣的枯木,外表很光彩夺目,但只是假物而已。如果用"目观"的话,正好适合观七子派的"烂然满目"之诗。

所谓"鼻观",就是"观香"。本来古代诗学有以味评诗的传统,是借味觉来形容诗歌的美感,而钱谦益则以嗅觉来形容诗歌的美感。那么,钱谦益所说的诗歌的"香气"来自诗歌的什么因素呢?如果说"以目观色"之"色"是指诗歌的形式外表的话,那么"以鼻观香"之"香"则来自诗歌的性情,也就是说钱谦益所称的诗歌的美感是指性情之美,而不是形式外表之美。他说徐元叹:"摆落尘坌,退居落木庵,客情既尽,

---

① 《有学集》卷四十八。
② 《曾房仲诗序》,《初学集》卷三十二。

妙气来宅,如薛瑶几肉皆香,其诗安得而不香?"①徐元叹有超尘脱俗的
胸怀,是其性情之"香",是其性情美,有了性情之"香",其诗自然也
"香",自然具有美感。这里,钱谦益说诗之"香"正是从性情上说的。
又,他在《后香观说书介立旦公诗卷》称其诗"孤高清切,不失蔬笋气
味",然后说:

> 古人以苾刍喻僧,苾刍,香草也;蔬笋,亦香草之属也。为僧
> 者,不具苾刍之德,不可以为僧;僧之为诗者,不谙蔬笋之味,不可
> 以为诗。旦公具苾刍之德,而谙蔬笋之味者也,其为诗也,安得而
> 不香?②

苾刍是一种香草,古人常用来比喻僧人,所谓"苾刍之德"就是上文所
谓"孤高清切",即超尘脱俗之怀。"蔬笋之味",古人常用来指僧诗的
淡远之美感。在钱谦益看来,有了"孤高清切"之怀,其诗才能有"蔬笋
之味"。此"蔬笋之味"是从味觉美感上说,如果从嗅觉美感上说,也就
是"蔬笋之香"了。钱谦益说"观香",也是从诗人之性情("苾刍之
德")来说诗之"香"即美感。这种从性情上谈诗歌美感的思想在其《虞
山诗约序》中也有明确的表露,他说:"不乐而笑,不哀而哭,文饰雕缋,
词虽工而行之不远,美先尽也。"如果没有真实的性情("不乐而笑,不
哀而哭"),而在形式上雕绘,即便是形式("词")很巧妙("工"),也没
有美。这里的美就是真实的性情之美。这种美与其所说的"香"是一
致的。

　　在钱谦益看来,七子派只讲求形式外表,没有性情,所以其诗只有

---

① 《香观说书徐元叹诗后》,《有学集》卷四十八。
② 《有学集》卷四十八。

"色"即形式外表之美;他主张性情优先,其诗有"香",即内在性情之美;"目观"是观七子派诗歌的方式,"鼻观"是观抒写性情之诗的方式;钱谦益主张废"目观"而以"鼻观",正是他要扭转七子派的格调优先诗学的观点、转到性情优先的思想的表现。

二　"人其诗"与"诗其人":美本位与真本位

　　既然钱谦益主张性情优先,诗歌的价值取决于情志的价值,那么这里有一个前提,即这种情志必须是真实的,否则整个诗学价值体系就会坍塌。因而这种理论必须以情志的真实性为前提。真是性情中心诗学的核心价值尺度之一。但是云间派也强调真,钱谦益一派与之有什么不同呢?

1. 真的两面:就性情本身说与就表现形式风格方面说

　　真可以从两方面说:一是就性情本身说,指诗歌中所表现的情感是诗人实有的情感;二是就性情的表现上说,有什么样的性情就有什么样的面目,性情必须贯透到形式风格的层面,性情的差异必然会在审美表现形式及风格上见出来,形成自己在审美表现形式风格方面的独特性,形成自己的面目。没有自己的面目,不是真。在这两方面中,云间、西泠派只从第一个方面谈真。而钱谦益一派则从以上两个方面谈真,不仅要求性情本身的真实性,而且要求在表现形式风格上见出自己的面貌。

　　云间、西泠派并非不要真,他们也主张真性情。就连七子派也说诗歌要抒写真性情。但是他们又认为真性情必须以一种雅化的形式表现出来,而所谓雅化的形式就是一种符合审美传统的形式。这就要赋予性情以某种他们认为具有典范审美价值的形式和风格。这样必然是给自己的性情赋予古人的面目。由于陈子龙等人只从性情本身谈真,而不从审美表现形式及风格方面谈真,所以他们并不认为以古人的形式风格表现自己的性情是假。陈子龙说"情以独至为真,文以范古为美",正是这种思想的体现。

2. 从性情上说:真人与真诗

钱谦益既从性情上论真,也从表现形式风格方面谈真。从性情本身论真,按照传统诗学"诗如其人"的理路,必然要从诗往诗人说,必然要说有真性情才有真诗:

> 太史公曰:"《国风》好色而不淫,《小雅》怨悱而不乱。"此千古论诗之祖。……《三百篇》变而为《骚》,《骚》变而为汉魏古诗,根柢性情,笼挫物态,高天深渊,穷工极变,而不能出于太史公之两言。所谓两言者,好色也,怨悱也。士相媚,女相说,以至于风月婵娟、花鸟繁会,皆好色也;春女哀,秋士悲,以至于白驹刺作、角弓怨张,皆怨悱也。……有真好色,有真怨悱,而天下始有真诗。①

钱谦益将诗歌的情感分为"好色"与"怨悱"两类,前者是偏于喜悦一类的情感,后者是哀怨一类的情感。此实乃将传统的所谓七情归为悲喜两大类。钱谦益强调诗人必须先有真实的情感,才会有真实的诗歌;必须先有真人,然后才有真诗。其《刘咸仲雪庵初稿序》有曰:

> 咸仲之诗文,喜而歌焉,哀而泣焉,醒而狂焉,梦而愕焉,嬉笑嚬呻,謦咳涕唾,无之而非是也。咸仲之性情在焉,咸仲之眉宇心

---

① 《季沧苇诗序》,《有学集》卷十七。

　　腑在焉。有真咸仲,故有咸仲之真诗文,其斯为咸仲而已矣。①

这里强调诗中的喜怒哀乐就是诗人的喜怒哀乐,由诗人直贯到诗,有真
人而后才有真诗,由真诗而见真人。这样从诗人到诗的直接一贯来说
真,与公安派相同。公安派说真诗,也要上说到真人,其称明代的民歌
是"无闻无识真人所作,故多真声"②,就是如此。但与公安派不同的
是,钱谦益还要求"好色不比于淫,怨悱不比于乱",要"发乎情,止乎礼
义",③强调真性情还要符合伦理规范。这种取向与云间派要论性情的
"贞邪"是一致的。

　　钱谦益一派这种论真的方式,在当时其他论诗者的理论中也有体
现。朱鹤龄说:

　　　　盖古人文章无不以真得传者。有真感伤,而后有阮公、正字之
　　诗;有真节概,而后有工部、吏部之诗;有真豪宕,而后有青莲之诗;
　　有真闲适,而后有左司、香山之诗。乃后之作者,见诸公之成家在
　　是也,遂相率而模效,能之以为名高,不情之歌哭,随众之挑衻,纵
　　极嘈囋,无关性灵,何以感情激听,叶钟律而壮风云也?④

朱鹤龄也说有真人才有真诗,其说法与钱谦益非常相似。朱氏与钱谦
益有密切的交往,其诗论当是受钱氏的影响。有真人才有真诗,则诗歌
的风格必然就是诗人的人格性情;如果要模拟诗歌的风格,就必然要模

　　① 《初学集》卷三十一。
　　② 《叙小修诗》,《袁中郎全集》卷一。
　　③ 《季沧苇诗序》,《有学集》卷十七。
　　④ 《宗定九全集序》,《愚庵小集》卷八。

拟诗人的人格性情,因为风格与诗人的人格性情是同一的。如此一来,
模拟古人作品必然会带来诗人自己的情感的虚拟化,必然会陷入情感
的虚假。这确实是七子派与云间、西泠派模拟古人格调的弊病所在。
钱谦益一派诗学的流风所及,影响到清初诗坛,周亮工说:

> 夫诗以言性情也。山泽之子,不可与论庙堂;华曼之词,不可
> 与言憔悴,其情殊也。今无与干颂述而黼黻其貌,本无所感慨而涕
> 泗从之。以不情之悲喜,为应酬之章句,所谓鞸铎之不中于
> 音也。①

周亮工认为,诗人写诗为了求合于古人的格调,必然要模拟古人的性
情。山泽之子也可以写庙堂之诗,憔悴之人也可以写华曼之词,这样的
诗歌就背离了真的原则。

3. 从表现方面说"人其诗"与"诗其人"之别:真本位与美本位

从性情本身论真,钱谦益与云间派不致有理论上的冲突。但从表
现形式风格方面谈真,则两派之间有着深刻的理论分歧。

早在公安派诗学中,其论真就涉及表现形式风格层面。袁宏道说:
"真则我面不能同君面,而况古人之面貌乎?"②站在性情优先的立场上
说,性情直贯到诗,落实到表现形式风格的层面,必然要求有自己的面
貌。在这一派看来,必须从表现形式风格上见出自己的面貌才能是真。
从这种立场上看七子派的诗歌,只有古人面貌,而无本人面目,如今人
而着古装,是所谓优孟衣冠,在公安派看来不是真。袁宏道抨击七子派

---

① 《西江游草序》,《赖古堂集》卷十三。
② 《与丘长孺》,《袁中郎全集》卷十一。

诗"一个八寸三分帽子,人人戴得"①,正是谓此。这是七子派与公安派
的根本理论分界之一。我们常常感到疑惑,七子派如李梦阳、王世贞论
诗每每谈诗歌的情感,何以公安派抨击他们的作品是没有情感的假诗
呢? 其原因就在于,在七子派的诗学中,自己的性情可以有古人的面
目;而在公安派的诗学中,自己的性情不能有古人的面目,必须在形式
风格上见出自己的面目,如此才是真,否则就是假。

钱谦益也从审美表现形式风格方面谈真。他提出"人其诗"与"诗
其人"的问题:

> 古之诗人,不人其诗而诗其人者,何也? 人其诗,则其人与其
> 诗二也,寻行数墨,俪花而斗叶,其与诗犹无与也。诗其人,则其人
> 之性情诗也,形状诗也,衣冠笑语,无一而非诗也。②

"诗其人",是以人为立足点,为决定性的主位,而从人往诗上说,人的
性情、形状、衣冠笑语全都直贯到诗,诗人不以诗歌本身的审美传统为
立足点考虑如何表现才美,才合规范,从而对其表现对象加以改变,这
时诗歌只是人的表现形式,只是工具,不能有独立性,就是为了表现人
服务,人是什么样子,诗就是什么样子。这样从人到诗直贯下来,诗与
人才具有同一性。这样落实到表现形式风格层面,必然要形成自己的
面貌。这才是真。"人其诗"则不然。这里的"人"与"诗其人"的"人"
不同,这是一个动词性用法,有人工、人为之意,是有意而为之。诗人以
诗美为本位考虑问题,从诗美的角度考虑应该采用何种表现形式与风
格,考虑某种表现形式与风格合不合审美传统,因而要赋予表现对象一

---

① 《与张幼于》,《袁中郎全集》卷二十二。
② 《邵幼青诗草序》,《初学集》卷三十二。

个合乎传统的美的形式风格,只有如此,其诗歌才有审美价值。诗人以诗美为本位,必然不能按照人的本然的样子来表现,这样诗与人就不具有同一性,诗歌的面貌不是诗人自己的面貌,所以钱谦益谓"其人与其诗二也"。在钱谦益,"人其诗"其实就是七子及云间派的诗学,而"诗其人"则是他所主张的诗学。"人其诗"与"诗其人"的区别就是假与真的区别。

钱谦益所提出的"诗其人"与"人其诗"的问题,如果上升到美学层面上说,其实就是真与美两个价值尺度的关系问题。在这两个价值尺度当中,钱谦益是真本位,七子及云间派是美本位。真本位者,是真的价值第一,美统一于真;美本位者,是美的价值第一,真统一于美。钱谦益也说诗之美,但他所谓美从性情上说是性情之美,从表现上说是自然之美。有了真性情可以有性情之美,任真性情之流动而成诗,可以有自然之美。性情之美与自然之美都可以统一于真。而七子、云间派所谓美乃是古人表现形式风格之美,陈子龙说"文以范古为美"正是谓此,真性情必须以古典的形式风格来表现,真性情本来有其自己的面目,但现在为了美必须改变自己的面目而以古人的面目出现。这样,美处于主位,真统一于美。

清初杜濬提出"真诗"与"佳诗"之辨,其所辨的也是真与美的关系问题。他说:

> 世所谓真诗,不过篇无格套,语切人情耳。弟以为此佳诗,尚非真诗也。何也? 人与诗犹为二物故也。古来佳诗不少,然其人要不可定于诗中,即诗至少陵,诗中之人亦仅有六七分可以想见。独有陶渊明片语脱口,便如自写小像,其人之岂弟风流,闲情旷远,千载而上,如在目前,人即是诗,诗即是人。古今真诗,一人而已,可多得乎。[1]

---

[1]　周亮工辑《尺牍新钞》卷二。

杜濬所说的"佳诗"就是美本位的诗,正因为求佳求美,不以真为第一追求,所以不必要求诗即其人。而其所谓"真诗"乃是真本位的诗,以真为最高追求,所以人即其诗,诗即其人。杜濬从真本位的立场看诗歌史,认为真正能够符合其标准的只有陶渊明一人而已。

黄宗羲也从审美表现形式风格上说真伪:

> 论诗者但当辨其真伪,不当拘以家数。若无王、孟、李、杜之学,徒借枕籍咀嚼之力以求其似,盖未有不伪者也。一友以所作示余,余曰:"杜诗也。"友逊谢不敢当。余曰:"有杜诗,不知子之为诗者安在?"友茫然自失。此真伪之谓也。①

在黄宗羲看来,诗歌之真必然要归结到有自己的面貌,如果在形式风格上求似,必然没有自己的面貌,就必然会陷入伪。他在《金介山诗序》一文中说:"夫以己之性情,顾使之耳目口鼻皆非我所有,徒为殉物之具,宁复有诗哉?"②性情是自己的,但面貌不属自己,不是真诗。正因为如此,故他的朋友作诗学习杜甫,面貌上像杜甫,他要追问:你的诗在哪里?黄宗羲这里所谓伪,并不是说他的朋友的诗歌中所表现的性情是虚假的,而是指没有自己的面貌。

总之,云间、西泠派只从性情上说真,所以自己的性情不妨有古人的面目,钱谦益等人不仅从性情上说真,也从表现形式风格上说真,则自己的性情必须有自己的面目,有自己的面目就必然有形式风格之变,所以钱谦益等人必然主变。

---

① 《诗历题辞》,《南雷诗历》卷首。
② 《南雷文定》四集卷一。

三　从崇正抑变到主变而存正：
审美价值多元论的确立
及对七子派诗学价值体系的抨击

七子派认为诗歌的表现形式风格必须符合他们所认定的审美传统,符合就是所谓正体,不符合的就是所谓变体,他们崇正而排变;公安派主张独抒性灵,主张新变,但忽略了诗歌审美传统的继承,是主变而弃正;钱谦益一派站在性情优先的立场上,肯定变的必然性与合理性,但又同时主张继承传统,是主变而存正。

1. 明七子派与公安派：正变对立

在古代诗学传统中有一个观念,形式风格与诗人个性的一致性,认为人的个性对形式风格有决定作用。诗歌的形式风格不过是个性的审美表现而已。这是"诗言志"命题引出的必然结论。从这种立场看,由于人的个性各不相同,审美表现及艺术风格的不同是必然的,因而艺术上的个性是应该受到承认和尊重的,也是有价值的。另一方面,在古代诗学传统中也有另一个观念,那就是并不是所有的个人特征都具有审美价值,对个人表现特征的审美价值的判定要放到审美传统中去看,符合传统的才有价值。以上两种观念用传统的术语说,就是前者重变而后者主正。前者更注重诗歌的艺术个性的价值,后者更强调审美传统的价值;前者重异,后者重同。这两方面都是言志诗学的应有之义,在其各自的立场上都有其合理性。这两者之间存在着某种紧张关系,但又追求平衡统一。如果将其中的某一方面强调得过分而忽略了另一方面就带来弊端。

在重变、主正两者之间,七子派强调后者,而公安派强调前者。七子派优先考虑的是形式风格必须符合审美传统的问题,他们确立了以汉魏、盛唐为核心的审美正统,要求当代诗人的作品在形式风格上必须合乎他们所确立的审美正统。评价当代诗人的作品,必须把当代作品放到审美传统中去,看其是否符合审美正统,合乎审美正统才具有审美价值。按照这种诗学价值系统,必须说今人的作品像古人,比如像《古诗十九首》,像李、杜,才具有审美价值,如果不像古人,就没有审美价值。这一派的理论在第二章已作论述。

与七子派相对立,公安派主变。公安派主要从两个方面论变:一是真性情必然要有自己的面目;二是时代有古今之不同,诗必然要有古今之差异。前者是个人因素,后者是时代因素。就第一方面而言,公安派主张性情优先,形式风格没有独立价值,它为表现本真的性情服务,只是个工具。性情要真,真性情必然要有自己的面目,因而必然要变。因而在这种理论中,形式风格不必受审美传统的束缚,袁宏道所谓"独抒性灵,不拘格套",正是谓此。就第二个方面而言,公安派论证审美表现形式是随时代而变化的,而且这种变化是必然的。"文之不能不古而今也,时使之也。妍媸之质,不逐目而逐时","夫古有古之时,今有今之时,袭古人语言之迹而冒以为古,是处严冬而袭夏之葛者也"。①"世道既变,文亦因之,今之不必摹古者也,亦势也"②。不能以传统来束缚当代人,当代个性化的表现方式不因为其不符合传统而没有价值。公安派论变的立足点,是要证明个性化的当代化的诗歌表现形式风格的合理性。按照这种诗学观,诗人的作品必须有自己的面目才有价值,像古人则没有价值。这与七子派正相对立。

---

① 《雪涛阁集序》,《袁中郎全集》卷一。
② 《与江进之》,《袁中郎全集》卷二十二。

2. 钱谦益:对公安派主变说的继承与审美价值多元化价值观的确立

公安派主变这一诗学观念也被钱谦益继承。他说:

> 今之谭诗者,必曰某杜,某李,某沈、宋,某元、白,其甚者则曰兼诸人而有之。此非知诗者也。诗者,志之所之也。陶冶性灵,流连景物,各言其所欲言者而已。如人之有眉目焉,或清而扬,或深而秀,分寸之间,而标置各异。岂可以比而同之也哉!沈不必似宋也,杜不必似李也,元不必似白也。有沈、宋,又有陈、杜也。有李、杜,又有高、岑,有王、孟也。有元、白,又有刘、韩也。各不相似,各不相兼也。①

所谓"今之谭诗者"云云,正是指七子、云间派的诗学。按照这一派的诗学观,唐以后诗歌在格调方面已经不能再创造,必须模拟古人才能雅,因而当代诗歌作品的审美价值就在于像古人,因为像古人就意味着对审美传统的继承。但按照钱谦益的诗学观,以为今人像古人才具有审美价值的观念是错误的,乃"非知诗者"。钱氏站在性情优先的立场上,强调诗歌言志抒情,有自己的性情一定要有自己的面目,各人的性情不同必然面目不同,必然要在形式风格层面表现出来,因而形式风格的不同具有必然性。

钱谦益还从诗人才力的发展来论证诗歌的时代变化,其《题徐季白诗卷后》云:

---

① 《范玺卿诗集序》,《初学集》卷三十一。

　　　　嗟夫! 天地之降才,与吾人之灵心妙智,生生不穷,新新相续。
有《三百篇》,则必有楚《骚》;有汉魏、建安,则必有六朝;有景隆、
开元,则必有中晚及宋元。①

诗歌乃是诗人创造力的产物,才为天赋的创造力,诗人得自天赋,而遂
有灵心妙智即创造力。钱谦益认为天地之降才与人之灵心妙智并非千
古不变,而是在历史中不断展开变化,即"生生不穷,新新相续",诗人
的创造力不仅有个人的不同,也有时代的差异,因而各个时代的诗歌必
然各不相同。从真性情必有自己的面目,钱谦益论证每个诗人必变;从
创造力的不断发展论证每个时代必变。总之,变是必然的。

　　但是,七子派并非不承认诗歌史的变化的事实,在事实的层面上,
七子派也认为诗歌史是一部变化史,因为没有诗歌史的变,也就不存在
所谓正,更不存在诗歌要复古的问题。承认变是诗歌史的事实,在这一
点上,七子派与公安派及钱谦益一致。两派的差异关键在价值的层面
上。七子派的审美价值系统建立在《诗经》的基础上,以风雅传统作为
判定诗歌价值的标准,符合风雅传统的是正,不符合则是变,在这种价
值系统内,否定变是必然的。这种价值观影响到他们的创作,必然是以
复古为特征。公安派及钱谦益不仅认为变是诗歌史的事实,而且认为
变是合理的,肯定变的价值。但钱谦益也是尊经的,他肯定变,必然要
面对七子派以《诗经》为基点建立起来的价值系统。七子派说符合《诗
经》传统的是好作品,背离《诗经》传统的不是好作品,钱谦益如何反
驳呢?

　　钱谦益也尊经,其论诗也追溯到经典作为立论的依据。钱谦益也

---

　　① 《有学集》卷四十七。

尊《诗经》,但他以性情优先的立场诠释风雅传统,在他的诠释中,风雅传统就是言志传统。在情志与形式风格的关系上,钱谦益一派与七子派有着重要的理论分界。七子派强调形式风格独立于性情的一面,正因为强调这种独立性,所以他们可以着眼于形式风格层面来诠释风雅传统。钱谦益则强调形式风格受性情决定的一面,形式风格没有独立性,在他看来,七子派着眼于形式风格来建立风雅传统,从根本上说乃是错误的。正是由于钱谦益与七子派存在着这样重大的理论分界,故七子派有一套以《诗经》为基点的形式风格层面的价值系统,每一种形式风格在这一价值系统中都有高下的定位;在钱谦益的诗学中,并不存在一套着眼于形式风格层面的价值系统,因而不存在形式风格层面的风雅传统问题。在他的诗学中,不能说这种形式风格高于那种形式风格,因为形式风格不能脱离性情来独立评价。正是在这种意义上,黄宗羲说:"是故论诗者,但当辨其真伪,不当拘以家数。"①诗歌的价值只能从性情上来评价,而不能从形式风格上来判定,其道理在此。

从性情优先的角度说,有性情就有其面目,性情不同,面目必然有异。只要肯定性情差异的合理性,就要肯定形式风格差异的合理性。这样从审美上说,各种特征都有其存在的合理性,各种审美特征之间就没有高下之分,各个时代的诗歌在审美上都具有平等的地位,各有其价值。正因为如此,所以钱谦益一派诗学的审美价值观是多元化的,而七子派则是一元化的。钱谦益继承公安派诗学建立的这种诗学价值观,推翻了七子派继承严羽等人诗学所建立起来的审美价值系统,推翻了他们确立起来的汉魏、初盛唐的审美正统,长期以来受到贬斥的六朝、晚唐诗以及宋元诗都在审美上取得了与汉魏、盛唐诗平等的价值地位。

---

① 《诗历题辞》,《南雷诗历》卷首。

这种价值观的改变无异于一场革命,对清代诗坛产生了强烈的震撼和深远的影响。此后,诗坛兴起了晚唐诗热、宋诗热,从理论渊源上都可以直接追溯到钱谦益的这种诗学价值观。

3. 对初、盛、中、晚说的抨击

七子、云间派论诗的中心观点之一就是尊唐抑宋,而又析唐为初、盛、中、晚,其中独尊盛唐,对初唐也有所取,而贬斥中晚唐。这种诗歌价值观,宋末严羽就已经提出,经元到明,影响诗坛数百年。公安派抨击过这种诗学价值系统,曾影响一时,但很快就被云间派所扭转。钱谦益再一次对这种诗学价值观进行了抨击。他说:

> 世之论唐诗者,必曰初、盛、中、晚,老师竖儒,递相传述。揆厥所由,盖创于宋季严仪,而成于国初之高棅,承讹踵谬,三百年于此矣。夫所谓初、盛、中、晚者,论其世也,论其人也。以人论世,张燕公、曲江,世所称初唐宗匠也。燕公自岳州以后,诗章凄惋,似得江山之助,则燕公亦初亦盛;曲江自荆州已后,同调讽咏,尤多暮年之作,则曲江亦初亦盛。以燕公系初唐也,溯岳阳唱和之作,则孟浩然应亦盛亦初。以王右丞系盛唐也,酬春夜竹亭之赠同左披梨花之咏,则钱起、皇甫冉应亦中亦盛。一人之身更历二时,诗以人次耶,抑人以时降耶?世之荐樽盛唐,开元、天宝而已。自时厥后,皆自郐无讥者也。诚如是,则苏、李、枚乘之后不应复有建安、有黄初,正始之后,不复应有太康、有元嘉,开元、天宝已往,斯世无烟云风月,而斯人无性情,同归于墨穴木偶而后可也。①

---

① 《唐诗英华序》,《有学集》卷十五。

钱谦益将七子派的诗学观追溯到严羽及明初高棅。关于初、盛、中、晚的划分问题涉及两个层次：一是事实问题，即唐代诗歌史上存在不存在四个具有各自时代审美特征的历史阶段；二是价值问题，这四个阶段有无高下之分。严羽以至七子派对这两个问题的回答都是肯定的，而钱谦益则都是否定的。本来钱谦益的中心旨意在价值问题上，即反对独尊盛唐而贬斥中、晚，但他却从事实问题立论，否定这四个阶段的存在。他举出张说、张九龄等诗人跨越两个时代，认为所谓四唐的界限在诗歌史中并不存在。其实，初、盛、中、晚的划分是符合诗歌史的实际的。四唐的划分，乃谓一定时期的创作在审美上体现出某种共同特征，当然各时期之间并非泾渭分明，总存在着过渡阶段，这一点严羽等人也都承认，只是论其大概。钱谦益本意是要反对七子派在价值层面上崇盛唐而贬中晚唐，却否认唐诗有不同时期的特征，这是没有说服力的。在清初，叶矫然就指出了钱谦益的这一问题：

> 论诗者谓初、盛、中、晚之目，始于严沧浪而成于高廷礼，承讹踵谬，三百年于兹，则大不然。夫初、盛、中、晚之诗具在，格调声响，千万人亦见，胡可溷也？又谓燕公、曲江亦初亦盛，孟浩然、王维亦盛亦初，钱起、皇甫冉亦中亦盛，如此论人论世，谁不知之？夫所谓初、盛、中、晚者，亦不过谓其篇什中同者十八，不同者十二，大概言之而已，非真有鸿沟之画，改元之号也。学者谓有初、盛、中、晚之分，而过为低昂焉，不可也。如谓无低昂而并无初、盛、中、晚之名焉，可乎哉？①

所谓"初、盛、中、晚之分"即是事实层面，谓存在与否，所谓"低昂"即是

---

① 《龙性堂诗话初集》。

价值的层面,谓高低的评价。叶矫然认为,初、盛、中、晚的时代特征是
存在的,但其界限并非泾渭分明,钱谦益可以反对严羽以至七子派在价
值上尊盛唐而贬中晚,但不应该否认初、盛、中、晚存在的事实。当然,
钱谦益所以否定这种划分,其目的是反对严羽以来的独尊盛唐而排斥
中晚唐诗歌的理论倾向,以及由这种理论倾向所导致的创作上的模拟
之弊。

钱谦益的这种思想在清初得到广泛响应,黄宗羲说:

> 古今志士学人之心思愿力,千变万化,各有至处,不必出于一
> 途,今于上下数千年之中,而必欲一之以唐,于唐数百年之中,而必
> 欲一之以盛唐,盛唐之诗岂不佳? 然盛唐之平奇浓淡亦未尝归一,
> 将又何适所从耶?①

黄宗羲也是从主体因素的不同来推论变的必然性与合理性,从而批评
专宗盛唐之说。朱彝尊说:

> 正嘉以后言诗者,本严羽、杨士弘、高棅之说,一主乎唐,而又
> 析唐为四,以初、盛为正始、正音,目中、晚为接武、遗响,斤斤权格
> 律声调之高下使出于一,吾言其志,将以唐人之志为志,吾持其心,
> 乃以唐人之心为心,其于吾心性何与焉?②

这里指出初、盛、中、晚的划分给创作带来的弊端。因为严羽等人的划
分实际上是为创作确立了模板,由于模拟模板,就使创作陷于同一格

---

① 《诗历题辞》,《南雷诗历》卷首。
② 《王先生言远诗序》,《曝书亭集》卷三十八。

调。从创作上来说,一定的格调总是与一定的情感相适应的。如果以
情感为中心,则情感决定格调,使格调与情感相应。如果以格调为中
心,则格调决定情感,使情感与格调相应。诗人为了使情感适合古人的
某种格调,就要虚拟古人的情感,就会使诗歌中所表现的情感与诗人自
己的真实情感背离,即朱彝尊所谓"其于吾心性何与焉"。潘耒《五朝
名家诗选序》云:

> 自嘉靖七子有唐后无诗之说,至今耳食者从而和之,宋元诸名
> 家之诗禁不一寓目,复于唐代独尊初、盛,自大历以还割弃不取,斤
> 斤焉划时代为鸿沟,别门户如蜀洛,既以自域,又以訾人,一字之生
> 新,弃而不用,曰惧其堕于中、晚也;一句之刻露,摘以相语,曰惜其
> 入于宋元也。天与人以无穷之才思,而人自窘之,地与人以日新之
> 景物,而人自拒之,其亦陋而可叹矣。①

这种理论后来上达至康熙皇帝。其《全唐诗序》云:

> 夫性情所寄,千载同符,安有运会之可区别? 而论次唐人之诗
> 者,辄执初、盛、中、晚,岐分疆陌,而抑扬轩轾之过甚。此皆后人强
> 为之名,非通论也。②

由反对尊盛唐而贬晚唐,影响所及,则有晚唐诗热的兴起;又反对尊唐
抑宋,则导致宋诗热的兴起。

---

① 《遂初堂文集》卷六。
② 《圣祖仁皇帝御制文集》三集卷二十。

4. 对七子派辨体与拟古的批判

七子派及云间、西泠派的辨体说,对每一种诗歌体裁都确立了最高典范,乐府、古诗必汉魏,近体及歌行体必初盛唐。当代人作诗一定要在形式风格上模拟这些典范。体现在七子派等人的创作上就是模拟,而模拟倾向最严重的是乐府体与五言古诗体。钱谦益一派主张在形式风格上有自己的面目,自然与七子派以及云间、西泠派主张在形式风格上模拟古人的观点相对立。钱谦益一派对七子派的模拟倾向,尤其对在乐府、五言古诗上的模拟进行了猛烈抨击。

钱谦益将反模拟的主张追溯到明代隆庆、万历时代的于慎行。于慎行对七子派模拟乐府、古诗已提出批评:

> 唐人不为古乐府,是知古乐府也。辞声相杂,既无从辨,音节未会,又难于歌,故不为尔。然不效其体而时假其名,以达所欲出,斯慕古而托焉者乎?近世一二名家,至乃逐句形模,以追遗响,则唐人所吐弃矣。①

他主张古乐府诗不能在形式上模拟,只需借乐府之名来表达自己的内容,唐人乐府诗就是如此。为此,他批评七子派李攀龙、王世贞等("一二名家")模拟古乐府的字句形式。七子派推崇汉魏晋五言古诗,而排斥唐代五言古诗,李攀龙甚至说"唐无五言古诗",于慎行对此也颇为不满,他对魏晋五言古诗与唐代五言古诗作了对比性分析,认为唐代五言古诗"原本性灵,极命物态,洪纤明灭,毕究精蕴"②,批驳了"唐无五

---

① 《谷城山馆诗集》卷一。
② 同上。

言古诗"的说法。

钱谦益《列朝诗集小传》于慎行小传引述于慎行论乐府、古诗之语，称"公生当庆、历之世，又为历下（按，李攀龙）之乡人，其所论著，皆箴历下之膏肓，对病而发药"①。钱谦益《列朝诗集小传》猛烈抨击了李攀龙等人的模拟倾向。如他批评李攀龙模拟古乐府道：

> 其拟古乐府也，谓当如胡宽之营新丰，鸡犬皆识其家。宽所营者，新丰也，其阡陌道路未改，故宽得而貌之也，令改而营商之亳、周之镐，我知宽之必束手也。《易》云："拟议以成其变化。"不云拟议以成其臭腐也。易五字而为《翁离》，易数句而为《东门行》《战城南》，盗《思悲翁》之句，而云"乌子五，乌母六，陌上桑"。窃《孔雀东南飞》之诗，而云"西邻焦仲卿，兰芝对道隅"，影响剽贼，文义违反，拟议乎？变化乎？

李攀龙主张拟古乐府就要照着古乐府的原样来写，要让人一看就觉模拟得像。这就像胡宽营建新丰城，完全按照旧城的原样建造，连鸡狗都能认识其家。这种主张体现于其创作上，为了追求模拟的相似，竟照抄古人的字句，有的一篇只改易数字。这样模拟就变成了抄袭。

七子派贬斥唐代五言古诗，其模拟的对象是汉魏，至晋宋而止。这也受到钱谦益的猛烈抨击：

> （按，李攀龙）论五言古诗曰："唐无五言古诗，而有其古诗。"彼以昭明所撰为古诗，而唐无古诗也，则胡不曰魏有其古诗，而无

---

① 《列朝诗集小传·于阁学慎行》。

> 汉古诗,晋有其古诗,而无汉魏之古诗乎?《十九首》继《国风》而
> 有作,锺嵘以为惊心动魄,一字千金。今也句擿字捃,行数墨寻,兴
> 会索然,神明不属,被断齑以衣绣,刻凡铜为追蠡,目曰《后十九》,
> 欲上掩平原之十四,不亦愚乎?

七子派对于五言古诗所作的主要分界是《文选》体与唐体,因为在他们
看来,《文选》体内部虽然也有时代之不同,但是它们之间有着相当的
一致性,而唐代五言古诗与《文选》体有着更多的不同。这种观点乃是
七子派以汉魏为五言古诗标准衡量的必然结果。但是,站在钱谦益的
立场上看,既然魏可以不同于汉,晋可以不同于汉魏,为什么唐不可以
不同于汉魏、六朝呢? 正是因为它们各不相同,才各成一代之诗,才有
自己的价值。作为后代诗人也应该不同于前人,七子派模拟古人自然
是错误的。

　　钱谦益对云间派重倡七子派诗学十分不满。他批评"云间之才
士,起而嘘李、王之焰"①,又在《题徐季白诗卷后》中说:

> 　　云间之才子如卧子、舒章,余故爱其才情,美其声律,惟其渊源
> 流别,各有从来。余亦尝面规之,二子亦不以为耳瑱。②

所谓"渊源流别,各有从来",即指云间派继承的是七子派的诗学,他曾
经当面规劝陈子龙与李雯,但是二人并未接受。

　　七子派的模拟古人与其辨体思想有密切关系。钱谦益抨击七子派
的模拟,但是并没有深入七子派诗学系统的内部,仔细剖析其偏失所

① 《赖古堂文选序》,《有学集》卷十七。
② 《有学集》卷四十七。

在,而只是站在自己的立场上来大声痛斥。七子派认为诗歌的形式风格具有独立性,可以独立地进行评价,形式风格方面有高下之分,有其合理性的一面,钱谦益强调性情决定形式风格的一面,在理论上否定形式风格独立性的一面,认为形式风格无高下(尽管他在批评中并没有完全作到这一点),本身也具有某些片面性。他以性情优先说抨击七子派不讲求性情,这是合理的;他以主变的理论抨击七子派的模拟,这也是合理的;但他以形式风格无高下论抨击七子派的形式风格有高下论则不合理。

冯班继承钱谦益诗学,又充分注意到七子派的辨体思想,从辨体的角度来批评七子派,较钱谦益更加深入而细密。冯班《钝吟老人文稿》中有《古今乐府论》《论乐府与钱颐仲》《论诗与叶祖德》《论歌行与叶祖德》诸篇,《钝吟杂录》也有相当的部分,对乐府、古诗、歌行诸体的源流及特征进行了深入细致的辨析。

七子派的辨体说认为,每一种诗体都有一种典范的审美特征,乐府体应该如何,古诗应该如何,各有定体。冯班通过对乐府、古诗诸体源流的辨析,认为它们"本无定体"。他说:"古诗皆乐也,文士为之辞曰诗,乐工协之于钟吕为乐。"①他认为诗乐原本是一体的,文人所写的歌词称为诗,而乐工所谱的曲调叫乐。他通过对诸种诗体源流的考辨,论证五言古诗原本是乐府,七言歌行也是乐府,唐人律诗也是乐府。于是得出结论说,诗作为歌词并没有定体:"伶工所奏,乐也;诗人作造,诗也。诗乃乐之词章耳,本无定体。"②从这种观点出发,他批评七子、云间派的拟古道:"近代李于鳞取晋、宋、齐、隋《乐志》所载,章截而句摘之,生吞活剥,曰拟乐府。至于宗子相之乐府,全不可通。今松江陈子

---

① 《古今乐府论》,《钝吟老人文稿》。
② 《钝吟杂录》卷三。

龙辈效之,使人读之笑来。"①冯班对七子派的批评是建立在对诗歌史的辨析基础上的,所以较之钱谦益更有说服力。

5. 主变与存正,学古而自成一家:对公安派诗学的改造

钱谦益论诗主变,是上承公安派的诗学。但是,公安派主变,强调诗歌在审美表现上的当代化,不讲求继承传统,陷入俗化。钱谦益虽然在理论上主张各种形式风格平等,但对于他而言,雅俗之界却极为分明。钱谦益的诗学是在"尊经复古"的文化背景之下建立起来的,不仅不反传统,反而强调继承传统。他抨击七子派的复古诗学为"俗学",而强调自己的诗学源自古人,才是"古学","古学"即雅学。他反对公安派诗学审美趣味的当代化与市民化倾向,批评公安派诗歌"鄙俚"②,这与云间派对公安派的批评是一致的。钱谦益虽与公安派一样主变,但他要扭转公安派的鄙俚而转入典雅,其途径就是在继承传统中求变,将传统与创新结合。以钱谦益本人的话说,即是将"学古"与"师心"统一起来:

> 诗道沦胥,浮伪并作,其大端有二:学古而赝者,影掠沧溟、弇山之剩语,尺寸比拟,此屈步之虫,寻条失枝者也;师心而妄者,惩创《品汇》《诗归》之流弊,眩运掉举,此牛羊之眼,但见方隅者也。之二人者,其持论区以别矣,不知古学之由来,而勇于自是,轻于侮昔,则亦同归于狂易而已。③

---

① 《古今乐府论》,《钝吟老人文稿》。
② 《列朝诗集小传·袁稽勋宏道》。
③ 《王贻上诗集序》,《有学集》卷十七。

钱谦益指出当代诗坛存在两种弊端：一是"学古而赝"，一为"师心而妄"。钱谦益不反对"学古"，但反对模拟古人；模拟古人，其诗歌就成为赝品。钱谦益也不反对"师心"，但反对蔑弃传统而盲目自是；如果执己见而自以为是，则陷入愚妄。以上两者观点虽然不同，但同是"不知古学之由来"。可见钱谦益所谓"古学"包括"学古"与"师心"二者。只有将二者结合，于传统中求新变，才能学古而不陷入模拟，师心而不陷入愚妄。

　　钱谦益主变，并非不要继承传统，而恰是在继承传统中求变。这样，他的主变与求正并不矛盾，与公安派的主变而弃正就有了分界。但是在如何学习传统的问题上，钱谦益与七子及云间派有根本的不同。七子及云间学习传统强调辨体，强调单纯性，求似古人；钱谦益则强调转益多师，强调融合性，追求新变，不似古人。七子、云间派学古而归于模拟，钱谦益学古而归于自成一家。这是钱谦益与七子、云间派的理论分界。钱谦益说：

　　　　杜有所以为杜者矣，所谓上薄风雅，下该沈、宋者是也。学杜有所以学者矣，所谓别裁伪体，转益多师者是也。①

杜甫之所以成为诗坛大家，在于善于继承传统，"上薄风雅，下该沈、宋"，从《诗经》到唐代的沈、宋无不学之，无不包之，而归于自成一家，成为杜甫之诗，而不是前代的任何一家之诗。这种学古的方式用杜甫本人的话概括就是"别裁伪体""转益多师"。钱氏以中唐以后诗人学杜甫为例说：

---

① 《曾房仲诗序》，《初学集》卷三十二。

> 学诗之法,莫善于古人,莫不善于今人。何也? 自唐以降,诗
> 家之途辙,总萃于杜氏。大历后以诗名家者,靡不缘杜而出。韩之
> 《南山》,白之"讽谕",非杜乎? 若郊,若岛,若二李,若卢仝、马异
> 之流,盘空排奡,横纵谲诡,非得杜之一枝者乎? 然求其所以为杜
> 者,无有也。以佛乘譬之,杜则果位也,诸家则分身也。逆流顺流,
> 随缘应化,各不相师,亦靡不相合。宋元之能者,亦缘是也。①

在钱谦益看来,唐以后诗歌都可以追溯到杜甫的影响。但是这些诗人
学杜而不似杜,就如佛家的果位与分身,其分身各不相同,但无不是佛。
钱谦益所表述的这种思想若以儒家的体用说来表述,杜诗是体,而各家
学杜者之诗是用,在用上说各自不同,但在体上说,则都是源自杜甫,而
又无不同。这就是钱谦益由学古而归于自成一家的理论。第二章论及
云间、西泠派诗学有将传统与新变统一起来的趋向,但他们主张在格调
上复古,在姿色上求变,实际上是以正为主位;钱谦益诗学也有统一传
统与新变的倾向,但他以变为主位。这两个流派的诗学都试图将正变
统一,标志着清代诗学从明代诗学的两极对立走向综合的趋势。

四　铺陈排比与新的诗歌传统的建立

按照钱谦益的性情优先理论,各种形式风格本身没有独立价值,离
开性情谈论形式风格没有意义。但是钱谦益并没有把这种理论观点贯
彻到底。这在他对竟陵派诗风的批评中明显地体现出来。他称竟陵派
"所谓深幽孤峭者,如木客之清吟,如幽独君之冥语,如梦而入鼠穴,如

---

① 《曾房仲诗序》,《初学集》卷三十二。

幻而之鬼国"①,如果按照性情优先论的理论逻辑,只要是表现了性情,
"深幽孤峭"也是应该肯定的风格。因而要评价竟陵派,应该首先考察
其是否有真性情,而不是孤立地对其风格作出批评。但钱谦益并没有
对竟陵派诗歌有无性情作考察,而是把"深幽孤峭"的风格与国运联系
起来,谓:

> 史称陈隋之世,新声愁曲,乐往哀来,竟以亡国;而唐天宝乐
> 章,曲终繁声,名为入破,遂有安史之乱。今天下兵兴盗起,民不堪
> 命,识者以谓兆于近世之歌诗,有类五行之诗妖。②

钱氏把竟陵派诗风看作明末社会动荡的征兆,显然是继承了儒家关于
审美风尚与政治状况密切相关的理论,承认诗歌的形式风格具有独立
的政治价值和意义。这一点与陈子龙相通,而与公安派不同。正是在
这一点上,钱谦益表现出一方面继承公安派诗学、另一方面又继承儒家
诗学所造成的矛盾。因为儒家诗学固然以性情为中心,但也承认形式
风格的独立的审美及伦理政治意义和价值,而公安派则不承认这一点
(当然,公安派后期也对其前期观点有所纠正,开始对审美表现形式问
题加以重视,但没有上升到政治伦理的层面上看待此问题)。在这一
问题上,朱鹤龄则表现出与钱谦益不同的态度,其《竹笑轩诗集序》谓
锺、谭:"其教以幽深孤峭为宗,直取性灵,不使故实……然幽深孤峭,
唐人名家多有此体,譬诸屠门大嚼后,啜蒙顶紫茁一瓷,无不神清气涤,
此种风味亦何可少?"③这是针对钱谦益完全否定竟陵派的观点而发。

---

① 《列朝诗集小传·锺提学惺》。
② 《刘司空诗集序》,《初学集》卷三十一。
③ 《愚庵小集》卷八。

其实,钱谦益在审美表现方式及风格方面有他自己的宗尚,即是所谓铺陈排比。从某种意义上说,他的主变的理论实际上是为他所提倡的新的审美原则铺平道路。其《刘司空诗集序》云:

> 万历之季,称诗者以凄清幽眇为能,于古人之铺陈终始,排比声律者,皆訾謷抹杀,以为陈言腐词。海内靡然从之,迄今三十余年。甚矣诗学之舛也! 譬之于山川,连冈隤障,逶迤平远,然后有奇峰仄涧,深岩复壁,窈窕而往归焉。譬之居室,前堂后寝,弘丽靓深,然后有便房曲廊,层轩突夏(按,当作奥),纡回而迷复焉。使世之山川,有诡特而无平远,不复成其为造物;使人之居室,有突奥而无堂寝,不复成其为人世。又使世之览山水造居室者,舍名山大川不游,而必于诡特,则必将梯神山,航海市,终之于鬼国而已;舍高堂邃宇弗居,而必于突奥,则必将巢木杪、营窟室,终之鼠穴而已。今之为诗者举若是,余有忧之而愧未有以易也。①

"铺陈终始,排比声律",语出元稹所撰《唐检校工部员外郎杜君墓系铭》,其序谓杜甫"铺陈终始,排比声韵,大或千言,次或数百,辞气豪迈,而风调清深,属对律切,而脱弃凡近,则李尚不能历其藩翰,况堂奥乎",乃是指杜甫长篇排律而言。"铺陈终始"者谓其铺叙情事,"排比声韵"者言其音律之美。五七言律诗绝句本非以叙事见长,因为短小的体制本身就对叙事构成了限制。叙事的功能主要由乐府、五七言长古来承担。但杜甫所为长篇排律,实是把五七言长篇古诗的叙事乃至议论的功能扩展至律诗,使律诗的表现范围扩大了。由于律体有严格的音律法则,法则就对自由的铺陈构成了限制,而能够在严格的法则之

---

① 《初学集》卷三十一。

中自由地铺陈,正可以显示出作者的征服法则的能力。正因为如此,这一体裁后来往往为有意表现自己创作才能的人如元稹、白居易等人所青睐,形成一种创作传统。对于这种创作传统,元好问大不以为然,其《论诗三十首》有云:

> 排比铺张特一途,藩篱如此亦区区。少陵自有连城璧,争奈微之识碔砆。

元好问并不认为"排比铺张"之作是杜甫最有价值的作品。李梦阳对这种传统也甚为不满:

> 夫诗宣志而道和者也,故贵宛不贵险,贵质不贵靡,贵情不贵繁,贵融冶不贵工巧,故曰闻其乐而知其德。故音也者,愚智之大防,庄诐简侈浮乎之界分也。至元、白、韩、孟、皮、陆之徒为诗,始连联斗押,累累数千百言不相下。此何异于入市攫金,登场角戏也?彼睹冠冕佩玉,有不缩腕投竿而走者乎?何也?耻其非君子也。三代而下,汉魏最近古,向使繁巧险靡之习诚贵于情质宛冶,而庄诐简侈浮乎,意义殊无大高下,汉魏诸子不先为之邪?①

李梦阳是宗杜的,故未批评杜甫。但他对继承杜甫创作倾向的元、白等人却大加抨击,明确指出这一倾向背离了汉魏以来的诗歌审美传统。钱谦益又肯定了杜甫的这种排比铺张的传统。他以山川、居室为例,证明这种传统如山川之平远、居室之堂寝,处于基础主导的地位。他对这种传统的肯定实质上已经超出了长篇排律这一体裁,将其上升到了一般的审美原则的高度来看待。

---

① 《与徐氏论文书》,《空同先生集》卷六十一。

提倡铺陈,这与司空图"味外之味"、严羽"镜花水月""羚羊挂角"的审美原则是对立的,因而钱谦益对严羽的妙悟说猛烈抨击:

> 严氏以禅喻诗……其似是而非,误人箴芒者,莫甚于妙悟之一言。彼所取于盛唐者何也? 不落议论,不涉道理,不事发露指陈,所谓玲珑透彻之悟也。《三百篇》,诗之祖也,"知我者谓我心忧,不知我者谓我何求","我不敢效,我友自逸",非议论乎?"昊天曰明,及尔出王","无然歆羡,无然畔援,诞先登于岸",非道理乎?"胡不端死","投畀有北",非发露乎?"赫赫宗周,褒姒灭之",非指陈乎?①

自严羽至前后七子,所推重的是中国诗歌的抒情传统,而排斥议论、叙事传统,钱谦益对妙悟说的抨击是要打破他们对诗歌传统的狭隘观念,认为中国诗歌的源头和经典《诗经》并非只有严羽等人所推重的"不落议论,不涉道理,不事发露指陈"的传统,也有发议论、言道理、发露指陈的传统。其《严印持废翁诗稿序》称严氏"作为歌诗,往往原本性情,铺陈理道"②,肯定诗歌可以议论说理。

铺陈排比也与竟陵派的理论及诗风相对立。钱谦益所谓"凄清幽眇"者,指的就是竟陵派的诗歌风尚。竟陵派为了避免七子派在审美上崇尚高腔大调,而另辟蹊径,崇尚一种狭小幽僻的诗境。这种诗境深受钱氏的批判,称其为"鬼国""鼠穴"。

钱谦益所崇尚的这种"铺陈排比"的审美原则肯定的是以杜甫、韩愈为中心的诗歌传统。瞿式耜《牧斋先生初学集目录后序》称:"先生

---

① 《唐诗英华序》,《有学集》卷十五。
② 《初学集》卷三十三。

之诗,以杜、韩为宗,而出入于香山、樊川、松陵,以迨东坡、放翁、遗山诸家,才气横放,无所不有。"这种传统其实正是以文为诗的传统,故王应奎《柳南随笔》谓钱氏诗是"文人之诗"①。后来叶燮以杜甫、韩愈、苏轼为宗,翁方纲主张正面铺写,都可以说是这一传统的继续。

钱谦益提倡"铺陈排比"受到黄宗羲的批评,黄宗羲谓:

> 百年之中,诗凡三变,有北地(按,李梦阳)、历下(李攀龙)之唐,以声调为鼓吹;有公安、竟陵之唐,以浅率幽深为秘笈;有虞山(钱谦益)之唐,以排比为波澜,虽各有所得,而欲使天下之精神,聚之于一途,是使诈伪百出,止留其肤受耳。②

在黄宗羲看来,钱谦益与七子派、公安派一样都是以某种形式风格为天下倡,使天下诗人共为一种形式风格,必然要使诗人为了形式风格牺牲性情。他又认为钱谦益学唐也只是"形似",也同七子、公安、竟陵一样是"不善学唐"者。③ 钱谦益抨击七子派学古只是模拟形似,而其本人竟被视为与七子派同样仅得其形似,这是他自己绝没料到的。

钱谦益确立的是性情优先的诗学,他强调性情决定形式风格,形式风格没有独立的价值,不能独立作出评价。尽管他实际上没有把这一观点贯彻到底,但在理论上体现出来的这一倾向是明确的。由于他认为各种形式风格都是平等的,没有高下之分,所以不像七子派,在他的诗学中没有一套审美价值系统,他也没有像七子派那样去对各个时代、各个诗人作品的审美特征作出仔细的辨析与评判。因而从审美批评的

---

① 《柳南随笔》卷一。
② 《靳熊封诗序》,《南雷文定》后集卷一。
③ 《姜山启彭山诗稿序》,《南雷文定》后集卷一。

角度看,钱谦益诗学的成就反不如七子派。其实不只是钱谦益,上溯公安派,下及袁枚,主张性灵的诗学尽管受到现代研究者的高度评价,但是研究者们对于他们的审美批评往往觉得无话可说,试看文学史研究家们在其研究著作中鲜有引用公安派、钱谦益、袁枚对于古代诗人的审美批评,因为公安派等人基本上没有作这一项工作。但是,另一方面,正如第二章结语所说,七子派的理论运用到创作上必然要失败,而钱谦益一派的诗学运用到创作上则肯定会较成功。批评的原理与创作的原理有所不同,批评总要确立一套审美价值系统,用以衡量古今,判定高低,而创作则应强调性情与创造性。从批评的角度言,七子派的诗学更相合;而从创作的角度说,钱谦益一派的诗学更相宜。但是在中国古代,往往是诗人与批评家兼于一身,批评是为了创作,对批评与创作往往采用同一原理。

钱谦益的文学思想远没有受到当代研究者的重视,这在相当大的程度上是因为钱谦益的投降清朝,没有民族气节。与之形成强烈反差的是,被人们称为"三大遗民思想家"的顾炎武、黄宗羲、王夫之,却被给予了崇高的地位。若以历史的眼光看,"三大思想家"在清初的文学领域影响甚微,顾炎武与黄宗羲在当时被视为学者,而非文人诗人,他们虽然也发表某些文学见解,但当时并未受到重视。王夫之晚年隐居湖南石船山,发愤著书,但他的著作到清朝后期才为人所知。与"三大思想家"相反,钱谦益不仅是明清之际政坛的著名人物,也是整个文坛诗坛的领袖人物之一,在当时的文坛诗坛具有极大的影响力。以陈子龙为代表的云间、西泠派与以钱谦益为代表的虞山派都上承明代诗学,下开清代诗学。云间、西泠派主正,但也在某些层面肯定了变;虞山派主变,但也肯定了继承传统的必要性。正是在他们那里,定下了清代诗学从明代诗学的两极对立走向对立综合的基调,清代诗学之所以没有再陷入明代诗学的那种两极对立局面,不能不说与这两个诗学流派有着密切的关系。

第四章
对汉魏、盛唐审美正统的突破：
晚唐诗歌热的兴起

　　钱谦益对七子派审美价值系统的抨击，打破了复古派所建立的审美价值系统。他在正与变的对立统一中更偏向于变的一面，其审美观中没有正宗。这一价值观念运用到诗歌史的评价上，受七子派贬斥的齐梁、晚唐乃至宋诗，在审美上都可以有其地位和价值。在这种诗学观念影响下，先后有晚唐诗热及宋诗热思潮的兴起。虞山派以钱谦益为代表，此外最有影响的是冯舒、冯班兄弟。吴乔论诗受钱谦益影响，但诗学观点与二冯兄弟有更多的一致之处。二冯兄弟与钱谦益一样对七子派及竟陵派诗学都持批判态度，但与钱谦益不同的是，他们也从理论上肯定了这两个诗学流派的某些合理成分，试图对两派诗学的合理成分进行吸纳与综合。钱谦益打破了七子派尊唐抑宋的诗学，而冯班兄弟则与七子派一样尊唐而抑宋。在审美取向上，钱谦益崇尚杜甫、韩愈、苏轼、陆游一系，而二冯则崇尚晚唐。以晚唐诗为基础，二冯兄弟等建立了以象征性比兴为核心、崇尚细腻功夫与华丽文采的诗学，这种诗学对晚唐诗歌的审美价值作了正面的论述与肯定，确立了晚唐诗的地位。

　　康熙年间赵执信反对王士禛神韵说，上师冯班的诗学，又引吴乔诗学作为其理论支持，于是郭绍虞先生《中国文学批评史》将冯班、吴乔、赵执信合为一节，视为与王士禛神韵说对立的诗学流派。从诗学史的角度看,这就把本来属于清初钱谦益一派针对明代诗学而发的冯班、吴乔的诗学放到康熙后期赵执信的反神韵说的流派中,歪曲了冯班、吴乔论诗的针对性。

一　情与法并重,性情与学古并举:
冯班兄弟对公安、竟陵派诗学
与七子派诗学的综合

　　第二章指出七子派主格调而陷入假,性灵派主性情而陷入俗,这是明代诗学的主要问题。云间派与钱谦益都站在各自的立场上试图解决这一问题。作为虞山派的主要成员,冯舒、冯班兄弟也试图在理论上解决这一问题。他们一方面站在主性情的立场上吸收公安、竟陵派写性情的理论,同时也反对其俗化的倾向,另一方面肯定七子派学古的主张,但又批评他们不讲性情的弊病。冯舒、冯班兄弟要从理论上统一主性情与主学古两种观点,这是对公安、竟陵派的性灵说与七子派的复古说的综合。

1. 情与法统一:冯舒对公安、竟陵派与七子派诗学的综合

　　情与法的统一是冯舒诗学的理论基点。他综合了公安、竟陵派的主性情的诗学与七子派的主格调的诗学:

　　　　诗有法乎? 曰有。乐府之别于苏、李五言也,古体之别于律也是也。如人之四枝耳目,各有位居,如是而后谓之人。舍法而求情,则魃目在顶,未可称美盼也。诗有情乎? 曰有。《国风》好色而不淫,《小雅》怨诽而不乱也是也。如四枝之于运动,耳目之于视听,如是而后谓之得其官。舍情而言法,则阳虎貌似,仅可以欺

匡人也。二者交资,各不相悖,苟无法而情,无情而法,无一
可也。①

冯舒认为诗歌有情与法两个方面,指的是性情与形式风格。就情一面
说,冯舒理解的情是"《国风》好色而不淫,《小雅》怨悱而不乱",这与
钱谦益的说法相同(请参阅第一章第三节),是合乎儒家礼义的情感,
与公安、竟陵派所谓的性情不同。就法一面说,他指的是形式风格方面
的规范,其所谓"乐府之别于苏、李五言""古体之别于律",正是指此。
其实就是七子派所谓体格。他主张情与法这两者统一,就是性情与格
调的统一。但是七子派"舍情而言法",竟陵派"舍法而言情",各强调
一极,都陷入偏颇。冯舒试图将被分离的两极统一起来,明显体现出力
图综合以上两个对立诗学流派的倾向。

在对待七子派诗学的问题上,冯舒与钱谦益的态度有所不同。钱
谦益对七子派持强烈的否定态度,七子派主张对于格调的讲求辨析也
为其所否定,但冯舒将七子派对体格的辨析、对法则的讲求正面吸收到
其诗学主张当中。在主张性灵这一点上,公安、竟陵一致,故后人往往
将公安、竟陵并提。由于钱谦益诗学与公安派有渊源关系,故他对公
安、竟陵态度不同,总体上肯定公安而力贬竟陵。冯班、冯班兄弟是钱
谦益弟子,他们对公安派实有不满,但极少提及公安派,而只批评竟陵
派。冯舒所谓"舍法而言情"亦可视为对公安派的批评。

2. 性情与学古统一:冯班对公安、竟陵派与七子派诗学的综合

冯班也试图综合公安、竟陵派与七子派的诗学:

---

① 《陆敕先诗稿序》,《默庵遗稿》卷九。

> 古人文章虽人人殊制,然一时风习相染,大体亦不至胡越,变格相从,亦不为难。未有如今日者也,为王(按,指王世贞)、李(指李攀龙)之学者,则曰诗须学古,自汉魏、盛唐而下,不许道只字;为钟、谭之体者,则曰诗言性情,不当依傍古人篇章;出手如薰莸之不可同器矣。①

冯班不满当代诗坛主性情与主学古的两派对立。七子派的追随者主张学古,只守汉魏、盛唐传统;竟陵派的拥护者主张性情②,反对学古,这样两派诗学陷入两极对立。冯班认为古代不曾出现这种状况,他试图统一这对立的两极。

冯班统一以上对立两极的立足点是性情,这继承了钱谦益的性情优先思想:

> 诗以道性情,今人之性情,犹古人之性情也,今人之诗不妨为古人之诗。不善学古者,不讲于古人之美刺,而求之声调气格之间,其似也不似也则未可知。假令一二似之,譬如偶人刍狗,徒有形象耳。黠者起而攻之以性情之说,学不通经,人品污下,其所言者皆里巷之语,温柔敦厚之教至今其亡乎!③

"诗以道性情"是冯班的立足点。这一立足点不仅与钱谦益相同,而且与公安、竟陵派一致。就主性情的一面说,冯班固然可以肯定公安、竟

---

① 《隐湖倡和诗序》,《钝吟老人文稿》。
② 按冯班只说竟陵派而不提公安派,其原因与冯舒同。这里所说的竟陵派,其实就诗学理论而言,也包括公安派在内。
③ 《马小山停云集序》,《钝吟老人文稿》。

陵派的主张，但是冯班所说的性情与公安、竟陵派有所不同。传统诗学的性情可以从真上说，也可以从善上说，还可以从雅上说。从真上说，只求其真实，而不求其高尚、不求其高雅；从善上说，重在性情的政治道德内涵，因而必然要强调关心政治，强调提高人格修养；从雅上说，强调性情的高雅脱俗，必然要强调读书以陶养性情，使之雅化。儒家诗学说性情是以善为核心而兼真与雅。公安、竟陵派说性情只从真上说，而不从善上说，不从政治道德上说，也不从雅上说，因而他们推崇的是"无闻无识真人所作"①的民歌。明清之际诗学在性情问题上有统一真、善与雅的倾向。陈子龙、钱谦益、黄宗羲等人都在强调真性情的同时也强调性情的政治道德内涵，强调性情的雅化。冯班诗学也体现出这一倾向。他强调性情中要有美刺，正是强调性情的政治内涵。他抨击竟陵派(即上文所谓"黠者")"学不通经，人品污下"，即是嫌其性情之不雅不正。他又说：

> 锺伯敬创革弘、正、嘉、隆之体，自以为得真性情也，人皆病其不学。……所谓性情，乃鄙夫鄙妇市井猥媟之谈耳，君子之性情不如此也。②

冯班直斥竟陵派的真性情不是君子之性情，而是下层俗人的性情，是不正不雅的性情。从传统的观点看，性情的俗化乃是不读书所致，所以性情要雅要正，就要读书。冯班说"多读书，则胸次自高"③，就是此意。在冯班看来，竟陵派的俗正是其不读书无学问所致，故冯班称"杜陵云

---

① 《叙小修诗》，《袁中郎全集》卷一。
② 《钝吟杂录》卷三。
③ 同上。

'读书破万卷,下笔如有神',近日锺、谭之药石也"①,认为多读书可以救竟陵派之弊。但他有时又说:"余以为此君(按,指锺惺)天资太俗,虽学亦无益。"②可见他对竟陵派的激愤情绪。

不仅冯班所说的性情与公安、竟陵派内涵不同,而且从性情这一立足点出发,他不是像公安、竟陵派那样引出性情的当代性与表现形式风格的当代性理论来,而是说学古的问题,往复古派的问题上论述。这与公安、竟陵派的方向是相反的。冯班认为"今人之性情,犹古人之性情也",不是重人人性情之异,而是重性情之同,这种同是同在性情之正上,同在性情之雅上。在明清之际"尊经复古"的思潮中,冯班也有浓厚的"尊经复古"思想,所以他说今人古人性情之同,其最终的落脚点乃是在古人那里;他强调今古性情相同,必然是强调当代人性情的古典化。正是在此基础上,冯班推论出:"今人之诗不妨为古人之诗。"这样,从主性情出发就归结到了学古上,从公安、竟陵派的主性情说就过渡到了七子派的学古主张,而这种理论过渡的桥梁就是今人性情与古人相同的观点。

冯班说要学古,而学古恰恰是七子派的主张,两者的区别在于各自的立足点不同。冯班从性情上说学古,七子派(即"不善学古者")从表现形式风格上(声调气格)说学古。从性情上说学古,就要讲求古人性情中所体现的美刺精神,而从表现形式风格上说学古,就会只"求之声调气格之间",只在形式风格上学习古人,这样即便像古人,也不过是有古人之形貌,只是空壳子而已。在冯班看来,他也是主张学古,但他是从性情上学古,而七子派只从形式风格上学古,这就是他们之间的根本分界。他批评七子派说:"王、李、李、何之论诗,如贵胄子弟,倚恃门

①　《钝吟杂录》卷三。
②　同上。

阙,傲忽自大,时时不会人情。"①这正是批评七子派论诗以得古人的格调自居而缺乏性情,这是站在性情的立场上对七子派的批评。

冯班从立足于性情而推论出必然要学古,这样公安、竟陵派的主性情诗学与七子派的主学古诗学被他在"今人之性情,犹古人之性情"的理论基础上统一起来。但是,这种统一是在牺牲了性情当代化的条件下的统一。

3. 学古与求变

冯班主张学古,必然也要面临形式风格方面要不要学古的问题。他虽然抨击七子派只求声调气格之似,但并不反对在声调气格方面学习古人。按照他的"今人之性情,犹古人之性情也,今人之诗不妨为古人之诗"的推论,当代诗人与古代诗人在表现性情的方式方面就有相同的规律,这样古诗如何写,律诗如何写,就有个规范。正是站在这种立场上,他并不反对七子派以汉魏盛唐为法的主张:

> 古诗法汉魏,近体学开元、天宝,譬如儒者愿学周、孔,有志者谅当如此矣。近之恶王、李者,并此言而排之,则过矣。顾学之何如耳。②

他认为七子派主张古诗学汉魏、近体学盛唐的观点是正确的。在这一点上,冯班与钱谦益所有不同。在钱谦益,各个时代具有平等的价值地位,而冯班在这里却将汉魏古诗与开元、天宝近体诗当作最高典范,实际上同于七子派,所以他要为七子派的这一主张辩护。

---

① 《钝吟杂录》卷三。
② 同上。

　　如果说冯班与七子派一样主张以汉魏盛唐为法,那么他们之间在这一问题上有无分界呢? 有。这就是冯氏所说的"顾学之何如耳"即如何学习的问题。冯班认为,两者的分歧不在学不学汉魏、盛唐,而在如何学习。我们说过,七子派的学古追求的是复现古人的审美特征,学一家像一家,追求风格上的纯粹性,是学古而求同,这就是冯班所谓"声调气格"之似。而钱谦益主张兼取古人之长,自成一家,是学古而求变。冯班在如何学古上与钱谦益的主张一致。严羽称:"诗之是非不必争,试以己诗置之古人诗中,与识者观之而不能辨,其真古人矣。"对此,冯班《严氏纠谬》大加抨击:

> 沧浪之论,惟此一节最为误人。沧浪云:"于古今体制,若辨苍素。"又云:"作诗正须辨尽诸家体制。"沧浪言古人不同,非止一处,由此论之,古之诗人,既以不同可辨者为诗,今人作诗,乃欲为其不可辨者,此矛盾之说也。①

冯班说,既然严羽称其能够辨各家体制,那么可见他也认为古代诗人各不相同,既然肯定古人的各不相同,何以又要求今人的诗歌同于古人? 在他看来,七子派的学古正是为此所误,走入歧途。他与钱谦益一样推尊杜甫的学古方式:

> 子美中兴,使人见《诗》《骚》之义,一变前人,而前人皆在其中。惟精于学古,所以能变也。此曹、王以后一人耳。②

杜甫说"转益多师是汝师",主张"多师",而其归结是自成一家之诗。

---

① 《钝吟杂录》卷五。
② 《钝吟杂录》卷七。

在冯班看来,杜甫之所以能自成一家,就是因为他能"多师",故冯班说"惟精于学古,所以能变",正是因为杜甫善学古人,才能变,才能自成一家。他说:"钱牧斋教人作诗,惟要识变。余得此论,自是读古人诗,更无所疑,读破万卷,则知变矣。"①只有多读古人诗,才能知道变。冯班说:"杜诗不可不学,若要再出一个老杜,恐不可得。"②按七子派的学古方式,学杜甫就要像杜甫,正是要再出一个老杜;按冯班的学古方式,学杜甫就要不像杜甫,不能再出一个老杜。由学古而归于变化,这是钱谦益一派的学古方式。从学古上说,这一派学古而求变一别于七子派的学古而求同;从求变上说,又不同于公安、竟陵派的不学古而求变。在冯班看来,公安、竟陵派都主张变,但不是由学古而达到的变,所以陷入俗化;他本人主张变由学古而来,所以雅。这样七子派的学古与公安、竟陵派的求变被统一起来了。冯班兄弟尽管在学古而求变上与钱谦益一致,但是他们对于变的理解也有不同,钱谦益变入了宋元一路,而冯班兄弟则变入了晚唐一路。

主性情而归于雅,主学古而归于变,冯班兄弟诗学的取向综合了性灵、格调两者而又超越两者。从总的诗学取向上说与钱谦益是一致的。钱谦益诗学已经呈现出综合公安派与七子派诗学的倾向,到冯班兄弟,这种综合倾向又前进了一步。

二 吴乔的"以意为主"与"诗中有人"

1. 关于吴乔的论诗著作:一个文献学问题的考辨

吴乔(1611—?),一名殳,字修龄,江苏太仓人,入赘昆山,以布衣

---

① 《钝吟杂录》卷三。
② 《钝吟杂录》卷四。

终老。康熙三十四年（1695）尚在世。吴乔诗论著作有《答万季野诗问》一卷，《围炉诗话》六卷，还有《逃禅诗话》一卷，其中前两种为人所熟知，但后一种则少人言及。以上三书内容多有重复，它们到底是一种什么关系？其实这三种著作都是吴乔与徐乾学兄弟谈诗的记录。

《清诗话》收录吴乔《答万季野诗问》（以下简称《诗问》）一卷，一向被认为是吴乔回答万季野关于诗歌问题提问的著作。万季野，即万斯同（1638—1702），字季野，号石园，鄞县（今属浙江宁波鄞州区）人，清初著名学者。"诗问"是以问答体谈论诗学问题的一种方式，甲提问，乙作答，集而成著作。如清初郎廷槐（字梅溪）向王士禛等提出诗学问题，王士禛等作答，其文被称为《梅溪诗问》。所谓万季野诗问者，即发问者为万季野。郭绍虞先生《清诗话·前言》云：

> 考吴氏所著，有《围炉诗话》六卷，其中亦多答问之语。此卷《答万季野诗问》中语，亦在其内，但不写明《答万季野问》。疑《围炉诗话》较后出，此卷则是最初部分写定之稿。

按郭绍虞先生的语意，似亦认为《答万季野诗问》是回答万季野的提问。但据笔者考证认为，这篇文章的问者不是万季野，而是徐乾学兄弟。

《诗问》开头说"昨东海诸英俊问"，明确称发问者为"东海诸英俊"，则发问者非只一人，其后屡次提到"诸君"，也证明了这一点。再看吴乔《围炉诗话·自序》，其中也提到"东海诸英俊"，序云：

> 辛酉（按，康熙二十年，1681 年）冬，萍梗都门，与东海诸英俊围炉取暖，啖爆栗，烹苦茶，笑言飙举，无复畛畦。其有及于吟咏之道者，小史录之，时日既积，遂得六卷，命之曰《围炉诗话》。

从其序中,我们知道,《围炉诗话》也是与"东海诸英俊"谈诗而成。"东海诸英俊"到底是谁?

笔者以为是昆山徐乾学、徐秉义、徐元文兄弟。乾学(1631—1694),字原一,号健庵,康熙九年(1670)进士,官至刑部尚书。秉义(1633—1711),字彦和,号果亭,康熙十二年(1673)进士,官至吏部侍郎。元文(1634—1691),字公肃,号立斋,顺治十六年(1659)进士,官至文华殿大学士。王赓《今传是楼诗话》称:

> 清初徐氏,一门鼎盛,健庵(按,徐乾学)以康熙庚戌(九年)进士第三人及第,官刑部尚书,尤为士类所归。京师为之语曰:"万方玉帛朝东海,一点丹诚向北辰。"东海,徐郡也。弟秉义,字果亭;元文,字公肃,又字立斋。并以一甲登第,海内艳称"三徐"焉。

所谓"东海"者,泛指时指东海徐氏,具体是指徐乾学。与徐乾学兄弟同时的李光地,在其《榕村语录》中就称徐乾学"东海"或"徐东海"。徐乾学有藏书楼,名为"传是楼",万斯同为赋《传是楼藏书歌》,其中有云:"东海先生性爱书,胸中已贮万卷余。"①也称徐乾学为"东海先生"。可见"东海"一称在当时是很普遍的。因而吴乔所谓"东海诸英俊"就是指徐乾学兄弟。

吴乔与徐氏兄弟有交往,且关系密切。徐氏为昆山人,与吴乔为同乡。吴乔比徐氏兄弟大二十余岁,应为长辈。钱陆灿《汇刻列朝诗集小传序》称,康熙十七年(1678)"始与君(按,指吴乔)会于东海尚书、相国之家","东海尚书"指徐乾学(乾学官刑部尚书),"相国"指徐元文(元文官文华殿大学士)。此时,徐氏兄弟二人俱在家守丧。钱陆灿与

---

① 《石园文集》卷一。

吴乔的相见即在昆山徐氏家中。此足以证明吴乔与徐氏兄弟有交往。又,吴乔著有《难光录》一卷,自序称其曾得明朱载堉《乐律全书》,寄存友人处,但却被友人卖给了显宸,后来"翰林果亭徐公以重赏购得世子(按,即朱载堉)之书,庚申(康熙十九年,1680 年)自春至徂夏饱览是书,抽撮精奥,以作郑世子《乐书举要录》二卷"。"果亭徐公"即徐乾学之弟徐秉义,秉义花重赏购书予吴乔,亦可见其关系之密切。从以上两条材料看,至少从康熙十七年至十九年,吴乔与徐氏兄弟有密切交往。

康熙二十年(1681),徐氏兄弟已服除赴京,《围炉诗话·自序》所说"萍梗都门"与"东海诸英俊"谈诗就是在京城。《诗问》中所谓"东海诸英俊问"正是指徐氏兄弟向吴乔请教诗学问题。

《诗问》何以与万季野产生关联?其实是吴乔将其与徐氏兄弟谈诗的记录寄给万季野。这个记录并非吴乔谈诗的全部内容。郭绍虞先生《清诗话·前言》称,此文在嘉庆年间雪北山樵辑《花熏阁诗述》中附在赵执信《谈龙录》之后,题作《与万季野书》,丁福保将其收入《清诗话》,改易今名。《花熏阁诗述》题为《与万季野书》是正确的。这也可以从赵执信的《谈龙录》得到印证:"昆山吴修龄(按,乔)论诗甚精。所著《围炉诗话》,余三客吴门,遍求之不可得。独见其《与友人书》一篇。"所谓"《与友人书》一篇"正是指《与万季野书》。丁福保不察,误以为问者为万季野,遂改题《答万季野诗问》。所谓"万季野诗问"者,并非万氏所问,这从"诸英俊""诸君"之复数人称也可以得到引证。

《诗问》是与徐乾学兄弟谈诗之记录,《围炉诗话》也是与徐乾学兄弟谈诗之作。这两种著作是什么关系?据吴乔《围炉诗话序》,吴氏与徐氏兄弟谈论的话题相当广泛,《围炉诗话》不过是录其涉及"吟咏之道"之内容,而且谈论的时间非止一日,所谓"时日既积,遂得六卷",正是谓此。吴乔将其中的部分内容转录寄给万季野。《诗问》开首"昨东海诸英俊问",表明吴乔是在某次谈诗的翌日,将前一天所谈的内容录寄给友人的。由于吴乔与徐氏兄弟谈诗是在康熙二十年，因此可以确定《诗问》之成篇在康熙二十年。那么，《围炉诗话》的编成定稿是在什么时间呢？郭绍虞先生选编《清诗话续编》所据的张海鹏刻本《围炉诗话》的吴乔《自序》中没有标明年月，但台湾广文书局影印的抄本《围炉诗话》的《自序》中标明"丙寅冬日"，即康熙二十五年（1686）冬。吴乔的好友阎若璩《潜邱札记》卷四有"跋贺黄公《载酒园诗话》"条谓，吴乔尝言贺裳《载酒园诗话》、冯班《钝吟杂录》与自己的《围炉诗话》可称"谈诗者之三绝"，而阎氏此条的写作时间是康熙庚午秋，即康熙二十九年（1690）年秋。据此可知《围炉诗话》的编定乃是在此年以前。这也可间接印证抄本《围炉诗话·自序》所标的年月应是可靠的。

　　《逃禅诗话》一卷与《围炉诗话》内容相同，但两书详略不同，前者总体上较后者简略，而且前者也没有吴乔的《自序》，论诗内容有时加以标题，前者各条的编排与《围炉诗话》也不相同。就编次的情况看，《逃禅诗话》实是《围炉诗话》编定之前的较完整的记录，到后来其编定为《围炉诗话》，而《逃禅诗话》反而不怎么流传了。

　　与吴乔论诗著作相关，尚需讨论一个问题，即《答万季野诗问》"清秀李于鳞"一句的所指问题：

　　　问云：今人忽尚宋诗如何？答曰：为此说者，其人极负重名，而实是清秀李于鳞（按，即李攀龙），无得于唐。

关于这一段话的所指，赵执信《谈龙录》认为是批评王士禛，后来一般都作如是观。纪昀《冶亭诗介序》说："赵秋谷掊击百端，渔洋不怒；吴修龄目以清秀李于鳞，则衔之终身。"[1]也是继承赵执信的说法。只有

①　《纪文达公遗集》卷九。

日本青木正儿《清代文学评论史》中说是指钱谦益。笔者认为两者皆非。

按《围炉诗话》也有关于今人尚宋诗的问答。我们将《答万季野诗问》的问答与《围炉诗话》的问答均摘录出来作一比较。《答万季野诗问》在上文所引的"无得于唐"之后云:

> 唐诗如父母然,岂有能识父母更认他人乎?宋之最著者苏、黄,全失唐人一唱三叹之致,况陆放翁辈乎?但有偶然撞着者,如明道云:"未须愁日暮,天际是轻阴。"忠厚和平,不减义山之"夕阳无限好,只是近黄昏"矣。唐人大率如此,宋诗鲜也。唐人作诗,自述己意,不必求人知之,亦不在人人说好;宋人皆欲人人知我意;明人必欲人人说好,故不相入。然宋诗亦非一种,如梅圣俞却有古诗意,陈去非得少陵实落处。不知今世学宋诗者,尊尚谁人也?子瞻、鲁直、放翁,一泻千里,不堪咀嚼,文也,非诗矣。

《围炉诗话》卷五:

> 问曰:朝贵具尚宋诗,先生宜少贬高论。答曰:厌常喜新,举业则可,非诗所宜。诗以《风》《骚》为远祖,唐人为父母,优柔敦厚,乃家法祖训。宋诗多率直,违于前人,何以宗之?作宋诗诚胜于瞎盛唐,而七八十岁老人改步趋时,何不于五十年前入复社作名士?且人之出笔,定是宋诗,余深恨之,而犯者十九,何须学耶?(按,着重号为引者加)

以上两段问答中,问者的话稍有差异,前一段是说"今人忽尚宋诗",后一段则说"朝贵俱尚宋诗"。吴乔答话的内容,以上两段中也有差异,但两段话都称唐诗是父母，批评宋诗率直不含蓄，意思是相同的。两段话的表述及详略上的差异，乃是由于《答万季野诗问》先出，而《围炉诗话》后出，经过了吴乔加工整理。《逃禅诗话》在《答万季野诗问》之后，在《围炉诗话》之前，可以看出这种整理修改的痕迹。《逃禅诗话》"宋诗"条云：

> 诗以《风》《骚》为远祖，汉魏为近祖，唐人为父母。优柔敦厚，乃家法祖训。宋诗多率直，人之出笔，定是宋诗，何须学得？宋诗佳者亦是中晚唐，学之祗是学唐不佳者。豫章、江湖派恶诗，如何学诗？

"唐人为父母"，与《答万季野诗问》相同，也见于《围炉诗话》。而其他内容多为《答万季野诗问》所无，而与《围炉诗话》相同。从《答万季野诗问》到《逃禅诗话》再到《围炉诗话》，可以看到，尽管以上两段问答存在着这些差异，但大体可以认定这两段话所记录的是同一次的对话。若将这两段对话互参就可以看出：前一段话中所批评的"清秀李于鳞"就是后一段话中所说的"七八十岁老人改步趋时"的人。此人非钱谦益，因为吴乔与徐乾学兄弟谈诗在康熙二十年，而钱谦益卒于康熙三年（1664），且钱谦益本就提倡宋诗，没有所谓的改步趋时的问题，所以青木正儿的说法不可信。此人亦非王士禛，因为康熙二十年，王士禛乃四十八岁，不可能称其为"七八十岁老人"，此其一。其二，徐乾学是王士禛门人，主张学诗宗唐，反对别人称王士禛创作学宋人，徐乾学序王士禛《渔洋续集》，说那些认为渔洋先生师法宋人者是"未知先生之诗者也"①。所以当他发问"今人忽尚宋诗"或者"朝贵俱尚宋诗"时，应非

---

① 《渔洋山人续集序》，《憺园全集》卷二十一。

指王士禛,而吴乔也不会在门生面前批评其老师。所以,"清秀李于
鳞"不可能指王士禛。赵执信与吴乔未曾谋面,他有可能误会或有意
歪曲吴乔的所指,后人也没有将这两种著作进行对比分析,也就轻信了
赵执信的说法。吴乔这段话到底是指谁,笔者现在尚未有充足的材料,
不能作出确定的推断。但笔者相信,其非指钱谦益及王士禛,是可以肯
定的。

2. "以意为主"与"诗中有人"

对于吴乔的诗学,郭绍虞先生将其作为神韵说的对立面来看,这是
受到赵执信的影响。赵执信《谈龙录》借吴乔"诗中有人"之说来批评
王士禛,又说吴乔所说的"清秀李于鳞"这句话是指王士禛,于是将吴
乔拉入了反神韵说的阵营。其实,吴乔的诗学乃是虞山派冯班兄弟诗
学倾向的继续。吴乔论诗,从总体上把诗歌分为意与词两个方面。就
意的一面言,他主张"以意为主",主要针对的是明七子派的"有词无
意";就词的一面言,他主张比兴,主要是批评宋诗有意而无比兴。意
与比兴的结合,在他看来是《诗经》到唐诗的传统。而他本人的兴趣则
在晚唐诗。

吴乔论诗实是以意为核心。其《围炉诗话·自序》称:

> 人心感于境遇,而哀乐情动,诗意以生,达其意而成章,则为六
> 义,《三百篇》之大旨也。

吴乔把自己的诗学追溯到《诗经》的传统。他对《诗经》的传统进行理
论的概括,分成诗意的形成与诗意的表达两个方面,这正是他所谓意与
词两个方面。就诗意的形成而言,是人心感于境遇,产生了哀乐的情
感,这样特定的境遇与感于境遇而生的特定的情感结合,就形成了诗

意。在吴乔的诗学中,情与意的概念并不完全等同。情有广狭二义,狭
义的情只是指喜怒哀乐等情感反应,并不包含引发情感的境遇及主体
在此境遇中产生的思想感想评价等理性内容,但广义的情则也包括这
些内容。广义的情与意在意义上比较接近。吴乔有时在狭义的意义上
使用,有时在广义的意义上使用。这里以情与意对举,则是在狭义上使
用。意是诗歌的内容,它既包含境遇,也包含情感以及所蕴含的理性
成分。

　　在意与词之间,吴乔认为应"以意为主":

　　　　唐人七律,宾主、起结、虚实、转折、浓淡、避就、照应,皆有定
　　法。意为主将,法为号令,字句为部曲兵卒。由有主将,故号令得
　　行,而部曲兵卒,莫不如臂指之用,旌旗金鼓,秩然井然。弘、嘉诗
　　惟有旌旗炫目,金鼓聒耳而已。①

所谓"旌旗金鼓"是声色的层面,它与"宾主、起结"等等法则以及字句
层面统属于词,这些属于词的诸层面应该由意来主导,来统帅。所谓
"以意为主",并非说词的诸层面不重要,不必去讲求,而是说词的诸层
面必须由意来统帅,有了这个统帅,词的诸层面才有围绕的中心,才能
被组织起来。注重意的统帅作用,可以说是与钱谦益的性情优先有一
致性,较之钱谦益,吴乔则更从理论上强调词的层面的重要性。这与冯
班兄弟较之钱谦益更为重视形式风格层面的价值具有一致性。

　　由于意对词有统帅作用,所以在意与形式风格之间,意决定形式风
格,形式风格没有脱离于意之外的普遍性。吴乔说:

————————

　　① 《围炉诗话》卷二。

　　盖唐人作诗,随题成体,非有一定之体。沈、宋诸公七律之高华典重,以应制故,然非诸诗皆然,而可立为初唐之体也。如南宋两宫游宴,张抡、康伯可辈小词,多颂圣德、祝升平之语,岂可谓为两宋词体耶? 诗乃心声,心由境起,境不一则心亦不一。言心之词,岂能尽出于高华典重哉?①

诗为心声,每个人所处境遇不同,触境而产生的情感不同,则诗意必然不同,诗意不同,则形式风格亦不同。意对形式风格的这种决定关系,吴乔称之为"随题成体"。题者,指涉诗歌的内容,体即形式风格。诗歌的内容决定形式风格,形式风格不具有普遍的适用性。初唐沈、宋七律的高华典重之体,乃是由其应制的内容特征决定的,如果脱离内容而将这种体上升到普遍性的高度,作为初唐体,后人作诗学初唐体,不论什么内容都学其高华典重,如此则形式风格脱离了内容,沦为空洞的形式。

　　吴乔这样论意与词的关系,则每个诗人的诗歌必然要具有自己的独特性。他称之为"诗中有人":

　　问曰:先生每言诗中须有人,乃得成诗。此说前贤未有,何自而来? 答曰:禅者问答之语,其中必有人,不知禅者不觉耳。余以此知诗中亦有人也。人之境遇有穷通,而心之哀乐生焉。夫子言诗,亦不出于哀乐之情也。诗而有境有情,则自有人在其中。②

---

① 《围炉诗话》卷三。
② 《围炉诗话》卷一。

从诗意形成的角度说,由于个人境遇的独特性,则每个诗人在特定境遇中产生的情感亦具特殊性,这样形成的诗意必然具有特殊性。由于意对形式风格即体具有决定性,则意的不同必然会带来体即形式风格的差异。如此,每个诗人的作品必然具有自己的独特性。这就是"诗中有人"。

　　站在"以意为主"的立场上,吴乔对明代前后七子的复古进行了猛烈抨击。他称七子派的诗歌是"有词无意"①,即只有形式而无内容。当然吴乔所谓"无意"有特定所指,就是诗中没有诗人特殊的境遇和哀乐之情感,即"诗中无人":

　　　　惟弘、嘉诗派浓红重绿,陈言剿句,万篇一篇,万人一人,了不
　　知作者为何等人,谓之诗家异物,非过也。②

由于七子派从形式风格上模拟古人,自己的境遇、情感与古人的格调不合就不能抒写,就只能虚拟化而使之合于古人的格调。这样模拟的结果只能是"诗中无人"。在吴乔看来,七子派诗不但是无意,就是在词的方面,也不讲《诗经》"六义",只有声色而已:

　　　　弘、嘉之复古者,不知诗当有意,亦不知有六义之孰存孰亡,惟
　　崇声色,高自标置。③
　　　　明之瞎盛唐诗,字面焕然,无意无法,直是木偶被文绣耳。④

---

① 《围炉诗话》卷一。
② 同上。
③ 《围炉诗话·自序》。
④ 《围炉诗话》卷一。

吴乔一方面抨击七子派诗无意,另一方面又抨击其不知"六义"源流存亡,而只有声色二者而已。此所谓"惟崇声色"就是上文所说的"惟有旌旗炫目,金鼓聒耳而已"。此所谓"字面焕然",即只有色彩,所以吴乔称之为"瞎盛唐诗",认为其不过是披着文绣的木偶而已。

　　吴乔对七子的批判较之冯班兄弟更为激烈,与钱谦益相似,故徐乾学兄弟问他:"丈丈极轻二李(按,李梦阳、李攀龙),与牧斋之论同乎?"显然是将他对七子派的批判与钱谦益相提并论。对此吴乔本人并不否认,只是说:"渠论于鳞者尽之矣,空同犹有屈处。"①认为钱谦益对李梦阳的抨击有些过分,在他看来,李攀龙才、学、识三者皆下,而李梦阳三者还是具备的,只是太狂妄而已;而钱谦益则将二人不分轻重,同加鞭挞,有失公平。他对七子派的抨击正是钱谦益诗学的继续:

　　　　弘、嘉诗文,为钱牧斋、艾千子所抨击,丑态毕露矣。以彼家门径,易知易行,便于应酬,而又冒班、马、盛唐之名,所以屡仆屡起。②

吴乔认为七子派虽受到钱谦益、艾南英的抨击而暴露其弊病,但因云间派陈子龙等重倡七子之说,致使七子派诗学死灰复燃。因而吴乔又沿钱谦益、艾南英之途径继续抨击七子派包括云间派,他批评陈子龙说:

　　　　卧子气岸,其学诗也,才知平仄,即齐肩于李、杜、高、岑,不须进第二步;其作诗也,凡题皆是《早朝》《秋兴》,更不曾有别题;其论诗也,一出语便接踵于西河、锺嵘,更不虑他人有不奉行者,不意

① 《答万季野诗问》。
② 《围炉诗话》卷六。

　　学问中有如是便易事也。

此对陈子龙的诗歌创作以至诗学理论都作了批评。这种批评与钱谦益对云间派的批评大体一致。

三　比兴：诗歌的创作原则与诠释原则

　　《诗经》有赋、比、兴三种表现方式，但汉代经学家从政教的角度阐说《诗经》，所以赋、比、兴三种表现方式也与政教有了密切的关系。郑玄说：

> 　　赋之言铺，直铺陈今之政教善恶。比，见今之失，不敢斥言，取比类以言之。兴，见今之美，嫌于媚谀，取善事以喻劝之。①

在郑玄的解说中，赋是直接铺陈政教善恶，比兴是象征性地表现政教的善恶，其中，比与刺相关，兴与美相连。这种解释是否符合《诗经》本身的实际是值得怀疑的，但是汉儒这种解说《诗经》的方式却建构了一种传统，即以比兴来表现美刺的象征传统。六朝以来的以景抒情的方式，人们也称为比兴，但与汉儒所说的比兴已有不同。清初冯班兄弟提倡晚唐诗，提倡比兴，吴乔继之，所继承的正是汉儒所建构的美刺比兴传统。

1. 以比兴寄托美刺：冯班兄弟的美刺比兴论

　　冯班兄弟诗论的美学核心是美刺比兴说。冯舒《家弟定远游仙诗

---

　　①　孔颖达《毛诗正义·诗大序正义》引。

序》云:

> 大抵诗言志,志者,心所之也。心有在所,未可直陈,则托为虚无惝恍之词,以寄幽忧骚屑之意。昔人立意比兴,其凡若此。自古及今,未之或改。故诗无比兴,非诗也。读诗者不知比兴所存,非知诗也。余兄弟于此颇自谓得古人意,故能以连类比物者,区分美刺焉。①

冯舒对言志之志的理解是偏向于政治一面的,所谓"幽忧骚屑之意",就是与美刺有关的情感,更具体地说是关乎讽刺的情感。这种情感不能直接表现出来,就"托为虚无惝恍之词"即以比兴的方式来表现。当然,表达赞扬或批评的意见可以有不同的方式,但是诗歌是以比兴的方式来表达,而不是以直陈的方式来表达。从这种角度说,有比兴才是诗,无比兴就不是诗。比兴是诗与非诗的分界,这就把比兴提到了诗歌本质论的高度来看待。冯舒认为整个诗歌史都是如此。由于比兴是与美刺连在一起的,则这种比兴不是以景抒情、情景结合的比兴,而是象征性的比兴。

正是冯舒、冯班兄弟主张美刺与比兴相结合,所以他们一方面主张诗歌要与政治相关,另一方面又主张美刺有体,即美刺要与比兴结合起来。从美刺的一面说,冯班虽然在理论上将美与刺并提,但实际上强调的是刺而非美。冯班说:"诗以讽刺为本,寻常嘲风弄月,虽美而不关教化,只是下品。"②表明他评诗是把政治道德标准放在第一位。就比兴的一面言,他主张讽刺之意应该隐含在形象当中,不直接说出来,要

---

① 《默庵遗稿》卷九。
② 二冯评本《才调集》卷一,白居易《玩半开花赠皇甫郎中》评语。

有文外之余意,让读者自己去领会。这样的讽刺就合乎儒家温柔敦厚的诗教。他评白居易《秦中吟》说:

> 讽刺体。元白讽刺,意周而语尽,文外无余意,异于古人也。大略亦是《小雅》之遗。
>
> 白公讽刺诗,周详明直,娓娓动人,自创一体,古人无是也。凡讽谕之文,欲得深稳,使言者无罪,闻者足戒。白公尽而露,其妙处正在周详,读之动人。此亦出于《小雅》也。①

冯班认为讽谕之文应该"深稳",要用比兴的方式把讽刺之意隐含在背后,而不直说出来,由于作者不直接指斥,所以言者无罪;而其隐含之意,别人可以领会,所以闻者足戒。元稹、白居易讽刺诗的特点是"意周而语尽,文外无余意",把讽刺之意全都直接说出来,这种表现讽刺之意的方式不是比兴的方式,而是赋的方式。冯班虽然指出元、白讽刺诗是"《小雅》之遗",继承了《小雅》的传统,总体上给予肯定的评价,但值得注意的是,他也指出元、白诗"异于古人",实际上委婉地批评其背离了古人传统。所谓"古人"具体所指是什么? 其实就是汉魏以来所继承的《国风》的比兴传统。因为在他看来,比兴主要体现在《国风》中,而赋主要体现在《雅》《颂》中。冯班认为,元、白讽刺诗缺乏比兴,而以赋的方式将讽刺之意平直表述,容易落入直接指斥,有伤温柔敦厚的诗教。冯舒评元稹《古决绝词三首》称"此章立词,颇伤忠厚",冯班称"诗人以敦厚为教,元公如此,宜其焚尸不成敛也"。② 就是批评元稹诗违背诗教。

---

① 二冯评本《才调集》卷一。
② 二冯评本《才调集》卷五。

　　冯班兄弟强调比兴,与钱谦益有所区别。钱谦益论诗并不主比兴,而强调铺陈排比,更重赋的方式,从传统的诗文之辨的角度看,是偏于以文为诗一系。冯班虽然也抨击严羽,但二人的观点实有所不同。冯班批评严羽"不落言筌,不涉理路"云:

> 按此二言,似是而非,惑人为最。……至于诗者,言也。言之不足,故长言之,长言之不足,故咏歌之,但其言微不与常言同耳,安得有不落言筌者乎? 诗者,讽刺之言也,凭理而发,怨悱者不乱,好色者不淫,故曰思无邪。但其理元(按,玄),或在文外,与寻常文笔言理者不同,安得不涉理路乎?①

钱谦益《唐诗英华序》抨击严羽妙悟说,是认为诗歌可以议论、说理、指陈发露;冯班抨击严羽,尽管认为诗中有理,但认为其理在文外,与文章言理不同。这表明冯班也认为诗歌中不宜直接说理议论,但与钱谦益有明显区别。

　　冯班兄弟的这种诗学主张也体现在其创作中。冯班的友人陆贻典评冯班诗谓"美刺有体,比兴不坠"②,冯班谈及自己的诗歌创作说:

> 冯子之文,危苦悲哀,无所不尽,而不肯正言世事,每自言曰:诗人之词欲得言者无罪,闻者足以戒,今善于刺时者宜有文字之祸焉。少年或讥其无益教化,亦弗顾也。呜呼! 使万世有读冯子之文、论其世,而知其心者,冯子死且不朽矣。③

---

① 《钝吟杂录》卷五。
② 《明诗纪事》辛签卷十二引陆敕先语。
③ 《再生稿叙》,《钝吟老人文稿》。

冯班此文作于顺治三年（1646），时清朝已据有江南。由此可知，冯班
此文中所谓"危苦悲哀"充满对时事的感慨。由于惧怕有"文字之祸"，
所以"不肯正言世事"。但"不肯正言"，并非不言，而是把自己的情感
通过比兴的方式隐曲地表现出来，他希望这种悲怀能够被后人所理解。
其《杂诗》之三云：

> 诵君恸哭书，咏君黍离诗。悠悠寸心事，百岁谁当知？臧获驾
> 驽骞，骐骥无所施。天崩与海竭，共尽亦何辞！

面对国破家亡，冯班痛苦至极，但若要生存，就需面对现实的政治环境，
在表现自己的兴亡之感时，就不能正面直陈，以避免杀身之祸。其评诗
主张比兴，主要是从诗歌的审美传统和温柔敦厚的诗教出发；其作诗坚
持用比兴之方式表达怨刺之情，除了诗学主张上的原因，更多的是现实
的政治环境使然。正是由于以上原因，冯氏学晚唐李商隐托为男女之
词以表现自己的家国兴亡之感。但这种以男女之事、华艳之辞曲折隐
晦地表现自己的兴亡之感的方式，难以获得别人的理解。这种欲说不
能、不说不甘的矛盾使得冯班异常痛苦："悠悠寸心事，百岁谁当知？"
这正是他的痛苦处。

　　冯班这种表现方式当时就已受到批评。虞山派代表人物是钱谦
益，钱谦益主张诗歌应直接抒写对世事的感慨，更喜欢铺陈的表现方
式，所以钱谦益虽也肯定晚唐诗的价值，但其最推崇的是杜甫、韩愈、白
居易、苏轼、陆游、元好问一派。这种倾向为钱陆灿等人所继承。他们
不满冯班一派学习晚唐，钱陆灿序钱玉友诗云："学于宗伯（按，指钱谦
益）之门者，以妖冶为温柔，以堆砌为敦厚。"①又称："徐陵、韦毂，守一

---

① 见王应奎《柳南随笔》卷五。

先生之言,虞山之诗季世矣。"①就是批评冯班一派的创作倾向。冯班
说"少年或讥其无益教化",指的就是钱陆灿等对他的批评。冯班《叶
祖仁江村诗序》云:

> 虞故多诗人,好为脂腻铅黛之辞,识者或非之,然规讽劝戒亦
> 往往而在,最下者乃绮丽可诵。今一更为骂詈,式号式呼,以为有
> 关系。纨绔子弟,不知户外有何事,而矢口谈兴亡,如蜩螗聒耳,风
> 雅之道尽矣。②

所谓"脂腻铅黛之辞"就是指冯班所代表的学习李商隐等晚唐诗人的
表现男女之情、崇尚华艳之辞的创作倾向。冯班则站在其自己的立场
上为其诗学倾向辩护:"诗文风刺须有为而发,若无端乱说,一味骂人,
便不是人臣讽谏,做不得。"③又说:

> 以屈原之文,露才扬己,显君之失,良史以为深讥。忠愤之词,
> 诗人不可苟作也。以是为教,必有臣诬其君、子谪其父者,温柔敦
> 厚其衰矣。④

冯班的这种辩护只是站在温柔敦厚诗教立场上的辩护,而没有说到其
不作忠愤之词的另一原因——惧怕文字之祸。

---

① 见王应奎《柳南随笔》卷五。
② 《钝吟老人文稿》。
③ 《钝吟杂录》卷二。
④ 《陆敕先玄要斋稿序》,《钝吟老人文稿》。

2. 唐诗多用比兴,宋诗多用赋体:吴乔从赋、比、兴角度对诗歌史的透视

冯班倡言比兴,与其所处政治环境有关,吴乔崇尚比兴,则着眼诗学本身。

在冯班兄弟之后、吴乔之前,贺裳论诗也主张比兴。他从赋、比、兴角度透视诗歌史:"魏、晋以降,多工赋体,义山犹存比兴。"①谓魏晋以后诗人多工赋体,言下之意是汉、魏、晋诗歌以比兴为主,至李商隐则承比兴传统。这里似乎是以为李商隐以外的唐代诗人也是多工赋体。贺裳批评欧阳修说:"欧公古诗,苦无兴比,惟工赋体耳。……所惜意随言尽,无复余音绕梁之意。"②在他看来,整个宋诗大都有此弊:"大率敷陈多于比兴,蕴藉少于发舒,求其意长笔短,十不一二也。"③显然认为宋诗以赋为主,缺乏比兴。贺裳从赋、比、兴角度评述诗歌史,颇为吴乔称赏,尤其是他对宋诗特点的论述对吴乔产生了影响。

吴乔说诗有两个基点,一是诗歌要表现意,二是要有比兴。他把比兴作为诗文之分界:

> 问曰:诗文之界如何? 答曰:意岂有二? 意同而所以用之者不同,是以诗文体制有异耳。文之词达,诗之词婉。书以道致事,故宜词达;诗以道性情,故宜词婉。意喻之米,饭与酒所同出。文喻之炊而为饭,诗喻之酿而为酒。文之措词必副乎意,犹饭之不变米形,啖之则饱也。诗之措词不必副乎意,犹酒之变尽米形,饮之则

---

① 《载酒园诗话又编》,"李商隐"条。
② 《载酒园诗话又编》,"欧阳修"条。
③ 《载酒园诗话又编》,"王安石"条。

醉也。①

　　吴乔的米酒之喻是对诗文之辨的著名譬喻。诗文的意相同,差别在炊和酿之不同,即对意的表达方式不同。文以直陈方式达意,诗则以比兴方式达意。因此比兴是诗之为诗的核心。他说:"人有不可已之情,而不可直陈于笔舌,又不能已于言,感物而动则为兴,托物而陈则为比。是作者固已酝酿而成之者也。"②这就是他对所谓酝酿的具体说明。

　　但是吴乔对比兴的理解与冯班兄弟一样是偏向于寄托象征性的,因而他强调比兴背后的寓意:

　　　　比兴非小事也。宋诗偶有得者,即近唐人。韩魏公罢相判北京,作《园中》诗云:"风定绕枝蝴蝶闹,雨余荒圃桔槔闲。"明道《春游》诗云:"未须愁日暮,天际是轻阴。"皆用比义以说朝事。子瞻拟陶云:"前山正可数,后骑且勿驱。"兼用比兴以道己意,即迥然异于宋诗。③

　　吴乔所举均为写景诗句,但他认为这些句子都具象征性的寓意,其所谓比兴就是这种具有象征性寓意的比兴。

　　由于吴乔认为直陈是文的特点,所以在传统的赋、比、兴三种艺术表现方式之间,他重比兴而轻赋。他与贺裳一样从赋、比、兴角度论说诗歌史源流,认为比兴是《风》《骚》的传统。他说:

---

① 《围炉诗话》卷一。
② 同上。
③ 《围炉诗话》卷五。

　　大抵文章实做则有尽,虚做则无穷。《雅》《颂》多赋,是实做;《风》《骚》多比兴,是虚做。唐诗宗《风》《骚》,所以灵妙。

　　诗之失比兴,非细故也。比兴是虚句、活句,赋是实句。有比兴则实句变为活句,无比兴则实句变成死句。①

吴乔以为《国风》主要体现的是比兴传统,《雅》《颂》主要体现的是赋的传统。在这两种传统之间,他明显重比兴而轻赋。但他没有明白地说出,因为《诗经》是经典,他不能直接对《雅》《颂》加以贬低。但他从诗歌的特征本身说,认为文章应该虚做,这样可以含蓄无穷;《国风》多用比兴,是虚做,《雅》《颂》多用赋,是实做;所以《风》的传统更符合诗歌本身应有的特征。在他看来,《离骚》与《风》诗的传统是一致的,所以他将《风》《骚》并称。

　　吴乔从赋、比、兴的角度对唐、宋诗之别作了比较,认为唐诗继承的是《风》《骚》的传统,多用比兴,而宋诗则用赋:

　　唐诗有意,而托比兴以杂出之,其词婉而微,如人而衣冠。宋诗亦有意,惟赋而少比兴,其词径以直,如人而赤体。②

吴乔称唐诗多用比兴,与贺裳有所不同,贺裳认为唐诗总体上也少比兴。但吴乔认为宋诗多用赋的表现方式,却与贺裳一致。因吴乔重比兴而轻赋,所以他崇唐诗而抑宋诗。在他看来,明代诗歌不仅无比兴,且连赋的传统也失去:"弘、嘉之复古者,不知诗当有意,亦不知有六义之孰存孰亡,惟崇声色,高自标置。夫既无意,则词无主宰,纰缪不续,

---

　　①　《围炉诗话》卷一。
　　②　同上。

并赋义而亡。"①有意而直陈即是赋,明代诗没有意,连直陈的对象都不存,故他批评明诗连赋义也失去,根本不能称为诗。

吴乔所说的比兴是象征性的比兴,所以他对情景关系也是从象征性的角度来论述。其《围炉诗话》称:

> 诗以道性情,无所谓景也。《三百篇》中之兴"关关雎鸠"等,有似乎景,后人因以成烟云月露之词,景遂与情并言,而兴义以微。然唐诗犹自有兴,宋诗鲜焉。明之瞎盛唐,景尚不成,何况于兴?②
> 夫诗以情为主,景为宾。景物无自性,惟情所化。情哀则景哀,情乐则景乐。③

吴乔反对景与情并提,因为他是在兴的意义上看待景,景物作为物象只是达情的手段,只具工具的意义,并无脱离情感之外的独立价值。在这种意义上,只能说诗道性情,而不能说诗道情景,景不能与性情处于并列的地位,故他说情为主,景为宾,景物没有自性。在他看来,连"景"这一名称亦无存在的必要。《诗经》只有兴并无景,景乃从兴演化而来。当物象的达情工具功能逐渐弱化,不再成为意义的符号时,物象就具有了独立性,于是兴就变成了景。这样"景遂与情并言",就取得与情并列的独立地位。他在《围炉诗话》描述这一过程云:

> 古诗多言情,后世之诗多言景。如《十九首》中之"孟冬寒气至"、建安中之子建《赠丁仪》"初秋凉气发"者无几。日盛一日,梁

---

① 《围炉诗话·自序》。
② 《围炉诗话》卷一。
③ 同上。"性"原作"生",据《逃禅诗话》改。

陈大盛,至唐末而有清空如话(按,《逃禅诗话》作"清空如画",应是)之说,绝无关于性情,画也,非诗也。①

在他看来,汉魏诗歌很少写景之句,此后逐渐增多,梁陈时代大盛,唐诗更盛。若将此段与上一段话联系起来,就可以看出,吴乔认为景的出现乃至兴盛的过程就是兴的衰微的过程。这种景物脱离性情而独立的趋势是吴乔所反对的。他主张恢复《三百篇》的传统,确立情对景的统帅地位,使景成为象征性的抒情手段,向兴的功能靠近。

3. 诗歌的诠释方式:比兴方式与赋的方式

冯班等人认定象征性比兴是作诗的传统,也应该是解读与诠释诗歌的方式。强调用比兴的方式诠释诗歌,也是这一派诗学的突出特征。

冯舒说:"诗无比兴,非诗也。读诗者不知比兴所存,非知诗也。"这是二冯的基本观念。冯舒自称"余兄弟于此颇自谓得古人意,故能以连类比物者,区分美刺焉"。② 他们不仅用比兴的方式作诗,也用比兴的方式诠释诗歌。但是,这种诠释方式面临理论的困难,即古人的作品都是以比兴寄寓美刺之意吗? 这种象征性比兴的诠释方式具有可以解释一切诗歌的普遍意义吗?

这一问题在古代诗学传统中早已被提出。中国古代诗歌确实有存在着象征性比兴的传统,比如《离骚》的象征性比兴是古今公认的。这一传统在其后的诗歌创作中也确实存在。这种传统的存在就对诗歌的诠释提出要求,即要用象征性比兴的方式来诠释,需探求作品背后的真正寓意。事实上,中国诗学存在着象征性比兴的诠释传统。理论家们

---

① 《围炉诗话》卷一。

② 《家弟定远游仙诗序》,《默庵遗稿》卷九。

对诗歌的象征性系统进行归纳,指出什么样的物象有什么象征意义,这在晚唐五代诗格著作中有具体的论述。如僧虚中的《流类手鉴》列有五十五类物象,每一类物象各有其象征意义。像"孤云白鹤"是"比贞士也"。这类著作大多为后人所鄙弃,但是它们的出现绝非偶然,因为诗歌史确实存在象征性比兴的传统,无论是诗人创作还是读者阅读与批评,都需了解这一传统,遂出现这类著作。但是这种象征性比兴的诠释方式也面临很大的问题。因为并非所有的诗歌都具有象征性寄托,很多诗歌所写之物只是作为触发情感的媒介,只是传达某种情感色彩,并不具有象征性寓意。这也是中国诗歌史的传统。如果把象征性比兴的诠释方式上升为诠释一切诗歌的原则,势必会曲解后一种传统作品的原意。根据接受美学理论,读者有诠释的自主性,中国古代也有"《诗》无达诂"之说,但是中国传统诗学的主流还是强调诠释者要正确探寻作者的原意,象征性比兴诠释方式的提出旨在正确理解诗人的本意。诗人并不明言用哪一种方式创作,作品是否有象征性寓意,完全由后人判定,由于判定的差异,会造成诠释的不同。在宋代,这一问题已在对杜甫诗歌的诠释中显现。黄庭坚《大雅堂记》说:

> 子美诗妙处乃在无意于文,夫无意而意已至,非广之以《国风》《雅》《颂》,深之以《离骚》《九歌》,安能咀嚼其意味,闻然入其门耶?……彼喜穿凿者,弃其大旨,取其发兴于所遇林泉人物草木鱼虫,以为物物皆有所托,如世间商度隐语者,则子美之诗委地矣。①

---

① 《豫章黄先生文集》卷十七。

这篇文章所涉及的问题就是两种诠释方式的矛盾。黄庭坚所说"彼喜穿凿者"对杜甫诗歌的诠释方式就是象征性比兴的诠释,认为杜甫诗歌所写物象都具有象征的寓意。黄庭坚则反对用这种诠释方式来诠释杜甫诗歌,说杜甫诗"发兴于所遇林泉人物草木鱼虫",认为林泉人物草木鱼虫只是引发诗人的情兴,并不具有象征意义,如果用那种象征性比兴方式诠释杜甫诗歌,必然会像猜谜一样对待杜诗,实乃是曲解杜诗。

吴乔意识到这两种诠释方式的矛盾问题:

> 《古今诗话》云:"王右丞《终南》诗,讥刺时宰,其曰'太乙近天都,连山到海隅',言势位蟠据朝野也。'白云回望合,青霭入看无',言有表无里也。'分野中峰变,阴晴众壑殊',言恩泽遍及也。'欲投人处宿,隔水问樵夫',言托足无地也。"余谓看唐诗常须作此想,方有入处。而山谷又曰:"喜穿凿者弃其大旨,而于所遇林泉人物,以为皆有所托,如世间商度隐语,则诗委地矣。"山谷此论,又不可不知也。①

此所举宋人《古今诗话》对王维诗歌的诠释方式是象征性比兴的诠释方式,吴乔说"看唐诗常须作此想,方有入处",认为这应该是诠释唐诗的基本方式。但是他也认识到这种诠释方式并不能上升为诠释一切作品的普遍有效的法则,所以他又提及黄庭坚对这种诠释方式的批评,认为"不可不知",而前一种方式是他的立足点,黄庭坚所批评的现象只是从消极方面应避免的倾向。

---

① 《围炉诗话》卷三。

吴乔运用这种象征性比兴的方式对晚唐诗作了诠释,如他论韩偓诗云:

> 如韩偓《落花》云"眼寻片片随流去",言昭宗之出幸也。"恨满枝枝被雨侵",言诸王之被杀也。"纵得苔遮犹慰意",望李克用、王师范之勤王也。"若教泥污更伤心",恨韩建之为贼臣弱帝室也。"临阶一盏悲春酒,明日池塘是绿阴",悲朱温之将篡弑也。①

如此诠释诗歌正是《古今诗话》解读王维诗的方式,正是黄庭坚所言物物"皆有所托"。他还用相同方式解读一向被认为是艳体诗的韩偓《香奁集》②。吴乔运用象征性比兴的诠释方式诠释作品的代表著作就是《西昆发微》。

由于主张象征性比兴的诠释方式,吴乔不仅批评宋诗失去比兴传统,只用赋的方式,而且批评宋人在诗歌的诠释批评中也失去比兴传统而只用赋的方式。这样吴乔第一次从理论上明确提出了诠释诗歌的两种方式——比兴的诠释方式与赋的诠释方式:

> 苏子由云:"李白诗类其为人,骏发豪放,华而不实,好事喜名而不知义之所在也。言用兵则先登陷阵,不以为难;言游侠则白昼杀人,不以为非。此岂其诚能也哉!唐人李、杜首称,甫有好义之心,白不及也。"予谓宋人不知比兴,不独《三百篇》,即说唐诗亦不得实。太白胸怀有高出六合之气,诗则寄兴为之,非促促然诗人之

---

① 《答万季野诗问》。
② 见《围炉诗话》卷一。

作也。饮酒学仙,用兵游侠,又其诗之寄兴也。子由以为赋义而讥之,不知诗,何以知太白之为人乎？宋人惟知有赋,子美"纨裤不饿死"篇是赋义诗,山谷说之尽善矣,其余比兴之诗蒙蒙耳。①

在吴乔看来,苏辙的诠释是把李白诗歌中所写的内容当作是李白真实要作的事情。而吴乔则认为,李白诗歌中所写的"饮酒学仙,用兵游侠"乃是寄兴,是用来寄托诗人的豪气,并非真的要白天杀人,并非真的要自己登锋陷阵。在吴乔看来,苏辙乃是把李白诗的比兴视为赋,用赋的方式诠释李白诗歌,这种诠释方式是错误的,正是宋人不知比兴的表现。吴乔认为,不仅苏辙,黄庭坚也只知用赋的诠释方式解诗,用这种诠释方式解释杜甫用赋的方式写成的诗歌("赋义诗")是正确的,但解释杜甫的比兴之诗则有偏误,故他说黄庭坚对于杜甫"其余比兴之诗蒙蒙耳"。在吴乔看来,苏辙、黄庭坚所运用的赋的诠释方式是宋人诠释诗歌的典型方式,"宋人惟知有赋",认为这是宋代诗学的普遍特征。他又说：

　　唐人诗被宋人说坏……不知比兴而说诗,开口便错。义山《骄儿》诗,令其莫学父,而于西北立功封侯,托兴以言己之有才而不遇也。葛常之谓"其时兵连祸结,以日为岁,而望三四岁儿,立功于二十年后,为俟河之清"。误以为赋,故作麻语。②

李商隐有五言古诗《骄儿诗》,其中有："爷昔好读书,恳苦自著述。憔悴欲四十,无肉畏蚤虱。儿慎勿学爷,读书求甲乙。穰苴司马法,张良

---

① 《围炉诗话》卷四。
② 《围炉诗话》卷五。

黄石术。便为帝王师,不假更纤悉。况今西与北,羌戎正狂悖。……儿当速成大,探雏入虎穴。当为万户侯,勿守一经帙。"宋人葛立方用赋的方式来诠释这一段诗,认为当时战火不断,李商隐希望自己三四岁的儿子将来立功安国。而吴乔用比兴的方式解读此诗,认为诗中所言希望儿子不学父亲,将来立功封侯,并非诗人真正如此希望,只不过是托兴来说自己的怀才不遇。吴乔认为葛立方用赋的方式诠释李商隐诗歌是错误的,是宋人不知比兴而说诗的表现。

吴乔认为宋人用赋的方式诠释《诗经》更是错误:

> 朱子尽去旧序,但据经文以为注,使《三百篇》尽出于赋乃可,安得据比兴之词以求远古之事乎? 宋人不知比兴,小则为害唐体,大则为害于《三百》。①

汉儒认为《诗经》作品都与政治方面的美刺有关,因而其对《诗经》的诠释也都往政教方面说,要找出每一篇作品所指涉的史事,因此《毛诗》每篇作品均有小序,阐释该篇作品指涉之史事及寓意。但朱熹认为《诗经》的很多作品并没有《毛诗》所解释的那种政治寓意,比如写男女相悦的即为纯粹的爱情诗,并无政治寓意。朱熹诠《诗》是《诗经》诠释史的革命性事件,而且更符合《诗经》的实际。但是朱熹这种诠释方式的革命对汉儒建构的美刺比兴传统形成极大威胁,而这一传统乃是儒家诗学重要的组成部分,故后来很多人反对。吴乔对朱熹诠释《诗经》的方式也持批评态度,他认为,这是用赋的方式诠释《诗经》,正是宋人不知比兴的表现,是宋人论诗的通病。

---

① 《围炉诗话》卷一。

吴乔认为明代人与宋代人一样不知比兴,其对诗歌的诠释也是用赋的方式:

> 明人不知比兴而说唐诗,开口便错。义山之"侍臣最有相如渴,不赐金茎露一杯",言云表露试之治病,可知真伪,讽宪、武之求仙也。白雪楼大诗伯以为宫怨,评曰:"望幸之思怅然。"呵呵!①

李商隐《汉宫词》:"青雀西飞竟未回,君王长在集灵台。侍臣最有相如渴,不赐金茎露一杯。"吴乔认为这首诗是讽谏唐宪宗、武宗服露求仙之事。李攀龙("白雪楼大诗伯")用赋的方式错解了此诗,以为是宫怨,乃是明人不知比兴的表现。

总之,吴乔认为宋、明两代不但在创作上失去了《诗经》以来的比兴传统,而且在批评上也失去了比兴的传统,不仅是不会作诗,也是不会解诗。

吴乔重比兴的诠释方式而排斥赋的诠释方式,如何才能保证正确理解诗人的寓意而不曲解?他指出两个方面,第一个方面是通过阅读各种史书,了解诗人所处的时代环境和个人的环境际遇:

> 心不孤起,仗境方生。熟读新旧《唐书》、《通鉴》、稗史、杂记,乃能于作者知其时事,知其境遇,而后知其诗命意之所在。如子美《丽人行》,岂可不知五杨事乎?试看《本事诗》,则知篇篇有意,非漫然为之者也。②

---

① 《围炉诗话》卷一。
② 同上。

诗人的寓意总是在一定的环境中产生,若能了解诗人所处的时代环境,了解诗人的际遇,设身处地,就能把握古人的"命意"。第二方面是通过阅读诗人的全集了解其人品、学问、境遇:

> 唐人作诗之意,不在题中,且有不在诗中者,甚难测识。……唐人诗须读其全集,而后知其境遇、学问、心术。①

通过阅读各种史书了解了诗人所处的环境,通过诗人的全集全面了解诗人,前者偏重对诗人客观条件的了解,后者偏重对诗人的主观方面的了解,有了这两方面的了解,就可以理解诗人在作品中的寓意。

但是,这种对于作品寓意的探寻无异于精神考古,是极其困难的工作。吴乔自称"年将四十,方见唐人兴比之意,能读义山、致尧之诗,至于李、杜,迄今未了",并声明并非其故意自贬。

强调诗歌的比兴特征,把比兴作为诠释诗歌的基本方式,对每一首诗都试图求其背后的寓意,这种诠释方式对于那些确实是以象征性比兴方式创作的诗歌是有效的,但是,如果用这种方式诠释那些非用象征性比兴方式创作的作品就会陷入牵强与穿凿附会。冯班、吴乔等人将此种诠释方式上升到普遍的诠释原则的高度,必然容易犯上述错误。后来常州词派用比兴的诠释方式来解读词作,其方法与吴乔等人一致,也犯了牵强附会之病。不过,冯班、吴乔与明清之际的释道源、钱龙惕、朱鹤龄等人将这种观念和方法运用到李商隐诗歌的诠释上,带来对李商隐诗歌的诠释方式的革命,从而导致对李商隐诗歌的崭新评价。

---

① 《围炉诗话》卷四。

四　李商隐诗歌的诠释革命与价值重估

在明清之际的晚唐诗歌热中,最突出的现象是对李商隐诗歌意义与价值的再发现与再评价。

李商隐诗自宋初反西昆以后,从总体上说一直受到贬斥。在明代,七子派力倡盛唐诗,自然也贬斥李商隐诗,王世贞甚至目其为"薄有才藻"的"浪子"。① 但这种状况在明末清初开始发生变化。

明清之际的释道源为李商隐诗集作注②,评论李商隐诗曰:

> 诗人论少陵忠君爱国,一饭不忘,而目义山为浪子,以其绮靡华艳,极《玉台》《金楼》之体而已。第少陵之志直,其词危,义山当南北水火、中外钳结,不得不纡曲其指,诞谩其辞,此风人、《小雅》之遗,推原其志义,可以鼓吹少陵。③

道源将李商隐与杜甫相比,认为二人诗作的"志义"都关乎君与国,不过由于二人所处时代背景不同,因而采取了不同的表现方式。杜甫"志直""词危",而李商隐处在党争的政治背景下,"不得不纡曲其指,

---

① 《艺苑卮言》卷四。

② 道源俗姓许,娄江人,顺治十二年(1655)或十三年间卒,年七十二。钱谦益有《石林长老小传》,见《有学集》卷三十七,又有《石林长老塔铭》,见《有学集补》。按,据钱谦益《石林长老小传》,道源顺治十一年(1654)尚在世,但其卒时笺注李商隐诗未竟,钱谦益又建议朱鹤龄注李氏诗文,并将道源遗稿转给朱鹤龄。朱鹤龄笺注李商隐诗文始于顺治十四年(1657),由此可以推知道源卒年当在顺治十二年或十三年。见乾隆刻本朱鹤龄《李义山诗集笺注》卷首《自序》及《凡例》。

③ 朱彝尊《静志居诗话》卷二十三引,《明诗综》卷九十二。

诞谩其辞"，将其严肃的意旨寓于"绮靡华艳"之体中，这种表现方式实乃"风人、《小雅》之遗"，其志义可与杜甫相提并论。

道源对李商隐诗歌的评论具有重大意义。他确立了对李商隐诗歌的一种新的诠释方式。以男女象征君臣朋友之遇合是古老的诗歌传统之一，即象征性比兴的方式。但对于李商隐涉男女之情的诗歌，前人多只将其视为写男女恋情的作品，而道源则是把它们放入象征性比兴的传统去诠释。因为历史上的李商隐本人既有缠绵的爱情故事，也曾被卷入政治斗争的旋涡，因此这两种诠释方式有其各自的依据。但用两种不同的方式诠释李商隐诗会导致两种截然不同的评价，因为纯粹的爱情诗在儒家传统的诗学价值系统中是受到贬斥的，《玉台》《香奁》之受贬斥正因此。而男女之情一旦被赋予君臣朋友的政治伦理内涵，就会得到崇高的评价。道源对李商隐诗的评价实际上并没有突破儒家传统的诗学观，只是诠释方式的变化。但这种新的诠释方式很快就受到钱谦益与同宗钱龙惕以及朱鹤龄、冯班、吴乔的肯定。

钱谦益的同宗钱龙惕曾在顺治五年（1648）拜访道源，亲见道源笺注李商隐诗的情况，于是开始"通考新、旧书，尚论时事，推见其作为之指意"①，着重结合李商隐所处时代环境来推求李商隐诗歌背后所象征的时事。这种诠释方式与道源是一致的。钱谦益为道源注作序，肯定性地引述了道源的观点，并对钱龙惕的笺注给予了肯定②。接受钱谦益的建议而继续为李商隐诗集作注的朱鹤龄吸收了道源与钱龙惕的成果③，并且继续沿着这条途径诠释李商隐作品。朱氏《笺注李义山诗集

---

① 钱谦益《注李义山诗集序》，《有学集》卷十五。
② 《注李义山诗集序》，《有学集》卷十五。
③ 朱注始于顺治十四年（1657），成于顺治十六年（1659）。见朱鹤龄《笺注李义山诗集序》及《凡例》。朱鹤龄注吸收了道源注的成果，清初也有人批评朱注为窃，但大多数对朱注的成就则予以肯定。

序》云：

> 或曰：义山之诗，半及闺闼，读者与《玉台》《香奁》例称，荆公
> 以为善学老杜，何居？余曰：男女之情，通于君臣朋友，《国风》之
> 蛾首蛾眉、云发瓠齿，其词甚亵，圣人顾有取焉。《离骚》托芳草以
> 怨王孙，借美人以喻君子，遂为汉魏、六朝乐府之祖。古人不得志
> 于君臣朋友者，往往寄遥情于婉娈，结深怨于蹇修，以序其忠愤无
> 聊缠绵宕往之致。唐至太和以后，阉人暴横，党祸蔓延，义山厄塞
> 当途，沉沦记室，其身危，则显言不可而曲言之，其思苦，则庄语不
> 可而谩语之，莫若瑶台璚宇歌筵舞榭之间，言之可无罪，而闻之足
> 以动。其《梓州吟》曰："楚雨含情俱有托。"早已自下笺解矣。吾
> 故为之说曰：义山之诗，乃风人之绪音，屈、宋之遗响，盖得子美之
> 深而变出之者也。岂徒以征事奥博、撷采妍华与飞卿（按，温庭
> 筠）、柯古（段成式）争霸一时哉！①

朱鹤龄所言有三层意义：其一，确认男女之情通于君臣朋友是风骚传
统；其二，确认李商隐诗继承了这一传统；其三，确认李商隐诗是《风》
《骚》之遗绪，可与杜甫相比。他把道源的思想完整地表述了出来。
《四库全书总目提要》称朱鹤龄"至谓其诗寄托深微，多寓忠愤，不同于
温庭筠、段成式绮靡香艳之词，则所见特深，为从来论者所未及"②，其
实朱氏之论的中心意旨正是得自道源。对于道源在李商隐研究中的贡
献，王士禛《论诗绝句》称："獭祭曾惊奥博殚，一篇《锦瑟》解人难。千
年毛、郑功臣在，犹有弥天释道安。"这里释道安借指道源，王士禛将道

源比作传笺《诗经》的毛公、郑玄,对道源的贡献作了极高的评价。

冯班曾说:"义山《无题》诗,皆寄思君臣遇合。"①而吴乔《西昆发微》的中心就是探寻《无题》的政治寓意。吴乔在序中称:

> 李义山《无题》诗,陆放翁谓是狎邪之语,后之作《无题》者,莫不同之,余读而疑焉。夫唐人能自辟宇宙者,唯李、杜、昌黎、义山。义山始虽取始法少陵,而晚能规模屈、宋,优柔敦厚,为此道之瑶草琪花。凡诸篇什,莫不深远幽折,不易浅窥。……《无题》诗十六篇,托为男女怨慕之词,而无一言直陈本意,不亦风骚之极致哉!

按照吴乔所谓宋人只用赋的方式解诗的说法,陆游说李商隐《无题》诗是"狎邪之语",正是将《无题》视为爱情诗,是用赋的方式解读《无题》诗。而吴乔用比兴的诠释方式解读《无题》,称《无题》诗"绝非艳情",乃是政治诗。用这种诠释方式看李商隐诗,则李商隐诗就被放到风骚传统中。在他看来,由于宋人的诠释方式的错误导致对《无题》长期的误解,所以他说"七百年来有如长夜",而至此时始得见光明。《西昆发微》共三卷,"《无题》诗十六篇为上卷,与令狐二世及当时往还者为中卷,疑似之诗为下卷"②,他以李商隐与令狐家之恩怨为中心,对《无题》诗及相关作品的寓意进行探寻。

由于诠释方式的变化,道源以至吴乔揭示了李商隐诗歌男女之词背后的政治寓意,李商隐诗呈现出了另一个世界,其诗歌从原来的艳体诗传统中脱离了出来,而被放入了《风》《骚》的象征性比兴的传统。但是,这一派的诠释方式的成立也有一个前提,那就是必须确认李商隐本

---

① 《西昆发微序》,《愚庵小集》卷七。
② 同上。

人确实是用这种象征性比兴的方式来创作的。但这一派无法作出这种确认,因而他们的象征性比兴的诠释方式的前提只能说是一个假设。诗歌史上有象征性比兴的传统并不等于说李商隐一定继承了这一传统,李商隐本人也经历过缠绵的爱情,因而吴乔等人无法否认将《无题》等作品诠释为纯粹的爱情诗的合法性。而且,即便李商隐确实有用象征性比兴写成的作品,也难以认定其全部作品都是如此,所以吴乔等人用象征性比兴的诠释方式来解读李商隐诗也很容易陷入牵强附会。

由于诠释方式的变化,李商隐诗歌的价值日益得到人们的承认,原本温、李诗并称,但温庭筠未经过这种意义的再发现,所以从此以后不能与李商隐诗相提并论。王士禛、叶矫然、沈德潜、薛雪、纪昀直至曾国藩,都对李商隐诗评价很高。李商隐诗在诗坛上的地位于焉以立。

五　功夫、文采与晚唐诗的再评价

二冯崇尚晚唐诗,除了美刺比兴以外,细腻的功夫与华丽的文采也是重要原因。当然功夫与文采也关乎美刺比兴。二冯所谓美刺不是直接的赞美与指斥,而是用比兴的方式来表现。围绕美刺比兴,有各种具体的审美表现的法则,这些法则用冯班的话说就是"古法"。如何能使美刺比兴符合传统的表现方式,乃是功夫。由于以比兴寄托美刺,大多是以夫妇男女之辞来表现,其辞也应以艳丽为尚,此为文采。功夫与文采之间,功夫是内含的,文采是外彰的。比兴的表现方式、细腻的功夫及华丽的文采,构成晚唐诗歌的主要审美特征,冯班兄弟着眼于此,对晚唐诗的审美价值给予正面的肯定性评价。

1. 功夫与才调之间

　　冯班虽然学诗于钱谦益,但两人的创作倾向实有所不同。从理论上说,钱谦益打破了复古派的汉魏、盛唐正宗说,肯定了其他时代诗歌的价值,但钱谦益的审美趣味更倾向于杜甫、韩愈、苏轼、陆游一派才气横放博大的诗歌,而冯氏固然与钱谦益一样不满七子派,但其审美趣味则在功夫细腻的晚唐诗歌。其间的不同,清人王应奎曾有过比较:

　　　　某宗伯(按,指钱谦益)诗法受之于程孟阳(指程嘉燧),而授之于冯定远。两家才气颇小,笔亦未甚爽健,纤佻之处,亦间有之,未能如宗伯之雄厚博大也。然孟阳之神韵,定远之细腻,宗伯亦有所不如。盖两家是诗人之诗,而宗伯是文人之诗。吾邑之诗有钱、冯两派。①

冯舒、冯班兄弟中,冯班创作成就高于冯舒,所以王氏只言冯班,实际上也可以概括冯舒的创作倾向。王应奎认为,钱谦益以才情胜,冯班以功夫胜。钱氏以才情胜者,发扬蹈厉,铺陈排比,发而向外,雄厚博大,所以是文人之诗;冯班以功夫胜者,比兴美刺,组织细密,涵蕴温厚,所以是诗人之诗。

　　冯舒与冯班兄弟学诗的路径也有所不同,冯舒"以杜樊川为宗,而广其道于香山、微之",冯班"以温、李为宗,而溯其源于《骚》《选》、汉魏、六朝"。但是,二人"虽路径不同,其修词立格,必谨饬雅训于先民矩矱,不敢少有逾轶则一也"。② 他们的共同处在于崇尚功夫细腻,讲

---

① 《柳南随笔》卷一。
② 冯武《二冯先生评阅才调集·凡例》。

究法则。这虽然是就其创作而言,但也正可体现他们的审美趣味。

冯班曾从功夫的角度对唐、宋诗作了比较:

> 宋人诗逐字逐句讲不得,须另具一副心眼,方知他好处。大约唐人诗工夫细,宋人不如也。①

所谓"工夫"并非一般意义上在创作上精心讲求,而是与审美传统有密切的关系,精心讲求而符合传统,才是他所说的"工夫"。江西诗派何尝不是功夫型的,但黄庭坚等人正是要打破"古法",追求生新,这在冯班看来不符合审美传统,恰是缺乏功夫。他比较李商隐与黄庭坚诗曰:

> 义山自谓杜诗韩文,王荆公言学杜当自义山入。余初得荆公此论,心谓不然。后读山谷集,粗硬槎牙,殊不耐看,始知荆公此言,正以救江西派之病也。若从义山入,便都无此病。
> 山谷用事琐碎更甚于昆体,然温、李、杨、刘用事皆有古法,比物连类,妥帖深稳。山谷疏硬,如食生物未化,如吴人作汉语,读书不熟之病也。②

黄庭坚诗以精心讲求形式而著名。"粗硬槎牙"是其审美上的追求,有意追求这种风格,也是功夫。但是,冯班所谓功夫是以审美传统即"古法"为依据的,黄庭坚诗歌的功夫不是其所谓功夫。从这种角度看,晚唐温庭筠、李商隐及宋初杨亿、刘筠诗,讲究古法,"比物连类,妥帖深稳",符合前人的传统。而黄庭坚诗不讲古法,常常打破古人审美表现

---

① 《钝吟杂录》卷四。
② 二冯评本《才调集》卷六,李商隐诗评语。

的惯例,不符合人们建立在惯例基础上的审美习惯,给人以"疏硬""粗硬槎牙"的感觉。在冯班看来,此乃是"读书不熟之病"。

正因如此,冯班对宋诗持批评态度。他称"自江西派盛,斯文之废久矣"①,他又从功夫的角度批评元人杨维桢诗,说"杨铁崖诗不解用古事,剪截无法,比拟不伦,句法多不完整,工夫浅也"②。在对待宋元诗的态度上,冯班与钱谦益有明确的分界。钱谦益肯定宋元诗,而冯班贬斥宋元诗。冯班说钱谦益"每称宋元人,矫王、李之失也"③。认为钱谦益称宋元人诗,只不过是纠正后七子的弊端,而并非真正地肯定宋元诗。冯班其实是把自己的意见强加给了钱谦益,而这正是冯氏论诗与钱氏的分歧所在。因此,冯班对虞山派钱陆灿一派诗人学宋元的作法十分不满。

尽管冯班兄弟都强调功夫,但二人论诗倾向有不同。冯舒主张严格遵守法则,而冯班则主张从法则入手,归宿应该在自然变化。冯武《二冯先生评阅才调集·凡例》云:

> 默庵(按,冯舒)得诗法于清江范德机,有《诗学禁脔》一编,立十五格以教人,谓起联必用破,颔联则承,腹联则转,落句则或紧结或远结。钝吟谓诗意必顾题,固为吃紧,然高妙处正在脱尽起承转合,但看韦君所取,何尝拘拘成法,圆熟极则自然变化无穷尔。

元人诗法著作《诗学禁脔》,相传范德机所作。标十五格以论诗。又传杨载有《诗法家数》,以起承转合论诗。冯武误将二书作为一书。

---

① 《同人拟西昆体诗序》,《钝吟老人文稿》。
② 《钝吟杂录》卷四。
③ 《诫子帖》,《钝吟杂录》卷七。

冯舒主张必须严格遵守这些法则。冯班也承认其重要性,但是认为这些只是基本的方面,诗歌的高妙处不在此,而在于从法则中超脱出来。二人观点的不同也表现在《才调集》的评点中,冯舒评《才调集》,对诗歌的形式结构颇多着眼,每每指出何处是起承转合,而冯班则说:

> 家兄看诗多言起承转合,此教初学之法,如此书正要脱尽此板法,才见才调。①
>
> 起承转合,不可不知,却拘不得。须变化飞动为佳。②
>
> 起承转合,律诗之定法也,然只是初学简板上事,以此法看《才调集》,如以尺量天也。③

二冯都重视古法,但冯班认为要超越起承转合之法,所谓才调,正是在对法则的脱化中显示出来,才调是由法则而达到自由的体现,在法则的约束之中就不可能体现才调。二人都主张从法则入,但冯舒能入而不能出,冯班则要求入而后出,出是目的,只有出,才有才调。

2. 崇尚文采

冯班等推崇晚唐诗,从其审美取向上说,他们喜欢晚唐诗艳丽的文采。自从宋代反西昆体,在审美取向上崇尚平淡,华丽在传统诗学审美价值系统中一直受到贬抑。云间派有强调艳丽文采的倾向,就这一点而言,冯班等人与之有相同之处。冯班称:

---

① 二冯评点《才调集》卷一,白居易诗评语。
② 同上。
③ 二冯评点《才调集》卷十,无名氏诗评语。

　　　　虞山之谈诗者喜言宋元,或学沈石田,其文如竹篱茅舍,渔蓑樵斧,清词雅致则不无之,而未尽文章之观。吾辈颇以炼饰文采为事,而时论殊不与。①

虞山诗人当中的主宋元者所追求的是平淡,而冯班兄弟则与之异趣,崇尚晚唐及西昆体,体现出崇尚华丽文采的审美价值取向。冯武从理论上对这种取向作了说明:

　　　　盖诗之为道,固所以言志,然必有美辞秀致,而后其意始出。若无字句衬垫,虽有美意,亦写不出。于是唐人必先学修辞,而后论命意,其取材又必拣择取舍,从幼熟读《文选》、《骚》、《雅》、汉魏、六朝,然后出言吐气,自然有得于温柔敦厚之旨,而不失《三百篇》之遗意也。②

此所谓"美辞秀致"正冯班所谓文采也。这里冯武仍然将文辞视为达意的工具,但他认为,文辞作为达意的工具,必须具有文采即所谓"美辞秀致",才能尽其达意之用。

3. 晚唐诗及齐梁诗的再评价

　　从齐梁到晚唐到宋初西昆体的诗歌传统,在七子派的诗学价值系统中是没有地位的。首先从内容上说,多表现艳情,这在儒家诗学中是受贬抑的;其次从审美上说,他们的艳丽在七子派的审美价值系统中品格不高,用现代术语说就是审美品位不高。第二章说过,云间、西泠派

---

① 《陈邺仙旷谷集序》,《钝吟老人文稿》。
② 《二冯先生评阅才调集·凡例》。

诗学吸收了齐梁及晚唐诗的艳丽成分,这在一定程度上突破了七子派的诗学价值观。但是云间、西泠派诗学的主流是汉魏盛唐传统,其对齐梁、晚唐诗的吸收只在色彩的范围内,而且他们没有在整体上给齐梁、晚唐诗以正面肯定性的评价。钱谦益从性情优先的诗学观出发,肯定各个时代的形式风格都具有平等的地位,抨击严羽至七子派尊盛唐而贬斥中晚唐,这实际上已经肯定了晚唐诗的地位。但是钱谦益对晚唐诗的肯定,并非正面从形式风格方面肯定其审美价值,因为在钱谦益的诗学中,形式风格没有独立的地位,他的诗学没有关于形式风格层面的审美价值系统,因而钱谦益不能在形式风格层面给予晚唐诗以肯定性的评价。

二冯兄弟对晚唐诗的肯定与钱谦益有所不同。二冯兄弟一方面强调性情,另一方面也承认形式风格具有独立性的一面,所以在冯班兄弟的诗学中,形式风格具有高下之分。他们从形式风格层面肯定汉魏、盛唐诗的最高地位,也肯定晚唐诗的价值。以肯定晚唐诗为中心,他们对与晚唐诗具有相似审美特征的齐梁以及宋初西昆体都给予正面肯定。冯班说:"看齐梁诗,看它学问源流,气力精神,有远过唐人处。"[1]又说:"李玉溪全法杜,文字血脉,却与齐梁人相接。温全学太白,五言律多名句,亦李法也。"[2]"温、李诗句句有出,而文气清丽,多看六朝书,方能作之。"[3]"温、李、杨、刘,用事皆有古法,比物连类,妥帖深稳","沈、宋不过也"。[4] 这些都是着眼于形式风格层面对齐梁、晚唐诗作出的正面评价。

冯班还一反前人将齐梁、晚唐诗作为衰世之音的说法,将齐梁、晚

---

① 《钝吟杂录》卷四。
② 《钝吟杂录》卷七。
③ 二冯评本《才调集》卷二,温庭筠诗评语。
④ 二冯评本《才调集》卷六,温庭筠诗评语。

唐诗看作初始之音,是走向盛世之音的前奏。其《陈邺仙旷谷集序》云:

> 徐、庾为倾仄之文,至唐而变,景龙、云纪之际,汹汹乎盛世之音矣。温、李之于晚唐,犹梁末之有徐、庾,而西昆诸君子则似唐之有王、杨、卢、骆。杜子美论诗有"江河万古流"之言,欧阳永叔论诗不言杨、刘之失,而服其工。古之论文者其必有道也。盖徐、庾、温、李,其文繁缛而整丽,使去其倾仄,加以淳厚,则变而为盛世之作。文章风气,其开也有渐,为世道盛衰之征。①

冯班对梁陈、晚唐、西昆体在诗歌史上的地位给予了全新的评价。在儒家诗学中,往往将诗歌与时代的盛衰联系起来。由初始,然后至盛,然后而衰。盛世之音当然被给予最高的评价,初始之音虽然不及盛世之音,但它表示走向盛世的趋向,所以往往也能得到基本肯定的评价,唯有衰世之音,则多被给予否定性的评价。前人评价齐、梁、陈诸时代诗,人多将之与汉魏传统相比照,认为其是汉魏传统的衰变,多认为是衰世之音;而冯班则将之与盛唐传统相连,认为徐摛、徐陵与庾肩吾、庾信父子这些梁陈诗人开盛唐风气之先。这是把齐、梁、陈诸时代的诗歌看作走向盛世之前的初始之音。本来,前人一般认为初唐诗是从齐梁到盛唐风气的过渡,开了盛唐诗风。这是着眼于有唐一代。冯班则不以唐代为界限,而是将初始之音更往前追溯到梁陈。冯班这样追溯,当然有一定的审美上的依据,那就是初唐诗风是由梁陈而来,从审美上说它们之间确有一致性。前人评价晚唐诗,大多是将这一时代作为唐诗的衰变阶段来看待,但是冯班则认为温、李的地位正如徐、庾,宋初杨亿、刘

---

① 《钝吟老人文稿》。

筠等西昆诗人则如初唐四杰。他这样说当然也有审美依据,即宋初西昆体是由晚唐而来,从审美上说这两个时代的诗风有一致性。冯班这样看待诗歌史,则本来被视为衰世之音的梁陈、晚唐诗,一变而为初始之音,它们在儒家诗学价值系统中的地位发生变化,由否定的对象变为肯定的对象。当然,初始之音还不是盛世之音。冯班认为,徐、庾、温、李诗的正面特征是繁缛整丽,这是盛世诗歌在审美上的特征,而其缺点则是倾仄,是其不及盛世诗歌的表现。只有将倾仄化为淳厚,才是盛世之作。冯班如此评价梁陈、晚唐诗的价值,没有改变儒家诗学关于时代盛衰与诗风关系的价值论,而是改变了透视的角度,这样就给予这些时代的诗歌以正面的肯定。

冯班肯定齐梁、晚唐诗,角度固然巧妙,但也面临自身的矛盾。冯班把晚唐诗的地位与徐、庾等同而视,作为盛世之音的前奏,又将西昆体诗人看作初唐的四杰,就意味着宋代也存在着如盛唐诗那样的盛世之音,否则就不能把晚唐的温、李与梁陈的徐、庾相比,也不能把宋初的西昆体诗人与初唐四杰相比。如果冯班肯定宋代存在盛世之音,他应如同肯定唐诗那样肯定宋诗的成就,但是冯班本人对宋诗又持贬斥态度。

冯班肯定齐梁、晚唐乃至西昆体的审美传统,其在理论上还面临这样的问题:儒家诗学把诗歌的政治伦理价值放在首位,主张诗歌需有强烈的现实精神和时代关怀,但是“红紫倾仄之体”在思想倾向上并不以此为指归,这是否有悖于儒家思想? 这个问题在当时就被提出,陆贻典诗学晚唐,“或讥之曰:诗人当有忠义之气,拂拂出于十指之端,此(按,指陆)直朝花耳”[①],这种意见认为,诗歌应有政治伦理内涵,否则,仅以文采相尚,就只如朝花一样徒然炫目而已。这是非常尖锐的批评意见,冯班对此问题必须作出回答。冯班称:

---

① 冯班《陆敕先玄要斋稿序》,《钝吟老人文稿》。

> 韩吏部,唐之孟子,言诗称鲍、谢,南北朝红紫倾仄之体盖出于
> 明远。西山真文忠公云:诗不必颛言性命而后为义理。则儒者之
> 论诗可知也已。人生而有情,制礼以节之,而诗则导之使言,然后
> 归之于礼,一弛一张,先王之教然也。①

冯班搬出韩愈、真德秀这些儒者,显然是作为自己立论的理论依据。韩愈《荐士》诗说:"建安能者七,卓荦变风操。逶迤抵晋宋,气象日凋耗。中间数鲍谢,比近最清奥。齐梁及陈隋,众作等蝉噪。搜春摘花卉,沿袭伤剽盗。"韩愈称鲍、谢,并非称赞其"红紫倾仄之体",而是赞其"清奥",而且他对齐梁诗是否定的。冯班引真德秀语,其实也是答非所问,因为反对宗晚唐者并没有主张诗歌专言性命,而只是主张诗歌应体现忠义之气,忠义之气也可以用感性化的形态来表现。冯班认为,诗与礼不同,礼是对情感进行规范,诗是疏导情感使之表露出来,然后再归之于礼,"咏情欲以喻礼义"②,也就是说男女情欲之言只不过是一种象征形态,而其指归还在礼义。正是因为其有礼义的指归,所以形态上的情欲不应否定:"光焰万丈李太白,岂以酒色为讳耶?"③冯班这样解释,固然可以使其主张跟儒家诗学不冲突,但问题是写男女之情的诗歌是否背后都有礼义之指归呢? 这一点,冯班回避了。

六   晚唐诗歌热的兴起

在明末清初的诗坛有过一股晚唐诗歌热。这股晚唐诗歌热主要由

---

① 《陆敕先玄要斋稿序》,《钝吟老人文稿》。
② 同上。
③ 同上。

四派诗人推动:一派是不得志的诗人,生活上不免放浪,其诗学没有受到儒家诗学的束缚,故而诗学晚唐艳体,此一派诗人的代表是王次回;第二派诗人是云间、西泠派,他们在格调上复古,但在色彩上又取晚唐诗的华艳,像西泠诗人中的沈谦、毛先舒等都曾学习晚唐;第三派是虞山派,以二冯为中心,包括吴乔等人,对晚唐诗肯定与提倡;第四派是以所谓"国朝诗人"为中心的一派,像早期的王士禛等人。这四派诗人当中,以虞山派提倡晚唐诗的影响最大。在这四派诗人的推动下,从明末到清初,延续着一股晚唐诗的思潮。顾景星《籦稿诗序》称:"今海内称诗家,数年以前,争趋温、李、致光,近又争称宋诗。"①这篇序作于康熙十八年(1679)。可见诗坛上曾兴起一股学晚唐诗之热潮。

　　在创作上取法晚唐,早在冯班之前,在明万历末年到天启、崇祯年间,就有王次回以学香奁体而著名。王次回②,名彦泓,浙江金坛人。有《疑雨集》《疑云集》。其诗学《香奁》体,在当时甚有影响。钱谦益《列朝诗集》、朱彝尊《明诗综》均收录其作品,朱彝尊还肯定其诗"深得唐人遗意"③。其《疑雨集》在康熙二十九年(1690)或三十年间被刊行④。严绳孙在《疑雨集序》中称:"今《疑雨集》之名,籍甚江左,少年传写,家藏一帙,泐其余沈,便欲名家。"可见其在康熙年间流传之广。

---

①　见邵长衡《邵子湘全集·青门籦稿》卷首。

②　据郑清茂先生考证推断,王次回生于明万历二十一年(1593),卒于崇祯十五年(1642),享年五十。见郑校《王次回诗集》卷首《王次回研究》,台北联经出版事业公司1984年版。但也有人将他作为清代诗人,沈德潜、袁枚都是如此。袁枚曾因沈德潜《清诗别裁集》中不收王次回诗而对其十分不满。此一点,参见本书有关袁枚的章节。

③　《静志居诗话》卷十九,《明诗综》卷六十七。

④　其诗集为侯文灿所刻,郑清茂先生推测在"康熙四十一年以前的一二十年间"。其实,侯氏序中提到"庚午"年(即康熙二十九年)友人建议他刊刻《疑雨集》,侯遂刊刻之,则刊刻时间可以大体判定在康熙二十九年或三十年间。

王次回以后，学晚唐者以虞山派为中心，而以冯班最为著名。朱彝尊《静志居诗话》云：

> 启、祯诗人善言风怀者，莫若金沙王次回。定远稍后出，分镳并驱。次回以律胜，定远以绝句见长。次回全学温、李，定远多师，其源出于《才调集》也。①

冯舒诗名虽不及其弟，但在当时也是有影响的诗人。由于冯舒、冯班兄弟大力提倡晚唐体，在当时诗坛产生了很大影响，据王应奎《海虞诗苑》称"是时邑中诗人，率以冯氏为质的"②，于是在诗坛掀起了一股晚唐诗歌热。冯班在晚年还曾拟作西昆体，其友人及门弟子和之，被结集刊行③。冯班的长子冯行贤、次子冯行贞、其侄冯武都学晚唐体，冯班的友人陆贻典也诗学晚唐，冯班有《陆敕先玄要斋稿序》对其大加称赏。除以上诸人外，虞山派中还有相当多的诗人学晚唐。据王应奎《海虞诗苑》：

> 钱龙惕，字夕公……其诗原本温、李，旁及于子瞻、裕之。
> 钱曾，字遵王……宗伯器之，授以诗法。……诗学晚唐，典雅精细，陶练功深。
> 陈玉齐，字士衡，一字在之，书法、诗品并经冯钝吟指授。……君诗学晚唐，工稳细腻，亦类钝吟。
> 孙江，字岷自……尝仿徐孝穆《玉台》例，录唐诗艳丽者为《缘

---

① 《明诗综》卷八十一上。
② 《海虞诗苑》卷五。
③ 冯班有《同人拟西昆体诗序》言及此事。

情集》。其自为诗,亦间有类是者,殆近冯氏一派矣。

　　瞿周,字师周……为诗工夫细腻,运古精切,于晚唐为近。

　　陈帆,字际远……诗宗晚唐。

　　……

钱谦益反对初、盛、中、晚的划分,肯定晚唐诗的审美价值。但钱谦益本人并不学晚唐,而且从性情优先的立场对诗坛的晚唐诗歌热提出批评,其《题冯子永日草》指出"好艳"乃是诗坛不良倾向之一,他说:

　　李义山之诗,其心肝腑脏,窍穴筋脉,一一皆绮组缛绣,排纂而成,泣而成珠,吐而成碧,此义山之艳也。古之美人,肌肉皆香,三十三天以及香国,毛孔皆香,刘季和有香癖,熏身遍体,张坦斥之曰俗。今之学义山者,其不为季和之熏身者鲜矣,而况不能如季和者乎![1]

钱谦益指出李商隐诗歌的艳丽乃是诗人的审美个性所致,发自诗人内在的审美个性的艳丽当然是可以肯定的,但是艳丽不可以从外在模仿,因为模仿晚唐诗就像七子派模仿汉魏、盛唐,都只得其形似,这种模仿变成了俗。但是钱谦益对晚唐诗热的批评并没有阻止这股诗歌思潮。

　　在清初,王士禛兄弟也曾作过香奁体诗。据《渔洋山人年谱》载,顺治十六年(1659),王士禄、王士禛兄弟与彭孙遹在北京倡和香奁体,有《彭王倡和集》。汪琬的《说铃》记载了此事:

---

[1]　《有学集》卷四十八。

　　　　二王好香奁诗,倡和至数十首。刘公戤(按,即刘体仁)寓书
　　于余,问询博士(王士禄)曰:王六(指王士禄)不致堕韩冬郎云雾
　　否? 此虽慧业,然并此不作可也。"案博士《香奁诗自序》云:"情至
　　之语,风雅扫地,然不过使我于宣尼庑下俎豆无分耳。"盖其托兴
　　如此。董文友以宁尝以此语问邹程村祗谟,程村笑曰:"待欧阳公
　　罢祀时,那时再理会。"

据此,王士禛等倡和香奁体,在当时是有不同的看法的。但王士禄却说
其写艳情诗,虽然使风雅扫地,他也在所不顾。彭孙遹反对贬斥晚唐
诗,说:"近人未有晚唐片字,辄妄欲贬格钱、刘,规随李、杜,此无异于
见西子之容者,不能学其天然之美,而仅仅比拟于折腰龋齿之间,见者
有不以为鬼物几希矣。"①无论如何,此举当时在京城产生了很大的
影响。

　　王士禛《渔洋诗话》说:"今日善学西昆者,无如常熟吴殳修龄,学
《才调集》,无如江都宗元鼎定九、建昌杨思本因之、太原赵瑾懿侯。"这
指的是康熙年间的情况。而赵执信的创作学习冯班,在康熙诗坛产生
了颇大的影响。

　　与创作上的晚唐体热相关,对以晚唐为中心,上至齐梁、下及西昆
体的作品的整理与刊刻也受到重视。

　　早在崇祯初年,二冯兄弟就已对《玉台新咏》十分关注,并着力搜
集各种版本。据冯舒《重校玉台新咏序》,崇祯二年(1629)冯舒闻赵灵
均藏宋本,就与冯班及友人前往抄回,进行校订。到顺治六年(1649),
冯班又借宋刻本再校,并曾加以圈点。后吴兆宜为此书作注,在清初广

---

① 《广陵刘子(阙)选戎昱诗序》,《松桂堂全集》卷三十七。

为流传。

二冯创作上取法《才调集》，也曾对《才调集》进行过评点。二冯评点《才调集》在当时很受重视。汪文珍于康熙四十三年(1704)刊刻此书，序称："近日诗家尚韦縠《才调集》，争购海虞二冯先生阅本，为学者指南。转相模写，往往以不得致为憾。"可见，此书在刊行之前，曾以抄本的形式流传。从这里也可以看出，在康熙四十年(1701)左右诗坛上流行晚唐体的情况。二冯评阅定本为毛氏汲古阁收藏，汪文珍托友人借出，以《才调集》诸刻本校雠而刻，又请二冯之犹子冯武作《凡例》，刊行于世。

二冯也曾搜讨《西昆酬唱集》，据钱曾《读书敏求记》称：

> 忆丁亥、戊子岁，予始弱冠，交于已苍(按，冯舒)、定远(冯班)，两冯君时时过予，商榷风雅，互以搜讨异书为能事。一日，已苍先生来，池上安榴正盛开，烂然照眼。君箕踞坐几上，矫尾厉角，极论诗派源流，格之何以为格，律之何以为律，西江何以反乎西昆，反覆数千言，开予茅塞实多，但不得睹西昆集，共相惋惜耳。未几，君为酷吏磔死，屈指已三十六七年。①

丁亥、戊子岁乃是顺治四年、五年(1647、1648)，而钱曾作跋时则当在康熙二十三年(1684)。据此跋，则冯舒生前没有见到《西昆酬唱集》。冯班晚年见到此书，自己曾拟作之，而同人和之，积而成卷，陈邺仙刻之，冯班有《同人拟西昆体诗序》。毛奇龄得旧抄本，告知徐乾学，乾学遂以梓行，但刻版不精，所印不多。不久，又重刻于吴门。康熙四十七

---

① 《西昆酬唱集》跋。

年(1708),朱俊升重又刻行,冯舒之侄冯武为作序。

除此以外,龚贤有《中晚唐诗纪》于顺治初年刻传,该书搜罗中晚唐诗一百三十一家①。刘云份曾选编《中晚唐诗》五十一卷。吴兆宜曾注庾信、徐陵、韩偓诗集及《玉台新咏》《才调集》。杜紫纶、杜诒谷选编《中晚唐诗叩弹集》十二卷,其《中晚唐诗叩弹集序》称"唐人如白香山以迄罗、韦诸家,不拘蹊径,直抒胸臆,或因时感愤,或缘情绮靡,使神无不畅,景无不宜,而好色不淫、怨诽不乱之旨,未尝不存乎其间,求所谓尽与俚者不可得"。在此,对中晚唐诗作了完全肯定的评价。晚明胡震亨所编《唐音统签》原没有刻本,而收录晚唐、五代十国部分的《唐音戊签》《闰余》则于康熙二十四年(1685)首先刊刻。《四库全书总目提要》说:

> 国初时,太仓、历下之摹古,与公安、竟陵之趋新,久而俱弊,遂相率而为宋诗。宋诗又弊,而冯舒、冯班之流乃尊昆体以攻江西,而晚唐之体遂盛。《戊签》二百一卷,所录皆晚唐之诗,《闰余》六十四卷,所录皆南唐、吴越、闽国之诗,风会所趋,故及时先出尔。②

《唐音戊签》《闰余》的首先刊刻与当时诗坛尊崇晚唐诗有密切关系。康熙年间,还有查可弘、凌绍乾选编的《晚唐诗钞》二十六卷③。清初对晚唐、六朝及宋初西昆体诗歌的整理和刊刻,正是晚唐诗热的表现。

明末清初的这股晚唐诗歌热表明,人们的审美意识已经冲破复古派的审美禁区,而在追求新的审美趣味,这正是当时诗坛求变的诗学观念的表现。

---

① 郑振铎《中晚唐诗纪》,《郑振铎古典文学论文集》上册,上海古籍出版社1984年版。
② 《四库全书总目》卷一百九十三,《唐音戊签》《闰余》提要。
③ 此书有康熙四十二年(1703)序,韩国奎章阁藏本。

第五章
性情与格调的融合：
对云间派诗学的进一步展开与修正

云间、虞山派之后，诗坛继续对七子派与公安、竟陵派诗学进行综合。这种综合有两种倾向：一是立足七子、云间派而吸收公安、竟陵派主张性情的观点；一是立足钱谦益一派而吸收七子、云间派强调学习传统的观点。本章论述前一种倾向。

一　云间派影响下的宗汉魏、盛唐之风

以陈子龙为首的云间派批评公安、竟陵派，重倡七子诗学，诗坛风气为之一变。清初诗人董以宁称："清兴以来，诗称极盛……当陈给事大樽先生振起云间，变当时虫鸟之音，而易以钟吕，高华雄爽，天下翕然向风。"①可见云间派在当时诗坛影响之大。

李雯是云间派成员，入清以后，官中书舍人。云间派的另一主要成员宋征璧，是在清初诗坛相当活跃的人物，著名诗人吴伟业、宋琬、陈维崧都有与他论诗的书信。宋征舆原本也是云间派主力，顺治四年（1647）考中进士，官至副都御史。除了云间派的旧成员过渡到新朝以

---

① 《顾天石诗集序》，《董文友全集》文集。

外,西泠派在清初也有很大的影响。西泠派之外,毛奇龄也曾受教于陈子龙。陈维崧与云间派诗学亦有很深的渊源关系,他说:"忆余十四五时,学诗于云间陈黄门先生(按,即陈子龙),于诗之情与声十审其六七矣。"①他称自己"心慕手追,在云间陈(按,子龙)、李(雯)、贤门昆季(宋征璧、宋征舆)、娄东梅村先生(吴伟业)数公已耳"②。他的诗学倾向与云间派是一致的。

明末,吴中诗人多受竟陵诗风的影响。顾有孝(字茂伦)少游陈子龙之门,与徐白(字介白,号笑庵)、潘陆(字江如)、俞南史(字羡长,一字无殊,号鹿床)、周安(字安节)、顾樵(字樵水)等人,以唐诗为宗,力矫竟陵诗风。潘陆论诗称:"锺、谭兴而国亡。"③这一派对竟陵诗派的抨击如此猛烈。顾有孝选《唐诗英华》,盛行一时,当地诗风为之一变④。

吴伟业在清初诗坛也有很大影响,被称为娄东派。但吴伟业论诗与云间派相接近,同是尊唐派。受他影响的有太仓十子:周肇(字子俶)、王揆(字端士)、许旭(字九青)、黄与坚(字庭表)、王撰(字异公)、王昊(字惟夏)、王抃(字怿民)、王曜升(字次谷)、顾湄(字伊人)、王摅(字虹友)。吴伟业选其诗为《太仓十子诗选》并作序,称"今此十人者,自子俶以下,皆与云间、西泠诸子上下其可否"⑤。

在京城,明清之际以刘正宗为中心的诗歌群体大体上是沿七子、云间派诗学。刘正宗,字可宗,又字宪石,顺治帝赐字中轩,山东安邱人。明崇祯元年(1628)进士,官至编修,入清官大学士,加少傅兼太子太

---

① 《许漱石诗集序》,《陈迦陵文集》卷一。
② 《与宋尚木论诗书》,《陈迦陵文集》卷四。
③ 《雪桥诗话》卷一。
④ 杨钟羲《雪桥诗话》卷一引潘力田《松陵文献》。
⑤ 《太仓十子诗序》,《梅村家藏稿》卷三十。

傅。王铎《薛行屋集序》曰：

> 往同宪石读书史馆，雁行而称兄弟。埙龢箎和者，盖十有六人
> 焉。学为诗古文词，咸长宪石，即宪石亦不以执牛耳狎主齐盟自逊
> 谢。古体非汉、魏、晋、宋不取材，近体则断自开元、大历以还。任
> 一时竞尚新声者诮为平为袭，终不以彼易此。

由这段序可知，当时以刘正宗为核心，有一个十六人的诗人群体。这个诗群包括王铎、薛所蕴等人①，古体取法汉、魏、晋、宋，近体宗法开元至大历，这种诗学主张正与七子派相一致。邓之诚《清诗纪事初编》卷六谓刘正宗"力主历下（按，李攀龙），与虞山、娄东异帜"，正是指此。此外，王崇简，字敬哉，是清初有名的诗人，其诗也取宗唐人。这些诗人都受七子派影响。

　　顺治年间，活跃在诗坛的还有燕台七子。顺治十二年（1655）左右，宋琬、施闰章与赵宾、严沆、丁澎、张文光、陈祚明②在京师相倡和，当时很有影响，称燕台七子，有《燕台七子诗刻》（严津辑，顺治十八年

---

　　①　王铎，字觉斯，河南孟津人。天启二年（1622）进士。入清官至大学士。薛所蕴，字行屋，号行坞，又号桴庵，河南孟县人。崇祯元年（1628）进士，官至国子监司业，入清官至礼部左侍郎。初与同里王铎相得，诗学杜甫。后与刘正宗相倡和。见《清诗纪事初编》卷六。
　　②　张文光，字谯明，河南祥符人。崇祯元年进士，入清官按察副使。沈德潜《清诗别裁集》卷一称"副使诗得力于杜，有悲壮之声"。赵宾，字锦帆，河南阳武人。顺治三年（1646）进士。诗学杜甫（《清诗纪事初编》卷八）。严沆，字颢亭，浙江余杭人，顺治十二年进士。丁澎，西泠十子之一，顺治十二年进士。陈祚明，一作周茂源。但应以陈祚明为是。宋琬《赵雍客诗序》："往在京师，与施愚山诸君子以诗学相切劘，因而有燕台七子之刻。严给谏颢亭、丁仪部飞涛、陈布衣胤倩皆杭人也。"陈胤倩即祚明。严津辑《燕台七子诗刻》也作陈祚明。

序刊)。"燕台七子"乃是比拟明七子派的称呼。此七子的诗学倾向基本上偏向明七子一派。阮元《两浙鞧轩录》谓丁澎"通籍后与宋荔裳、施愚山、张谯明、周釜山、严颢亭、赵锦帆唱酬日下,继王、李西曹觞咏之风,又称燕台七子"。魏裔介也将其与明七子相比。这些诗人在创作上也受七子、云间派影响,乐府、古诗多模拟之作。施闰章《学余堂诗集》中多拟古乐府、拟古诗,到王士禛编次其集时,将这些拟作大多删去,王氏云:

> 三十年前,予初出,交当世名辈,见夫称诗者,无一人不为古乐府,乐府必汉《铙歌》,非是者弗屑也;无一人不为古选,古选必《十九首》、公宴,非是者弗屑也。予窃惑之,是何能为汉魏者之多也?①

所云正是顺治年间诗坛的状况。因钱谦益抨击七子、云间派的模拟诗风,到康熙中期,这种风气已经扭转,此后人们在编集诗集时往往删除此类作品,但尚可从顺治、康熙初年编刻的诗集中见到其这种风气的影响。

二　吴伟业站在七子派立场上
对公安、竟陵派诗学的折中

尽管上述诸人承袭七子、云间派诗学,但是七子、云间派的弊端经过虞山派的抨击,业已暴露出来,故继承七子、云间派诗学者也意识到

---

① 《鬲津草堂诗集序》,《带经堂集》卷六十五。

七子、云间派诗学的问题，遂试图对七子与公安、竟陵两派进行理论的综合。

吴伟业说："为诗之道何如？曰亦取其中焉而已。"①明显表露出折中七子派与公安、竟陵派的意图。吴氏创作成就甚高，著有《梅村诗话》，其诗学主张主要体现在与云间派代表人物宋征璧的论诗书信《与宋尚木论诗书》中。

吴伟业与云间、西泠派诗人有很深的交往，且常往复论诗。他与云间、西泠派诗人一样在总体上倾向七子派诗学：

> 弇州先生(按，王世贞)专主盛唐，力还大雅，其诗学之雄乎！云间诸子，继弇州而作者也；龙眠西陵(即西泠派)，继云间而作者也。风雅一道，舍开元、大历，其将谁归？②

他肯定七子派学盛唐的主张，肯定云间、西泠派是七子派的继承者。这种肯定态度与钱谦益有根本的不同。他在《与宋尚木论诗书》中说：

> 夫诗之尊李、杜，文之尚韩、欧，此犹山之有泰、华，水之有江、河，无不仰止而取益焉。③

盛唐诗人之中，李、杜格局大，气魄亦大，代表了诗歌的最高境界。吴伟业认为应该尊崇这两位大家。在这一点上他与陈子龙略有不同。其《梅村诗话》说，陈子龙"好推崇右丞，后又摹拟太白，而少陵则微有异

---

① 《与宋尚木论诗书》，《梅村家藏稿》卷五十四。
② 《致孚社诸子书》，《梅村家藏稿》卷五十四。
③ 《梅村家藏稿》卷五十四。

同。要亦崛强,语非由中也"。陈子龙论诗主张应有华艳之色和廊庙之气,因而喜欢王维的高华,不喜乡野气;陈子龙才气横溢,故也喜欢李白的才气。对于杜甫,他虽尊崇,却有微词,既嫌杜甫诗无富丽之气,又嫌杜诗缺乏比兴,谓"及唐杜氏,比兴微矣"①。其实,陈子龙颇有学杜之作,故吴伟业认为陈子龙性格倔强,言不由衷。

吴伟业尊李、杜,故批评竟陵派诗学的偏狭:

> 竟陵之所主者,不过高、岑数家耳,立论最偏,取材甚狭。其自为之诗,既不足追其所见,后之人复踵事增陋,取侏儒木强者,附而著之竟陵。此犹齐人之待客,眇者迎眇者,跛者迎跛者,供妇人一笑而已。②

竟陵派摒弃李、杜,而宗主高适、岑参数家,诗境狭小,偏离诗歌正道,而且创作上也未能实践其诗学主张。故吴伟业对竟陵派及其追随者痛加贬斥。

吴伟业虽尊李、杜,但并不主张模拟。钱谦益一派抨击七子派模拟盛唐,吴伟业不批评七子派模拟,而批评追随七子者:

> 彼其于李、杜之高深雄浑者,未尝望其涯略,而剽举一二近似,以号于人曰:我盛唐,我王(按,世贞)、李(攀龙)。则何以服竟陵诸子之心哉?③

> 吾只患今之学盛唐者,粗疏卤莽,不能标古人之赤帜,特排突竟陵以为名高,以彼虚矫之气,浮游之响,不二十年,喑然其消歇,

---

① 《青阳何生诗稿序》,《安雅堂稿》卷二。
② 《与宋尚木论诗书》,《梅村家藏稿》卷五十四。
③ 同上。

必反为竟陵之所乘。①

　　吴伟业指出，七子派追随者抨击竟陵，尊崇李、杜，固然正确，但其人只在形式风格上模拟剽窃，本学李、杜之高深雄浑，却陷入粗疏鲁莽。

　　钱谦益论诗对七子派与竟陵派都极力抨击，却肯定公安派及其他一些非主流诗人。对于钱谦益抨击竟陵，吴伟业并无异议，但对其抨击七子派、褒扬公安派及追随者，吴伟业并不认同，其《龚芝麓诗序》曰：

　　　　牧斋……又出余力以博综二百余年之作，其推扬幽隐为太过，而矫时救俗，以至排诋三四巨公，即其中未必自许为定论也。②

　　"博综二百余年之作"指钱谦益总结有明一代诗歌的《列朝诗集》。吴伟业指出，钱谦益对明诗的总结有两方面的不足：一是"推扬幽隐为太过"，这是指钱谦益过度推崇七子派之外的非主流诗人；二是"排诋三四巨公"，这是指钱谦益抨击七子派李梦阳、何景明、李攀龙、王世贞。吴伟业撰《太仓十子诗选》再度表明这种意见：

　　　　近诗家好推一二人以为职志，靡天下以从之，而不深惟源流之得失。有识慨然思拯其弊，乃訾謷排击，尽以加往昔之作者，而竖儒小生，一言偶合，得躐而跻于其上，则又何以称焉？即以琅琊王公（按，王世贞）之集观之，其盛年用意之作，既芟抹之殆尽，而晚岁隤然自放之言，顾表而出之，以为有合于道，诎申颠倒，取快异闻，斯可谓之笃论乎？③

---

① 《与宋尚木论诗书》，《梅村家藏稿》卷五十四。
② 《梅村家藏稿》卷二十八。
③ 《太仓十子诗序》，《梅村家藏稿》卷三十。

"有识"即指钱谦益。"訾謷排击,尽以加往昔之作者",指钱谦益对七子派的抨击;"竖儒小生"云云,指钱谦益对公安派等非主流诗人的肯定。王世贞晚年对宋诗有某些肯定性的评价,其创作也学习苏轼,钱谦益《列朝诗集》否定王世贞前期的复古诗学,而肯定其晚年的诗学倾向,吴伟业认为这是褒贬颠倒,对钱谦益的不满已十分明显。

在《与宋尚木论诗书》中,吴伟业进一步展开对钱谦益的批评:

> 且人有见千金之璧,识其瑕颣,必不以之易束帛者,以束帛非其伦也。今夫鸿儒伟人,名章巨什,为世所流传者,其价非特千金之璧也,苟有瑕颣,与众见之足矣,折而毁之,抵而弃之,必欲使之磨灭;而游夫之口号,画客之题词,《香奁》、白社之遗句,反以僻陋故存,且从而为之说曰:"此天真烂熳,非犹夫剽窃摹拟者之所为。"夫剽窃摹拟者固非矣,而此天真烂熳者,插齿牙,摇唇吻,斗捷为工,取快目前焉尔。原其心,未尝以之夸当时而垂后世,乃后之人过从而推高之。相如之词赋,子云之笔札,以覆酒瓿,而淳于髡、郭舍人恢谐啁笑之辞,欲驾而出乎其上,有是理哉?

在吴伟业看来,七子派("鸿儒伟人")诗歌的价值胜过"千金之璧",其弊病不过是白璧之微瑕,但钱谦益却全面否定七子派。吴伟业对七子派持总体肯定态度,钱谦益则持总体否定态度,二人对七子派的评价观点对立。对公安派及其他非主流诗人,吴伟业认为不能登大雅之堂,钱谦益却以其"天真烂熳"而大力肯定,二人对这一派的评价同样对立。在吴伟业看来,钱谦益对七子派与公安派等人的评价颠倒了是非。

吴伟业将钱谦益的是非再颠倒过来,总体肯定七子派,对公安、竟陵派也承认其有一定的价值,《与宋尚木论诗书》云:

《闷宫》之章,《清庙》之作,被之管弦,施诸韶箾者,固不得与
《兔苴》之野人,《采蘩》之妇女同日而论,孔子删诗,辄并举而存
之。夫诗本乎性情,因乎事物,政教流俗之迁改,山川云物之变幻,
交乎吾之前,而吾自出其胸怀与之吞吐,其出没变化,固不可一端
而求也,又何取乎誉人专己,喋喋而呫呫哉!①

吴伟业以孔子删诗为据阐明自己的观点。《诗经》有庙堂之音,有乡野
之音,前者的价值高于后者,二者非对等平行,而孔子并存二者。吴伟
业指出七子派诗歌正如《诗经》的庙堂之音,公安派等恰似乡野之音,
这两派固然不能相提并论,但对于公安派等人的作品也不应完全排斥。
他从诗人的性情与诗人所面对的事物两方面加以论述。诗人性情各
异,社会环境及自然景物不同,则诗人的作品自然千变万化,不能只持
同一尺度加以评判;无论七子派还是公安、竟陵派的作品,各有其价值。
这就是吴伟业所谓"取其中"。但是吴伟业对于七子派与公安、竟陵派
并非平等对待,其所谓折中其实并非真正的折中,而是以七子派为核心
的折中。不过,吴伟业站在七子派的立场上毕竟也承认了公安、竟陵派
的价值,这显示出清初诗学从明代诗学的两极对立开始走向综合的
倾向。

三　陈祚明对七子派与竟陵派诗学的折中

陈祚明(1623—1674),字胤倩,号稽留山人,浙江仁和人。他是一
位明遗民,据其门人翁嵩年为其《采菽堂古诗选》所作序称,明亡后,陈
祚明偕母隐居,"教授生徒以资甘旨之养","会其故人胡少宰宛委(按,

---

①　《梅村家藏稿》卷五十四。

胡兆龙)、严侍郎灏亭(严沆)仕宦京师,强之出,山人则从两公游"。陈祚明入京的时间,据邓之诚《清诗纪事初编》称是顺治十三年(1656)。在京期间,陈祚明与宋琬等人相倡和,为"燕台七子"之一。后穷困殁于客邸。有《稽留山人集》二十一卷。

1. 情与辞统一:对竟陵派主情说与后七子派主修辞说的综合

陈祚明从顺治十六年(1659)开始在京城评选唐诗,顺治十八年(1661)返回故乡,一度中断;康熙二年(1663)又至京城,继续评选之事。其所评选的作品包括汉魏、六朝、唐诗,以及明代李梦阳、何景明、边贡、李攀龙、王世贞、谢榛诸人诗作。所评选汉魏至隋朝古诗,编成《采菽堂古诗选》四十二卷(包括补遗四卷)。陈氏评选汉魏、六朝以及唐诗,而不选宋元诗,又以明七子派上接唐诗,其价值立场与七子、云间派一致。但陈祚明论诗并不专主七子派,而是既继承七子派诗学,也吸收竟陵派诗学。《采菽堂古诗选·凡例》说:

> 古今人之善为诗者,体格不同而同于情,辞不同而同于雅。予之此选,会王、李(按,即王世贞、李攀龙)、锺、谭(即锺惺、谭元春)两家之说,通其蔽,折衷焉。其所谓择辞而归雅者,大较以言情为本。

王、李重修辞而不重情,竟陵派重情而不重修辞,前者乏情,后者不雅,陈祚明则把重情与修辞统一,将真情与雅结合。其《凡例》云:

> 诗之大旨,惟情与辞。曰命旨,曰神思,曰理,曰解,曰悟,皆情也;曰声,曰调,曰格律,曰句,曰字,曰典物,曰风华,皆辞也;曰神,曰气,曰才,曰法,此居情辞之间,取诸其怀而术宣之、致其工之路也。

陈祚明把诗歌分为情和辞两个方面，不过，其所谓情与辞都是极宽泛的范畴，与诗歌内容相关的各层面都归入情，与形式风格相关的各层面皆属于辞。陈祚明置神、气、才、法于情与辞之间，作为从主体情感到审美表现形式的桥梁和途径。情、辞以及神、气、才、法，这三方面构成陈祚明诗歌理论最基本的框架。

2. "以言情为本"

陈祚明论诗主张"以言情为本"。在这一点上他吸收了竟陵派的诗学：

> 夫诗者，思也，惟其情之是以。夫无忧者不叹，无欣者不听，己实无情而喋喋焉，繁称多词，支支蔓蔓，是夫何为者？故言诗不准诸情，取靡丽，谓修辞厥要，弊使人矜强记，采撷抄窃古人陈言，徒涂饰字句，怀来郁不吐，志不可见，失其本矣。①

性情与修辞之间以性情为本，辞即表现形式服务于情感的表达，情对辞具有统率作用，此即情感优先的立场。七子派不以情为本，只注重修辞，辞则成为空洞的形式，失去了诗歌的根本。

以情为本的思想也体现在陈祚明对古诗的评价中。其《采菽堂古诗选》评潘岳曰：

> 安仁情深之子……夫诗以道情，未有情深而语不佳者。所嫌笔端繁冗，不能裁节，有逊乐府、古诗含蕴不尽之妙耳。安仁过情，士衡不及情；安仁任天真，士衡准古法。夫诗以道情，天真既优，而

---

① 《采菽堂古诗选·凡例》。下文凡未注明出处者，皆出自《凡例》。

以古法绳之，曰未尽善可也。盖古人之能用法者，中亦以天真为本也。情则不及，而曰吾能用古法，无实而袭其形，何益乎？故安仁有诗，而士衡无诗。①

陈祚明把有情无情作为有诗无诗的标准，情感对形式具有决定作用，"未有情深而语不佳者"，诗歌具有深厚的情感，自然会有形式美。故他主张任情感的自然发露而为诗，此即"任天真"。这些都是主性情的一面。另一方面，表现形式本身也有自身的传统，即"古法"，诗人表现性情也要遵循前人法则，即"准古法"。这是所谓修辞的一面。既是情感的自然流露，也遵守古法，情与辞两者应该统一。以此为标准，陈祚明比较潘岳与陆机之诗。自情感方面言，潘岳是情深之人，其诗表现情感太过，而陆机则不及。从情感的表现方面言，潘岳"任天真"，即任由自己情感自然发露，但不守古法，不加节制剪裁，于是有烦冗、直露之弊；而陆机则"准古法"，遵循前人法则，故陆机优于潘岳。潘岳所长在情深，所短在用古法；陆机长于用古法，所短在缺乏情感。站在性情优先立场观之，潘岳诗长于情感，陆机诗缺乏情感，徒具形式，故潘岳诗优于陆机。

3. 修辞而归雅

陈祚明主张以情为本，是吸纳竟陵派诗学，其注重修辞，则是继承七子派诗学。他强调修辞的重要性：

夫辞所以达情也，情藏不可见，言以宣之，其言善，聿使人歌咏留连不已。赤子悲则号，喜则笑，情庸渠不真？非其母莫喻者，不

---

① 《采菽堂古诗选》卷十一。

善言也。田夫野老,怀抱一言当言,故至言也。抗手而前,植杖而谈,语未竟而人哑然笑之,即不为人所笑,而过三家无相传述者。吐于学士大夫之口,温文而尔雅,天下诵之,后世称之。言者同而所以言者善不善异矣。

陈祚明所谓辞,不仅是一般的语言表现形式,更是审美表现形式,包括声调、格律、字句、典故、藻采等方面。辞不同于言,言就是日常言语,辞则是经过组织修饰、符合审美规范的言语。任何人都有情感,都要表达情感,但情感的表达有善言不善言之分。孩子的哭笑是情感的表达,农夫的言谈也是情感的表达,二者都属不善言者。善言不善言的分别就是有无美感、有无艺术性的分别。陈祚明所说的修辞以符合传统为美,其强调"古法"即是如此,其所谓善言也以符合审美传统为标准。

陈祚明所谓"善言情",根本原则是雅。他说:"故言之不文,行之不远,乖于雅者之言情也,则不善言其情者也。""善言"之"善",即温文尔雅,讲究形式风格,言而有文,使之成为一种雅的审美表现形式。在这一方面,他吸收了李攀龙的尚修辞之诗学,故他批评七子派不以情为本,肯定竟陵派强调性情的诗学,同时也批评竟陵派抛弃李攀龙诗学尚修辞的合理成分:"于是惩噎而辍食,思一矫革大创之,因崇情刊辞,即庳陋俚下,无所择,不轨于雅正。"陈祚明肯定"崇情",但认为"刊辞"即除去修辞则陷入卑俗,背离雅正。陈祚明将崇情与修辞结合,两者兼举,既以情为本,情亦须以雅的审美形式表现。

陈祚明提出"善言情"的表现方式有二:一是"以言言者",一是"以不言言者"。其《凡例》云:

夫诗所取乎情者,非曰吾有悲有喜而吾能言之,人亦孰无悲喜者?人不能已于情而有言,即悲喜孰不能自言者?吾言吾之悲,使

> 闻者愀乎其亦悲;吾言吾之喜,使闻者畅乎如将同吾之喜。盖有以言言者矣,有以不言言者矣。以言言者,言尚其尽;以不言言者,言尚其不尽。

一般人都有感情,也都能表达自己的感情;善于表达情感者能以自己的情感感染他人,一般人的言语表达却不具此感染力,因此诗歌的修辞是必要的。陈祚明指出,善于表达情感的方式有两类,即"以言言者"和"以不言言者"。"以言言者"是正面直接表现情感,将情感完全展示。这种方式"言尚其尽",即以表现的详尽为尚。"以不言言者"就是不正面直接表现情感,蕴含情感,不将其全部展示,这种方式崇尚不尽。陈祚明借刘勰《文心雕龙》之语,将这两种方式称为"隐秀":

> 夫言有隐有秀,隐者,融微之谓也;秀者,姿致之谓也。融微者,言不尽;姿致者,言无不尽。

"以不言言者"即为"隐",融含不露;"以言言者"即为"秀",风姿外显。从时代言,陈祚明认为"汉魏以上多融微之音矣","梁陈而后,作者尚姿致矣",这两者"宁可分优劣?顾能悲喜人不耳",两种表现方式难分优劣,关键是能否感人。依此,就可以肯定齐梁以至唐诗审美表现方式的价值。但事实上,陈祚明更倾心于汉魏诗歌的表现方式:"古诗以淡宕为则,故言以不尽为佳;乐府以缠绵为则,故言尽而弥远。"①从体裁上说,古诗尚不尽,乐府体尚尽,显然是以融含不露作为古诗体典范的审美特征。

---

① 《采菽堂古诗选》卷六,曹植《怨歌行》评语。

陈祚明把《古诗十九首》作为"以不言言者""言尚其不尽"的最高典范。其《采菽堂古诗选》卷三《古诗十九首》总评云：

> 《十九首》所以为千古至文者，以能言人同有之情也。……同有之情，人人各具，则人人本自有诗也。但人有情而不能言，即能言而言不能尽，故特推《十九首》以为至极。言情能尽者，非尽言之之为尽也，尽言之则一览无遗。惟含蓄不尽，故反言之乃使人足思。盖人情本曲，思心至不能自已之处，徘徊度量，常作万万不然之想。今若决绝一言则已矣，不必再思矣，故彼弃予矣，必曰亮不弃也。见无期矣，必曰终相见也。有此不自决绝之念，所以有思，所以不能已于言也。《十九首》善言情，惟是不使情为径直之物，而必取其宛曲者以写之，故言不尽而情则无不尽。后人不知，但谓《十九首》以自然为贵，乃其经营惨淡，则莫能寻之矣。

"言情能尽"与"以言言者"的"言尚其尽"不同。前者指情感表现所臻及的境界，后者指情感表现方式。"言情能尽"谓能把情感表现得淋漓尽致。人皆有情感，但或表现不出，或能表现却不能淋漓尽致，能淋漓尽致才是最高的表现境界。陈祚明以为，"言情能尽"的境界恰恰非"以言言者""言尚其尽"的方式所能达到，只有通过"以不言言者""言尚其不尽"的方式才能臻及。陈祚明从情感本身的特征来说明。情感以宛曲为特征，人情到极致之处，常常反复思量，本来是如此之事，却作如彼之想。诗人只有表现出情感之宛曲的特征才能淋漓尽致，故曰："凡诗意必须宛曲，曲则入情。"①因情感有这种宛曲的特征，所以在陈祚明看来，"言情能尽者，非尽言之之为尽也"，用"尽言"即直说、全说

---

① 《采菽堂古诗选》卷三，韦孟《在邹诗》评语。

的方式反不能把情感表现得淋漓尽致,"尽言之则一览无遗",不能给人以回味的余地。只有用"以不言言者"的"非尽言"的方式,使情感的表现"含蓄不尽",将诗人未言尽的情感完全实现在读者的回味之中,"言不尽而情则无不尽"。《古诗十九首》之所以成为"善言情"的典范,就在于诗人"不使情为径直之物",而用宛曲的方式抒写。

　　站在上述立场,陈祚明崇比兴而贬赋:"诗所以贵比兴者,质言之不足,比兴言之,则宛转详尽。"①用比兴的方式言情,正是宛曲的方式,符合情感自身宛曲的特征,可以把情感表现得淋漓尽致。他评阮籍《咏怀》云:

> 《咏怀》之妙,在于不为赋体,比兴意多,诘曲回翔,情旨错出。……直遂之语,无足耽思;隐曲之文,足供绸绎。声歌依永,原与怒詈殊科,使人反复之而不厌者,必非浅露之词可知也。②

《咏怀》诗多比兴,故其情感表现回环宛曲,令人回味;若以赋的方式出之,则成直遂之语,不能感人。

　　陈祚明所谓修辞尚雅,在审美风格的层面而言是质而古、华丽而自然。他评曹植《美女篇》有"华腴"之美:

> 夫华腴亦非细事也。诗质而能古,非老手不能。质而不古,俚率不足观矣,无宁遁而饰于华。要之立言贵雅,质亦有雅,华亦有不雅。汉魏诗质而雅者也,温、李诗华而不雅者也。自然而华则雅

---

① 《采菽堂古诗选》卷五,曹丕《善哉行》其二评语。
② 《采菽堂古诗选》卷八,阮籍《咏怀》其五十二评语。

矢,强凑而华则不雅矣。①

质朴和华丽都可以构成雅,但质朴必须与古联系起来,才能成为雅,若仅有质朴,则为俚俗。陈祚明之所以用古限定质朴,是因为汉魏诗可谓质朴,宋诗也尚质朴,云间、西泠派排斥宋诗的原因之一就是宋诗缺乏色彩而陷入俚俗,冯班等人崇尚晚唐,也批评宋诗的质朴无华。陈祚明贬斥宋诗,必然要在汉魏的质朴与宋诗的质朴之间划清界限,所谓“质而能古”之“古”正是汉魏之古,只有符合汉魏传统才是古;宋诗却“质而不古”,即为俚俗,这正与云间、西泠派及冯班诸人对宋诗的批评一致。从这种角度言,公安、竟陵派反对修辞,求质朴,却废弃古法,也是“质而不古”,有俚俗之弊。汉魏诗歌的古质之雅固然为陈祚明所推崇,但在他看来,古质之雅后人已难企及;既难企及,不如追求华丽之雅。但是华丽不等于雅,由雕饰而来的华丽并不雅,只有自然而出的华丽才是雅。陈祚明以自然限定华丽,意在划清六朝诗歌之华丽与晚唐诗歌之华丽的界限。从诗歌史的角度看,六朝诗与晚唐诗都是华丽。云间、西泠派诗学重华丽的色彩,但所吸收的主要是六朝诗的传统;冯班等也崇尚华丽,所吸取的则主要是晚唐的华丽。上述两派并没有从理论上辨别六朝之华丽与晚唐之华丽,故云间、西泠派不排斥晚唐之华丽,毛先舒便有学晚唐的作品,而冯班等人也推重六朝。陈祚明却在六朝之华丽与晚唐之华丽之间划出明确的界线,认为六朝之华丽是雅,晚唐之华丽是俗,其分别就在于六朝之华丽是自然而华丽,晚唐之华丽是强凑而华丽。他批评崇尚晚唐的一派说:

---

① 《采菽堂古诗选》卷六。

　　世有不喜六朝之华,而反喜温、李之华者,何也? 非性与人殊
也,讳其所不能,而折以就其所能也。夫自然之华诚不易及也,学
必博,故驱使而不穷;情必深,故填缀而多风。力有所不及,就所见
所知,强吾之意以就典物,强古人之一二事以就我之所言,而不甚
合于理、当于情,是温、李之华也矣。①

崇尚晚唐者,其才力无法达到六朝的自然而华丽;自然而华丽,须有广
博的学问,创作时可以自由驱使,无拼凑之感;须有深情,虽填缀辞藻,
却不至掩盖情感,故具有感人之效果。崇尚晚唐者学问不博,所知古人
典故有限,不能自由地用来表现情感,故强迫自己的情感以凑合古人的
典故,或者强用古人的典故来凑合自己的情感。如此强凑就有失自然,
典故的运用既不恰当,也影响了情感的表达,即所谓"不甚合于理、当
于情",遂陷入不雅。

　　既以情为本,又注重修辞,辞以雅为准则,这就是陈祚明最基本的
诗学观念。陈祚明说:"古今人之善为诗者,体格不同而同于情,辞不
同而同于雅。"即是此意。如此,既避免了七子派重修辞而不以情为本
之弊,也避免了竟陵派只重情而忽视修辞之病,而兼有二者之长。陈祚
明的这种诗学观与陈子龙"情以独至为真,文以范古为美"是一致的。
要求深厚情感与典雅形式的统一,这种观点用以评古人诗是可以的,若
以指导创作,就与陈子龙诗学面临同样的问题:自己的情感与古典的形
式如何统一?

4. 尚理与修辞

　　李攀龙《送王元美序》提出理与修辞的关系问题,他说:

---

① 《采菽堂古诗选》卷六,曹植《美女篇》评语。

> 　　以余观于文章，国朝作者无虑数十家称于世，即北地李献吉
> （按，李梦阳）辈其人也，视古修辞，宁失诸理。今之文章，如晋江
> （王慎中）、毗陵（唐顺之）二三子，岂不亦家传户诵，而持论太过，
> 动伤气格，惮于修辞，理胜相掩，彼岂以左丘明所载为皆侏离之语，
> 而司马迁叙事不近人情乎？①

此段所论是古文问题，李梦阳主张文必秦汉，王慎中等倡导唐宋古文，
李攀龙也是秦汉派，所以他批评王慎中等的古文。他认同李梦阳等
"视古修辞，宁失诸理"，为了在形式风格方面模仿秦汉古文，宁可在理
方面有所缺失，李梦阳主张在理与修辞之间，修辞更重要。李攀龙又批
评唐宋派言理太过，不重修辞，理掩盖了辞，伤了古文应有的气格，即所
谓秦汉古文之气格。

　　李攀龙的这种观点虽然是为古文而发，但陈祚明认为，这实际上也
代表李攀龙的诗学观。陈祚明把诗分为情与辞两个基本方面，理在情
的范畴之中，所以理与修辞关系等同于陈祚明诗学框架中情与辞的关
系，李攀龙说"视古修辞，宁失诸理"，置修辞于情之上，因而受到陈祚
明的批评："过矣，于鳞之言曰：修辞宁失诸理。""夫理主辞，辞显理，于
鳞曰修辞宁失之理，则竟失之矣。"陈祚明主张以情为本，旨在纠正李
攀龙理论的偏失。

　　理有义理之理与文理之理，前者是事物的本质，后者是事物的结
构，具体到诗文，义理之理是属于内容方面的理，即所谓诗言情言理之
理；文理之理是审美表现层面的理，即诗歌的结构及各层面的法则。按
照陈祚明情与辞的两分方式，则义理之理属于情的范畴，文理之理属于

---

① 《沧溟集》卷十六。

辞的范畴。陈祚明讨论理的问题时,在这两者之间没有作出区分。当他说"理主辞,辞显理"时,"理"偏于义理方面的内容。但是他同时又说:

> 夫理,调理也。如析薪然,循其理则离,至于族则格。夫辞贵达,格于一二,言之弗顺,不揆文势,所宜使览者寻其辞究其旨卒中顿而不可下。

这里所谓理乃是结构之理,陈祚明以劈木头为例,理是木头的纹理,就诗歌而言则是诗歌的脉理结构。他认为这方面是应该讲求的,需作到"上下相承,首尾相应","如缲丝然,绪相引而不断"。而李攀龙说"宁失诸理",不讲究文理,陈祚明指出这正是七子派之弊:"今首尾衡决,上下不属,绪中断而无以引之则废,盖自献吉、景明,莫祛斯弊,而于鳞、元美尤甚。"七子派的创作首尾不相应,上下不相承,中间没有脉络衔接,正是只讲修辞而不求理造成的。竟陵派等反对七子派的修辞而推崇中晚唐诗,这在陈祚明看来,也是伤于理:"今过于鳞者,以其修辞,而中晚唐之是好,若孟郊、贾岛之冥搜,若韩愈、陆龟蒙、皮日休之险僻,其伤理也亦多。"陈祚明指摘七子派失于理,其理是结构方面之理;中晚唐诗的"冥搜""险僻"伤于理,此理就不再是结构层面的理,而是诗歌的审美本质规律层面的理。陈祚明主张诗歌应该自然,此自然是作诗之理,而"冥搜"失去自然,就是伤于理;诗歌应该遵循平正通达的审美正统,此审美正统是理,"险僻"则违背审美正统,就是伤于理。

　　在陈祚明看来,七子派是"废理而修辞",竟陵派"斥修辞而仍失之理",二者"各是其所偏,二者交误"。陈祚明认为"盖理精而后词工,宁二之乎",故他既重理,也重修辞,"故予之论诗也尚理,尚理则亟以六朝之修辞正之",主张理与修辞的统一:"苟通吾之说,知尚理之为修辞,夫道一而已矣。"

5. 情与辞之间的致工之路：神、气、才、法

陈祚明把神、气、才、法放在情与辞之间，称是"取诸其怀而术宣之、致其工之路也"。从创作过程的角度看，诗歌的创作就是内在的情感外在化而获得表现形式的过程。在这个从内到外的过程中，神、气、才、法起手段和桥梁的作用。陈祚明认为情与辞是诗歌的两个基本方面，但是成功的诗歌创作需这四个方面来起作用。

中国传统诗学认为诗歌具有生命性，表示诗歌生命性的两个基本范畴就是神与气。神与气也是陈祚明诗学的重要范畴：

> 诗所由致工之路，使人亦悲亦喜者，神也。往覆而不可穷，迁变而不滞，举大而力不诎，入微而旨不晦，零杂兼并而不乱，繁称博引，典核而洒如不纷，非气孰能胜之？气雄则厚，气清则洁，有简淡而亦厚者，元亮之善宗汉人也；有填缀而亦清者，阴、何之善法古乐府也。夫乐府之气雄，古诗之气清，然无不兼擅者诚有，气则清非弱之云，雄非浊之论。尚情而弱，尚辞而浊者，不知养气者也。

诗歌的工与不工的标志之一，就是看其能否感人，诗之神是诗歌的感人力量的源泉。

气也是古代诗学表示生命性的范畴。阅读诗时，读者能感受到诗歌的情感的流动与阻滞、节奏的舒缓与急促、力度的强与弱、气质的庞杂与洁净，这些因素在西方诗学的理论框架中分属不同的审美层面，被用作解析性的分析；在中国传统诗学中，这些因素则被凝结成一个生命性范畴——气。中国诗学不是在审美表现方式、艺术技巧、审美风格这些层面把握它们，而是在生命的层面把握它们。在中国古代诗学看来，不同诗人的作品在这些层面的不同，归根结底乃是由于诗人的生命性

的不同,即气之不同。气是流动的,气有清浊与刚柔之不同,所以会有缓急、强弱、杂乱与洁净之不同,审美表现方式、技巧、风格等层面的问题都可以归于诗人的生命性。

陈祚明论诗之气,继承了曹丕、刘勰的气有清浊刚柔的思想。清与浊就体性而言,刚与柔就流动性与力感而论。清浊之别是质的区别,刚柔之分是量的区分。清气浊气皆可分刚柔。中国古代诗学向来尚清而贬浊,但是刚柔之辨则未必有褒贬之分,古代诗学尚刚者与尚柔者皆有其例,但其理想则是刚柔统一。中国传统哲学中,刚与柔不只是对立,也可以统一,外柔内刚、外刚内柔、百炼钢化为绕指柔等等,都是说两者的统一。第二章论及陈子龙崇尚清刚之气、贬斥"柔媚",但又主张刚中有柔,即其所谓英雄之气。王士禛的神韵说偏向柔,但又主张柔中含刚。陈祚明所谓"气雄则厚"是就刚柔而言,"气清则洁"是就清浊而言。"气雄"在审美上的表现是"厚",即浑厚,与薄弱相反。"气清"在审美上的表现是"洁",即洁净,与庞杂零乱相反。从诗体的角度说,乐府体"气雄",其审美特征是浑厚;古诗体"气清",其审美特征是洁净。陈祚明认为,气之清与雄可以统一,即他所谓"清非弱""雄非浊",诗之洁与厚也可以统一,汉代古诗以清为主要特征,兼有厚;古乐府以厚为主要特征,兼有洁。陶渊明诗歌"简淡",此为洁,但也有厚,这是他善于学习汉人古诗的缘故;阴铿、何逊诗"填缀"以成其厚,但是也清,这是善学古乐府的缘故。

在陈祚明看来,竟陵派主情,审美讲求空淡,却陷入孱弱;后七子力主修辞,审美追求浑厚,却陷入杂乱无章,即陷入了浊。陈祚明取两派之长而去两派之短,主张清而刚、洁而厚。周容《春酒堂诗话》云:

> 陈胤倩诗,主风神而次气骨,主婉畅而次宏壮。尝指摘少陵诗,目为枵句,如"乾坤""万里"诸语。余笑曰:"君奈何又有'乾

坤一布鞋'之句耶?"相与大笑。忆此在己亥(按,顺治十六年,1659 年)春慈仁寺雪松下,今成畴昔矣。

七子派李攀龙、王世贞论诗都倡宏壮、主气骨,其创作喜学杜甫"乾坤""万里"之语,以显宏壮之势。云间、西泠派则主张在气骨、宏壮的基础上加以姿色与风神。至陈祚明则转而以风神、婉畅为主,气骨、宏壮为次,把云间、西泠派视为主位的东西放在次要的位置。正因为他这种倾向上的变化,所以陈祚明不满李攀龙的诗学倾向,顺带也批评杜甫的某些诗歌。陈祚明的门人翁嵩年在序《采菽堂古诗选》时说:

> 其(按,陈祚明)所为诗,不屑追踪汉魏以下,而志趣之于古人可以相方者,晋则陶元亮,唐则孟襄阳,而明则谢茂秦也。

陶渊明、孟浩然均为隐逸之士,后七子的谢榛也是布衣身份。陈祚明是遗民,不愿出仕清朝,其志趣与这三位诗人相合是自然的,这种志趣也对其诗学观产生影响,陶渊明的诗歌是陈祚明所谓简淡而厚的典型,孟浩然学陶,也可视为这种类型。他的这种诗观与王士祯主张神韵有某种一致性。

陈祚明论才,强调才与学之别。他认为才是一种写景抒情的心灵创造能力:

> 夫才者,能也。其心敏,其笔快,能道人不易道之情,状人不易状之景,左驰右骋,一纵一横,畅达淋漓,俯仰自得,是之谓才。①

---

① 《采菽堂古诗选》卷六,曹植诗总评。

一种情感,别人不能表达,而我能表达;一种景物,别人不能描绘,而我
能描绘,这是才。他说:"夫吾与人共言之,人不能言吾所言,则才异量
也。"这种能与不能的差别就是才的差别。不仅如此,陈祚明所谓才,
还包括心灵的感受、酝酿与表现的自由敏捷。刘勰《文心雕龙》论才有
迟速之分,并未褒速而贬迟,但陈祚明论才则明显表现出崇尚机敏之才
的倾向。陈祚明反对把博学多识当作才:"若多识古今,博于故实,此
尽人可以及之。"①博识属于学而才,以博识为才就是以学为才,这种倾
向表现在诗学创作中,就是以排比故实、表现学问为才。陈祚明认为这
是错误的倾向:"古学之不兴也,以纂绣组织者为才,此非古人所谓才
也。"②宋诗的以学为诗,正是把学视为才,犯了方向性错误。

陈祚明论诗法,强调诗人对法的运用有不同的境界:"法有循之以
为谨,有化之以为变,有忘之以为神。"这三种境界标志着创作主体从
被动到主动、从必然到自由的过程。

陈祚明在折中七子与竟陵两派诗学的基础上提出自己的一套理
论,具有较强的系统性,颇有理论价值。但尚未受到应有的关注,令人
遗憾。

四　吴淇的《六朝选诗定论》与他的宏观诗歌史论

与陈祚明《古诗选》同时,吴淇有《六朝选诗定论》十八卷。其所谓
"六朝"者,乃指汉、魏、晋、宋、齐、梁六朝。此书有周亮工康熙八年
(1669)序,可知此书完成在康熙八年以前。这部著作以《文选》所载古

---

① 《采菽堂古诗选》卷六,曹植诗总评。
② 同上。

诗为评论对象,这是七子、云间派崇尚《选》体诗风气影响的结果。书首有《六朝选诗缘起》一卷、《统论古今之诗》一卷,对诗学理论问题有所论述,较有特色的是他的宏观诗歌史论。

吴淇把诗歌史分为三个大的历史阶段,称之为"三际":

> 自有诗以来,厥变已极。今欲论其兴废盛衰之古,将古今之诗分为三际:曰《三百篇》为一际,孟子所云"王迹";《选》诗为一际,杜甫所云"汉道";唐以后诸近体诗为一际,今人所沿之唐制是也。①

第一个阶段是《诗经》,他借用孟子"王者之迹息而《诗》亡"的话,称之为"王迹";第二个阶段是《文选》所载的六朝诗歌,以汉诗为中心,他借用杜甫《偶题》"骚人嗟不见,汉道盛于斯"之语,称之为"汉道";第三个阶段自唐至明,以唐诗为中心,他称之为"唐制"。这三个大的历史阶段是着眼于诗歌本身的历史流变而划分的,吴淇称之为"以诗分时"。

在这三个大的历史阶段中,吴淇认为《诗经》是"《选》诗之源",唐诗是"《选》诗之流",这表明他透视诗歌史的角度是以《选》诗为基点向前后扩展,这与七子、云间派以《诗经》为基点透视诗歌史的角度有所不同。以他这种方式透视诗歌史,《选》诗这一阶段就成为整个诗歌史的中心,这样就以他所谓的六朝为中心,构成了前有源、后有流的互相承递的宏观诗歌史框架。周亮工在《选诗定论序》中,称其"推论往昔,溯虞夏以迄元、明,条为三际,而以自汉迄梁昭明所选为中际,适与前际、后际相为流通,如龙门之有谱牒、涑水之有编年",正指出吴淇诗

---

① 《六朝选诗定论》卷二,《统论古今之诗》。

歌史观的这一特点。

吴淇认为,"《三百篇》无盛无衰",其地位高不可及,但后人不可学,也再不作,所以这一阶段实际上被他高悬搁置了。此后的诗歌史乃是汉诗的继承者:

> 汉以后诗,迭盛迭衰,至梁陈而衰极。故唐人不得不别创坛宇,然总之亦不离汉道。①

唐诗对汉诗的传统有继承的一面,所以唐人"不离汉道",是"《选》诗之流"。唐人虽继承"汉道",却与陈、隋以前诸代对"汉道"的继承不同:

> 陈、隋之前,其于汉为踵事增华,唐世以后,为变本加厉。踵事增华,如夺舍移居,不脱轮回;变本加厉,如伐毛洗髓,固已别生羽翰矣。此唐制所以与汉并驱中原也。②

陈、隋以前的诗歌沿着汉代诗歌传统发展,所以是"踵事增华",没有形成自己的独立面貌,"如夺舍移居,不脱轮回"。唐代以后诗歌对汉代传统有很大的改变,所以是"变本加厉",形成独立面貌,"别生羽翰",因而唐诗可以从汉代诗歌传统独立出来成为"唐制",与"汉道"并列。

在这三个大的历史阶段中,每一历史阶段都经历千余年的历史,而每一历史阶段又分为不同的时期,各个历史时期的划分以年代为依据,吴淇称为"以时分诗"。关于《诗经》这一历史阶段的时期划分兹不论。关于第二个历史阶段,吴淇又划分为三个时期:汉魏、晋、宋。他把齐梁

---

① 《六朝选诗定论》卷二,《统论古今之诗》。
② 同上。

诗称为"闰余"，就像历法有闰月、闰年一样，乃是多余的东西。他说：
"盖齐梁者，唐人之滥觞。四声、八病之说，起于沈约，而古音亡矣。"①
齐梁诗对于汉魏传统来说为"闰余"，对于唐诗来说为"滥觞"，是汉魏
传统向唐诗的过渡，按照这种说法，吴淇似乎不应贬斥齐梁诗，但由于
他偏向于从其对汉魏传统的背离的角度来看待齐梁诗，所以他明显地
表现出贬斥齐梁诗的倾向。对于陈、隋诗，吴淇也视之为"唐人之滥
觞"，按照诗歌史的一般处理方式，陈、隋诗应属六朝诗歌史的范围，但
由于《文选》只到梁代，吴淇为了将《选》诗作为一个完整的历史阶段，
就把陈、隋诗归入第三个历史阶段。吴淇论六朝诗只肯定汉魏、晋、宋，
这是由于受到七子、云间派影响的缘故。

　　在第三个大的历史阶段中，吴淇按朝代分为陈、隋、唐、五代、宋、
元、明七个历史时期。其中，陈、隋是唐诗的滥觞，而五代、宋、元三个时
代，他均斥之为"无诗"。但有时他对五代诗还持某种肯定态度："五季
虽乱，不失唐人典型。"②对于宋、元诗，他一概贬斥，认为"至宋而腐，至
元而弱"③，而以明诗上接唐诗。这也是受到七子、云间派诗学的影响。
关于明诗，他在所列三际之表中称"古诗宗《选》，律诗宗唐"，是以七子
派为明诗的代表，所以他论明诗曰"明之初年，风雅稍振，高、杨持其
本，何、李弘其干，王、李披其英"，把前后七子视为明诗的骨干。既然
他称明诗兼有《选》体与唐体，那么从这种角度，他就应该说，明代诗歌
是其所谓"汉道"与"唐制"的总结。但他却说："斐然著作垂二百年，亦
不离唐制焉。"④把明诗归入唐制。这是因为古诗宗《选》，律诗宗唐，这

---

① 《六朝选诗定论》卷二，《统论古今之诗》。
② 同上。
③ 同上。
④ 同上。

是七子派创作的事实,而依其源流相承的大诗歌史观,明诗应是接续唐诗。这两者之间存在矛盾。要解决这一矛盾,就必须将明诗从"汉道"与"唐制"中划分出来,作为以上两种传统的总结。七子派就持这种观点,胡应麟认为明诗是集大成,就是如此。但是吴淇生活在清初,若将明诗作为"汉道"与"唐制"的总结,即意味着他的大诗歌史框架以明代为终结,就将这一框架封闭起来,清代诗歌在这个大的诗歌史框架中难以安排。

事实上,吴淇作为清代人,站在宏观诗歌史立场上审视当代诗歌的发展,认为清代诗歌乃是处于大的历史阶段的转折关头:

> 诗自有虞迄于西周,千有余年而一变,自炎汉及于萧梁,千有余年而再变,自唐至今日,亦将千有余年,诗之为道,其将以此终古耶?其将他变而别成一际耶?抑或转而大复古耶?斯绝非人智意所能及也。①

按照吴淇对诗歌史规律的总结,诗歌"千有余年而一变",第一个阶段自诗歌产生到西周是"千有余年而一变",第二个阶段自汉代到梁是"千有余年而一变",第三个阶段自唐代到吴淇的时代,也是"千有余年"。关于当代诗歌的发展路向,吴淇提出三种推测:一是沿着明诗发展,二是再次发生变化而成为第四个大的历史阶段,三是全面复古。哪一种可能性更大,他没有作出进一步的推测。

吴淇不仅从时间的角度对诗歌史的发展阶段作了宏观的论述,也从空间的角度对诗歌发展在地域上的分布变化作了宏观论述:

---

① 《六朝选诗定论》卷二,《统论古今之诗》。

　　《诗》肇于西北,自北而南,始于晋南渡,盛于宋齐梁,至隋伐陈,而复归于北,及唐而南北合。分南北者,《选》诗之运,合南北者,唐诗之运。若夫《三百篇》之运,全在西北,故无楚风。①

从地域的角度说,第一历史阶段即《诗经》所代表阶段的诗歌主要肇兴于西北地区,所以《诗经》中没有楚风。第二阶段,自汉魏至晋代南渡,诗歌中心在北方,晋南渡以后则南移,南方诗歌兴盛,所以第二阶段有南北之分。隋朝攻伐陈朝,诗歌中心又北移,到唐朝统一则南北合而为一。所以第三阶段的特点是南北合。如此吴淇把三个阶段的划分与地域分合之势相结合。这种宏观的诗歌史观至今也颇具启发意义。

五　施闰章、宋琬等对七子派主格调诗学与竟陵派主性情诗学的综合

1. "体虽则古,言必由衷":施闰章对主格调诗学与主性情诗学的综合

　　清初诗人一般认为七子派与竟陵派是对立的诗派,李来泰说:"世人甫习声病,辄有济南、竟陵异同之论横塞胸中。"②即指清初诗坛的状况。但他们对于这种状况已有不满。施闰章说:"近日北音噍杀,南响浮靡;历下、竟陵,遂成聚讼,可一抚掌。"③他列举当代论诗之弊,其中之一就是"历下、竟陵,互相齮龁"④,施闰章的诗学偏向七子、云间派,

① 《六朝选诗定论》卷八。
② 《吴玉林诗稿续集序》,《莲龛集》卷六。
③ 《与彭禹峰》,《施愚山文集》卷二十七。
④ 《陈伯玑诗序》,《施愚山文集》卷六。

但也反对把这两派截然对立,并试图对这两派进行调和。

施闰章说:"夫时有古今,风有正变,体虽则古,言必由衷。"①"体"要"则古",即在表现形式风格方面取法古人,这是七子派的主张;"言必由衷",即要抒写自己的真实情感,这是公安、竟陵派以及钱谦益主张性情一派的观点。施闰章要将这两者统一。云间派主张"情以独至为真,文以范古为美",已有统一真情与古人格调的倾向,施闰章的诗学则是这种倾向的继续。

从"言必由衷"的一面说,他强调诗歌是诗人真实性情的流露:"古之诗人,代相祖述,人不相袭,亦各其志也。士各有志,固言不苟同。"②人各有志,诗言其志,志不同,言亦不同。"诗如其人",有其人才有其诗。从这种观点出发,他反对从外在的形式风格上模拟古人的作品:

> 近日诗人殆无不和陶者,且掇辑为近体,曰陶律、陶绝,碟裂无完肤,而去陶益远甚,以其人无与于陶也。③

有陶渊明其人,才有陶渊明之诗,仅仅从形式风格上模拟陶渊明,只能是离陶渊明更远,因为"其人无与于陶也"。这种观点与钱谦益一派所说的有真人然后有真诗的观点是一致的。因此,施闰章对流行的崇尚格调而缺乏真实性情的诗风提出批评:

> 近之论诗者,惟尚声调噌吰,气象轩朗,取官制、典故、图经、胜迹缀辑为工,稍涉情语,訾以降格。于是前可移后,甲可赠乙,郭郭

---

① 《西江游草序》,《施愚山文集》卷四。
② 《曾子学陶诗序》,《施愚山文集》卷五。
③ 同上。

虽雄,中实弊陋。①

"近之论诗者"指后七子派,此派论诗崇尚格调,这种格调可以从外在人为地造成,而不是从情感中流出,所以格调与自己的情感不相干,只是一个外在的套子,"前可移后,甲可赠乙",用在不同场合、不同人身上都可以。施闰章主张"体虽则古,言必由衷",七子派虽然在"体"上"则古",但却言不由衷,云间派在理论上试图统一两者,但其创作模拟古人格调的成分过重,并未在实践上实现真正的统一,所以施闰章对他们有所不满。其《蠖斋诗话》又云:

> 今人轻用其诗,赠送不情,仅同于充馈遗筐篚之具而已,岂不鄙哉!谢安石闻怨歌诵"为君既不易,为臣良独难",出席流涕。羊昙过西州,咏"生存华屋处,零落归山邱"。此二事千载为之感动;今人作述怀述感,未必动人如是。无它,不得其意,而专求之体制风调音响故也。

他称当代诗人作述怀述感诗不能像古人那样动人,其原因就在于没有内在的情感,而只在格调上讲求。施闰章是把情感放在第一位的,反对把格调置于性情之上。这是清初以来诗坛纠正明七子格调说弊病的一个普遍的理论倾向。

正是因为强调诗歌要有真性情,所以施闰章强调诗人创作要有感而发,"必不得已而后言":

> 必不得已而后言,其言于是乎至。古之诗人皆然,而得之行役

---

① 《西江游草序》,《施愚山文集》卷四。

羁旅者为多。其身闲,其地远,其时淹久,既积其穷苦憔悴之怀,又历乎荒崖大谷云物虫鸟之变,或震荡之以兵革,凄迷之以风雨,出其所言,使人往复而惊叹,所谓有触而鸣者也。①

"必不得已而后言"即苏轼所谓"不能不为",钱谦益将这种创作状态看作为性情而写诗的典型状态,施闰章也是如此。他认为,诗人长期处于逆境当中,必然积郁痛苦的情感,这种情感或经过荒凉的自然环境或经过兵荒马乱的激荡磨砺,不能不发之时,才形之诗歌,这种状态写出的诗歌才是有情感的作品,才是好作品。

他批评只在外在形式上讲求而缺乏内容的诗歌是无本。其《蠖斋诗话》"诗有本"条云:

> 山谷言:"近世少年不肯深治经史,徒取助诗,故致远则泥。"此最为诗人针砭。诗如其人,不可不慎。浮华者浪子;叫嚣者粗人;窘瘠者浅,痴肥者俗。风云月露,铺张满眼,识者见之,直是一叶空纸耳。故曰:君子以言有物。

"诗如其人",其诗为"浮华""叫嚣""窘瘠""痴肥",其人乃是浪子、粗人、浮浅之人、鄙俗之人。只讲求诗歌的外表,"风云月露,铺张满眼",缺乏内容,言之无物,这种诗歌没有价值。对于诗人来说,提高人格修养,使自己的性情具有道德价值,乃是作诗的关键。提高人格修养,其所流露出来的性情自然就具有崇高的道德价值。而在施闰章看来,提高人格修养的途径就是深治经史之学,通过经史之学来陶冶主体的性

---

① 《适余堂诗序》,《施愚山文集》卷五。

情,使得诗人不会成为浪子和粗人,使其诗歌不会浅俗。正是在这种意义上,他把经史之学视为"诗之本"。

　　把经史之学作为诗歌的根本,实际上是把诗人的修养途径与学者的修养途径合一化了,也把诗人的修养方法与文人的修养方式合一化了,即是把学者与诗人、文人合一化了。学者要讲求道,诗文乃是表现道的工具。他说:"文者,道之见于言者也。"①又说:"文者,道之余也;诗者,文之一体也。"②按照这种说法,诗歌也是表现道的,所以他主张诗歌要有"道气":

　　　　诗不可无道气;稍着迹,辄败人兴。右丞体具禅悦,供奉身有仙骨;靖节则近乎道矣。鸢飞鱼跃,不知与道何与?一落宋贤,便多笨伯。③

此所谓"道气"之"道",已经不限于儒家之道,道家、佛家之道都是他所说的道。但是"道气"与"道"不同。就主体修养来说,诗人臻至有道的精神境界,其性情中已渗透对道的体悟,其诗虽不直接言道,而是抒写性情,但性情中自然体现诗人对道之体悟,这种呈现于性情而不直接说出的道就是"道气"。故施闰章主张诗歌要有"道气",反对"着迹",即直接说道。在他看来,宋诗的弊端乃是于诗中言道,着了痕迹。施闰章此论是要解决学理与诗歌的关系问题,而从主体角度说则是要解决学者与诗人的关系问题。施闰章一方面强调诗歌的特殊性,另一方面又强调诗人要有学者一样的学理修养,要将学者和诗人统一起来。施闰

---

①　《陈征君士业文集序》,《施愚山文集》卷四。
②　《李屺瞻诗序》,《施愚山文集》卷六。
③　《蠖斋诗话》。

章本人既是学者又是诗人,两者得到了统一。施闰章主张诗歌要"言
必由衷",此与公安、竟陵派有一致处,但是其主张性情中要有"道气",
就与公安、竟陵派的诗学有了区别。

从体要"则古"一方面言,施闰章对七子派的学古评价很高。其
《重刻何大复诗集序》云:

> 明正德间,李空同虎视鹰扬,望之森森武库,学者风靡,固其雄
> 也;大复起而分路抗旌,如唐之李、杜,各成一家。①

将李梦阳、何景明比作唐代的李、杜,这与钱谦益一派有明确的分界,而
与云间派推崇七子派是一致的。

由于施闰章主张在体格即形式风格方面要学习古人,所以他与七
子、云间派一样,也要对古人诗歌之体进行辨别。他强调比兴传统:

> "江之永矣"四句,只咏叹江汉,而文王化行南国,许多难言处
> 含蕴略尽。汉魏、六朝以来,诗人多用景语,是其遗意。纯用赋而
> 无比兴,则索然矣。②

《诗经·汉广》有云:"南有乔木,不可休息。汉有游女,不可求思。汉
之广矣,不可泳思。江之永矣,不可方思。"施闰章继承《毛诗》的说法,
认为"汉之广矣"四句是咏叹文王的教化行于南方,从这种角度理解,
自然会认为这是用了比兴的方式。汉魏六朝以来的诗歌多写景物,乃
是继承《诗经》比兴的传统。施氏固然没有像七子、云间派那样明确表

---

① 《施愚山文集》卷三。
② 《蠖斋诗话》。

现出崇比兴而贬斥赋的态度,但他对比兴的强调则是显而易见的。由于以比兴为诗歌的特征,故他强调诗歌与历史不同:

> 史重褒讥,其言真而核;诗兼比兴,其风婉以长。故诗人连类托物之篇不及记言记事之备。①

历史是纪事,其特征是真实而准确;诗歌固然也有赋法,可以纪事,但是诗歌不能纯用赋的方式,必须有比兴,从而使诗歌具有委婉而味长的特征。从这种立场说,不应用史的方式写诗。因此,他对杜诗被称为"诗史"实际上是有所保留的:"古未有以诗为史者,有之自杜工部始。""杜子美转徙乱离之间,凡天下人物事变无一不见于诗,故宋人目以为'诗史',虽有讥其学究者,要未可概非也。"②此云未可概非,意思上不能一概否定,这表明施闰章对杜甫诗还是有所不满的。

施闰章站在唐诗的立场上,批评宋人以学问为诗。其《蠖斋诗话》云:

> 古人诗入三昧,更无从堆垛学问,正如眼中着不得金屑。坡公谓浩然韵高才短,嫌其少料。评孟良是,然坡公正患多料耳。坡胸中万卷书,下笔无半点尘,为诗何独不然?

这种观点可说是继承严羽的诗学观,与王士禛也有一致之处。

随着钱谦益一派对诗坛拟古倾向的批判,施闰章在体格调上学习古人的观点也有所变化。在前期,他比较偏向于在格调上拟古,与七

---

① 《江雁草序》,《施愚山文集》卷四。
② 同上。

子、云间派较接近,集中也有拟古之作,但后来意识到模拟的弊病,注意到学古而要有所变化,要有所自得。他在《梁园诗集序》中说:

> 予往序人诗,大抵能近乎古人者辄亟称之。读许子天玉诗则大异。许子曰:"今天下某某学唐而似焉者也,规规焉寻声肖影,侧足学步,非前人所尝道过,则逡巡不敢吐一字,故出其所作,若古人所已作焉,读其作未竟,若我所已读竟焉。以是学古,又奚以为?夫善学古者,在得古人之法,神而明之,出以己意,不在乎肤立而毛附,故宁抉奇造险,毋蹈常袭故。"予曰:许子之言是也。陆机不云乎:"虽杼轴乎予怀,怵他人之我先。"韩昌黎:"惟陈言之务去,戛戛其难之。"古之能言者,皆涤肠抉髓而出,故其言能发光怪。但不可为坚僻者借口。①

施闰章称他自己以前论诗以近乎古人为尚,即要像古人。这是七子、云间派的主张。但在此序中,他肯定许天玉的主张,学古不能拟古,要"得古人之法,神而明之",学而有所变化。这种观点已超越了七子、云间而接近钱谦益一派。

2. 宋琬等人对七子派与公安、竟陵派的综合

宋琬在清初云间与虞山两派之间是倾向于云间一派的。他与施闰章一样对公安、竟陵派之诗学不满,而对七子派给予极高评价。其《周釜山诗序》云:"余尝以前后七子,唐之陈、杜、沈、宋也;后七子,唐之高、岑、王、孟也。"②将七子派与唐代著名诗人相比,这与施闰章一致。

---

① 《施愚山文集》卷五。
② 《安雅堂文集》卷一。

宋琬对云间派重倡七子派诗学给予充分的肯定，称"云间之学，始于几社，陈卧子、李舒章，有廓清摧陷之功。于是北地(按，李梦阳)、信阳(何景明)、济南(李攀龙)、娄东(王世贞)之言，复为天下所信从"①。又称云间派"一洗公安、竟陵之陋，而复见黄初、建安、开元、大历之风"②。这些都表明他偏向七子、云间派的立场。

站在七子派的立场上，他对钱谦益抨击初、盛、中、晚的划分甚为不满，其《赵雍客诗序》说：

> 夫诗之有初、盛、中、晚也，犹风雅之有正变也，运会迁流，作者初不自知，而其畛域判然，如寒暑黑白之不可淆。自虞山之诗选出，而学者无所折其衷，其言曰：诗一而已，无所为初、盛、中、晚也。于是心耳浅薄之士往往奉为蓍蔡，以平肤汗漫为容与，以便儇粗率为简易，以稗官俚说、里巷卑琐之音为典要。率天下而出于是，岂复有诗也哉。夫季札，吴之贤公子也。适鲁观乐，知列国之兴亡，而自郐以下无讥焉，非以其音寒节促与清明广大者异耶？③

七子派宗严羽、高棅之说，论唐诗推崇初、盛，贬斥中、晚，钱谦益对此猛烈抨击。宋琬认为初、盛、中、晚的分界是明确的，就如风雅的正变，由时代社会政治决定。他认为钱谦益的主张取消了四唐诗的界限，影响所及，在诗坛出现了"音寒节促"之音。宋琬还将之上升到政治高度，认为这实是提倡一种亡国之音，由审美批评变成政治批判。

但宋琬并不完全赞成七子、云间派，认为云间派"持论过狭，泥于

① 《周釜山诗序》，《安雅堂文集》卷一。
② 《尚木兄诗序》，《安雅堂文集》卷一。
③ 《安雅堂文集》卷一。

济南唐无古诗之说,自杜少陵《无家》《垂老》《北征》诸作,皆弃而不录,以为非汉魏之音也"①。李攀龙称"唐无五言古诗",云间派也继承此说,否定唐代的五言古诗,而宋琬在这一方面与他们不同,肯定唐代五言古诗的价值。他曾与李雯在京师就此辩论,并说服了李雯。宋琬在对待唐代五言古诗的态度上与钱谦益一派是一致的。

宋琬对学公安、竟陵以及学七子派者皆有批评:

> 自公安、竟陵各为一家之言,以移易天下之耳目,而天下之奔走奉令、执橐鞬于坛坫者殆数十年。然后有人焉,起而为济南、历下之学,于是天下之奔走奉令者,又辅而尊之为坛坫,譬如张仪出而从人之约尽解。然二者之流弊则均也。学公安、竟陵者,如厌梁肉而就藜藿,其病为儇佻狂易,呻吟羸瘵,学济南、历下者如恶绨绤而袭狐貉,其病为支离臃肿,轮菌液满。②

宋琬痛感晚明以来公安、竟陵派与七子派诗学两极对立的弊端,其追随者也是各张其说,依然在对立之中。宋琬对二者流弊的批评显示出其试图超越以上两极对立之弊。尽管他的诗学立场总体上是偏向于七子、云间一派的,但是他对公安乃至钱谦益一派的诗学观也有所吸收,尤其在后期,对宋诗也有肯定和吸收,其《读剑南集》诗称"佳句惊看陆放翁"③,可见他对陆游诗的肯定。王士禛称"宋浙江后诗,颇拟放翁"④,宋琬曾任浙江宁绍台参政、浙江按察使,时在顺治年间。可见宋

---

① 《周釜山诗序》,《安雅堂文集》卷一。
② 《纪行诗序》,《安雅堂文集》卷一。
③ 《安雅堂未刻稿》卷五。
④ 《池北偶谈》卷十一。

琬在顺治时期就已经对宋诗有所肯定和吸收,这一点突破了七子、云间派的诗学,而与钱谦益一致。宋琬的诗学也显示出清初诗学从明代诗学的两极对立趋向融合的倾向。

六　博综该洽,以求兼长:王士禛的早期诗学

与施闰章、宋琬一样,王士禛也有综合七子派与公安、竟陵派诗学的倾向。这在其早期诗学中有明显的体现。

1. 王士禛论诗三变:"早年宗唐,中年主宋,晚年复归于唐"——郭绍虞先生的说法

王士禛的创作和诗论在其一生中发生过变化,郭绍虞先生《中国文学批评史》概括说:"渔洋诗格与其论诗主张凡经三变,早年宗唐,中年主宋,晚年复归于唐。"①郭先生这样分期的依据是王氏弟子俞兆晟在《渔洋诗话序》中所载渔洋晚年的一段话:

> 吾老矣,还念平生,论诗凡屡变;而交游中,亦如日之随影,忽不知其转移也。少年初筮仕时,惟务博综该洽,以求兼长。文章江左,烟月扬州,人海花场,比肩接迹。入吾室者俱操唐音,韵胜于才,推为祭酒。然而空存昔梦,何堪涉想?中岁越三唐而事两宋,良由物情厌故,笔意喜生,耳目为之顿新,心思于焉避熟。明知长庆以后,已有滥觞,而淳熙以前,俱奉为正的。当其燕市逢人,征途揖客,争相提倡,远近翕然宗之。既而清利流为空疏,新灵浸以佶屈,顾瞻世道,恧焉心忧。于是以太音希声,药淫哇锢习,《唐贤三

---

①　《中国文学批评史》,上海古籍出版社1979年版,第523页。

　　昧》之选,所谓乃造平淡时也。然而境亦从兹老矣。

此所言及论诗变化有三次,故渔洋诗论据此分为三个时期。关于这三个时期的具体时间界限,王士禛仅提及第三阶段的标志,即《唐贤三昧集》的编选。《唐贤三昧集》编选于康熙二十七年(1688),则中期与后期以此年为界。但早年与中年的分界,他本人未明言。郭先生《中国文学批评史》亦未说明,但其主编的《中国历代文论选》第三册王士禛《蒿津草堂诗集序》"说明"中云:"士禛早年选《神韵集》专言唐音,为时是较短的。大约在三十岁以后,士禛的创作趋向,已扩大到宋人苏、黄以下。"①此实将三十岁作为王士禛早年和中年诗论的分界,依据是渔洋三十一岁时所作的《戏效元遗山论诗绝句》②有"耳食纷纷说开、宝,几人眼见宋元诗"之句,已非"专言唐音",故非早期诗学,而属于中期的诗学。这样,《论诗绝句》就成为渔洋早期诗学与中期诗学的分界。

2. 关于王士禛早期诗学与中期诗学的时间分界

　　《中国历代文论选》关于王士禛早期诗学与中期诗学分界的说法影响极大,当代研究者多从其说。但其说实有问题。《论诗绝句》应属于王士禛早期的论诗著作,代表其早期的诗学思想。

　　首先看王士禛本人关于其早期诗学的说法:

　　　　少年初筮仕时,惟务博综该洽,以求兼长。文章江左,烟月扬

---

　　①　此篇的"说明"为钱仲联先生所撰,见《清人诗文论十一评》,已收入钱先生《梦苕庵清代文学论集》及《梦苕盦论集》一书中。其观点应与郭绍虞先生一致。
　　②　《论诗绝句》作于康熙二年(1663)渔洋三十岁时。《居易录》卷十九:"予康熙癸卯(按,二年)在扬州,一日雨行如皋道上,得《论诗绝句》四十首。"

州,人海花场,比肩接迹。入吾室者,俱操唐音;韵胜于才,推为祭
酒。然而空存昔梦,何堪涉想?①

　　渔洋初仕乃是任扬州府推官,时间为顺治十七年(1660)至康熙四年
(1665)。这段文字之后说"文章江左,烟月扬州"云云,借用明人徐祯
卿"文章江左家家玉,烟月扬州树树花"诗句,指他任扬州推官的时期。
王士禛说"余少官广陵"②,也称这一段时期为"少"年。他又自称这段
时间为"弱岁"③,从未称这一时期为中年。其《论诗绝句》就作于这一
时期。故他称"余昔在扬州作《论诗绝句》"④,而从未说过中年作《论
诗绝句》。故王士禛本人把《论诗绝句》视为少时所作,乃早期的论诗著
作。《中国历代文论选》将《论诗绝句》划入其中年时期是不恰当的⑤。
　　郭绍虞先生等研究者把《论诗绝句》划入王士禛中年诗论,重要原
因是认定王士禛早年论诗专主唐音,而《论诗绝句》并不专主唐音。这
其实是误解了王士禛上面的那段话。王士禛明言"初筮仕时""惟务博
综该洽,以求兼长",表明他追求博洽、兼长,这是其志向与目标,也是
其早年诗学的总体倾向。但当时与之交往的诗人均主唐,"入吾室者,
俱操唐音",王士禛本人也与之操唐音;如此没有作到博综该洽与兼
长,所以才是"空存昔梦"。"昔梦"者,乃是博综该洽与兼长之梦。由
此可见,其论诗倾向并非专主唐音。
　　郭绍虞先生等研究者认为,王士禛早年专主唐音的另一重要证据,

---

①　《渔洋诗话序》。
②　《分甘余话》卷一。
③　《徐高二家诗选序》,《蚕尾续集》卷一。
④　《分甘余话》卷三。
⑤　黄保真、蔡钟翔、成复旺著《中国文学理论史(四)》已指出此点,谓渔洋"二十九
岁难称中年"(北京出版社1987年版,第429页)。

就是他曾于顺治十八年(1661)选唐人五七言律绝若干卷,名为《神韵集》①,以授其子。而且,所谓其专主唐音、提倡神韵,按照郭先生的说法,"是由于格调说的影响"②,只不过王士禛对格调派不是偏向于李梦阳、何景明、李攀龙、王世贞一派,而是偏向于高叔嗣、徐祯卿一派。

仅从《神韵集》就断言其早年诗学专主唐音且专主神韵,是欠缺说服力的。格调派中,无论李、何、王、李抑或高叔嗣、徐祯卿,对中晚唐诗、宋诗均持贬斥态度,可是王士禛在选《神韵集》之前早已越出格调说的樊篱。王士禛的诗集断自顺治丙申(顺治十三年,1656年)。《丙申稿》有《无题戏效温李体》《代赠戏效元白体》,尽管是戏效,但也表明王士禛已不同于七子派对中晚唐诗不屑一顾的态度。顺治十六年(1659)冬,王士禄、王士禛兄弟在北京与彭孙遹倡和香奁体诗,刻有《彭王倡和集》。香奁体一向被视为非庄人雅士所为,更是七子派所不屑为,王士禄、王士禛兄弟却置舆论压力于不顾,与诗友倡和香奁体,这种态度显然已非七子派所能牢笼。

尤为令人注意的是,《丙申稿》有《谢送梅戏集涪翁句成一绝》诗。这首诗显示出这样的信息:王士禛非常熟悉黄庭坚的诗作。不仅如此,他也十分喜好黄庭坚诗。据王士禛之友计东《宁益贤诗集序》称,王士禛曾在顺治十六年至十七年(1660)间评次宁益贤诗集,称其诗似黄山谷。计东云:

> 至山谷诗则贻上(按,王士禛)之心乎爱矣,惟恐己之不似,又喜见人之能似之者,则亟引为同调而亲之。③

---

① 此据惠栋注补《渔洋山人自撰年谱》,金荣所撰《年谱》系之康熙元年(1662)。
② 《中国文学批评史》,第 525 页。
③ 《改亭文集》卷四。

王士禛称赞宁益贤诗似黄庭坚,可见他颇推重黄庭坚之诗。又据王士禛《七言诗凡例》称,他幼时就喜欢元代诗人吴莱之诗。这些都在王士禛选《神韵集》之前,足以证明其早期诗学并非专言唐音,也并非只受格调说影响。虽然从整体上说,王士禛这一时期的创作仍操唐音,但对中晚唐诗及宋元诗已有相当的兴趣,这绝异于七子派而有类于钱谦益等人。所以王士禛在顺治十八年(1661)曾拜访钱谦益这位诗坛前辈。

　　郭绍虞先生仅从王士禛所选《神韵集》来认定王士禛早期诗学倾向,把《论诗绝句》作为中年诗论,将三十岁作为王士禛早期诗学的下限是不恰当的。王士禛早期与中期诗学的分界,应是他康熙六年(1667)从扬州入官京师。他在谈及"中岁越三唐而事两宋"这一时期诗学时说:"当其燕市逢人,征途揖客,争相提倡,远近翕然宗之。"①"燕市"指北京。关于王士禛在这一阶段提倡宋诗的情况,第八章详论。

3. "谈艺四言":典、远、谐、则

　　现知王士禛最早的诗学主张,是他在《丙申诗旧序》中提出的诗歌的四个审美原则:典、远、谐、则。其序云:

> 《六经》、二十一史,其言有近于诗者,有远于诗者,然皆诗之渊海也。节而取之,十之四五,雁结谩谐之习,吾知免矣:一曰典。画潇湘洞庭,不必蹙山结水;李龙眠作《阳关图》,意不在渭城车马,而设钓者于水滨,忘形块坐,哀乐嗒然,此诗之旨也:次曰远。《诗三百五篇》,吾夫子皆尝弦而歌之,故古无《乐经》,而《由庚》《华黍》皆有声无词;土鼓鞞铎,非所以被管弦叶丝肉也:此曰谐音律。昔人云,《楚辞》《世说》,诗中佳料,为其风藻神韵,去风雅未遥;学

---

① 《渔洋诗话序》。

者当由此意而通之,摇荡性情,晖丽万有,皆是物也:次曰丽以则。①

钱谦益《王贻上诗集序》提及这篇序文,将以上四条原则称为"谈艺四言",并称赏有加。王士禛诗集断自顺治丙申年(十三年,1656 年),此序为该年诗的序文,现见载于《蚕尾续集》。既称旧序,则作于何时呢?王士禛拜访钱谦益在顺治十八年(1661),而钱氏《王贻上诗集序》亦作于顺治十八年。钱序既提及王士禛的"谈艺四言",可知《丙申诗旧序》应作于顺治十八年以前,极有可能作于顺治十三年或十四年(1657)。"谈艺四言"实际上反映了王士禛早期的诗学观。

关于"谈艺四言"与当时诗学思潮的关系,与王士禛同时的张九征曾作出诠释。其《与王阮亭》云:

> 自题《丙申》一篇,全身写照,睥睨前人。公安滑稽而不典,弇州(按,王世贞)工丽而不远,竟陵取材时文,竞新方语,既寒以瘦,亦俗而轻,何有于谐声丽则乎?②

张九征认为"谈艺四言"既是王士禛自身创作的写照,也是针对当时的诗学思潮而发。"典"针对公安派,"远"针对七子派,"谐"与"则"针对竟陵派,王士禛此论乃是有意克服当时各派的弊端而自成一家。张九征对这篇序文的诠释大体上符合王氏论诗之旨。

"典",即典雅,体现出强烈的庄肃性,与"雁结谩谐"对立。张九征认为公安派滑稽,这是当时诗坛普遍的观点。如朱彝尊就指出袁宏道

---

① 《蚕尾续集》卷三。
② 周亮工辑《尺牍新钞》卷四。

诗有"俳谐调笑之语""滑稽之谈"。①　公安派诗歌追求趣,突破古典诗歌庄肃的审美传统,偏离典正的诗歌传统。王士禛提出"典",乃是针对公安派。关于如何达到"典",王士禛认为,《六经》、二十一史是诗之渊海,要节而取之,这是强调经史对于诗歌创作的重要性。他认为经史是诗歌典正的源泉,是医治"雁结漫谐"的良药。经史在中国文化传统中是最严肃和典重的,以之入诗就把经史的庄肃色彩带入诗歌当中。

强调诗歌的典正,不仅是七子、云间派的主张,也是钱谦益一派的主张。钱谦益诸人虽继承性灵说,但也力图扭转公安派诗歌在审美上的弊端而使之回归典正。就这一方面而言,七子、云间派与钱谦益诸人是一致的。但是他们对典正的理解有所不同。在七子、云间派,典正不仅与俗鄙对立,而且在审美上以汉魏、盛唐为标准,排斥晚唐、宋、元诗;在钱谦益等人,则打破复古派所划定的审美上的时代界限,晚唐、宋、元亦所不弃。七子派倡言不读唐以后书,而王士禛所说的二十一史显然超越这一范围。所以就"典"这一方面言,王士禛诗学与七子、云间以及虞山派都有相通之处。

王士禛提出"远"作为诗歌的原则之一,与其早期选《神韵集》的旨趣是一致的。在后七子派中,王世贞、李攀龙崇尚壮丽,王士禛对此有所不满,转而崇尚淡远的诗境。张九征谓"弇州(按,王世贞)工丽而不远",即指出王士禛的用意所在。王士禛论"远",借用的是画论的美学范畴。宋代郭熙《林泉高致》论画谓:"山有三远:自山下而仰山巅谓之高远,自山前而窥山后谓之深远,自近山而望远山谓之平远。……高远之势突兀,深远之意重叠,平远之意冲融而缥缥缈缈。"此后,"远"成为中国绘画的重要美学范畴。王士禛论"远"有两层含义,第一层是指诗

①　《静志居诗话》卷十六。

歌所表现的主体情怀的超脱尘俗。李龙眠即宋代画家李公麟,李氏曾根据王维《送元二使安西》"西出阳关无故人"句意作《阳关图》,苏轼题此图以为"画出阳关意外声"①。元人胡祇遹跋此图云:

> 画至龙眠别立新意,不袭朱碧故智,水墨溶化而物物意态自足。《阳关》一图,去者有离乡辞家之悲,来者有观光归国拜父兄见妻子之喜,挽辂援车,驱马引驼,祖饯迎迓,一貌一容,纷纷扰扰。恍然在京师门外尘垒群动中,一渔父水边垂钓,悠然闲适,前人以为得动中之静。②

李公麟《阳关图》描绘出关者之悲、入关者之喜,而他又在悲观离合的场面之外画一渔父垂钓水边,悠然闲适,这显然改变了王维诗的主题。李公麟构想描绘的钓者超越了人世间的悲欢离合,具有超脱尘俗的情怀。此即王士禛所说的"忘形块坐,哀乐嗒然"之意。王士禛所谓"远"的第二层含义是审美表现上的,即"画潇湘洞庭,不必蹙山结水"。"蹙山结水"即刻画山水,在山水画领域里,北宗画属于刻画的一派,南宗画则属写意的一派。王士禛倾向于后者,所谓"不必蹙山结水",实乃其后来每每提及的"不着一字,尽得风流"。第九章将详论之。

　　"丽以则",语出自扬雄《法言·吾子》:"诗人之赋丽以则,辞人之赋丽以淫。""谈艺四言"中,"典"强调经史对于诗歌的重要性,"丽以则"乃突出子集对于诗歌的重要性。《楚辞》属集部,《世说新语》属子部,王士禛以为此两者皆为诗之佳料,并认为它们对于诗歌的作用在于其"风藻神韵,去风雅未遥",即它们在风藻神韵方面对诗歌产生影响。

---

① 陈高华编《宋辽金画家史料》,文物出版社1984年版,第457页。
② 《宋辽金画家史料》,第521页。

王士禛要诗人"由此意而通之",则其所言就不局限于以上两部书,而是以此推及其他诸书。"丽以则"可与"典"相对,"典"来源于经史,"丽"来源于子集,"则"是对"丽"所加的限定,"则"即正,实际上通于"典"。王士禛提出"丽以则"也是有用意的。竟陵派矫正七子之弊,转尚枯淡寒瘦,用语取之于时文方言,亦流于俗。王士禛"丽以则"之说正是为救竟陵之弊而发。

　　"谐"是指诗歌音律的和谐。明代自李东阳到前后七子都重视诗歌的音乐性。王士禛亦如此。他说:"毋论古、律,正体、拗体,皆有天然音节,所谓天籁也。唐、宋、元、明诸大家,无一字不谐,明何、李、边、徐、王、李辈亦然,袁中郎之流便不了了矣。"①张九征说王士禛提出"谐"是针对竟陵派,由上一段话来看,不仅针对竟陵派,也针对公安派。王士禛研究近体诗音律,著有《律诗定体》,对古体诗的音律也作了开创性研究,著有《古诗平仄论》。这些都是他重视音节和谐的思想的体现。

　　从"谈艺四言"看,王士禛早年既不满于公安、竟陵派,也不满于七子派,试图超越诸派而自成一家。

4.《论诗绝句》:对格调与性灵的综合

　　"谈艺四言"提出诗歌的四条审美原则,《论诗绝句》则可视为诗歌史论。关于《论诗绝句》在王士禛整个诗学理论中的地位,翁方纲曾有中肯的评价:"此诗……与遗山之作(按,指元好问《论诗绝句三十首》),皆在少壮,然二先生一生识力,皆具于此,未可仅以少作目之。"②

---

① 《师友诗传续录》。
② 《石洲诗话》卷八。

王士禛后来的诗学观都可以从《论诗绝句》找到思想渊源①。《论诗绝句》体现出王士禛试图综合七子派及公安派诗学的倾向,这正是他晚年回忆时所谓的"惟务博综该洽,以求兼长"。

《论诗绝句》对七子派的肯定态度可说是云间派诗学的继续。但是,王士禛之肯定七子派,也与云间派有所不同。云间派诗学直承后七子派李攀龙、王世贞,王士禛则更多地肯定前七子派,而不甚推崇后七子,因为后七子派较前七子有更严重的模拟倾向。其《论诗绝句》云:

> 李、杜光芒万丈长,昌黎《石鼓》气堂堂。
> 吴莱、苏轼登廊庑,缓步崆峒独擅场。
>
> 藐姑神人何大复,致兼《南》《雅》更《王风》。
> 论交独直江西狱,不独文场角两雄。②

以上前一首论李梦阳(崆峒),以其上接李、杜、韩、苏及元人吴莱。后一首不仅推崇何景明诗兼风雅之致,更高度评价其人格。以上两首对李、何评价如此之高,宗廷辅《古今论诗绝句》认为:"先生少年瓣香七子,于此二首窥之。"

在《论诗绝句》中,王士禛对前七子派的徐祯卿、边贡也给予很高的评价。其论徐祯卿云:

> 文章烟月语原卑,一见空同迥自奇。
> 天马行空脱羁靮,更怜《谈艺》是吾师。

---

① 关于渔洋《论诗绝句》,笔者有《王士禛论诗绝句三十二首笺证》一书(台湾文史哲出版社 1994 年版)及《〈戏仿元遗山论诗绝句〉与王士禛早期诗学》一文(见《原学》第四辑,中国广播电视出版社 1996 年版),有较详细的讨论。

② 《明史·何景明传》云:"李梦阳下狱,众莫敢为直,景明上书吏部尚书杨一清救之。"此诗后二句所指即其事。

徐祯卿少时有"文章江左家家玉,烟月扬州树树花"的诗句,为诗坛所推崇。后见李梦阳,改其故习,而向李梦阳诗格靠拢,自定其诗为《迪功集》,因而徐祯卿创作分为前后两期。前期带有吴中习气,后期受李梦阳影响。钱谦益《列朝诗集小传》称赏其前期诗作,对后期作品则谓"江左风流,故自在也"①,以为后期作品并未大改前期诗格,而染上格调习气。与钱谦益等不同,王士禛却认为徐祯卿早期作品如上二句"语原卑",认为李梦阳对徐祯卿诗格有很大影响:"徐昌谷少年诗所称警句,如'文章江左家家玉,烟月扬州树树花'……较之自定《迪功集》不啻霄壤。微空同师资之功,不能超凡入圣如此。"②这正是《论诗绝句》前二句之意,与钱谦益是不同的。"天马行空脱羁靮"谓徐氏诗有超尘脱俗之致,正如王世懋《艺圃撷余》所说"徐能以高韵胜,有蝉蜕轩举之风"。"更怜《谈艺》是吾师",是称赞徐氏《谈艺录》。

《论诗绝句》没有专评边贡,而是将其与李攀龙一起评论:

> 济南文章百年稀,白雪楼前宿草菲。
> 未及尚书有边习,犹传"林雨忽沾衣"。

边、李皆是济南人,为济南诗派的代表。王士禛未直接正面评价二人,而是比较二人身后事:边贡尚有子边习为诗人,流传"林雨忽沾衣"的名句;而李攀龙故居白雪楼却宿草已菲。两者相较,实寓扬边抑李之意。

王士禛在前七子中最推李、何、边、徐四人③。这四个诗人可以分

---

① 《列朝诗集小传·徐博士祯卿》。

② 《分甘余话》卷四。

③ 《华泉先生诗选序》:"明诗莫盛于弘、正,弘、正之诗,莫盛于四杰。四杰者,北地空同李氏,汝南大复何氏,吴郡昌国徐氏,其一则吾郡华泉边公。"

为两类,李、何为一类,边、徐为一类。前者以长篇擅场,后者以短制取胜;前者声雄调畅①,后者古澹简远;前者是七子派中格调倾向的代表,后者是七子派中神韵倾向的代表;前者为七子派之主流倾向,后者为七子派之非主流倾向。他们都有自觉的继承唐诗的意识,但在王士禛看来,其对唐诗传统的继承实有不同,李、何之所得为唐诗传统的沉郁顿挫的一面,边、徐之所得则为优游不迫的一面,所以王士禛把李、何置于杜甫一系的传统中,而把边、徐置于王、孟一系的传统中②。

　　王士禛肯定边、徐诗,与其"谈艺四言"的"远"及《神韵集》,都体现了他早期的神韵论思想。神韵说在《论诗绝句》中得到进一步展开。

　　锺嵘吟咏性情、崇尚"直寻"的思想,被王士禛吸收为其神韵说的组成部分。其《论诗绝句》云:

> 五字清晨登陇首,羌无故实使人思。
> 定知妙不关文字,已是千秋幼妇词。

宗廷辅《古今论诗绝句》云:"清晨登陇首,羌无故实;明月照积雪,讵出经史? 出锺嵘《诗品》。下二句隐用司空图《诗品》'不着一字,尽得风流'之意。"王士禛把锺嵘的"直寻"与《二十四诗品》的"不着一字,尽得风流"联系起来,乃是对锺嵘诗说作了神韵说的诠释,使之成为神韵说的理论源头。

---

　　① 李、何二人也有分别,李雄鸷,何俊逸,然与边、徐相比,李、何呈现出明显的一致性,格局较大,力度感较强,与边、徐迥乎不同。

　　② 渔洋《七言诗凡例》:"至何、李学杜,厌诸家之坦迤,独于沉郁顿挫处用意。虽一变前人,号称复古,而同源异派,实皆以杜氏为昆仑墟。"《池北偶谈》谓"明诗本有古澹一派",列举了徐祯卿,而未列边贡,但渔洋选边贡诗,附诸家评论,其中何良俊谓边诗"兴象飘逸,而语亦清圆",实则渔洋亦将边氏置此派中。

孟浩然也是神韵诗系统里的诗人,《论诗绝句》给予其高度的
评价：

> 挂席名山都未逢,浔阳始见香炉峰。①
> 高情合受维摩诘,浣笔为图写孟公。

孟浩然的《晚泊浔阳望庐山》被王士禛作为"不着一字,尽得风流"的典
范,评价甚高。韦应物也属神韵系统里的诗人,《论诗绝句》云：

> 风怀澄澹推韦、柳,佳处多从五字求。
> 解识无声弦指妙,柳州那得并苏州？

苏轼说过："柳子厚诗,在陶渊明下,韦苏州上。"②此诗正是针对苏轼而
发。王士禛承认韦应物、柳宗元都属"风怀澄澹"一派,但从艺术上看,
韦诗以自然著称,柳诗则以精工有名,所以王士禛认为如以"无声弦
指"去衡量,韦不如柳。"无声弦"用的是陶渊明蓄无弦琴一张,每逢酒
适,抚弄以寄其意的典故。"无声弦指",也就是王士禛常引述《二十四
诗品》的"不着一字,尽得风流"。

属于王维一派的钱起、郎士元、刘长卿,也被王士禛视为神韵一系,
《论诗绝句》也作了评论：

---

① 孟浩然《晚泊浔阳望庐山》："挂席几千里,名山都未逢。泊舟浔阳郭,始见香炉
峰。尝读远公传,永怀尘外踪。东林精舍近,日暮空闻钟。"相传王维深喜此诗,为写吟诗
图。见《韵语阳秋》卷十四。
② 《评韩柳诗》,孔凡礼点校《苏轼文集》卷六十七,中华书局1986年版。

中兴高步属钱、郎,拈得摩诘一瓣香。
不解雌黄高仲武,长城何意贬文房。

高仲武《中兴间气集》对钱起、郎士元极为推崇,而对刘长卿则有所贬抑,谓"大抵十首已上,语意稍同,于落句尤甚。思锐才窄也"。王士禛对高仲武推尊钱、郎并无异议,但其对贬抑刘长卿则十分不满。刘长卿七律以工秀见长,深为王氏所重。他主张:"七律宜读王右丞、李东川,尤宜熟玩刘文房诸作。"①刘长卿亦擅长五律,号为"五言长城",其诗"大抵研炼深稳,而有高秀之韵"。② 这里说"长城何意贬文房",对刘长卿五律显然也是推重的。

从锺嵘到孟浩然、韦应物,到王维一派的钱起、郎士元、刘长卿,下接明代的边贡、徐祯卿,以及与边、徐同调的高叔嗣③,这些构成了神韵说的诗歌史系统的骨干。虽然《论诗绝句》没有直接论及陶渊明、王维,但是韦应物是学陶的,钱起、郎士元是学王的,所以陶渊明、王维实际上也被包括在这一系统之中了。

在明清之际,云间、西泠派重举七子派的复古旗帜,但他们所重的是李、何、王、李,即李梦阳、何景明、王世贞、李攀龙这些主流派诗人,而对边贡、徐祯卿则不重视。王士禛于七子派中特别表彰边、徐,并放到王、孟诗的系统里,赋予其诗歌史上的重要地位,可谓特识④。其神韵

---

① 《然镫记闻》。
② 《四库全书总目提要》卷一百四十九,《刘随州集》提要。
③ 高叔嗣(1501—1537),字子业,号苏门山人,祥符人,曾任吏部稽勋。渔洋《论诗绝句》有云:"中州何、李并登坛,弘治文流竞比肩。讵识苏门高吏部,啸台鸾凤独迢然。"
④ 在王士禛之前,何良俊《四友斋丛说》曾大赞边贡诗,王世贞之弟王世懋在其《艺圃撷余》中也曾指出徐祯卿、高叔嗣善于用短,谓"李、何尚有废兴,二君必无绝响"。但这些在明清之际诗坛并未引起重视。

说在明代可以说是上承边、徐以及高叔嗣，由之而上溯唐人。

　　王士禛对李攀龙的态度有两面：一方面承认回归传统的总体趋向正确，另一方面则不满其模拟。清初计东在《宁益贤诗集序》中称，王士禛于顺治十六、十七年（1659、1660）评次宁益贤诗，"谓兼空同（按，李梦阳）、历下（李攀龙）"，然后计东说：

　　　　此时，贻上（按，王士禛）意中犹习闻前辈之论，以为……空同、历下，守唐人之家法者也。贻上既尊其名，而心实未能忘，故以此称益贤以重之也。①

王士禛称赞他人诗，谓兼有李梦阳、李攀龙之长。此可见其尊崇李攀龙的一面。而其所以尊崇李攀龙，正如计东所言，乃是因为在他看来李攀龙是唐诗传统的继承者。但汪琬《说铃》记载了王士禛对李攀龙态度的另一面：

　　　　王进士（按，王士禛）言："若遇仲默、昌谷，必自把臂入林；若遇献吉，便当退三舍避之。"予时在座，遽谓曰："都不道及汝乡于鳞耶？"王嘿然。

汪琬《说铃》成于顺治十六年，后稍有增补。王士禛于顺治十五年（1658）赴殿试，十六年谒选得扬州府推官。十五年夏秋及次年，与汪琬等在京师以诗相倡和。《说铃》所载之言实际上反映了王士禛在顺治十五、十六年时的诗学态度。王氏于前七子中首重李梦阳，其次是何

---

　　①　《改亭文集》卷四。

景明、徐祯卿,而对李攀龙则不置评,这表明其对李攀龙并非完全肯定,
而是有所不满的。施闰章曾说:"新城王阮亭先生论诗,于其乡不尸祝
于鳞。"①正道出王士禛之意。

王士禛对后七子派的不满,在《论诗绝句》另一首也有所表现:

> 草堂乐府擅惊奇,杜老哀时托兴微。
> 元、白、张、王皆古意,不曾辛苦学妃豨。

后七子王、李模拟古乐府,云间、西泠派诗人继之,在清初影响极大。古
乐府语有"妃呼豨"之语,乃是衬字,有声无意,而当时竟有诗人摹拟作
"妃来呼豨豨知之",王士禛此诗就是针对模拟乐府的风气而发。《论
诗绝句》还有一首论及"后七子"之一的谢榛:

> 枫落吴江妙入神,思君流水是天真。
> 何因点窜澄江练,笑杀谈诗谢茂秦。

谢朓名句"澄江净如练",谢榛嫌句中"澄""净"语意重复,欲改为"秋
江净如练"。王士禛以为,此句和崔信明"枫落吴江冷"、徐干"思君如
流水"一样,都是即目而成、兴会而发的佳句,谢榛欲改之,实在可笑。
王士禛不仅对谢榛此论痛加批评,而且对谢榛论诗全然不喜,谓"《四
溟诗说》,多学究气,愚所不喜"②。谢榛论诗也常言妙悟,但王士禛却
认为他并未透悟诗道,故谓其论诗多学究语。

王士禛对性灵派理论的吸收突出表现在他对宋元诗的态度上。前

---

① 《渔洋续诗集序》。
② 《师友诗传续录》。

后七子否定宋元诗,云间、西泠诗人亦然。而性灵派却肯定和倡导宋元诗。清初,钱谦益即是一个著名倡导者,而他本人的创作也吸收了宋元诗的传统。这对王士禛有重要的影响。《论诗绝句》肯定苏轼七言古诗上接李、杜、韩,对黄庭坚也评价极高:

> 涪翁掉臂自清新,未许传衣躐后尘。
> 却笑儿孙媚初祖,强将配飨杜陵人。

王士禛特别称赏黄庭坚诗的独创性,其《七言诗凡例》云:"山谷虽脱胎于杜,顾其天资之高,笔力之雄,自辟门户。宋人作《江西宗派图》,极尊之,配食子美,要亦非山谷意也。"《香祖笔记》云:"予谓从来学杜者无如山谷。山谷语必己出,不屑稗贩杜语。"这些正可看作这首诗的注脚。计东称:"近代最称江西诗者,莫过虞山钱受之。继之者,为今日汪钝翁、王阮亭。"①可见王士禛喜好山谷与钱谦益相同。《论诗绝句》又云:

> 铁崖乐府气淋漓,渊颖歌行格尽奇。
> 耳食纷纷说开、宝,几人眼见宋元诗。

这首诗称赞元诗人杨维桢的乐府诗和吴莱的歌行,并由此肯定宋元诗。

综上所述,王士禛《论诗绝句》既有继承七子派诗学的一面,也有吸收性灵派诗学的一面。

---

① 《南昌喻氏诗序》,《改亭文集》卷四。

5. 关于《鬲津草堂诗集序》所说的早年诗学

郭绍虞先生主编的《中国历代文论选》选录王士禛《鬲津草堂诗集序》一文。这篇序文作于王士禛晚年,在序中,王氏追述其三十年前的论诗主张云:

> 三十年前,予初出,交当世名辈,见夫称诗者,无一人不为乐府,乐府必汉《铙歌》,非是者弗屑也;无一人不为古选,古选必《十九首》、公宴,非是者弗屑也。予窃惑之,是何能为汉魏者之多也?历六朝而唐宋,千有余岁,以诗名其家者甚众,岂其才尽不今若耶?是必不然。故尝著论,以为唐有诗,不必建安、黄初也;元和以后有诗,不必神龙、开元也;北宋有诗,不必李、杜、高、岑也。①

《中国历代文论选》的"说明"谓这篇文章"没有提到早年的诗论",认为这一段文字所说的主张乃是其中年的观点。这种说法值得商榷。

先看此文的写作时间。此文收入王士禛《蚕尾集》,此集所收杂文断自康熙二十九年(1690),而《蚕尾续集》所收诗文断自康熙三十四年(1695)。由此可知,《蚕尾集》所收杂文的下限当在康熙三十三年(1694)。这篇序文提到田雯,称他为司寇。按田雯于康熙三十三年至三十八年(1699)任刑部右、左侍郎②。刑部侍郎称少司寇。此序称田雯为司寇,则此序的写作时间应是在田雯官刑部侍郎以后,即在康熙三十三年以后。而《蚕尾集》所收文章之下限在康熙三十三年,由此可

---

① 《带经堂集》卷六十五。
② 据田雯《蒙斋年谱》。

推知，此序写于康熙三十三年。序中所说"三十年前"当指康熙三年（1664）以前，即王士禛写作《论诗绝句》之时。这里所追述的正是王士禛早期的诗学。

又，《四库全书总目提要》认为王士禛以上一段文字是为田雯而发，也是错误的。《四库全书总目》卷一百八十三说：

> 雯才调纵横，沿几社之余风，以奇伟巨丽自喜，与王士禛同郡同时，而隐然负气不相下。……序（按，指《鬲津草堂诗集序》）称"唐有诗，不必建安、黄初也；元和以后有诗，不必神龙、开元也；北宋有诗，不必李、杜、高、岑也"。语盖为雯而发。

上面说《鬲津草堂诗集序》所追述的乃是王士禛康熙三年以前的观点。据田雯《蒙斋年谱》称自己"官舍人时始学诗"，而其官中书舍人始自康熙六年（1667）。这表明在田雯正式学诗以前，王士禛就有"唐有诗，不必建安、黄初"云云的观点，则这种观点不可能针对田雯而发。据《蒙斋年谱》，康熙八年（1669）田雯从申涵光学诗，康熙十四年（1675），从王士禛与施闰章论诗，王士禛刻其诗于《十子诗略》。田雯虽年岁与王士禛相当，但成诗名却比王士禛晚得多，所以在康熙三年左右，王士禛提出的诗学观点绝不可能针对田雯。其实，王士禛这段话乃是针对清初受七子、云间派影响的人人拟乐府、古诗的诗风。王士禛提出的"北宋有诗，不必李、杜、高、岑也"云云，与《论诗绝句》"耳食纷纷说开、宝，几人眼见宋元诗"是一致的。这种观点再往下发展，就是王士禛中年对宋元诗的提倡，这些问题将在第七章论及。

以上我们所论及的这些诗学家，既受云间派的影响，又受钱谦益一派的影响，都有折中公安、竟陵派与七子派的倾向。清初的诗论家认识到七子派与性灵派各有其弊端，因而出现了融合的趋向。

浙江归安的韩纯玉①,论诗主张将七子派与竟陵派结合,他曾有一部诗选就题为《明诗兼》。毛际可《韩子蘧诗序》云:

> 子蘧向有《明诗兼》之选,谓:世之论诗者,历下(按,李攀龙)专尚风格,竟陵专主性灵,常判然不能一。夫诗自汉魏、六朝、初盛以来,其途甚广,其义蕴更为无穷,而必循环反复于二者之间,如厌梁肉者谓蔬蕨之足嗜,久之知其枵腹无当也,复欲攘窃于隔宿之官庖,宁非习焉而适得其偏之过乎。故选之义一取于兼,今读子蘧之作,亦汉魏,亦六朝、初盛,尽洗藩篱畛域之见,与所持论合若符契。②

韩子蘧选编《明诗兼》显示的诗学倾向并非偶然,而是代表着当时诗学的共同取向。

邵长衡曾选明七子派李梦阳、何景明、王世贞、李攀龙四人诗为《明四家诗钞》,其序云:

> 大抵羽翼四家者,病在雷同沿袭,而自得之趣鲜;击排四家者,病在尖新僻涩,而膏肓之锢深。故万历、启、祯六七十年间,天下无诗。非无诗也,其所为诗者非也。……熙朝累洽,诗道浸昌。尚声格者悟剿窃之伪,探幽窅者悔枵腹之疏,复古于是有机。③

---

① 韩纯玉,字子蘧,浙江归安人,诸生。
② 《安序堂文钞》卷八。
③ 《明四家诗钞序》,《邵子湘全集·青门簏稿》卷七。

邵长衡将明代后期诗学分为羽翼七子派者与击排七子派者,前者指云间,后者指公安、竟陵派,这两派之间互相对立,各有弊端,追随七子派者弊在模仿古人,没有自得,缺乏创新;反对七子派者唯新是尚,陷入僻涩,背离传统,结果是天下无诗。而在他看来,进入清代,崇尚格调的诗人已认识到模拟剽窃之伪,推重新变的诗人也意识到不求传统之过,这样,明代对立的诗学倾向到清代开始走向综合。邵长衡之言道出了清初诗学的走向。

第六章
主情与崇正：王夫之的诗学理论

　　王夫之是明清之际著名的哲学家，也是重要的诗学理论家。由于其著作在当时并未流传，故王夫之诗学在当时诗坛未发生影响。但是，这不等于说王夫之诗学与当时的诗学思潮没有关联。把王夫之放入明末清初的诗学潮流中审视，可知他试图综合公安、竟陵派的性灵说与七子派的格调说。在主张抒写性情方面，王夫之与公安、竟陵派有相同的立足点，但又批判其性情的俗化；在主正排变方面，王夫之与七子派有一致处，但又批判七子派欠缺性情。王夫之试图把主情与求正统一起来，在这种意义上，其诗学可以视为云间派诗学的继续。

　　王夫之对整个古典诗歌的审美传统作了总结，但其诗学价值观却是以古诗为基准建立的，其诗学体现的是汉魏六朝的审美精神，而不是唐诗的审美精神。王夫之自觉中国诗歌有两种展开情感的方式：一种是音乐性展开方式；一种是绘画性展开方式。前者在时间中展开情感，后者在空间中展开情感。这两种方式恰好概括了中国古典诗歌审美表现方式的历史演变过程：从诗乐同源到诗画一律。王夫之本人并未将这两种展开情感的方式当作历史演变过程来看待，但他对这两种方式的揭示将这方面的问题凸现出来。当代学者受王国维的影响，往往把境界说作为中国古典诗歌美学精神的概括与总结。其实，境界说只能概括空间性的展开情感的方式，即以景抒情的方式，却不能概括时间性的展开情感的方式。当代学者研究王夫之,往往只关注他对情景问题的论述,却忽略了他对诗歌的音乐性问题的论述。

一　王夫之诗学的极端内在性立场

王夫之诗学强调诗歌抒写情感,这在当代学者的研究著作中已经多次被指出和强调,但是仅仅指出王夫之诗学重情感,并不足以揭示王夫之的独特性,他的诗学体现出极端的内在性立场。王夫之的哲学属于理学体系,但他的诗学立场更接近心学。

1. 情感与形式:内在性与外在性

审美表现形式及风格与情感的关系有内在性的一面,也有外在性的一面。从内在性立场上看,情感的形式取决于情感自身,形式内在于性情,是从性情流出的,受性情决定。一首诗的形式风格之所以如此而非如彼,其依据是内在的,在于性情。情感必然有其自身的形式风格,形式风格只能是特定情感的形式风格,具有特殊性,人们不应将某种形式风格上升为普遍的形式而从外面赋予情感。从外在性立场看,诗歌的形式风格有继承性的一面,形式风格与情感相比,有相对的独立性。在诗歌史的发展过程中,形式风格本身形成了自己的审美传统。后来诗人必须如此写才是诗,必须如此写才美。这种审美传统被固定下来,就是所谓法则。在这种立场下,不是所有的形式风格都具有审美价值。某种形式风格的审美价值必须放到审美传统中,看其是否符合传统的规范。

内在性与外在性之间应该处于平衡状态。如果只强调内在性,只要是性情流露,不管什么样的形式都是诗,这就否定了审美传统,否定了法则;如果只强调外在性,说一定要符合前人的形式风格才是诗,这样形式风格就成为可以脱离性情的东西,就易于陷入形式主义。形式风格只有一方面是从性情流出的,是性情自身的独特的形式,而不是外在赋予的;另一方面符合审美传统,才能达到统一,才能处于平衡状态。明代诗学中,七子派强调形式风格外在性的一面,在格调上以古人为法;公安派强调内在性的一面,主张"独抒性灵,不拘格套"。这两者处于对立状态。清初诗学则试图调和这对立的两极,使之处于统一的平衡状态。

内在性与外在性的分辨,对于理解王夫之诗学极为重要。在内在性与外在性之间,王夫之秉持极端的内在性立场,完全否定外在性。他认为诗歌的形式风格只能是从性情上流出的,而反对用任何意义上的外在法则来约束情感,反对外在地学习他人的形式风格。正因为如此,他否定一切的诗歌流派。在创作上,他主张兴会而成,反对思考对创作过程的介入,他只承认自性情自然流出的形式风格。所有这一切都是他的极端内在性立场的表现。但另一方面,王夫之又坚决要求继承审美传统,而且他对审美传统的理解甚至比七子派更为狭隘。审美传统是外在的,王夫之坚持极端内在性立场,排斥一切外在性,反对在形式风格上学习他人,又如何来继承审美传统?王夫之采取了一种独特的理论思路来解决这一矛盾。他认为既然形式风格是从性情中流出来的,则只要有古人那样的性情,心似古人,就自然会流出古人那样的形式风格。王夫之就用这种独特的方式将明代诗学抒写性情与继承传统、内在性与外在性的矛盾从理论上消解了,明代诗学中互相对立的两个极端,在王夫之独特的诗学理论中得到了统一。

2. "关情是雅俗鸿沟":对七子派格调优先的反拨

第二章论及七子派的雅俗之辨着眼于诗歌的体格音调即形式风格,他们有一套审美价值系统以判定何者为雅,何者为俗。针对七子派以形式风格判定雅俗的观点,王夫之提出以有无性情作为雅俗的根本分界：

> 关情是雅俗鸿沟，不关情者貌雅必俗。然关情亦大不易，锺、谭亦未尝不以关情自赏，乃以措大攒眉、市井附耳之情为情，则插入酸俗中为甚。情有非可关之情者，关焉而无当于关，又奚足贵哉！①

"关情是雅俗鸿沟"是针对七子派，"情有非可关之情"则是针对竟陵派。七子派从形式风格本身论雅俗，就意味着形式风格可以脱离情感而独立地被评价。形式风格就是貌，七子派的雅俗之辨所辨的就是貌的雅俗，云间派陈子龙说"先辨形体之雅俗"也是如此。若着眼于貌来辨雅俗，则貌雅即为雅，貌俗即为俗，也就不存在"貌雅必俗"的问题。这种观点是在形式风格与情感的关系中强调外在性的一面。这是七子派诗学的基本特征。与七子派相反，王夫之提出，判定诗歌雅俗的根本标准是"关情"与否，即要看形式风格是否体现情感。如果形式风格不是情感的表现，就成为与性情无关的空洞形式，徒有外表，那么这种形式风格即便外在是雅的，其本质也必定是俗。王夫之与七子派原则性的区别是：王夫之认为形式风格不能脱离性情来独立评价，强调形式风格内在于性情的一面。

王夫之的内在性立场也体现在"以意为主"的命题中：

> 无论诗歌与长行文字，俱以意为主。意犹帅也。无帅之兵，谓之乌合。李、杜所以称大家者，无意之诗十不得一二也。烟云泉

---

① 《明诗评选》卷六，王世懋《横塘春泛》评语。

　　石,花鸟苔林,金铺锦帐,寓意则灵。若齐梁绮语,宋人拈合成句之
　　出处,(宋人论诗,字字求出处。)役心向彼掇索,而不恤己情之所
　　自发,此之谓小家数,总在圈缋中求活计也。①

"以意为主"是从诗歌诸构成层面之间的关系方面言。从诗歌的构成
看,一首诗有景物的层面,有语言的层面,有思想情感(意)的层面等
等,在这些层面中,意居于主导统帅的地位,其他层面则居于从属地位,
它们都是表现意的,只有在表现意的前提下,这些层面才具有价值和意
义。所谓"烟云泉石,花鸟苔林,金铺锦帐,寓意则灵",就是指此。如
果脱离意而去讲求其他层面,就失去了意,失去了统帅,没有了灵魂,这
些层面也就没有了价值和意义。因此,王夫之批评齐梁人追求绮丽之
语,批评宋人讲求字句的出处,乃是"役心向彼掇索,而不恤己情之所
自发","彼"与"己"之分辨就是外与内之别。在王夫之的诗学中,形式
是在创作过程中自发地由性情而外现的,是从性情而形式,从内向外,
而不是从外在讲求构成的。诗歌的表现形式受性情的内在决定,每一
首诗歌的表现形式对于其表现的性情来说都是特殊的、唯一的、不可重
复的。讲求绮丽之语与求字句之出处,在王夫之看来,显然是独立地
讲求语言的层面,以语言层面为中心,考虑什么样的用语绮丽、什么
样的字句有出处,这样诗歌语言就非性情本身流出的受性情决定的
内在表现形式,而是外在于性情的形式。所谓"役心向彼掇索"云
云,就是驱使自己的灵心趋向于外在的形式,这种形式是脱离自己性
情的形式,而非从性情中流出来的形式,对于性情而言就失去了内在
性,故王夫之说"不恤己情之所自发"。这种形式没有意义,乃是"无

---

　　①　《姜斋诗话笺注》卷二。

意之诗"。

从强调形式内在于性情的一面言,王夫之诗学与公安、竟陵以及钱谦益一派的诗学有相通之处,因此王夫之也猛烈抨击七子派:

> 欲作李、何、王、李门下厮养,但买得《韵府群玉》《诗学大成》《万姓统宗》《广舆记》四书置案头,遇题查凑,即无不足。①
>
> 沧溟(按,李攀龙)一种万里、千山、大王、天子语,是赚下根人推戴主盟铺面。②
>
> 弇州(按,王世贞)……一切差排,只是局面上架过。甚至赠王必粲,酬李即白,拈梅说玉,看柳言金,登高疑天,入都近日。③

在王夫之看来,七子派讲求格调是脱离性情讲求形式。这样的诗歌是外在地"作"出来的,而不是从性情中流出来的。李攀龙喜欢格调的宏壮,其诗中常用"万里""千山"一类的词语,宏壮的格调可以从诗歌语言的层面造作出来,而与自己的性情无关,形式风格就脱离了性情,成为一种外在于性情的存在。王世贞写诗,赠给王姓的人必用王粲的典故,赠姓李的人必用李白的典故,写梅花必用玉来比,写柳树必与金相连,如此等等,诗歌的意象语言不是从内在的性情流出来的,而是外在地组织起来的,因为这些意象语言不是诗人内在情感的表现,乃是脱离情感的东西。由于表现形式独立于情感而存在,诗人可以在没有情感的状态下为了格调而写诗。诗人只要从前人处找出适合于某种格调的词语拼凑在一起即可,表现形式成为与自己性情无关的

---

① 《姜斋诗话笺注》卷二。
② 《明诗评选》卷七,王世贞《闺恨》评语。
③ 同上。

格套。

对于七子派的创作倾向,王夫之深恶痛绝,所以他大声疾呼"关情是雅俗鸿沟,不关情者貌雅必俗"。而对于七子派的关情之作,王夫之则大力肯定,称李梦阳《赠青石子》诗"亦自关性灵"①,赞王世懋诗"一往有关情处"②。竟陵派是以提倡性灵自任的,但在王夫之看来,他们的诗歌一样陷于格套,只不过换一副格套,实质则同:

> 若欲吮竟陵之唾液……但就措大家所诵时文"之""于""其""以""静""澹""归""怀"熟活字句凑泊将去,即已居然词客。③
>
> 除却比拟钻研,心中元无风雅,故埋头则有,迎眸则无;借说则有,正说则无。竟陵力诋历下(按,李攀龙),所恃以为攻具者止性灵二字,究竟此种诗何尝一字自性灵中来!④

在王夫之看来,竟陵派诗歌也是靠记诵现成的字词、外在地拼凑而成,非从性情中流出。瞻顾诗坛,王夫之深为感慨:"五六十年来,求一人硬道取性灵中一句亦不可得!"⑤

正是从纠正诗坛的弊端出发,王夫之论诗特别强调诗歌的情感。王夫之不仅不反对性灵,反而提倡性灵。唯其如此,王夫之虽对七子、公安、竟陵都痛加批评,但对公安派评价最高,肯定其诗"有自位"⑥,打破七子派的格套,见出性灵。站在情感优先的立场上说,王夫之主情与

---

① 《明诗评选》卷四。
② 《明诗评选》卷六,王世懋《横塘春泛》评语。
③ 《姜斋诗话笺注》卷二。
④ 《明诗评选》卷五,王思任《薄雨》评语。
⑤ 同上。
⑥ 《明诗评选》卷六,袁宏道《和萃芳馆主人鲁印山韵》评语。

公安派"独抒性灵"有一致之处。

3. 兴会与现量:王夫之的内在性立场在创作论上的表现

王夫之的极端内在性立场体现在创作论中,是强调情感获得表现形式的过程乃是内在的自发的过程,不需要主体外在地赋予情感以形式。这种思想的具体表现就是他的兴会与现量说。

王夫之反对脱离性情而讲求形式,在他看来,只要任性情流动,性情就会自发获得表现形式。这样就将诗歌的表现形式内在化:

> 天地之际,新故之迹,荣落之观,流止之几,欣厌之色,形于吾身以外者化也,生于吾身以内者心也;相值而相取,一俯一仰之际,几与为通,而浡然兴矣。①

情感获得表现不外是情感的客观化,情感借外物以获得表现。在王夫之的哲学系统中,心与物的相感乃是必然的。"形于吾身以外"的"化"乃是外物,它与"生于吾身以内"之"心"必然相感,两者相遇,心取物而使情感外化,物取心而使物心灵化。在王夫之看来,心物"相值而相取"是一个内在的双向的过程,两者的相感相取乃是必然的,是自发地完成的。心物相感的契机,王夫之认为"几与为通",即阴阳二气之运动使心物相感,进入相感过程,王夫之用传统的诗学术语称之为"兴"。此所谓"兴"即感兴之"兴",是一种内在的自发的创作状态。王夫之认为情景结合乃至获得语言表现形式,全都是在这种创作状态中完成的。他说:"一用兴会标举成诗,自然情景俱到,恃情景者,不能得情景

_____

① 《诗广传》卷二,《豳风》三。

也。"①此所谓"兴会标举"正是指与上文"浡然兴矣"相同之创作状态。在这种状态中,情景会自发结合,而有意要使情景结合者反而不能作到,其原因就在于"恃情景者"有强烈的理性意识介入,不是在感兴状态之中创作。他又说:

> 当其始唱,不谋其中;言之已中,不知所毕;已毕之余,波澜合一,然后知始以此始,中以此中,此古人天文斐蔚、夭矫引申之妙,盖意伏象外,随所至而与俱流,虽令寻行墨者不测其绪。②

诗人在创作前没有设计与思考,在创作过程中也没有理性的介入,创作过程完全是内在的自动的过程。

这种兴会的创作状态,王夫之又借用禅学范畴称之为"现量":

> "僧敲月下门",只是妄想揣摩,如说他人梦,纵令形容酷似,何尝毫发关心?知然者,以其沉吟"推敲"二字,就他作想也。若即景会心,则或"推"或"敲",必居其一,因景因情,自然灵妙,何劳拟议哉?"长河落日圆",初无定景;"隔水问樵夫",初非想得。则禅家所谓"现量"也。③

所谓"现量",按王夫之《相宗络索》的说法:"现者,有现在义,有现成义,有显现真实义。现在不缘过去作影,现成一触即觉,不假思量计较,显现真实,乃彼之体性本自如此,显现无疑,不参虚妄。"现量说用之于

---

① 《明诗评选》卷六,袁凯《春日溪上书怀》评语。
② 《古诗评选》卷一,曹操《秋胡行》评语。
③ 《姜斋诗话笺注》卷二。

诗歌,所谓"现在"是指创作过程中情景相感而结合的当下性,这种相感而结合不是事先预定的,也不是事后可以牵合的,而是在当下的兴会过程中情景相感而得到结合;"现成"是指这一过程的内在性与自律性,情景在兴会过程中内在地自发结合而获得表现形式,这一过程有其自身的规律,不需要思维的外在介入;"显现真实"是指这一过程能完满展现其对象的真实。按照王夫之的理论,情景是在兴会过程中自然结合而自动获得表现形式的,是"僧推月下门"还是"僧敲月下门",会在兴会过程中自动选择完成,这种选择完全是内在的,而诗人思考是"推"还是"敲",是在兴会过程之外人为地思考选择,这样所获得的语言表现形式不是内在流出的,而是从外在赋予的,按照王夫之的内在性立场,不是内在流出的就与性情无关,所以他说这种创作"如说他人梦,纵令形容酷似,何尝毫发关心"。

4. 内在性与外在性:"非法之法"与"死法"

王夫之站在极端内在性立场上反对外在的法则。站在内在性立场上看,某一诗人某种情感的表现形式对于这种情感来说乃是唯一的,因为诗人的创作是在兴会的过程中完成的,诗人的心境的变化,时地的不同,则心物相感、情感获得表现的形态也就有不同。而且情感获得表现形式的过程是内在的过程,诗人不能从外在对这一过程进行干预。站在内在性立场上看,诗歌不应由一种外在的规范来规定情感获得表现形式的过程与方式。而传统所谓诗法,是从具体作品概括出来的法则,法则就意味着普遍性、规范性与强制性。它外在于每个具体的创作主体,从外面赋予主体情感以形式,对主体具有强制性,使不同的诗人在情感表现方面具有某种程度的一致性。这种法则正与王夫之的内在性立场相对立,所以受到王夫之的猛烈抨击。

唐皎然有《诗式》,是提倡诗法者,王夫之说:

> 皎然一狂髡耳,目蔽于八句之中,情穷于六义之始,于是而有开合收纵、关锁唤应、情景虚实之法,名之曰律。钳楉作者,俾如登爱书之莫逭,此又宋襄之伯,设为非仁之仁,非义之义,以自蹙而底于衄也。①

"开合收纵、关锁唤应、情景虚实之法",乃是形式结构之法,这种法则意味着所有诗歌都应具有某种形式结构,但站在王夫之的内在性立场上说,诗歌有什么样的形式结构不应该外在地被决定,而应该在兴会过程中自发获得。如果从外在赋予一结构,这种结构是外在于情感的,并不是情感自身的结构。因为这种结构形式外在于性情,乃是格套,束缚了诗人的性情。从这种角度出发,他对传统诗学中起承转合一类结构法则也极为不满:

> 起承转收,一法也。试取初盛唐律验之,谁必株守此法者?法莫要于成章,立此四法,则不成章矣。②

所谓"起承转收"乃是诗歌的结构法则,规定各两句为起、为承、为转、为合,这种结构法则就如他所批评的"开合收纵、关锁唤应"之法,一旦成为普遍性的法则,就变成外在性的结构。王夫之把外在性法则称为"死法":

---

① 《古诗评选》卷六。
② 《姜斋诗话笺注》卷二。

　　　　诗之有皎然、虞伯生,经义之有茅鹿门、汤宾尹、袁了凡,皆画
　　地成牢以陷人者,有死法也。死法之立,总缘识量狭小。如演杂
　　剧,在方丈台上,故有花样步位,稍移一步则错乱。若驰骋康庄,取
　　涂千里,而用此步法,虽至愚者不为也。①

虞伯生即元代的虞集,旧有题名为《虞注杜律》者,实乃元人张性所著
而被嫁名于虞集,此书有多种版本,其中有些版本多标有诗格,故王夫
之有上述之论。外在性的法则为普遍性的法则,具有强制性,要求人人
遵守,而一旦为人所遵守,就会造成千篇一律。王夫之反对这种外在的
法则。

　　王夫之激烈反对外在性的法则,但他有时也谈法则。不过,他是站
在内在性立场谈诗法。站在这种立场上所说的诗法,不同于通常所谓
诗法。这种诗法是指诗人在创作过程中触物兴感、情感获得表现形式
的规律,它内在于诗人的创作过程,不具有普遍性和约束性:

　　　　所谓章法者,一章有一章之法也。千章一法,则不必名章法
　　矣。事自有初终,意自有起止,更天然一定之则,所谓范围而不过
　　者也。②

诗歌所写的事与意具有自己的内在展开逻辑,这种内在的展开逻辑就
是它们自身的法则,不同的事与意有不同的内在的展开逻辑,也就有其
各自的法则。这样,每一首诗各有其自己的事与意,就各有其自身的展
开方式,这就是其所谓的"一章有一章之法"。这种法则不具有普遍性

────────────
① 《姜斋诗话笺注》卷二。
② 《明诗评选》卷五,杨慎《近归有寄》评语。

和约束性,不能移到另外一首诗上去,因为另外一首诗又有其自身的法则。他评明人邵宝《盂城即事》说:

> 此诗之佳,在顺笔成致,不立疆畛,乃使通篇如一语。以颔联作腹联,以腹联作颔联,俱无不可。就中非无次第,但在触目生心时,不关法律。雅俗大辨,正于此分。①

此所谓"顺笔成致,不立疆畛"云云,是说这首诗没有按照外在的法则去安排,也即王夫之所谓"触目生心时,不关法律",但是尽管诗人在创作过程中没有遵照外在的法律,却有自身的内在的逻辑,即所谓"次第",这种内在的"次第",每一首诗各自不同,不具有普遍性,不同于外在的法律。他又说:"以当念情起,即事先后为序,是诗家第一矩矱。"②要按照情感兴起的过程,按照所写之事的自身的顺序来展开,这是第一法则。这种法已经与一般所谓诗法有根本的不同。这种法是内在的而不是外在的,不具有普遍性、规范性与强制性,王夫之称之为"非法之法"③。"死法"与"非法之法"的不同,就是外在性与内在性的分别。

5. 内在性立场与对一切诗歌流派的否定

　　王夫之对自建安七子以来的一切诗歌流派都持激烈的否定态度,这是其诗学的突出特征。当代学者往往对王夫之否定七子派的立场加以肯定,而对其否定建安七子等则往往只是指出有失偏激。但是,问题的关键在于,何以王夫之会将建安七子等这些受到古往今来肯定的诗

---

① 《明诗评选》卷六。
② 《古诗评选》卷四,庾阐《观石鼓》评语。
③ 《姜斋诗话笺注》卷二。

歌流派与七子派一样看待？笔者认为，其所以激烈否定一切诗歌流派，源于他所持的极端内在性立场。

　　由于王夫之持一种极端的内在性立场，根本否定外在性，诗歌的形式风格只能是从性情流出来的，而不能是从外面学来的；而流派的成立必然以某种程度的共同性为前提。从审美表现的层面看，必然是某一诗人或某些诗人的审美表现形式普遍化而成为其他诗人共同的审美表现形式。诗人们必然会学习别人的形式风格。这样形式就失去内在性，而成为外在于性情的形式。王夫之说：

> 诗文立门庭，使人学己，人一学即似者，自诩为"大家"，为"才子"，亦艺苑教师而已。……才立一门庭，则但有其局格，更无性情，更无兴会，更无思致；自缚缚人，谁为之解者？①

"立门庭"是指自觉创立流派，"使人学己"就是使自己的审美表现形式普遍化而为他人的表现形式。所谓"局格"，就是这一流派共有的形式规范。一旦流派成立，"局格"的出现是不可避免的。而一旦有了"局格"，就失去了内在性，故王夫之说"更无性情，更无兴会，更无思致"。"兴会""思致"都是与内在性关联在一起的。王夫之称：

> 立门庭者，必饾饤，非饾饤不可以立门庭。盖心灵人所自有而不相贷，无从开方便法门，任陋人支借也。②

"心灵"是人人所自有的，诗歌的表现形式应该是伴随着情感从心灵中

---

① 《姜斋诗话笺注》卷二。
② 同上。

流出来的,这样形式内在于情感,所谓"饾饤"即模仿别人的字句,这样
形式是从别人那里"支借"来的,而不是内在情感的表现。王夫之站在
极端内在性的立场上,认为诗歌流派就意味着外在性,外在性就意味着
无性情。其实他只看到内外之间紧张关系的一面,而没有看到两者之
间是可以统一的。外在的形式规范可以内化而成为情感内在的形式。
这个转化就是所谓的悟,学诗一旦达到悟,则外在的法则内化为主体的
内在形式。七子派的理论没有解决转化的问题,外在的形式规范是外
在于情感的,这样情感成为可以脱离自己性情的格套。后来胡应麟开
始强调法与悟两者的统一,显然是试图解决这一问题。王夫之看到了
七子派格调的弊端,因而转持极端的内在性立场,排斥外在性。那么诗
歌形式风格的可继承性这一端就被他否定了。

　　正是站在极端的内在性立场上,王夫之对诗歌史上从建安七子、宫
体诗人、初唐四杰、大历十子、西昆体、江西诗派乃至明七子、竟陵派等
一切诗歌流派都加以否定。他抨击以曹植为首的建安诗人:

　　　　建立门庭,自建安始。曹子建铺排整饰,立阶级以赚人升堂,
　　用此致诸趋赴之客,容易成名,伸纸挥毫,雷同一律。①

王夫之对建安诗人尤其是曹植进行了严厉的批评。当代研究者在涉及
这一问题时多是指出王夫之有偏激之处,其实这种偏激的批评有着他
自己的理论依据,那就是他的极端内在性立场。他批评苏、黄诗风曰:

　　　　人讥西昆体为獭祭鱼,苏子瞻、黄鲁直亦獭耳！彼所祭者,肥

---

　　① 《姜斋诗话笺注》卷二。

油江豚;此所祭者,吹沙跳浪之鲢鲨也。除却书本子,则更无诗。①

宋诗有以学为诗的倾向,讲求字句之出处。王夫之认为,这些字句不是性情中流出来的,而是从前人"书本子""支借"来的。从这种角度看,苏、黄诗与西昆体并无本质区别,只不过一派是清淡的词句、一派是华丽的词句而已。

明代诗学流派七子派、公安派、竟陵派也都受到王夫之的抨击:"三百年来,李何、王李、二袁、锺谭,人立一宗,皆教师枪法,有花样可仿,故走死天下如骛。"②王夫之主张形式内在于性情,主张兴会,反对外在的法则,反对一切的流派,所有这些主张都体现出其极端的内在性立场,如果用道学的眼光来看待这种诗学观的话,王夫之的诗学乃是属于心学一派,而王夫之的哲学观乃是理学,理学重理知、重知识、重规范,但王夫之在其理学的哲学系统中却产生出一套心学的诗学,这是一个非常有意思的问题。

6. "情有非可关之情":王夫之对情感的规范

"关情是雅俗鸿沟",是针对七子派;"情有非可关之情者",是针对竟陵派。就主情一面说,王夫之与公安、竟陵派有一致之处;就对情感作出限定一面说,则又与公安、竟陵派划清了界限。

传统儒家诗学有所谓言志、缘情之辨,言志体现儒家道德政治精神,而缘情则不必如此,因而情可以通向欲。但王夫之并没有在言志、缘情的理论传统中讨论对诗歌情感的规范问题,而是在他的理学系统中处理这一问题。在王夫之的诗学系统中,情是最高范畴,但是在他的

---

① 《姜斋诗话笺注》卷二。
② 《明诗评选》卷四,汤显祖《答丁右武稍迁南仆丞怀仙作》评语。

理学系统中,情并非最高范畴。在情之上,还有性这一范畴,对情进行约束和限定。王夫之说:"诗以道性情,道性之情也。"①站在诗学的审美立场上,王氏反对性直接进入诗歌的表现范围,但是另一方面,站在理学的伦理立场上,他又认为情没有独立性,情是性的表现,要受性的严格规范。这样,王夫之一方面反对以言志代言情,反对以理性代感性,另一方面,又主张以性约束情,在性的约束限定之下,情必须经过严格的澄汰,使之纯而又纯,符合性的要求,体现着强烈的理性精神。这与公安、竟陵派的性灵具有本质上的区别。他说:

> 诗言志,非言意也;诗达情,非达欲也。心之所期为者,志也;念之所觊得者,意也。发乎其不自已者,情也;动焉而不自待者,欲也。意有公,欲有大,大欲通乎志,公意准乎情。但言意,则私而已;但言欲,则小而已。②

意与志相对,情与欲相对。王夫之反对将理与欲对立起来,承认人欲的合理性,认为"人欲之各得,即天理之大同"③,"人欲之大公,即天理之至正",天理就在人欲之中,"终不离欲而别有理也"④,但是在王夫之,理虽在欲中,但欲和理有着明确的界限,要以理制欲。王夫之强调"私欲净尽,天理流行,则公矣"⑤,认为人欲全都符合天理即道德规范才是公,正是此意。所以他主张"行天理于人欲之内,而欲皆从理"⑥。

---

① 《明诗评选》卷五,徐渭《严先生祠》评语。
② 《诗广传》卷一,《邶风》九。
③ 《读四书大全说》卷四。
④ 《读四书大全说》卷八。
⑤ 《思问录·内篇》。
⑥ 《读四书大全说》卷六。

王夫之对情志与意欲的辨别,正是建立在以上哲学基础之上的。情志与意欲的区别就在于公私大小之不同。王夫之强调"学者当知志意之分"。王夫之认为"志大而虚含众理"是符合天理的;但意是"人心偶动之机,类因见闻所触,非天理自然之诚……为善为恶,皆未可保",所以"意小而滞于一隅",①只有将意提升到大而公的程度,志和意才可以相通。王夫之诗学中,"情"的含义有广狭之分,狭义的情是符合天理的情感,这种情与志相当,而与欲有别。广义的情包括欲,因而有贞淫之不同,贞者合天理,淫者是人欲。在王夫之,欲经过升华可以成为符合天理之情,诗歌中所应表现的就是这种情。情和志都属于天理层面,意和欲都属于人欲层面,情志与意欲之别实质上乃是天理与人欲之别。

由于强调情与志的大与公,王夫之要求诗歌写"通天尽人之怀"②,"通天"者谓可以通于天理,"尽人"者谓人人之共有,都是强调诗歌情感的大与公,强调情感的普遍的道德及政治内涵。他称"古之为诗者,原立于博通四达之途,以一性一情周人情物理之变而得其妙"③,诗歌要写自己的性情,这是所谓"一性一情",但是这种性情要超越个人的私欲,而能够体现普遍的天理人情,这是所谓"周人情物理之变",也就是"通天尽人",这样的情感是大是公。站在这种立场上,他对表现不具有大和公之特征的个人性情和生活大加抨击:"门庭之外,更有数种恶诗:有似妇人者,有似衲者,有似乡塾师者,有似游食客者。"④"似衲

①　《张子正蒙注》卷四。
②　《古诗评选》卷四,阮籍《咏怀》"开秋兆凉气"评语。
③　《四书训义》卷二十一。
④　《姜斋诗话笺注》卷二。

者"指表现隐逸寒苦之诗,他认为此种诗起自陶渊明,其后贾岛、陈师道、陈继儒、锺惺等人的诗俱属此类。似塾师、游客者是指"啼叽号寒,望门求索"之诗,王夫之认为这种诗起自《诗经》中的《北门》,其后陶渊明《乞食》、杜甫《奉赠韦左丞丈二十二韵》等作,再到陈昂、宋登春之诗,俱属此类。这类诗的缺陷在王夫之看来与上一类相同,着眼的也是一己之悲欢。所谓"似妇人者"指艳情诗,王夫之并不排斥爱情诗,因为男女之情在他看来也是天理,但艳情必须合于理,受道德的规范,要"流览而达其定情","婉娈中自矜风轨"。对于南朝乐府诗歌,王夫之斥之为"里巷淫哇",对元、白及《香奁》以来的描写男女爱情的作品,王夫之深为不满,认为是"将身化作妖冶女子,备述衾裯中丑态",对于竟陵派之拟作情歌,王夫之更是痛斥不已,认为是"青楼淫咬","须眉尽丧"。对以上数种诗,王夫之并斥之为"恶诗",原因就在于他认为这些诗"识量不出针线蔬笋、数米量盐、抽丰告贷之中,古今上下哀乐,了不相关",①所写者不是"通天尽人之怀",而是一己之私情。

王夫之固然要求诗歌抒写情感,要求诗歌的感性化,但他同时又要求情感中体现出强烈的理性。情在王夫之诗学系统中是最高范畴,但进入其哲学系统中,则是比性次一级、受性节制的范畴,这样其诗学中的情受到性的限制,不能充分展开其感性的丰富性,由于性束缚了情,使得在王夫之诗学中,情感的领域变得狭隘。他对陶渊明、杜甫诗情感内容的指责正体现了他的理学家立场的狭隘性。

王夫之主张性情优先,批评七子派诗歌的缺乏情感,此与性灵派一致;但对情感加以严格的道德规范,又与性灵派划出了明确的界线。

---

① 《姜斋诗话笺注》卷二。

二　王夫之诗学体现的是汉魏六朝审美精神，不是唐诗精神

王夫之审美观的一个突出特征就是：他所崇尚的是汉魏精神，而不是唐诗精神。他对于唐诗所肯定的是符合汉魏、六朝传统的部分，不能消纳真正代表唐诗面貌的审美精神。王夫之的审美观有其独特性，但具有浓厚的保守性。

1. 古诗传统：以《古诗十九首》为核心的价值系统

王夫之的诗歌史价值系统与七子、云间派具有相当的一致性。《诗经》为诗歌史之源头，同时又被尊为最高的价值标准，这决定了七子、云间派的诗学价值系统是复古的系统。王夫之也是如此。他明确地说："汉魏以还之比兴，可上通于风雅；桧、曹而上之条理，可近译以三唐。"①认为汉魏、三唐之诗与《诗经》相通，正是因为它们相通，所以王夫之自然可用《诗经》为标准评论后代的诗歌。他以《诗经》作为最高的价值标准衡量后代诗歌，认为汉代诗歌是《诗经》的最好继承者，王夫之称"《十九首》多承《国风》"②，其他的汉末古诗，包括传统所谓苏李诗，都被视为这一传统的继承者。汉代的这些古诗被王夫之赋予亚经典的地位。这一时代诗歌的审美传统就成为评价后代诗歌的审美标准。这与七子派也是一致的。

对于建安时代的诗歌，王夫之对曹丕评价最高，而对曹植、王粲评价最低，对建安七子中的其他诗人，王夫之的评价也不如传统评价之

---

① 《姜斋诗话笺注》卷一。
② 《古诗评选》卷四，《古诗十九首》"冉冉孤生竹"评语。

高。这一方面是由于建安七子在审美上对《古诗十九首》传统有变革，另一方面也是因为王夫之对诗派的否定。对此后的诗歌，王夫之也是以《古诗十九首》为标准加以衡量，肯定其继承传统的一面，否定其变革传统的一面。在他看来，到齐梁时代，五言古诗基本上背离了前代的传统，故称"五言之制，衰于齐，几绝于梁"①。

五言古诗以《古诗十九首》为基准，否定齐梁，这大体与七子派相一致，故不详论。

2. "唐无五古诗"：否定唐代五言古诗传统

王夫之不能消纳唐诗传统的突出表现之一，就是他对唐代五言古诗传统的总体否定。对于唐代的五言古诗，李攀龙有"唐无五言古诗，而有其古诗"之说，这种观点代表了七子派以汉魏传统为标准否定唐代五言古诗传统的倾向。王夫之继承七子派的这种倾向，也用汉魏古诗的审美传统来衡量唐代的五言古诗。不过，他对古诗传统有其独到的理解，与七子派并不完全相同，他持的是自己的标准：

> 古诗无定体，似可任笔为之，不知自有天然不可越之矩矱。故李于鳞谓唐无五古诗，言亦近是，无即不无，但百不得一二而已。所谓矩矱者，意不枝，词不荡，曲折而无痕，戍削而不竞之谓。②

王夫之认为五言古诗体有不可逾越的规则，即诗须单纯，不要复杂，即他所谓"俭于意"，文辞须围绕诗意咏叹，不要流荡而滔滔不归，须婉转

---

① 《明诗评选》卷四，张羽《春日陪诸公往戴山眺集莫入北麓得石床岩洞诸胜》评语。

② 《姜斋诗话笺注》卷二。

曲折而不留痕迹，须涵敛而不劲促。这些就是王夫之用以衡量唐代五言古诗的标准。

唐初陈子昂被视为回归汉魏传统的倡导者，早在唐代既已被给予崇高的地位。但是，李攀龙称陈子昂"以其古诗为古诗"，认为他没有真正继承汉魏传统。王夫之也认为陈子昂背离了古诗传统，称陈子昂"别为褊急率滞之词"，《感遇》诗"似诵，似说，似狱词，似讲义，乃不复似诗，何有于古"。① 在他看来，陈子昂的古诗没有了委婉涵蕴，没有了和缓之调，气急直说，如诵、说，如同判案的狱词，如同讲经的讲义，而不再像诗，遑论古诗。由于王夫之秉持的价值标准是《古诗十九首》的尺度，故不能接受带有唐代的时代特征的陈子昂古诗。李攀龙对陈子昂的批评还是理性化的，王夫之则已带有极浓重的情感色彩。

王维、孟浩然的五言古诗在王夫之看来也不合于古诗传统。他称"王、孟于五言古体为变法之始"，认为王、孟改变了古诗之法。王、孟的五言古诗都有"褊促浮露"的倾向，乃是"吟坛之衙官"，这与他对陈子昂的批评具有一致性。虽然他也承认王、孟五言古诗"小藻足娱人"，"佳处迎目，亦令人欲置不得"，但他称王、孟"所以可爱存者，亦止此而已"。② 否定的方面多于肯定。对于王昌龄、常建、刘眘虚诸人的五言古诗，王夫之更是全面否定。

对于李、杜的五言古诗，王夫之认为有继承传统的一面，也有背离传统的一面。对于背离传统的一面，王夫之痛加指责："历下谓唐无五言古诗，自是至论。顾唐人之夭椓此体也，莫若李白《经下邳》、杜甫

---

① 《唐诗评选》卷二，陈子昂《送客》评语。

② 《唐诗评选》卷二，王维《自大散以还深林密竹磴道盘曲四五十里至黄牛岭见黄花川》评语。

《玉华宫》一类诗为甚。"①王夫之认为,《经下邳》和《玉华宫》这两首诗
是"李、杜集中霸气灭尽和平温厚之意者"②,温厚和平是五言古诗的审
美精髓,霸气则与之对立,所以这两首诗深受王夫之的谴责。除显露霸
气的作品外,王夫之对李白的五言古诗大体是肯定的,这是因为在他看
来,李白的五言古诗总体上继承了传统。而对于杜甫的五言古诗,王夫
之所肯定的只是被他认为继承"以今事为乐府,以乐府传时事,胎骨从
曹子桓来"的《出塞》、"三别"诸作,而真正能够代表杜甫五言古诗独创
精神的《自京赴奉先县咏怀五百字》《北征》等长篇巨制,却被王夫之否
定,因为这些作品不符合汉魏审美传统。至于元、白、韩、孟的五言古
诗,则是王夫之所不屑的,无一首入选其《唐诗评选》。

　　唐代五言古诗最为王夫之推重的是储光羲与韦应物的作品:

　　　盛唐之储太祝,中唐之韦苏州,于五言已入圣证,唐无五言古
　　诗,岂可为两公道哉? 乃其昭质敷文之妙,俱自西京、《十九首》
　　来,是以绝伦。俗目以其多闲逸之旨,遂概以陶拟之,二公自有闳
　　博深远于陶者,固难以古今分等杀也。③

王夫之认为,二人的诗歌继承了汉代古诗传统。王夫之评韦应物诗
"多从二张来,乃心直在《十九首》间"④,所以他称"韦于五言古,汉晋
之大宗也"⑤。一般认为储光羲、韦应物古诗继承的是陶渊明的传统,
王夫之认为这乃是"俗目"之所见,二人有超过陶诗之处。王夫之肯定

①　《明诗评选》卷四,张元凯《志别》评语。
②　《姜斋诗话笺注》卷二。
③　《唐诗评选》卷二,储光羲《采菱词》评语。
④　《唐诗评选》卷二,韦应物《效陶彭泽体》评语。
⑤　《唐诗评选》卷二,韦应物《送郑长源》评语。

储、韦的五言古诗,不是因为他们的作品具有唐代时代特征,而是因为他们继承了汉晋的传统。

由上所论,可以看出,王夫之总体上否定了唐代五言古诗,在他看来,唐代的五言古诗背离了《古诗十九首》为核心的古诗传统;他肯定唐代的某些诗人的五言古诗,乃是因为这些诗人的作品继承了以《古诗十九首》为核心的传统。这表明,王夫之关于五言古诗的审美价值观是以《古诗十九首》为基准确立的,这种价值观不能接纳唐诗传统。

3. 五言律诗:梁陈为古诗末流,近体元声

王夫之不仅在五言古诗的体裁范围内不能接纳唐诗传统,在近体诗的体裁范围内,其所肯定的也是古诗的传统。

王夫之审美价值观的核心在古诗传统,故其论近体诗时,不是强调近体诗在审美上的独特性与独立性,而是强调近体诗对古诗审美传统的继承性:

> 五言一体,自有源流。如可别营造极,古人久已问津,奚更各留用俟来者? 惟以比偶谐音,差为近体,至其成章遣句,则非苏、李、陶、谢,又何以哉?①

在王夫之看来,五言近体与古诗的区别只在于它有"比偶谐音",在成章遣句方面与古诗不应有别,应继承古诗传统。

正因为王夫之强调近体诗对古诗传统的继承,所以他在五言古诗这一体裁范围内所否定的梁陈审美传统,在近体诗的体裁范围内,却成

---

① 《唐诗评选》卷三,钱起《早下江宁》评语。

为其肯定的对象。梁陈审美传统成为近体诗的审美正宗：

> 自梁以降,五言近体,往往有全首合作者,于古诗为末流,于近
> 体实为元声。以唐人合读之,朴处留雅,蕴藉处留风,郑重处留颂,
> 不谓之元声不得矣。①

梁代新体诗,如果放到五言古诗的传统中来审视,它是古诗的末流,其
价值是低下的,但若放到五言律诗的传统来看,则它是五言律诗的源
头。放到五言古诗的传统中看,它继承的传统较之前代是非常少的,但
是放到律诗的传统中看,它保留的传统是多的。它具有的朴质、蕴藉、
郑重的特征保留了风雅颂的传统。它是从古诗体到律诗体的过渡,这
种过渡的特征使它把古诗传统带入律诗当中。在古诗的体裁范围里,
梁陈诗的审美传统是受到否定的,但是在近体诗的体裁范围里,梁陈诗
的审美传统却是受到肯定的。王夫之说："物必有所始,知始则知化,
化而失其故,雅之所以郑也。梁陈于古诗则失故而郑,于近体则始化而
雅。"②梁陈诗在古诗传统中是郑,在近体传统中是雅。王夫之评价梁
陈诗,所持的是双重标准。
　　王夫之在《古诗评选》当中特别列有"五言近体"之目,此一类目的
设立为一般的汉魏、六朝的古诗选本中所无。这特别值得我们注意。
他在这一类中选录了西晋张华以来至陈隋的具有近体特征的作品,目
的是"著近体之所自出",以之作为近体诗的源头。近体诗自古诗演变
而来,这并不是新鲜的见解。王夫之在古诗选本中独立近体之目,一方
面是要强调近体诗的源头在六朝,不是唐代的创造,另一方面也是要突

---

① 《唐诗评选》卷三,太宗皇帝《赋得浮桥》评语。
② 同上。

出这个源头所具有的典范意义。

　　由于王夫之的审美价值观是以古诗为基准的,所以他必然认为古诗高于近体。正因为如此,故王夫之强调近体诗对古诗传统的继承关系;也正因为如此,故在他的诗学中,近体诗的价值的高低是依据其继承古诗传统的程度来判定的。其评徐陵诗云:

　　　　孝穆于诗,疏宕以成其韵度,纳之古诗中则如落日余光,置之近体中则如春晴始旦矣。近体之视古诗,高下难易,于此可想。①

在古诗传统中,徐陵诗不过是落日余晖,但在近体诗传统中,却是春日晨曦。古诗的末流成为近体的元声。其所以为古诗末流者,乃因其距离《古诗十九首》的传统已远;其所以是近体元声,乃是因为它在近体中还上通于古诗传统。此所谓"高下难易"者,显然是以古诗为高,近体为下,古诗为难,近体为易。

　　诗歌发展到唐代,近体诗形成了独立的审美面貌。从历史的角度说,诗歌向前发展了,但是站在王夫之的价值立场上看,这是背离了古诗的传统。站在他的立场上,必然会认为六朝诗高于唐诗。他说:"六代之作,世称浮艳,乃取唐音与之颉颃,则唐益卑矣。"②正是这种诗学价值观的表现。其评简文帝《长安道》云:"简文为宫体渠帅,谈艺者莫不置之卑不足数,乃取此等诗置初唐近体中,高华雄浑,又在沈、宋之上。"③所表现的也是这一价值观。

　　王夫之认定梁陈合律之作是近体的元声,故主张近体诗学梁陈,称

① 《古诗评选》卷六,徐陵《折杨柳》评语。
② 《古诗评选》卷六总论。
③ 《古诗评选》卷六。

"近体不自梁陈来,必趋入于不通"①,认为"学近体者,舍此则轻猾卞迫,淫泛委沓之气入其心脾,不可瘳矣"②。五言近体崇梁陈传统,则于唐代必崇初唐,因为初唐继承的是梁陈传统。王夫之《唐诗评选》对初唐五言律诗评价甚高,正是这种审美价值观的体现。

盛唐一向被认为是五言近体的繁盛时代,但王夫之却认为五言近体之衰"实于盛唐而成不可挽之势"。在他看来,盛唐五言近体背离了古诗传统。开、天之末,李颀、常建、王昌龄"或矫厉为傲辟之音,或残裂为巫鬼之词",③所谓"傲辟之音"乃是不和平之音,"巫鬼之词"是指讲求诗格、诗法,没有生气。这些都与传统相违背。他以为储光羲、孟浩然、高适、岑参也有此病,称:

> 襄阳律,其可取者在一致,而气局拘迫,十九沦于酸馅。又往往于情景分界处,为格法所束,安排无生趣。于盛唐诸子,品居中下,犹齐梁之有沈约,取合于浅人,非风雅之遗意也。④

王夫之批评孟浩然五言近体没有和平余裕之感,写情写景受格律法则的束缚,背离了风雅传统。对于高适、岑参的五言律诗,他也批评:"高、岑自非五言好手,亢爽自命,谓之气格,止是铺派骨血,粗豪笼罩。"⑤"亢爽""粗豪"与温柔相反,有悖于传统。王夫之只认可王维、李白、杜甫能够"存元音于其圮坠之余"⑥。但即便是这几位诗人,他也

---

① 《古诗评选》卷六,张正见《和衡阳王秋夜》评语。
② 《唐诗评选》卷三,太宗皇帝《赋得浮桥》评语。
③ 《唐诗评选》卷三,丁仙芝《渡扬子江》评语。
④ 《唐诗评选》卷三,孟浩然《望洞庭湖赠张丞相》评语。
⑤ 《唐诗评选》卷三,高适《自蓟北归》评语。
⑥ 《唐诗评选》卷三,丁仙芝《渡扬子江》评语。

不是全面肯定,他批评"李、杜五言近体,其格局随风会而降者,往往多有"①。

高棅《唐诗品汇》把初唐五言律诗归入正始类,认为初唐四子"未脱陈隋之气习",而沈、宋等人"得兴象高远者亦寡矣",②他把李白、孟浩然、王维、岑参、高适均列入正宗一类。高氏贬斥梁陈诗风,因而以染梁陈习气者为下,而以摆脱梁陈习气、自为唐诗面目者为上。这种观点正与王夫之相反,因而受到王夫之的抨击,他称高氏:"以不正之声为正声,恶似是而非者,非高之恶而奚恶哉?"③

王夫之对中唐的五言律诗大加抨击,认为中唐五言近体抛弃了古诗传统。王夫之主张,五言近体虽然在比偶音律方面不同于古诗,但在成章遣句方面应继承古诗的传统。而中唐诗背离了古诗传统:

> 大历诸子拔本塞源,自矜独得,夸俊于一句之安,取新于一字之别,得己自雄,不思其反,或掇拾以成章,抑乖离之不恤。故五言之体,丧于大历。惟知有律而不知有古,既叛古以成律,还持律以窜古,逸失元声,为嗣者之捷径。④

王夫之认为,近体有比偶音律方面的因素,但其基本的审美精神还应该是古诗的精神,这是本、是源,因而近体诗应有古有律,将古诗的审美精神与格律因素结合。他认为大历诗人只讲求格律,背离古诗的精神,"惟知有律而不知有古","叛古以成律",即只有格律方面的东西,全无

---

① 《唐诗评选》卷三,李白《太原早秋》评语。
② 《唐诗品汇·五言律诗叙目》。
③ 《唐诗评选》卷三,太宗皇帝《赋得浮桥》评语。
④ 《唐诗评选》卷三,钱起《早下江宁》评语。

甚至违背古诗的精神,这是"拔本塞源",去除了近体的本源。王夫之认为大历诗人还以律诗的格法创作古诗,也败坏了古诗。中唐元、白、韩、孟的五言律诗根本为王夫之所不屑,《唐诗评选》全然弃之不选。

王夫之对于五言近体诗,虽然承认其格律因素的存在,但强调近体诗基本的审美精神应该是古诗精神。由此,他赞赏梁陈近体以及初唐的带有梁陈特征之作,而对盛唐、中晚的五言近体诗基本持否定态度。这也表明他不能消纳唐诗传统。

4. 七言歌行:以鲍照为宗

王夫之认为鲍照代表了七言歌行体的最高成就,他称"明远乐府自是七言至极"[1],因而他主张七言歌行体应以鲍照为宗:

> 七言之制,断以明远为祖何?前虽有作者,正荒忽中鸟径耳。柞棫初拔,即开夷庚,明远于此,实已范围千古。故七言不自明远来,皆黄稗而已。由歌行而近体,则有杜易简;由近体而绝句,则有刘梦得。渊源不昧,元唱相仍。若杜甫夔州以降,洎于元、白、温、李,更不知其宗风嗣阿谁矣。[2]

此言七言包括七言歌行、七言律诗及七言绝句,在王夫之看来,不仅七言歌行体要以鲍照为祖,而且七言律诗、绝句都以鲍照为祖。

唐代七言古诗以李、杜成就最高,但李白在审美上更近于六朝的传统,而杜甫则更多地带有唐代的时代特色。王夫之能否容纳唐诗传统,关键是看其能否给予杜甫合理的评价。王夫之崇李白而贬杜甫,他称

---

① 《古诗评选》卷一,鲍照《代结客少年场行》评语。
② 《古诗评选》卷一,鲍照《代白纻舞歌词三首》之一评语。

李白继承了古乐府的传统,"遂为乐府狮象"①。而对杜甫的七言歌行则基本上持否定态度;

> 杜歌行但以古童谣及无名字人所作《焦仲卿》《木兰诗》与俗笔赝作蔡琰《胡笳词》为宗主,此即是置身失所处。高者为散圣,孤者为庵僧,卑者为野狐。愚意旧欲概置之,以取正则。②

王夫之主张,歌行应"以纯俭为宗",即其所云"一时一事一意",在这方面,长篇"与短歌微吟,会归初无二致"。在他看来,鲍照与李白体现的都是这一传统。除此传统之外,还有《孔雀东南飞》及《木兰诗》等所代表的传统,这些作品恰恰不是以"纯俭"为宗,而是描写许多事、很长的时间,所以王夫之极力贬斥。他说这些作品"自是古人里巷所唱盲词白话,正如今市井间刊行何文秀《玉堂春》一类耳。稍有愧心者,忍辱吾神明以求其形似哉"。王夫之认为,杜甫的歌行继承的正是《孔雀东南飞》等诗的传统。元、白歌行继承的也是这一传统,以致"潦倒拖沓之词繁",《长恨歌》《琵琶行》诸作应该受到惩罚。③
　　王夫之把唐代七言歌行化约为两个传统:一是从以鲍照为代表的歌行体而来的传统,初唐诸诗人及盛唐李白体现的就是这一传统;一是从《孔雀东南飞》《木兰诗》诸作而来的传统,杜甫及元、白诸人体现的正是这一传统。其实,说初唐诗人及李白继承了六朝歌行的传统固然有理,但若曰杜甫、元、白诸人一定是继承《孔雀东南飞》《木兰诗》的传统,却未必确切,虽然杜甫等人在一首诗中写了多个事件及多个时段,

---

① 《古诗评选》卷一,曹丕《大墙上蒿行》评语。
② 《唐诗评选》卷一,杜甫《乾元中寓居同谷县作歌七首》之七评语。
③ 《古诗评选》卷一,曹丕《大墙上蒿行》评语。

与《孔雀东南飞》诸作具有某种一致性。王夫之认为唐代的七言歌行体延续的是汉魏六朝诗歌传统。他不是着眼于唐代诗人对歌行体的新变并肯定这种新变,他并未真正肯定唐诗传统。

5. 七言律诗:"歌行之变体"

王夫之认为五言律诗应体现五言古诗的审美精神,他论七言律诗则主张,七言律诗应该体现七言歌行体的审美精神。

王夫之认为七言律诗源自歌行体:"六代人作七言,于末二句辄以五言足之,实唐律之祖,盖歌行之变体也。"①六朝的歌行是七言律诗的源头,七言律诗乃是歌行体的变体;也就是说七律是在歌行的母体上添加格律因素,因而可以说七律是律化的歌行,两者的基本精神是相同的。王夫之对七言律诗的评价乃是以其体现歌行审美传统的程度为依据的。根据这一标准,初唐的七律最为王夫之推重:

> 乐府之作,既被管弦;歌行之流,必资唱叹。管弦唱叹之余,而以悲愉于天下,是声音之动杂,而文言之用微矣。……初唐人于七言不昧宗旨,无复以歌行、近体为别。大历以降,画地为牢,有近体而无七言,蓺威凤使司晨,亦可哀矣。②

初唐诗人不"以歌行、近体为别",这正符合王夫之所说的歌行、近体基本精神相同的观点,所以称其"不昧宗旨",大力肯定。他说:"初唐诗乃可入弦管,后来砚盖下物耳。诗乐不容异语,固当求之风味,讵以排

---

① 《唐诗评选》卷一,王绩《北山》评语。
② 《唐诗评选》卷一,宋之问《至端州驿见杜五审言、沈三佺期、阎五朝隐、王二无竞题壁慨然成咏》评语。

撰相高。"①所谓"可入管弦"者,正是指其体现了歌行的音乐性精神。
他评杜审言《春日京中有怀》"全自乐府歌行夺胎而出"②,也是肯定杜
审言诗继承歌行体的传统。

但是唐代的七律并不都是从歌行体而出,尤其杜甫的七律并不符
合歌行传统,王夫之也没有全盘否定。他肯定那些被他视为继承五言
古诗审美传统的作品。他说杜甫"真以古诗作律"③,认为杜甫的律诗
继承了古诗的传统,这是他肯定杜甫七律的重要依据。他称"七言之
从谢出者,唯杜陵耳"④,认为杜甫的七律继承了谢灵运诗歌的传统。
但是王夫之对于杜甫的七律并未全面肯定。他不喜杜甫夔州以后的诗
作,尤其是杜甫晚年对诗律的讲求更受到王夫之的抨击:"杜云'老节
渐于诗律细',乃不知细之为病,累垂尖酸,皆从此得。"⑤他更肯定杜甫
前期的作品,即所谓曲江以前、秦州以前之作⑥。

大历诗人的七律受到王夫之大力贬斥。他说这一时代"有近体而
无七言",认为他们只讲求格律因素,却忽视七律应具有的歌行体的审
美精神,因而只有律诗方面的特点,却丧失了歌行的精神。王夫之说:
"知古诗歌行、近体之相为一贯者,大历以还七百余年,其人邈绝。"⑦他
感叹说,七律所应该具有的歌行的审美精神自大历以来几近断绝。

王夫之对于七言律诗体所强调的是六朝的歌行精神,是古诗精神,
而不是唐代的审美精神。

① 《唐诗评选》卷四,刘宪《奉和春日幸望春宫应制》评语。
② 《唐诗评选》卷四。
③ 《唐诗评选》卷四,杜甫《秋兴八首》"蓬莱宫阙对南山"一首评语。
④ 《唐诗评选》卷四,郎士元《冯翊西楼》评语。
⑤ 《明诗评选》卷六,杨维桢《送贡尚书入闽》评语。
⑥ 《明诗评选》卷六,杨基《客中寒食有感》评语。
⑦ 《唐诗评选》卷一,王绩《北山》评语。

6. 绝句:五言自古诗来,七言自歌行来

王夫之认为绝句也不是唐代的创造:"小诗之制,盛于唐人,非唐人之独造也。汉晋以来所可传者,迄于陈隋,亦云富矣。"①他称:

> 五言绝句自五言古诗来,七言绝句自歌行来。……自五言古诗来者,就一意中圆净成章,字外含远神,以使人思;自歌行来者,就一气中驰骤灵通,句中有余韵,以感人情。修短虽殊,而不可杂冗滞累则一也。

五绝来自五言古诗,应具有五言古诗的特征;七绝自歌行来,应具有歌行的审美特征。王夫之对待绝句的审美精神也是偏向汉魏六朝的。《古诗评选》中列有"小诗"类,这较之其他的古诗选本是罕见的。王夫之独列此类,旨在明示绝句的源头,以作为后世的典范,亦为其评诗的标准。这一点可从他对梁元帝七绝的评价看出:"元帝五言于诗家最为卑下,而于此体(按,指七绝)则为元音。"②以此为标准看唐代的七绝,他认为中唐高于盛唐,"盖中唐人于此一体,殊胜盛唐,中唐以兴会为主,雅得元音故也"③。此所说的中唐诗人主要是指刘禹锡、白居易。尤其是刘禹锡的七绝深受王夫之称赏:"七言绝句,初盛唐既饶有之,稍以郑重,故损其风神。至刘梦得,而后宏放出于天然,于以扬扢性情,驱娑景物,无不宛尔成章,诚小诗之圣证矣。"④中唐刘、白诸人的七绝

---

① 《古诗评选》卷三,小诗类总论。
② 《古诗评选》卷三,梁元帝《春别应令》评语。
③ 同上。
④ 《姜斋诗话笺注》卷二。

之所以受王夫之的肯定,也还是因为他们的作品继承了六朝的传统,即王夫之所说的"雅得元音"之故。

王夫之论绝句,于唐代只谈七言绝句,其肯定的主要也是中唐的刘、白,而对唐代的五言绝句,王夫之几乎未曾提及。需注意的是,王夫之《唐诗评选》没有绝句一类,恐非偶然。王夫之虽未言及原因,但据其诗学立场推测,大概是因为他觉认为唐代的绝句不符合其审美标准,可选者甚少的缘故。

7. 王夫之诗学肯定的是汉魏六朝审美精神,而不是唐代精神

综观王夫之对于各种诗体的讨论,可以看出,王夫之基本上否定了唐代的五言古诗传统,他肯定储光羲、韦应物诸人的五言古诗,也是因为他们继承了汉晋的传统。五言律诗,以梁陈传统为基准,要求律诗中体现古诗的审美精神。七言歌行,以六朝传统为基准。七言律诗,又以歌行的审美传统为基准。绝句,分别以汉魏六朝的五言古诗、七言歌行传统为审美基准。据此可以认为,王夫之的审美价值观以汉魏六朝诗歌传统为基础。他不能承认唐诗审美传统的独立存在。王夫之《古诗评选》把汉魏六朝诗分为古乐府歌行、四言、小诗、五言古诗、五言近体诸类,之所以作如此细致的体裁分类,旨在彰明唐代的诸种诗体都不是独创,均源自汉魏六朝,由此,王夫之进一步要求唐诗继承汉魏六朝的审美传统。由于王夫之的审美价值系统是以汉魏六朝为基准建立起来的,故他认为汉魏六朝传统高于唐诗的传统:"唐人之不逮陈隋,犹宋之不逮唐也。"①总之,王夫之诗学肯定的是汉魏六朝审美精神,而非唐代的审美精神。七子派虽然认为汉魏高于唐,但在歌行、近体方面也肯

---

① 《古诗评选》卷六,徐陵《春晴》评语。

定唐诗传统,而王夫之在歌行、近体方面也未肯定唐诗传统,其审美观较之七子派更为偏狭。

三 诗乐同源:
诗歌的时间性展开方式与音乐性精神

王夫之对古代诗歌审美传统的总结包括两个方面,一是音乐性传统,一是情景说。当代研究者往往只注意王夫之的情景理论,而忽略其对音乐性传统的总结。在王夫之,音乐性精神是诗歌最基本的精神。

1. "俭于意"与"尽于辞":诗歌的旋律化特征

在中国诗歌发展的初期,诗乐一体,诗作为歌词配乐歌唱,此乃诗歌史之常识。但人们通常认为诗乐结合是外在的,诗被赋予一个音乐性的形式,而对作为歌词的诗本身所体现的音乐性特征则未能给予足够的注意。王夫之从诗乐一体的角度来思考诗歌的审美特征,不是把诗乐合一视为诗歌史的特定阶段的产物,而是把诗歌的音乐性特征作为诗歌的内在的本质的审美特征。

那么,这种诗乐一体的特点在作为歌词的诗上有何体现?或者说,作为歌词的诗有什么与音乐相关的审美特征?王夫之对此有独到的认识,并作了美学的概括,认为其特征是"俭于意"而"尽于辞":

> 有求尽于意而辞不溢,有求尽于辞而意不溢,立言者必有其度,而各从其类。意必尽而俭于辞,用之于《书》;辞必尽而俭于意,用之于《诗》,其定体也。两者相贸,各失其度,匪但辞之不令也。为之告戒而有余意,是贻人以疑也,特眩其辞,而恩威之用抑

　　黩。为之歌咏而多其意,是荧听也;穷于辞,而兴起之意微矣。①

　　王夫之从意与辞关系的角度对《尚书》与《诗经》作了比较,认为《尚书》的特征是"意必尽而俭于辞",《诗经》的特征是"俭于意"而"尽于辞"。所谓"意必尽"或者说"尽于意",是说意思一定要表达得充分完全;而"辞不溢"或者说"俭于辞",是指言辞要简约。这是《尚书》的定体。所谓"俭于意",与"意不溢"意思相同,就是意要少,不要复杂;"尽于辞"或者"辞必尽",是指言辞要充分,要反复地咏叹。这是《诗经》的定体。

　　意是王夫之诗学的一个重要范畴。王夫之所谓意,有伦理意义上的意,这种意义上的意与志相对,王夫之认为诗中不能言,本章第一节已论及。本节所论的意是诗学范围的意。本来王夫之诗学强调诗言情,但这里仅以意与辞对举,而不以情与辞对举,意与情是什么关系?

　　人的情感活动可从两个方面来把握,一个方面是情感活动的指向,一个方面是情感活动的状态。如王夫之说"只一思佳人意,顺意生如许波折"②,"思佳人"是情感活动的指向,是情感活动的内容,表明这种情感活动是思念佳人,此即意。意是可以概括的,可以作为一种知识告诉别人,别人可以知道这一思想事实;在这种意义上,它可以脱离情感状态而上升到理性。由于王夫之所谓情感具有强烈的理性色彩,所以诗中之意在理性的层面上与《尚书》的意具有共通性,王夫之将《诗经》之意与《尚书》之意相提并论,不加以区别,其原因在此。但"思佳人"也是一种情感状态,缠缠绵绵,这种情感状态只能体验,不能概括,一旦加以概括,则失去其感性的具体性。当情这一范畴既指内容又指状态

---

　　①　《诗广传》卷五,《鲁颂》一。
　　②　《古诗评选》卷四,阮籍《咏怀》"西北有佳人"评语。

时,情可以包括意;当情仅指情感状态时,它就不包括意,而是与意相对。意介于感性与理性的中间,就其伴随着情感状态而言,意带有感性特征;就其可以脱离感性加以概括而言,意又具有理性的特征。王夫之这里所说的意是具有理性化特征的内容。

所谓"俭于意",具体地说,即一首诗只能写"一意"。不仅如此,王夫之还认为诗歌应只表现"一时"即一个时段、"一事"即一件事情。"一时一事一意",这是他对诗歌内容所提出的"三一律"。他以书法为例说:

> 王子敬作一笔草书,遂欲跨右军而上。字各有形坏,不相因仍,尚以一笔为妙境,何况诗文本相承递邪?一时一事一意,约之止一两句,长言永叹,以写缠绵悱恻之情,诗本教也。①

时和事是客观的方面,意是主观的方面,是在客观的时、事中产生的意,三者合而成为诗歌的内容。当意与辞对举的时候,意是内容,可以包括时、事,而当具体谈论诗歌内容时又可以再分成时、事诸方面。所以"俭于意"的具体化就是"一时一事一意"的"三一律"。"一时一事一意,约之止一两句",是说诗歌的内容概括起来只是一两句话,这正是他所谓的"俭";"长言永叹,以写缠绵悱恻之情",是说用充分的言辞反复咏叹,表现缠绵悱恻之情,就是他所谓的"辞必尽"。诗歌的内容要简约,但要把简约的内容化成回旋的旋律,反复咏叹,以传达情感的具体运动状态。

为什么诗歌要只写"一时一事一意"呢?或者说为什么要"俭于

---

① 《姜斋诗话笺注》卷二。

意"呢？王夫之从音乐的角度作了解释："为之歌咏而多其意,是荧听也。"诗是作为歌词而咏歌的,在歌咏中如果意多的话,就会扰乱人们的听觉。关于这一点,他有更详尽的阐释：

> 故《诗》者,与《书》异垒而不相入者也。故曰："言之不足,故嗟叹之;嗟叹之不足,故永歌之;永歌之不足,故不知手之舞之,足之蹈之。"知然,则言固有所不足矣。言不足,则嗟叹永歌、手舞足蹈,以引人于轻微幽浚之中,终不于言而祈足也。

> 故《书》莫胜于文,文者兼色者也。《诗》莫善于章,章者,一色者也。方欲使之嗟叹之,抑欲使之永歌之,终欲使人舞蹈之,而更为之括初终,摄彼此,喤耳烦心,口促气坌,涕笑欢呶而罔所理,又奚以施诸手足而喻与行缀乎?①

在王夫之看来,人的情感是流动的过程,人有情感要表达,就要言说,言说不足以表达,就嗟叹,嗟叹不足以表达,就歌唱,乃至手舞足蹈,这是一个自然的连续一贯的过程。这个过程对主体而言是一个情感自然流动而外化以获得形式从而得到表现的过程。人的情感总是在特定的时间中因一定的事情而起,必然关涉到特定的时间、事件、内容,这就是时、事、意。此时、此事所起的情感不同于彼时、彼事的情感,其内容不同。按照情感的活动的规律说,情感的展开都有一个过程,从嗟叹到咏歌到舞蹈即此一过程的展开,此时、此事、此内容的情感的展开有一过程,彼时、彼事、彼内容的情感的展开也有一过程。如果一首诗所写不只一意一时一事,那么就时间而言,就有多个时段,有多个开始与终结

---

① 《诗广传》卷五,《鲁颂》一。

的更迭;就意与事而言,多种意、多件事,就有彼此的变化;如此,情感就
要发生多次的转换,此时、此事、此内容的情感还没有得以展开,就转到
彼时、彼事、彼内容上面。本来一种情感的展开就要经过嗟叹、咏歌、舞
蹈的过程,现在一首诗内容头绪纷繁,根本就无法展开情感。时、事、意
的不断转换会使人的口、耳忙乱,会使主体的理智经常介入,来理清这
些纷繁的头绪,心神也被纷繁的头绪所打乱。本来在情感的流动过程
中,主体沉浸于自己的情感状态之中,不能受干扰,一旦受到干扰,情感
的流动就会中止,而多次的转换干扰主体沉浸于情感的状态,就会中断
情感自然流动的过程,影响情感的表达。站在这种立场上,一首诗只写
"一时一事一意",才能使情感得以充分展开。

　　王夫之对《诗经》"俭于意"特征的概括,在一定意义上也道出歌词
的特征。这种特征在某些现代歌曲的歌词中也还有某种程度的体现。
但是,这并非所有诗歌都具有的普遍特征,王夫之也承认《大雅》就有
不合此特征的作品,但他以《风》诗(包括《小雅》的某些诗)作为诗歌
的典范标准。《诗经》是诗乐一体,后代的诗歌从音乐分离出来,但是
王夫之认为音乐性精神当为所有诗歌所普遍具有,因而"俭于意"也应
该是对诗歌的普遍要求。

　　王夫之认为,《古诗十九首》及《上山采靡芜》诸篇都遵守上述"三
一律":"《十九首》及《上山采靡芜》等篇,止以一笔入圣证。"①从《古诗
十九首》到谢灵运都继承了《诗经》的传统:

　　　　一诗止于一时一事,自《十九首》至陶、谢皆然。"夔府孤城落
　　日斜",继以"月映荻花",亦自日斜至月出,诗乃成耳。若杜陵长

────────────

　　①　《姜斋诗话笺注》卷二。

篇，有历数月日事者，合为一章。《大雅》有此体。后唯《焦仲卿》
《木兰》二诗为然。要以从旁追叙，非言情之章也。为歌行则合，
五言固不宜尔。①

从《古诗十九首》到陶渊明、谢灵运都是一首诗写一时、一事，杜甫的一
部分诗作也是如此。王夫之认为，杜甫的长篇歌行有时在一篇之中叙
及几天或几个月的事情，这在歌行体中是可以的，但五言古诗不应如
此。上一节论及王夫之主张歌行长篇也应"纯俭"，对《孔雀东南飞》及
《木兰诗》的传统极力贬斥，认为杜甫歌行多继承它们而来，因而对杜
甫歌行体也十分不满。尽管此节认为歌行体可以打破"三一律"，但是
从总体取向上说，王夫之是坚持其"三一律"的。

　　王夫之认为自潘岳以后，"三一律"被逐渐打破。他称："自潘岳以
凌杂之心作芜乱之调，而后元声几熄。唐以后间有能此者，多得之绝句
耳。"②他还将这一问题上升到政治道德的高度，对违背"三一律"的诗
歌猛烈抨击：

　　　　故备众事于一篇，述百年于一幅，削风旨以极其繁称，淫泆未
　　终而他端蹑进，四者有一焉，非敖辟烦促、政散民流之俗，其不以是
　　为诗必矣。③

如果一篇写许多事，或涉及很长时间，或有多种意，或此一端咏叹未毕
而彼一端便进来，此四种情况只要出现一种，该作品即便非政教废缺、

---

①　《姜斋诗话笺注》卷二。
②　同上。
③　《诗广传》卷五，《鲁颂》一。

百姓放纵而无节制之表现,也肯定不能被承认为诗。"俭于意"不仅是审美问题,更是政治道德问题。王夫之把审美问题政治道德化了。

诗歌的音乐性特征体现在意的方面要简约,而体现在辞的方面则要"尽于辞",即言辞要充分。诗歌的"辞必尽"的特征也与音乐性相关,就是要把简约的意化为歌曲的旋律,反复咏叹。

音乐是在时间中展开情感的。人的情感的展开是一个过程,具有时间性。情感的展开往往并非径直而行,而是回环往复,有起有伏,渐渐休止。与情感的展开方式相适应,歌曲的旋律一般总是重复呈现,即所谓回环往复;歌词的意思并不复杂,而在往复回环的旋律中反复咏歌,使得情感在音乐旋律中得以充分展开。现代的歌曲还带有这种特征。《诗经》是合乐歌唱的,相当于歌曲的歌词。《诗经》的作品一般有两章三章,各章句数句形大体相同,而且意思也不复杂,言辞也多重复,有的只易一字或数字,这种形式特征表明诗作是配合音乐的旋律,回环往复,反复咏唱。这种特征在《国风》及《小雅》中表现得最为典型①。王夫之对《诗经》的这种特征作了美学理论的概括,即所谓"尽于辞"。

他评乐府诗《西门行》云:

> 意亦可一言而竟,往复郑重,乃以曲感人心,诗乐之用正在于斯。②

"意亦可一言而竟"即所谓"俭于意","往复郑重"即所谓"尽于词",就是上面所谓"长言永叹",使其回环往复,化为音乐的旋律,诗歌动人的

---

① 青木正儿《中国文学概说》中统计,这种形式在《国风》中最多,一百六十篇中此体有一百三十三篇,《小雅》次之,七十二篇中此体有四十二篇,《大雅》又次之,三十一篇中,此体有五篇,《颂》最少,四十篇中,此体只有二篇。见该书第三章《诗学》。

② 《古诗评选》卷一。

魅力就在"长言永叹"、往复回环的旋律之中。如果追求辞俭，就无法
"长言永叹"，就无法旋律化，就不能有感染力。王夫之说："穷于辞，而
兴起之意微矣。"就是指此而言。

　　本来《诗经》的意俭辞尽的特征是由于合乐，是诗乐同源的结果，
后代的诗歌从音乐中分离出来，不再合乐而歌，是否还要有这种音乐性
特征呢？王夫之认为，诗歌的音乐性特征是诗歌的"定体"即本质性特
征，是一切诗歌都应该具有的。不仅如此，他还把这些属于艺术表现层
面的问题提高到政治道德的高度看待：

　　　　古人之约以意，不约以辞，如一心之使百骸；后人敛词攒意，如
　　百人而牧一羊。治乱之音于此判矣。①

"约以意，不约以辞"，正是他所要求的意俭辞尽，相反，"敛词攒意"是
词少意多。王夫之将此看作判定治世之音与乱世之音的标准。正是在
这种意义上，他对唐宋诗都十分不满，认为唐宋诗都违背了诗歌的音乐
性精神。他批评"苏子瞻自诧燕子楼词，以十三字了盼盼一事，乃刑名
体尔。故唐宋以下有法吏而无诗人"②。他不仅否定了唐宋诗，连词也
否定了。

---

① 《古诗评选》卷一，《鸡鸣歌》评语。
② 《古诗评选》卷一，《西门行》评语。按，盼盼，唐张建封妾，曾誓节燕子楼。清徐
钪《词苑丛谈》卷三："东坡夜登燕子楼，梦盼盼，因作《永遇乐》词云：'明月如霜，好风如
水，清景无限。曲港跳鱼，圆荷泻露，寂寞无人见。纮如五鼓，铮然一叶，黯黯梦云惊断。
夜茫茫、重寻无处，觉来小园行遍。　天涯倦客，山中归路，望断故园心眼。燕子楼空，
佳人何在，空锁楼中燕。古今如梦，何曾梦觉，但有旧欢新怨。异时对、南楼夜景，为谁浩
叹！'后秦少游自会稽入京见东坡。……秦问先生近著。坡云：'亦有一词，说楼上事。'
乃举'燕子楼空，佳人何在，空锁楼中燕'。晁无咎在座，云：'三句说尽张建封燕子楼一
段事，奇哉！'"王夫之所谓"十三字了盼盼一事"即指"燕子楼空"三句。

2. 反对"以意为主"：从音乐性角度对唐宋诗的批评

　　王夫之从诗歌的音乐性特征出发，强调诗歌要意俭辞尽，其所谓"一意"是对意之量的限制，反对意多。这种观点隐含着一个问题：诗歌的感染力来自诗歌之意自身，抑或来自对意的审美表现？若是前者，在诗歌创作中，诗人就要对意进行深入的开掘，以求立意高深；若是后者，诗人就要更关注诗歌的审美表现。宋人强调诗要"以意为主"，如刘攽《中山诗话》云："诗以意为主，文词次之。或意深理高，虽文词平易，自是奇作。"据此，诗歌的价值取决于意与理自身的价值，诗歌创作的关键就在立意，立意高深，诗歌的价值就大。

　　王夫之明确地反对"以意为主"的观点："诗之深远广大，与夫舍旧趣新也，俱不在意。"①又说："以意为主之说，真腐儒也。诗言志，岂志即诗乎？"②但他又明言诗歌须"以意为主"，王氏何以会有看似互相对立的观点呢？有当代研究者解释说：王夫之肯定的"以意为主"之"意"是情意，所反对的"以意为主"的"意"乃是抽象的理念，两个"意"的含义不同③，两个命题并不矛盾。

　　其实王夫之并不反对诗歌表现抽象的意。他说《诗》的特点是"俭于意"而"尽于辞"，《书》的特点是"尽于意"而"俭于辞"，他并未分辨《诗》《书》之意，而是等同视之。正是因为他认为诗歌的意与《尚书》的意是相同的，故才提出反对"以意为主"的问题。他提出问题的理路是：意是《诗》《书》共同的，如果诗歌"以意为主"，那么诗歌与其他文体形式有何区别？就表现意的深度广度而论，诗歌与其他体裁形式相

---

① 《明诗评选》卷八，高启《凉州词》评语。
② 《古诗评选》卷四，郭璞《翡翠戏兰苕》评语。
③ 见戴鸿森《姜斋诗话笺注》卷二"以意为主"条按语。

比，论著的形式显然胜过诗歌。王夫之认为，诗之为诗的特殊性不在于
有意，而在于它对意的特殊表现方式。诗乐是一体的，诗歌的特点是通
过反复的咏叹来打动人，故他在比较《诗》与《书》时，特别强调诗歌的
意俭辞尽的特征，强调通过反复的咏叹使意呈现为一种感性化的形态
以打动读者。诗歌的特别之处不在于意所具有的理性深度与新奇，而
在于它的情感化感性化状态；诗歌不是靠意的理性特征去说服人，而是
靠其感性化特征去感动人。"'关关雎鸠，在河之洲。窈窕淑女，君子
好逑。'岂有人微翻新，人所不到之意哉？"①他评张协《杂诗》说：

> 但以声光动人魂魄。若论其命意，亦何迥别。始知以意为佳
> 诗者，犹赵括之恃兵法，成擒必矣。②

张协《杂诗》在命意方面并无奇特高深之处，其动人力量来自音乐性的
审美表现（"声光"）。诗人应追求意的感性化审美化表现，通过反复的
咏叹，把意化为缠绵曲折的情感状态，以打动人。"以意为主"，必然要
在意本身上讲求，如宋人求意深理高，正是如此；"以意为主"，必然要
在评价诗歌时着眼于意的高深来判定其价值。站在王夫之的立场上
看，这是错误的。王夫之认为，唐宋诗都有"以意为主"的倾向："唐人
以意为古诗，宋人以意为律诗、绝句，而诗遂亡。"③正因为王夫之所说
的意是抽象的意，所以他反对"以意为主"，也就是反对以理为主："诗
固不以奇理为高，唐宋人于理求奇，有议论而无歌咏，则胡不废诗而著

① 《明诗评选》卷八，高启《凉州词》评语。
② 《古诗评选》卷四，张协《杂诗》"大火流坤维"评语。
③ 《明诗评选》卷八，高启《凉州词》评语。

论辩也。雅士感人,初不恃此,犹禅家之贱评唱。"①所谓于理求奇,也就是求高深奇特之意,如此乃是抛弃了诗之为诗的特殊性所在。自严羽以来的宗唐派批评宋诗说理,认为唐诗抒情,而王夫之却认为唐诗也同宋诗一样有说理之弊。

3. 主张和缓纡回,反对促迫

诗歌的音乐性特征不仅表现在旋律上,也表现于节奏与力度。王夫之认为,诗歌的感染力就在于"长言永叹"、往复回环的旋律之中,情感的表现须和缓曲折,不能径直促迫。审美风格与人格相通,因而审美问题乃是人格的问题:

> 昔人谓书法至颜鲁公而坏,以其着力太急,失晋人风度也。文章本静业,故曰"仁者之言蔼如也",学术风俗皆于此判别。着力急者心气粗,则一发不禁,其落笔必重,皆嚣陵竞乱之征也。②

王夫之要求一切艺术均须体现仁者的静之品格、和蔼之气,主张的诗歌的音乐性也是"清庙之瑟,一唱三叹"的雅乐精神。他把诗歌所体现的音乐性旋律作为评价诗歌的重要价值尺度:

> 诗自有雅郑之别,质不必雅,文不必郑,理亦为郑,情亦为雅,此道为千古皮相人朦胧掩尽。如《摽梅》《死麕》,宛折留连,乃为二南正始之音,《相鼠》《鸡鸣》,要归郑、卫,亦视其留止静躁之节耳。故《缁衣》非不好贤,而终与好色不淫者殊科,志言声永,相须

---

① 《古诗评选》卷五,江淹《清思诗》"秋夜紫兰生"评语。
② 《夕堂永日绪论外编》。

而成,强词褊志,荡声浮永,诬上行私而不可止者,此物也。①

王夫之认为,仅从质与文的审美形态及理与情的内容方面并不能真正辨别雅郑,《诗经》的雅郑之分是从"留止静躁之节"即音乐性上辨别。王夫之评张协《杂诗》"金风扇素节"说:"雅无逾此,惟不迫,故无不雅。"②正是以节奏的舒缓与促迫作为评判的标准。

乐府诗与音乐有更直接的关系:

> 乐府动人,尤在音响。故曼声缓引,无取劲促。音响既永,铺陈必盛,亦其势然也。③

"曼声缓引"是乐府诗的特征,而乐府诗的铺陈特征乃是由其音乐性特征造成的。王夫之评晋乐府辞《拂舞歌白鸠篇》"纡徐近雅"④,评谢惠连《代悲哉行》"康乐波折,极为纡回"⑤,都是强调其调的舒缓。

王夫之论五言古诗亦如此,他评阮籍《咏怀》"步游三衢旁"一诗说:

> 缓引夷犹,直至篇终,乃令意见,故以导人听,而警之不烦。古人文字无不如此。后世矜急褊浅,于是而有开门见山之邪说,驱天下以入鄙倍。⑥

---

① 《唐诗评选》卷三,太宗皇帝《赋得浮桥》评语。
② 《古诗评选》卷四。
③ 《古诗评选》卷一,谢惠莲《前缓声歌》评语。
④ 《古诗评选》卷一。
⑤ 同上。
⑥ 《古诗评选》卷四。

为此,他称张载《招隐》"和缓不拘迫"①,赞何邵《赠张华》"此作平缓,不为攮筋露骨之容"②。由于王夫之主张近体诗应继承古诗传统,故和缓乃是他对所有诗体的普遍要求。

从形式上看,和缓纡回似乎难以表现情感的宏壮浩大之势,因为宏壮浩大似乎应该一泻而出、奔腾而下,王夫之认为不然:

> 太白胸中浩渺之致,汉人皆有之,特以微言点出,包举自宏。太白乐府歌行,则倾囊而出耳。如射者引弓极满,或即发矢,或迟审久之:能忍不能忍,其力之大小可知矣。要至于太白止矣。一失而为白乐天,本无浩渺之才,如决池水,旋踵而涸;再失而为苏子瞻,萎花败叶,随流而漾,胸次局促,乱节狂兴,所必然也。③

"浩渺之致"要用"微言点出",这样"微言"就对"浩渺之致"形成节制,产生巨大的张力,而有蓄势之作用,能让人于"微言"中感受到那浩渺之致。这种特征,他以射箭引弓为喻,称之为"能忍","能忍"才具真正的力量。

由于主张和缓纡回,则情感激烈、音调促迫、径直抒写、纵横挥洒、刚劲有力等,举凡一切与和缓纡回相违之诗都受到王夫之的贬斥。他对《诗经》的传统作了鉴别,将其分为"《关雎》《葛覃》言情言事之作"与"以吴天疾威、抢地呼天之怨词",④主张应以前者为准的,反对以后者为典则。他指斥王粲《七哀诗》"落笔刻,登音促,入手紧,后来杜陵

---

① 《古诗评选》卷四。
② 同上。
③ 《夕堂永日绪论内编》。
④ 《古诗评选》卷四,阮籍《咏怀》"步游三衢旁"评语。

有作,全以此为禘祖"①,批评颜延之"以其清傲者一致绞直,遂使风雅之坛有讼言之色"②,认为追求绞直使诗歌带有了诉讼状词的特点。这乃是他批评唐诗的最重要的原因之一。杜甫曾推崇庾信的"凌云健笔意纵横",这受到了王夫之的猛烈抨击:

> 清新已甚之弊,必伤古雅,犹其轻者也。健之为病,壮于颜,作色于父,无所不至。故闻温柔之为诗教,未闻其以健也。健笔者,酷吏以之成爰书而杀人,艺苑有健讼之言,不足为人心忧乎?况乎纵横云者,小人之技,初非雅士之所问津,古人以如江如海之才,岂不能然?顾知其不可而自闲耳。③

健与力是联系在一起的,这在他看来违背了温柔敦厚的诗教。纵横有畅所欲言、淋漓尽致之意,这又跟他所倡言的一唱三叹不合,因而受到他的排斥。

四　情景交融:诗歌的境界美

王夫之不仅重视诗歌的音乐美,也重视诗歌的境界美。他对情景关系的理论论述受到研究者的高度重视。他认为情景相感相生具有内在的必然性,反对外在的法则束缚。他的情景理论是以古诗传统为基准建立起来的。

---

① 《古诗评选》卷四。
② 《古诗评选》卷五,颜延之《夏夜呈从兄散骑车长沙》评语。
③ 《古诗评选》卷五,庾信《咏怀》"日色临平乐"评语。

1. 内在性立场:王夫之情景理论的突出特征

王夫之情景说与前人的情景说的重大区别之一,就是内在性立场。情景结合是内在的结合,情景的结构是内在的结构,王夫之反对从外在性方面谈论情景关系。

我们在第一节所说的内在性与外在性的矛盾,在情景关系问题上同样存在。从情感表现的角度说,景物是抒发情感的手段,从创作过程看,要由主体、客体的相感而相融,形成意象,这种意象要用语言形式表现出来。但是当情景结合而用语言形式表现的时候,就涉及诗歌的形式法则问题。这样对于情景结合来说,一方面情感要得到充分自由的表现,另一方面要遵守形式法则,具有形式美。前者要求自由,后者要求法则,两者就构成矛盾。这种矛盾就是我们在本章第一节中所说的内在性与外在性的矛盾。站在内在性的立场上看,诗歌的本质就是抒情,抒情是诗人作诗的目的所在,景物既是触发诗人情感的媒介,也是表现情感的媒介;就情感的抒发来说,要求从兴感到情景交融而生成意象,再到获得语言形式,应该遵循情感活动的内在逻辑,这样情感与它的表现形态之间的结合是内在融合统一的,而不是从外在强加的。从外在性立场上看,要求情景结合必须遵守诗歌的形式法则,韵律的法则当然是最基本的要求;其次,对仗的规则对景物的类别、语词的性质、色彩的交错等方面都有细致的要求;再次,写情的句子与写景的句子在整首诗歌中结构上的分布也是古人常常讲求的;除此之外,古人常常有意追求某种风格,比如宏壮的风格、清淡的风格等等,如果追求宏壮风格的话,在景物上也就要求阔大,像后七子李攀龙喜欢用“万里”“千山”等语,显然是意在造成一种宏壮的风格。站在内在性立场上,要求情感的自由抒发,形式风格层面受情感的决定;从外在性的角度说,求的是形式风格的精工之美,要求情景及其表现形态符合外在的形式风格法则及规范。这就是情景问题所蕴含的内在性与外在性的矛盾。

在不同的诗学系统中,对这两者关系的处理有不同的侧重,有的侧重于强调情感的自由表现,有的侧重于强调形式法则的方面。王夫之属于前者,他的情景说就是针对强调形式法则的倾向而发的。

2. 关于情景关系的外在法则的理论

在王夫之之前,情景理论的突出特征是形式结构方面的讨论,也就是重外在性。

在宋代,较早提出情景关系的是周弼。周弼有《三体诗法》一书,选唐人七言绝句、五七言律诗,标以诗格。其论五七言律,立四实、四虚、前虚后实、前实后虚四格。实是指景物,虚是指情思,这样他将律诗中间两联四句从情景虚实的角度分为四种结构形态:(1) 四实,“中四句皆景物而实也”①,即中间二联全部写景;(2) 四虚,“中四句皆情思而虚也”,即中间二联全部抒情;(3) 前虚后实,“前联情而虚,后联景而实”,即上联抒情,下联写景;(4) 前实后虚,“前联景而实,后联情而虚”,即上联写景,下联抒情。在周弼看来,情景虚实的结构形态与诗歌风格有密切的关系,他说:“实则气势雄健,虚则态度谐婉。”对于作诗者来说,如果追求某种风格,就必须注意情景结构的安排。周弼的理论强调的是法则的方面,即外在性方面。

周弼的情景理论对宋代范晞文产生重要影响,范氏引述周弼的观点,也对情景的结构形态作了归纳,其《对床夜语》卷二云:

老杜诗:“天高云去尽,江迥月来迟。衰谢多扶病,招邀屡有

---

① 见该书五律部分,下引该书引文皆出此部分。

期。"上联景,下联情。"身无却少壮,迹有但羁栖。江水流城郭,春风入鼓鼙。"上联情,下联景。……"白首多年疾,秋天昨夜凉。""高风下木叶,永夜揽貂裘。"一句情一句景也。

这里指出情景的外在形式结构:(1)"上联景,下联情",同于周弼"前实后虚"一格;(2)"上联情,下联景",同于周弼"前虚后实"格;(3)"一句情一句景"。当然范氏也认为不必"首首当如此作",但其关注的中心也是外在性方面。

元代方回论情景也重形式结构,其《吴尚贤诗评》:

老杜、陈简斋诗两句景即两句情,两句丽即两句淡。"红入桃花嫩,青归柳色新",此一联也;"转添愁伴客,更觉老随人",即如此续下联。简斋又有一句景对一句情者,妙不可言。①

所谓"两句景即两句情",即范晞文所说的一联景、一联情,方回又举出一句景、一句情的结构,他的概括与范晞文相同。

明代胡应麟《诗薮》云:

作诗不过情景二端。如五言律体,前起后结,中四句,二言景,二言情,此通例也。唐初多于首二句言景对起,止结二句言情,虽丰硕,往往失之繁杂。唐晚则第三四句多作一串,虽流动,往往失之轻狷,俱非正体。惟沈、宋、李、王诸子,格调庄严,气象闳丽,最为可法。第中四句大率言景,不善学者,凑砌堆叠,多无足观。老

_____

① 《桐江集》卷五。

杜诸篇,虽中联言景不少,大率以情间之。故习杜者,句语或有枯
燥之嫌,而体裁绝无靡冗之病。此初学入门第一义,不可不知。若
老手大笔,则情景混融,错综惟意,又不可专泥此论。①

胡应麟讨论的也是情景的形式结构与风格的关系。虽然他称老手大笔
不必拘泥此论,但强调的还是法则的方面。

　　自宋代以来,情景理论集中在律诗方面,主要是对形式结构等外在
性方面的探讨②。这种理论运用到诗歌创作上便产生一个问题:诗人
触景生情,进入兴会状态,是顺任诗兴的自然流动,由其自发地内在结
合,抑或须遵守情景关系的形式结构法则,而使情景关系符合形式法则
呢?重法则者要求情景的兴感以至表现必须符合外在的规范,这就对
情感的抒发构成束缚,甚至使一些诗人不顾兴感,仅目前人处找寻一些
词语从外在造作成诗,这样外表看起来非常精工,却非诗人的真情实
感。诗歌一旦失去真实的情感,就成为空洞的形式,成为格套而已。后
七子派李攀龙等人的诗歌实际上就有这种倾向。

3. 王夫之论情景结合的内在必然性

　　王夫之针对偏重外在性的立场而强调内在性。他把情景放到心物
关系的哲学框架中审视,从心物必然相感论证情景结合的必然性:

情者阴阳之几也,物者天地之产也。阴阳之几动于心,天地之
产庬于外。故外有其物,内可有其情矣;内有其情,外必有其物

---

① 《诗薮》内编卷四。
② 明代谢榛《四溟诗话》对情景关系的论述比较强调情景相融,而未强调形式结构
方面。

> 矣。⋯⋯挈天下之物,与吾情相当者不乏矣。天地不匮其产,阴阳
> 不失其情,斯不亦至足而无俟他求者乎?①

王夫之认为,世界由气构成,"盖阴阳者,气之二体,动静者气之二
几"②。"几者,动之微。"③主体的情是阴阳二气之动,客体的物亦由气
构成,所以情与物二者是同源同构的。这种同源同构关系是二者能产
生应感的基础。从这种角度说,内在的情感必然有与之相应、可以使之
得以表现的外物,而外物也必然有与之相应的内在情感。

王夫之强调情感与外物的必然感应,对他的情景理论极重要,正因
有这种必然的相感关系,所以任何诗人都可以有这种情感与外物的感
应,一切的情感都可以由外物而得以表达:

> 关情者景,自与情相为珀芥也。情景虽有在心在物之分,而景
> 生情,情生景,哀乐之触,荣悴之迎,互藏其宅。天情物理,可哀而
> 可乐,用之无穷,流而不滞,穷且滞者不知尔。④

"珀芥"即琥珀拾芥,指异类之间的相感关系。这里以景"自与情相为
珀芥",正谓二者之间具有必然的感应关系。哀乐的情感与荣悴的景
物之间有必然的联结感应关系。对诗人而言,情景就在他自身,不必向
外求之古人,只要顺着自己心物的感应,就有情景。王夫之这样论述,
是强调每个诗人都必然有情景的相感相生,不必遵循一个外在的规则,

---

① 《诗广传》卷一,《邶风》七。
② 《张子正蒙注》卷一。
③ 《张子正蒙注》卷二。
④ 《姜斋诗话笺注》卷二。

不必看古人的情景如何安排，因为情景的相感相生是每个诗人必然会有的。

王夫之把情景相感相生而互相交融的过程称为"心目相取"："只于心目相取处得景得句，乃为朝气，乃为神笔。"①心所系者情，目所系者景，心取目，使内心之情获得景物而客观化；目取心，使外在景物获得情感而主观化。这是双向的过程。在此过程中，情景交融结合。他又说：

> 语有全不及情而情自无限者。心目为之政，不特外物故也。"天际识归舟，云间辨江树"，隐然一含情凝眺之人呼之欲出。从此写景乃为活景。故人胸中无丘壑，眼底无性情，虽读尽天下书，不能道一句。②

胸中须有丘壑，丘壑者景，即心取目之意；眼底要有性情，即目取心之意。胸中之情必有景与之相合，眼中之景必有情与之相连，这样的情是含景之情，这样的景是含情之景。

王夫之认为，心目相取、情景结合是在兴会状态中完成的。在他的心物关系框架中，心物相感的契机是"几与为通"，即阴阳二气之运动使心物相感，这种相感的状态，王夫之称为"淳然兴矣"。这就是一种兴会状态，在这种状态下，情景自发地结合，不需要诗人有意识地寻觅，他说："一用兴会标举成诗，自然情景俱到。"③

---

① 《唐诗评选》卷三，张子容《泛永嘉江日暮回舟》评语。
② 《古诗评选》卷五，谢朓《之宣城郡出新林浦向板桥》评语。
③ 《明诗评选》卷六，袁凯《春日溪上书怀》评语。

4. 反对外在形式法则

既然情景的相感相生对于每个诗人而言都是内在必然的,而且情景结合的过程也是在兴会状态中完成的,那么情景结合呈现出怎样一种结构形态,就应该取决于情景相感相融的内在过程,而不应该由外在赋予其一个结构形态。这与前人所主张的情景应该遵守普遍的结构法则的观点是相对立的。王夫之说:

> 近体中二联,一情一景,一法也。"云霞出海曙,梅柳渡江春。淑气催黄鸟,晴光转绿萍。""云飞北阙轻阴散,雨歇南山积翠来。御柳已争梅信发,林花不待晓风开。"皆景也,何者为情?若四句俱情而无景语者,尤不可胜数,其得谓之非法乎?夫景以情合,情以景生,初不相离,唯意所适。截分两橛,则情不足兴,而景非其景。且如"九月寒砧催木叶",二句之中,情景作对;"片石孤云窥色相"四句,情景双收;更从何处分析?陋人标陋格,乃谓"吴楚东南坼"四句,上景下情,为律诗先典,不顾杜陵九原大笑。愚不可疗,亦孰与疗之?①

前人强调景语与情语在律诗中的结构分布法则,王夫之反对这种法则。在他看来,情景的结合是必然的内在的,它们之间呈现的结构也是内在的必然的。如果在创作中须外在地赋予情景以形式结构,这一句应写情,那一句应写景,这样情景就没有了内在的关联。从创作上说,情感的抒发是一贯的过程,是一种兴会的状态,如果遵从外在的形式法则,

---

① 《姜斋诗话笺注》卷二。

须此句写情,彼句写景,这样兴会的状态必然被打断。一旦脱离了感兴状态,诗人就没有了情感。他说:"分疆情景,则真感无存,情懈感亡,无言诗矣。"①"情懈感亡"就是指诗人脱离了感兴状态,没有了情感就没有了诗。站在这种立场上,他对那些讲求情景的外在法则者不满:"一虚一实、一景一情之说生,而诗遂为阱、为梏、为行尸。"②他批评孟浩然"往往于情景分界处,为格法所束",正是为此。他评高适诗说:"景中生情,情中含景,故曰景者情之景,情者景之情也。高达夫则不然,如山家村筵席,一荤一素。"③这也是批评高适讲求外在的格法。

讲求外在形式法则者不仅强调写景写情的诗句在诗歌中的结构分布,而且对于所写景物之间的偶对也十分讲求。景物的类别、色彩、大小等均有一套偶对的规则,这些规则也与王夫之所强调的情景的内在结合相对立。因为诗人眼前的景物不一定符合偶对规则的要求,就有可能造成为了偶对的工整而虚构景物;这正是王夫之所反对的:

> 景语之合,以词相合者下,以意相次者较胜。即目即事,本自为类,正不必蝉连,而吟咏之下,自知一时一事有于此者,斯天然之妙也。"风急鸟声碎,日高花影重",词相比而事不相属,斯以为恶诗矣。"花迎剑佩星初落,柳拂旌旗露未干",洵为合符,而犹以有意连合见针线迹。如此云"明灯曜闺中,清风凄已寒",上下两景几于不续,而自然一时之中寓目同感,在天合气,在地合理,在人合情,不用意而物无不亲。④

---

① 《古诗评选》卷四,潘岳《哀诗》评语。
② 《古诗评选》卷五,孝武帝《济曲阿后湖》评语。
③ 《唐诗评选》卷四,岑参《首春渭西郊行呈蓝田张二主簿》评语。
④ 《古诗评选》卷四,刘桢《赠五官中郎将二首》之二评语。

写景联的上下两句是追求外在形态上的对偶,还是内在事意上的相合呢?"风急鸟声碎,日高花影重",如果从外在形态上看,"风急"对"日高","鸟声"对"花影","碎"对"重",对仗很工整,但是从事意的角度看,前一句说"风急",而下句却说"花影重",乃是无风之景,这样上下两句意义上相互矛盾,这种偶对只是形式上的相合而已。这种诗只求外在形式美,乃是"恶诗"。"花迎剑佩星初落,柳拂旌旗露未干",从外在形态到内在的意正好相合,但是显出有意连合之迹,不够自然。而"明灯曜闺中,清风凄已寒",上句之景与下句之景外在地看起来没有关联,但是其意义上由主人公的情感将其联系,而且无论在空间上还是在时间上都符合客观的情境。这种景语不是人为有意造出的,而是在情景相感相生过程中自然咏出。王夫之认为这是写景的最高境界。

按照王夫之的情景理论,任何外物都可以成为表达情感的媒介,任何情感皆可以有表现它的外物,情感与外物的结合无须人为有意地从外在牵合,而应在相互感兴的过程中得到最佳的结合。他说:

> 两间之固有者,自然之华,因流动生变而成其绮丽,心目之所及,文情赴之,貌其本荣,如所存而显之,即以华奕照耀动人无际矣。古人以此被之吟咏而神采即绝,后人惊其艳,而不知循质以求,乃于彼无得,则但以记识外来之华辞悬相题署,遇白皆银,逢香即麝,字月为姨,隐龙为虬,移虎成豹,何当彼情形而曲加影响?如东方虬、温庭筠、杨亿、萨天锡一流,承萧氏父子、刘家兄弟之余沈,相与浮浪于千年之间。①

对于写景而言,应该按照景物当下的呈现于心目中的样子来写,因为这

---

① 《古诗评选》卷五,谢庄《北宅秘园》评语。

种景物是浸透着情感的景物。如此写景必然能够写得美丽,因为自然本身就是美的。在王夫之看来,梁陈以前的诗人写景皆如此;后来的诗人则不然,他们为了追求景语的美丽而脱离其心目所呈现的景物样貌,用从前人处学来的写景的词语去描写,这样的景物就不是诗人心目所取的景物,与诗人的情感不相关联。诗中的景语只是从前人借来的与自己无关的一堆语词而已。

按照王夫之的理论,情景必然相感,在兴的过程中情景自动结合而获得表现形式,这里就存在一个问题:所有的人都会有感兴,则所有的人都可以写出情景结合的诗作,那么诗人之间是否有高下之分? 这是王夫之诗学所面临的问题。

王夫之强调主体的人格与审美修养对于诗歌创作的重要作用。其《古诗评选》卷六评陈后主《临高台》云:

> "日落云傍开,风来望叶回",亦固然之景,道出得未曾有。所谓眼前光景者此耳。所云眼前者,亦问其何如眼。若俗子肉眼,大不出寻丈,粗欲如牛目,所取之景,亦何堪向人道出。

他特别强调"何如眼",不是"俗子肉眼",可见诗人的境界不同,对于景物的选择亦不同。这也表明,在王夫之,取景并非如同摄影照相一样的摄取,而是须经过主体心灵的介入,所谓眼,应是心灵的眼睛,是融入主体的人格、审美理想和情趣的。俗子之眼与雅人之眼的区别就在于主体的修养。王夫之又说:

> "池塘生春草""蝴蝶飞南园""明月照积雪",皆心中目中与相融浃,一出语时,即得珠圆玉润;要亦各视其所怀来,而与景相迎者也。"日暮天无云,春风散微和",想见陶令当时胸次,岂夹杂铅

奉人能作此语?①

他一方面承认这些名句乃是出于现量,另一方面也认为这些景语透出
诗人的人格性情,所谓"怀来",指的是诗人的人格境界。
　　情景关系的外在规范的形成有一个过程。王夫之把比兴也作为情
景关系来审视,这样情景关系在《诗经》中就已存在。梁以前,情景结
合是理想的状态,而以谢灵运为最高境界。自梁代萧氏父子之后,出现
讲求外在形式的倾向。从体裁的角度看,律诗体较之古诗体,对情景的
形式方面有更多更严格的讲求,因而在王夫之的心目中,梁陈以前的古
诗乃是其情景理论的典范。或可以说,王夫之的情景理论是对古诗传
统的概括,其在情景方面对唐诗的肯定,也是因为这些诗作符合古诗的
传统。

五　谢灵运:音乐美与境界美统一的典范

　　人们在讨论中国诗歌时往往说诗乐同源,又常常说诗画一律,但音
乐与绘画是两个不同的艺术部门,音乐是时间的艺术,绘画是空间的艺
术,当人们谈论诗乐同源、诗画一律时,往往并未意识到,其中涉及中国
诗歌史的一个重大美学问题,即中国诗歌的发展是从诗乐同源走向诗
画一律的进程,中国诗歌的情感展开方式经历了从音乐性方式到绘画
性方式的变化,经历了从时间中展开情感到空间中展开情感的变化。
以景抒情就是将情感在空间中展开的方式,境界就是属于这种展开情
感方式的范畴。从诗歌史的角度看,诗乐经历了从同源到分离的过程,

① 《姜斋诗话笺注》卷二。

诗乐分离大致在汉魏之时①,诗从音乐形式中分离出来,不再作为歌词存在,而成为独立的艺术形式。而以景抒情的方式出现在晋宋之际,此后遂成为抒情的主流方式。

王夫之的诗学触及上述两种展现情感的方式,但他没有把诗乐同源到诗画一律视为一个历史发展过程,而是认为这两种展现方式应该同时并存,这使得他难以接受较少体现汉魏音乐性精神的唐诗传统。如果从诗乐同源到诗画一律的历史过程来看,谢灵运是从诗歌的音乐美到境界美的过渡人物,他的诗歌既保留汉魏诗歌的音乐美,又具情景结合的境界美,因此被王夫之视为其审美理想的范本。

王夫之称谢灵运诗一意回旋往复,是指其诗歌具有舒缓的旋律,有音乐美。他评谢朓《宣城郡内登望》说:"微有轩举之势,要其儒缓,自不失康乐门风。"②把"儒缓"作为谢灵运诗的特征。又其评江总《游摄山栖霞寺》称:"江自序云学康乐之体,顾多悄急处,未得即入谢室。"③江总以"悄急"未得"入谢室",从反面说明和缓是谢灵运诗的特征。

至于谢灵运诗歌的境界美,王夫之认为是最高的典范。他说:

> 言情则于往来动止、缥渺有无之中得灵蠁,而执之有象;取景则于击目经心、丝分缕合之际貌固有,而言之不欺。而且情不虚情,情皆可景;景非滞景,景总含情。神理流于两间,天地供其一目,大无外而细无垠,落笔之先,匠意之始,有不可知者存焉。岂徒

---

①　冯班《论乐府与钱颐仲》谓:"大略歌诗分界,疑在汉魏之间。伶伦所奏,谓之乐府;文人所制,不妨有不合乐之诗。"

②　《古诗评选》卷五。

③　同上。

兴会标举如沈约之所云者哉？自有五言,未有康乐;既有康乐,更
无五言。①

王夫之对谢灵运的言情写景皆给予最高的评价。情感的活动或往或来
或动或止,缥缥缈缈,在有无之间,本来无象可执,但是谢灵运之言情却
能在这种动止不定、缥缈有无之间抓住它,如同在荒野之中得到一个使
人不会迷途的灵验的知声虫,所以情感对他而言成为有象可执之物,这
可以说是言情的最高境界;其取景并不只是目击,还要经心,这就是王
夫之所说的"心目相取",若取景只以目而不经心,则景物徒具形色,与
情感无关。此所谓"貌固有",就是他所说的"貌其本荣,如所存而显
之",也就是按照景物呈现在诗人心目中的样子将其写出,而不是用记
诵他人作品得来的华美的词藻来描绘。按照呈现在诗人心目中的样子
表现,在王夫之看来是真的景物,所以是"言之不欺";如果是借用他人
词藻描绘的景物,则非真景物,而是假、是欺。从写景上说,谢灵运也正
符合王夫之的理想。王夫之主张情景交融,谢灵运诗恰恰是典范:"情
不虚情,情皆可景;景非滞景,景总含情。"从言情,到写景,到情景交
融,无论哪一方面都堪称典范。所以王夫之认为,谢灵运之后,五言诗
无人可与他比肩。

　　谢灵运诗兼有音乐美与境界美,成为王夫之审美理想的标本。

六　"跻己怀于古志":王夫之的特殊的学古方式

　　一方面,王夫之坚持极端的内在性立场,主张形式应从诗人性情中

---

① 《古诗评选》卷五,谢灵运《登上戍石鼓山诗》评语。

流出,这样的形式必然是个性化的形式;但另一方面,他又极力强调审美传统,要求当代诗人应该在创作中体现审美传统。为此他也不反对拟古。主性情的人是最反对拟古的,王夫之主性情,反对一切外在的法则,却又肯定拟古。这两个对立的观念在王夫之诗学中如何统一? 他采取了一种特殊的方式。他评明人石宝《拟君子有所思行》说:

> 竟不作关合,自然摄之笔,贵志高乃于古人同调。拟古必如此,正令浅人从何处拟起。崆峒、沧溟心非古人之心,但向文字中索去,固宜为轻薄子所嘲也。诗虽一技,然必须大有原本,如周公作诗云:"于昭于天。"正是他胸中寻常茶饭耳,何曾寻一道理如此说。谭友夏拟《子夜》《读曲》,往往神肖,只为他浪子心情,一向惯熟。又如陈昂、宋登春,一开口便作悲田院语,渠八识田中止有妄想他人银钱酒食种子,借令摆脱,翻不得似。诗之不可伪也,有如此夫。①

王夫之立论的基础是传统的诗即其人的观点,即所谓"诗之不可伪也"。从这种观点说,有什么样的人就有什么样的诗,有什么样的情志就有什么样的诗,诗即其人。王夫之再从这种观点进一步推论,如果今人的情志同于古人的情志,那么今人之诗就可同于古人之诗。这正是诗即其人观点的逻辑引申。站在这种立场上说,学习古人的审美传统,不应该从作品外在形式方面模拟,关键的是要诗人之心合于古人之心,如果诗人的心灵同于古人的心灵,那么这个诗人的作品自然与古人相合。王夫之从两方面来证明其观点。李梦阳、李攀龙的学古只向古人

---

① 《明诗评选》卷一。

文字中求索,而他们的心非古人之心,如此学古只能得古人形貌之似,所以为人讥笑。谭元春学六朝情歌往往神似,因为其"浪子心情"与那些情歌的作者相同。陈昂、宋登春一开口就像陶渊明《乞食》、杜甫《奉赠韦左丞丈二十二韵》一类悲贫乞讨之诗,因为其有妄想他人银钱酒食之心,所以学得像。王夫之举出这些例子都是要说明,有古人之心,才能有古人之诗。要学古,关键是诗人的心灵性情同于古人。他评刘基《旅兴》"日暮登高台"云:

> 其韵其神其理,无非《十九首》者。总以胸中原有此理此神此韵,因与吻合。但从《十九首》索韵索神索理,则必不得。江醴陵、韦苏州一为仿古诗,则反卑一格,以此。①

他认为刘基的作品韵、神、理都同于《古诗十九首》。此乃刘基之心同于《古诗十九首》作者之心,即所谓"胸中原有此理此神此韵"。如果刘基的心中没有这些,只是向《古诗十九首》中去求索,一定不能得到。江淹、韦应物仿古诗不佳,原因就在于他们的心不同于古人,而只在形式上模拟古人。王夫之评明人钱宰《拟客从远方来》说:

> 《十九首》旷世独立,固难为和,然以吟者心理求跻己怀于古志,而以清纯和婉将之,古人亦无相拒之理。李于鳞辈心理不逮,求之无端,竞气躁情,抑不相称,固已拙矣。竟陵复以浮狭之识,因于鳞而尽废拟古,是惩王莽而禁人之学周公,不愈悖乎?②

---

① 《明诗评选》卷四。
② 同上。

拟古本身并没有错,关键是如何拟古,一定要在心灵上与古诗相合,这样的拟古才不至于落入李攀龙模拟形似的弊端。

王夫之要求心与古人相合,但心如何与古人相合呢?这在他的诗学理论范围内并没有回答。王夫之的诗学是标出最高的创作境界,至于如何达到这一境界的功夫,他却不言。这就好比道学家谈成圣,他只言圣人之境界,而不言成圣之功夫。这乃是真正的"无阶级可人"。这一点是王夫之诗学的重要特征之一。

第七章
变而不失其正：
叶燮对钱谦益一派诗学的继续展开

　　本书第五、六章论及从明代诗学的两极对立到清初诗学的对立综合，是清初诗学的共同趋向。但是对立综合的立足点各有不同，王夫之、陈祚明、施闰章、宋琬等倾向于云间派，站在七子派诗学的立场上综合公安、竟陵派的诗学，而叶燮等人则是站在钱谦益一派的诗学立场上综合七子派的诗学。关于叶燮的诗学，可以《原诗》的一句话来概括，即"变化而不失其正"。

一　以作论之体评诗
与叶燮诗学理论的所谓体系性特征

　　叶燮的诗学受到当代研究者的特别重视和高度评价①，《原诗》被一些研究者视为《文心雕龙》之后第二部有理论体系的著作。其所以如此者，原因有二：一是其诗学论辩的色彩浓厚，呈现甚强的理论性，符合当代人追求的理论形态与体系性；二是叶燮提出了作诗的理、事、情

---

　　① 　在众口一辞之中，也有例外，张少康先生最早对此提出质疑。见《苏州大学学报》1983 年第 4 期《叶燮文艺思想的评价问题》。黄保真、蔡钟翔、成复旺的《中国文学理论史》对叶燮诗学的缺点也多所指摘，见该书第四册关于叶燮诗学的章节。

与才、胆、识、力主客体两方面的因素,可以用西方诗学的主客体架构来分析,容易被诠释成当代形态。其实这两个方面的评价都是基于西方文学理论的价值尺度,关于第二方面的评价我们后面讨论,此先论所谓体系性问题。

《四库全书总目提要》评价叶燮《原诗》"虽极纵横博辨之致,是作论之体,非评诗之体也"①,指出具有强烈论辩色彩和理论色彩的《原诗》是以作论之体论诗,不符合论诗的传统方式。这个评价值得注意。

一般认为,中国古代文论没有体系。若将中国古代文论与西方文论作比较,这种说法有合理性。但也有例外,《文心雕龙》就是有理论体系的著作,这说明中国古人有建构体系的理论能力,为何中国古代没有产生大量的有体系的著作呢? 论者往往从思维方式方面作解释。其实有一个重要因素被忽视,即中国古人的论文之体。仅在文学批评的范围审视《文心雕龙》,会觉得这部著作孤立特出,但若将《文心雕龙》放在《荀子》《韩非子》《论衡》直至刘知几《史通》的系列中,就会觉得刘勰的《文心雕龙》并非孤立特出。从著述之体看,刘勰《文心雕龙》继承子书传统,具有子书性质,乃是一部用子书体写成的文学理论著作。以子书体论文,这一传统在唐以后未被承袭,《文心雕龙》就成为文学理论史上一部孤立特出的著作。

仅从诗歌批评的范围里看《原诗》,也会觉得其孤立特出,这部著作的理论色彩及系统性均甚强,非其他诗学著作所能比,所以有一些研究者将《原诗》与《文心雕龙》并称为中国文学批评史的两部有体系之作。《原诗》所以具有这种特征,也与它的著述之体密切关联,也就是《四库全书总目提要》所说《原诗》是"作论之体"。如将《原诗》放在古

---

① 《四库全书总目》卷一百九十七,《诗文评类存目》。

代发达的策论传统中审视,就不会觉其孤立特出。当然《四库全书总目提要》有批评《原诗》背离论诗传统之意,这是不恰当的,因为以作论之体评诗恰恰是叶燮诗学的特点所在。但这种评价显示出,古人对评诗之体是十分看重的,而且在这方面形成了传统,这种传统颇为强大,对古代诗学特征的形成具有很大的影响。

《四库全书总目提要》所谓评诗之体,一般是序跋、书信、诗歌的形式,而在宋以后最有代表性的形式就是笔记性的诗话。古人最讲辨体,评诗方式一旦成体,就被遵循。这些论诗之体使得人们难以对诗学问题表述体系性的理论见解。王夫之是一位有思辨色彩的哲学家,如果他用策论之体撰写诗学著作,其诗学必然能成一理论体系,但王夫之对诗学的意见却是以传统的评点、诗话形式表述,未撰写一部具体系性的诗学理论著作。不只诗学领域,哲学领域亦是如此。王夫之如果用子书体或策论体撰写其哲学著作,必然会产生有理论体系的哲学著作,但他的哲学思想大多通过注疏等形式表述。王国维受西学的影响极深,其实有能力写出一部有理论体系的词学著作,却写出了《人间词话》。这些跟著述之体的传统有密切关系。叶燮《原诗》之所以在众多诗学著作中孤立特出,很大程度上在于他突破了传统的评诗之体,而以作论之体评诗。

叶燮以作论之体论诗的特点在于"纵横博辨",他讨论诗学问题,往往不是就诗学论诗学,总是试图把诗学问题上升到哲学的高度来审视,从普遍性的原理推论诗学问题。他试图把诗学问题纳入一个哲学框架中,而他赋予诗学问题的哲学框架乃是理学。在这个哲学框架内,他又赋予诗与文以一个共同的理论架构。叶燮同时代的沈珩序其《原诗》说:

> 非以诗言诗也,凡天地间日月、云物、山川、类族之所以动荡,虬龙杳幻、鼪鼯悲啸之所以神奇,皇帝王霸、忠贤节侠之所以明其

尚,神鬼感通、爱恶好毁之所以彰其机,莫不条引夫端倪,摹画夫豪
芒,而以之权衡乎诗之正变与诸家持论之得失。

沈珩指出,叶燮不是就诗学本身立论,而是把诗学理论与天地间各种事
物的道理贯通,在一个大的框架中透视诗学问题。这种特征使其诗学
具有颇强的理论色彩。宋代以后,由于诗学家论诗大多排斥道学家的
诗歌,故论诗也不采用理学家的理论,而叶燮则将其诗学置于理学的框
架中,使其诗学呈现新面貌。

二 从对立到综合:
叶燮对明代诗学两极对立的批判与超越

叶燮虽然在论诗方式上与时人不同,但他的诗学却与当代诗学思
潮密切相关。主正是七子派的诗学主张,主变是公安、竟陵派的诗学主
张,两派各执一端,各有其弊,清初以来诗学开始超越这种两极对立而
趋向综合。叶燮诗学也鲜明地体现出这一倾向。其《原诗》正是针对
明代以来诗坛七子派与公安、竟陵派主复古与主新变二元对立弊端迭
出的情形而发的:

> 乃近代论诗者则曰:《三百篇》尚矣,五言必建安、黄初,其余
> 诸体,必唐之初盛而后可。非是者必斥焉。如明李梦阳"不读唐
> 以后书",李攀龙谓"唐无古诗",又谓"陈子昂以其古诗为古诗,弗
> 取也"。自若辈之论出,天下从而和之,推为诗家正宗,家弦而户
> 习。习之既久,乃有起而捃之,矫而反之者,诚是也;然又往往溺于
> 偏畸之私说。其说胜,则出乎陈腐而入乎颇僻;不胜,则两弊。而
> 诗道遂沦而不可救。

"近代论诗者"是指七子派，"起而掊之，矫而反之者"是指公安、竟陵派。前者主张复古而陷入陈腐，后者主张新变则陷入偏颇，两者皆有弊端，无论是哪一种主张占领诗坛，所带来的都是弊病，所以他说诗道沦落而不可救药。这种观点在《原诗》中有反复的申说：

> 五十年前，诗家群宗嘉、隆七子之学，其学五古必汉魏，七古及诸体必盛唐。于是以体裁、声调、气象、格力诸法，著为定则，作诗者动以数者律之，勿许稍越乎此。……于是楚风惩其弊，起而矫之。抹倒体裁、声调、气象、格力诸说，独辟蹊径，而栩栩然自是也。夫必主乎体裁诸说者或失，则固尽抹倒之，而入于琐屑滑稽、隐怪荆棘之境，其过殆又甚焉。

七子派主张格调，公安、竟陵派尽举而"抹倒之"，两者对立，俱有所弊。叶燮对两派都有批判。

叶燮试图超越明代诗学的两极对立而将其统一。他一方面反对专主汉魏、盛唐而贬斥宋元诗，另一方面又反对宗主宋元诗而遗弃汉魏、盛唐。《原诗》说：

> 或曰：……学诗者且置汉魏、初盛唐诗，勿即寓目，恐从是入手，未免熟调陈言，相因而至，我之心思终于不出也。不若即于唐以后之诗而从事焉，可以发其心思，启其神明，庶不堕蹈袭相似之故辙，可乎？

"或曰"云云，其实就是叶燮时代一些崇尚宋诗者的主张，在叶燮看来，这种主张又陷入明人的两极对立，所以他要与这种主张划清界限：

> 吁！是何言也？余之论诗，谓近代之习，大概斥近而宗远，排变而崇正，为失其中而过其实，故言非在前者之必盛，在后者之必衰。若子之言，将谓后者之居于盛，而前者反居于衰乎？……执其源而遗其流者，固已非矣；得其流而弃其源者，又非之非者乎？然则学诗者，使竟从事于宋元、近代，而置汉魏、唐人之诗而不问，不亦大乖于诗之旨哉？

七子派斥近宗远，排变崇正，执源遗流，这是"失其中而过其实"，陷入了偏颇，但如果反过来崇尚宋元诗而遗弃汉魏、唐诗，得流而弃源，一样是陷入偏颇。叶燮要从这种偏颇状态中超越出来，要得诗道之"中"，对两派诗学作综合统一，建立一种无两派对立之弊病的诗学。这种主张在《原诗》中有充分论述：

> 夫厌陈熟者，必趋生新，而厌生新者，则又返趋陈熟。以愚论之：陈熟、生新，不可一偏，必二者相济，于陈中见新，生中得熟，方全其美。若主于一而彼此交讥，则二俱有过。

七子派崇正，是主陈熟；公安、竟陵派求变，是主生新。在叶燮看来，这种对立的诗学观都未得诗道之中，只有两者统一起来，才是正确的。

但是，尽管叶燮反对正变对立，主张正变统一，但其在理论上的立足点是变①。这种立足于变之基础的正变统一论，用叶氏评论杜甫的话来说就是"变化而不失其正"。这与云间派及其追随者之立足于正

---

① 杨松年先生曾指出："整部《原诗》，整个叶燮的诗论，是无处不具现他的重变的精神的。"《叶燮诗论的重变精神》，《中国文学批评论集》，台北文史哲出版社1989年版，第2页。

而吸收变的正中有变的主张有着基本立场的差别。叶燮诗学针对的主要还是七子派及其追随者。沈楙德《原诗跋》称:"自有诗以来,求其尽一代之人,取古人之诗之气体、声辞、篇章、字句,节节模仿,而不容纤毫自致其性情,盖未有如前明者。国初诸老,尚多沿袭,独横山起而力破之。"正是指出了这一点。这与钱谦益一派的诗学倾向一致,可视为虞山派诗学的继续。

三　从崇正到主变

七子派诗学崇正排变,在其诗学价值系统中,变只具有负面价值,受到贬抑,叶燮抨击七子派的诗学,肯定变的正面价值。这样就从七子派的立足于正转向了立足于变。当代研究者往往仅从文学发展论的角度来诠释叶燮的变的理论,并不能揭示变在叶燮整个诗学中的地位。其实,变乃是叶燮诗学的核心及最高范畴。

1. 变:"理也,亦势也"

七子派崇正而排变,并不等于说七子派不承认诗歌史上形式风格变化的事实,其实七子派也认为诗歌史上形式风格是变化的,因为正是相对于变而言的,没有变也就无所谓正。第二章曾论及七子、云间派的审美价值系统乃是以《诗经》为价值基点建立的,由于《诗经》处于诗歌史源头的位置,所以这一价值系统具有尊传统的复古特征,这样诗歌史的变化在他们的诗学价值系统中是被否定的,这一派在创作上的复古模拟正是这种诗学价值观的体现。叶燮对这一价值系统有明确的认识:

吾见历来之论诗者,必曰苏、李不如《三百篇》,建安、黄初不

> 如苏、李,六朝不如建安、黄初,唐不如六朝;而斥宋者,至谓不仅不
> 如唐,而元又不如宋;惟有明二三作者,高自位置,惟不敢自居于
> 《三百篇》,而汉魏、初盛唐居然兼总而有之而不少让。①

诗歌史一代不如一代,这是对七子派诗学价值系统的明确概括。叶燮
要主变,必须打破这一诗学价值系统,确立一个肯定变的诗学价值
系统。

变,是公安派诗学的主张,又为钱谦益一派所继承。但公安派及钱
谦益一派乃是从性情优先理论推出形式风格之变的合理性,并以诗歌
史的发展变化来证明变的必然性。他们要先说诗歌的本质是抒情,再
由抒情性推出诗歌要真的观点,再由真性情必然要有自己的面目的观
点推出形式风格之变。叶燮虽然也主变,但他的论证方式与公安派及
钱谦益不同,他不是从抒情言志这一诗学内部的命题推出形式风格之
变,而是从普遍的宇宙规律推论诗歌之变,把变的问题放到一个大的宇
宙论框架中来论证:

> 盖自有天地以来,古今世运气数,递变迁以相禅。古云:天道
> 十年而一变。此理也,亦势也。无事无物不然,宁独诗之一道胶固
> 而不变乎?

变是一切事物发展的内在规律和必然趋势,诗歌也必然遵循这一规律。
他不是先说传统的"诗言志"命题,再由这一命题来推论形式风格之
变,而是先说天地古今的普遍规律,由这个普遍规律推论诗歌的规律。

---

① 　《原诗》。下文凡出自《原诗》者不再加注。

这就是其"纵横博辨"之所在,这正是他试图从一个更高的层次来把握诗学问题的表现。

从普遍的宇宙规律推论出诗歌必变的道理以后,叶燮又列举诗歌史来证明变是诗歌的规律。《诗经》是诗之源,《诗经》有变风变雅,说明《诗经》已有变化。"风雅已不能不由正而变,吾夫子亦不能存正而删变也。则后此为风雅之流者,其不能伸正而诎变也明矣。"叶燮历数从汉魏到宋元诗歌史的变化过程,以说明变的必然性。七子派在事实的层面承认诗歌史的变化,但在价值的层面否定变。变是必然的,但不是合理的。叶燮则认为变是必然的,又是合理的,这样他就肯定了变的价值。他认为,连孔子都承认变的合理性,那么后代人否定变乃是错误的。

除了从宇宙论及诗歌史的角度论证变的必然性与合理性,叶燮还从主体的角度来论证变的必然性与合理性。他认为创作者和欣赏者都有喜新的审美心理:

> 人未尝言之,而自我始言之,故言者与闻其言者,诚可悦而永也。使即此意、此辞、此句虽有小异,再见焉,讽咏者已不击节,数见则益不鲜;陈陈踵见,齿牙余唾,有掩鼻而过耳。

创作者与欣赏者的这种喜新厌旧的心理正是变的强有力动因。不仅如此,叶燮还从主体的创造力本身来论证变的必然性:"人之智慧心思,在古人始用之,又渐出之,而未穷未尽者,得后人精求之,而益用之出之。"主体的创造力有一个不断展开发展的历史过程:"乾坤一日不息,则人之智慧心思必无尽与穷之日。"这种不断展开发展的创造力决定了诗歌之变的必然性。

变是必然的,也是合理的,是规律,也是趋势,因而排斥变就没有道理。

2. 正有渐衰，变能启盛：正变与盛衰

崇正排变者把正变问题与温柔敦厚的诗教相联系，认为温柔敦厚是正，否则是变，因而崇正乃是尊崇温柔敦厚的诗教。叶燮的论敌汪琬就持此说。对此，叶燮进行了反驳。叶氏《汪文摘谬》称：

> 若以诗之正为温柔敦厚，而变者不然，则圣人删诗尽去其变者可矣。圣人以变者仍无害其温柔敦厚而并存之；即诗分正变之名，未尝分正变之实，温柔敦厚者，正变之实也。

这种观点在《原诗》得到进一步展开而成为体用说："温柔敦厚，其意也，所以为体也，措之于用则不同；辞者，其文也，所以为用也，返之于体则不异。汉魏之辞，有汉魏之温柔敦厚，唐、宋、元之辞，有唐、宋、元之温柔敦厚。"叶燮认为，温柔敦厚是意、是体，它在审美上可以具有各种表现形态，可以在正的形式风格中表现出来，也可以在变的形式风格中体现出来。温柔敦厚不能从审美形态上来论，不能说正的审美形态是温柔敦厚，而变的表现形态不是温柔敦厚。叶燮把正变与温柔敦厚分别开来，其理论意义在于肯定了变与温柔敦厚并不矛盾，变并不背离诗教，为其主变扫除了理论障碍。

崇正排变者的另一个重要理论根据是儒家诗学关于审美风尚与时代政治关系的理论。正变说来自《毛诗序》，以为《诗经》有正有变，而正变是与时代的盛衰联系在一起的。盛世的诗歌为正，衰世之诗为变。后人沿用正变的范畴以论诗，也将诗歌的正变与时代的盛衰联系起来。诗歌的正变不仅仅具有审美意义，更具有政治意义。崇正从根本上说乃是崇尚盛世，排变乃是贬斥衰世。这种理论运用到当代诗歌创作上，

乃是提倡作盛世之音,而反对作衰世之音。这样崇正排变不仅有审美的依据,更有政治的依据。汪琬说:"观乎诗之正变,而其时之兴废、治乱、污隆、得丧之数可得而鉴也。"①体现的正是这种观点。他又以风雅正变之说论唐诗,认为贞观、永徽年间的诗歌是"正之始也",开元、天宝诸诗是"正之盛也",其间李、杜两家"正矣,有变者存",大历、元和、贞元之诗是"变而不失正",此后纯然是变。汪琬把唐诗的正变与时代的盛衰联系起来:

> 凡此皆时为之也。当其盛也,人主励精于上,宰臣百执趣事尽言于下,政清刑简,人气和平,故其发之于诗,率皆冲融而尔雅,读者以为正,作者不自知其正也。及其既衰,在朝则朋党之相讦,在野则戎马之交讧,政烦刑苛,人气愁苦,故其所发又皆哀思促节为多。最下则浮且靡矣。……读者以为变,作者亦不自知其变也。是故正变之所形,国家之治乱系焉,人才之消长、风俗之污隆系焉。②

诗歌的正变与国家的治乱密切相关,是政治状况的表现。诗歌的审美特征受政治状况的决定。因而诗之正变不仅是审美问题,更是政治问题。正因为审美问题与政治有密切关系,所以变受到排斥。汪琬的这种思想并非孤立特出,乃是代表了崇正排变者的普遍看法。这一点在第一章已论及。

叶燮要肯定变,必须对上述观点作出回应。他回答这一问题的方式是把《诗经》的正变与后代诗歌的正变区分开来:

---

① 《唐诗正序》,《尧峰文钞》卷二十六。
② 同上。

　　风雅之有正有变，其正变系乎时，谓政治风俗之由得而失，由
隆而污。此以时言诗，时有变而诗因之，时变而失正，诗变而仍不
失其正，故有盛无衰，诗之源也。吾言后代之诗，有正有变，其正变
系乎诗，谓体格声调命意措辞新故升降之不同。此以诗言时，诗递
变而时随之。故有汉魏、六朝、唐、宋、元、明之互为盛衰，惟变以救
正之衰，故递衰递盛，诗之流也。

叶燮认为《诗经》的正变与后代诗歌的正变不同。他承认风雅的正变
与时代的政治状况相关，所以称"正变系乎时""以时言诗"；而后代诗
歌的正变则是指体格、声调、辞句等诗歌自身艺术形式风格方面，这种
变化与时代政治状况是没有联系的，故称"正变系乎诗""以诗言时"。
这种区分否定了后代诗歌的正变与时代政治盛衰的关系。叶燮认为，
从整个诗歌史来说，《诗经》是诗歌史之源，汉魏以后诗歌都是流。作
为源，有盛无衰；作为流，有盛有衰。但是叶燮所谓盛衰只是诗歌本身的
盛衰，与时代政治无关。这种观点在其《百家唐诗序》中也有明确的说明：

　　　　自有天地，即有古今。古今者，运会之迁流也。有世运，有文
运。世运有治乱，文运有盛衰，二者各自为迁流。然世之治乱，杂
出递见，久速无一定之统。孟子谓天下之生，一治一乱，其远近不
必同，前后不必异也。若夫文之为运，与世运异轨而自为途，统而
言之曰文，分而言之，曰古文辞，曰诗赋。二者又异轨而自为途。①

文运的盛衰与世运的治乱各自独立，没有必然的联系。这样区分，就把

────────────

① 《己畦文集》卷八。

诗歌的正变盛衰与时代政治分离开了,审美问题与政治问题没有了联
系。儒家诗学的理论传统是把正变、盛衰与时代政治联系起来,这是他
们否定变的主要的理论依据,叶燮把正变、盛衰与时代政治分开,这在
理论上具有重要意义,为他肯定变扫除了理论障碍。

把诗之正变与时代盛衰区分开来以后,则正变、盛衰只是诗歌内部
的审美方面的问题。而在审美方面,崇正排变者也是以正为诗歌发展
之盛,而以变为衰。汉魏继承了风雅的审美传统,是正,也必然是盛。
六朝诗背离了风雅传统,是变,也必然是衰。盛唐诗又上接传统,是正
是盛,而晚唐、宋诗背离了传统,是变、是衰。这样就诗歌的审美方面而
言,正变也被与盛衰联系在一起。针对这种观点,叶燮强调,“历考汉
魏以来之诗,循其源流升降,不得谓正为源而长盛,变为流而始衰”,
“非在前者之必居于盛,后者之必居于衰也”,他认为源流、正变、盛衰
“互为循环”,并建立了艺术风格发展与盛衰的循环模式:

正(盛)→衰→变→盛(正)→衰→变→盛(正)……

在这个循环模式中,叶燮强调,不是由变而衰,而是由正而渐衰。换言
之,衰非由变来,而是由正出。这与七子派正好相反。为什么说由正而
衰呢?他认为,正盛由于“相沿久而流于衰”。从艺术形式及风格而
言,某一表现形式和风格一旦为众人喜爱和接受,群起而学之,对于这
种表现形式及风格而言可谓是盛,但同时也埋下了衰的种子,因为某种
表现方式及风格一旦上升为一种普遍的范式而人人为之,就要窒息艺
术的独创性,必然要流于衰。而在这时,只有通过变,通过创新,摆脱人
人沿袭的陈旧的范式,才有出路,才能重新趋于盛。这里盛为上一个循
环的终点,又成为下一个循环的起点。盛又成为正,复为时人及后人所
沿,又至衰,又由变而之盛。诗歌史就是这样一个正变盛衰循环往复的

过程。

　　由正而渐至于衰,由变而复至于盛,叶燮的这种正变盛衰的循环模式与崇正排变者所持之由变而衰、由正而复至于盛的观点正好相反。这是由于叶燮对盛衰的判断标准与七子派正好相反。七子派以固守传统为盛,以新变为衰,而叶燮正与之相反,以沿袭传统为衰,以新变为盛。从诗歌创造性的尺度看,应该说叶燮的价值观更为合理。他用上述循环模式分析了汉魏至宋代的诗歌史历程:

　　　　建安(正、盛)—相沿久(衰)—六朝(小变,未盛)—唐初(极衰)—开元、天宝诗人(变,盛,复为正)—贞元、元和(衰)—韩愈(变,盛,正)—晚唐(衰)—苏轼(变,盛)

在这个正变、盛衰互为循环的进程中,盛唐诗人以及韩愈、苏轼都是因变而为盛。以变为价值标准,叶燮对韩愈、苏轼给予了崇高的评价:"唐诗为八代以来一大变,韩愈为唐诗之一大变;其力大,其思雄,崛起特为鼻祖。""如苏轼之诗,其境界皆开辟古今之所未有,天地万物,嬉笑怒骂,无不鼓舞于笔端,而适如其意之所欲出。此韩愈后一大变也,而盛极矣。"以诗歌的创造性为标准论定诗人的诗歌史地位,与复古派的诗学价值观对立,在此前是不多见的。

　　叶燮给杜甫一个特殊的与《诗经》相等的地位:"统百代而论诗,自《三百篇》而后,惟杜甫之诗,其力能与天地相终始,与《三百篇》等。"杜甫之所以如此,乃是因为杜甫诗是集大成者:

　　　　杜甫之诗,包源流,综正变,自甫以前,如汉魏之浑朴古雅,六朝之藻丽秾纤、澹远韶秀,甫诗无一不备。然出于甫,皆甫之诗,无一字句为前人之诗也。

在杜甫以后，从韩愈到元明的诗人"称巨擘者，无虑数十百人，各自炫奇翻异，而甫无一不为之开先"，因而其"长盛于千古，不能衰，不可衰者也"。但他这样论述，就使杜甫超出了其盛衰循环的模式，而使其模式缺少了普遍性。按照叶燮的说法，诗之由正而衰乃是由于人们的沿袭，如果人人沿袭杜甫，不同样是陈辞肤语、毫无新意吗？事实上七子派的拟杜不是陷入了模拟形似吗？叶燮之所以要把杜甫从正变盛衰的循环中划越出来，主要是因为叶燮特别推崇杜甫，要给予杜甫与《诗经》相等的地位。《诗经》不能衰，杜甫也不能衰。在叶燮的诗学中，《诗经》是源头，后代诗歌是"诗之流"；但他又把杜甫从"诗之流"中超越出来，说杜诗"包源流，综正变"，乃以为杜甫诗把《诗经》、汉魏、六朝传统全都包综起来，如此杜甫诗岂止是与《诗经》相同，甚至超过《诗经》，只是叶燮不能也不敢这样说罢了。

叶燮将《诗经》以后诗歌的正变盛衰与时代政治区分开来，汉魏以来诗歌的正变盛衰就没有政治意义；叶燮又一反七子派以正为盛，以变为衰，而认为由正而衰，由变启盛，这样就把变与盛联系起来，赋予变以正面的肯定的价值。叶燮关于正变盛衰关系的理论从价值论的层次上否定了七子派乃至汪琬等人崇正排变的价值观。

3. "惟神乃能变化"：变与诗歌创作的神境

叶燮还从创作境界的角度论证变是诗歌创作的神境，把变作为最高的创作境界。

叶燮认为诗歌"工而可传"即可以传世有四个条件：胸襟、材料、匠心、文辞。这些就如建造一座房子所需具备的四项条件：基础、材料、工匠、设色。具备这四个条件就能造出一座很好的房子。但只有这四者，还不是创作的最高境界，最高的创作境界乃是变化：

> 然使今日造一宅焉如是,明日易一地而更造一宅焉,而亦如
> 是,将百十其宅,而无不皆如是,则亦可厌极矣。其道在于善变化。
> 变化岂易语哉?终不可易曲房于堂之前,易中堂于楼之后,入门即
> 见厨,而联宾坐于闺阃也。惟数者一一各得其所,而悉出于天然位
> 置,终无相踵沓出之病,是之谓变化。

诗歌亦如造屋,如果雷同重复,就会使人生厌,因而"其道在于善变
化"。变化又要不失最基本的规则。"变化而不失其正,千古诗人惟杜
甫为能。""杜甫,诗之神者也。夫惟神乃能变化。"达到创作的神境才
能作到变化。在叶燮看来,唐代的王、孟、高、岑只达到了设色的地步,
而没有达到变化的境界,只有杜甫达到这种境界。

四　主变与理、事、情及才、胆、识、力的
主客体理论

　　叶燮把创作客体分为理、事、情三个方面,把创作主体分为才、识、
胆、力四个要素,"以在我之四,衡在物之三,合而为作者之文章"。当
代研究者往往将这一问题从其所论述的中心问题中抽离出来,放到反
映论文学理论的主客体关系框架中诠释。如此,变的理论被划归发展
观,而主客体理论被划归创作论,变的理论与主客体理论遂成为平行并
列的理论。这样的诠释并不符合叶燮诗学的实际。叶燮提出理、事、情
与才、识、胆、力的理论目的,并非要以主客体关系的理论为基本的理论
框架来建构一套诗学,而是为了论证其变的理论。《原诗》的理论基点
不是主客体关系的理论,而是变的理论。在理论层次上,变是最高的范
畴,它统摄整部《原诗》,而主客体理论只是变的理论的一个层次,被统
摄在变的理论之中。如果把主客体关系的理论从叶燮所要讨论的中心

问题中抽离而孤立地加以讨论,就容易掩盖叶燮诗学的真正意旨和现实针对性。

1. "虚名""定位"与"活法""死法":叶燮从诗法的角度提出理、事、情的理论

　　叶燮是在讨论诗法的问题时提出"在物者"的理、事、情三个范畴的。主变化,变就意味着不同于传统,从古代诗学的内部问题说,必然面临变与法则的关系问题。因为审美传统在一定的层面上体现为法则,法则是审美传统的具体体现。在格调派,法是其核心的范畴之一。胡应麟称,汉唐以后谈诗者严羽提出"悟"字,李梦阳提出"法"字,谓"皆千古词场大关键"①。可见,七子派的诗学具体化而言就是一套规则。叶燮在《原诗》中托问者之口说:"今之称诗者,高言法矣,作诗者果有法乎哉? 且无法乎哉?"叶燮主变,从理论上说,必须对这一问题作出自己的回答。

　　叶燮论法不是就诗法论诗法、直接讨论诗学内部问题,而是先在哲学层面论证法的普遍原理,然后再从普遍性的原理推论诗法的问题。这是叶燮论诗"纵横博辨"的所在。当在哲学层面讨论法的问题时,他指出法既是"虚名"又是"定位"。"法者虚名也,非所论于有也;又法者定位也,非所论于无也。"所谓"虚名"者,是说法总是某事物的法,法不能脱离事物而独立存在,没有独立于事物之外的法。"离一切以为法,则法不能凭虚而立;有所缘以为法,则法仍托他物以见矣。"法不可能凭虚而立,总要有所依凭。那么依凭什么呢? 就是理、事、情。他说:

　　　　自开辟以来,天地之法,古今之变,万汇之赜,日星河岳,赋物

――――――――――

　　① 《诗薮》内编卷五。

象形,兵刑礼乐,饮食男女,于以发为文章,形为诗赋,其道万千。
余得以三语蔽之:曰理、曰事、曰情,不出乎此而已。然则诗文一
道,岂有定法哉?先揆乎其理,揆之于理而不谬,则理得。次征诸
事,征诸事而不悖,则事得。终絜诸情,絜之于情而可通,则情得。
三者得而不可易,则自然之法立。故法者当乎理,确乎事,酌乎情,
为三者之平准,而无所自为法也。故谓之虚名。

每一事物皆有其理、事、情,所谓法,就是合乎理、事、情之谓。法必定在
理、事、情见出,离开理、事、情,就无所谓法。正是在这种意义上,没有
独立于事物的理、事、情之外的法,法不是一个独立存在的实体,所以只
是"虚名"。

　　由于叶燮论法是从普遍性原理讨论开始的,所以其所谓法既有自
然界规律之意,也包括社会范围内的法律、仪礼规范等方面内容。他必
须承认社会范围内的法律规范的存在,因而必须在其理论系统内对这
些法则给予合理的说明。叶燮说:

　　　　又法者国家之所谓律也,自古之五刑宅就以至于今,法亦密
　　矣,然岂无所凭而为法哉?不过揆度于事、理、情三者之轻重、大
　　小、上下,以为五服五章,刑赏生杀之等威差别,于是事、理、情当于
　　法之中,人见法而适惬其事、理、情之用,故又谓之曰定位。

叶燮把社会范围内的法律规范也与理、事、情联系起来,认为这些法律
规范也是以理、事、情为基础的。法既然是合乎理、事、情之谓,则所谓
相合,一旦落实到制度的层面就有"度"的问题,就有"量"的标准问题,
即他所说的"轻重、大小、上下"。这个量的标准是理、事、情的"平准"。
这个标准在他看来是有定的,所以是"定位"。

　　"虚名"与"定位"是叶燮对法所作的哲学性论证,是普遍规律。然后,他又从法的普遍原理推论诗法的问题。这就从哲学性的普遍原理进入诗学的内部问题。前人论诗法有所谓"活法""死法"之说,叶燮将之与"虚名""定位"联系起来,于是就把诗学内部问题置入其大的哲学性论证之中,把诗学理论与普遍原理衔接起来。

　　叶燮论"活法""死法"也还没有直接切入诗法,而是采用类比推理的方式,从其他事物再推及诗法。这也是他"纵横博辨"的表现。他先从论人之美说起,要论人之美,必须有一些最基本的条件,比如五官端正、眉在眼上、口鼻居中等等,没有这些最基本的条件,就没有美可言。这些基本条件是有定的,是所谓"死法"。但绝世独立的美虽然离不开这些条件,却不是由这些条件决定的。叶燮说:"然则彼美之绝世独立,果有法乎? 不过即耳目口鼻之常而神明之,而神明之法,果可言乎?"绝世独立之美没有定法,乃是就普通的耳目口鼻"神明之",至于如何"神明之",则是不可说的。他又以朝庙享燕、士庶宴会来说明之。在享燕、宴会过程中的礼仪形式乃是有定的、不变的,这是所谓"死法",而通鬼神、传达友情却不是这些固定的礼仪形式本身,而是就这些固定的礼仪形式感通之,至于如何感通,也是不可说的。以上所说的"神明"、感通之法,就是"活法"。

　　由以上两例推及诗法,其所谓"死法",乃是指平仄及起伏照应等基本的形式法则,他说:

　　　　所谓诗之法,得毋谓平平仄仄之拈乎? 村塾曾读《千家诗》者,亦不屑言之。若更有进,必将曰:律诗必首句如何起,三四如何承,五六如何接,末句如何结;古诗要照应,要起伏。析之为句法,总之为章法。此三家村词伯相传久矣,不可谓称诗者独得之秘也。

叶燮认为诗歌的平仄法则及起承转合、起伏照应等形式法则乃是最基本的形式规则,就好比美人的口鼻居中、眉在眼上等最基本的条件。这是所谓"死法"。诗人作诗固然不能无之,但符合这些法则并不能保证写出来的都是好诗。好诗之为好诗还别有所在,此就是所谓"活法":

> 若舍此两端,而谓作诗另有法,法在神明之中,巧力之外,是谓变化生心,变化生心之法,又何若乎?则死法为定位,活法为虚名;虚名不可以为有,定位不可以为无;不可为无者,初学能言之;不可为有者,作者之匠心变化,不可言也。

在"死法"之上另有之法就是"活法",但是活法不是人为可以把握的,它在"巧力之外",而在"神明之中",就在主体的心灵里,不可以言说。死法是初学者所应掌握的,对于超越了初学阶段的诗人来说已经不必言之,而活法乃是作者的匠心变化,这种法不可言。死法不必言,活法不可言,那么对于诗人来说就不要言之。这样叶燮就解除了法对诗人的束缚。

活法、死法之说是诗学内部的问题,虚名与定位是叶燮对法则问题的哲学性论述。叶燮试图把诗学的内部问题放到其哲学性论述的框架中去,从普遍性的原理推论诗学的法则,于是以"死法为定位","活法为虚名"。但是,当他将两者进行理论上的衔接时却出现了矛盾。叶燮所谓虚名,是说法没有实体,要依理、事、情而在,是合乎理、事、情,是自然之法,这些是他自己的理论,而他论活法时却沿用传统的说法,谓法在神明之中,是匠心变化,不可言说。在前者,法在客体对象,属于客体;在后者,法在主体内心,属于主体。这两者如何具有同一性?从虚名如何能推论出活法?又,叶燮所谓定位,乃是理、事、情之"轻重、大小、上下"等等量的方面的标准,定位也是依理、事、情而在,但其论死法时,则谓死法是平仄、起承转合等形式结构方面的规则,那么死法与理、事、情有什么关系? 这些叶燮都没有论述。事实上,叶燮并未将其关于法与理、事、情关系的普遍性原理真正运用到死法、活法这一诗学的内部问题中来,未用这一原理具体分析诗法的问题,其在论死法、活法问题时大体上是沿用旧说,只不过把旧说放到一个大的普遍性的原理中去,结果其所谓"死法为定位",只不过是说死法是有定的,所谓"活法为虚名",只不过是说活法是无定的,至于活法、死法与理、事、情有什么关系,他并没有论述。这样他在论述法的普遍原理时所说的"理得""事得""情得"的"自然之法",在诗法中就没有了着落,成为悬空的原理。由于以上的问题,叶燮的普遍性原理只不过是一个理论的套子,用以套在诗学内部的问题上,但是套得并不完全合适。这是叶燮诗学的一个突出问题。

2. 宇宙论中的理、事、情

叶燮提出的理、事、情范畴在其诗学中具有两方面的功能:其一,在法的范畴之下来说明虚名、定位的理论,借此来推论死法、活法的原理,我们上面所说就是这方面的内容;其二,理、事、情与才、识、胆、力联系起来,构成主客体关系。在这种关系中,理、事、情乃是创作客体。

叶燮论理、事、情也是从普遍性的原理说到特殊性的诗歌理论。他说理、事、情可以涵盖宇宙万物,再说理、事、情是诗文共同的对象,再说诗歌表现其特殊的理、事、情。当理、事、情从作为诗文共同的对象过渡到作为诗歌特殊的对象时,他的理、事、情就发生了变化,从客观范围转换到主观的范围。

叶燮论述其宇宙论中的理、事、情说:

> 曰理、曰事、曰情三语,大而乾坤以之定位,日月以之运行,以
> 至一草一木一飞一走,三者缺一,则不成物。
> 曰理、曰事、曰情,此三言者足以穷尽万有之变态。凡形形色
> 色,音声状貌,举不能越乎此。

以上都是说理、事、情乃是可以概括宇宙间一切事物以及现象的普遍性
范畴。叶燮阐释这三个范畴的含义说:

> 譬之一木一草,其能发生者,理也。其既发生,则事也。既发
> 生之后,夭矫滋植,情状万千,咸有自得之趣,则情也。

叶燮以自然物为例解释说,理是事物之所以能够发生的内在依据,是事
物的本质与可能性,事是事物的现实存在,情是指事物的具体形态。叶
燮论理、事、情,谓"能发生者""既发生""既发生之后",先有可能性,
再有现实性,再有各种形态变化,这明显是有先后顺序。那么,先后顺
序是时间上的还是逻辑上的先后?叶燮对此并没有明确的辨析。但从
事、情两者的关系看,显然是时间上的先后。而在前两者之间,"能发
生者"是可能性,"既发生"是现实性,叶燮至少强调可能性是逻辑上在
先的。一些研究者往往强调叶燮理、事、情说的唯物主义特征,如果理
在事、情之先,所谓唯物主义之说就难以成立。

在理、事、情上,还有一个最高范畴:道。理是各个事物自身的内在
本质,不同的事物各有其理,形成事物的特殊性。在这种意义上说,理
是多。但各个事物之理还有共同性的一面,天下事物共有一理。在这
种意义上说,理是一。叶燮说:

> 理一而已,而天地之事与物有万,持一理以行乎其中,宜若有

格而人不通者,而实无不可通,则事与物之情状,不能外乎理也。①

理只有一理,而为万事万物所共有。这种天地万物共有之理也称为道。叶燮说:"理者与道为体,事与情总贯乎其中。"②各个事物之理皆得道体,因而事与情都不能脱离道体而存在。他说:

　　昔者圣人既教人志乎道矣,而又推之以游艺,夫射御书数,似乎技术之末,然其理无不为道所该,故即一可以见其全。③

射御书数这些技艺有其理,但这些理通于道,为道所统摄。道是一,是整全,即理可以见道,一理中可以见全道,一即一切,一切即一,所以他说"即一可以见其全"。

叶燮论理、事、情的归结乃是《六经》。他说:

　　夫备物者莫大于天地,而天地备于《六经》。《六经》者,理、事、情之权舆也。④

天地万物的理、事、情都具于《六经》,《六经》成了理、事、情的最后的终极的根据。天地之道就是《六经》之道,《六经》之道就是天地之道。叶燮论理、事、情是从自然出发的,而其归宿却是《六经》。

在《原诗》中,由于叶燮是以草木这样的生物为例来说明理、事、情

---

① 《赤霞楼诗集序》,《己畦文集》卷八。
② 《与友人论文书》,《己畦文集》卷十三。
③ 《赤霞楼诗集序》,《己畦文集》卷八。
④ 《与友人论文书》,《己畦文集》卷十三。

的，故他又提出一个生命性范畴"气"。他说："然具是三者，又有总而持之，条而贯之者，曰气。"一些论者据此认为叶燮把气作为世界的物质本原，因而判定叶燮美学是唯物主义美学。这种说法失之牵强。其实叶燮不是在世界本原意义上，而是在生命的意义上使用"气"这个范畴，他说：

> 又如合抱之木，百尺干霄，纤叶微柯以万计，同时而发，无有丝毫异同，是气之为也。苟断其根，则气尽而立萎。
> 草木气断则立萎，理、事、情俱随之而尽，固也。虽然，气断则气无矣，而理、事、情依然在也。

"草木气断则立萎"，谓草木没有气就枯萎，乃是在生命的意义上言，而非在世界本原意义上说，若气为世界本原的话，如何会断，如何会无呢？所以叶燮所谓气并不是一个本体论的范畴。

叶燮说客观世界的万事万物都可以用理、事、情概括，但是他提出的气的范畴却是超然于理、事、情之外的，未把气的范畴包括在理、事、情之中。

3. "不可名言之理，不可施见之事，不可径达之情"：理、事、情从客观向主观的转换

叶燮讨论诗法问题时所说的理、事、情乃是客观对象，正因为理、事、情是客观对象，所以可以衡量，有个客观标准，这样才有他所谓的自然之法。这是从普遍原理上立论，他试图用这个普遍原理来解决诗法的问题，我们上文已作了论述。但是，他这样立论，面临着两个问题。一是叶燮提出理、事、情三个宇宙论范畴，在他看来可以直通文学范围内的说理之理、叙事之事、抒情之情的范畴，认为它们是同一范畴。但

是,抒情之情乃是主观的情,而叶燮所说的"在物者"的情,乃是客观物体的形态,这其实是两个内涵不同的范畴,但叶燮把二者等同起来,没有加以区别。他很自然就从客观世界的情过渡到主观世界的情,将其所谓"在物者"的理、事、情之情与传统诗学的抒情命题联系起来。根据叶燮的说法,"在物者"的事是指某物的存在由可能成为现实,与社会领域里发生的事件之事不同,但叶燮却将它们等同起来,不加区分。叶燮并未觉察到其理、事、情理论存在的这一层问题。二是由于叶燮把"在物者"的理、事直接引入诗歌领域,他就面临如下的问题:理、事能不能成为诗歌的直接表现对象,或者说诗歌中能不能说理、叙事?诗歌所写的内容是否要合于理、要实有其事?叶燮觉察到了这些问题,但他没有对两者作出分别。他借问者之口说:

> 先生发挥理、事、情三者,可谓详且至矣。然此三言,固文家之切要关键,而语于诗,则情之一言,义固不易,而理与事,似于诗之义未为切要也。

理、事、情三者用以论文固然切合,对于诗歌来说,主情当然没有问题,但以理与事论诗则并不切合。叶燮借问者之口说出了传统诗学的观点。诗歌"绝议论而穷思维",不能以理相衡,不能征之于实事。

叶燮承认传统诗学的观点的合理性,这样他就面临着传统的主情说与他的理、事、情说的理论衔接问题。为了解决这一问题,叶燮对作为诗的表现对象的理、事与作为文的表现对象的理、事作了区别,认为诗歌的表现对象是"不可名言之理,不可施见之事":

> 子但知可言、可执之理之为理,而抑知名言所绝之理之为至理乎?子但知有是事之为事,而抑知无是事之为凡事之所出乎?可

> 言之理,人人能言之,又安在诗人言之? 可征之事,人人能述之,又
> 安在诗人述之? 必有不可言之理,不可述之事,遇之于默会意象之
> 表,而理与事无不灿然于前者也。

他以杜甫的"碧瓦初寒外""月傍九霄多""晨钟云外湿""高城秋自落"
四句诗为例进行了说明,认为这四句诗所写景象不合名言之理,亦不是
客观世界中之事实,乃是"不可名言之理,不可施见之事"。这一部分
内容最为当代研究者所推崇,认为叶燮道出了形象思维的特征。其
实,诗歌中的内容不能用逻辑之理相衡,不能要求客观实有,叶燮所
阐述的这种观点在古代诗学中并不鲜见,只不过他阐述得比较具体
详尽罢了。

当叶燮说诗歌表现"不可名言之理,不可施见之事"时,他的理论
就出现了前后矛盾。我们说过,在论述理、事、情的普遍原理时,其理、
事、情是"在物者",是客观对象,但当他转到诗歌领域时,理、事、情就
从客观世界转向了主观世界。叶燮所举的四句诗所描绘的景象已经不
是客观的事物,而是主观化了的境界,所以它们不合客观之理,在现实
中也不存在。它们所体现的"不可名言之理,不可施见之事"也已经不
再是"在物者"的客观的理与事,而是主观的情之理,是想象中之存在。
这个时候,理、事都是从情推出来的。他说:"夫情必依乎理,情得然后
理真,情理交至,事尚不得耶?"情必依乎理,这是他推论的前提。但是
他这个理论前提确立的基础是客观物的情理关系,外在形态是理的表
现。如果情、理是人世的情与理,则人的情感并不必然合于理。但叶燮
并没有作这种区分,他从"情得"推出"理真",再从合乎情理推出事。
这样在诗歌的理、事、情中,理、事实际上系于情。所以,叶燮所说的
"在物者"的理、事、情进入诗歌领域以后就被主观化了。

叶燮提出理、事、情,本来是为了说明有自然之法,以此来反对死

法。因为理、事、情是客观的,所以有客观的标准,它可以"揆"、可以"征"、可以"絜",所以有是非黑白。但是进入诗歌领域,理是不可执的,事是不可征的,情也是主观的,这里已经没有了客观的标准,理不再可以"揆"、事不再可以"征"、情不再可以"絜",如何再对理、事、情进行检验呢?哪里还有"自然之法"呢?叶燮将客观的理、事、情引进诗学,本来是要证明创作不需要外在的法则,而存在着"自然之法"。但是,当理、事、情进入诗歌领域发生变化之后,"自然之法"无法建立,其"自然之法"的理论只是空架子,在诗歌领域就失去了效用。

4. 以识为核心的独立的诗歌创作主体

叶燮在提出理、事、情作为创作客体的同时,同时提出了创作主体方面的因素:才、胆、识、力。他说:"曰才、曰胆、曰识、曰力,此四言者所以穷尽此心之神明。"叶燮创作主体论的中心意旨是确立一个具有艺术独立性的诗歌创作主体,只有有了独立性主体,才有诗歌的独创性,才能变。

在叶燮提出的主体四要素中,才、胆、识三者前人已有论说,将力作为一个主体条件,未见于前人著作,或许叶燮受到"才力"一词的启发,而将才与力分开看作两种主体因素。叶燮整合以上诸方面,并阐述诸要素之间的关系,而确立了一个相互关联的有立体感的创作主体。

在四要素中,识是一种判断辨别的能力。这种判断辨别能力包括两个方面,其一是理性的判断力,它对客体的理、事、情作出判断。叶燮说:

> 中藏无识,则理、事、情错陈于前,而浑然茫然,是非可否,妍媸黑白,悉眩惑而不能辨。

没有识就不能对理、事、情的"是非可否,妍媸黑白"作出判定,可见识
是对事物的理、事、情作出辨别判断的能力。其二是审美判断力:

> 今夫诗,彼无识者既不能知古来作者之意,并不自知其何所兴
> 感出触发而为诗。或亦闻古今诗家之论,所谓体裁、格力、声调、兴
> 会等语,不过影响于耳,含糊于心,附会于口,而眼光从无着处,腕
> 力从无措处,即历代之诗陈于前,何所决择? 何所适从?

这是从反面论述识的重要性,它对"体裁、格力、声调、兴会"等审美问
题,对审美传统进行自己的判断和选择。

才是一种天赋的表现力,识与才是体用关系,"有识以居乎才之
先,识为体而才为用","内得之于识而出之而为才",识对理、事、情
作出判断,才将识判断的结果表现出来,将理、事、情"敷而出之"。

胆是主体的胆力,它建立在识的基础之上,"识明则胆张","因无
识,故无胆,使笔墨不能自由"。笔墨自由,是指才的审美表现的自由,
只有具备建立在识的基础上的胆力,才能使创作达到自由境界。因而
胆可以扩充才,"惟胆能生才,但知才受于天,而抑知必待扩充于胆
耶"。

力是主体独创性及作品生命力的生理、心理乃至精神的力量:

> 吾尝观古之才人,合诗与文而论之,如左邱明、司马迁、贾谊、
> 李白、杜甫、韩愈、苏轼之徒,天地万物皆递开辟于其笔端,无有不
> 可举,无有不能胜,前不必有所承,后不必有所继,而各有其愉快。
> 如是之才,必有其力以载之。惟力大而才能坚,故至坚而不可摧
> 也。历千百代而不朽者以此。

叶燮提出力的概念是要解释两个问题。其一,那些有独创性的主体所具有的独创的力量的来源。才是一种表达能力,但在叶燮看来,这种表达能力必须有某种力量来支撑承载,只有具有这种支撑,主体才具有独立的力量,能独自站立,无须依附他人,保证有独创性。正因此,所以"无力则不能自成一家"。从这种角度,才的大小也与力的大小有关,"力足以盖一乡,则为一乡之才,力足以盖一国,则为一国之才,力足以盖天下,则为天下之才"。其二是要解释作品的生命力问题,何以有的作品生命力长,有的作品则短?叶燮认为这是由创作者力的大小远近不同所致。把作品的生命力归结为主体的一种力,这表明叶燮试图对作品生命力进行主体方面的解释。

在主体的四要素中,识处于核心地位。叶燮说:

> 大约才、胆、识、力四者,交相为济,苟一有所歉,则不可登作者之坛。四者无缓急,而要在先之以识,使无识,则三者俱无所托。

只有具备识,主体才具独立性。"有识则是非明,是非明则取舍定,不但不随世人脚跟,并亦不随古人脚跟"。有了判断力,就能对理、事、情之是非作出独立的判断,作出独立的取舍;有了这种独立的判定及取舍,才不至于人云亦云、亦步亦趋:"惟有识,则能知所从,知所奋,知所决,而后才与胆力皆确然有以自信,举世非之,举世誉之,而不为其所摇,安有随人之是非以为是非者哉!"这种以识为核心的主体乃是真正独立的具有主体性的创作主体,而正是这个以识为核心的主体,构成诗歌艺术独特性的主体基础。这是叶燮在四要素中特别强调识的根本原因。

从现实针对性看,叶燮之所以突出创作主体的识,针对的乃是复古派。七子派复古,字句模拟,"如小儿学语,徒有喔咿,声音虽似,都无成说",这是"随古人脚跟";而追随者见他人学汉魏、盛唐,就"从而然之",这是"随世人脚跟"。二者均无独立性。其所以如此,叶燮认为"原其患始于无识,不能取舍之故也"。叶燮把复古派的弊端归结到主体因素的"无识"。基于这种观点,故叶燮强调识的重要性。

5. 以识为核心的主体与理、事、情之间所建立的是认识关系,其主客体理论是古文理论的框架

叶燮把理、事、情称为"在物者",把主体的才、胆、识、力称为"在我者",认为"在我之四,衡在物之三,合而为作者之文章","在物者"指客体,"在我者"指主体。叶燮提出一个主客体框架。但是他的论述的重心却不是主客体之间的关系。当他论述理、事、情时,他是用这三个范畴来阐述他的法的观点,是为了强调法之不可言;当他论述才、胆、识、力时,他强调的是主体的独立性、自主性,因为有了这样的主体才能有创新。他之所以强调法不可言与主体的独立性,核心还是一个变的问题。所以叶燮提出主客体关系的框架乃是统摄在主变的中心问题之下,为了说明变的问题。

但是,在分析叶燮提出的这个主客体框架的主客关系之际,就会发现这个主客体关系框架是有问题的。在创作主体的四要素中,识是核心。识与理、事、情发生直接的联系。识只是一种判断辨别的能力,在与理、事、情的关系中,它仅仅是一种对理、事、情的认识和判断能力,没有想象的功能,因而以识为核心的主体实际上是一个以认识为核心的主体,识与理、事、情所建立的是一种认识关系,理、事、情呈现在主体面前,识对它们作出判断选择。由于叶燮认为识与才的关系是体用关系,识对理、事、情作出判断,才作为表现力,只是将认识的结果表现出来。这样识就对才构成限制,才的活动只限于表现识的结果,不能超越识的范围。以识为中心的创作活动,乃是以认识为中心的活动,而不是想象活动。这是古文的写作理论,而不是诗歌的创作理论。

叶燮认为,有胸襟、诗材、匠心、文辞、变化,就可以创作"工而可传"的诗歌,其诗就具有独创性,这五要素对诗歌创作而言是独立自足的,并不需要外在其他的条件。但叶燮又认为有"在物者"的理、事、情与"在我者"的才、胆、识、力,就可以创作出具有独创性的诗歌。对于诗歌创作而言,这也是独立自足的。那么,五要素与其所建立的主客关系的模式之间是什么关系? 比如,匠心是属于主体方面的要素,但匠心与才、胆、识、力是什么关系? 其实这些问题叶燮并没有周密的考虑。叶燮本人并没有基于主客体关系框架建立诗学体系的意图,他的论述中心乃是变的问题,他对变的问题所涉及的各个方面进行讨论,但他在讨论此方面的问题时,并没有顾及此一方面问题与其他方面问题的内在理论联系。当代研究者往往因为叶燮提出一个主客体框架,认为叶燮诗学具有完整的理论体系,事实上并非如此。

6. "不可名言之理,不可施见之事,不可径达之情"与才、胆、识、力的关系

在叶燮所建立的主客体关系框架中,理、事、情原本是"在物者",是客观对象,它们与以识为中心的主体发生关系,这里所建立的主客体关系框架乃是一般原理。但是当转到诗歌领域,叶燮又说诗歌的表现对象是"不可名言之理,不可施见之事,不可径达之情",如此,对于诗歌,叶燮所建立的主客体框架就发生了变化,客体对象理、事、情换成了"不可名言之理,不可施见之事,不可径达之情",在诗歌领域,是"不可名言之理,不可施见之事,不可径达之情"与才、胆、识、力发生关系。

主体与理、事、情所建立的认识关系,仅在理、事、情是客观性对象时才存在,一旦转向"不可名言之理,不可施见之事,不可径达之情"时,这种关系就不能成立。首先,诗歌中的情乃是主观的情感,不是客

观对象,不是客观物的形态,它无所谓"是非可否,妍媸黑白",如何去识、去辨别? 所以识与它无由建立认识关系。其次,诗歌中的"不可施见之事"在现实中是不存在的,"想象以为事",也就是说事是想象的产物。在叶燮所建立的主客关系中,事是客观的,它呈现在主体面前,识才能作判断,但"不可施见之事"在成为识的对象之前就已经是主体想象活动的产物。这在逻辑上是自相矛盾的。再次,"不可名言之理"具有"言语道断,思维路绝"的特征,这种理是不能用理性去思考判断的,"其中之理,至虚而实,至渺而近,灼然心目之间,殆如鸢飞鱼跃之昭著",理是一个呈现的过程,这个呈现过程是先于识的。这也与其对主客观关系的论述相矛盾。叶燮所建立的主客体关系仅在理、事、情是"在物者"的客观对象时才存在,一旦理、事、情进入诗歌领域成为"不可名言之理,不可施见之事,不可径达之情"时,他所建立的主客体关系模式就出现了问题。

7. 格物范畴对理、事、情与才、胆、识、力的统摄

叶燮把理、事、情与才、胆、识、力的主客体范畴用格物这一理学范畴统摄起来。《与友人论文书》中说:

> 仆尝有《原诗》一编,以为盈天地间万有不齐之物之数,总不出乎理、事、情三者,故圣人之道自格物始。盖格夫凡物之无不有理、事、情也。

叶燮认为,诗文是理、事、情的表现,对于创作而言,对理、事、情的认识乃是关键。对理、事、情的认识,叶燮借用理学的格物范畴来表示。叶燮所谓格物,并非要文学家认识自然,而是归结为读经。因为在他看来,天地万物之理、事、情皆备于《六经》,要认识理、事、情就要读《六经》。

格物一方面是认识理、事、情,另一方面对于主体来说,可以提高识力。因为对理、事、情的认识要靠主体的识。叶燮说:

> 然人安能尽生而具绝人之姿,何得易言有识? 其道宜如《大学》之始于格物;诵读古人诗书,一一以理、事、情格之,则前后中边,左右向背,形形色色,殊类万态,无不可得,不使有毫发之罅,而物得以乘我焉,如以文为战,而进无坚城,退无横阵矣。

识是创作主体的核心范畴。那么,这种具有独创性的创作主体是否可以通过人力企及呢? 如果不能的话,那么只有天才能为之,叶燮理论就没有多大的现实意义。对此,叶燮一方面承认人有"天分之不齐",另一方面又认为这些"无不可以人力充之",关键是要"研精推求乎其识",来提高主体的识力。而具体的途径就是"格物","诵读古人诗书,一一以理、事、情格之"。这样独立的创作主体就有了可靠的培养途径。

格物而知理、事、情,格物而可以提高识力,这样理、事、情与才、胆、识、力都统摄于格物范畴。由格物范畴,理学与诗文相通,理学与诗学相通。

五　变而不失其正:变所不能逾越的界限

变是叶燮诗学的立足点,但他并不否弃正,主张变而不失其正。他对正变关系的处理借用了理学的体用关系的模式。

首先,变在思想上不能违背儒家之道。叶燮是儒家正统思想的维护者,在哲学思想上,他偏向程朱理学,把"危微精一"当作"千古圣学之统",并主张以此为学术之本,反对"创为臆说以矜其是",痛斥"周末异端兴起"为圣学之贼。正是基于这种正统立场,所以他尽管强调变,也只是艺术形式风格之变。他说:"文之为道,一本而万殊,亦万殊而一本。"①"一本",《六经》之道;"万殊",文章之表现形式。"文之本乎经者,袭其道,非袭其辞。"②"袭其道","一本"者也;"非袭其辞","万殊"之谓也。

叶燮论诗,反对诗歌创作"叛于道,戾于经,乖于事理"。叶燮虽然认为事物各有其理、事、情,但同时又强调"理者与道为体,事与情总贯乎其中",而道乃是《六经》之道,所以"《六经》者,理、事、情之权舆也"。不论事物的理、事、情如何千变万化,总不出《六经》之道。识对理、事、情作判断,其标准乃是《六经》。识作为才、胆、力的基础与中心,给予此三者以方向性。如果才为"拂道悖德之言",那就不能谓之才,只有符合道德方可谓之才。故叶燮所谓才,并非纯粹的审美能力,而是带有浓厚的道德色彩,道德是才的骨干。如果胆无识的指引,"其言背理叛道",这种胆也要不得;如若力没有识的指导,"则坚僻妄诞之辞,足以误人而惑世,为害甚烈"。才、胆、力都离不开识,而所谓识,就是识儒家之道。叶燮的诗学主体是创造性主体,但其为具有儒家正统思想的创造性主体;叶燮的诗学要求创造性,但这是建立在儒家正统思想基础上的创造性。这与李贽、公安派是不同的。

其次,叶燮主变,但变在审美上不能悖于雅。公安派论变,是可以通向民间通俗文学,在审美上具有俗化色彩。叶燮论变,则重视雅俗之变,反对变入俗之一路。其《汪秋原浪斋二集诗序》云:

---

① 《与友人论文书》,《己畦文集》卷十三。
② 同上。

　　诗道之不能不变于古今,而日趋于异也。日趋于异,而变之中有不变者存,请得一言以蔽之曰雅。雅也者,作诗之原,而可以尽乎诗之流者也。自《三百篇》以温厚和平之旨肇其端,其流递变而递降:温厚流而为激亢,和平流而为刻削;过刚则有桀骜诘聱之音,过柔则有靡曼浮艳之响;乃至为寒为瘦,为袭为貌。其流之变,厥有百千,然皆各得诗人之一体。一体者不失其命意、措辞之雅而已。所以平奇、浓淡、巧拙、清浊,无不可为诗,而无不可以为雅;诗无一格,而雅亦无一格,惟不可涉于俗;俗则与雅为对,其病沦于髓而不可救,去此病乃可以言诗。①

诗道不能不变,但变中有不变者在,那就是雅。叶燮所谓雅,包括命意、措辞两个方面。命意之雅是内容方面的,而措辞之雅则是审美表现方面的。雅可以表现为各种风格,雅"无一格",但无论什么风格都不能涉于俗。叶燮此论实际上给变划定了审美的界线。

　　变而在思想上不悖儒家正统,变而在审美上不悖于雅,变而不失其正,这是叶燮与公安派的区别,而与钱谦益的一致之处。

①　《己畦文集》卷九。

第八章
主真重变与清初的宋诗热

　　清初,由于钱谦益等人对七子派的批判,七子派的模拟之弊日益为人所认识,而钱谦益主真重变的诗学越来越获得认同。复古派的审美禁区被打破,冯班等掀起晚唐热,康熙年间又兴起宋诗热,原来很多追随云间派的诗人转而投入宋诗热的潮流。

　　自严羽到七子、云间派,以汉魏、盛唐诗的审美传统为基础的审美价值系统已经建立,而以宋诗审美特征为基础的审美价值系统则未建立,直到翁方纲,这一审美价值系统才真正建立起来。在清初,正是因为还未确立起一个可以肯定宋诗的审美价值系统,故当清初人肯定宋诗的审美价值时,还是要肯定宋诗对于唐诗的继承,强调宋诗的合传统性,而不是强调它对传统的变异。而经历了清初宋诗热及浙派之肯定宋诗以后,到翁方纲,才在理论上挑明宋诗传统与唐诗传统是并列的传统,并在理论上肯定宋诗传统的价值。这样肯定宋诗者,在理论上走过了从求唐宋之同到辨唐宋之异的过程。

　　宋诗热兴起之际,也同时存在着主唐者对于宋诗热的批评,但是这些批评已经与七子、云间派全面否定宋诗不同,而是承认宋诗亦有其自身的价值。

一　宋诗热的形成过程

清初宋诗热的形成经历了一个过程。明清之际,诗坛的主流倾向是扭转公安、竟陵派诗风,继承七子派诗学的云间、西泠派诗人产生了很大的影响。虽有钱谦益等人提倡宋诗,但顺治年间尚未成为诗坛的潮流。王士禛《鬲津草堂诗序》云:"三十年前,予初出,交当世名辈,见夫称诗者,无一人不为乐府,乐府必汉《铙歌》,非是者弗屑也;无一人不为古选,古选必《十九首》、公宴,非是者弗屑也。"此文作于康熙三十三年(1694)①,则其所谓"三十年前"指的是康熙三年(1664)左右。此处所说的诗坛情形正是在李攀龙等人的拟古理论影响之下,由云间、西泠派推波助澜而形成的诗坛风气。这表明到康熙初年,宋元诗热尚未形成,但这股思潮的酝酿却早已在进行,而且已形成一股强有力的暗流。

1. 虞山派与宋诗热

清初宋诗热的形成与钱谦益的影响有直接关系,尤侗曾论及此点:"大抵云间诗派,源流七子,迨虞山著论诋諆,相率而入宋元一路。"②乔亿《剑溪说诗》云:"自钱受之力诋弘正诸公,始缵宋人余绪,诸诗老继之,皆名唐而实宋,此风气一大变也。"二人都指出钱谦益与清初宋诗

---

① 此文收入王士禛《蚕尾集》。此集所收杂文断自庚午年(康熙二十九年,1690),而《蚕尾续集》所收诗文起自乙亥年(康熙三十四年,1695)。由此可知,《蚕尾集》所收杂文的下限当在康熙三十三年。又据田雯年谱,此序中提到的漪亭司寇田雯于康熙三十三年至三十八年任刑部右、左侍郎。刑部侍郎称少司寇。此序称田雯为司寇,则此序的写作时间应是在田雯官刑部侍郎以后,即在康熙三十三年以后,而《蚕尾集》之下限在康熙三十三年,由此可推知,此序写于康熙三十三年。

② 《彭孝绪诗文序》,《西堂全集・艮斋倦稿》卷三。

热之间的密切关系。

受钱谦益诗学直接影响的虞山诗人,有其族人钱陆灿。他曾将钱谦益《列朝诗集》的作者小传辑出别行,对扩大钱氏诗学影响起到相当的作用。钱陆灿在创作上与钱谦益有所不同,王应奎《海虞诗苑》谓其"为诗筋力于李、杜,出入于圣俞(按,梅尧臣)、鲁直(黄庭坚),苍老无绮靡习。间或颓然天放,似偈似谣,不律不古,颇为累札"①。钱谦益创作上有取于陆游,而钱陆灿则出入于梅尧臣、黄庭坚,但其肯定宋诗则与钱谦益是一致的。

虞山提倡宋诗的另一位人物是陆铣(1581—1654)。铣字孟凫,以岁贡授无锡教谕,官至知州,致仕归里,与钱谦益为同窗好友。关于他提倡宋诗的情况,可以从冯班对其批评略见一斑。冯氏《钝吟杂录》卷七说:"陆孟凫本无所知,乃云唐人不足学。斯言也,不可以欺三岁小儿。邑人信之为可笑。"陆铣认为唐诗不足学,邑人信之。可见其在虞山有一定的影响。

严熊也是虞山诗派中学宋诗者。熊,字武伯,号白云。据王应奎《海虞诗苑》称,严熊"为诗远宗务观(按,陆游),近拟文长(徐渭),朴老清真,亦时而峭刻奇丽"②。

除以上诸人外,钱龙惕也有取宋人。

2.《宋诗钞》派

康熙二年(1663),在浙江石门,一批学者开始了一项巨大的工程,即搜集和整理宋诗。

参加《宋诗钞》选编工作的有吴之振及其侄吴自牧、黄宗羲、吕留

---

① 《海虞诗苑》卷一。

② 《海虞诗苑》卷五。

良、高旦中诸人。尽管黄宗羲等没有参加搜集整理的全过程,但他们有共同的倾向,不妨称这些学者为"《宋诗钞》派"。

黄宗羲论诗并没公开打出宗宋的旗帜,但他反对贬斥宋诗:"余尝与友人言诗,诗不当以时代而论。宋元各有优长,岂宜沟而出诸于外,若异域然。"①其诗歌创作也是宋调。

吕留良(1629—1683),字庄生,又名光轮,字用晦,入清为诸生。他自称:"自来喜读宋人书,爬罗缮买,积有卷帙。又得同志吴孟举互相收拾,目前略备。"②吕氏之诗也学宋,其《寻畅楼诗稿序》自谓"为诗恨伪盛唐"③,徐世昌《晚晴簃诗汇》称其"诗纯用宋法,风调雅近黄叶村庄(按,吴之振)"。

《宋诗钞》派在诗坛影响最大的是吴之振(1640—1717)。之振,字孟举,浙江石门(崇德)人。康熙二年开始选编《宋诗钞》时年仅二十四岁。吴之振诗学宋人。叶燮序其《黄叶村庄诗集》说:"时之论孟举之诗者,必曰学宋。"《石门县志·列传》谓其"与圣俞、山谷最为吻合"。吴之振批评当时诗坛"学语辨唐宋,踞坐称老宿"④,其《宋诗钞》序曰:"黜宋诗者曰腐,此未见宋诗也。宋人之诗,变化于唐,而出其所自得,皮毛落尽,精神独存。"对宋诗作了肯定的评价。

3. 扬州阶段的王士禛

在吴之振等人选编《宋诗钞》的同年即康熙二年(1663),王士禛在扬州写下"一生识力皆具于此"⑤的《戏仿元遗山论诗绝句四十首》中,

---

① 《张心友诗序》,《南雷文定》前集卷一。
② 《答张菊人书》,《吕晚村文集》卷一。
③ 《吕晚村文集》卷五。
④ 《叠昌黎韵答借山上人》,《黄叶村庄诗集》卷七。
⑤ 翁方纲《石洲诗话》卷八。

肯定了复古派贬斥的欧阳修、苏轼、黄庭坚、吴莱、杨维桢等宋元诗人，称"耳食纷纷说开、宝，几人眼见宋元诗"，对贬低宋元诗者不满。

其实在此之前，王士禛已对宋元诗具有浓厚兴趣。他自称少时即喜元代诗人吴莱《渊颖集》①，而至迟在顺治十六、十七年（1659、1660）之时，他已深好黄庭坚。顺治十八年（1661），王士禛拜访了诗坛前辈钱谦益，钱氏的诗学倾向对他产生很大的影响。《渔洋诗集》卷十四有《癸卯除夕得林翁茂之金陵书，适读虞山先生〈列朝诗选〉……》，至迟在康熙二年（癸卯），王士禛读到钱氏的《列朝诗集》。钱氏的影响也表现在王士禛的《论诗绝句》中。其所谓"耳食纷纷说开、宝，几人眼见宋元诗"，与钱谦益对宋元诗的态度是一致的。康熙四年（1665），王士禛在扬州曾有《咏史小乐府》三十五首（收入《渔洋山人精华录》为二十四首），自云"效铁涯（按，元代诗人杨维桢）"②，孙枝蔚称"阮亭（按，王士禛）公诗发源汉魏，傍及宋元"，可见其诗歌创作此时已开始有取于宋元。

王士禛在扬州期间，与孙枝蔚过从甚密。孙枝蔚诗学宋人，自称："予于宋贤诗颇服膺东坡。"③汪懋麟在《溉堂文集序》中谓其为诗"最喜学宋"④。

4. 宋诗热在北京的形成

北京的诗坛在顺治时期以宗唐派占上风，"燕台七子"是主唐派，与明七子及云间、西泠诗人有着继承关系。但在京师也有学宋者。唐

---

① 《七言古诗选·凡例》。

② 《王阮亭咏史小乐府序》，《溉堂文集》卷一。

③ 《汪舟次山闻集序》，《溉堂文集》卷一。

④ 《百尺梧桐阁集》文集卷二。

梦赉,字济武,山东淄川人,顺治六年(1649)进士。王士禛称其"论诗以苏、陆为宗,跌荡排纂,上轶旁出"①。而原来受七子派影响很深的宋琬,在顺治末年也开始学习陆游,康熙六年(1667),王士禛从扬州回到北京,任礼部主客司主事,从此活跃于北京的诗坛。此时北京的诗坛已经是新一代诗人占主导地位。王士禛《香祖笔记》说:

> 康熙初,士人挟诗文游京师,必谒龚端毅(按,鼎孳)公,次即谒长洲汪苕文(琬)、颍川刘公戥(体仁)及予三人。②

龚鼎孳此时虽以年辈为京师诗坛领袖,但仅是象征的位置,王士禛、刘体仁等新一辈诗人已居诗坛主导地位,宋诗热正在这一批诗人当中形成。俞兆晟《渔洋诗话序》记载,王士禛晚年回忆其诗学历程说:

> 中岁越三唐而事两宋,良由物情厌故,笔意喜生,耳目为之顿新,心思于焉避熟……当其燕市逢人,征途揖客,争相提倡,远近翕然宗之。

此处说自己中年时期在创作上"越三唐而事两宋",并且在诗坛上提倡宋诗。所谓"燕市逢人"即指在北京提倡宋诗。王士禛《古夫于亭杂录》卷六回忆道:

> 康熙丁未(按,六年,1667年)、戊申(七年,1668年)间,余与苕文(汪琬)、公戥(刘体仁)、玉虬(董文骥)、周量(程可则)辈在京师为诗倡和。余诗字句或偶涉新异,诸公亦效之。苕文规之曰:

---

① 《敕授征仕郎内翰林秘书院检讨唐公墓志铭》,《蚕尾续集》卷十三。
② 《带经堂诗话》卷二十七。

"兄等勿效阮亭,渠别有西川织锦匠作局在。"①

"字句或偶涉新异"表明王士禛此时已有求生新之趣味,已有取于宋人。这在其诗友中产生了影响。在京师,陈廷敬论诗主杜,但其诗也有取宋人。延君寿《老生常谈》谓:"午亭(按,陈廷敬)七律兼学宋人。"王士禛之兄王士禄的诗歌也涉入宋人领域。徐釚《本事诗后集》:"司勋(按,王士禄)《十笏草堂》诗歌,老苍兀磥,酷似剑南、眉山。"指出王士禄诗歌学习苏轼、陆游。

康熙八年(1669),王士禛有《冬日读唐宋金元诸家诗,偶有所感,各题一绝于卷后,凡七首》对宋金元诗人苏轼、黄庭坚、陆游、元好问、虞集等都作了肯定。康熙九年(1670),汪懋麟入京,其创作倾向发生变化。据汪氏自称:

> 余初学诗,由唐人、六朝、汉魏上溯《风》《骚》,规旋矩折,各有源本,不敢放逸。庚戌(按,康熙九年,1670年)官京师,旅居多暇,渐就颓唐,涉笔于昌黎、香山、东坡、放翁之间,原非邀誉,聊以自娱。讵意重忤时好,群肆讥评。②

汪懋麟学诗的途径原本是由唐诗、六朝、汉魏上溯《风》《骚》,此乃七子、云间派的主张。康熙九年入京师后,开始学韩愈、白居易以及苏轼、陆游。汪氏此段话显示,在当时的京师,尊唐、宗宋的倾向都是存在的。所谓"邀誉"云者,说明有人赏识宋诗;而"重忤时好"云者,表明也有人反对宋诗。汪懋麟之由唐转宋实是受到京师学宋风气的影响,其自述

① 《带经堂诗话》卷八。
② 《百尺梧桐阁诗集·凡例》。

其康熙九年的交往云：

> 己酉(按,康熙八年)应阁试入京,得交泽州陈公(廷敬),相与
> 论诗,有合焉。……岁庚戌(康熙九年),徐公(乾学)取上第,入词
> 馆,济南公(王士禛)历户部郎,懋麟在中书。四人者相聚于
> 阙下。①

考惠栋注补《渔洋山人自撰年谱》,康熙九年,王士禛因榷清江浦关,滞
留在淮上,是年十一月,与家人至京师(按,渔洋任户部郎中事,《年谱》
系于康熙十年)。则四人此年之聚当在是年十一月也。汪懋麟是王士
禛门生,所谓"邀誉"当指邀王士禛之誉。所谓"重忤时好",乃指施闰
章等人。康熙十年汪懋麟有《酬吴孟举》诗谓"颓放真宜学宋诗"②,正
印证了其《凡例》所言。

康熙十年(1671),京师诗坛有一股宋诗的冲击波,即吴之振的到
来。吴之振于康熙十年入京师,以其《宋诗钞》赠友。其《寄雪客》之一
诗后小注云:"在都下时,以《宋诗钞》赠雪客。答云:'将归献老亲
也。'"③雪客,即周在浚,周亮工之子,王士禛门人。在浚要以此书献其
父,可见对此书之重视。又吴之振以此书赠在浚,亦以此书赠他人。王
崇简有《吴孟举以所辑宋诗相贻赋赠》④,汪懋麟《酬吴孟举》诗于"颓
放真宜学宋诗"句下注云:"孟举时以《宋诗钞》见示。"吴之振或许未送
《宋诗钞》给汪懋麟,不过吴之振在京师以《宋诗钞》赠多人则是可以肯
定的。《宋诗钞》刻成于康熙十年(书前有之振是年《自序》),因而吴

---

① 《城南山庄画像记》,《百尺梧桐阁集》文集卷三。
② 《百尺梧桐阁诗集》卷九。
③ 《黄叶村庄诗集》卷二。
④ 光绪本《黄叶村庄诗集》卷首题词。

之振此次入京很可能就是为推广此书而来。

事实上，此书在京师引起很大震动。王崇简是尊唐者，但其《吴孟举以所辑宋诗相贻赋赠》其二有云："卓识开千古，从今宋有诗。汉唐堪并驾，鲍谢不专奇。"陈祚明也是主唐者，而其有云："论诗莫为昔人囿，中唐以下侪郐后。何代何贤无性情，时哉吴子发其覆。丹黄十载心目劳，南北两宋撰集就。名家大篇各林立，镂板传人百世寿。亦师李杜惨淡成，不与齐梁靡丽斗。任真胸臆自倾吐。得意才华故奔凑。莫拘格调嫌薄弱，难得篇章安结构。近时浮响日粗疏，矫枉宜将是书救。"①光绪本《黄叶村庄诗集》卷前辑录的题词大都涉及《宋诗钞》一书，宋荦《漫堂说诗》云："至余友吴孟举《宋诗钞》出，几于家有其书矣。"可见此书在当时影响之大。

吴之振论诗主宋，其入京不仅流布宋诗，也是推广其诗学。汪懋麟《送孟举归石门用昌黎东都遇春韵》谓其"论诗喜宋人，岂独唐为盛。吐词洵惊众，俗耳不敢听"②。此诗作于康熙十一年（1672）吴之振归石门之时，诗中所言当是之振此期的诗学主张。而吴之振在京师与当时诗坛许多名流都有交往。陈廷敬是当时的著名诗人，吴之振与其论诗。吴氏《过陈说岩学士索酒对酌》有"把酒此间谁可共？论诗今日几成家"③之句。吴之振与宋琬、王士禄、王士禛都有交往，曾一起论诗。吴之振南归，宋琬、二王兄弟在梁园为其饯别，王士禛有"梁园当夜登楼客，目断吴江天际槎"的诗句，就是追忆当时情景。渔洋于诗句下注云："与荔裳诸公雪夜饮饯梁园水楼，论诗甚畅。"④王士禄卒，吴之振有

① 光绪本《黄叶村庄诗集》卷首题词。
② 《百尺梧桐阁诗集》卷十。
③ 《黄叶村庄诗集》卷二。
④ 《黄叶村庄诗集》卷首题辞。

《哭王西樵吏部二首》,其句有云"话别梁园笑语温,海沙清浅已无痕"①,还提及当时送别的情形。而王士禛所谓"论诗甚畅"者,必然是几人的意见相投。吴之振与严沆、田雯也有交往。吴氏南归,严沆有送行诗云:"靡丽争鸣久,烦芜失性情。删诗存两宋,开卷有余情。莫嫌身衣褐,纸贵洛阳城。"田雯亦有"风雅扶元宋"②之语。

此时,主张宋诗的叶方蔼也来到京师,与王士禛等人有密切交往。《四库全书总目提要》谓王原祁序其文集,称其"诗宗苏、陆"。康熙十一年,另一位学宋诗的诗人孙枝蔚入京。汪懋麟《百尺梧桐阁诗集》编年诗于是年有《喜豹人至京》③。他们的入京扩大了主宋者的阵营。

至迟到康熙十一年,宋诗热在京师已成气候。康熙十一、十二年间,宋荦入京,诗学倾向也发生变化。其《漫堂说诗》自述其诗学变化云:

> 初接王、李之余波,后守三唐之成法,于古人精意,毫未窥见。康熙壬子(按,十一年)、癸丑(十二年)间屡入长安,与海内名宿尊酒细论,又阑入宋人畛域。"

宋荦原本是宗七子派的,但到京师以后,受京师宋诗热风气的影响,转而学宋诗。考宋荦自撰《漫堂年谱》,康熙十一年五月,"如都候补,寓柳湖寺。龚尚书鼎孳、王吏部士禄、民部士禛、玉叔兄琬,时过寺觞咏"。因此,宋荦在京师所与"尊酒细论"者应就是龚鼎孳、王士禄、王士禛、宋琬诸人。

康熙十六年(1677),王士禛选刻宋荦、王又旦、颜光敏、叶封、田

---

① 《黄叶村庄诗集》卷三。
② 《黄叶村庄诗集》卷首题词。
③ 《百尺梧桐阁诗集》卷十。

雯、谢重辉、丁炜、曹禾、汪懋麟、曹贞吉十人诗为《十子诗略》，世称"金台十子"或"辇下十子"①。

"十子"之中，曹贞吉诗学宋人。卢见曾《国朝山左诗钞》引张杞园《曹公墓志》云："公生而嗜诗，以歌诗为性命。始法于三唐，后乃旁及两宋，泛滥于金元诸家。"田雯亦学宋人。王又旦曾从主宋诗的孙枝蔚学诗，王士禛序其诗集称："幼华（按，王又旦）论诗，独能破流俗之说，泛滥于唐宋诸名家，上溯《骚》《选》，以成一家之言。"②可见其也取宗宋人。

至康熙十八年（1679），京师崇宋诗的风气已经相当之盛。毛奇龄《徐宝名诗集序》中说，其康熙十八年举博学宏词科时，"长安言诗者……自称宋诗，誂膠焉诟明而訾唐，物有迂夸不入市者，辄以唐人诗呼之。"③又其《何生洛仙北游集序》云："吾乡为诗者……皆一以三唐为断，而一入长安，反惊心于时之所为宋元诗者。以为长安首善之地，一时人文萃集，为国家启教化，而流俗虫坏，反至于此。"④可见京城诗坛崇宋风气之盛。

5. 宋诗热在全国盛行

随着京城诗坛宗宋风气的形成，此一风气也蔓延至全国诗坛。顾景星《籧稿诗序》云："今海内称诗家，数年以前，争趋温、李、致光，近又争称宋诗。"⑤按此序作于康熙十八年五月，可见当时宋诗热已成为全国性的潮流。宋荦《漫堂说诗》云："明自嘉、隆以后，称诗家皆讳言宋，至举以相訾，故宋人诗集庋阁不行。近二十年来，乃专尚宋诗。"按《漫

---

① 关于"十子"成员，宋荦《漫堂年谱》及田雯《蒙斋年谱》中无丁炜，而有林尧英。
② 《黄湄诗选序》，《渔洋文集》卷二。
③ 《西河文集》序三十一。
④ 《西河文集》序二十二。
⑤ 《邵子湘全集·青门籧稿》卷首。

堂说诗》定稿于康熙三十七年(1698),前溯二十年乃康熙十八年,与顾景星所言相合。可见此时,全国诗坛的崇宋风气已经形成。

吴中乃文人渊薮,其诗坛也兴起宋诗热。汪琬是王士禛的诗友,在当时诗坛也有相当的影响力。他也是提倡宋诗的重要人物,计东在《钝翁生圹志》中谓:

> 诗则跳荡于范至能(按,成大)、陆务观(游)、元裕之(好问)诸公间,而兼有其胜。其少年所拟汉魏、六朝、三唐诸体最工似,近则夷然弃之不屑矣。①

沈德潜《清诗别裁集》称:"钝翁官部曹,后与王西樵昆弟诸人称诗都下。风格原近唐人,中年后以剑南(按,陆游)、石湖(范成大)为宗。"按汪琬于康熙九年(1670)告病归吴,隐居尧峰山,沈氏所谓中年后,当指归吴后。

汪琬康熙十一年(1672)在吴中有《读宋人诗五首》云:

> 夔州句法杳难攀,再见涪翁与后山。留得紫微图派在,更谁参透少陵关。
>
> 唱得吴歈迥不同,石湖别自擅宗风。杨尤果与齐名否,如此论量恐未公。
>
> 诗印频提教外传,入魔入佛总超然。放翁已得眉山髓,不解诚斋学谪仙。
>
> 后村傲睨四灵间,尚与前贤隔一关。若向中原整旗鼓,堂堂端

---

① 康熙刊本《钝翁前后类稿》附。

合让遗山。

　　一瓣香归玉局翁，风流羡与少陵同。平生不拾江西唾，枉被勾
牵入社中。

汪琬在吴中授徒，其诗学在当地产生很大影响。郑方坤《本朝名家诗
钞小传·尧峰诗钞小传》谓"吴人香火情深，直奉不祧之祖"。

　　吴中诗坛主宋者除汪琬以外，还有叶燮。叶燮与汪琬乃是论敌，汪
以陆游、范成大为宗，叶燮对此不满，于宋推崇苏轼。尽管二人的具体
主张不同，但都肯定宋诗。

　　宋荦也对宗宋诗风产生巨大影响。康熙二十九年（1690），宋荦在
任江西巡府时曾以《江西诗派论》为题课士，而士子们"率昧于题旨，鲜
当人意者"①。当时，曾在吏部任职的张泰来致政家居，有人以此向他
请教，于是张氏遍览群籍，作《江西诗社宗派图录》一卷。宋荦为作序。
自康熙三十一年（1692）起，宋荦任江苏巡府十余年，对江苏一带的诗
歌风气产生了巨大的影响。宋荦在任江苏巡府期间，发现《施注苏诗》
残本，命幕僚邵长蘅等补注，并自加订补。康熙三十八年（1699），"会
予订补《施注苏诗》成，因模其像于卷端，以识向往"②。康熙三十九年
（1700）十二月，宋荦又举行了一次苏轼纪念会。邵长蘅《东坡先生生
日倡和诗序》云：

　　　　商丘公（按，宋荦）注苏诗成，以庚辰（康熙三十九年）十二月
　　十九日先生生日，悬笠屐小像，设肴醴，率诸生觞先生于小沧浪之
　　深净轩，再拜为先生寿。告成事也。③

<hr>

① 《江西诗社宗派图录序》。
② 《题东坡笠屐图》，《西陂类稿》卷二十八。
③ 《邵子湘全集·青门剩稿》卷四。

由于宋荦地位极高,其嗜好东坡,必然对当地诗坛产生极大影响。沈德潜谓其"又尝选《江左十五子诗》,以提倡后学,固风雅之总持也。所作诗古体主奔放,近体主生新,意在规仿东坡。时宗之者非苏不学矣"①。可见他在当时诗坛的影响力。

朱彝尊原受知于陈子龙,反对宋诗,但中年以后也有取宋人。宋荦《跋朱竹垞和论画绝句》说:"先生平日论诗,颇不满涪翁,今诸什大段学杜,而高老生硬之致,正得涪翁三昧,信大家无所不有。"②此外,查慎行近体学陆游,古体学苏轼,也是主宋派的重要人物。

6. 宋诗的收集与整理

随着宋诗热的形成,宋诗的搜集、整理和出版也随之盛行。

清初,由于明代上百年对宋诗的贬斥,宋人集部散佚严重。而曹溶藏书甚富,据其《静惕堂书目》载,共藏有宋人集部一百八十家,元人集部一百一十五家。当时,黄宗羲、吕留良、吴之振都曾前往借阅,《宋诗钞》之编选颇得益于曹氏藏书。当时,黄虞稷、朱彝尊皆藏有宋人集部,黄氏曾刻成《南宋诗小集二十八家》,朱氏亦辑宋人小集四十余种。黄虞稷又与周亮工之子周在浚编有《征刻唐宋秘本书目》,而朱彝尊则又与纪映锺、钱陆灿、魏禧、汪楫发表《征刻唐宋秘本书启》。一时间选刻宋诗形成热潮。从顺治到康熙年间,宋诗的选本已有很多,如吴绮《宋金元诗永》,陈焯《宋元诗会》,周之麟、柴升《宋四名家诗》,顾贞观《宋诗删》,徐乾学《传是楼宋人小集》,直至康熙组织选编的《宋金元明诗选》,等等。宋诗的搜集、整理与出版对宋诗的流传起到很大的促进作用,本身也成为宋诗热的一个组成部分。

---

① 《清诗别裁集》卷十三。
② 《西陂类稿》卷二十八。

二　宋诗的价值重估与唐宋传统的融合

伴随宋诗热的形成,必然有对宋诗价值的再认识。崇尚宋诗,必然要以肯定宋诗的价值为基础。但这一期主宋诗者是在主真重变的理论下肯定宋诗,而非强调宋诗与汉魏、唐诗传统的异质性,并未对宋诗的审美特征作正面的肯定。

1. 主真重变与宋诗的价值重估

第二章论及从严羽到云间派之所以贬斥宋诗,是因为在他们看来,宋诗背离了唐诗的审美传统。

公安派到钱谦益、黄宗羲等人都主张性情优先,认为评价诗歌要看性情面目的真与伪,而非视其是否在审美上符合传统。钱谦益反对论诗者仅“评量格律,讲求声病”①,黄宗羲称“论诗者但当辨其真伪,不当拘以家数”②。又说:

> 故当辨其真与伪耳,徒以声调之似而优之而劣之,扬子云所言“伏其几、袭其裳”而称仲尼者也。③

判定真伪,只能看作品是否出自诗人自己的性情面目,只能把作品与诗人作比较,而不能与他人的作品作比较,而以家数论诗则是着眼于形式风格来判定诗歌的价值,必然要将此人的作品与他人作比较。本来,七

---

① 《再与严子论诗语》,《有学集》卷四十八。
② 《诗历题辞》,《南雷诗历》卷首。
③ 《张心友诗序》,《南雷文定》前集卷一。

子及云间派都是着眼于形式风格等审美特征批评宋诗,但是钱谦益等人的性情优先观点否认形式风格可以作为独立的标准来评价诗歌。在这种诗学里,各种形式风格没有高下之分,不能说唐诗在形式风格上高于宋诗,这样尊唐抑宋的观点就被打破了。钱、黄这方面的观点,本书第三章已论及。

尤侗继承钱谦益一派的性情优先主张:

> 诗无古今,惟其真尔。有真性情,然后有真格律,有真格律,然后有真风调。勿问其似何代之诗也,自成其本朝之诗而已,勿问其似何人之诗也,自成其本人之诗而已。①

尤侗也是强调真性情,格律、风调必须是真性情的表现才能真,才有意义和价值。格调不能脱离性情而论,当代诗歌只能是"本朝之诗""本人之诗",而不能是古人之诗。正是从这种观点出发,他主张"与其为似汉魏,宁为真六朝;与其为似盛唐,宁为真中晚,且宁为真宋元"②。从主真出发,尤侗肯定宋诗的价值。

钱谦益一派也从主变的角度肯定宋诗。这一派从两个方面论变:一是从真论变,真性情必要有自己的面目,必须呈现在形式风格上,因而必然要肯定形式风格之变;二是从形式风格角度论变,认为诗歌史是形式风格的变化史。既然求真必然要变,诗歌史是变化史,则宋诗之变唐也应肯定。这种观点在清初有相当大的影响。

叶燮论诗主变,与公安派及钱谦益一派诗学有理论上的继承关系。在主变的理论下,叶燮肯定了宋诗。王士禛《禹津草堂诗集序》云:"唐

---

① 《吴虞升诗序》,《西堂杂俎》二集卷三。
② 同上。

有诗,不必建安、黄初也;元和以后有诗,不必神龙、开元也;北宋有诗,不必李、杜、高、岑也。"这种观点显然继承公安派、钱谦益而来。尤侗说:

> 夫自《三百篇》来,鲁已不同于齐,郑已不同于卫矣,况使汉魏之必不为六朝,唐之必不为宋元乎!且《三百篇》来,家父已不同于康公,芮伯已不同于仍叔矣,况使陶、谢之必为苏、李,苏、陆之必为李、杜者乎?①

尤侗从《诗经》出发,推论历代诗人各不相同,认为变是必然的、合理的,因而宋诗之不同于传统自然也应该肯定。他说"眉山、剑南下笔妙处,有李、杜不能过者"②,肯定宋诗的价值。

王士禛的弟子汪懋麟谓:

> 近世言诗者多矣。动眇中晚,必称初盛,追摹汉魏,上溯《三百篇》而后快,于宋人则云无诗,何有金元? 噫! 所见亦少隘矣。世非一代,代不一人,信诗止于唐,则《三百篇》后不当有苏、李,《六经》以降不当有左丘明。四唐之目,见本于庸人,时会所至,何能强而同之!近人且言不读宋以后书,是士生今日,皆当为黔首自愚,无事雕心镂肾,希一言之得,可传于后世也。③

此亦由肯定变而肯定宋诗的价值。潘耒云:

---

① 《吴虞升诗序》,《西堂杂俎》二集卷三。
② 同上。
③ 《宋金元诗选序》,《百尺梧桐阁集》文集卷二。

　　自嘉靖七子有唐后无诗之说,至今耳食者从而和之,宋元诸名家之诗禁不一寓目,复于唐代独尊初盛,自大历以还割弃不取,斤斤焉划时代为鸿沟,别门户如蜀洛。既以自域,又以訾人。一字之生新,弃而不用,曰惧其堕于中晚也;一句之刻露,摘以相语曰:惜其入于宋元也。天与人以无穷之才思,而人自窘之;地与人以日新之景物,而人自拒之。其亦陋而可叹矣。①

由主真而肯定形式风格之变,由肯定变,进而肯定宋诗。这是清初肯定宋诗者的特征之一。

2. 辨唐宋之异与求唐宋之同

　　自严羽至明七子及云间、西泠派贬斥宋诗,乃是以唐诗的审美传统衡量宋诗,认为宋诗不符合唐诗传统,这是辨唐宋之异。而肯定宋诗的审美传统可以有两种方式:一是承认尊唐者建立的以唐诗为基础的审美价值系统,强调宋诗对于唐诗传统的继承关系,这样可以在尊唐者的价值系统之内肯定宋诗的价值与地位;二是承认宋诗不符合唐诗传统,承认宋诗是一个异质的传统,但又建立一个新的审美价值系统以肯定宋诗这一异质的审美传统。清初宋诗热思潮肯定宋诗的方式属于前一种,即求唐诗与宋诗之同。这样肯定宋诗,是在不改变尊崇唐诗的价值系统的前提之下,通过强调宋诗对唐诗的继承,将宋诗接纳入唐诗传统,以肯定宋诗的价值,赋予宋诗以地位。

　　钱谦益说:"自唐以降,诗家之途辙总萃于杜氏。大历后以诗名家者,靡不由杜而出。……宋元之能诗者亦由是也。"②认为宋元诗乃是

---

① 《五朝名家诗选序》,《遂初堂集》卷六。
② 《曾房仲诗序》,《初学集》卷三十二。

继承杜甫的传统。黄宗羲说：

> 天下皆知宗唐诗，余以为善学唐者唯宋。顾唐诗之体不一，白体、昆体、晚唐体。白体如李文正、徐常侍兄弟、王元之、王汉谋；昆体则杨、刘之西昆出于义山，二宋、张乖崖、钱僖公、丁崖州，其亚也；晚唐体则九僧、寇莱公、鲁三交、林和靖、魏仲先父子、潘逍遥、赵清献之辈，凡数十家，至叶水心、四灵而大振；少陵体则黄双井专尚之，流而为豫章诗派，乃宋诗之渊薮，号为独盛。欧、梅得体于太白、昌黎；王半山、杨诚斋得体于唐绝、晚唐之中，出于自然，不落纤巧凡近者，即王辋川、孟襄阳之体也。虽咸酸嗜好之不同，要必心游万仞，沥液群言，上下于数千年之间，始成一家之学。故曰善学唐者唯宋。①

黄宗羲强调宋人善于学唐，一一举出宋代诗人对于唐人的继承之处。其实，宋诗对唐诗传统有继承，也有变异，此乃诗歌史的事实，问题的关键是继承的程度与变异的程度。七子、云间派等认为宋诗对唐诗传统变异太大，因而不承认宋诗是唐诗传统的继续，认为它是一个异质的传统，陈子龙称宋诗为"异物"②，即是此意。黄宗羲则强调宋诗对于唐诗的继承关系，他并非把宋诗作为一个异质的传统看待，而是将其与唐诗视为同一传统。他说："夫宋诗之佳，亦谓其能唐耳，非谓舍唐之外能自为诗也。"③但是，黄宗羲所说的唐诗的传统与尊唐者所说的唐诗传统是有区别的，严羽批评宋诗"以文字为诗，以才学为诗，以议论为

---

① 《姜山启彭山诗稿序》，《南雷文定》后集卷一。
② 《皇明诗选序》，《陈忠裕公全集》卷二十五。
③ 《张心友诗序》，《南雷文定》前集卷一。

诗",认为这些背离了唐诗的传统,但黄宗羲却说:"以文字为诗,以才学为诗,以议论为诗,莫非唐音。"①他把尊唐者认为是宋诗特征的内容都归入唐诗传统,通过对唐诗传统的重新诠释而将尊唐者对立起来的唐与宋两个传统化而为同一传统。七子、云间派以唐诗传统排斥宋诗,黄宗羲承认唐诗传统的地位,但由于其强调宋诗对唐诗的继承关系,则宋诗就可以纳入唐诗传统。这样,黄宗羲在承认尊唐者的审美价值系统的前提之下,肯定宋诗的价值与地位。

对于黄宗羲这种肯定宋诗的方式,钱锺书先生《谈艺录》说:"盖黎洲实好宋诗,而中心有激,人言可畏,厥词遂枝。"②以为黄宗羲喜好宋诗,但不敢打出宋诗的旗号,乃言不由衷。事实恐未必如钱先生所说那么简单。七子、云间派强调宋诗与唐诗之异,而贬斥宋诗。如果黄宗羲承认宋诗是一个异质传统,而又肯定这一异质传统的价值的话,就必须对这个独立于唐诗之外的审美传统进行理论论证,证明这种审美传统的价值。要证明宋诗的审美价值,就必须有一个价值标准,以说明何以宋诗的审美特征是有价值的,这个价值标准必然要与论证唐诗价值的标准不同,这些标准的确立涉及整个审美价值系统。而在黄宗羲的时代,对于宋诗特征的正面肯定性认识还不足以建立一个以宋诗审美特征为基础的审美价值系统,而一个以汉魏、唐诗审美传统为基础的审美价值系统却已经确立而且有着普遍深入的影响,因而黄宗羲尚难以在理论上挑出一个宋诗传统去与唐诗相抗衡。到翁方纲,才从理论层次将宋诗作为一个与唐诗相异的传统来肯定,而那是因为有了清初以至浙派对宋诗的正面认识的基础。

王士禛的诗学既有受七子派影响的一面,也有受钱谦益一派影响

---

① 《张心友诗序》,《南雷文定》前集卷一。
② 《谈艺录》(补订本),中华书局1984年版,第144页。

的一面,这两方面的影响体现在诗学观念上,有兼容唐宋诗传统的倾向。这种融合倾向表现在理论上,必然反对把宋诗与唐诗对立,他说:

> 近人言诗,辄好立门户,某者为唐,某者为宋,李、杜、苏、黄,强分畛域,如蛮触氏之斗于蜗角,而不自知其陋也。①

所谓"近人",指的就是七子、云间派及其追随者。王士禛称辨唐宋之异者为"好立门户""强分畛域",乃是鄙陋之见。这表明在他看来,不应将宋诗传统与唐诗传统对立。

汪琬也有融合唐宋诗传统的倾向,其《皇清诗选序》云:

> 古之为诗者,问学必有所据依,章法、句法、字法必有所师承,无唐宋一也。今且区唐之初、盛、中、晚而四之,继又区唐与宋而二之,何其与予所闻异也?且宋诗未有不出于唐者也。杨、刘则学温、李也,欧阳永叔则学太白也,苏、黄则学子美也,子由、文潜则学乐天也,宋之与唐,夫固若埙箎之相倡和而驵驴之相周旋也审矣。②

汪琬强调宋诗为继承唐诗而来,反对"区唐与宋而二之",与黄宗羲、王士禛是一致的。

田雯也批评"分唐宋而二之":

> 今之谈风雅者,率分唐宋而二之。不知杜、韩,海内俎豆之矣,

---

① 《黄湄诗选序》,《渔洋文集》卷二。
② 《尧峰文钞》卷二十七。

> 宋梅、欧、王、苏、黄、陆诸家,亦无不登少陵之堂,入昌黎之室。惟
> 其生于宋也,南辕以后,竞趋道学,遂以村究语入四声,去风人之旨
> 实远。况邵、程以下,诚斋一出,腐俗已甚。而学者一概訾龥抵牾
> 之,其殆啜狂泉而病嗋呓也耶?①

田雯认为宋诗的主流传统乃是由继承唐诗而来,故他说:"宋人之诗与
夫唐人之诗渠有异道乎?"②在他看来,只是道学家的诗歌背离了诗歌
传统,杨万里诗陷入俗化,不能因为这些非主流的倾向而一概否定
宋诗。

　　七子、云间派辨唐宋诗之异,黄宗羲等人求唐诗与宋诗之同。辨唐
宋之异者,尊唐而抑宋;求唐宋之同者,尊唐而不贬宋,如此则唐宋诗传
统由在七子、云间诗学中的对立状态而趋向融合状态。

3. 辨体与折中唐宋

　　王士禛等人对唐宋诗传统的融合是通过辨体方式进行的。这种方
式以诗歌的体裁为中心,而不以时代为界限。每一种诗体各有其审美
特征,符合此特征者,不论其时代皆可肯定,皆可为取法的对象。从辨
体的角度看宋诗,王士禛认为宋代的古诗、歌行、绝句可以肯定:"欧、
苏、黄三大家只当读其古诗、歌行、绝句,而七律必不可学。"③其《池北
偶谈》中摘举"宋人绝句可追踪唐贤者"数十首,其《七言古诗选》非常
推重欧阳修、王安石、苏轼、黄庭坚、陆游等人的七言古诗。七子、云间
派原本亦主张辨体,但他们先有唐与宋的时代界限,辨体不能超越唐宋

---

① 《古欢堂集杂著》卷一。
② 《鹿沙诗集序》,《古欢堂集》卷二。
③ 《然镫记闻》。

的时代界限。而王士禛虽承七子、云间派的辨体方式,但他受到钱谦益
一派诗学的影响,打破唐宋之辨的时代界限,故王士禛能以辨体的方式
将唐诗与宋诗传统融通。

王士禛以辨体方式融合唐宋诗传统的主张也为田雯所提倡,田
氏说:

> 余尝谓学诗宜分体取法乎前人。五言古体必根柢于汉魏,下
> 及鲍、谢、韦、柳也。五七言近体则王、孟、钱、刘,晚唐温、李诸人
> 也。截句则王、李、白、苏、黄、陆。至于歌行,惟唐之杜、韩,宋之
> 欧、王、苏、陆,其鼓骇骇,其风瑟瑟,旌旗壁垒,极闿辟雄荡之奇,非
> 如是不足以称神明变化也。学诗者何分唐、宋?①

田雯主张在绝句、歌行体上可以兼取唐宋。田氏曾学诗于王士禛,其以
辨体的方式融通唐宋的观点与王士禛一致。

黄与坚也以辨体的方式贯通唐宋:

> 诗体不同,昔人以为各有炉灶是已。七言律差与五言不同,余
> 初学时,颇爱钱、刘、温、韦诸子,以为取径中唐,易于上手;已复取
> 宋苏、陆诸子诗,杂然好之,绝不起唐、宋、元、明异同之见。盖诗中
> 原无畛域,学者但就其资所近,学所便,力为之,自当超诣及古。人
> 人性分有诗,正不必于故纸觅蹊径。②

黄与坚认为学诗不应存时代之界限,而其自己学作七律时,先从中唐入

---

① 《鹿沙诗集序》,《古欢堂集》卷二。
② 《论学三说·诗说》,《丛书集成初编》本。

手,又取法苏轼、陆游,心中不存时代界限。不过,王士禛强调宋人七言律诗不可学,而黄与坚恰恰认为七律可以学宋人。

4."学必已至乎唐,而后可以语乎宋"

与王士禛以辨体的方式折中唐宋有所不同,汪懋麟则以另一种方式折中唐宋:

> 论诗者或怪予去唐而趣宋,甚者分疆自树,是奚足较哉! 诗严于唐,放于宋,里巷妇孺所知也。夫其学必已至乎唐,而后可以语乎宋,如未至焉,而遽测以耳,岂惟不能知夫宋之诗,究亦未尝知夫唐之诗而已。今之窃学言唐者,必以黜宋为言,而窃学言宋者,有未深究乎所以为宋之意。之二者,其失一而已。①

汪懋麟承认唐诗与宋诗的差别,唐诗严密,宋诗放纵,但对于学诗者而言,这两者并不是对立的,学诗必须先学唐诗,先从法则入手,先求严,然后才能自由,求放,学宋诗。汪懋麟把唐宋诗作为学诗进程的不同阶段,既承认唐宋诗的差异,又不将两者对立:

> 余尝论唐人诗如粟肉布丝,金犀象珠,足以利民用而济其穷,诚不可一日无。若宋元诸作,则异修奇锦、山海罕怪之物,味改而目新,学之者必贵家富室,无所不蓄,然后间出其奇,譬舍纨縠而衣布素,却金玉而陈陶匏,其豪侈隐然见也。②

---

① 《韩醉白诗序》,《百尺梧桐阁集》文集卷二。
② 《宋金元诗选序》,《百尺梧桐阁集》文集卷二。

汪懋麟将唐诗比作百姓日用之物,而把宋诗比作罕用之物,日用之物一日不可离,但仅有此不足以显其豪侈。在拥有日常物品之后,又拥有罕用物件,方足见其豪侈。汪懋麟主宋诗,但他在理论层次并不贬斥唐诗,而是主张学宋诗者应有深厚的唐诗修养作基础,如此唐与宋在学诗环节得以统一。

三 尊唐主宋的论争
与对宋诗热弊病的批判和矫正

本来,宋诗热起于对诗坛宗唐诗风的反动,但是,唐诗的审美传统毕竟具有深厚的力量,当钱谦益等人肯定宋诗之际,就有宗唐者的强烈抵抗,随着越来越多的诗人转向宋诗,宗宋诗成为诗坛风气。某种审美倾向一旦成为风气,其形式风格就渐渐丧失其受性情决定的内在性依据,而成为外在的形式化的东西。宗唐风气如此,宗宋诗风亦如此。于是诗坛又开始纠正宋诗热形成的弊端。但是在宋诗热兴起之后,主唐诗者对宋诗热提出批评,并不像七子、云间派那样对宋诗持全面的否定态度,而是也融合吸收主宋诗者的观点,对宋诗给予一定程度的肯定。

1. 虞山派内部尊唐主宋之争

早在明清之际,虞山派内部就有学宋元与宗晚唐两种诗学倾向。这两种倾向在钱谦益主真重变的诗学中可以兼容,但这两种倾向之间却有争论。主宋元诗的钱陆灿一派对宗晚唐的冯班一派不满,称:"徐陵、韦縠,守一先生之言,虞山之诗季世矣。"批评冯班兄弟取法《玉台新咏》(徐陵编)、《才调集》(韦縠编)。钱陆灿序钱玉友诗云:"学于宗伯之门者,以妖冶为温柔,以堆砌为敦厚。"①批评宗晚唐者堆砌辞藻、崇尚艳丽。而冯班则对"虞山之谈诗者喜言宋元"也表示不满:

> 图騕褭之形,极其神骏,若求伏辕,不免驾款段之驷;写西施之貌,极其美丽,若须荐枕,不如求里门之姝。万历时王、李学汉魏盛唐之诗,只求之声貌之间,所谓图騕褭写西施者也。虞山诗人好言后代诗,所谓款段之驷、里门之姝也。遂谓里门之姝,胜于西施,款段之驷,胜于騕褭,岂其然乎?②

冯班把汉魏、盛唐诗比作骏马、美女,把宋元诗比作凡马、俗女。七子派学汉魏、盛唐而只求其声貌,就像爱好画中的骏马、美女,如果从真假实用的角度看,画中的骏马、美女当然比不上真实现实的凡马、俗女,假汉魏、盛唐比不上真宋元;但是,如果因此而说真的汉魏、盛唐诗也比不上宋元诗,那就如同说凡马、俗女胜过骏马、美女一样,是没有道理的。冯舒对江西诗派诗十分不满,王应奎云:

> 方虚谷《律髓》一书,颇推江西一派,冯已苍极驳之,于黄、陈之作,涂抹几尽。其说谓:江西之体,大略如农夫之指掌,驴夫之脚跟,本臭硬可憎也,而强曰强健;老僧嫠女之床席,奇臭恼人,而曰孤高;守节老姬之絮新妇,塾师之训弟子,语言面目,无不可厌,而曰我正经也。山谷再起,我必远避,否则另寻生活,永不作韵语耳。③

----

① 见王应奎《柳南随笔》卷五。
② 《钝吟杂录》卷四。
③ 《柳南随笔》卷三。

冯舒对江西诗派表现出激烈的偏见。主宋元者认为钱谦益也学宋元，而冯班说："钱牧翁学元裕之，不啻过之。每称宋元人，矫王、李之失也。"①冯班认为钱谦益称赞宋元诗人乃是为了纠正七子弊端。不过，尽管二冯等人反对学宋元诗，却未能阻挡宋诗热的形成。

2. 最高统治者对宋诗热的纠正

康熙皇帝是宗唐诗者，称"诗至唐而众体悉备，亦诸法毕该。故称诗者必视唐人为标准，如射之就彀率，治器之就规矩焉"②。尽管他并不否定宋诗，称宋人"大率宗师杜甫"，"虽后人览之，觉言理之意居多，言情之趣居寡，然反复涵咏，自具舒畅道德之致"，③但这种肯定并非出自审美角度，而是从道德内容方面的肯定。康熙帝这样肯定宋诗，有意显示身为皇帝之论诗凌驾于诗人论诗宗唐主宋之上的态度。对于诗坛盛行的宋诗热，康熙并未以皇帝的身份加以干预，但他对于唐诗的偏好却明显表现出来。毛奇龄《西河诗话》卷七说：

> 初盛唐多殿阁诗，在中晚亦未尝无有，此正高文典册也。近学宋诗者，率以为板重而却之。予入馆后，上特御试保和殿，严加甄别。时同馆钱编修，以宋诗体十二韵抑置乙卷，则已显有成效矣。

康熙十八年（1679）开博学宏词科，毛奇龄被荐举，中试，官翰林院检讨，入明史馆修明史。引文言及的"钱编修"指钱中谐，字宫声，号庸亭，吴县人。顺治十五年（1658）进士，康熙十八年举博学宏词科，官翰

① 《钝吟杂录》卷七。
② 《全唐诗序》，《圣祖仁皇帝御制文集》三集卷二十。
③ 《诗说》，《圣祖仁皇帝御制文集》初集卷二十一。

林院编修。康熙皇帝曾试诸人诗,钱中谐以宋诗体为之,被康熙帝抑置乙卷。毛奇龄认为,此举是康熙皇帝对于诗坛宋诗热的抑制。

在高层官员中,大学士冯溥是反对宋诗的。据毛奇龄《西河诗话》卷五说:

> 益都师相(按,即冯溥)尝率同馆集万柳堂,大言宋诗之弊,谓开国全盛,自有气象,顿鹜此佻凉鄙弇之习,无论诗格有升降,即国运盛杀,于此系之,不可不饬也。因庄诵皇上《元旦》并《远望西山积雪》二诗以示法。

冯溥从儒家诗学关于诗歌风尚与时代政治的关系出发,把宋诗热上升至政治高度审视,认为宋诗的风尚不符合清朝开国的盛世气象,需严加整饬。施闰章序冯溥《佳山堂诗集》云:

> 窃尝论诗文之道,与治乱相终始,先生(按,冯溥)则喟然叹曰:"宋诗自有其工,采之可以综正变焉。近乃欲祖宋元而祧前古,风渐以不竞,非盛世清明广大之音也。愿与子共振之。"夫孔子删《诗》而《雅》《颂》得所,延陵听乐而兴衰是征。诗也者,持也。由是言之,谓先生以诗持世可也。①

冯溥认为宋元诗的审美风尚不是盛世的清明广大之音,与毛奇龄《西河诗话》所载其言一致。冯溥要求施闰章与其一起扭转这种风尚。但值得注意的是,冯溥并未从理论上全面否定宋诗,还是承认"宋诗自有

---

① 《佳山堂诗序》,《施愚山文集》卷七。

其工"。

3. 朱彝尊等人对宋诗热的批判

朱彝尊对诗坛的宋诗热提出批评：

> 今之言诗者,每厌弃唐音,转入宋人之流派。高者师法苏、黄,下乃效及杨廷秀之体,叫嚣以为奇,俚鄙以为正,譬之于乐,其变而不成方者与。①

朱彝尊认为,唐诗是正,宋诗是变,学诗应以正为根本："学诗者以唐人为径,比遵道而得周行者也。"②他曾举出宋诗的许多不足：

> 今之言诗者多主于宋。黄鲁直吾见其太生,陆务观吾见其太缛,范致能吾见其弱,九僧、四灵吾见其拘,杨廷秀、郑德源吾见其俚,刘潜夫、方巨山、万里,吾见其意之无余而言之太尽,此皆不成鹄者也。尤而效之,是何异越人之学远射,参天而发,适在五步之内乎?③

朱彝尊对宋诗的批评均以唐诗作为标准来衡量。

申涵光也对宋诗热提出批评：

> 诗之必唐,唐之必盛,盛必以杜为宗,定论久矣。近乃创为无

---

① 《叶李二使君合刻诗序》,《曝书亭集》卷三十八。
② 《王学士西征草序》,《曝书亭集》卷三十七。
③ 《橡村诗序》,《曝书亭集》卷三十九。

> 分唐宋之说,于是少陵、青莲、眉山、放翁相提并论。其意谓不必专
> 宗唐耳,久之潜移默化,恐遂专于宋而不觉。夫唐自大家名家而
> 外,亦非一格。如郊、岛之孤僻,温、李之骈丽,元、白之轻便,流弊
> 所至,渐亦启宋之端,然而唐之诗自在也。宋贤自眉山、放翁而外,
> 如永叔、山谷、圣俞、子美,非不峥嵘一代,然而唐法荡然。至须溪、
> 沧浪,枕藉少陵,字栉句比,而去之愈远,此其故难言也。所争在风
> 神气象之间,而造语疏密,立意显晦不与焉。至何、李诸公专宗盛
> 唐,遂已超宋而上,则后之从事于诗者可知矣。①

申涵光认为诗必盛唐早已成为定论,反对模糊唐诗与宋诗的界限。申
氏认为判定唐诗与宋诗的标准不是诗歌语言意象的疏与密,立意的显
豁与隐晦,而应是风神气象。

4. 毛奇龄、徐乾学与汪懋麟关于唐宋诗之争

在宋诗热兴起的过程中,主唐者与主宋者之间曾发生激烈的争论。
主唐派的施闰章、毛奇龄、徐乾学等人均与主宋派的汪懋麟发生过诗学
争论。关于施闰章与汪懋麟的争论,二人的著作没有直接的记载,而毛
奇龄《唐七律选序》提及二人的争论:

> 　　前此入史馆,时值长安词客高谈宋诗之际,宣城侍读施君
> (按,即施闰章)与扬州汪主事(即汪懋麟)论诗不合,自选唐人长
> 句律一百首以示指趋,题曰馆选。②

----

① 《青箱堂近诗序》,《聪山集》卷一。
② 《西河文集》序三十。

毛奇龄于康熙十八年（1679）举博学宏词科，官翰林检讨，入明史馆。序中所言"入史馆"即指此。二人论争的具体内容，现已不得而知，但施闰章是主唐的，而汪懋麟主宋，就毛奇龄序中的语气而言，其论诗不合，显然就是主唐与主宋的不同。

毛奇龄认为诗坛兴起宋诗热，乃是钱谦益的影响："推其故，大抵皆惑于虞山钱氏之说，扬宋而抑明，进韩、卢而却李、杜。"①他又将诗坛的宋诗热放到政治的高度看待，不仅自己反对宋诗热，更抬出康熙皇帝、大学士冯溥，以势压人。他对宋诗的抨击十分激烈：

> 诗以雅见难，若裸私布秽，则狂夫能之矣；亦以涵蕴见难，若反唇戛脽，则市牙能之矣；又以不着涯际见难，若搬楦头、翻锅底，则呆儿能之矣。然则为宋诗亦何难，何能何才技，而以此夸人，吾不解也。②

这里提出诗歌应该雅、涵蕴、不着涯际，显然是以唐诗为基点的审美要求，而其所痛骂的"裸私布秽"云云则是指宋诗，嫌其不雅、不涵蕴、太着涯际。

毛奇龄与主宋诗的汪懋麟之间有过争论。据王士禛《居易录》：

> 萧山毛简讨大可（按，即毛奇龄）生平不喜东坡诗，在京师日，汪季用（汪懋麟）举坡绝句云："竹外桃花三两枝，春江水暖鸭先知。蒌蒿满地芦芽短，正是河豚欲上时。"语毛曰："如此诗，亦可

---

① 《苍崖诗序》，《西河文集》序十一。
② 《西河诗话》卷五。

道不佳耶?"毛愤然曰:"鹅也先知,怎只说鸭?"众为捧腹。①

毛氏《西河诗话》卷五也记载此次争论,言:"水中之物,皆知冷暖,必先之以鸭,安矣。"毛奇龄的这种观点显然强词夺理,陷入不知诗的地步,所以为众人嘲笑。主宋诗者认为唐诗笼统,而宋诗可以淋漓尽致地抒情写事。毛奇龄认为这正是宋诗的弊病所在。《西河诗话》卷六说:"近学宋诗者皆以唐诗为笼统,不若宋诗写情事畅快。"他又记载了一次聚会:

> 尝集姚江朱氏园,有同席客系甬上少年,盛称禾中为宋诗者。是时方入门,即指其地曰:"假如即事诗,鲜有能道,见前者其人能之。'绿草当门长似柴,中间留得一条街。'不依然此境乎。唐人笼统,焉能有此。"予笑睨之。②

毛奇龄认为这种观点不值一辩,故只"笑睨之",投以轻蔑的一笑而已。

徐乾学与汪懋麟二人也是著名的论敌。徐乾学主唐诗,汪懋麟主宋诗。徐氏《祭汪蛟门文》云:"至于论诗,余守贞,则君宗苏、陆,优入其域。"③二人之间发生过论争。据张维屏《清朝诗人征略》引《国朝名家小传》云:

> (按,汪懋麟)尝大会名士于都城之祝氏园,酒半,言欲尽祧开元、大历诸家,独尊少陵为鼻祖,而昌黎、眉山、剑南而下,以次昭

---

① 《带经堂诗话》卷二十七。
② 《西河诗话》卷六。
③ 《憺园全集》卷三十三。

穆。徐健庵独抗论与争,谓宋诗颓放,无蕴藉,不足学,学之必损风格。辨难喧呶,林鸟皆拍拍惊起。

汪懋麟要抛开盛唐、中晚诸大家,欲以杜甫为祖,以韩愈、苏轼、陆游为继承者,建立一个诗统。而徐乾学则认为宋诗颓放不蕴藉,不足学,两人辩论激烈。

5. 王士禛、宋荦等力挽尊宋桃唐之习

王士禛论诗确实是兼取宋元,并且有一时期曾提倡宋诗。王士禛对各种诗学取向均抱着宽容态度,学晚唐者他肯定,学杜甫者他也肯定,学宋元者他也肯定。他的门弟子众多,诗学倾向并不一致,宗唐者有之,主宋者也有之,他均能包容。由于王士禛在诗坛的影响巨大,所以无论宗唐者还是主宋者都援引王士禛之言以为据。

姜宸英《唐贤三昧集序》称:“今人之厌苦唐律者,必曰宋诗,且以新城先生尝为之,此知其迹而不知其所以迹者也。”此谓主宋诗者以王士禛学宋为其论诗的依据,其代表人物是王士禛的门人汪懋麟。汪氏认为:

> 诗不必学唐,吾师之论诗未尝不兼取宋元。譬之饮食,唐人诗犹梁肉也,若欲尝山海之珍错,非讨论眉山、山谷、剑南之遗篇,不足以适志快意。吾师之弟子多矣,凡经指授,斐然成章,不名一格。吾师之学无所不该,奈何以唐人比拟?①

汪懋麟认为王士禛论诗兼取宋元,因而自己学宋元也合乎王士禛的论

① 徐乾学《唐诗十选书后》引。

诗倾向,他在《渔洋续集序》中说:

> 初先生官扬州,懋麟犹童子也,偶以七字见照,即窃闻所以为
> 诗之学……而今之名诗人者往往诋懋麟之学,谓与先生异,则当在
> 所弃必矣,顾不弃而且假之言,岂先生所以学与懋麟之所窃闻,他
> 人不必知,而有自知其知者经与。①

汪懋麟此处说,自己童子时已受教于王士禛,这也就是说自己的诗学自
王士禛而来。王士禛《渔洋续集》成,邀汪懋麟为之作序,汪氏认为这
表明王士禛认可其诗学为正传。

批评宋诗热者也有人批评王士禛学宋,代表人物是赵执
信。赵执信不满于诗坛宗宋的风气,其《田文端公遗诗序》称:"余谓诗之道,至
宋而衰。"②又《题程松皋舍人诗卷四首》其三云:"宋唐门户久难齐,颇
怪康庄俗自迷。要识神明焕然处,非缘野鹜胜家鸡。"③所谓"康庄"乃
指唐诗。赵执信认为王士禛是宋诗热的倡导者。他称冯廷櫆"始渐于
里中及新城王士禛之习,诗惟主新异,疏阔唐贤"④,所谓"惟主新异"即
指学宋诗之风。

主宋诗者要追源到王士禛,批评宋诗者则归咎于他,两者虽然对宋
诗的态度不同,但他们都认为王士禛诗学宋人。施闰章反驳了这种观
点,其《渔洋续诗集序》云:

---

① 《百尺梧桐阁集》文集卷二。
② 《饴山集》文集卷二。
③ 《饴山集》诗集卷二。
④ 《怀旧诗十首》其三,《饴山集》诗集卷十八。

客或有谓祧唐而祖宋者。予曰：不然。阮亭盖疾夫肤附唐人者了无生气，故间有取于子瞻，而其所为《蜀道》诸诗，非宋调也。诗有仙气者，太白而下，惟子瞻能之，其体制正不相袭。学《五经》《左》《国》、秦汉者，始能为唐宋八家；学《三百篇》、汉魏、八代者，始能为三唐，学三唐而能自竖立者，始可以读宋元，未易为拘墟鲜见者道也。

施闰章承认王士禛诗有取于苏轼，但他认为王士禛诗的基调是唐诗，而不是宋诗。在他看来，王士禛诗有取于宋人，是建立在深厚的唐诗修养基础之上的。如此，施闰章就把王士禛在唐诗基础上有取于宋人的观点与主宋诗者加以区别。

韩菼在王士禛《唐诗十选序》中说：

抑尝读渔洋诸集，而知先生之诗矣。其天资高，而学闳以肆，亦尝泛滥出入于有宋诸名家，而风味筋力，自在大历、元和以上。

韩氏一方面承认王士禛创作上有取于宋人，另一方面又认为王士禛诗的基调乃是唐诗。这种看法与施闰章是一致的。徐乾学《渔洋山人续集序》也说：

（按，渔洋先生）虽持论广大，兼取南北宋、元、明诸家之诗，而选练矜慎，仍墨守唐人之声格，或乃因先生持论，遂疑先生《续集》降心下师宋人，此犹未知先生之诗者也。

徐乾学也与施闰章、韩菼一样承认王士禛诗有学宋人之处，同时又认为其基调是唐诗。徐乾学批评汪懋麟错误地解读王士禛诗学：

> 季用但知有明前后七子剽窃盛唐,为后来士大夫讪笑,尝欲尽
> 祧去开元、大历以前,尊少陵为祖,而昌黎、眉山、剑南以次昭穆。
> 先生亦曾首肯其言,季用信谓固然,不寻诗之源流正变,以合乎
> 《国风》《雅》《颂》之遗意,仅取一时之快意,欲以雄词震荡一时,
> 且谓吾师之教其门人者如是。①

徐乾学虽然承认王士禛曾肯定汪懋麟的诗学倾向,但是他认为汪懋麟
并没有真正了解王士禛诗学。徐乾学宗唐,汪懋麟主宋,二人同为王士
禛的同一部诗集作序,也都认为王士禛有学习宋人之处。但是二人朝
各自的诗学倾向上诠释,汪懋麟认为王士禛诗学宋人,徐乾学认为王士
禛诗的基调仍在唐诗。

王士禛也觉察宋诗热出现弊端。他在《鬲津草堂诗集序》中说:

> 二十年来,海内贤知之流,矫枉过正,或乃欲祖宋而祧唐,至于
> 汉魏乐府、古选之遗音,荡然无复存者,江河日下,滔滔不返。

七子、云间派主张汉魏、盛唐,贬斥宋诗,宋诗热的兴起可谓矫枉,但其
弊端是遗弃了汉魏、唐诗的传统。于是王士禛也开始纠正宋诗热的弊
端,力挽尊宋祧唐之习。

康熙二十六年(1687),王士禛在家守父丧,撰《唐诗十选》,次年撰
《唐贤三昧集》。这被视为纠正宋诗热弊端之举。宋荦《漫堂说诗》云:

> 近日王阮亭《十种唐诗选》与《唐贤三昧集》,原本司空表圣、

---

① 《唐诗十选书后》。

严沧浪绪论,所谓言有尽而意无穷,妙在酸咸之外者,以此力挽尊宋祧唐之习,良于风雅有裨。

随着王士禛力挽尊宋祧唐之风气,原来曾与他一起提倡宋诗的宋荦也开始批评尊宋祧唐风气,宋荦《漫堂说诗》:

> 近二十年来,乃专尚宋诗。至余友吴孟举《宋诗钞》出,几于家有其书矣。孟举序云:"黜宋者曰腐,此未见宋诗也;今之尊唐者,目未及唐诗之全,守嘉、隆间固陋之本,陈陈相因,千喙一倡,乃所谓腐也。"又曰:"嘉、隆之谓唐,唐之臭腐也,宋人化之,斯神奇矣。"盖意主救弊,立论不容不尔。顾迩来学宋者,遗其骨理,而挦扯其皮毛;弃其精深而描摹其陋劣。是今人之谓宋,又宋之腐臭而已,谁为障狂澜于既倒耶?

宋荦批评学宋诗者遗弃宋诗骨理,不学宋诗精深之处,而只学其鄙陋。

邵长蘅既是王士禛的友人,也是宋荦的幕僚。邵长蘅选二人诗为《二家诗钞》,其序对二人的诗学倾向作了辩解:

> 自祧唐祢宋之说盛,后生靡然,且谓两先生(按,王士禛、宋荦)亦尝云尔。故两先生诗具在,其所为溯源《风》《骚》,斟酌汉魏、三唐,以自成其家者,各有根柢,虽间亦取于宋人,第以资泛滥耳。①

---

① 《二家诗钞序》,《邵子湘全集·青门剩稿》卷四。

邵长蘅以为二人虽有取于宋诗,但根柢乃是《风》《骚》、汉魏、唐诗的传统,这与施闰章、徐乾学评价王士禛诗的说法是一致的。邵长蘅说其选编二家诗旨在"自惟挽之无力,庶几尊两先生以挽之"。

与王士禛、宋荦力挽尊宋祧唐之风气相一致,尤侗也对宋诗热的弊端表示不满:

> 诗之必归于唐也,唐之必归于盛也,此有明七子之说也。当其追章琢句,以拟议开元、大历之规模,虽元和、长庆,犹置弗道,而况宋乎?然至今日,几家眉山而户剑南矣。①

尤侗《唐诗十选序》有曰:

> 即使宋元诸子,殚知竭虑,未有越唐人范围者,孟子曰:羿之教人射,必志于彀;大匠诲人,必以规矩。今之学诗者苟于彀与规矩是求,则舍唐奚适矣。②

尤侗认为宋元诗不出唐诗的范围,学诗者须以唐诗为法。

6. 模拟唐诗为赝,模拟宋诗亦假

七子派模拟汉魏、盛唐,在形式风格上求似古人,而缺乏真性情,被公安派以至钱谦益等人猛烈抨击。但是在宋诗热兴起之后,很多诗人也只是在形式风格上求似宋人,如果将宋诗的形式风格作为范本来模仿,这就如七子派等模仿汉魏、盛唐,陷入了同样的弊端,只不过模拟的

---

① 《宋诗选序》,《西堂全集·艮斋倦稿》卷二。
② 《西堂全集·艮斋倦稿》卷十。

对象不同而已。反模拟,这本是主宋者的口号,现在又成了主唐者的
口号。

徐乾学说:

> 学宋元诗亦未易也。宋元人之学唐,取其神理,今人之学唐,
> 肖其口吻,所以失之弥远。今不探其本,转而以学唐者学宋元,惟
> 其口吻之似,则粗疏拗硬佻巧窒涩之弊,又将无所不至矣。故无宋
> 元人之学识,不可以学唐,无唐人之才致,不可以学宋元。①

徐乾学认为:主宋元诗者恰是以七子派学唐诗的方式学宋元诗,也是模
拟形似,呈现与七子派一样的错误。庞垲云:

> 夫诗有源流,非《三百》、汉、魏、唐、宋之谓也。《书》曰:“诗言
> 志。”志者其源,而言其流也。志无象,故日新而不同;言有迹,故
> 模仿而可得。舍其富有日新之志,而骛于模仿形似之言,言为唐人
> 所已言,非新也;言经宋人所已言,又安在其为新乎。②

诗须言志,舍志而模仿形似,无论模仿对象是唐人还是宋人,都是前人
的陈迹。钱谦益用言志为本的观念抨击七子派的模拟格调,庞垲批评
学宋诗者的思路亦如此。

邵长衡批评宗宋者说:

> 学者病不好学深思,不能知前人根柢所在,而争剽贩于景响形

---

① 《宋金元诗选序》,《憺园全集》卷十九。
② 《柯巨川诗序》,《丛碧山房文集》卷一。

> 模之间,妄分畛畦,前肤附唐人而赝,今肤附宋人亦赝,影掠李、何、王、李诸家而失,影掠苏、黄、范、陆、尤、杨诸家,而亦未为得。①

模仿唐人为赝,模仿宋人也是赝品。主唐者批评宋诗热的弊病就像主宋者批评七子派的模拟一样,其理论是相同的。

7. 主唐诗者:从辨唐宋之异到言唐宋之同及对宋诗的肯定性评价

宋诗热兴起之后,宋诗的价值被认可,宋诗地位上升。尊唐诗者渐渐沦为非主流,此时主唐诗者不能如七子、云间派那样完全无视宋诗的价值,而是对宋诗也给予某种程度的肯定。

尊唐者重大的态度变化之一就是不再如七子、云间派那样强调唐宋诗传统的对立,而是强调宋诗对唐诗的继承,这种论调反而接近尊宋诗者。其所以出现这种变化,是由于宋诗热思潮的强大,尊唐者无法如陈子龙视宋诗是"瓦砾""异物",而是强调宋诗不过是学唐诗而来,宋诗的好处均来自唐人。这种说法虽然显露出尊唐诗于宋诗之上的意思,但已经没有贬宋诗为"异物"的含义,这种变化正是宋诗地位上升的表现。

朱彝尊说:"宋之作者,不过学唐人而变之尔,非能轶出唐人之上。"②朱彝尊也强调宋诗对于唐诗的继承关系,但他是从尊唐诗的角度强调宋诗对唐诗的继承关系,认为宋诗不过是学习唐诗而有所变化,并没有超越唐诗,所以后人学诗应该学唐诗,而不必学宋诗;这与主宋诗者强调宋诗对唐诗的继承的角度是不同的。

毛奇龄是坚定的主唐者,但他在《王舍人选刻宋元诗序》中说:

---

① 《二家诗钞序》,《邵子湘全集·青门剩稿》卷四。
② 《王学士西征草序》,《曝书亭集》卷三十七。

> 汉魏、六季升降甚悬,然犹不能存汉魏而去六季,而欲以三唐
> 之诗一举夫宋、金、元五六百年之所作而尽去之,岂理也哉?夫唐
> 之必为宋元者,水之为冰也,然而犹为唐,则冰之仍可为水也。宋、
> 金、元之大异于唐者,铅之为丹也,然而不必为唐者,丹即不为铅,
> 而亦未尝非铅也。曩时嘉、隆间,论诗太严,过于倾宋元,而竟至于
> 亡宋元。夫宋元必不能亡,而欲亡宋元,遂致竟陵、公安相篡处,势
> 不至于倾唐不止。今之为宋元之说者过于重宋元而抑明,夫明必
> 不可抑,过于抑明而重宋元,其势亦不至于倾宋元不止。①

毛奇龄对唐诗与宋元诗的关系作了形象的说明:就唐诗与宋元诗相通
的方面看,从唐诗发展到宋元诗的过程如同水变成冰。冰之与水,形态
不同,而其质则相同,是可以相通的。就其不同的一面看,如同铅粉与
丹砂之不同。但毛奇龄也认为:即便就如丹铅之不同,但丹也未尝不是
铅,他又强调了它们之间相通的一面。从这种基本观点出发,毛奇龄批
评后七子派过于贬斥宋元,结果导致公安、竟陵派反过来贬斥唐诗;从
这种观点出发,他也批评当代主宋元诗者过于贬斥七子派的学唐,他认
为如果过于贬斥明七子派的话,结果必然要有人反过来贬斥宋元诗。
当然,毛奇龄并非认为宋元诗可以与唐诗具有同等的地位,而是在尊唐
的前提下,将宋元诗的继承唐诗传统的部分也接纳进唐诗传统中来,给
予一定的地位。王舍人选刻宋元诗是"取夫宋、金、元之近唐者而存
之",这与毛奇龄的主张是一致的。
　　邵长衡也强调宋诗对于唐诗的继承:

---

① 《西河文集》序二十二。

宋人诗多学晚唐,其间号称大家,若东坡、山谷、半山、放翁、后
村诸公,则又祢晚唐而祖少陵,虽非大宗,要亦杜之支子也。①

在邵长衡看来,宋诗或学晚唐,或宗少陵,都是从唐诗而来。从这种角
度说,原也不必立唐宋之异。他说:

宋诗何尝不佳,惜今人只挦扯皮毛,原不识宋诗真源流耳。果
识宋诗源流,则于汉、魏、李、杜、三唐,正不必插棘隔篱,强分畦
畛也。②

所谓宋诗的"真源流"正是指宋诗从唐而来,既然宋诗对于唐诗有继承
的关系,所以从理论上说不能将之划为两个异质的传统。
徐乾学是主唐者,但在理论上也不否定宋诗:

杜少陵集中无所不有,韩昌黎又独出横空硬语,白太傅能采摭
里俗之言:此有宋诸家诗人之门户也。……宋诗之于唐诗,音节稍
异耳。五七言律绝,乃唐人所创为也,彼宋人所谓夺胎换骨、推陈
出新,岂能如雀蛤雉蜃野鬼石首改状移形哉?予故尝以为唐诗、宋
诗之强为分别,亦如初、盛、中、晚之强为分别云尔。③
近之说诗者厌唐人之格律,每欲以宋为归,孰知宋以诗名者,
不过学唐人而有得焉者。宋之诗浑涵汪茫,莫如苏、陆,合杜与韩
而畅其旨者子瞻也,合杜与白而伸其辞者务观也。初未尝离唐人

---

① 《渐细斋集序》,《邵子湘全集·青门簏稿》卷七。
② 《与贺天山三首》之二,《邵子湘全集·青门簏稿》卷十一。
③ 《田漪亭诗集序》,《憺园全集》卷二十一。

而别有所师。①

徐乾学批评七子派及其追随者"自明北地、信阳起而倡言盛唐,娄东、历下后先同声,学者莫不家开元而人大历,宋元诗集几于遏而不行"②。
　　既然主唐者某种程度上也肯定宋诗的价值,那么他们就不能从理论上否定学习宋诗的合理性,就面临着在理论上如何处理学唐与学宋的关系问题。主唐者认为,必须先学唐有得,然后才能学宋,学唐诗乃是学宋的基础和必经之途,把唐诗置于根本与基础的地位。施闰章认为"学《三百篇》、汉魏、八代者,始能为三唐,学三唐而能自竖立者,始可以读宋元",正是此意。朱彝尊说:

　　　　夫惟博观汉魏、六代之诗,然后可以言唐,学唐人而具体,然后可以言宋,彼目不睹全唐人之诗,辄随响附影,未知正而先言变,高诩宋人,诋唐为不足师,必曰离之始工,吾未见其持论之平也。③

朱彝尊认为学诗必须沿着诗歌史而进,先博览汉魏、六朝诗,然后才能学唐诗,学唐诗而得唐诗之规模,然后才能学宋诗。从这种角度他批评主宋诗者说:

　　　　今之言诗者,目不窥曹、刘之墙,足不履潘、左、陶、谢之国,顾厌弃唐人,以为平熟,下取苏、黄、杨、陆之体制,而遗其神明,独拾

　　①　《渔洋山人续集序》,《憺园全集》卷二十一。
　　②　《宋金元诗选序》,《憺园全集》卷十九。
　　③　《丁武选诗集序》,《曝书亭集》卷三十七。

沉淬。①

朱彝尊不是批评主宋者学宋诗,而是批评其学宋诗没有以汉魏、六朝以及唐诗为基础,而直接学宋诗,不得其神,而学其糟粕。其实,就徐乾学的本意而言,乃是反对学宋诗的,但是在理论上他也不能排斥人们学习宋诗。这正表明了宋诗地位的提高。

毛奇龄在学唐与学宋的问题上与朱彝尊的主张相同:

> 人能为唐诗,而后可以为宋元之诗。如衣冠然,牵手局步,邻于拏械,而后稍稍为开襟偃裼之状,差足鸣快,而不然者,则裂冠毁冕而已。顾能为唐诗者,必不为宋元之诗,如琴瑟然,搏拊咏叹,已通神明,而欲偶降为街衢巷陌之音以为娱乐,则流汗被地,而世人不知,则以为弦匏无异声,钟釜无异鸣而已。②

毛奇龄认为必须先能为唐诗,然后才能为宋元诗,就如衣冠,必须先谨严,然后才能稍稍纵放。这与主宋诗的汪懋麟所说的"严于唐,放于宋""学必已至乎唐,然后可以语乎宋"在理论上是相同的,两人的不同之处是:汪懋麟强调唐诗只是学诗者的基础,在此基础上尚需进一步学宋诗;毛奇龄强调唐诗是学诗的基础,有此基础而不必学宋诗。

主唐诗者尽管不喜宋诗,但是他们已经不再像七子、云间派那样激烈否定宋诗,而是在某种程度上肯定宋诗的价值与地位。这表明宋诗的地位已经提高。

---

① 《鹊华山人诗集序》,《曝书亭集》卷三十九。
② 《何生洛仙北游集序》,《西河文集》序二十二。

第九章
对七子、虞山派诗学的继承与超越：
王士禛的诗学

    王士禛是康熙时期最有影响的诗人和诗论家。关于他的早期诗学与中年提倡宋诗，本书第五章与第八章已论述。虽然关于他的论诗倾向有所谓"三变"之说①，但这些变化只是强调的重点的变化，其基本的诗学观点在前期与后期是一贯的。

    王士禛对于从七子到云间、西泠派的格调说理论与从公安到虞山派的主性情诗学均有所继承。在诗歌是要当代化还是古典化的问题上，王士禛与七子派一致，他反对诗歌的俗化，而俗化在他的理解中就是当代化，因而王士禛不认可性灵派的审美当代化，其总的取向是走传统之路，要求诗歌古典化。但王士禛反对模拟古人，这又与公安派及钱谦益一派具有一致性。既要继承传统又不陷入模拟古人，这是王士禛所探索的诗学道路。从诗学发展的内在理路来看，神韵说就是在这种诗学背景下提出的。

    从明代到清初，七子派到云间、西泠派主张格调，而公安、竟陵以及钱谦益一派主张性情，尽管他们的诗学理论具体内容不同，但是他们的诗学均基于性情与格调两分的基本的理论框架。王士禛则不同，他提

---

① 参见本书第五章第六节。

出的神韵说在理论上超越了这个性情与格调两分的框架。这个超越在
诗学理论上具有重要意义。

一　辨体与学古:
对七子派及虞山派的继承与超越

公安派与七子派是对立的诗学流派,以钱谦益为代表的虞山派继
承公安派诗学,而以陈子龙为代表的云间、西泠派继承了七子派诗学,
云间与虞山之间虽然不像公安、七子派那样尖锐对立,但云间派崇汉
魏、崇盛唐,排斥宋元,而虞山派肯定宋元诗的价值,其基本诗学立场的
分界依然非常鲜明。王士禛通过辨体方式,一方面继承七子派诗学,推
崇汉魏、盛唐,另一方面也继承钱谦益一派的诗学,肯定宋元诗,将两个
对立的诗学流派综合统一。很多研究者认为,王士禛诗学崇王、孟而贬
杜甫,其实王士禛并没有改变宋代以来确立的最尊杜甫的价值系统,而
只是在这个价值系统内部更突出王、孟的位置。七子派主张学古,王士
禛也主张学古,但从七子派到王士禛,学古的方式经历了模拟格调到务
得其神的变化。

1. 五言古诗:汉魏传统与唐代传统之辨

关于五言古诗,七子派强调汉魏传统与唐代传统之辨,李攀龙说
"唐无五言古诗,而有其古诗"①,正是这种诗观的体现。这种辨别涉及
三个方面的问题:其一是事实方面,认为唐代五言古诗不同于汉魏传
统,乃是一个异质的传统;其二是价值方面,尊汉魏而贬唐人;其三是创

---

① 《选唐诗序》,《古今诗删》卷十。

作方面,模拟汉魏古诗。云间派继承七子派的诗学,也是尊汉魏而贬唐人,同样模拟汉魏古诗。这种诗学观念及创作风气一直到清初仍有巨大的影响。钱谦益在《列朝诗集小传》中不仅抨击七子派在创作上模拟汉魏古诗,也否定李攀龙的汉魏与唐体之辨。王士禛则对七子派及虞山派的观点皆有吸收。王氏在事实方面认定唐代五古不同于汉魏传统,在价值方面则汉魏与唐代并尊;在创作上,他不走拟古之途。在前一方面,王士禛吸收七子派的观点,在后两方面,他吸收钱谦益的诗学观。

王士禛与七子派一样强调汉魏传统与唐代传统之辨:

> 沧溟先生论五言,谓唐无五言古诗,而有其古诗,此定论也。钱牧翁宗伯但截取上一句,以为沧溟罪案,沧溟不受也。要之唐五言古固多妙绪,较诸《十九首》、陈思、陶、谢,自然区别。①

其实,李攀龙的两句话不仅是辨析汉魏传统与唐代传统之不同,而且带有价值评判,有贬低唐体之意;这也是七子派中的主流观点。钱谦益不仅抨击李攀龙贬低唐人,而且否定了其对汉魏与唐代传统的分辨。在王士禛看来,李攀龙的这种分辨符合诗歌史的实际,所以他为李攀龙辩护。王士禛认为,钱谦益只抓住其"唐无五言古诗"一句,抨击其否定唐代五言古诗,而没有看到李氏下一句"而有其古诗"是承认唐代有其自己的五言古诗传统。王士禛如此为李攀龙辩护,实际上回避了李攀龙贬低唐代五言古诗传统这一价值评判问题。

王士禛有《五言古诗选》,正是基于对汉魏传统与唐代传统之辨而

---

① 《师友诗传录》。

选编,这是一部以汉魏传统为标准的五言古诗选,选录汉魏六朝至唐代的五言古诗,但于唐代五古只选陈子昂、张九龄、李白、韦应物、柳宗元五家。他在《凡例》中称:

> 唐五言古诗凡数变,约而举之:夺魏晋之风骨,变梁陈之俳优,陈伯玉之力最大,曲江公继之,太白又继之;《感寓》《古风》诸篇,可追嗣宗《咏怀》、景阳《杂诗》。贞元、元和间,韦苏州古澹,柳柳州峻洁。二公于唐音之中,超然复古,非可以风会论者。今辄取五家之作,附于汉魏、六代作者之后。

王士禛认为,唐代诗人只有陈子昂等五人能继承汉魏五言古诗的传统,所以《五言古诗选》只选录此五家。此表明王士禛把唐代五言古诗分为两大类:一类是汉魏传统的继承者,另一类非汉魏传统的继承者,而自成唐代一派。王士禛的友人姜宸英曾明确指出这一点:

> (按,渔洋《五言古诗选》)于唐仅得五人……盖以齐、梁、陈、隋之诗虽远于古,尚不失为古诗之余派,唐贤风气自为畛域,成其为唐人之诗而已。而五人者其力足以存古诗于唐诗之中,则以其类合之,明其变而不失于古云尔。①

齐、梁、陈、隋诗虽然远离汉魏传统,但与唐诗相比,这些时代的诗歌仍与汉魏传统相关联,仍然可以看作是汉魏传统之余绪,而唐人五言古诗则自成一派,不能看作是汉魏传统的继承者。这种观点与李攀龙是一

---

① 《古诗选序》。

致的。王士禛与李攀龙也有不同。李攀龙认为唐代五古都没有继承汉魏传统,就连一向被认为是上承汉魏风骨的陈子昂,李攀龙也认为是"以其古诗为古诗",未有继承汉魏传统,这样汉魏传统在唐代完全中断。而王士禛则认为唐代也有继承汉魏传统者在,陈子昂等五人即是。

　　尽管王士禛也重汉魏与唐体之别,但他并不贬斥唐体五言古诗的价值,这一点与李攀龙亦有明显的不同。王士禛把唐体五言古诗又分为两种类型:一类是以王维、孟浩然为代表的一派,一类是以杜甫为代表的一派。在这两派之间,王士禛最推崇王、孟一派。王、孟等人五言古诗没有选入《五言古诗选》,但却在《唐贤三昧集》中占有突出的地位。对于杜甫的五言古诗,王士禛虽并不推崇,但也承认其"别是一体"①,不否认其价值。王士禛肯定唐体五言古诗的价值,表明其不以汉魏传统作为价值标准评价唐体的五言古诗。此一点与七子派不同。七子派所持的是单一的价值标准,就是汉魏传统;王士禛所持的并非单一的价值标准,汉魏体与唐体各有其价值。这正是王氏不以《诗经》为基点建立其审美价值系统的结果。因为如果以《诗经》为基点建立审美价值系统,则必然要肯定汉魏传统是风雅传统的最好继承者,必然要肯定汉魏诗歌高于后来一切时代的诗歌,就必然要肯定汉魏五言古诗高于唐代五言古诗。七子派即如此,而王士禛则不同。在这一点上,王士禛的审美观与钱谦益一派又有相通之处。

　　不仅如此,王士禛对六朝传统的态度也与七子派有所不同。七子派最尊汉魏,对于晋宋诗也有所肯定,而晋宋以后诗皆在其贬弃之列。而王士禛则对晋以后乃至陈隋诗皆有所肯定。他对汉魏、六朝古诗传统的价值铨衡对沈德潜《古诗源》具有很大的影响。当代学者评价古

――――――――――――

　　①　《师友诗传续录》。

诗的价值格局大体所沿的是《古诗源》,尽管用以阐释其价值的理论并不相同;而《古诗源》对汉魏、六朝古诗传统的价值评判则沿袭王士禛《五言古诗选》,汉魏、六朝古诗传统的价值格局基本上是王士禛论定的。

2. 沉郁顿挫:王士禛总结的唐诗传统之一面

研究者论及王士禛之与唐诗传统的关系,一般强调他对王、孟一派古澹闲远传统的总结。这种看法自清人已然。沈德潜、翁方纲述及王氏诗学,均以《唐贤三昧集》为代表,这是因为《唐贤三昧集》成书于王士禛晚年,被视为晚年定论。事实上王士禛肯定的唐诗传统并非只有古澹闲远之一面,也有沉郁顿挫的一面。其《七言古诗选》即是后一面的体现。

关于唐代的七言古诗,本书第二章指出,何景明《明月篇序》将其化约为两个传统:初唐体与杜甫体。何景明认为初唐四杰继承的是风人传统,为正体,而杜甫继承的是雅颂传统,为变体;《风》诗传统高于雅颂传统,初唐四杰高于杜甫。虽然何景明也曾学杜甫七言,但在理论上尊初唐传统于杜甫之上,对后七子的代表人物李攀龙产生了很大影响,李攀龙"七古则专学初唐,不涉工部"①,这种风气在清初诗坛依然盛行。王士禛在其《七言古诗选·凡例》中说:"二十年来,学诗者束书不观,但取王、杨、卢、骆数篇,转相仿效,肤词剩语,一唱百和。"所言即是这种风气。针对何景明之论以及明清之际诗坛的风气,王士禛鲜明地提出,杜甫是七言古诗的正宗。

王士禛早年就对何景明尊初唐四杰于杜甫之上不满。其《论诗绝

---

① 张实居语,见《师友诗传录》。

句》有云：

> 接迹风人《明月篇》，何郎妙悟本从天。王、杨、卢、骆当时体，
> 莫逐刀圭误后贤。

此所谓"接迹风人"指何景明继承《风》诗传统，"何郎妙悟"句是对其
继承《风》诗传统的肯定。但后两句则指出其尊崇初唐四杰体于杜甫
之上是错误的。王士禛在《七言古诗选·凡例》进一步明确表述此
观点：

> 明何大复《明月篇序》谓初唐四子之作，往往可歌，反在少陵
> 之上，说者以为有功于风雅，韪矣。然遂以此概七言之正变，则
> 非也。

陈子龙称何景明《明月篇序》"深得风人之旨"，宋征舆曾称"此序不独
为七言古立说，亦殊有功于风雅"，①都肯定何景明的观点。王士禛虽
然承认何景明肯定初唐四杰诗有其合理性，但认为何景明对七言古诗
正变的论定乃是错误的。

关于七言古诗，何景明崇尚的是音调美，王士禛崇尚的则是气格。
崇音调美者强调的是婉转和谐，崇气格者强调的是气势与力度。正是
由于崇尚气格，所以王士禛对梁、陈、隋乃至初唐体的七言古诗评价不
高："梁、陈、隋长篇颇多，而气不足以举其辞；沿及唐初，益崇繁缛。愚
均无取焉。"②"气不足以举其辞"，即是气弱，而所谓"繁缛"者更连累

---

① 《皇明诗选》卷五，何景明《明月篇》评语。
② 《七言古诗选·凡例》。

其气。王士禛的《七言古诗选》于初唐七言古诗仅选李峤、宋之问、张说、王翰四人"气格颇高者"各一首,初唐四杰则一首未录;没有选录继承初唐体的元稹、白居易诗,对于同样继承初唐体的温、李诗亦未选录,仅录李商隐的被认为属杜诗传统的《韩碑》一篇。属于初唐体一系的七言古诗在《七言古诗选》被贬抑。

　　由于崇尚气格,故王士禛将杜甫的沉郁顿挫视为七言古诗的最高审美典范。《七言古诗选·凡例》曰:"愚抄诸家七言长句,大旨以杜为宗,唐宋以来善学杜者则取之。"王士禛通过《七言古诗选》确立了杜甫七言古诗的最高地位。在盛唐诗人中,王士禛选录王维、李颀、高适、岑参及李白五人的作品,但这五家合起来仅占一卷的分量,而杜甫及属于杜甫一系的韩愈则是每家一卷。从量的比例可以看出,王士禛并未给予此五家与杜甫一系诗人相同的地位,尤其李白的七言古诗,王士禛仅将其与岑参相提并论①。只是到了沈德潜,才给予李、杜以对等的地位。王士禛确立杜甫在唐代七言古诗传统中的最高地位,体现出他对唐诗传统的沉郁顿挫一面的肯定。有人说王士禛排斥沉郁顿挫,实是以王氏晚年所选《唐贤三昧集》概括其诗学的全部倾向,这是不正确的。

　　王士禛对唐诗传统的沉郁顿挫一面的肯定不只体现在七古一体,也体现于七律体。李攀龙论唐人七言律诗说:"七言律体,诸家所难。王维、李颀,颇臻其妙;即子美篇什虽众,愦然自放矣。"②明显有崇王、李而贬杜甫的倾向。李攀龙在创作上专学王维、李颀高华壮丽之作,正与这种取向相关。王士禛论七律,一方面肯定王维、李颀,另一方面也

---

　　① 渔洋也曾说说过"李、杜均之为大家"的话(见《香祖笔记》卷六),但总体上他是尊杜于李之上。

　　② 《选唐诗序》,《古今诗删》卷十。

肯定杜甫的地位：

> 唐人七言律，以李东川、王右丞为正宗，杜工部为大家，刘文房为接武。高廷礼之论，确不可易。①

所谓"正宗"，是指最能体现七律作为一种体裁样式的典型审美特征者，"大家"是指虽不符合该体裁的典型审美特征但又成就巨大者，"接武"则为继承正宗者。正宗与大家之分所持的标准不同，正宗以其典范性为长，而大家以其创造性为优。高棅《唐诗品汇》以李颀、王维为正宗，以杜甫为大家，以刘长卿为羽翼（按，王士禛谓"接武"，误），王士禛认为乃是不易之论，既肯定王、李的正宗地位，更肯定杜甫的大家地位。这与李攀龙只肯定王、李不同。王士禛又谓：

> 七律宜读王右丞、李东川，尤宜熟玩刘文房诸作。宋人则陆务观。……学前诸家七律，久而有所得，然后取杜诗读之，譬如百川学海而至于海也。此是究竟归宿处。②

此段谈及学习七律的过程，先读王维、李颀、刘长卿之作，久而有得之后，再学杜甫。王士禛用了一个比喻，谓王维等人是百川，而杜甫是海。学习七律由王维诸人而至杜甫，恰如百川而入海。他说入海才是究竟归宿处。在王士禛看来，杜甫七律的境界高于王维、李颀诸人。

何景明在七言古诗体上推崇四杰而抑杜甫，李攀龙在七言律诗体

---

① 《师友诗传录》。
② 《然镫记闻》。

上推崇王、李而贬杜甫,而王士禛在七言及古律两种体裁上都肯定杜甫一派的崇高地位。这足以表明,他对于唐诗传统中杜甫所代表的沉郁顿挫的一面并未否定,而是给予充分肯定。清初钱谦益论诗尊杜甫,王士禛的这种诗学倾向与钱谦益是一致的。

3. 蕴藉平淡:王士禛总结的唐诗传统之另一面

王士禛所总结的唐诗传统的另一方面是蕴藉平淡,此方面观念体现于《唐贤三昧集》。这部诗选大量选录王、孟一派的作品,而未选李、杜诗作,因而被视为王士禛神韵说的标本,也被看作是其崇王、孟而贬李、杜的证据。

关于这部诗选的缘起,据俞兆晟《渔洋诗话序》所载,是针对宋诗热的弊端而选编的。王士禛说:

> (按,宗宋者)清利流为空疏,新灵浸以佶屈,顾瞻世道,怒然心忧。于是以太音希声,药淫哇锢习,《唐贤三昧》之选,所谓乃造平淡时也,然而境亦从兹老矣。

而《然镫记闻》记载的是另一种说法:

> 吾盖疾夫世之依附盛唐者,但知学为"九天阊阖""万国衣冠"之语,而自命高华,自矜壮丽,按之其中,毫无生气。故有《三昧集》之选。

依此说法,《唐贤三昧集》是针对后七子派及其追随者的弊端而编选的。其实,王士禛两种不同的说法正说出《唐贤三昧集》缘起的两面,一方面欲纠正宋诗热的弊端,另一方面也要避开七子派的流弊。关于这部诗选所体现的具体审美内涵,容后讨论。

4. 关于宋元诗歌传统

王士禛肯定宋元诗,这是他与七子、云间派的重大理论分界,而与钱谦益一派相一致。王士禛早年在《论诗绝句》中有“几人眼见宋元诗”之说,反对贬斥宋元诗。但他对宋元诗并非全面肯定,而是以辨体方式肯定某些体裁的作品。此在第八章已有论述。

王士禛对宋元诗的肯定主要体现在七言古诗传统上。其《七言古诗选》以杜甫为宗建立了七言古诗的系统。值得注意的是,他所列出的杜甫继承者,唐代只有韩愈一人以及李商隐的《韩碑》一篇,而宋代却有欧阳修、王安石、苏轼、黄庭坚、二晁、陆游七人。据此,杜甫七言古诗的传统主要呈现于宋诗。王士禛既以欧、苏等人上承杜诗传统,又以金元的元好问、虞集、吴莱接续此一传统,遂建立了一个以杜甫为中心跨越宋、金、元诗的七言古诗的传承系统。王士禛所确立的这一诗统与钱谦益具有相当的一致性,乃是受到钱氏诗学的影响①。

5. 长江大河与澄泽灵沼:杜、苏诗境高于王、孟

研究者一般认为王士禛崇尚王、孟一派,而贬抑杜甫一派,谓在王士禛的诗学价值系统中,王、孟一派的地位高于杜甫一派。事实上并非如此。王士禛推尊杜甫一派的七言古诗及七律,表明至少在这两种诗体范围内杜甫被置于比王、孟更高的位置。王士禛在讨论乐府体时,不

---

① 何焯《复董讷夫》说:“(按,新城)五七言古诗之选,又道听于牧斋之绪论,而去取失当。”见《义门先生集》卷六。其实,五言诗选兼受七子及钱谦益影响,而七言诗选则大体与钱谦益相一致。

仅给予李、杜以崇高的地位,而且对元、白、张、王乐府诗也充分肯定。
王士禛站在辨体的立场上,肯定杜甫一派在某些诗体上高于王、孟一
派,而且在总体上认为杜甫一派的审美境界在审美层次上高于王、孟
一派:

> 许颛改彦周云:"东坡诗如长江大河,飘沙卷沫,枯槎束薪,兰
> 舟绣鹢,皆随流矣。珍泉幽涧,澄泽灵沼,可爱可喜,无一点尘滓,
> 只是体不似江河耳。"余谓:由上所云,惟杜子美与子瞻足以当之;
> 由后所云,则宣城、水部、右丞、襄阳、苏州诸公是也。大家、名家之
> 别在此。①

许颛论诗提出了两种诗境,一是长江大河之境,一是澄泽灵沼之境。这
两种诗境与杜甫所说"鲸鱼碧海""翡翠兰苕"及严羽的"沉郁顿挫"
"优游不迫"之境是相通的。王士禛认为,长江大河之境以杜甫、苏轼
为代表,澄泽灵沼之境以谢朓、何逊、王维、孟浩然、韦应物为代表;前者
是大家之境,后者是名家之境,杜甫、苏轼的审美境界高于王、孟一派的
审美境界。

上引王氏之言出自《古夫于亭杂录》,而此书恰恰成于王士禛被认
为力倡神韵的晚年,应如何解释其尊杜甫于王、孟之上的立场?自赵执
信《谈龙录》说王士禛"酷不喜少陵,特不敢显攻之",后人多认为王士
禛推尊杜甫之言乃是惧于杜甫的声名而言不由衷。钱锺书先生就批评
其"口不应心",认为其"很世故"。② 此实乃误解了王士禛诗学。明清
时代,批评杜甫原不是冒天下大不韪之举,李攀龙、毛先舒、陈祚明、王

---

① 《古夫于亭杂录》卷四。
② 《中国诗与中国画》,《七缀集》(修订本),上海古籍出版社1985年版,第20页。

夫之都批评过杜甫,汪琬主张不学杜甫。王士禛没有必要阳尊而阴贬。事实上王士禛对杜甫的《八哀诗》就有尖锐的批评,并非如赵执信所说"不敢显攻"。因而王士禛之尊杜甫,并非言不由衷,而是其真实的诗学立场。正因如此,明人祝允明贬斥杜甫,便受到王士禛的痛斥:

> 祝允明作《罪知录》,论唐诗人,尊太白为冠,而力斥子美,谓其"以村野为苍古,椎鲁为典雅,粗犷为豪雄",而总评之曰"外道"。李则《凤皇台》一篇,亦推绝唱。狂悖至于如此,醉人骂坐,令人掩耳不欲闻。①

若王士禛真心贬斥杜甫,则祝允明之骂杜甫应正中其下怀,他无须痛斥祝允明。

评论王士禛诗学,必须将王氏所持的历史的客观的立场与其个人的审美趣味区别开来。诗学家认为最伟大的诗人并不一定就是其最钟爱的诗人,其可以认为杜甫最伟大,但自身最喜欢王维。不能因为其最喜欢王维而就认为其称杜甫最伟大是虚伪的谎言。对于王士禛即应作如是观。就王士禛的个人趣味而言,他最喜欢王、孟一派,但是站在历史的客观立场,他却认为杜甫的地位高于王、孟。不能因为王士禛喜欢王、孟而认为他尊杜乃言不由衷。

在讨论王士禛诗学时还须区别其诗学理论与创作实践。在七子派,其诗学价值系统中地位最高的诗人也就是其创作实践的最高典范,所谓取法乎上是也。但是,自吴乔就已将价值评判与创作实践分别开来,其认为盛唐诗价值最高,但创作上并不取法盛唐,而是取法晚唐。

---

① 《香祖笔记》卷一。

王士禛实际上亦是如此。他认为《古诗十九首》是五言古诗的最高格,但却又认为《十九首》不可学:"《古诗十九首》如天衣无缝,不可学已。"①陶渊明也是诗中的高格,但王士禛认为陶诗"纯任真率,自抒胸臆,亦不易学"。在他看来,可以宗法的对象是六朝的二谢、鲍照、何逊,唐代的张九龄、韦应物诸人,而这些人并不是五言古诗的最高格。王士禛在创作上不宗法杜甫,施闰章既已经明确指出此点,谓其"不踵袭子美"②,但这并不等于说他不尊杜甫。后人往往持理论与创作统一的观点审视王士禛诗学,认为他在创作上不宗杜,在理论上就不可能尊杜,如此便会有王士禛尊杜乃言不由衷之说。

是尊杜甫于王、孟之上,还是尊王、孟于杜甫之上,并非只关乎几个具体诗人的评价,而是涉及整个诗学价值系统的问题。王士禛以杜、苏为大家,王、孟为名家,表明在其诗学价值系统中杜、苏一系的地位高于王、孟一系。这也意味着王士禛并未推翻宋代以来确立的以杜甫为至尊的主流价值系统,而另立一个以王、孟为至尊的诗学价值系统,他只是在原有的价值系统内更突出王、孟一系的位置。

6. 学古:从模拟格调到务得其神

七子派主张学古,王士禛也主张学古;七子派以辨体的方式学古,王士禛也以辨体方式学古。但从七子派的学古到王士禛的学古有一个重大变化,即从模拟格调到务得其神。

第二章论及公安、竟陵派的审美趣味有当代化倾向,明末清初的诗学家认为,当代化就意味着俗化,云间、西泠派及其追随者在明清之际

---

① 《师友诗传录》。又《五言古诗选·凡例》:"《十九首》之妙,如无缝天衣,后之作者顾求之针缕襞绩之间,非愚则妄。"

② 《渔洋山人续集序》。

重新回归七子派的审美立场,正与这种认识相关。钱谦益一派虽然继承公安派的诗学,主张变,但他们也扭转了公安派诗学的当代化倾向。虞山派所主张的变不是变向当代化,而只是由唐诗的趣味变向宋诗的趣味。因而从当代化趣味返归审美传统,这是明末以来诗学的主流倾向之一。

王士禛的诗学在审美取向上崇尚古典美,而排斥当代趣味:

> 为诗总要古。吴梅村先生诗,尽态极妍,然只是欠一"古"字。脱尽时人面孔,方可入古。①

所谓"古"即审美的古典化,"时人面孔"即当代化的面孔,而当代化的面孔就是俗。在王士禛,古与雅相关联,而今与俗相关联。他主张"为诗且无计工拙,先辨雅俗"②,将雅俗之辨置于极重要的位置。他认为吴伟业诗"欠古",即批评其诗歌渗透了当代的趣味,陷入俗化。他称赞孙枝蔚《蒿里曲》"古而健,鲍明远之流"③。可见"古"是他评诗的标准之一。

王士禛诗学的这种古今之辨,显示出其诗学在审美上的古典化取向,这与明清之际诗学的主流倾向是一致的。

既然王士禛主张当代诗人为诗要古,就必然关涉学古的问题。学古,就要有所选择。要选择,就要从辨体开始。《然镫记闻》载王士禛言云:

> 为诗要穷源溯流。先辨诸家之派,如:何者为曹、刘,何者为

---

① 《然镫记闻》。
② 同上。
③ 孙枝蔚《溉堂前集》卷一,见上海古籍出版社 1979 年影印本《溉堂集》。

沈、宋,何者为陶、谢,何者为王、孟,何者为高、岑,何者为李、杜,何者为钱、刘,何者为元、白,何者为昌黎,何者为大历十才子,何者为贾、孟,何者为温、李,何者为北宋,何者为南宋? 析入毫芒,学焉而得其性之所近。不然,胡引乱窜,必入魔道。

王士禛认为,要作诗,必须了解诗歌史的源流,须对各个时代、各个诗人作品的审美特征作出辨析,厘清每个诗人的审美特征。这种辨析就是辨体。只有辨明前人的审美特征,才能学习前人。这与七子派相同。但是其间也有不同处,王士禛一方面强调学古,另一方面也强调要考虑学古者自己的个性,即"学焉而得其性之所近"。此点稍后详论。另一点不同是,王士禛把学习的对象由七子派的汉魏、盛唐扩展到了中晚唐乃至宋诗,即学唐学宋都是可以的。在这一点上,他显然吸收了钱谦益一派的诗学。

王士禛在学古上与七子派一样也追求体格的单纯性,其《池北偶谈》云:

"作古诗须先辨体。无论两汉难至,苦心摹仿,时隔一尘,即为建安,不可堕落六朝一语。为三谢,不可杂入唐音。小诗欲作王、韦,长篇欲作老杜,便应全用其体,不可虎头蛇尾。"此王敬美论五言古诗法。予向语同人,譬如衣服,锦则全体皆锦,布则全体皆布,无半锦半布之理,即敬美此意。又尝论五言,感兴宜阮、陈,山水闲适宜王、韦,乱离行役、铺张叙述宜老杜,未可限以一格,亦与敬美同旨。①

─────────

① 《池北偶谈》卷十二。

王士禛所引王世懋(敬美)论辨体之语,谈及五言古诗的辨体问题。王
世懋追求体格上的单纯性,主张模仿两汉就专摹两汉,不能杂入其他时
代之体;学建安就专学建安体,不能杂入六朝体。如此类推。王士禛发
挥王世懋的观点,认为就如做衣服,要么就全用锦,要么就全用布,不能
半锦半布。这就把王世懋之论所蕴含的追求审美的单纯性的内涵说得
更清楚透彻。

　　王士禛还进一步引申王世懋的观点,认为不同类型的题材或内容
也应有不同的审美风格,也应该加以辨析。他把五言古诗的内容题材
分为三个类别:一、感兴,以阮籍、陈子昂为代表;二、山水闲适,以王维、
韦应物为代表;三、乱离行役,以杜甫为代表。这三类内容或题材具有
不同的审美特征,各有其审美典范;后人要写山水闲适一类诗,须学王
维、韦应物诗的风格,不能杂入杜甫诗的风格,否则就"体乱",破坏了
审美风格的单纯性。这种观点在《然镫记闻》也有记载:

> 为诗各有体格,不可混一。如说田园之乐,自是陶、韦、摩诘;
> 说山水之胜,自是二谢;若道一种艰苦流离之状,自然老杜。不可
> 云我学某一家,则无论那一等题,只用此一家风味也。

"为诗各有体格,不可混一"正是王士禛所谓"锦则全体皆锦,布则全体
皆布"之意,正是追求体格上的纯粹性。不过这里举出的内容题材类
别为田园、山水、艰苦流离三类,与《池北偶谈》有差异。《池北偶谈》所
说的山水闲适被归入这里的田园一类,而另列山水类,以二谢为代表;
《然镫记闻》略去感兴一类。这些细节上的差异乃是由于王士禛的列
举是举例式的,并没有全面罗列。王士禛认为,诗歌的体格也应该根据
所写的题材内容来确定,不能因为自己是学杜甫的,则无论哪一种题材
内容都学杜甫诗的体格。

　　就主张学古而言,王士禛与七子派诗学具有一致性。但是七子派的学古有一个突出的倾向就是模拟格调,这一倾向也为云间、西泠派所继承,一直影响到清初诗坛。王士禛学古没走七子派的老路,而是主张学古务得其神,不袭其貌:

　　　　善学古人者,学其神理,不善学者,学其衣冠语言涕唾而已。①

此处指出学古的两种方式:一是学其神理,一是学其"衣冠语言涕唾",即学其形似。王士禛认为,前者是善学古者,后者是不善学古者。《古夫于亭杂录》卷二有曰:

　　　　老杜《玉华宫》诗,千古绝唱,张文潜用元韵拟之作《别黄州》诗,自谓似之,特其音节耳,未神似也。吾观《谷音》下卷所载临江杨雯《宋武帝庙》诗,虽不摹杜,反得神似,此非深于诗者未易知也。

张文潜拟杜甫《玉华宫》,用杜诗原韵,自称似之,但王士禛认为只是似其音节,乃是形似,而《谷音》所收杨雯《宋武帝庙》诗,虽然没有模拟杜诗,却神似杜甫。这种不模拟形似而得其神的学古方式,只有对诗歌造诣极深的人才能了解。王士禛评孙枝蔚《闲居感怀》曰:

　　　　每不解今人古诗辄拟《录别》、公宴,请试观焦获(按,孙枝蔚)五言,有一字不似古人神理不? 下士可以悟矣。②

━━━━━━━━

① 《晴川集序》,《蚕尾集》卷一。
② 《溉堂前集》卷一。

拟《录别》、公宴,这正是七子派影响下的创作风气,其学古是模拟形似;孙枝蔚的五言古诗不拟古,却得古人神理,这正是王士禛主张的学古得神的路子。他又评邵长蘅《立春》云"深得少陵神理"①,也是称赞其学古得神。

王士禛回答门人关于学盛唐还是学中晚之问曰:

> 此无论初、盛、中、晚也。初盛有初盛之真精神真面目,中晚有中晚之真精神真面目。学者但从其性之所近,伐毛洗髓,务得其神,而不袭其貌,则无论初、盛、中、晚,皆可名家。②

学古要"务得其神,而不袭其貌",此即王士禛学古的原则。从学古人之神的立场上看七子派,则七子派的学古是模拟其体格声调,这恰恰是诗歌的形体。在某种意义上可以说,从七子派的格调说到王士禛的神韵说的转变,也是学古方式从求形到求神的转变。

二　神韵并非只是王、孟一派的审美特征

王士禛总结诗歌传统,既肯定王、孟一系的传统,也肯定杜甫一系的传统。人们一向称王士禛的诗学为神韵说,并认为神韵说是王、孟传统的审美概括。其实在王士禛,神韵为各种艺术样式共有,并非只是王、孟一派的审美特征。

---

① 邵长蘅《邵子湘全集·青门旅稿》卷一。
② 《然镫记闻》。

1. 神韵与神韵说

王士禛的诗学一向被称为神韵说,但王士禛本人从未自称其诗学为神韵说。以神韵概括其诗学,起于其门弟子及友人。其门人吴陈炎《蚕尾续集序》称:"先生……杜门攻诗,取汉魏、六季、四唐、宋元诸集,无不窥其堂奥,故能兼总众有,不名一家,而撮其大凡,则要在神韵。"谓其创作以神韵为宗。盛符升《唐贤三昧集后序》谓王士禛《唐诗十选》及《唐贤三昧集》"专以神韵为归",又称其"论次唐贤之意,犹然自为诗之意",以为王士禛无论是在理论上还是在创作上都是以神韵为归。王士禛好友宋荦在为其所撰《资政大夫刑部尚书王公士禛暨配张宜人墓志铭》中说:"其为诗,备诸体,不名一家,自汉魏以下兼综而集其成,而大指以神韵为宗。"但这些人对于神韵说的内容并未作理论的归纳,到翁方纲作《神韵论》三篇,对神韵说作了理论归纳,大体包括以下几点:一、神韵说的理论来源是严羽、司空图的诗说;二、神韵说标举"空音镜像"之境,"专以冲和淡远为主,不欲以雄鸷奥博为宗";①三、神韵说概括的是王、孟—派的诗歌传统。当代学者在翁方纲所作概括的基础上对神韵说进行了更深入细致的研究,虽然家异其说,但总归有以下几点共识:一、神韵说在继承司空图、严羽诗学的同时,也受到南宗画论、禅宗思想的影响;二、崇尚清远冲淡;三、强调"不着一字,尽得风流";四、主张兴会;五、神韵说概括的是王、孟一派的诗歌传统。

王士禛虽以神韵论诗,但并未以神韵范畴为中心建立一套诗说。神韵之成说,成为一套理论系统,乃是后人根据王士禛的诗学归纳建构起来的。由于王士禛本人未有意建立一个神韵说的理论系统,故其众

---

① 翁方纲《七言诗三昧举隅》。

多言论并非都是围绕神韵展开;而后人要用神韵说归纳其诗学理论,就不免要对他的诗说进行取舍,这样建构起来的神韵说与原生态的渔洋诗学就存在一定的距离。

2. 对渔洋使用神韵一词范围的考察:神韵并非只是王、孟一派审美特征的概括

当代学者诠释神韵说,所依据的关键材料有二:其一是《池北偶谈》中以清远论神韵一段,其二是《唐贤三昧集》。前者以清远释神韵,认为王、孟为代表,后者多收王、孟诗作,前后正相契合。于是人们认为神韵就是清远,就是王、孟一派特征的概括。如此理解王士禛神韵并不准确。其实清远固然可以为神韵,但神韵并不一定就是清远;王、孟一派固然有神韵,但神韵并非只有王、孟一派才有。

在王士禛,神韵并不专属于诗歌,而是一切艺术形式都具有的审美特征。故他并不只用神韵评诗,也用来评论其他艺术样式。他曾用神韵评《楚词》《世说新语》。其《丙申诗自序》中说:

> 昔人云,《楚词》《世说》,诗中佳料。为其风藻神韵,去风雅未遥。①

这里说《楚词》《世说新语》的"风藻神韵"离诗歌(序中"风雅"非指《诗经》,而是诗之代称)不远,显然是说《楚辞》《世说新语》有神韵。按照清远为神韵之说,谓《世说新语》具有清远的特征固无问题,但言《楚辞》具有清远之特征却难以成立。

王士禛还以神韵评词。汪懋麟《百尺梧桐阁集》所附《锦瑟词话》

---

① 《蚕尾续集》卷三。

引王氏评其词称:

> 欧、晏正派,妙处俱在神韵,不在字句。

这里说汪懋麟词继承了欧阳修、晏殊词的传统,其妙处在神韵。可见不仅汪懋麟词有神韵,欧、晏词也有神韵。又其《花草蒙拾》曰:

> 宋南渡后,梅溪、白石、竹屋、梦窗诸子,极妍尽态,反有秦、李未到者。虽神韵天然处或减,要自令人有观止之叹。正如唐绝句至晚唐刘宾客、杜京兆,妙处反进青莲、龙标一尘。

此以南宋词人史达祖、姜夔、高观国、吴文英诸人词神韵天然处不及秦观、李清照,则可知秦、李词及南宋史达祖诸子词皆有神韵。其《花草蒙拾》又云:

> 卓可月自负逸才,《词统》一书,搜采鉴别,大有廓清之力。乃其自运,去宋人门庑尚远,神韵兴象,都未梦见。

此言卓可月词未得宋人词之神韵兴象,表明王士禛认为宋词具有神韵兴象。将以上三则联系起来可以看出,王士禛认为两宋词都有神韵。此所言"神韵天然""神韵兴象"云云,王氏都曾以论诗,可见其论诗论词皆持神韵之说,两者是相通的。如何能说这些词作具有清远之境呢?

王士禛还以神韵论书法。《居易录》云:

> 米南宫写《阴符经》墨迹细行书,结构精密,神韵溢于楮墨。

此称米芾书法"神韵溢于楮墨",则神韵是超乎笔墨之上的美,这种神韵也很难用清远来概括。其论画则沿用气韵一词,《跋元人杂画》云:

> 六朝人画,多写古圣贤列女及习礼彝器等图,此如汉儒注疏多详于制度名物之类也。宋元人画,专取气韵,此如宋儒传义废注疏而专言义理是也。①

王氏以宋儒专言义理与汉儒详制度名物来比拟宋元人画与六朝人物彝器画,则知他所谓气韵是超乎形器之上的美。此所谓气韵类似于神韵。

王士禛以神韵论诗,也并非认为只有盛唐王、孟一派有神韵。其《分甘余话》说:

> 许彦周谓张籍、王建乐府宫词皆杰出,所不能追踪李、杜者,气不胜耳。余以为非也,正坐格不高耳。不但李、杜,盛唐诸诗人所以超出初唐、中晚者,只是格韵高妙。

王氏认为,不仅李、杜,盛唐诸诗人"所以超出初唐、中晚者",即在于"格韵高妙"。所谓"韵",据其解释乃"风神"是也②,亦即神韵。从这段话可见,王士禛并不认为仅王、孟一派诗才有神韵,李、杜诗也有神韵。他又说:

> 予尝观唐末五代诗人之作,卑下琐复不复自振,非惟无开元、

---

① 《蚕尾集》卷八。
② 《师友诗传续录》。

> 元和作者豪放之格,至神韵兴象之妙,以视陈隋之季,盖百不及
> 一焉。①

此言唐末五代诗作神韵兴象之妙不及陈隋之季,则陈隋诗也有神韵兴象。又唐末五代诗作虽比陈隋时代百不及一,但也有神韵。

从王士禛运用神韵这一术语评论的对象看,不仅诗有神韵,文也有神韵,词及书画都有神韵,在他看来,神韵乃是各种艺术样式都具有的审美特征。就诗歌领域而言,也不局限于唐诗。谓神韵即清远之境,就是王、孟山水诗的概括,显然无法解释宋词的神韵,也无法解释陈隋诗的神韵,更无法解释李、杜诗的神韵。不仅如此,甚至也无法解释被视为神韵说标本的《唐贤三昧集》。《唐贤三昧集》中收录了高、岑的边塞诗作,这些边塞诗作如何能用清远解释呢?

3. 渔洋以前诸家论神韵:李、杜一派也有神韵

不仅王士禛不以神韵为王、孟一派所独具,而且在其以前论神韵者也并不以之为王、孟一派所特有。王士禛以神韵论诗,实则可以归为一个韵字。上一节中曾引他以格韵二者论唐诗,他说"韵谓风神"②,就是其所谓神韵。以格韵论诗出自宋人。陈善云:

> 予每论诗,以陶渊明、韩、杜诸公皆为韵胜。一日见林倅于径山,夜话及此,林倅曰:"诗有格有韵,故自不同。如渊明诗,是其格高,谢灵运池塘春草之句,乃其韵胜也。格高似梅花,韵胜似海棠花。"予时听之,矍然若有所悟,自此读诗顿进,便觉两眼如月,

---

① 《梅氏诗略序》,《蚕尾集》卷一。
② 《师友诗传续录》。

尽见古人旨趣。①

　　陈善谓文章以气韵为主,但他论诗实只言韵。陈善一贯认为陶渊明、韩愈及杜甫诗歌都以韵胜。而林倅则认为诗歌有格与韵两方面,格高就像梅花,韵胜就如海棠花,梅花之美主要不在其姿色,而在其高洁之品性,而海棠之美在丰姿。这两个比喻表明,所谓格,更偏向于内在品格方面,所谓韵,则更着眼于丰姿。陈倅认为陶渊明属于格高,而谢灵运则属于韵胜。陈善接受了林氏的观点,但林氏并没有对陈善关于韩愈、杜甫的说法提出异议,陈善也没有说明自己对韩、杜的观点是否发生变化。但无论如何,陈善至少曾经认为杜甫、韩愈诗歌都以韵胜。从陈善的观点中,可以看出,宋人用韵来评价诗歌时,并未专门指王、孟一派的诗歌的审美特征。

　　谢榛也以格韵论诗。其《四溟诗话》引述《扪虱新话》之语,并称:"欲韵胜者易,欲格高者难。兼此二者,惟李、杜得之矣。"②谢氏认为李、杜二人兼有格韵之美,此意味着李、杜诗也有神韵。这种观点与孔天允、薛蕙以清远为神韵,崇王、孟一派有别。王士禛曾序《四溟诗话》,故谢榛的这种观点,他应是了解的。

　　胡应麟是王士禛之前论诗频繁使用神韵一词的诗学家。其《诗薮》说:"作诗大要不过二端,体格声调,兴象风神而已。"③将风神作为诗歌的普遍的审美特征。在他看来,王、孟一派诗歌固然有神韵,他评孟浩然诗道:

---

① 《扪虱新话》下集卷一。
② 《四溟诗话》卷二。
③ 《诗薮》内编卷五。

　　孟五言不甚拘偶者,自是六朝短古,加以声律,便觉神韵超然,
此其占便宜处。英雄欺人,要领未易勘也。①

此言孟浩然五言诗有神韵。又称:"唐初承袭梁、隋,陈子昂独开古雅
之源,张子寿首创清澹之派。盛唐继起,孟浩然、王维、储光羲、常建、韦
应物,本曲江之清澹,而益以风神者也。"②此谓王、孟一派诗歌有神韵。
在他看来,杜甫诗同样有神韵:

　　初唐七言律缛靡,多谓应制使然,非也,时为之耳。此后若早
朝及王、岑、杜诸作,往往言宫披事,而气象神韵,迥自不同。③

谓王维、岑参、杜甫七言律诗有神韵。其又论唐代的七言古诗云:"初
唐七言古以才藻胜,盛唐以风神胜,李、杜以气概胜,而才藻、风神称
之。"④又谓:

　　国朝学杜,若袁景文、郑继之、熊士选,其表表者。要之所得声
音相貌耳,又皆变调。惟李观察得其风神,王太常得其骨干。⑤

李攀龙("观察")得杜甫之风神,即得杜甫之神韵。从胡应麟所论看,
神韵是诗歌审美特征的一个层面,此一层面在他看来应为所有诗歌所
具。不仅清澹一派的诗歌有神韵,雄浑一派的诗歌亦有之。七子派以

①　《诗薮》内编卷二。
②　同上。
③　《诗薮》内编卷五。
④　《诗薮》内编卷三。
⑤　《诗薮》内编卷五。

所谓"声雄调鬯"为主流,胡应麟也是如此主张。但胡应麟认为格调与
神韵不仅不矛盾,而且神韵恰恰由格调而出。他说:"体格声调有则可
循,兴象风神,无方可执。故作者但求体正格高,声雄调鬯;积习久之,
矜持尽化,形迹俱融,兴象风神,自尔超迈。"①兴象、风神无规则可执,
所以无从着手,只有从有规则可执的格调着手才能达到兴象、风神之
妙。有学者以为胡应麟等言神韵以纠正七子派之弊,标志着格调说走
向其对立面。这种说法并不可信。在胡应麟的诗学当中,格调与神韵
并不对立,两者并非处于同一平面的一对相互对立的范畴,只是属于诗
歌审美特征的不同层面,可以统一。李攀龙是后七子中主格调的典型
代表,而胡应麟恰恰认为他的诗歌得杜甫之风神,可见在他看来,李攀
龙的诗歌是具有神韵的。

　　清初毛先舒认为初唐四杰诗也有神韵。其《诗辩坻》卷三称:"初
唐四子,人知其才绮有余,故自不乏神韵。"又说:"王、孟五言绝,笔韵
超远,不减李拾遗。但李近浏亮,王近清疏,特差异耳。"既然说王、孟
的神韵不减李白,那么李白的诗歌也有神韵。侯方域《陈其年诗
序》说:

　　　　夫诗之为道,格调欲雄放,意思欲含蓄,神韵欲闲远,骨采欲苍
坚,波澜欲顿挫,境界欲如深山大泽,章法欲清空一气。②

侯方域提出了诗歌的七个方面:格调、意思、神韵、骨采、波澜、境界、章
法,七者是他分析诗歌的审美特征的七个角度或层面,而神韵乃是其中
一个层面。在他看来,格调的雄放、骨采的苍坚、波澜的顿挫与神韵的

---

①　《诗薮》内编卷五。
②　《壮悔堂集》卷二。

闲远、章法的清空可以统一在一首诗当中。就这种观点而言,神韵并非专属陶、谢、王、孟一派的诗歌,李、杜诗歌亦可有之。这种观点与胡应麟相通。在清初,王夫之论诗也常言及神韵,其所谓神韵也并非专指王、孟一派的审美特征。他称《大风歌》"神韵所不待论"①,其评嵇康、陆云、谢灵运、谢朓、鲍照等人诗时都曾称其作品有神韵。

以上我们征引了宋代以来以神韵论诗的例子,可以看出,在王士禛之前,人们并非认为只有王、孟一派的诗歌才有神韵。

4. 对神韵的新诠释:神韵是一种缥缈悠远的情调或境界

诗歌的美感可以从不同的角度来把握,不同的诗说所崇尚的诗美有别,其把握诗美的角度方式也是不同的。性灵说欣赏诗歌中所透露出的才调之美,其对诗美的把握着眼的是才性方面;肌理说欣赏诗歌的精工之美,其对诗美的把握着眼的是法则方面。即便是同一个诗人的同一部作品,由于把握诗美的角度侧面不同,所把握到的美感也有差异。比如苏轼诗,一般人把握的是其才气横放之美,而翁方纲把握的则是其法则精严之美。

明七子派主张格调,其对诗美的把握重在体格与音调方面。这两个方面都有形可执,可以说是诗歌的有形之美。由于他们对诗美的把握重在格调,故其学古也是从格调方面入手,其学古之所得也自然容易陷入形似古人。

七子派中,胡应麟对诗美的把握已经发生一些变化,他在欣赏格调之美的同时,又提出了兴象、风神之美,其对诗美的把握已经涉及形外之美。云间派陈子龙提出诗美的四个方面:体格、音调、丰姿、色彩。较

①　《古诗评选》卷一。

之七子派多出了丰姿、色彩两个方面。

王士禛以神韵论诗,是直接针对七子派以格调论诗提出的。他曾说"韵谓风神",又评汪懋麟词"妙处在俱在神韵,不在字句",称王士祜诗"神韵在文句之外",①可见神韵乃是字句之外的美。其对诗美的把握由诗内向了诗外,由格调之美转向了风神之美。

其实,对形外之美的把握也有不同的角度。司空图的味外味说认为"美在酸咸之外"就是对形外之美的把握。虽然神韵与味外味把握的都是形外之美,但有角度侧面之不同,代表了古代诗学把握诗歌之美的两个不同的理论传统。神韵说是在人文一致、品诗如品人这一理论传统中展开的,而味外味之说则是建立在艺术美感与味觉美感相通的理论传统基础上。由于理论背景不同,故两者对诗美的把握在美感的内涵方面也有差异。神韵意味着视诗为生命体,由诗歌的生命体可以直接感知到诗人的生命体,其美感带有生命意味。味外味不像神韵那样以品诗如品人为基础,而是以品诗如品味为基础,其美感无生命感。

由于神韵、味外味都是形外之美的把握,它们之间有共通性,故王士禛既以神韵论诗,也以味外味论诗,而王士禛门人吴陈炎更直接用味外味来诠释神韵。其《蚕尾续集序》说:

> 司空表圣论诗云:梅止于酸,盐止于咸,饮食不可无酸咸,而其美常在酸咸之外。余尝深旨其言,酸咸之外者何?味外味也。味外味者何?神韵也。

---

① 王士禛批点王士祜《古钵集选》,《赋得扬州早雁》评语。

味外味就是神韵,这种诠释符合王士禛的原意。此序作于康熙四十三年(1704),王士禛尚在世。此序置王士禛《蚕尾续集》卷首,其观点也应为王士禛所认可。

那么,神韵所概括的诗歌之美到底是什么呢? 如果用一句话来概括的话,就是一种缥缈悠远的情调或境界。

神韵首先是诗歌所呈现出的生命情调或人生境界。沿着诗即其人的理路,可以说诗歌的生命就是诗人的生命。王士禛说:"诗以言志。古之作者,如陶靖节、谢康乐、王右丞、杜工部、韦苏州之属,其诗具在,尝试以平生出处考之,莫不各肖其为人。"①诗即其人,这也是王士禛诗学的基础。一首诗写的只不过是某些具体的人事,或者情景,但是却可以透出诗人的整个人生境界或生命情调。这种境界、情调在作品中并没有说出来,而是从作品中透出来的;它离不开作品中的具体的人事、景象,但并不就是这些内容,而是通过这些具体内容呈现出来的超越于这些具体内容之上的东西。王士禛曾举其本人《早至天宁寺》一诗,认为是有味外味的作品②。我们不妨来看这首五绝:

凌晨出西郭,招提过微雨;日出不逢人,满院风铃语。

就此诗内容看,所写的不过就是雨后到天宁寺的所见所闻,只是一些具体的景象。但是从这些景象中却透出了一种人生情调。日出而不见人,可见其幽;满院的风铃声,更显其静。而凌晨微雨则显其清。这首诗透露出的是一种清静、清幽感,而这种清静、清幽感正是诗人生命情

① 《梅崖诗意序》,《蚕尾集》卷一。
② 《香祖笔记》卷二。

调的体现。这种生命情调就是这首诗的神韵。王士禛的同乡后辈伊应鼎说：

> 诗之妙在于神韵，而神韵之妙存乎性情。性情正大者，所见之景写来无不正大；性情高旷者，所见之景写来无不高旷；性情幽闲者，所见之景写来无不幽闲；性情恬适者，所见之景写来无不恬适。本乎性情，征于兴象，发为吟咏，而精神出焉，风韵流焉。故诗之有神韵者，必其胸襟先无适俗之韵也。①

这里所谓性情正大、高旷云云，所标的乃是不同的人生境界或生命情调，诗人的境界情调不同，所见的景物必然不同，景物中体现了诗人的境界情调。在创作中，景物与性情结合化为兴象，透出了神韵。神韵就是从兴象中透出的生命情调、人生境界。

其次，神韵是一种悠远缥缈的审美感。人生境界或生命情调不能直接说出来，而是通过景象呈现出来，由具体的景象而呈现出情调或境界的关键是兴象。兴象激发唤起读者的审美感悟活动，使读者由具体的景象感悟到景象背后所蕴含的人生境界或生命情调。生命情调从生成到持续有一个过程，这给人以悠远延宕的时间感；境界情调似在具体的景象之外，给人以缥缥缈缈的距离感。诗歌所呈现出的这种悠悠远远、缥缥缈缈的审美感就是神韵。

这种缥缥缈缈的审美感可以从视觉美角度来把握。王士禛说韵谓风神，风神本来就有缥缥缈缈的感觉。王士禛曾引用戴叔伦"蓝田日暖，良玉生烟"，《二十四诗品》所谓"采采流水，蓬蓬远春"，蓝田玉烟远

---

① 《渔洋山人精华录会心偶笔》卷三，《皇厂河道中》评语。

观则有、近看则无;流水之色、蓬蓬的春意,缥缥缈缈,可望而不可置于
眉睫之前,指的就是境界或情调的缥缥缈缈的美感。

　　悠悠远远的审美感也可以从听觉美的角度来把握。韵本来就有
"余音"之义,宋代王俦释韵说:"盖尝闻之撞钟,大声已去,余音复来,
悠扬宛转,声外之音,其是之谓矣。"①这也就是所谓的"余音袅袅""余
音绕梁"之意。韵所指的是一种悠扬舒徐的音乐美。明人陆时雍亦曾
从音调的角度把握神韵,称:"诗被于乐,声之也。声微而韵,悠然长逝
者,声之所不得留也。一击而立尽者,瓦缶也。诗之饶韵者,其钲磬
乎。"②所谓"悠然长逝"之声就是韵。王士禛也曾从音乐美的角度
论韵:

　　　　金子于诗,尤工古选,予喜其闲适古澹,类自陶、韦门庭中来;
　　其为文纡徐曲折,韵悠然以长,色幽然以光。③
　　　　间以其诗质予,希声清越,有风篁之韵。④

以上两例,前一例论文,后一例论诗,两例都是指声音的美感,两者都是
指舒缓的而不是急促的音韵美。

　　再次,神韵有一种活生生的生命感。由于神韵说是建立在诗即
人的理论传统基础之上的,所以神韵以生命感为基础,一首诗如果没
有生命感,就没有神韵。所以明人陆时雍又称神韵为"生韵",他说:
"诗之佳,拂拂如风,洋洋如水,一往神韵,行乎其间。班固《明堂》诸

---

① 《潜溪诗眼》。
② 《诗镜总论》。
③ 《金素公问学集序》,《蚕尾续集》卷二。
④ 《苍雪轩诗集序》,《蚕尾续集》卷二。

篇,则质而鬼矣。鬼者,无生气之谓也。"没有生气,就是没有生命感,一首诗就是死的,就不可能有神韵的存在,故神韵是以生命感为基础的。

以我们对神韵的诠释,则神韵既可以为王、孟一派所有,也可以为李、杜所含,既可以论诗,也可以论词及其他艺术形式。

三　清远、古澹之为神韵:六朝精神与竟陵唾余

王士禛所谓神韵并非只指清远之境,否则就无法解释王士禛认为李、杜诗有神韵的问题,无法解释陈隋诗有神韵的问题,也无法解释宋词有神韵的问题。不过,王士禛虽将杜、苏一系的长江大河之境置于更高的价值地位,但其最喜欢的却是清远古澹的诗境。

1. 薛蕙以清远为神韵与六朝审美精神

王士禛《池北偶谈》卷十八说:

> 汾阳孔文谷云:"诗以达性,然须清远为尚。"薛西原论诗,独取谢灵运、王摩诘、孟浩然、韦应物,言:"'白云抱幽石,绿筱媚清涟',清也;'表灵物莫赏,蕴真谁为传',远也;'何必丝与竹,山水有清音','景昃鸣禽集,水木湛清华',清远兼之也。总其妙在神韵矣。""神韵"二字,予向论诗,首为学人拈出,不知先见于此。

孔文谷,即孔天允,字汝锡,号文谷,明嘉靖进士。薛西原即薛蕙,字君采,明正德进士。薛蕙论神韵之语,也分别为胡应麟《诗薮》外编卷二、

许学夷《诗源辩体》卷七所引①。明人论神韵不只上二家,但王士禛特意挑出二家,实是因为他与此二人论神韵的倾向相合。所谓清,涉及心与迹即主客两方面。心清是指主体具有脱俗的情怀,迹清是指客体的对象、客观的环境在尘俗之外,具体地说就是自然山水。薛蕙所谓清包含以上两方面的含义,其所举"白云抱幽石"两句诗是通过山水景物显示诗人的脱俗情怀。远有玄远之意,也是一种超越的精神,这种精神也宜于寄托在山水之中。但是清和远亦有分别,清偏向于浸透着主体情趣的审美客体的审美表现,即重在景物之描绘;远则侧重于审美客体所蕴含的主体思想情感的审美表现,重在情感之抒发。所谓清远,就精神境界而言,乃是超尘脱俗的境界,就审美姿相而言,乃是山水清淡之色。正因如此,故薛蕙所举清远的典范是谢灵运、王维、孟浩然、韦应物诸人,即山水一派。令人注意的是陶渊明不在其列,恐怕是因为陶诗写田园生活,没有山水形色之清的缘故。按照这种以清远为神韵的观点,神韵无疑是山水诗审美特征的概括。

　　但是,清是超俗的情怀,是主体的境界,只要具有这种情怀,在任何环境对象上都可见出。比如心清之人生活在尘俗之中也能见其清,他虽然作的是俗事,也能见其脱俗,并不一定要生活在远离尘俗的山水之境中。诗歌也有类似的问题,诗人的超俗境界是否一定要在山水中才能见出呢? 超俗境界的审美姿相是否一定为清淡之色? 针对薛蕙之论,胡应麟就指出这一问题:

　　　　诗最可贵者清,然有格清,有调清,有思清,有才清。才清者,王、孟、储、韦之类是也。若格不清则凡,调不清则冗,思不清则俗。

---

　　① 《诗薮》在渔洋引语前有"曰清、曰远,乃诗之至美者也,灵运以之"一句,而在"清远兼之"句后,没有"总其妙在神韵矣"一句。许学夷所引乃据《诗薮》而来。

> 王、杨之流丽,沈、宋之丰蔚,高、岑之悲壮,李、杜之雄大,其才不可概以清言,其格与调与思,则无不清者。①
>
> 　绝涧孤峰,长松怪石,竹篱茅舍,老鹤疏梅,一种清气,固自迥绝尘嚣。至于龙宫海藏,万宝具陈,钧天帝廷,百乐偕奏,金关玉楼,群真毕集;入其中,使人神骨泠然,脏腑变易,不谓之清可乎?故才大者格未尝不清,才清者格未必能大。②

才清者表现在外有一种清的形相,格清、调清、思清表现出来并无清的形相,而具有清的精神。因而流丽丰蔚、悲壮雄大虽无清之形相,但也有清的精神。站在这种立场上言,清在任何对象上都能体现出来,而并非仅从山水才能见出,它不受对象的限制;清是精神之清,在任何审美姿相均可见出,并不仅仅在清淡之色中才能见出。因而清的境界所肯定的就不只是山水一派。胡应麟说:"清者,超凡绝俗之谓,非专于枯寂闲淡之谓也。"又说:"子建、太白,人知其华藻,而不知其神骨之清;枯寂闲淡,则曲江、浩然矣。"③"枯寂闲淡"是清的一种姿相,但清并不只有这一种姿相。由这种立场看,薛蕙清远之说还是拘于形相,故胡应麟称:"薛此论虽是大乘中旁出佛法,亦自铮铮动人。第此中得趣,头白祇在六朝窠臼中,无复向上生活。"④胡应麟认为,薛蕙所言只在六朝的窠臼中,即薛蕙所言的清远只是六朝山水诗之清远。王维、孟浩然诸人的清远乃是六朝诗审美精神的继承;以清远论神韵,体现的是六朝的审美精神。

---

① 《诗薮》外编卷四。
② 同上。
③ 同上。
④ 《诗薮》外编卷二。

2. 渔洋尚古澹、清远:"晋人装"与竟陵唾余

胡应麟提出的问题对于王士禛来说也同样存在。王士禛肯定性地引述薛蕙以清远论诗之言,表明其观点相合。

王士禛也崇尚超然脱俗的人生境界。他自称:"予兄弟少无宦情,同抱箕颍之志,居常相语,以十年毕婚宦,则耦耕醴泉山中,践青山黄发之约。"①尽管王士禛并未归隐,且官居高位,但是隐逸情结却是存在的。他自号渔洋山人,就是这种隐逸情结的表现。这种隐逸情结在王士禛就化为山水情怀,他称自己"自少癖好山水"②,这种癖好与隐逸情结有密切的关系。王士禛的隐逸情结与山水情怀也渗透到其审美趣味与诗学主张中。他喜欢清远一派的山水诗正与此相关。

《二十四诗品》中有云"神出古异,澹不可收""人澹如菊",指的是诗人超俗的精神境界。王士禛每每称引这些句子。在王士禛看来,超俗的人生境界也宜于安顿在山水之中。他说:"夫诗之为物,恒与山泽近,与市朝远,观六季三唐作者篇什之美,大约得江山之助、写田园之趣者什居六七。"③王士禛把山水田园与诗歌的关系上升到规律性的高度,所概括的实际上是山水田园诗派,而非以杜甫为代表的写社会民生疾苦的一派。这表明他对诗歌功能的理解是偏于其超越性的一面,而非其道德性的一面。

超俗的情怀通过山水田园来表现,其审美的姿相是清真古澹。薛蕙的清远指的只是山水诗,故未列入陶渊明,而王士禛的清远则包括田园诗,故他的系列含有陶渊明。陶渊明一系的审美特征是古澹,谢灵运

---

① 《癸卯诗卷自序》,《渔洋文集》卷三。
② 《居易录》卷四。
③ 《东渚诗集序》,《渔洋文集》卷三。

一系的审美特征是清远,两者在超俗上可以相通,而清与澹在审美上也可相通,因而王士禛也将两者互相通用。

　　他在《蒙木集序》中称"有人于此,能为陶之古澹,又能为谢之清华"①,田园古澹一派自陶渊明开始,而山水清华一系自谢灵运始。王士禛常常把唐代的韦应物与陶渊明并提,认为陶、韦诗是古澹的审美特征的最典型代表。他在《金素公问学集序》说:"金子于诗尤工古选,予喜其闲适古澹,类自陶、韦门庭中来。"②所谓闲适古澹出陶、韦门庭,即以陶、韦并称。在王士禛,古澹与清远可以相通。其《居易录》云:"杨梦山先生五言古诗,清真简远,陶、韦嫡派也。"③前谓闲适古澹出自陶、韦门庭,此说清真简远是陶、韦嫡派,可见古澹与清真简远,其意相通。《池北偶谈》卷十二有云:"明诗本有古澹一派,如徐昌国、高苏门、杨梦山、华鸿山辈。自王、李专言格调,清音中绝。"先言及明诗有古澹一派,然后又称之为清音,则古澹就是清音。《池北偶谈》卷十一又云:"陈伯玑……五言诗古澹自成一家,如'寒日明孤城,斜风下飞鸟',又'篮舆望归鸟,日暮空城曲'。此类二十余篇,不减王、韦。"陈伯玑五言诗古澹,不减王、韦,则古澹也是王维诗的特点。王士禛常将清真古澹并称,《黄湄诗选序》称王幼华诗"一变而清真古澹,逾于其旧"④,"金坛潘高孟升五言学韦、柳,余爱其清真古澹"⑤,即是如此。当他辨析陶、谢时,古澹与清远固然有别;当其将田园山水看作一大类别时,则强调古澹、清远之相同性一面。从诗歌史的角度言,古澹清真一系自陶、谢始,唐代的王、孟、韦、柳诸山水田园诗人上接陶、谢,而明代的徐祯

---

① 《蚕尾集》卷一。
② 《蚕尾续集》卷二。
③ 《居易录》卷二十。
④ 《渔洋文集》卷二。
⑤ 《渔洋诗话》。

卿、高叔嗣诸人则上接陶、谢、王、孟。因而崇尚清远,归根结底是崇尚陶、谢精神。这在王士禛的创作中得以典型体现。纪昀《玉溪生诗说》卷下引海阳李玉典语,认为王士禛所著的是"晋人装,非时世装",即指出王士禛诗歌体现的是晋人审美精神。

如果把王士禛所崇尚的这种审美精神放到明代以来的传统,固然可以说上承徐祯卿、高叔嗣,但与竟陵派也暗通消息。竟陵派为了避免后七子派的壮丽堂皇而有意趋向孤淡,王士禛之倡古澹清真也有摆脱后七子派审美风尚之意,故两者精神实有相通之处。清人何焯曾说:"新城之《三昧集》,乃锺、谭之唾余。"①此处虽是指责的说法,却也道出王士禛《唐贤三昧集》的审美倾向与竟陵派的相通之处。清人凌树屏《偶作》云:"细读羼提轩里句,又疑分得竟陵灯。"自注说:"新城诗有绝似锺、谭者。"②亦指出王士禛在创作上与竟陵派审美精神之相通。

四　古澹闲远与沉着痛快:
神韵并不排斥沉着痛快

王士禛推崇闲适古澹,但这种诗境是悠然洒脱之境,与急促的节奏相对,与强烈的刚性与力度相对,就在理论层面面临一个问题:神韵说是否排斥雄浑、豪健之境?

1. 古澹闲远中有沉着痛快

这一问题在《芝廛集序》中被提出。此文先记王原祁与王士禛论画,然后王士禛由论画引申而论诗:

---

① 《复董讷夫》,《义门先生集》卷六。
② 计发《鱼计轩诗话》引。

> 大略以为画家自董、巨以来，谓之南宗，亦如禅教之有南宗云。得其传者，元人四家，而倪、黄为之冠；明二百七十年，擅名者，唐、沈诸人称具体，而董尚书为之冠；非是则旁门魔外而已。又曰：凡为画者，始贵能入，继贵能出，要以沉着痛快为极致。

王原祁论画崇尚南宗画，南宗画的特点是古澹闲远，但王原祁却又说画要以沉着痛快为极致，乃是以沉着痛快为最高的审美境界，与王士禛把杜甫一系的长江大河作为最高境界相一致。但是，南宗画中有没有沉着痛快？这是蕴含在王原祁论述中的问题，神韵说也蕴含类似的问题。王士禛遂直接道出：

> 予难之曰：吾子于元推云林（按，倪瓒），于明推文敏（董其昌），彼二家者，画家所谓逸品是也，所云沉着痛快者安在？

王士禛提出的这一问题，在《居易录》中表述为："倪、董以闲远为工，与沉着痛快之说何居？"①这一问题的实质是：古澹闲远与沉着痛快是否能统一？王原祁对此的回答是肯定性的："见以为古澹闲远，而中实沉着痛快，此非流俗所能知也。"古澹闲远中可以有沉着痛快，两者可以相容统一。这种观点在王原祁的画学著作也有体现。王原祁《论画十则》有曰"绵里裹铁"，绵是柔性的，是古澹闲远一类，铁是刚性的，是沉着痛快一类，所谓"绵里裹铁"就是古澹闲远中含有沉着痛快之意。

王士禛的问题虽然是就画学提出，但他认为诗画相通，因而这也是诗学的问题。故当王原祁作出回答之后，王士禛即刻引申至诗学领域：

---

① 《居易录》卷二十六。

"非独画也,古今《风》《骚》流别之道,固不越此。"在诗学领域,古澹闲远是陶、谢、王、孟一派,而沉着痛快是李、杜、韩愈一派,以上画学的问题在诗学领域就成为陶、谢、王、孟一派诗中有无沉着痛快的问题。王士禛认为:"沉着痛快,非惟李、杜、昌黎有之,乃陶、谢、王、孟而下莫不有之。"这种观点的理论意义在于其肯定古澹闲远与沉着痛快可以统一,神韵之美并不排斥沉着痛快。

2. 雄浑中也可以有神韵

王士禛借论画肯定了古澹闲远中可以含有沉着痛快,神韵与沉着痛快可以统一,但这是站在神韵一面说的,那么能不能站在沉着痛快的一面说,沉着痛快中也可以含有神韵呢?王士禛认为也是可以的。

王士禛在《跋陈说岩太宰丁丑诗卷》中称:"自昔称诗者尚雄浑则鲜风调,擅神韵则乏豪健,二者交讥。"①风调与神韵、雄浑与豪健,意义相近,可以相换。雄浑、豪健通于上文所谓的沉着痛快,而风调、神韵通于上文所说的古澹闲远。王士禛认为过去的称诗者往往于两者之间不能统一相容,他从两方面表述两者的对立:第一立足于雄浑说,"尚雄浑则鲜风调";第二立足于神韵言,"擅神韵则乏豪健"。这一问题在画学里也存在,清初王原祁的祖父王时敏就提出类似的问题。其《西庐画跋》云:"丹青家具文秀之质,而浑厚未足;得遒劲之力,而风韵不全。"那么两者能否统一?王时敏认为可以统一,他称清初王翚"众美毕具,可谓毫发无遗恨矣"。王士禛也认为两者可以统一:"唯今太宰说岩陈先生之诗,能去其一短,而兼其两长。"陈说岩即清初著名诗人陈廷敬。廷敬诗学杜甫,属于尚雄浑、豪健一派,其兼有两长,是以雄浑

---

① 《蚕尾续集》卷二十。

为基调而含有神韵,而非以古澹闲远为基调兼有沉着痛快。王士禛肯定陈廷敬诗兼有雄浑与神韵两者,其理论意义在于肯定了雄浑中可以含有神韵。这与王原祁《麓台题画稿》所言"扛鼎力中有妩媚"也是一致的。正是因为王士禛认为雄浑中可以含有神韵,故可以肯定不仅陶、谢、王、孟一派诗有神韵,李、杜一派诗也有神韵。如此便可以理解何以王士禛说李、杜诗也有神韵,亦可理解何以《唐贤三昧集》也选录高、岑一派的边塞之作。

3. 对钱锺书先生一个说法的质疑

由于王士禛在创作上比较偏向古澹闲远之境,加之晚年所选《唐贤三昧集》也比较倾向于古澹闲远之境,因而自赵执信到翁方纲都以为王氏排斥沉着痛快,排斥杜甫一派,认为其只崇尚南宗一派,而贬斥北宗一派。王氏肯定杜甫及北宗之言往往被视为言不由衷。其《跋论画绝句》有云:

> 近世画家专尚南宗,而置华原(按,范宽)、营邱(李成)、洪谷(荆浩)、河阳(郭熙)诸大家,是特乐其秀润,惮其雄奇,予敢以为定论也。不思史中迁、固,文中韩、柳,诗中甫、愈(渔洋自注:子美河南巩县人),近日之空同、大复,不皆北宗乎?牧仲中丞(宋荦)论画,最推北宋数大家,真得祭川先河之义,足破聋聩。予深服之,其诗之工,又无论已。①

钱锺书先生在《中国诗与中国画》中痛诋此文,以为"貌似文艺评论,实

---

① 《蚕尾集》卷八。

质是挂了文艺幌子的社交辞令","无非说河南商丘籍的宋荦是货真价实的'北(方大)宗(师)'"。① 钱先生认为此跋文表述的并非王氏的真实观点。钱先生的这种说法并不可信。

宋荦有《论画绝句二十六首》,评述宋元以来的画家多人,在宋代画家中,既评论了南宗画家,也对北宗画家给予很高的评价。其第二十一首云:

> 华原雪景特雄奇,笔底全将造化窥。韩碑杜句取相况,解道文人即画师。②

宋荦自注说:

> 青门邵长蘅曰:"余曾见范宽雪图,博大雄奇,譬之诗文,则杜之《北征》、韩之《淮西碑》也。"宋邓公寿《画继》云:"画者,文之极也。其为人也多文,虽有不晓画者寡矣;其为人也无文,虽有晓画者寡矣。

自董其昌论画分南北宗、崇南宗而贬北宗,北宗画便受到贬斥,清初王时敏、王原祁诸人也是专尚南宗。宋荦论画推重北宗画家,这在"近世画家专尚南宗"的风气中独树一帜。王士禛的画跋乃是为此而发,其以诗文相况也是由宋荦原诗引申而来。

王士禛"近世画家专尚南宗,而置华原、营邱、洪谷、河阳诸大家"云云,是指董其昌以来画坛的风气。董其昌建立的南宗画派系统是:

---

① 《七缀集》(修订本),第 21—22 页。
② 《西陂类稿》卷十三。

　　禅家有南北二宗,唐时始分。画之南北二宗,亦唐时分也。但其人非南北耳。北宗则李思训父子着色山水,流传而为宋之赵干、赵伯驹、伯骕,以至马(按,远)、夏(圭)辈。南宗则王摩诘(维)始用渲淡,一变勾研之法,其传为张璪、荆(浩)、关(仝)、董(源)、巨(然)、郭忠恕、米家父子(米芾、米友仁),以至元之四大家(黄公望、王蒙、倪瓒、吴镇),亦如六祖之后有马驹、云门、临济,儿孙之盛,而北宗微矣。①

董其昌所建立的南宗画派以王维为开山祖,下接荆浩、关仝、董源、巨然、郭忠恕、米芾、米友仁以及元四家,构成其南宗系统,而其骨干就是董源、巨然、二米以及元四家②。在这个画统当中,排除了李成、范宽、郭熙。

　　清初王时敏、王原祁继承的正是南宗画派的传统。王时敏曾师事董其昌,而王原祁又得时敏之传。王时敏、王原祁的南宗画论建立在董其昌画论的基础之上。王原祁《麓台题画稿·画家总论题画呈八叔》:

　　画家自晋唐以来,代有名家。若其理趣兼到,右丞始发其蕴,至宋有董、巨,规矩准绳大备矣。沿习既久,传其遗法,而各见其能;发其新思,而各创其格。如南宋之刘(按,松年)、李(唐)、马(远)、夏(圭),非不惊心炫目,有刻画精巧处,与董、巨、老米之元气磅礴,则大小不觉径庭矣。元季赵吴兴(孟頫)发藻丽于浑厚之中,高房山(克恭)示变化于笔墨之表,与董、巨、米家精神为一家眷属。以后黄、王、倪、吴,阐发其旨,各有言外意,吴兴、房山之学,方见祖述不虚,董、巨、二米之传,益信渊源有自矣。八叔父问南宗

---

① 《画旨》,《容台别集》卷四。
② 徐复观《中国艺术精神》,春风文艺出版社1987年版,第372页。

正派,敢以是对,并写四家大意,汇为一轴以作证明。

王原祁所建立的南宗画系统,以王维为开山祖,下接董源、巨然,再接米芾,再接元之赵孟𫖯、高克恭、黄公望、王蒙、倪瓒、吴镇,其于明人则推董其昌。王维之为开山,实为虚位,其所建立的实是以董、巨一派为主干的宗派。王原祁说"画之有董、巨,犹吾儒之有孔、颜也"①,并称"余弱冠时得先大父指授,方明董、巨正宗法派"②,正表明这一倾向。

与董其昌的南宗系统相较,可以发现,王原祁在其系统中排除了荆浩、关仝,且排除了属于荆、关系统的郭忠恕。王时敏《西庐画跋》称:"宋之李(按,成)、郭(忠恕),皆本荆、关,元之四大家,悉宗董、巨。"其实道出了李成等被排斥的原因,因为他们不属于董、巨系统。这样,王时敏等人所建立的南宗画统就是董、巨一派的画统,比董其昌更为单纯。王士禛《居易录》记载王原祁与其论画说:"又谓画家之有董、巨,犹禅家之有南宗,董、巨后嫡派,元唯黄子久、倪元镇,明唯董思白耳。"③正可与上文相印证。王士禛说"近世画家专尚南宗,而置华原、营邱、洪谷、河阳诸大家",其实董其昌的南宗系统并未排除荆浩,唯王原祁的南宗系统剔除了荆浩,故王士禛所云更是指清初流行的南宗系统而言。钱锺书先生痛诋王士禛跋语为社交辞令的理由之一,就是认为荆浩对南宗画派的成立有大贡献,其画论是南宗画理论的奠基石,荆浩不可能被置而不论,因而王士禛说近世专尚南宗而"置"荆浩,与事实不符,只不过是文字上的应酬而已。钱先生这样说,只注意到荆浩在董其昌的南宗系统中有地位,而未留意到荆浩在王原祁的南宗系统中

① 《题仿董巨笔》。
② 《仿黄大痴长卷》。
③ 《居易录》卷二十六。

并无位置。故钱先生以此为理由来批评王士禛跋文为社交辞令，是缺乏说服力的。

董源（江苏人）、巨然（江苏人）是南方画派的代表画家，善画南方山水，以平淡天真为主，具有秀润的特征；荆浩（山西人）、关全（陕西人）、李成（迁居山东）、范宽（陕西人）、郭忠恕（河南人）、郭熙（河南人）等俱属北方画家，善画北方山水，具有雄奇的特征。董其昌的南宗系统中还有荆、关这两位北方画家的位置，尽管这种位置没有实质的意义，但到清初，荆、关则被清除出南宗系统，尽管王原祁并不否认荆、关的价值。到此时，本来以风格立宗的南北宗画派实际上越来越带有地域色彩，成为南北方画派。正是因为此故，王士禛在以诗文的北宗比拟北宗画时举出的司马迁（陕西人）、班固（陕西人）、韩愈（河南人）、柳宗元（山西人）、杜甫（河南人）、李梦阳（寄籍河南）、何景明（河南人）诸人都是北方诗人。钱先生批评王士禛，认为其所谓的南宗、北宗"讲的是画家、文人的籍贯南方、北方"，但未注意到董其昌以后南宗、北宗说已与南方、北方地域相关联。

钱先生又从行文上寻找王士禛跋文为社交辞令的证据，认为其举出"文中韩、柳"，应该接"诗中甫、白"，才顺理成章，但王士禛接的却是"诗中甫、愈"，乃是为了与北方牵合在一起。其实，王士禛将杜甫、韩愈并举，与宋荦的原诗有关。宋荦《论画绝句》就是将北宗的范宽与杜甫、韩愈相比的，宋荦自注中所引的邵长衡之论，也是将范宽与杜甫、韩愈相况，故王士禛跋宋荦《论画绝句》，自然也将杜甫、韩愈与北宗画相比。因此，钱先生对王士禛这方面的指责也缺乏说服力。钱先生又认为，王士禛举出韩、柳、杜、何、李等人"不皆北宗乎"，就该接"牧仲最推北宗"，才合逻辑，但他却说牧仲"论画，最推北宋数大家"，为什么悄悄换了一个"宋"字呢？其实原因很简单。宋荦《论画绝句》并非只论北宗画家，更不是只推重北宗画家，如果王士禛说宋荦论画"最推北宗数

大家",岂不是说宋荦尊北宗于南宗之上？这与事实显然不相符。王
士禛说宋荦"最推北宋数大家"是与后代相对的,是称北宋数大家为后
代画家的源头,其下云"真得祭川先河之义",语义正相连贯。作为源
头的"北宋数大家"不仅包括北宗大家,也包括南宗大家。宋荦的与众
不同之处,就在于其不仅肯定南宗大家的地位,也肯定北宗大家的地
位。王士禛的跋文正肯定了宋荦的特识。

　　钱锺书先生不喜王士禛神韵说,其对王氏评价往往失之偏颇。由
于钱先生此文影响巨大,故不得不在此一辨。

五　神韵与兴象超逸之妙

　　神韵是透过具体景象所呈现出的境界、情调,而能从景象中透出境
界或情调的就是兴象,故神韵与兴象有密切的关系。最早提出兴象理
论的是唐代殷璠的《河岳英灵集》。殷璠批评"挈瓶肤受之流""理则不
足,言常有余,都无兴象,但贵轻艳",称赞陶翰诗"既多兴象,复备风
骨",孟浩然诗"无论兴象,兼复故实"。在后来的诗学中,兴象遂成为
一个重要的范畴。在王士禛之前,胡应麟《诗薮》称:"作诗大要,不过
二端,体格声调、兴象风神而已。"许学夷《诗源辩体》称:"唐人律诗,以
兴象为主,风神为宗。"①二人都把兴象与风神并提。兴象并不等于神
韵,但兴象与神韵的关系甚为密切,有兴象,才有神韵。

1. 盛唐诸家之妙在兴象超逸:王士禛对盛唐传统的概括

　　王士禛说"余谓诗人但论兴象"②。渔洋论兴象,既分有无,也别高

---

①　《诗源辩体》卷十六。
②　《皇华纪闻》卷四。

下。其评唐末五代诗人之作"神韵兴象之妙,以视陈隋之季,盖百不及一焉"①,可见他认为无论陈隋还是唐末五代的作品都有兴象,但其间有高下之别,陈隋远高于唐末、五代。在王氏看来,最具有兴象之妙的乃是盛唐。其《池北偶谈》卷十四云:

> 乐天作《刘白倡和集解》,独举梦得"雪里高山头白早,海中仙果子生迟","沉舟侧畔千帆过,病树前头万木春",以为神妙。且云此等语,在在处处应有灵物护之,殊不可晓。宜元、白于盛唐诸家兴象超诣之妙,全未梦见。

元稹、白居易全未梦见"盛唐诸家兴象超诣之妙"云云,表明王士禛认为盛唐诸家诗的兴象超逸不群。

王士禛把兴象说与严羽兴趣说、司空图的味外味说从理论上贯通起来。其《唐贤三昧集序》云:

> 严沧浪论诗云:"盛唐诸人,唯在兴趣,羚羊挂角,无迹可求,透彻玲珑,不可凑泊,如空中之音,相中之色,水中之月,镜中之象,言有尽而意无穷。"司空表圣论诗亦云:"妙在酸咸之外。"康熙戊辰春杪,日取开元、天宝诸公篇什读之,于二家之言,别有会心。录其尤隽永超诣者,自右丞而下四十二人,为《唐贤三昧集》。

此段先引严羽兴趣说,再引司空图味外味说,然后说"录其尤隽永超诣者",所谓"超诣"即是上文所说的"兴象超诣"。《唐贤三昧集》显示出

---

① 《梅氏诗略序》,《蚕尾集》卷一。

王士禛对盛唐审美传统的理解,这篇序正是他对盛唐传统的审美概括,与《池北偶谈》所云"盛唐诸家兴象超诣之妙"是相通的。此亦可见王氏实将严羽兴趣说、司空图味外味说与兴象理论贯通起来理解。不仅如此,王士禛还把严羽的兴趣说用佛学的术语加以诠释:

> 严仪卿所谓"如镜中花,如水中月,如水中盐味,如羚羊挂角,无迹可求",皆以禅理喻诗。内典所云不即不离,不粘不脱,曹洞宗所云参活句是也。熟看拙选《唐贤三昧集》,自知之矣。①

严羽兴趣说所标举的镜花水月、羚羊挂角的诗境,王士禛又用佛学的"不即不离,不粘不脱"及"参活句"来诠释。这样兴象、兴趣、味外味、不即不离、不粘不脱、参活句都成为盛唐传统的特征,这些范畴之间互相融通,相互诠释。

2. 兴象与兴趣

兴象的核心问题是景象与其所要传达的人生境界、生命情调之间的关系。境界、情调可以简称为意。对于兴象而言,象与意也有关联,但这种关联不是直接的;象并不直接地指述意,但却又指向意,它们之间若即若离。正是因为这种象不是意的直接表象,但又与意有关联,所以它具有引发的作用。它引发读者去领略诗人的意之所在,引发读者去建构诗人之意的直接的表象。因而兴象具有生成性,它指向了另一境界,这种境界在读者的想象中实现。所谓"境生象外""象外之象",实际上只有兴象才具有这种功能。兴象是由感兴而生,又具有引发的

----

① 《师友诗传续录》。

功能,象与情意若即若离,必然会"文已尽而意有余"。如果象所指向的内容已经是明确的、有定的,就不会有引发的作用。

王士禛认为,白居易称赞刘禹锡"雪里高山头白早,海中仙果子生迟"等诗,乃是不懂盛唐诗人的兴象超逸之妙。这表明,王氏认为刘禹锡的两联诗缺乏兴象。且看刘禹锡的两联诗,"雪里高山"一联出自《苏州白舍人寄新诗,有叹早白无儿之句,因以赠之》:

> 莫嗟华发与无儿,却是人间久远期。雪里高山头白早,海中仙果子生迟。于公必有高门庆,谢守何烦晓镜悲。幸免如新分非浅,祝君长咏梦熊诗。[1]

白氏诗中有感叹白发早生、感叹无儿之句,刘禹锡赠诗安慰他。"雪里高山"二句,在诗中乃是两个比喻,前句说下雪时的高山山头最早变白,以喻人头发早白,此喻亦含有以高山比白居易之意,后句说海里的仙果结子晚,以喻晚生子必然会是贵子。在白居易诗中,象与意之间的关系过于明确,只能让人觉得比喻巧妙,而没有感兴的余地。"沉舟侧畔"二句,出《酬乐天扬州初逢席上见赠》。"沉舟""病树"也都是比喻,象与意之间的关系直接明确。因此,王士禛说其于"盛唐诸家兴象超诣之妙,全未梦见"。

严羽的兴趣说与兴象说具有共同的理论渊源,二者都是从兴的理论传统中发展而来。兴趣说与兴象说所关涉的兴的理论包括三个方面。其一,从创作动因及创作状态方面而言,兴是一种由外物触发而起的非自觉的自然的创作状态。杨万里《答建康府大军库监门徐达

---

① 《全唐诗》刘禹锡七。

书》云：

> 大抵诗之作,兴上也。……我初无意于作是诗,而是物是事适
> 然触乎我,我之意亦适然感乎是物是事,触先焉,感随焉,而是诗出
> 焉。我何与哉? 天也。斯之谓兴。

从创作的动因上说,并非诗人先立意要作一首诗,然后构思创作,而是
外在的事物触发了诗人,而诗人内在的情意也正好为外在的事物所感
发,这样外触而内感,整个创作是在感兴状态下完成的,没有诗人人为
的自觉介入。传统诗学本有感物说来解释诗人创作的动因,兴的这一
义实际上吸收了感物说的内容。宋人李仲蒙云:"触物以起情谓之兴,
物动情者也。"①也正是从感物的角度来理解兴。其二,从审美表现形
态上说,从感兴的创作过程必然生成审美意象。感兴必然涉及外物,外
物经由主体的心灵而与诗人的情感相结合,会形成审美意象。其三,审
美意象对读者的感发作用。这三个方面贯穿于诗人、作品及读者三极。
在这三个方面当中,兴象一词的含义偏向于第二个方面的内容,而兴趣
一词的含义则偏向于指第一个方面的内容,换言之,兴象一词是就作品
方面而言,而兴趣一词则是就诗人方面而言。但是,兴象是由感兴的创
作状态而生成,兴趣则生成兴象,也就是说,兴象是由兴趣而来,兴趣必
然要生成兴象。严羽说,"盛唐诸人,唯在兴趣",然后他描绘了兴趣之
诗的审美特征如镜花水月、羚羊挂角云云,严羽的再传弟子元人黄清老
对严羽的这一段话作了诠释:

---

① 胡寅《斐然集》卷十八《致李叔易》引。

　　常使意在言表,涵蓄有余不尽,乃为佳耳。是以妙悟者,意之
所向,透彻玲珑,如空中之音,虽有所闻,不可仿佛;如象外之色,虽
有所见,不可描摸;如水中之味,虽有所知,不可求索。

诗人之意尽管没有直接描摹出来,但又是可感的,就如空中之音、象外
之色、水中之味,这些都具体可感,但如意欲求之,却又难寻其迹。这里
所描绘的兴趣之诗的审美特征正是所谓的兴象超逸。在王士禛,乃是
把兴象与兴趣看作是同一理论,既用兴象超逸来概括盛唐传统,又用严
羽兴趣说来概括盛唐传统,所指的乃是同一对象。

3. "不犯正位"与"参活句"

　　兴象的这种特征,王士禛用禅宗的术语说是"不犯正位",是"参活
句","不参死句"。王士禛在《唐贤三昧集序》中说,盛唐诗的特点是
"参活句",他又说:"摩诘诗如参曹洞禅,不犯正位,须参活句。"这些都
是用佛家的话头来说明盛唐诗歌的审美特征。

　　按曹洞宗有所谓"五位君臣",即"正中偏""偏中正""正中来""兼
中至""兼中到"。曹山本寂禅师解释说:"正位即空界,本来无物;偏位
即色界,有万象形。"①正位就是佛家的真谛,所谓"不犯正位"即是不正
面说出它是什么,而是通过象征、暗示等方式指向它,让别人去体悟。
将之引申到诗歌领域,正可与兴象说相通。诗人要表达的意就如所谓
的正位,象作为达意的手段,并不是直接明确将意指陈出来,而是运用
艺术手段从侧面进行烘托煊染,以指向意,让读者去领悟体会。这就如
曹洞禅的"不犯正位"。

---

① 《五灯会元》卷十三。

禅宗有所谓活句、死句之说。王士禛又引洞山语录云:"语中有语,名为死句;语中无语,名为活句。"①佛性不可说,如果正面说出,即是死句;若不正面说出,而是通过象征、暗示等手段指向它,所谓"鹁鸠树头啼,意在麻畲里",言在此而意在彼,乃是活句。语言直指对象,意在言中,是所谓语中有语;语言并非直指对象,言在此而意在彼,是语中无语。"参活句"从语言学的角度说,就是能指和所指的分离,语言符号(能指)和它表示的对象、意义(所指)是统一的,所谓"活句"就是要打破这种统一。语中无语的"活句"与"不犯正位"含义是一致的,都是指不直接说出或正面描绘对象。对于诗歌来说,诗人有其真正所要表达的东西,但不正面说出来它是什么,而通过各种艺术手段指向它。

王士禛《居易录》云:

> 唐人章八元题慈恩寺塔诗云:"回梯暗踏如穿洞,绝顶初攀似出笼。"俚鄙极矣。乃元、白激赞之不容口,且曰:"不意严维出此弟子。"论诗至此,亦一劫也。盛唐诸大家有同登慈恩寺塔诗,如杜工部云:"七星在北户,河汉声西流。"又:"秦山忽破碎,泾渭不可求;俯视但一气,焉能辨皇州。"高常侍云:"秋风昨夜至,秦塞多清旷;千里何苍苍,五陵郁相望。"岑嘉州云:"下窥指高鸟,俯听闻惊风。"又:"秋色从西来,苍然满关中;五陵北原上,万古青蒙蒙。"已上数公,如大将旗鼓相当,皆万人敌;视八元诗,真鬼窟中作活计,殆奴仆僮隶之不如矣。元、白岂未睹此耶?②

章八元的两句诗乃是描写登塔时的感觉,从塔内登梯犹如穿过暗洞,而

---

① 《居易录》卷二十七。
② 《居易录》卷三十三。

攀上绝顶后犹如从笼中出来。这种描写乃是就塔而写塔,没有兴象之妙。用禅家的话头就是死句,而非活句。而杜甫诸人诗则不是直接写塔,而是写登塔望远的所见所感,但又无不是在写塔。从王士禛"兴象超诣"的观点看,章八元诗受到贬斥是必然的。

4. "不即不离,不粘不脱"

"不即不离,不粘不脱",也是王士禛对盛唐传统的概括,这其实正是兴象的特征所在。所谓"不即不离,不粘不脱",就是作者的描写既不正面直接指向对象,但也不脱离对象。具体到象意关系,象既不直接指向意,又不脱离意。这在咏物诗中表现得尤为典型,"体认稍真,则拘而不畅,摹写差远,则晦而不明"①,如果偏向"即""粘",则失之拘切而不畅达;如果偏向"离""脱",则失之隐晦而使人不知所谓。王士禛说:

> 咏物之作,须如禅家所谓不粘不脱、不即不离,乃为上乘。古今咏梅花者多矣,林和靖"暗香""疏影"之句,独有千古,山谷谓不如"雪后园林才半树,水边篱落忽横枝";而坡公"竹外一枝斜更好",识者以为文外独绝,此其故可为解人道耳。②

如果从不即不离的观点看林逋著名的咏梅诗句,"疏影横斜水清浅,暗香浮动月黄昏"虽然没有直写梅花,而是写其疏影、暗香,但与"雪后园林才半树,水边篱落忽横枝"相比,前者描绘梅花的影与香,而后者则没有具体描绘,只言"半树""横枝",而"雪后"背景的出现,既言时令,

---

① 《花草蒙拾》。
② 《跋门人黄从生梅花诗》,《蚕尾集》卷八。

暗示其为梅花,也衬托其高洁。较之"雪后园林"一联,"疏影横斜"一联更偏向于"即",不如"雪后园林"一联洒脱。苏轼"竹外一枝斜更好"之妙亦然。在王士禛看来,"不即不离,不粘不脱"不仅是咏物诗的法则,而且是诗歌的普遍法则。其《唐贤三昧集》所选唐人之作便体现出这种原则。

王士禛在创作上所追求的正是这一原则。其有《邓玉书检讨招饮梅园》诗云:

> 暨阳城外路,倚棹数寒鸦。何处吹横笛,江南雪后槎。故人碧山隐,招我问梅花。更上花间阁,香山数点斜。

这也是一首写梅花的诗。但前四句并没有直接写梅花,而是写途中的情景。"倚棹数寒鸦"写诗人的闲适之趣,正好与梅花的精神相应。"横笛"暗用"梅花三弄"曲意,写梅花的独傲霜雪的精神。"雪后"以雪衬梅花,正写其傲雪。故前四句虽未写梅花,但又处处与梅花相关联。这正是所谓"不即不离,不粘不脱"。五六句点题,后两句写到梅花,也没有正面描写,只是写到数点斜出而已。王士禛的创作体现了他的审美追求。

5. "雪中芭蕉":兴象的真实性问题

诗中的兴象是否要符合客观世界的真实性,这是王士禛诗学的一个重要理论问题。赵执信、翁方纲都曾抨击王士禛诗歌于事境不切,涉及的就是这一理论问题。这成为王士禛诗学与赵执信及翁方纲诗学的重要理论分界之一。

在王士禛的诗学中,兴象只是在诗人感兴过程中形成的意象,兴象只具有抒情功能,并不要求兴象在经验世界中具有真实性:

> 西涧在滁州城西……昔人或谓西涧潮所不至,指为今天六合县之芳草涧,谓此涧亦以韦公诗而名。滁人争之。余谓诗人但论兴象,岂必以潮之至不至为据,真痴人前说不得梦耳。①

按韦应物有《滁州西涧》诗云:

> 独怜幽草涧边生,上有黄鹂深树鸣。春潮带雨晚来急,野渡无人舟自横。

关于这首诗中的西涧究竟是不是滁州西涧,前人曾有争论。有人认为,这首诗中说"春潮带雨晚来急",而滁州西涧为潮所不至,于是就怀疑这首诗所写的西涧不是滁州西涧,而是六合县的芳草涧,因为此涧有潮至,而且韦应物诗中也曾写过此涧。

若现实世界中的滁州西涧没有潮至,诗歌能不能写西涧有潮呢?这涉及一个重大的诗学理论问题:诗歌中所描写的景物是否要符合现实世界的真实性?王士禛认为,诗人只论兴象,不必符合现实世界的真实性。这也就是说,诗歌的兴象不必具有客观真实性。王士禛曾举王维画"雪中芭蕉"来说明这一道理:

> 世谓王右丞画雪中芭蕉,其诗亦然。如"九江枫树几回青,一片扬州五湖白",下连用兰陵镇、富春郭、石头城诸地名,皆寥远不相属。大抵古人诗画,只取兴会神到,若刻舟缘木求之,失其指矣。②

---

① 《皇华纪闻》卷四。
② 《池北偶谈》卷十八。

王维画"雪中芭蕉"的理论意义在于其表明艺术表现的事物不必符合现实世界的真实性。在诗学领域里,王士禛是从兴象、兴会的角度提出此一问题,而在山水画领域里,此一问题则是以形神关系的方式提出,即形似与神似的关系。诗歌描绘的物象的客观真实性问题,在绘画中就是形似的问题。山水画与山水诗形成的时代相当,皆在晋宋之际。刘宋宗炳的《画山水序》是最早的山水画论。宗炳认为"山水以形媚道",山水的价值就在于含有道,人们盘桓于山水之中,可以冥契此道。山水画的价值在于把外界的山水摹写下来,使人们足不出户就可以神游于山水之中。在这种思想支配下,山水画是讲求形似的,用宗炳的话说就是"以形写形,以色貌色"。随着山水画的发展,重神的观念就渗透到山水画中。但山水画的传神与人物画不同,人物画传神是传对象之神,神是偏向于客观的,山水本无所谓神,山水之神其实是主观赋予的,因而山水画的传神就逐渐转化为以山水抒情。山水画朝向抒情性发展,越来越带有诗性。这在宋元文人画中发展到极致。山水画本来兼有为山水写真的功能,但这种功能越来越弱化,以至在理论上已经没有位置,只剩下抒情功能。以抒情为山水画的目的,则山水乃是抒情的工具,为表现情感服务,其自身没有独立的价值,因而山水的写实性就不是必然的要求,形似必然越来越无地位。王维画"雪中芭蕉"的讨论,正典型地体现了这种倾向。"雪中芭蕉"不过是抒情的工具,尽管从经验世界看是不真实的,但从审美世界言却是真实的。苏轼《书鄢陵王主簿所画折枝》云:"论画以形似,见与儿童邻。"元人倪瓒说:"仆之所谓画者,不过逸笔草草,不求形似,聊以自娱耳。"又说:"余之竹聊以写胸中逸气耳。岂复较其似与非,叶之繁与疏,枝之斜与直哉。或涂抹久之,他视以为麻为芦,仆亦不能强辨为竹。"在文人画中,物象越来越符号化。这种倾向曾遭到非议。但是,如果认可山水画的目的是抒情,就必须承认山水作为物象仅仅是情感的符号,当然也可以写实,但写实对于抒情来说没有必然的价值和意义。书法是以线条抒情的,线条乃是情感的符号,而且是一种抽象的符号。对于以抒情为目的的绘画来说,物象对于情感的价值和意义是与书法中的线条相等的。因而在某种意义上说,文人画之物象符号化也是一种书法化的倾向。

山水画的这种发展倾向也体现在诗歌中。在山水进入诗歌领域之初,也是追求形似的,此时诗歌的抒情性还没有消融体物性,情景尚未达到交融之境。随着诗歌史的发展,抒情性越来越强化,体物的成分被弱化,物象乃是抒情的工具,本身没有独立性,只成为情感的符号,这样物象符合客观界的真实,对于其抒情功能来说并不是必要的要求。"雪中芭蕉"的道理不仅是山水画的艺术原理,也成为诗歌的原理。在这方面可以说是诗画一律。王士禛举出王维的诗句证明其诗也体现了"雪中芭蕉"的原理。但王士禛这里用"兴会神到"来解释这一现象,而不用传统画论的形似、神似理论来解释,乃是把绘画问题放到了诗学理论脉络中诠释,显示出他要融贯诗画理论的意图。所谓"兴会",即是感兴的创作状态,在这种创作状态中,对于物象的选择与组织完全受制于诗人的意兴,意兴之所至,并不管此物象是否符合客观现实的真实,此即所谓"兴会神到"。其实,在王士禛看来,兴会的创作状态生成的正是兴象,在他的诗学当中,两者是互相贯通的。其《渔洋诗话》又云:

> 香炉峰在东林寺东南,下即白乐天草堂故址。峰不甚高,而江文通《从冠军建平王登香炉峰》诗云:"日落长沙渚,层阴万里生。"长沙去庐山二千里余,香炉何缘见之?孟浩然《下赣石》诗:"暝帆何处泊?遥指落星湾。"落星在南康府,去赣亦千余里,顺流乘风,即非一日可达。古人诗只取兴会超妙,不似后人章句,但作记里鼓也。

王士禛所举江淹诗是写登庐山香炉峰所见,长沙距庐山两千余里,登香炉峰如何能够见到日落长沙的景象呢?孟诗写乘舟从江西出发,晚上将停宿在落星湾。落星湾离江西有一千多里,即便是顺流乘风而行,一天也不能到达,孟浩然如何能够这样说呢?王士禛认为,古人讲求的是"兴会超妙",不必与客观事实相符。此所谓"兴会超妙"即所谓"兴会神到",与"兴象超诣"之说也相通。

王士禛所谓"兴象超诣""兴会神到""兴会超妙"云云,都是从抒情的工具角度理解象的,象不具有独立的价值,只是为抒情服务,因而对于象没有客观真实性的要求。但是,这种理论面临着一个问题:兴象、兴趣、兴会本来就是外物触发而兴,如果割断了与外物的关联,就没有兴象、兴会,故而兴象、兴会、兴趣不能割断与外物的关联。既然有这种关联,则不同的外物对诗人的触发作用也会有差异,因而诗人的兴象、兴会诸端还要受到外物的制约,外物在诗外是引发诗人情感的动因,在诗内成为表现情感的物象,作为抒情工具的物象是否可以虚构呢?比如本来是一座小山丘,诗人为了抒情的需要,是否可以说是高山万仞呢?本来分别之地没有杨柳,诗人是否可以为了抒情的需要而写杨柳呢?古代诗学求真,各家都不否认,但此真仅仅是情感之真呢,还是也包括景物之真呢?换言之,此真实性仅仅是主观真实性呢,还是也包括客观真实性呢?按照王士禛的兴象超逸理论,并不要求客观的真实性。但是这种观点却受到赵执信、翁方纲等人的批评,赵执信、翁方纲都主张真实性不仅是情感的真实,也是事境的客观的真实。这些观点会分别在赵执信、翁方纲诗学的章节专门讨论。

6. "不着一字,尽得风流"

旧题为司空图所作的《二十四诗品》的《含蓄》一品中有"不着一字,尽得风流"二句,王士禛常引以论诗。所谓"不着一字"者,就是对于表现对象不作正面描摹刻画,所谓"尽得风流"者,是说虽然没有正面描绘表现对象,但是读者却可以领略对象整体。这其实正是兴象的特征,兴象不直接表述对象,此即所谓"不着一字",但与对象却有关联,读者可以通过兴象领略作者之意,此即所谓"尽得风流"。

王士禛将这一理论与山水画论联系起来,其《香祖笔记》云:

> 《新唐书》如近日许道宁辈画山水,是真画也。《史记》如郭忠恕画天外数峰,略有笔墨,然而使人见而心服者,在笔墨之外也。右王楙《野客丛书》中语,得诗文三昧,司空表圣所谓"不着一字,尽得风流"者也。

王士禛引王楙《野客丛书》中语,将《新唐书》与宋代画家许道宁的山水画相比,而以《史记》与郭忠恕的画相比。许道宁作画,必以笔墨简快为己任,而《新唐书》的特点也是追求简练,也就是对于表现对象尽量少刻画或不刻画。而关于郭忠恕作画,《图画见闻志》卷三云:

> 有设绢素求为图画者,必怒而去,乘兴即自为之。郭从义镇岐下,每延至山亭,张素设粉墨于傍,经数月,忽乘醉就图之,一角作远山数峰而已。

此所谓作"远山数峰",即上文所说的"天外数峰",对表现对象不作全面刻画,只是画"天外数峰,略有笔墨",但通过这所画出的天外数峰,可以表现出"笔墨之外"的无穷之意。此即王氏所谓"不着一字,尽得风流"。王氏又引荆浩论画语"远人无目,远水无波,远山无皴",认为这也是"诗家三昧"。① 所谓"远人无目,远水无波,远山无皴"者,对于诗歌而言,就是对所要表现的对象不作全面、细致的刻画,而是抓住其主要特征,以极简洁的笔墨将其表现出来,而所描绘出来的部分又足以能够使欣赏者领悟其所未直接表露出来的丰富内涵。这也就是王士禛所说的"诗如神龙,见其首不见其尾,或云中露一爪一鳞而已,安得全体"之意。

王士禛曾列举"不着一字,尽得风流"的诗例。清人田霡有《艺菊多种秋晚盛开此老来快意事也以诗记之二首》其二云:

> 才过重九候,盆菊已升堂。间色分红紫,中央位白黄。能供一月看,值得半年忙。不让罗含宅,秋来满舍香。

王士禛评云:"不着一字,尽得风流,五六足以当之。"②这是一首咏菊花诗,五六句"能供一月看,值得半年忙",没有直接描绘菊花,前一句点出花期,与后一句"半年忙"的劳动相对照,显示菊花的魅力,此即所谓"不着一字,尽得风流"。

王士禛又曾以两首诗作为这种表现方式的典范:

> 或问"不着一字,尽得风流"之说,答曰:太白诗"牛渚西江夜,青天无片云。登高望秋月,空忆谢将军。余亦能高咏,斯人不可闻。明朝挂帆去,枫叶落纷纷"。襄阳诗"挂席几千里,名山都未逢。泊舟浔阳郭,始见香炉峰。尝读远公传,永怀尘外踪。东林不可见,日暮但闻钟"。诗至此,色相俱空,政如羚羊挂角,无迹可

---

① 《跋门人程友声近诗卷后》,《蚕尾续集》卷二十。
② 《渔津草堂诗·渔津草堂五字今体诗》。

求,画家所谓逸品是也。①

李白《夜泊牛渚怀古》意在表现诗人的怀才不遇,但诗人在诗中对此无一语道及,而是借才士袁宏在牛渚咏史,将军谢尚闻而相见遂重用之的故事,以袁宏自况,而叹谢尚无觅,让读者味而知之。诗人的景物描写及所用的典故,对于诗人要表现的情感来说都是兴象,诗人的怀才不遇,如以铺陈的方式表达亦可,但诗人却未直道一句。这即是所谓"不着一字"。尽管诗人对此未道一句,但却托之于文字之外,让读者去领悟体会。这即是"尽得风流"。孟浩然《晚泊浔阳望香炉峰》,诗题"望香炉峰",但全诗从字面上看,不过是叙写诗人之游踪,近乎叙事。但诗人对这些内容的叙写并非诗人的真实目的,其真实的意旨在写诗人的超脱的情怀。诗人曾读远公传,其对慧远早已景仰,而对东林精舍也是向往久之。这是其不远千里访庐山的内在动因。先写一路几千里未逢名山,该是兴味索然,而渐近庐山,其心情该是多么急切而喜悦,因为诗人向往久之的东林精舍即将到达。但接下来却是日暮不见东林而空闻钟声,诗人的内心该是如何的感受呢?诗人就此打住。整首诗都是叙述,而没有一字写到诗人的内在之意,但这些叙述其实都与诗人要表现的意相关,让人透过这些叙述领悟诗人的意旨。这些叙述其实就是兴象。

在这两首诗中,存在着两重世界。第一重是象的世界,第二重是意的世界。象的世界是说出的,意的世界是未说出的;而未说出的意义世界恰恰是诗人的目的所在。象的世界是指向深层的意义的,却又不直接陈述出来;深层的意义世界虽未被说出,却又是形象可感的,实现在

---

① 《分甘余话》卷四。

读者的想象当中。表层世界不是目的,是为表现深层的意义世界服务的,没有独立自足的意义,所以是色相俱空;内在的意义没有说出,正是"羚羊挂角,无迹可求"。这种特征正是严羽所说的兴趣,正是所谓兴象的特征,在王士祯看来,它们都是相通的。

7. 兴象与神韵

以上讨论了兴象的诸方面问题,那么,兴象与神韵是什么关系?兴象的象与意是"不即不离"的关系,兴象没有把诗人之意直接地呈现出来,却与意有着关联,因而兴象可以对读者有感发的作用,这种感发作用又可以触发读者去领悟诗歌的内在的意。但是,这里所说的意并非我们通常所理解的作为思想内容的理性的意,而是一种感性的意,这种意因为有象而被赋予了审美形态,象不同,其审美形态也随之变化,不同的审美形态会传达出不同的审美色彩,意与审美色彩的融合会产生一种超越二者之上的统一体,这种审美统一体如果从味觉美感的角度来体验,就是味外之味,如果从生命性的角度来体验就是神韵。比如咏梅诗,"疏影横斜水清浅,暗香浮动月黄昏",呈现的是梅花的朦胧的倩影与幽香,诗人通过梅花的朦胧的香与影来表现梅花的雅致,而梅花本无所谓雅俗,其雅致乃是诗人赋予的,灌注着诗人的人格生命,这种雅致受到了影与香这些象的审美塑形,是通过影与香透出的雅致,这种雅致带有一种清幽感与朦胧感,这种带着清幽感、朦胧感的雅致就是神韵。

六　兴会与根柢:神韵诗的创作状态

上文讨论兴象时就已涉及兴会,兴会是一种创作状态,与兴象有密切的关系。神韵说的诗歌境界与这种创作状态有密切关系。

1. 诗之道:兴会与根柢

王士禛《突星阁诗集序》云:

> 夫诗之道,有根柢焉,有兴会焉,二者率不可得兼。镜中之象,
> 水中之月,相中之色,羚羊挂角,无迹可求,此兴会也。本之《风》
> 《雅》以导其源,溯之楚《骚》、汉魏乐府诗以达其流,博之《九经》
> 《三史》、诸子以穷其变,此根柢也。根柢原于学问,兴会发于性
> 情。戤(按,王戤)于斯二者兼之,又干之以风骨,润以丹青,谐以
> 金石,故能衔华佩实,大放厥词,自名一家。①

王士禛所说的"诗之道"是从创作角度提出的,是诗歌的创作之道。在
他看来,诗歌创作可以分为两种类型:根柢型与兴会型。根柢型原于诗
人的学问修养,以《风》《雅》为源,以《楚辞》及汉魏诗为流,还需博学
子、史以为变,这是一种才力型的创作。而兴会型发于诗人的性情。王
士禛又把兴会与"镜中之象,水中之月,相中之色,羚羊挂角,无迹可
求"的诗境联系起来,而这种诗境正是神韵诗在境象上的特征,这样从
性情到兴会到神韵,这是神韵诗在创作上的特征。

2. "兴会标举"与"体裁明密":王士禛兴会、根柢说的理论渊源

王士禛兴会与根柢的二分,从理论渊源上说,源自沈约的《宋书·
谢灵运传论》:

---

① 《渔洋文集》卷三。

> 爰逮宋氏,颜、谢腾声,灵运之兴会标举,延年之体裁明密,并
> 方轨前秀,垂范后昆。

谢灵运的特点是"兴会标举",颜延之的特点是"体裁明密"。何谓兴会?《文选》李善注说:"兴会,情兴所会也。"刘勰《文心雕龙·物色篇》说:

> 山沓水匝,树杂云合。目既往还,心亦吐纳。春日迟迟,秋风
> 飒飒。情往似赠,兴来如答。

目与外物相接,是往,目将物色传至内心,是还;心接受物色,是纳,心产生情感,是吐。外物引发情感,情感向外流注而与物相结合,是所谓"情往似赠";情感与外物相接而兴感,而产生创作冲动,进入一种自发的创作状态,是所谓"兴来如答"。刘勰对情兴活动的论述,可以看作是对沈约所谓兴会状态的具体阐述。在这种状态中,诗人不用人为有意地构思,而意象自然地流出而为诗,这种非理性的状态有类于西方诗学所谓的灵感状态。但就灵感的理论渊源言,强调这种创作状态是由神灵凭附所致,带有神秘色彩,而兴会的理论则是强调心物之间具有一种感应关系,在这种感应关系的基础上而有此创作状态。沈约以"兴会标举"与"体裁明密"这两种特征对举,前者着眼的是创作状态,后者着眼的是作品的审美形态,两者的角度有所不同。但是,"体裁明密"体现着严密的法则,这类作品往往是在一种理性的状态下创作出来,而非在兴会的状态下产生。刘熙载《艺概·诗概》称颜延之"字字称量而出,无一苟下",所指的正是这种特点。沈约的这种列举方式隐含着对兴会型与理智型两种创作状态的分类。而这两种创作状态中,兴会型往往被与诗人的天才相联系,理智型则被与学力相关联。刘熙载说

"谢才颜学"①,谢灵运的兴会标举与才相关,颜延之的体裁明密与学相关。

　　刘全白《唐故翰林学士李君碣记》谓李白"善赋诗,才调逸迈,往往兴会属词,恐古之善诗者亦不逮",把李白的创作归为兴会型。胡应麟则又把李白与杜甫对举,作为兴会标举与体裁明密的代表。其《诗薮》外编卷四云:"李、杜二家,其才本无优劣,但工部体裁明密,有法可寻;青莲兴会标举,非学可至。"胡氏沿沈约之说将李、杜对举,分为两个类型。杜甫体裁明密,有规则可寻;李白兴会标举,无法则可寻,所以称"非学可至"。

　　从谢灵运、颜延之的对举到李白、杜甫的并立,概括了诗歌史两种基本的创作类型,王士禛的兴会、根柢的二分法,与沈约的"兴会标举""体裁明密"的二分,有明显的理论渊源关系。

3. 王士禛以空音镜象解兴会

　　尽管王士禛的兴会与根柢的二分方式从理论上来源于沈约,但是在对兴会的诠释上却又吸收了严羽的妙悟说,使兴会与羚羊挂角、空音镜象联系起来。

　　本来兴会的含意可以大致包含触物兴感与非人为的自发的创作状态两个方面内容。王士禛的兴会说也包括这些传统的内容,其《渔洋诗话》云:

　　　　萧子显云:"登高极目,临水送归;蚤雁初莺,花开叶落。有来斯应,每不能已;须其自来,不以力构。"王士源序孟浩然诗云:"每

---

① 《艺概·诗概》。

> 有制作,伫兴而就。"余平生服膺此言。故未尝为人强作,亦不耐
> 为和韵诗也。

王士禛引述萧子显说诗兴必须自己涌出,而非人为有意地强作。诗兴
之所以能自己涌出,乃是由于外物的触发使诗人进入感兴的状态。在
这一过程中,情感自发地获得表现形式,而非人为地外在地赋予。所谓
"自来",所谓"伫兴",都是强调诗兴产生的非人为的自发性,而不是人
为地有意地进入创作状态。这些与沈约、刘勰之说一脉相承。清初陈
伯玑曾以"偶然欲书"评价王士禛的诗作,王士禛对此甚为欣赏,认为
"此语最得诗文三昧"。① 所谓"偶然欲书"者,即谓非人为强力作诗,
而是当诗兴触发时作诗。这也即"自来""伫兴"之意。确保创作的自
发性,也就保证了艺术的自由性,诗歌就不至于陷入"连篇累牍,牵率
应酬"的不自由状态②。其《香祖笔记》卷七又云:

> 越处女与勾践论剑术曰:"妾非受于人也,而忽自有之。"司马
> 相如答盛览论赋曰:"赋家之心,得之于内,不可得而传。"诗家妙
> 谛,无过此数语。

这些都是强调作者创作过程的自发性,非人有意从外进入,此一过程也
是自动完成的,作者对这种创作过程不加外在的人为干预。这种过程
其实是一种非理智的过程。
　　王士禛不仅从创作状态上来诠释兴会,也从诗境来讲兴会。他说:
"镜中之象,水中之月,相中之色,羚羊挂角,无迹可求,此兴会也。"在

---

① 《香祖笔记》卷九。
② 同上。

他看来,兴会状态创作出来的就是一种镜花水月、空音镜象的诗境。把空音镜象的境界与兴会联系起来,为前人诗学所无。空音镜象之境是严羽兴趣妙悟说所标举的诗境,严羽说盛唐诗为妙悟,又说"盛唐诗人惟在兴趣",妙悟是以禅喻诗,而兴趣则是用传统的兴的理论论诗,但在严羽,妙悟说所标举的诗境,与兴趣说所标举的诗境是相同的,都是羚羊挂角、空音镜象之境。兴趣妙悟正是王士禛神韵说的重要的审美内容,王士禛以此来诠释兴会,则就把兴会与严羽的兴趣妙悟说联系起来,兴会遂成为其神韵说的重要内容。

由于王士禛以严羽妙悟说诠释兴会,因而其兴会、根柢的二分法又与严羽《沧浪诗话》的"妙悟"与"学力"之分相关。严羽说:

> 大抵禅道惟在妙悟,诗道亦在妙悟。且孟襄阳学力下韩退之远甚,而其诗独出退之上者,一味妙悟故也。

严羽以孟浩然与韩愈相较,认为孟浩然的创作属妙悟型,韩愈则是学力型。严氏认为盛唐诗歌属妙悟型,其特征即其所谓"盛唐诗人惟在兴趣",羚羊挂角,空音镜象。严羽推重的是妙悟型,其强调别材、别趣,皆与此相关。故尽管严羽承认韩愈学力远高于孟浩然,却认为韩愈诗低于孟浩然。王士禛所分兴会型、根柢型,实与严羽之妙悟型、学力型相一致。由此可见,王士禛的兴会与根柢的理论实际上是综合了沈约与严羽的诗说。

按照兴会的传统意义,诗人是由外物感发而兴感,而进入一种类似灵感化的创作状态,这种创作状态创作出来的可以是质实的境界,也可以是空灵的境界。由于王士禛用严羽的羚羊挂角、空音镜象之说来诠释兴会,这样兴会就不只是一种外物感发而兴的创作状态,也与其所标举的"兴象超诣"的诗境联系在一起。按照这种诠释,不属于空音镜象

一类的质实诗境就被从兴会中排除,兴会遂被限定为一种空灵的境界。许印芳《诗法萃编》曾对王士禛用严羽诗说诠释兴会提出批评:

> 以严沧浪妙悟空灵之说讲兴会,殊欠精切。盖兴会之来,必有事物,感触于心,然后喜怒哀乐,形诸咏歌。或悱恻缠绵,余情不尽;或痛快淋漓,意尽而止,此诗之实境,亦诗之真境,其言有物,不可伪为。若以妙悟空灵之说主持之,变实为虚,是蔑兴会矣。空腔滑调之病,伏根于此。①

在许印芳看来,兴会乃由事物感触而起,有感而发,喜怒哀乐,皆可以追原其所以然,言之有物,有迹可寻,故是"实境""真境"。而王士禛用严羽妙悟空灵之说来讲兴会,就抽掉了兴会中的外物感发的具体内容,把兴会的实境变成虚境。许印芳对兴会的诠释偏于实的一面,而王士禛对兴会的诠释偏于虚的一面,其实两面都是兴会的合理内涵。

4. 兴会与根柢相兼

据王士禛在《突星阁诗集序》中的说法,似乎有了兴会就可以作出镜花水月之诗,而不需要学问的根柢。其实不然。王士禛论诗也很强调根柢,他说:"为诗须有根柢。如《三百篇》《楚词》、汉魏,细细熟玩,方可入古。"②又说:"为诗须博极群书。如《十三经》《廿一史》,次及唐宋小说,皆不可不看。所谓取材于《选》,取法于唐者,未尽善也。"③都是强调学问根柢对于诗歌创作的重要作用。

---

① 《诗法萃编》卷九。
② 《然镫记闻》。
③ 同上。

在王士禛看来,学问之于诗歌有三个方面的作用。其一,学问对于诗人性情人格的修养作用,如说:"为诗须要多读书,以养其气。"①其二,学问对于诗人艺术修养的作用,如云"读千赋则能赋"(见下文)。其三,学问对诗歌审美艺术表现的作用,如上文"为诗须博极群书"一条,言多读书以为诗材;又如"《六经》《廿一史》,其言有近于诗者,有远于诗者,然皆诗之渊海也"②,也是指此。对于以上三方面,王士禛并未作明确的区分。当他以性情与学问对举时,其义偏向于后二者。其《诗友诗传录》答问中明确说:

> 司空表圣云:"不着一字,尽得风流。"此性情之说也。扬子云云:"读千赋则能赋。"此学问之说也。二者相辅而行,不可偏废。若无性情而侈言学问,则昔人有讥点鬼簿、獭祭鱼者矣。学力深,始能见性情,此一语是造微破的之论。③

此与其兴会发于性情、根柢源于学问之说一致。"读千赋则能赋",就如俗谓"熟读唐诗三百首,不会作诗也会吟",言诗人艺术创作能力的培养问题。诗人是否天生,后天培养能否造就诗人? 所谓"读千赋则能赋"显然承认一个人的艺术创作能力可以通过后天培养出来。读书的过程就是学习艺术法则,把握艺术规律的过程。王士禛所谓"若无性情而侈言学问,则昔人有讥点鬼簿、獭祭鱼者矣"一句,则是说诗歌用典的问题,属于诗歌的审美表现方式方面。

依王士禛的观点,诗歌创作有性情兴会与根柢学问二道,二者很难

---

① 《师友诗传录》。
② 《丙申诗旧序》,《蚕尾续集》卷三。
③ 《师友诗传录》。

统一，神韵诗的创作靠性情兴会，而非赖学问根柢。但王士禛主张两者统一，不可偏废，并且认为《突星阁诗集》的作者就作到了统一。就王士禛本人而言，虽非考据型的学问家，但其学有根柢且非常博学，故根柢与兴会在他自身也是统一的。

七　化境与悟境，功夫与境界

从学诗到创作、再达致最高境界，这是一个存在不同层次的过程。神韵说标举一种诗歌境界，此种境界要在某种创作状态中才能创造出来，但这种创作状态不是任何人在任何时间都能达到的，达到境界需要一个修养过程，借禅佛的理论言之，就是悟的过程。悟之前的阶段是悟前功夫，是参，悟之后所进入的状态是悟后境界。王士禛有些论述是就悟前功夫言，有些是就悟后境界说，我们必须对此作一分别，方能真正了解其完整的思想。

王士禛认为诗歌有一种同于禅家悟境的化境：

> 舍筏登岸，禅家以为悟境，诗家以为化境，诗禅一致，等无差别。大复《与空同书》引此，正自言其所得耳。顾东桥（按，顾璘）以为"英雄欺人"，误矣。岂东桥未能到此境地，故疑之耶？①

禅宗认为，佛性人人本有自足，不假外求，佛法于证悟真谛来说，就如渡河的竹筏，当未悟之时，需要凭借它，一旦悟得真谛，到达涅槃彼岸，就应舍去。佛法对于证悟佛道，只具有工具的价值，而没有独立的终极的

---

① 《香祖笔记》卷八。

价值，此即"筏喻法"。以佛学为参照看诗学，也有一个佛学式的问题。对于任何诗人来说，都有一个学习写诗的过程，学会了写诗，他就由非诗人成为诗人，但是"会"是一个极为模糊的概念，一般能写出诗来者可以说是"会"，而一个最伟大的诗人也可以说是"会"，因而它包括诸多不同的层次，诗人有一个向更高层次进益的问题。那么，对于诗人来说，有无类似禅悟那样的本质性飞跃层次的境界？如果有，诗人创作面临着前代积累的传统，这些传统作为规范或法则类似佛法，对于诗人达到悟的境界具有怎样的意义和价值？这些问题在诗学本来是存在的，禅佛理论给诗学提供了透视这些理论问题的参照。宋人以禅喻诗，实际上是要借助禅佛的理论对此作出解答。吴可、龚相都有《学诗诗》，称"学诗浑似学参禅"，吕本中有"悟入"说，严羽称"禅道惟在妙悟，诗道亦在妙悟"，如此等等，这些都表明，在宋代人们认为诗歌创作中存在着一种类似禅宗悟境的境界。

　　禅宗认为佛性人人本具自足，无须外求，妙悟就是对这一自身本有的佛性的体悟。在诗学中，就存在着一个理论预设，这种诗道人人皆具，不是外在于人之道，而是内在于人的真谛。悟是对艺术真谛的觉解。这里说觉解，不同于认识，认识就意味着有主体、客体之分，就意味着一种理性的认识过程。这种认识只有知识，而没有体验。妙悟不是这样的认识过程。它就如禅宗对佛道的觉解，是一种体悟。如果达到了妙悟，就具有一种特别的识力，佛家称"金刚眼"，严羽称诗人也有这种"金刚眼"，这种识力在诗歌中就是审美鉴赏力。妙悟使人不仅具有一种特别的审美鉴赏力，同时获得了一种特别的创造力，达到了诗歌创作的自由境界。鉴赏与创造是不同的艺术能力，是不同的心灵活动，但它们是诗道的一体两面。参禅达到悟境，则挑水担柴无非妙道；作诗达到悟境，则信手信口无不成章。"学诗浑似学参禅，竹榻蒲团不计年。

直待自家都了得,等闲拈出便超然。"①"学诗当如初学禅,未悟且遍参诸方。一朝悟罢正法眼,信手拈出皆成章。"②所谓"直待自家都了得""一朝悟罢正法眼",正是指达到了悟境,"等闲拈出""信手拈出"都是强调这种境界的创作的自由性。严羽称:"学诗有三节:其初不识好恶,连篇累牍,肆笔而成;既识羞愧,始生畏缩,成之极难;及其透彻,则七纵八横,信手拈来,头头是道矣。"③这里所谓"七纵八横,信手拈来,头头是道",所指正是悟境。胡应麟说:"严氏以禅喻诗,旨哉!禅则一悟之后,万法皆空,棒喝怒呵,无非至理。诗则一悟之后,万象冥会,呻吟咳唾,动触天真。"④达到这种境界,诗人冥契诗道,与诗道冥合为一,发言出语无不合于诗道,诗人不再受任何外在的约束,这是一种完全自由的境界。这种境界,王士禛称之为诗家的化境。

从佛性人人本有具足这一点上说,人人都是潜在的佛,所谓成佛不过是悟得本有的佛性,所以不假外求,不承认外在的权威,佛法只不过是工具,不可执着。这实际上肯定了每个个体的无上的地位。按照禅宗的理论逻辑来看诗歌,诗道在妙悟,前代的诗歌传统作为典范和法则对于学诗者来说,只不过如佛法一样仅仅具有工具的价值,一旦达到悟境,即当舍去。前代的典范和历史传统没有终极的价值,终极的价值依据在于诗人自身。学习古人的法则只在未悟时具有意义,当达到悟境时,法则对于创作来说就没有意义。学古要归结到独创。吴可《学诗诗》云:"学诗浑似学参禅,头上安头不足传。跳出少陵窠臼外,丈夫志气本冲天。""少陵窠臼"是权威、是法则,达到悟境时是要舍去的,这时

---

① 吴可《学诗诗》。
② 韩驹《赠赵伯鱼》。
③ 《沧浪诗话》。
④ 《诗薮》内编卷二。

自我就是诗道的体现者,就如佛家所谓我即是佛、佛即是我,哪里还容得下"头上安头"、另有一个权威立于我之上呢? 这是以禅论诗的必然结论。

严羽也是主张悟的,但他何以主张创作要似古人,认为"诗之是非不必争,试以己诗置之古人诗中,与识者观之而不能辨,其真古人矣"? 以禅佛的观点看,这岂不是不能舍筏,仍在窠臼之中,"头上安头",没有丈夫志气?

禅宗虽然认为人人都有佛性,但佛性的内容实际上是已经预设的,所以尽管强调每个个体的主观性,承认个体对佛性的体悟各有差别,否认佛法的终极意义,但是由于对佛性的预设事实上规定了体悟的方向,因而还是有本质上的共同性,它只能是佛家的性空的境界。诗人要悟,所悟的是诗道。但是这个诗道是什么? 有没有规定性? 如果没有规定性的话,那么每个人所悟的诗道都不相同,它会给每个个体的独特性以充分的承认,但也会否认诗歌有一个共同的价值标准,会否认经典权威,这就带来了独创性与诗歌传统的矛盾,造成对传统的诗学价值系统的冲击。吴可《学诗诗》所代表的正是这种理论倾向。严羽主张诗道在妙悟,但他自己对诗道的内容作了规定。他让你去悟诗道,但让你悟的是他已经规定了其内容的诗道,是已经加以限定的诗道。这种诗道是汉魏盛唐诗歌的传统。因而当你学诗达到悟境时,"七纵八横,信手拈来,头头是道",但这个"道"并不是吴可式的自成一家之道,而是汉魏盛唐之道。严羽的妙悟说代表了重传统法则的理论倾向。如果按照禅宗的理论逻辑来衡量,其实严羽所谓悟,并没有达到"透彻之悟"。主独创与主传统,本是传统诗学内部的理论问题,在宋代只不过是以禅佛式的理论形式重新提出来,用现在文艺理论界流行的时髦的说法,乃是用禅佛的话语表述出来的旧问题。

这一理论问题延续到明代。李梦阳、何景明都主学古,但两人稍有分别。李氏学古有过似古人之嫌,而何氏则主张"富于材积,领会神情,临景构结,不仿形迹","佛有筏喻,言舍筏则达岸矣,达岸则舍筏矣"。① 对何氏舍筏之论,顾璘颇不以为然,称"斯将尽弃法程,专崇质性","固非确论"。② 其实,何氏舍筏云云,并非不要法则,如吴可所主张的独创,而只是要"不仿形迹"而已。这一点胡应麟已经指出过,他说:"舍筏之云,以献吉多拟前人陈句,欲其一切舍去,盖刍狗糟粕之谓,非规矩之谓也。献吉不忿,拈其法字降之。学者但读献吉书,遂以舍筏为废法,与何规李本意,全无关涉。"③胡氏"学者但读献吉书"云云,或是针对顾氏之语而发。胡应麟称:

> 汉唐以后谈诗者,吾于宋严羽卿得一"悟"字,于明李献吉得一"法"字,皆千古词场大关键。第二者不可偏废。法而不悟,如小僧缚律;悟不由法,外道野狐耳。④

法的归结是悟,但法是悟所遵由的途径,法对悟构成了限定,悟必须是沿着法而悟。在这二者之间,胡应麟强调不可偏废。如果从禅佛的观点看,悟是目的,法是工具,二者其实是有主次之分的。胡应麟将两者等量齐观,其实是站在格调说的立场上言悟,虽然他承认有悟的境界,但要对这种境界加以严格的限制,以免陷入外道野狐之境。

如果说胡应麟是立足于法而谈悟,那么王士禛则是立足于悟而谈法。这是神韵说与格调说的不同之处。正如胡应麟是立足于体格声调

---

① 《与李空同论诗书》,《大复集》卷三十二。
② 《国宝新编》。
③ 《诗薮》内编卷五。
④ 同上。

而谈兴象风神,而王士禛则是立足于兴象风神而谈体格声调。胡应麟
重的是悟前功夫,而王士禛重的是悟后境界。王士禛并不否认法对于
悟的价值,他承认学诗有一个类似于佛家所谓渐修的阶段,在这一阶
段,诗人主要是接受外在的法则,法则对于主体来说还是外在的,因而
主体要受到法则的束缚,主体的自由性在这一阶段是受到限制的。而
一旦达到妙悟之境,法则就由外在于主体转而内化为主体心灵自身的
规律,所谓从心所欲不逾矩,就是这种境界,这就是所谓的化境。这时
法则与自由就得到了统一。而一旦达到这种境界,王士禛所谓的根柢
与兴会的矛盾就得到了解决,学问就化而为性情。而到这种境界之后,
主体就要以兴会为诗。

由于王士禛谈诗是就悟后的境界而言,所以有施闰章的“华严楼
阁”之喻。在《渔洋诗话》中,记载了洪昇与施闰章的一段谈话:

> 洪昇昉思问诗法于施愚山,先述余凤昔言诗大指。愚山曰:
> “子师言诗如华严楼阁,弹指即现;又如仙人五城十二楼,缥缈俱
> 在天际。余即不然,譬作室者,瓴甓木石,一一须就平地筑起。”洪
> 曰:“此禅宗顿、渐二义也。”①

洪昇把王士禛与施闰章分属于禅宗的南北宗,以王士禛的诗学主顿悟,
而施主渐修。王士禛认可了这种说法。《四库全书总目提要》对此发
表评论说:

> 士禛诗歌自然高妙,固非闰章所及,而末学沿其余波,多成虚

---

① 《渔洋诗话》。

响。以讲学譬之,王所造如陆,施所造如朱。陆天分独高,自能超
悟,非拘守绳墨者所及;朱则笃实操修,由积学而渐进。然陆学惟
陆能为之,杨简以下一传而为禅矣;朱学数传以后,尚有典型;则虚
悟、实修之别也。闰章所论,或亦微有所讽,寓规于颂欤。①

以《四库全书总目提要》的说法,王士禛是天分型的诗人,而施闰章是
学力型的诗人。从诗歌创作而言,王士禛是由妙悟而得,施闰章是由渐
修而得;王士禛属南宗,而施闰章属北宗。这乃是对洪昇顿、渐二义说
的发挥,只是带上了扬施抑王的色彩。

王士禛在清初诗坛具有特别重要的地位。他在顺治后期崛起于诗
坛,此后领袖诗坛达数十年之久。他是康熙诗坛最有影响的诗人和诗
学家,其诗学成为康熙时期的主流诗学。但是,在当时也有非主流诗学
的存在,不仅如此,他还受到赵执信的直接挑战,我们将在下一章讨论。

----

① 《四库全书总目》卷一百七十三,《学余堂文集》《诗集》《外集》提要。

第十章
以杜为宗与"诗中有人"：
与神韵说异趣的非主流诗学

　　王士禛是康熙时代最有影响的诗人，领袖诗坛几乎长达整个康熙时代，因而其诗学可以说是康熙时代的主流诗学。但是，在当时，也有与其诗学相异趣的非主流倾向存在。这就是朱彝尊、陈廷敬、庞垲、赵执信等人的诗学。朱彝尊、陈廷敬、庞垲三人论诗的共同倾向有二：一是都持正统的儒家诗学立场，强调儒家诗学的政教精神；二是都最尊杜甫。王士禛论诗并不持正统的儒家诗学立场，故论诗不强调诗歌的政教作用；他虽然在理论上不贬杜甫，但也并不最尊杜甫，在创作上也不学杜甫。朱彝尊等三人的诗学与王士禛的诗学有着明显的分界。以上三人论诗虽与王士禛明显异趣，但他们之间并未发生论争，而赵执信则公开向王士禛发起了挑战。

一　朱彝尊：尊诗教、重学力的诗学

　　朱彝尊在创作上被视为与王士禛齐名的人物，时称"朱、王"。总体而言，朱、王的诗学大体上都属于尊唐派。王士禛还曾在一定时期里提倡过宋诗,朱彝尊的尊唐立场则比较坚定而一贯①。尽管朱、王的诗学总体上都尊盛唐,但是二人的诗学却代表了尊唐派诗学两种不同的取向。除我们在本章开头所说的两方面不同之外,朱、王诗学还有一个重要分别,那就是:王士禛继承严羽诗学,重兴会妙悟;朱彝尊则抨击严羽,强调学力。朱彝尊的这种重学力的诗学直开主宋诗的浙派以及肌理派的理论先河,所以他在清代诗学上的地位也颇为重要。

1. 尊诗教与宗杜甫

宗唐宗杜,这是朱彝尊诗学的主要倾向。他说:"学诗者以唐人为径,此遵道而得周行者也。唐之有杜甫,其犹九达之逵乎。"②这正是其诗学宗旨的体现。

朱彝尊强调儒家诗学的政教精神,其对言志传统的诠释也是偏重儒家诗教方面的内涵。他说:"彝尊尝闻古之说诗者矣,其言曰:诗者也,志之所之也,言其志谓之诗。又曰:诗者,人心之操也。又曰:诗,持也,自持其心也。"③所谓"人心之操""自持其心",强调的都是诗歌的道德作用。其《与高念祖论诗书》云:

> 《书》曰:"诗言志。"《记》曰:"志之所至,诗亦至焉。"古之君子,其欢愉悲愤之思感于中,发之为诗。今所存三百五篇,有美有刺,皆诗之不可已者也。夫惟出于不可已,故好色而不淫,怨悱而不乱,言之者无罪,闻之者足以戒。后之君子诵之,世治之污隆,政

---

① 当然也有人指出朱彝尊在创作上曾有取于宋诗,如洪亮吉《北江诗话》,但他在诗学理论上尊唐的倾向却是明显的。
② 《王学士西征草序》,《曝书亭集》卷三十七。
③ 《王先生言远诗序》,《曝书亭集》卷三十八。

事之得失,皆可考见。①

朱彝尊认为,《诗经》传统就是言志、美刺,由之可以考见世治污隆、政事得失。这些说法并不新鲜,但却鲜明显示出朱彝尊的儒家诗学立场。站在这种立场上审视诗歌史,他批评魏晋以下的诗歌背离了《诗经》传统:"魏晋而下,指诗为缘情之作,专以绮靡为事,一出于闺房儿女之思,而无恭俭好礼廉静疏达之遗,恶在其为诗也?"②在他看来,魏晋以后诗从"言志"转向"缘情""绮靡",专写"闺房儿女之思",其内容不仅脱离了社会政治,也违背了儒家的伦理道德。这种诗歌在他的眼里根本不能称之为诗,因为在他看来言志才为诗。我们在第二章说过,七子派论诗批评六朝诗背离了《诗经》传统,但是,朱彝尊对六朝诗歌的批评与七子派的着眼点却有不同。七子派着眼的是审美方面,认为其背离了《诗经》及汉魏诗的审美传统,而朱彝尊着眼的则是政教方面,认为六朝诗背离了儒家诗教。

站在儒家诗教立场上,朱氏对唐诗也有所批评,认为只有杜甫的作品体现了诗教精神。其《与高念祖论诗书》说:

> 唐之世二百年,诗称极盛。然其间作者,类多长于赋景,而略于言志;其状草木鸟兽甚工,顾于事父事君之际,或阙焉不讲。惟杜子美之诗,其出之也有本,无一不关乎纲常纶纪之目,而写时状景之妙,自有不期而工者然。则善学诗者,舍子美其谁师也与?

朱彝尊对唐诗的总体概括是"长于赋景,而略于言志",认为唐诗的所长在写物赋景的审美方面,其所短在于忽略了诗歌的根本,即言志传统,因而在描绘自然景物方面非常工妙,但缺乏政教方面的内涵。这种

---

① 《曝书亭集》卷三十一。
② 《与高念祖论诗书》,《曝书亭集》卷三十一。

概括肯定了唐诗的审美方面,批评了其政治道德的内容方面,鲜明地体现出朱彝尊的诗教立场。在他看来,只有杜甫诗一方面"无一不关乎纲常纶纪之目",继承了《诗经》的政教传统,另一方面"写时状景""不期而工",具有唐人共同的赋景之长,把深广的政治伦理内涵与完美的审美表现形式结合起来,因而在唐诗中属于最优秀者,学诗者应以杜甫为师。朱彝尊之所以主张以杜甫为师,关键在于杜甫继承了儒家诗教传统。因为从写景之工妙方面说,唐诗皆有此长,并非杜甫的专长,杜甫的特殊之处就在于他具有写景之工的同时,更体现了儒家诗教精神。因而对于朱彝尊来说,尊诗教必然要宗杜甫,宗杜甫就是尊诗教,两者是统一的。当然,朱彝尊以上对唐诗的批评是着眼于诗教而发的,并不能说他在总体上否定唐诗的成就,故这种批评与其宗唐诗的基本立场并不矛盾。

朱彝尊与王士禛虽然都属尊唐一派,但王士禛对诗歌传统的诠释主要是偏向于审美的一面,而朱彝尊对诗歌传统的诠释则较重诗教的一面。二人的诗学倾向有着明显的不同。

2. 情挚而诗工:性情优先于形式

朱彝尊站在儒家诗教的立场上,认为言志是诗歌的目的,是主要的,审美表现方面的因素是为言志服务的,乃是次要的。这种诗学观体现在性情与形式的关系上就是性情优先。我们在第三章中说过,钱谦益的诗学就有这种倾向,朱彝尊在这方面与钱谦益的诗学体现出较多的一致性。他说:

> 夫作诗者,必先缠绵悱恻于中,然后寄之吟咏,以宣其心志。言之工,可以示同好,垂来世,即有未工,亦足为怡悦性情之助。①

---

① 《陈叟诗集序》,《曝书亭集》卷三十八。

在他看来,诗歌创作的最理想境界当然是言志与"言之工"(在艺术表
现方面具有很高的水平)两者的统一,即思想内容与完美的表现形式
两方面的统一。但以上两方面有主次之分。言志是主,"言之工"为
次,思想价值高于艺术价值。当两者不能统一,宁要思想性。一首诗只
要言志,即便艺术表现水平不高,也同样具有道德功能。另一方面,他
又认为只要诗人是有感而发,其作品在艺术表现方面必然会有很高的
水平。他说:

> 缘情以为诗。诗之所由作,其情之不容已者乎。夫其感春而
> 思,遇秋而悲,蕴于中者深,斯出之也善,长言之不见其多,约言之
> 不见其不足。情之挚者,诗未有不工者也。①

所谓"缘情以为诗"与他批评魏晋而下"指诗为缘情之作"不同,此处所
说的情即其所谓志,而不是"闺房儿女之思"。"情之挚者,诗未有不工
者也",是说情感的真挚与否决定诗歌的艺术水平的高低。强调性情
为主,强调性情对表现形式的决定作用,这种论调与钱谦益相似。

　　朱彝尊强调性情优先,认为形式风格只能为表现性情服务,而不能
反过来限制性情的抒发。站在这种立场上看,七子派的格调说的弊端
恰恰就是以形式风格束缚了性情的抒发。他说:

> 吾言吾志之谓诗。言之工,足以伸吾志,言之不工,亦不失吾
> 志之所存。乃旁有人焉,必欲进于古人之域,曰诗有格也,有式也,
> 于是别世代之升降,权声律之高下,分体制之正变,范围之勿使逸

---

① 《钱舍人诗序》,《曝书亭集》卷三十七。

> 出矩矱绳尺之外,于古人则合矣,是岂吾言志之初心哉?且诗亦何常格之有!①

诗人言的是自己之志,自己之志有自己的表现方式,因而诗歌没有固定的表现方式。而格调说以古人的形式风格作为法则来规范当代诗人,使之合于古人,就对言志构成了束缚,背离了"诗言志"的根本原则。朱彝尊批评后七子派说:

> 正、嘉以后,言诗者本严羽、杨士弘、高棅之说,一主乎唐,而又析唐为四,以初盛为正始、正音,目中晚为接武、余响,斤斤权格律声调之高下使出于一,吾言其志,将以唐人之志为志,吾持其心,乃以唐人之心为心,其于吾心性何与焉?②

所谓"正、嘉以后""言诗者",指的就是后七子派。他认为,复古派模拟古人格调,而格调是取决于主体的性情的,格调上的模拟势必带来性情上的模拟,而性情上的模拟势必导致诗歌所表现的主体情感的虚拟。这样后七子派诗学就走向了言志传统的反面。其《静志居诗话》对李攀龙、王世贞等都有尖锐的批评。他在《叶指挥诗序》对七子派的追随者也提出了批评,谓"三十年来,海内谈诗者,每过于规仿古人……于是己之性情汩焉不出"③。站在性情优先的立场上批评格调说,这与钱谦益一派对七子派的批评大体上是一致的。

朱彝尊崇尚唐诗,也主张学唐,"以唐人为径",但他却反对在格调

---

① 《沈明府不羁集序》,《曝书亭集》卷三十八。
② 《王先生言远诗序》,《曝书亭集》卷三十八。
③ 《曝书亭集》卷三十七。

上模拟唐诗。他认为性情决定诗歌的审美表现形式,则诗歌的审美表现形式应在创作过程中经由主体的性情而获得,不应该由主体外在地强加给性情。这样主体性情所获得的审美表现形式就是唯一的。他说:"夫惟无心成文,辞必己出,革剿说雷同之弊,宣以天地自然之音,洵斯文之英绝者矣。"①"韩退之有云:'惟古于辞必己出,降而不能乃剿贼。'夫辞非己出,未有不流为剿贼者。"②所谓"辞必己出",就是要求诗歌的艺术表现形式必须出自诗人自己的胸臆,而不能从前人那里模拟而来。这乃是他对诗歌审美表现形式方面的根本要求。

朱彝尊一方面要取径唐人,另一方面又要求"辞必己出",并不是只求创新而摒弃传统,而恰恰是要将传统与创新统一起来。在清初人看来,七子派师古而不知变,竟陵求变而不师古。清初的诗学思潮走的是两者结合的道路③。朱彝尊也是如此。他说:"后之称诗者,或漫无所感于中,取古人之声律字句而规仿之,必求其合;好奇之士,则又务离乎古人,以自鸣其异。均之为诗,未有无情之言可以传后者也。惟本乎自得者,其诗乃可传焉。"④又说:"文之有源者,无畔于经,无窒于理,本乎自得,抒中心所欲言,固不在袭古人以求同,离古人以自异也。"⑤七子派之拟古是求与古人同,而公安、竟陵主变是求与古人异。朱彝尊从性情优先的理论出发,既反对求与古人合,也反对求与古人异。因为无论求合求异,都是有意在形式方面讲求,都是把形式看作可以脱离内容的空洞的形式,都是要给情感赋予一个外在的并不适合情感本身的形

---

① 《禹峰文集序》,《曝书亭集》卷三十八。
② 《王先生言远诗序》,《曝书亭集》卷三十八。
③ 参见本书第三、第四章。
④ 《钱舍人诗序》,《曝书亭集》卷三十七。
⑤ 《秋水集序》,《曝书亭集》卷三十七。

式,因而他把求合求异都归结为无情之言。朱彝尊所谓的"辞必己出"乃是诗人先有感于中,不得不发,这样自性情而有表现形式。这样的表现形式不是诗人从外在赋予情感的,而是情感内在地流出来的。求同求异是着眼诗歌的形式而论形式,而"辞必己出"是着眼于诗歌的内容而论形式。这样朱彝尊的"辞必己出"之论就超越了形式层面的求同求异理论,其由性情而出的形式既有对传统的继承,也有自己的创新。此时诗人不必讲求哪些是继承传统而来,哪些是自己创新而有,因为无论是传统的内容,还是创新的成分,都是自诗人胸臆中流出来的,都是"我"的形式。从以上观点出发,他不主张论诗言派。"吾于诗而无取乎人之言派也。吕伯恭曰:诗者,人之性情而已。吾言其性情,人乃引以为流派,善诗者不乐居也。"①流派的划分是着眼于共同性,朱彝尊所谓"辞必己出"着眼的是个别性。一旦言派就容易陷入求同,而不能作到"辞必己出"。

王士禛论诗是以审美为中心的,以审美为中心固然离不开诗人的性情,但不是把性情放到比表现形式更优先的位置。朱彝尊论诗则以性情优先于审美表现形式,这种理论与王士禛有明显的分界,而与钱谦益的诗学却有相当的一致性。

3. 以取材博者为尚

朱彝尊与王士禛在诗学观上的另一个重大不同,在于朱彝尊重学力,而王士禛重兴会。二人诗学取向上的不同在他们对待严羽诗学的态度上鲜明地体现出来。王士禛推尊严羽,而朱彝尊却批评严羽。

---

① 《冯君诗序》,《曝书亭集》卷三十八。

朱彝尊认为公安、竟陵派的根本弊病就在于不讲学问。他说：

> 自明万历以来，公安袁无学兄弟矫嘉靖七子之弊，意主香山、眉山，降而杨、陆，其辞与志未大有害也。景陵锺氏、谭氏从而甚之，专以空疏浅薄诡谲是尚，便于新学小生操奇觚者，不必读书识字，斯害有不可言者已。①

公安派言性灵，是与道理闻见相对立的，因而带有排斥学问的倾向。竟陵派虽然有学古之说，但所沿大体上是公安派的路子。朱彝尊在公安、竟陵派之间对于前者评价稍高，因为公安派虽然空疏浅薄，但并不尚诡谲，竟陵派崇尚幽深孤峭，则被视为诡谲，诡谲之风往往被与时代政治联系起来，看作是亡国之征兆。朱彝尊认为，公安、竟陵所尚的空疏浅薄，便于不读书之人，给诗坛带来了巨大危害。而在他看来，公安、竟陵诗学的弊端正是受了严羽诗学的影响：

> 今之诗家空疏浅薄，皆由严仪卿"诗有别才非关学"一语启之，天下岂有舍学言诗之理？②
> 严仪卿论诗，谓："诗有别才，非关学也。"其言似是而实非，不学墙面，焉能作诗？自公安、竟陵派行，空疏者以得借口，果尔，则少陵何苦读书破万卷乎？③

其实公安派之性灵说乃是心学在诗学领域里的表现，尽管在诗学传统

---

① 《胡永叔诗序》，《曝书亭集》卷三十九。
② 《栋亭诗序》，《曝书亭集》卷三十九。
③ 《静志居诗话》卷十八，徐𤋮条。

的范围内看,其排斥学问的倾向可以与严羽"诗有别才"之说相通,但是公安派性灵说的直接理论来源并不是严羽的诗学。竟陵派继承公安派性灵说,其诗学也并不是直接来源于严羽。而朱彝尊则从诗与学问关系的角度透视诗学史,把公安、竟陵派诗学与严羽联系起来。朱彝尊一方面把七子派崇格调之弊追溯到严羽的影响,另一方面又把公安、竟陵派尚空疏之病与严羽诗学联系起来,这样整个明代诗学的弊端都与严羽相关。

钱谦益抨击七子派,曾归咎于严羽诗学的影响;冯班承其师说,作《严氏纠谬》,痛斥严羽。王士禛倡神韵之说,尊奉严羽,对钱、冯之斥严羽作了反驳。朱彝尊称七子派"本严羽、杨士弘、高棅之说",这种溯源法与钱谦益相同,显然是受了钱谦益的影响,因而其对严羽的批评也可以看作是钱谦益诗说的延续①。朱彝尊与王士禛同时,并有相当的交往,对于王士禛尊奉严羽诗说,他不可能不了解。他这样直接批评严羽,无异于间接批评王士禛。我们说过,王士禛认为诗歌有兴会与根柢二道,神韵与兴会是联系在一起的,从理论上正是上承严羽的"别才""别趣"之说。尽管严羽及王士禛都不废学问,但是都不主张把学问显露在诗歌里。但是,朱彝尊则认为诗人的学问不仅可以而且应该表现在诗歌当中。朱彝尊自叙其创作经历云:

> 予少而学诗,非汉魏、六朝、三唐人语勿道,选材也良以精,稍不中绳墨则屏而远之。中年好钞书,通籍以后集史馆所储,京师学士大夫所藏弆,必借录之……归田以后,钞书愈力,暇辄浏览,恒资以为诗材,于是缘情体物,不复若少时之隘。……予故论诗必以取

---

① 钱谦益没有把公安、竟陵派诗说与严羽"诗有别才"之说相联系,在此一点上,钱、朱二人有不同。

材博者为尚。①

"少而学诗"的情况乃是受七子派的影响,中年以后其诗学倾向发生转变,重学问的倾向愈来愈重。他认为,取材博,表现中就能够铺展得开,表现得淋漓尽致。朱彝尊重博学的倾向对后来的浙派诗学产生了重大影响。

二 陈廷敬、庞垲:以杜甫为宗

1. 陈廷敬:以杜为宗

在康熙诗坛,还有一位专宗杜甫的诗人,那就是陈廷敬。廷敬,字子端,山西泽州人。顺治十五年(1658)进士,官至大学士。有《午亭文编》。陈廷敬主张诗以载道,特别强调诗歌的政治道德内涵,他说:

> 夫诗之为物,发乎情,止乎礼义,其至者足以动天地而格神祇,穷性命而明道德,虽不能至,然心窃向往焉,岂不亦甚盛矣乎。②

发乎情,止乎礼义,是《毛诗序》的传统说法,陈廷敬进一步引申,将诗歌与性命、道德直接联系起来,称"夫文以载道,诗独不然乎"③,带有明显的理学家诗论的色彩,与神韵说的超脱尘俗的取向明显不同。陈廷敬有《杜律诗话》二卷,其撰于康熙二十七年(1688)的《自序》云:"儿

---

① 《鹊华山人诗集序》,《曝书亭集》卷三十九。
② 《史蕉饮过江诗集序》,《午亭文编》卷三十七。
③ 同上。

子豫朋,四五岁时诵杜诗,为说其义,辄能了了。予尝见世所传诸家解杜诗,意多不合,故其所说,多用己意。"①可见陈廷敬对杜诗用功之深。

陈氏《午亭文编序》自称:"年二十释褐登朝,优游词馆,与二三同学独多为诗。新城王阮亭方有高名,吾诗不与之合。王奇吾诗,益因以自负,然卒亦不求与之合。"《四库全书总目提要》说,"廷敬论诗宗杜甫,不为流连光景之词,颇不与王士禛相合,而士禛甚奇其诗"②。可见,二人不相合主要就在于陈廷敬是宗杜甫的,而王士禛不以杜为宗。王士禛曾序陈廷敬诗,并在序中指出,"自昔称诗者尚雄浑则鲜风调,擅神韵则乏豪健",认为陈廷敬之诗"能去其一短,兼其两长"③。陈廷敬诗学杜甫,以雄浑见长,王士禛站在神韵说的立场上,一方面承认其诗的雄浑特征,另一方面又认为其诗也兼有神韵之长。在王士禛看来,陈廷敬诗与神韵说并不对立,而是可以相沟通的。

陈廷敬对汪琬等反对学杜甚为不满。他说:

　　昔有吴中巨公,自负揽文章之柄,一日谓予:人不学杜诗斯可矣。予心识其言之非,而未有以应也。④

这里所说的"吴中巨公"所指当是汪琬。陈廷敬在《翰林编修汪先生琬墓志铭》中说:"先生虽以诗与诸公游,实已岿然揽古文魁柄,自立标望。"⑤此所谓"岿然揽古文魁柄"即上文所说的"自负揽文章之柄"。我们在第一章中说过,汪琬曾批评当代诗人以杜甫为宗。汪琬又是吴

①　《午亭文编》卷四十九。
②　《四库全书总目》卷一百七十三,《午亭文编》提要。
③　《跋陈说岩太宰丁丑诗卷》,《蚕尾续集》卷二十。
④　《史蕉饮过江诗集序》,《午亭文编》卷三十七。
⑤　《碑传集》卷四十五。

中人。据此可知,所谓"吴中巨公"就是指汪琬。王士禛创作上不学杜
甫,但在理论上并非贬低杜甫诗,而汪琬则明确反对学杜甫,陈廷敬与
王士禛、汪琬都有交往,他们之间并没有诗学的论争,但其诗学倾向还
是有着明显的不同。

2. 庞垲:尚言志与崇赋法

庞垲也是一位宗法杜甫而与王士禛论诗倾向不合的人。垲,字霁
公,号雪崖,晚号牧翁,直隶任丘人。康熙十八年(1679)举博学宏词
科,官福建建宁知府。有《丛碧山房集》,论诗著作有《诗义固说》。《四
库全书总目提要》说:"垲为诗主于平正冲澹,不求文饰。当王士禛名
极盛时,能文之士,率奔走门墙,假借声誉。垲独落落不相亲附,故士禛
亦不甚称之。"邓之诚《清诗纪事初编》云:"垲诗专意学杜,一以性情礼
义为归。……王士禛不喜杜,故不甚称垲。"可见庞垲是一位能坚持自
己的诗学主张、孤立独行的人。

庞垲论诗一方面强调性情礼义,另一方面在表现方式上强调赋的
方式,有鲜明的以文为诗的倾向。这两方面与王士禛都可谓话不投机。

庞垲依传统诗学观,先将诗歌分为情志与文词两个方面。在这两
方面当中,情志居于绝对主导地位。其《诗义固说》云:

> 作诗本意在"诗言志"内,"辞达而已矣"内,方见得诗本性情。
> 前贤不言及此,所以近人只在言语词句上用工夫,遂流于肤阔而不
> 真切也。

庞垲把作诗的本义追原到经典,一是言志,一是辞达,言志是性情方面,
辞达是形式方面。庞垲主张言志为本,文辞只要能达其志就可以,反对
脱离情志,只在言辞上用功夫。这表现出明显的性情优先的倾向。他

又说:

> 五经各有本义。道性情者,风人之义也。心有所感,不得已而
> 托之言,以发其愤而已,非以文词悦人观听也。汉魏及陶渊明五
> 古,盛唐人五七言近体,皆体此意以为诗,故于风人为近。后此义
> 渐失而骛于词。①

这里也是追原到经典,认为诗歌应该道性情,而反对以文词取悦人。他
认为汉魏及陶渊明的五言古诗、盛唐的近体诗继承了风人的传统。汉
魏以来的诗人当中,庞氏最推尊的只有陶渊明、杜甫二人,"盖两公之
诗皆能达其当前自有之志,而不尚乎靡靡泛滥之词者也",而"自是以
后,此义浸失,于是乎不以言志为诗,而以修辞为诗,而学唐学宋纷然起
矣"。② 在他看来,学唐学宋,其实都是在文辞上下功夫,而没能探得诗
歌之源。他说:

> 夫诗有源流,非《三百》汉魏唐宋之谓也。《书》曰:"诗言
> 志。"志者,其源,而言其流也。志无象,故日新而不同;言有迹,故
> 模仿而可得。舍其富有日新之志,而骛于模仿形似之言。言为唐
> 人所已言,非新也;言经宋人所已言,又安在其为新乎?③

一般谈诗之源流均是从诗歌史角度言,何者为源,何者为流。但庞垲则
从内容与形式的关系论述,以志即内容为源,以言即文辞形式为流。志

---

① 《自题为陈子文书近诗卷子后》,《丛碧山房文集·杂著》卷三。
② 《承荨轩诗序》,《丛碧山房文集》卷一。
③ 《柯巨川诗序》,《丛碧山房文集》卷一。

没有固定的形象,可以是常新的;言则有一定的形迹,可以模仿。诗人求新,应该在志即内容上讲求,而不应该在文辞形式上讲究。当代诗坛纷纷弃唐而学宋,在庞垲看来,学唐者固然非新,学宋也不是新的。这是庞垲站在以言志为主的立场上对宋诗热的批评。

庞垲反对只在文辞上讲求,但他对性情的表达也并非不讲求,只是他主张应该在性情优先的前提下讲求而已。他强调"辞达而已矣",反对在文辞上修饰,取悦于人,但对辞如何"达"意,却也是比较重视的。而且在这方面,其议论也有其特别之处。在传统的赋比兴三法中,庞氏特别强调赋是诗歌的基本表现方式。他说:

> 诗者,天地自然之声,发于人心之不容已者也。体分比、兴、赋,而实以赋为之主。何也?古人作一诗,必先有一诗之意。意之所感,以辞发之,是为赋。赋者所以达其意也。意难直陈,然后取之比、兴,比、兴者,所以通赋之穷而委曲以达其意者也。①

在庞垲看来,诗歌从根本上说就是表现意,而对意的表现("达其意")即是赋。庞垲并非把赋与比兴并列放在一个层面上,看作达意方式之一种,而是把赋看作诗歌更基本的表达方式。这蕴含着庞垲对赋的独特理解。在他看来,一切诗歌都可以看作是诗人对意的陈说,无论用什么样的表现方式,最后都可以还原到对意的陈述,对意的陈述就是赋。因而赋是诗歌最基本的表现方式。至于意有可以直陈的,有难以直陈的,难以直陈的要用比兴方式曲折地来表达,那是第二个层次上的问题。运用比兴方式达意,只不过是对意的陈述方式的改变,乃是在赋的

---

① 《怀古阁诗序》,《丛碧山房文集》卷一。

基础上的达意方式。由于视赋为一切诗歌的最基本的达意方式,故他
主张以赋为主。其《诗义固说》云:

> 诗有兴比赋。赋者,意之所托,主也。意有所触而起曰兴,借
> 喻而明曰比,宾也。主宾分为须明。……故余谓诗以赋为主。兴
> 者,兴起其所赋也。比者,比其所赋也。兴比须与赋意相关,方无
> 驳杂凌躐之病,而成章以达也。

诗人总要达其意,达其意就是赋,故庞垲说赋是"意之所托"。比兴只
不过是借以将赋意表达出来的两种表达方式而已,比兴必须以赋为基
础,不能脱离赋而独立存在。故庞氏以赋为主,以比兴为宾。

本来七子派以及吴乔等人都认为唐诗体现的是比兴传统,宋诗多
用赋,比兴是诗法,而赋是文法。王士禛论诗其实也是继承了这种观
点。如果把庞垲以赋为主的观点放到明清诗学的背景中来看,乃是属
于以文为诗论。事实上庞垲正是主张诗文相通。他说:"盖文者无韵
之诗,诗者有韵之文。体裁虽殊,而所为浅深开阖错综变化之道一而
已。固未有工于文而不可以工诗者。"①这样文法就通于诗法。其《诗
义固说》云:

> 诗有道焉:性情礼义,诗之体也;始终条理,诗之用也。无体
> 不立,无用不行,相为表里,如四时成岁,五官成形,乃天人之
> 常也。

---

① 《盐山赵子藏诗序》,《丛碧山房文集》卷三。

所谓"性情礼义",即《毛诗序》所说的"发乎情,止乎礼义"之说,就是合乎礼义的性情,也就是他所说的言志。所谓"始终条理"指的是表现性情的方式方面,具体是指叙述方式、结构法则。《诗义固说》云:

> 试观《三百篇》以暨汉魏,其所为诗,内达其性情之欲言,而外循乎浅深条理之节,字字有法,言言皆道,所以讽咏而不厌也。

"内达其性情之欲言"是"性情礼义",而"外循乎浅深条理之节"即是"始终条理"。从体用的角度论"性情礼义"与"始终条理",其实就是"言有物"与"言有序"的关系。这颇似桐城派方苞的义法论。

庞垲主张言志,反对在文辞上模拟前人,但认为应该在诗法上学习前人。其《王瑉湖诗序》:"人之所贵于学者,谓学其浅深虚实开阖宾主相生相顾之法耳。至其所以成此一诗者,仍以我言明我志,而非争字句之形似也。"①在他看来,学习前人的诗法,才是学古的正确道路。

三 赵执信对王士禛诗学的批评

朱彝尊、陈廷敬、庞垲诸人论诗与王士禛趋向不同,却没有直接的诗学论争;赵执信则对王士禛诗学及创作都作了批评乃至抨击,成为康熙诗坛的重大事件。

1. 关于赵执信与王士禛之争

赵执信与王士禛之争是清代诗坛的一大公案。二人之间其实并没

---

① 《丛碧山房文集》卷一。

有发生真正意义上的论辩,赵执信多次抨击王士禛,王氏几乎没有答辩,因而基本上是赵执信对王士禛的单向批评。

赵、王之争的发生有性格方面的原因。王士禛的性情比较和易宽容,他乐于奖掖后辈。《香祖笔记》云:

> 予与故友汪钝翁在京师,钝翁好诋诃人。前辈自钱公牧翁而下无得免者,后进以诗文请质,亦无恕词。予每劝之。故友计甫草东尝序门人王蛟门懋麟集云:"钝翁性狷急,不能容物。意所不可,虽百贲育不能掩其口也。其所称述于当世人物之众,不能数人焉。阮亭性和易宽简,好奖引气类,然以诗文投谒者,必与尽言其得失,不少宽假。"此数语,颇得予二人梗概。顾施愚山又尝谓予:"公好奖引人物,自是盛德。然后进之士,学未有成,得公一言,便自诩名士,不复虚怀请益,非公误之耶?"予思其言,亦极有理。①

王士禛与汪琬的性格形成鲜明的对照:汪琬性格狷急,好批评人,而王士禛性格宽和,喜欢表扬人。王士禛的宽和性格在其诗学上也烙有印迹,其论诗比较宽容,对不同的创作倾向都能承认其价值。其门下既有宗唐者,也有主宋者,他都能容纳之。陆嘉淑序其《渔洋续诗集》云:

> 尝见先生与宣城施先生论诗矣。宣城持守甚严,操绳尺以衡量千载,不欲少有假借;先生则推而广之,以为姬姜不必同貌,芝兰不必同臭,尺寸之瑕不足以疵颣白璧……先生曰:吾别裁不敢过隘,然吾自运未尝恣于无范。②

---

① 《香祖笔记》卷一。
② 见《渔洋续诗集》卷首。

陆氏以王士禛与施闰章相比,施闰章论诗尺度甚严,而王士禛的尺度则较宽。这里所说的施、王二人论诗态度正可与王士禛《香祖笔记》的记述相印证。由于王士禛在论诗上的宽容,加上好奖掖他人,使得他在诗坛有比较好的人际关系,当时诗人趋之若鹜,门生数以千计。王氏这种性格对诗坛有正面的作用,因为作为诗坛领袖,其在理论上的宽容以及乐于奖掖后进,可以容纳不同倾向,有利年轻诗人成长,能够促进诗坛的繁荣。但其负面影响是,论诗标准不严,使得其门下鱼龙混杂,参差不齐。

赵执信的性格不同于王士禛,以狂傲著称。赵氏才华出众,在康熙十八年(1679)十八岁时已成进士,二十三岁任山西乡试主考官,二十五岁升右春坊右赞善。其出众的才华与早达使得他非常狂傲,自称"余少好为诗,而性失之狂易。始官长安时,颇有飞扬跋扈之气"①。陈恭尹序赵氏《观海集》谓其"好纵酒,喜谐谑,士以诗文贽者,合者投分订交,不合则略视数行,挥手谢去,是以大得狂名"。赵执信《寄新诗与门人谢文洽编修系以绝句》中自谓"狂声寥落在人间",其《王竹村诗集序》中记江南人皆言其"善毁人"。

以王士禛的性格而论,即便赵执信与其论诗倾向不同,王氏也当能兼容这位后辈。事实上,王士禛对赵执信颇为赏识。赵执信与冯廷櫆同赋诸葛铜鼓诗,王士禛称二人诗为"二妙"②。赵执信本人也承认王士禛曾"厚相知赏,为之延誉"③。由于赵执信性格狂傲,不愿称门生而执弟子之礼④,更不屑与王士禛的弟子为伍。他在《题大木所寄晴川集

---

① 《沈东田诗集序》,《饴山集》文集卷二。
② 《怀旧诗十首,人各一小传,以相识之岁月为先后尔》之三,《饴山集》诗集卷十八。
③ 《谈龙录》。
④ 《谈龙录序》。

后》中谓:"渔洋诗翁老于事,一一狎视海鸟翔。赏拔题品什六七,时放
瓦釜参宫商。"认为王士禛所奖掖的诗人良莠不齐,明显已流露出不
满。汪懋麟是王士禛所赏识的门人之一,而此人则为赵执信所不屑。
赵氏《谈龙录》载,王士禛曾得浯溪磨崖碑,懋麟为四十韵以呈,渔洋赞
不容口,以之示赵。赵览其首句为"杨家姊妹颜妖狐",便掷之于地,
曰:"咏中兴而推原天宝致乱之由,虽百韵可矣,更堪作尔语乎?"这种
举动使得王士禛为之失色久之。赵氏《题大木所寄晴川集后》是其与
王士禛矛盾激化以前的作品,还只是批评其赏拔过滥,到《谈龙录》中,
赵执信则抨击王士禛只奖掖善于阿附者:

> 奖掖后进,盛德事也。然古人所称引必佳士或胜己者,不必尽
> 相阿附也。今则善贡谀者,斯赏之而已。后来秀杰,稍有圭角,盖
> 罪谤之不免。乌睹夫盛德?

这里所批评的就是王士禛。他认为王士禛赏拔的并非"佳士或胜己
者",而是善于"贡谀"者,对于像自己这样的"稍有圭角"的"秀杰"之
士则不能容忍,所以赵执信说"渔洋素狭"①。前面批评其赏拔过滥,并
没有涉及人格问题;此处批评其只称引阿附者,则直接抨击其人格。

尽管赵执信早在被革职以前就已经对王士禛有所不满,作于革职
后的《题大木所寄晴川集后》明确地表示了这种不满,但直到康熙三十
年(1691)左右,二人的矛盾还没有表面化、激烈化。这一时期二人尚
有诗文往还,赵执信的《还山集》就有《酬王阮亭先生见寄三首》。

赵与王矛盾的激化,据《四库全书总目提要》的说法,乃是因为赵

---

① 《谈龙录》。

执信向王氏"求作《观海集》序不得,遂至相失"①,但这种说法没有确实可靠的证据。而据赵执信自己在《谈龙录》中的说法,乃是由于他批评王士禛《南海集》中二首诗"诗中无人"所致。《谈龙录》云:

> 司寇昔以少詹事兼翰林侍讲学士,奉使祭告南海,著《南海集》,其首章《留别相送诸子》云:"芦沟桥上望,落日风尘昏。万里自兹始,孤怀谁与论?"又云:"此去珠江水,相思寄断猿。"不识谪宦迁客更作何语? 其次章《与友夜话》云:"寒宵共杯酒,一笑失穷途。"穷途定何许? 非所谓诗中无人者耶? 余曾被酒于吴门亡友顾小谢(原注:以安)宅漏言及此,客坐适有入都者,谒司寇,遂以告也,斯则致疏之始耳。

由这段文字,可以知道,赵执信批评王士禛诗是在苏州(吴门)友人顾以安家。据赵执信《怀旧诗十首,人各一小传,以相识之岁月为先后尔》一诗的小传,顾以安,字小谢,有才辨,不屑场屋,游南北大吏间为幕客,稍有不合,即舍去。顾曾依其侄居京城,骂遍了当时"有时名"的诗人,王士禛也未能免,但其对赵执信诗却"击节叹赏",当时执信尚在京城为官,于是小谢"遂来缔交",二人遂成朋友。后来小谢回到苏州,赵执信"客吴门,必主其家"。②但赵执信曾五次至苏州,第一次是在康熙三十五年(1696)前往粤东时经过苏州,第二次为次年归途中再经苏州,第三次为康熙四十一年(1702),第四次为康熙四十四年(1705),第

---

①　《四库全书总目》卷一百九十六赵执信《谈龙录》提要。又《四库全书总目》卷一百七十三赵执信《因园集》提要:(赵执信)"求作《观海集》序,士禛屡失其期,遂渐相诟厉"。

②　《饴山集》诗集卷十六。

五次为康熙五十九年(1720)至雍正二年(1724)冬。那么其批评王士禛"诗中无人"究竟是在哪一年呢?

据笔者从赵执信著作所提供的线索判定,乃是在第一次或第二次去苏州期间,也就是说,赵执信批评王士禛"诗中无人",乃是在康熙三十五或三十六年(1697)期间。按《谈龙录》著于康熙四十八年(1709),在其第五次到苏州之前,故其批评王士禛"诗中无人"应在其第四次到苏州即康熙四十四年以前。今考赵氏《冯舍人遗诗序》,谓其在康熙四十年(1701)以前就已经因论诗恼怒了王士禛。这篇序文说,冯廷櫆卒于康熙三十九年(1700),次年,赵执信前往吊唁:

> 明年(按,康熙四十年)将往哭先生,适渔洋公暂假归新城。余过谒公,问先生临殁状,相对陨涕。时余方以论诗逢公之愠,先生诗皆公所诮者,言将尽取而论定之。余至先生家,遂不问其诗,避嫌且不忍也。①

据《渔洋山人自撰年谱》,康熙四十年三月,王士禛请急迁葬,准假五月,自五月至九月在新城。赵、王此次相见即在此期间。赵执信序中有"方以论诗逢公之愠"一句,谓因论诗恼怒了王士禛。据这篇序文,赵执信因论诗恼怒王士禛应在康熙四十年以前。

这件事赵执信曾反复提及。赵氏《怀旧诗十首》其七小序谓:"蒲州吴雯莲洋……晚相值于津门,出诗卷见示……属余论定。余请俟异日。盖其时正逢阮翁之怒,不敢阑入诗坛故耳。"按赵执信与吴雯(1644—1704,字天章,号莲洋)在天津相逢,翁方纲编《莲洋吴征君年

---

① 《饴山集》文集卷二。

谱》及李森文编《赵执信年谱》皆系于康熙四十年，据此可知，这里所说的"逢阮翁之怒"，与上文所谓"以论诗逢公之愠"，所指相同。又，赵氏《涓流集》有《天津喜晤老友吴天章兼赠其所主张君》诗，所记的就是这次相逢。诗中有"共洗清心照秋水"之句，据此可知二人相逢于秋天，当是在与王士禛见面之后。诗中有云："老我数年来，袖手复掩耳。谤多固可畏，才尽亦知耻。"此所谓"谤多"正指因论诗惹怒了王士禛，招致很多的诽谤。当然，这种诽谤可能来自王士禛门弟子。这里说因"谤多""才尽"而"袖手"数年不作诗，与前面所说的"不敢阑入诗坛"正可互相印证。从赵执信现存诗作看，康熙三十六年（1697）端午后至康熙四十年间几无作品，或就是"袖手"之故。又，赵氏《沈东田诗集序》谓"岁壬午（按，康熙四十一年），夏，见东田于其家。……余乃疏狂放弃，块然山海间，近复奔走乞索，方且结舌敛手，以谢时人"。此所谓"结舌敛手"，正是上文所谓"袖手"。以上诸诗文反复说的以论诗惹怒王士禛到底是指什么呢？如果联系《谈龙录》的说法来判断，应是指赵执信在顾以安宅指摘王士禛"诗中无人"一事。而康熙四十年前，赵执信分别于康熙三十五年、三十六年两次到苏州，故其指摘王士禛"诗中无人"一事当在此两年间。正是在康熙三十五年，赵氏曾作《论诗二绝句》批评王士禛，其二云："无弦只许陶彭泽，会得无弦响更长。若使无弦亦无响，人间悦耳足笙簧。"这分明是针对王士禛《论诗绝句》"解识无声弦指妙，柳州那得并苏州"一诗的。

　　还有一种说法，认为王、赵矛盾由宋荦所致。王培荀《乡园忆旧录》卷一：

　　　　秋谷游吴门，与吴修龄交莫逆。一日酒酣，语修龄曰："迩日论诗，惟位尊而年高者称巨手耳。"是时宋牧仲方巡吴，闻之，遂述

> 于渔洋。两人自此有隙。

但这种说法没有根据,因为赵执信《谈龙录》称其三客吴门遍求吴乔《围炉诗话》而不得,表明在赵氏作《谈龙录》前未曾见过吴乔。其诗文集也并未提及与吴乔见面之事。此所谓"与吴修龄交莫逆"乃猜度之辞,不可相信。

关于赵、王二人的矛盾,在王士禛的著作中未找到证据。今就赵执信著作中的材料言,赵执信自认其批评王士禛"诗中无人"乃是二人矛盾激化的原因,时间在康熙三十五年或三十六年。

2. 宗法冯班,与王士禛立异

钱谦益、冯班均猛烈抨击过严羽,尤其是冯班著《严氏纠谬》,对严羽的批判尤为尖锐。但王士禛的诗学上承严羽,因而他不满钱、冯对严羽的批判,为严羽辩护。赵执信对这些当然不会不了解,但是,赵执信却取宗于冯班,与王士禛立异。其《谈龙录序》云:

> 余幼在家塾,窃慕为诗,而无从得指授。弱冠入京师,闻先达名公绪论,心怦怦焉每有所不能惬。既而得常熟冯定远先生遗书,心爱慕之,学之不复至于他人。

据这篇序文,赵执信师法冯班乃是在其康熙十八年(1679)中进士入京师之后。冯班卒于康熙十年(1671),卒后,其友人陆敕先辑其诗为七卷、《钝吟杂录》八卷。康熙十八年,冯班长子冯行贤被荐参加博学宏词科考试,携冯班著作入京。赵执信得冯班集,当是在康熙十八年或此后不久。其《怀旧诗十首》其二小传云:

　　常熟陶元淳子师戊午(按,康熙十七年)之秋从翁司寇(叔元)
来济南,与公权毕世持及余结交。明年,余留京师,晨夕无间。
《钝吟先生遗书》,子师先得之,转以付余,且为赏析,由是得肆其
力于诗与书法。

康熙十七年(1678),翁叔元主持山东乡试,陶元淳随行,与赵执信结
交。康熙十八年,赵执信赴京参加会试,陶元淳已在京城。元淳是常熟
人,与行贤同乡。元淳从行贤处得冯班遗书,转付赵执信。

　　据赵执信《钝吟集序》称,冯行贤携冯班著作入京,"大为时流惊
怪。中间《严氏纠谬》一卷,尤巨公所深忌者。执信与先生邑子陶元淳
独手录而讲习之"。"巨公"指王士禛,所谓"时流"者乃是王士禛影响
下的诗人群体。赵执信师法抨击严羽诗学的冯班,这显然是对王士禛
诗学的挑战。

3. "诗中有人"与"诗中无人":关于诗歌的真实性问题

　　赵执信主张"诗中有人",而批评王士禛诗"诗中无人"。在赵执信
看来,这是他与王士禛的重要理论分歧所在。

　　赵氏所主张的"诗中有人",出自吴乔"诗之中须有人在"之说。赵
执信称其对吴乔此说"服膺以为名言。夫必使后世因其诗以知其人,
而兼可以论其世","若言与心违,而又与其时与地不相蒙也,将安所得
知之而论之"。① 赵执信所谓"诗中有人",指的是诗歌的真实性问题,
包括两个方面:其一是主观的真实性,指诗人情感的真实;其二是客观
的真实性,指诗歌所涉及的时空中的事物应与现实相符。

---

① 《谈龙录》。

就第一方面而言,赵执信认为诗歌有其自己的"礼义"即原则:"今夫喜者不可为泣涕,悲者不可为欢笑,此礼义也。富贵者不可语寒陋,贫贱者不可语侈大。"①这实际上是要求诗歌抒写的情感与诗人在现实中的情感有一致性,诗歌的情感不能虚设。其实,王士禛也主张性情的真实性。在这一点上,王士禛与赵执信并没有原则分歧。但问题是,赵执信认为王士禛作品中的性情不真,是"言与心违"。他所举的最典型的例子就是王士禛《南海集》中的两首诗。王士禛《南海集》上卷《芦沟桥却寄祖道诸子》:

> 芦沟桥上望,落日风尘昏。万里自兹始,孤怀谁与论。故人感离赠,昨夕共清言。此去珠江水,相思寄断猿。

又《北新城夜雪饮郑山公通政馆慰余澹心处士》:

> 秩祀通群望,天书下海隅。乘流探禹穴,观日到扶胥。千里严冬雪,三更绕树鸟。寒宵共杯酒,一笑失穷途。

赵执信批评前一首诗:"不识谪宦迁客更作何语?"对于第二首,则诘问:"穷途定何许?"总之:"非所谓诗中无人者耶?"

赵执信对王士禛诗的指摘,本于他的情感真实性立场。王士禛本是奉使祭告南海,但是王士禛在上两首诗中流露出的情感调子不高,颇有凄凉之感。在赵执信看来,这种情调显然与其奉使祭告南海的身份和使命不相符,有富贵者语寒陋的嫌疑,而且"穷途"一词对于王士禛

---

① 《谈龙录》。

而言指什么？这种指摘乍看起来似乎很有道理,但细究并非如此:王士禛远赴南海,何以不能有孤凄之感呢？这种工作从政治上说是光荣的使命,但是对王士禛个人来说却未必如此。面对送行的友人,他不是唱高调,说一些冠冕堂皇的话,而是别有一番孤凄的情怀。这种情怀不是作为朝廷命使的情怀,但却是朋友的惜别情怀。这种孤凄的情调对于他的官方身份与使命而言或许不适合,但对于一个珍视友情的个人则可能是真实的。赵执信对王士禛此时情感的揣测,依据的是其官方的身份和使命,但是这种揣测往往是靠不住的。赵执信是一个落职者,他体验了生活的辛酸,对官场有一种激愤心理。站在他这种立场上,对于王士禛身在魏阙却流露出心在江湖之情感到隔膜,应该说是可以理解的。而站在王士禛的立场上说,他确实怀有隐逸情结,而这种情结也是真实的。由于地位不同以及两人心存芥蒂,赵执信对王士禛的个人情感难以理解。至于"穷途"一词,乃用阮籍之典故,王士禛早在康熙十三年(1674)诗中就曾使用过。王士禛号阮亭,据徐夜《答阮亭见赠嵇庵》"醉心步兵厨,乃有阮亭字"之说,乃羡慕阮籍而为之。其作于康熙十三年的《徐五兄自号嵇庵》一诗中自称"我慕阮步兵",又曰:"我本澹荡人,早岁颇任诞。一闻如鸾啸,自顾为人浅。廿年婴世网,岁月坐腕晚。往往逢途穷,痛哭回车阪。深惭至慎言,薄俗谁青眼?""途穷"二句用《晋书·阮籍传》"时率意独驾,不由径路。车迹所穷,辄恸哭而反"的典故。王士禛借用这个典故,不是指政治层面的"途穷",而是指精神上的"途穷",所要表现的是精神上的孤独无偶,但赵执信则要指实之,所以谓其"诗中无人"。

赵执信批评王士禛"诗中无人",涉及如何判定诗歌所表现情感的真实性问题。赵执信指出"富贵者不可语寒陋,贫贱者不可语侈大",认为一个人的身份地位决定其生活及情感,什么样的身份地位就有什么样的情感,此对判定最显见的情感是有效的。但是,人的精神世界是复杂而多层次的,人的情感世界更是如此,不能把人的情感简单地归纳为富贵者的情感、贫贱者的情感等几种类型。王士禛身居高位,但其诗中却流露出很深的隐逸情结,如若根据赵执信的判定方式推论,那么这种情感就是不真实的。这样判定必然流于简单化。

"诗中有人"命题所涉及的第二方面,是客观的真实性。在这一方面,赵执信与王士禛有原则分歧。站在神韵说的立场上,外在的物象为表现情感服务,只是情感的符号,本身并没有独立自足的意义,并不要求其客观的真实性。审美主体所处的时空只是审美时空,而与经验的时空没有必然的联系。但站在赵执信的立场上,外在的物象不仅是表现情感的符号,本身也是情感产生的原因与条件,它表示主体的情感是在某种特定的情境中产生,读者通过其诗可以重建诗人当时所处的情境。审美主体所处的时空不仅是审美时空,而且是经验的时空,因而要求其客观的真实性,要求符合现实世界中特定时空的真实,而反对"与其时与地不相蒙"①。他在《谈龙录》引述阎若璩指摘王士禛《唐贤三昧集》之言正反映了这种分歧:

> 山阳阎百诗若璩,学者也。《唐贤三昧集》初出,百诗谓余曰:"是多舛错,或校者之失,然亦足为选者累。如王右丞诗:'东南御亭上,莫使有风尘。''御'讹'卸',江淮无卸亭也。孟襄阳诗:'行侣时相问,涔阳何处边?''涔'误'浔',涔阳近湘水,'浔阳'则辽绝矣。祖咏诗:'西还不遑宿,中夜渡京水。''京水'误'泾',京水正当圃田之西,泾水则已入关矣。"余深韪其言,寓书阮翁,阮翁后著《池北偶谈》,内一条云"诗家惟论兴会;道里远近,不必尽合,如

---

① 《谈龙录》。

孟诗'暝帆何处泊,遥指落星湾',落星湾在南康"云云,盖潜解前语也。噫! 受言实难。夫"遥指"云者,不必此夕果泊也。岂可为"浔阳"解乎?

赵执信所引阎若璩之言,在阎氏《潜邱札记》也有记载。阎若璩将诗歌的审美世界与现实的客观世界相比照,并以客观世界的真实性来衡量诗歌的审美世界,要求审美世界不能背离客观世界的客观真实性,所以他问东南有没有"卸亭",考虑相问与渡水在现实中的可能性。这种观点与赵执信关于诗歌真实性的立场是一致的。王士禛"惟论兴会"考虑的是诗人情感的真实,要求的是主观的真实性,他反对用客观世界的经验的真实性要求和衡量审美世界的真实性。这两种观点在其各自的理论立场上都有其合理性的一面。

4. "风流相尚"与"王爱好":关于性情与形式风格的关系

赵执信对王士禛的另一批评,是认为王士禛诗只讲求外在形式的修饰,而不讲求真情的抒发。

在对待性情与形式的关系上,赵执信坚持性情对于形式的优先和统师地位。他在《谈龙录》中称:

> 余读《金史·文艺传》,真定周昂德卿之言曰:"文章工于外而拙于内者,可以惊四筵而不可以适独坐,可以取口称而不可以得首肯。"又云:"文以意为主,以言语为役。主强而役弱,则无令不从。今人往往骄其所役,至跋扈难制,甚者反役其主。虽极词语之工,而岂文之正哉!"余不觉俯首至地。盖自明代至今,无限巨公,都不曾有此论到胸次。

周氏对意(内容)与言语(形式)作内外、主役的分别,鲜明地体现了性情即内容优先和统率的思想。言语形式必须为表现形式即内容服务,因而受性情的决定。赵执信特别赞赏这种观点。当然这并非表明赵执信对诗歌的形式美不重视。他是认为形式美没有独立于性情之外的价值,应该从属于内容,而且诗歌的形式应该是内在性情的自然发露,而不是从外面赋予的。他说:"'清新''俊逸',杜老所重,要是气味神采,非可涂饰而至。"①"涂饰而至"正是从外面赋予的,而非性情自然的发露获得的。内外之别是原则性的区别。站在这种立场上,赵执信认为王士禛诗歌注重外表的修饰而不注意诗歌的情感表现:

> 诗之为道也,非徒以风流相尚而已,《记》曰:"温柔敦厚,诗教也。"冯先生恒以规人。《小序》曰:"发乎情,止乎礼义。"余谓斯言也,真今日之针砭矣。②

所谓"风流相尚"是指只注意外在的修饰,把外观打磨得很漂亮,而不注重诗歌的内容及其道德意义。郭绍虞先生以为这段话"恐怕又是对当时尤侗一流人讲"③,其实不然。此所谓"以风流相尚"者是隐指王士禛。赵执信《谈龙录》谓:

> 尝与天章、昉思论阮翁可谓言语妙天下者也。余忆敖陶孙之目陈思王云:"如三河少年,风流自赏。"冯先生以为无当,请移诸阮翁。

---

① 《谈龙录》。
② 同上。
③ 《中国文学批评史》,第549页。

赵执信认为敖陶孙评曹植的话"如三河少年,风流自赏"可用以评述王士禛,正是认为王士禛"以风流相尚"。《谈龙录》又称"王爱好","爱好"者也是"风流相尚"之意。在他看来,王士禛论诗乃是主外在修饰而不重性情的。

5. 谈龙:关于诗歌的艺术表现问题

赵执信与洪昇、王士禛谈龙,涉及的是诗歌的审美表现方式问题。以画龙来喻诗,在王士禛与赵执信之前有毛先舒,其《诗辩坻》卷四论七古云:

> 此如画龙,见龙头处即是正面本意,余地染作云雾。云雾是客,龙是主,却于云雾隙处都要隐现爪甲,方见此中都有龙在,方见客主。否是,一半画龙头,一半画云雾,主客既无别,亦非可为画完龙也。

毛先舒以画龙为喻来说明正面表现与侧面烘托之间的关系,对意的正面表现犹如画龙时正面画出的龙头,对意的侧面烘托犹如所画的云雾,侧面烘托也是为表现意,就如云雾中亦需隐现龙之爪甲。

难以判定王士禛、赵执信等人的谈龙是否受到毛先舒谈龙的启发,但他们所论及的也是诗歌的艺术表现问题。《谈龙录》说:

> 钱塘洪昉思(按,昇),久于新城之门矣。与余友。一日,并在司寇宅论诗。昉思嫉时俗之无章也,曰:"诗如龙然,首尾爪角鳞鬣,一不具,非龙也。"司寇哂之曰:"诗如神龙,见其首不见其尾,或云中露一爪一鳞而已,安得全体?是雕塑绘画耳。"余曰:"神龙者屈伸变化,固无定体,恍惚望见者,第指其一鳞一爪,而龙之首尾

> 完好,故宛然在也;若拘于所见,以为龙具在是,雕绘者反有辞矣。"思乃服。①

洪昇主张诗歌需像龙一样将整体全部呈现出来,而王士禛"云中露一爪一鳞"之说,乃是其"不着一字,尽得风流"的另一说法。王士禛以龙喻诗,在《师友诗传续录》中也有记载:

> (按,刘大勤)问:昔人论七言长古作法,曰分段,曰过段,曰突兀,曰用字,曰赞叹,曰再起,曰归题,曰送尾,此不易之式否?
> (渔洋)答:此等语皆教初学之法,要令知章法耳。神龙行空,云雾灭没,鳞鬣隐现,岂令人测首尾哉。

这里的说法与《谈龙录》所述王士禛的观点是一致的,只不过此处专就七言古诗而论。

在三人的谈论中,赵执信所持是一种折中的观点。他在《谈龙录》中说:

> 始学为诗,期于达意。久而简澹高远,兴寄微妙,乃可贵尚。所谓言见于此而起意在彼,长言之不足而咏歌之者也。

赵执信认为刚学作诗之际应追求达意,将意全部表现出来,在这种阶段应以洪昇所说为目标。当这一目标达成之后,应追求"简澹高远,兴寄微妙",此即王士禛所说的境界。但赵执信认为后一种境界是常人难

---

① 章培恒先生曾怀疑这段话中的洪昇之言实为赵执信自己的话,而转嫁于洪昇。见章氏《洪昇年谱》康熙十八年。

以达至的,而如若不能真正达到,反倒不如追求达意为佳。这种意见在他的《论诗二绝句》其二也有表述:

> 无弦只许陶彭泽,会得无弦响更长。若使无弦亦无响,人间悦耳足笙簧。

所谓"无弦"即"不着一字,尽得风流"。这是王士禛所提倡的境界,王士禛《论诗绝句》云:

> 风怀澄澹推韦、柳,佳处多从五字求。解得无声弦指妙,柳州那得并苏州。

"无声弦指"是陶渊明诗的境界,王士禛认为韦应物较之柳宗元更得陶渊明诗作之妙。赵执信并不反对"无声弦"境界,认为"无声"之中应蕴含丰富的内涵,这一点其实与王士禛并不矛盾。只是他认为这种境界唯有陶渊明可以达到,一般人无法企及。若达不到这种境界,反不如直接写出来为好。在他看来,王士禛诗并未达到"无弦响更长"的境界。

赵执信把洪昇与王士禛的观点看作是学诗过程中所达到的两个不同层次的境界。他认为,必须从洪昇所说的境界才能进入王士禛所说的境界,但王士禛所说的境界不易达到;既然如此,就不必要求人人以此为目标,不必执定此一格。其《谈龙录》云:

> 司空表圣云:味在酸咸之外。盖概而论之,岂有无味之诗乎哉!观其所第二十四品,设格甚宽,后人得以各从其所近,非第以"不着一字,尽得风流"为极则也。严氏之言宁堪并举?冯先生纠

之尽矣。

赵执信对司空图的味外味之说作了新的诠释，认为这一诗说可以涵盖所有诗歌，又认为《二十四诗品》并不以"不着一字，尽得风流"为极则，因而司空图的诗说与严羽只标举妙悟并不相同，不能视为一谈。这一条显然是针对王士禛的神韵说，主张风格多样化。

　　诗学倾向不同，本不必导致意气之争。朱彝尊、陈廷敬等与王士禛论诗倾向不同，但他们之间并未因此发生矛盾。但赵执信与王士禛之争因带有意气的因素，故使其诗学倾向的分歧染上了情绪化色彩。

第十一章
传统诗学体系的再修正与总结：
沈德潜的诗学

　　沈德潜总结了儒家诗学以伦理价值为核心的理论,在此基础上又直接继承七子派的格调说和王士禛的神韵说,对钱谦益、叶燮的诗学也有所吸收,确立了性情优先、兼容格调与神韵的新诗学。从宋末以来绵延数百年的回归传统的思潮到这里是一个总结,也是一个终结,此后再也没有能够形成一个大的回归传统的诗学运动。沈氏所建立的诗学价值体系实际上是传统诗学价值系统的整合与总结形态。

　　学术界对沈德潜的诗学远没有给予足够的重视与恰当的估价。人们习惯于给沈氏诗学贴上封建诗学的标签。但是,一个矛盾的现象是,沈德潜的《古诗源》与《唐诗别裁集》至今仍是最流行的选本。尽管现代的各种诗歌史著作采用西方的文学理论系统阐释古代诗歌史,但这些诗歌史著作的诗歌史价值系统实质上乃是沈德潜最后完成的系统。

一　吴中诗风的转变与诗坛尊唐风气的再盛

　　当康熙诗坛宗宋形成风气,而王士禛晚年试图扭转这种局面之际,在苏州,一个当时并不知名的诗人也在努力扭转这种风气,此人便是乾隆年间成为诗坛领袖的沈德潜。由钱谦益一派诗歌的影响,顺、康之际的诗坛兴起一股宋诗热,汪琬、王士禛等人都曾卷入,后来虽有王士禛《唐贤三昧集》诸选欲扭转此一风气,但诗坛宗宋之风并未真正扭转过来,以厉鹗为代表的浙派就是势力甚盛的宋诗派。沈德潜不满诗坛的这种风气,且归之于钱氏诗学的影响:"钱受之(按,谦益)意气挥霍,一空前人,于古体中揭出韩、苏,于近体中揭出剑南⋯⋯然而推激有余,雅非正则,相沿既久,家务观而户致能,有词华,无风骨,有对仗,无首尾。"①对这股诗风提出批评。

　　叶燮论诗既批评七子派不知变,也对当时吴中盛行的宗法范成大、陆游的风气不满。吴中的这种诗风与汪琬的提倡有关。叶燮与汪琬论文不合,对其诗歌倾向也严加批评。尽管叶燮批评诗坛宗范、陆风气,但其诗学总体主变,他最推崇的诗人如杜甫、韩愈、苏轼均是能变的诗人,其诗歌创作也有学宋人的倾向。沈德潜虽出叶氏门下,受其影响,但其论诗的立足点却由叶氏的主变转到崇正。这是一个重大的转变。沈氏诗学之崇正倾向起于康熙中期,即沈德潜的青年时代。沈氏自称"于束发后,即喜钞唐人诗集,时竞尚宋元,适相笑也"②,他在《许竹素诗序》中说:"时吴中诗学祖宋祧唐,几于家至能(按,范成大)而户务观(陆游)。予与二三同志欲挽时趋,苦无其力。"③

　　与沈德潜共同"挽时趋"的有同出于叶燮之门的李果。李果(1679—1751),字硕夫,号客山,布衣,有《咏归亭诗钞》。沈德潜《李客山遗诗序》云:"李子客山,年二十余,即偕予游横山叶先生门,为诗友。时论诗者家石湖而户放翁,拇扯庸琐,并为一谈,而客山笃信师说,于古体追模魏晋,于今体追模唐人,有怪而讪笑者,弗顾也。"④

① 《与陈耻庵书》,《归愚文钞》卷十五。
② 《唐诗别裁集序》。
③ 《归愚文钞》卷十四。
④ 《归愚文钞余集》卷一。

　　陈培脉(1670—?),字树滋,号耻庵,国学生。沈德潜《陈耻庵遗诗序》称:"耻庵长予三岁,与予定交,年才二十余。时俗尚南宋人诗,耻庵冰雪在襟,夷然不屑也。"①又谓其"诗宗法盛唐,晚游新城尚书之门,所诣益进"②。他曾参与沈德潜《唐诗别裁集》的选编工作。

　　此外还有许廷鑅、方朝。许廷鑅,字子逊,康熙五十九年(1720)举人,官武平县知县,有《竹素园诗》,沈德潜为其作序。方朝,字东华,号勺湖,广东番禺人,随其父方殿元官居于吴,国学生。沈氏《方东华勺湖集序》称:"前此三十年,远近竞尚宋诗,见读唐人诗者辄笑之。时吴下不染宋习者,惟许武平竹素及东华。竹素遍阅唐宋诗,断断焉严分界限,东华胸中目中本无宋人诗。"许廷鑅严分唐宋之界限,其诗尤以五律、七绝为工,而五律近李白,七绝近杜牧③。许氏不仅创作上不染宋习,而且还"大声疾呼以排之"④。方朝的不染宋习是不读唐以后书,此受其父方殿元的影响⑤。沈德潜云:"考九谷先生不令习时艺,文读诸子,诗读汉魏盛唐,宋元以下书均未寓目,故著述无时下一点习气。"⑥方朝不读唐以后诗在当地颇为人知,据汪缙《支硎中峰三先生传》谓,寺僧念亭曾向他谈及方朝,汪问其为人何如,念亭答曰"其为人不读唐以后诗"⑦。方朝有兄方还,诗名虽不及其弟,但诗学倾向与其弟一致⑧。

---

　　①　《归愚文钞》卷十二。
　　②　《清诗别裁集》卷二十五。
　　③　见《清诗别裁集》卷二十四。
　　④　《许竹素诗序》,《归愚文钞》卷十四。
　　⑤　殿元字蒙章,号九谷,康熙甲辰(三年,1664年)进士,曾任江宁知县,沈德潜《清诗别裁集》卷九称其诗"高华优爽,依傍一空,品不在岭南三家下"。
　　⑥　《清诗别裁集》卷二十八。
　　⑦　《碑传集补》卷三十七。
　　⑧　《清诗别裁集》卷二十八。

康熙四十六年(1707),沈德潜与徐燮、张锡祚、张景崧、陈睿思、顾绍敏等结成城南诗社。这些诗人的诗学倾向并不完全一致,但大体上均尊崇唐诗。随着王士禛等人纠正诗坛崇尚宋诗风气,到康熙五十年(1711)左右,唐诗地位逐渐回升。沈德潜《唐诗别裁集》正是这种形势下选编的。此书选于康熙五十四年(1715),康熙五十六年(1717)刻成。沈德潜在序中追忆青年时代抄唐诗被人讥笑的往事:"迄今几三十年,风气浸上,学者知唐为正轨矣。第简编纷杂,无可据依,故有志复古,而未得其宗,因偕树滋陈子取向时所录五十卷,删而存之,复于唐诗全帙中网罗佳什,补所未备,日月既久,卷帙遂定。"《唐诗别裁集》的编选旨在为学习唐诗者提供一个适当的选本。可以说,此书是唐诗地位回升的标志。此书刻成后,沈德潜又立即着手选编《古诗源》,此后又选编《明诗别裁集》《清诗别裁集》。以唐诗为中心,上溯其源,下探其流,沈德潜建立起其诗歌史体系。

康熙五十九、六十年(1720、1721)间,沈德潜与方还、方朝、张畹、张钺、尤侗、毛橱杞、洪钧、沈用济、周准等结郭北诗社,这些社友大多为宗唐者。方氏兄弟自不必说,张畹(字荪九,长洲人,布衣)"论诗必溯源唐人以前,有与争辨者,至面赤不顾"①。沈德潜的弟子们也壮大了宗唐者的声势。周准(?—1756),字钦莱,号迂村,长洲人,诸生。他为诗"宗法唐代以前",与沈德潜一起选编了《明诗别裁集》,并与沈氏"同辑本朝诗,皆盖棺论定者"。②盛锦(?—1756),字庭坚,吴县人,诸生。其诗"从大历下入手,后层累而上,风格渐高,至入蜀诗,得江山之助,沉雄顿挫,直欲上摩王渔洋之垒,以仰窥少陵"③。沈德潜序其诗集

---

① 《清诗别裁集》卷二十九。
② 《清诗别裁集》卷三十。
③ 同上。

以传。

　　沈德潜于乾隆四年(1739)中进士,此后一再受到皇帝的优宠,青云直上,这对推广其诗学起到重要作用。乾隆皇帝与之唱和,也认为唐诗高于宋诗,其《御选唐宋诗醇序》云:"宋之文足以匹唐,而诗则实不足以匹唐也。"①其选宋诗是因为要与《唐宋文醇》体例统一。这与沈德潜一致。沈氏崇高的政治地位令其在诗坛的影响急剧扩大。沈德潜乾隆十四年(1749)归里后,于次年主持紫阳书院,"海内英隽之士皆出其门下",其中王鸣盛、钱大昕、王昶、吴企晋、赵文哲、黄文莲、曹仁虎七人,沈德潜认为"不下嘉靖七子",②选其诗为《七子诗选》,"流传日本,大学头默真迦见而心折,附番舶上书于沈尚书(按,德潜),又每人各寄相忆诗一首,一时传为艺林盛事"③。其门生除以上诸人外,在当时有影响者还有陈魁、顾诒禄、法式善、褚廷章、张熙纯、毕沅,以及再传弟子黄景仁,私淑弟子朱彭。

　　当时,除了门弟子外,沈德潜周围还有乔亿、田同之、李重华等诗人。活跃在虞山的诗歌团体也与沈德潜有密切的关系。这些人论诗与沈德潜相呼应,沈氏的影响达到顶峰。

二　仰风雅以尊诗道:
沈德潜儒家诗学的理想主义精神

　　本书第一章论及诗歌在其发展过程中已经从政教架构中分离,丧失其早期在政治道德生活中的重大作用。在明清之际特殊的政治文化

---

① 《御制文初集》卷十一。
② 《汉学师承记》卷三。
③ 《汉学师承记》卷四。

背景下,诗人们大都卷入政治的旋涡中,要求诗歌为政治现实服务,诗歌与政治的关系一度又密切起来。但是,明清之际儒家诗学思想的再兴,并不表明诗歌在政教系统中地位的恢复。因为它是一股在当时政治失控的状态下民间自发的思潮,是自下而起的,只要求诗歌表达怨刺之情,但无法保证在统治者那里有观和教之用。儒家诗学所向往的诗歌政教作用必须有在下一极与在上一极的双向互动,否则就无法实现。但在明清之际,儒家诗学思潮的再兴只有在下的一极,其诗歌只有自下的表达之用而已。

随着清朝政治统治的稳定,诗歌的地位发生了变化。康熙、乾隆皇帝都大兴文教,也喜欢写诗,经常有君臣的倡和,并有臣子以诗才而受提拔之事,甚至乾隆时代还有在科举考试中加试诗歌之举,但这些对于统治者来说,只是用以点缀盛世,原不是要借诗歌来观民风,更没有赋予当代诗人之诗以教化的功能。要确立诗歌的政治功能,从政治者来说,必须认同"言之者无罪,闻之者足以戒"这一原则,必须给予诗人以政治上的保障,否则讽谏者被以谤讪之名,必被置于死地,难以有人讽谏。事实上清朝文字狱盛行,不仅有统治者独裁专制的因素,更有基于民族矛盾的猜忌。这是一个最易于被无端地上纲上线的时代,一些人甚至借这种政治环境进行政治迫害以报私仇。在这种情势下,人人自危,根本不存在讽谏的政治环境和氛围。一直活到康熙中期的明遗民徐枋曾感叹说:"转喉触讳,抒写怀抱,维时所难。"①沈德潜本人死后就因受徐述夔谤讪案的牵连,被乾隆帝下令夺谥,推倒墓碑。这类事件层出不穷。在这种政治环境下,不可能以诗讽谏。统治者给予诗歌的只是一个象征性的荣誉地位,而非实际的政治功能。

---

① 《郑业师云游诗序》,《居易堂集》卷五。

从在下一极而言,由于清王朝的政治统治的稳定,士人对清王朝的对立情绪减弱。士人们投身科举,必然要专心于八股之业。施闰章说:"今人束发受举子业,父师之所督,侪友之所切磨,胥是焉在。……及壮长通籍,或中年放废,始涉笔于诗。"①士人学诗乃是在中科举为官或是仕途无望以后,为官以后诗歌乃是应酬之需,仕途无望则借以为人生之寄托。厉鹗《叶筱客叠翠诗编序》云:"往时东南人士几以诗为穷家具,遇有从事声韵者,父兄师友必相戒,以为不可染指。不唯于举场之文有所窒碍,而转喉刺舌,又若诗之大足为人累。"②杭世骏称:"余少时锐意科举之学,先师又禁不得为诗。"③当时人们认为作诗妨碍举业,师长往往禁其为诗,此表明诗歌在世人心目中实际地位之低下。到乾隆年间,科考加试诗歌,但在世人的心目中,诗歌也不过是获得科名的工具而已。在这种环境下,当代诗歌不可能有儒家诗学所说的政教功能。

沈德潜对于诗歌的现实处境并非没有自觉,但他不甘于诗歌的这种现实处境,他要找回诗教精神,要重建诗道的尊严。其《说诗晬语》说:

> 诗之为道,可以理性情,善伦物,感鬼神,设教邦国,应对诸侯,用如此其重也。秦汉以来,乐府代兴;六代继之,流衍靡曼;至有唐,而声律日工,托兴渐失,徒视为嘲风雪、弄花草、游历燕衎之具,而诗教远矣。学者但知尊唐,而不上穷其源,犹望海者指鱼背为海岸,而不自悟其见之小也。今虽不能竟越三唐之格,然必优柔渐渍,仰溯风雅,诗道始尊。

---

① 《天延阁诗序》,《施愚山文集》卷七。
② 《樊榭山房集》文集卷三。
③ 《赵谷林爱日堂吟稿序》,《道古堂文集》卷九。

此所谓诗道是从政教一面说的,这一诗道存在于风雅的时代。在风雅时代,诗歌与政治道德关系密切,"用如此其重也",有政教之用,才能尊。站在诗道的立场上看,诗歌史乃是远离诗道的过程,是诗教失落的历史。在沈德潜看来,问题不仅在于前人已经远离诗道,更严重的是今人不知诗道之所在。他感叹当时的诗坛:"雅郑谁复分? 正声日以熄。镂刻非不工,性情渐乖隔。"①沈德潜要尊诗道,就是因为诗道已经不尊;诗歌已失去政教精神,乃是不尊的原因。要解决当代诗坛的问题,在沈德潜看来,必须让诗人们认识到诗道之所在,必须找回失落的诗道。因而他要上溯到风雅,对上下数千年的诗歌史进行清理,在诗歌史中追溯这种诗教精神,以重建诗道。其《古诗三章答计维严》之三中说:

> 文章起颓波,滔滔荡无底。行水遗其原,泛滥何时已。之子绍家学,清词通妙理。已涉六代藩,言究风骚旨。道河自积石,治雍终弱水。大雅期复作,扶轮自兹始。非君谁与言,顾我将老矣。②

沈德潜感叹当代诗坛颓波兴起,滔滔不止,这使他忧心忡忡,焦虑不已。他认为这是诗歌之江河失去其源头,而计维严的学诗趋向正代表了沈氏所主张的仰溯风雅的思想,故受其称赏。此诗所体现的诗学思想在沈氏《古诗源序》中有详细的论述,下一节将述及。

沈德潜想要恢复诗歌的政教功能,当代学者多认为这是为封建统治服务,而笔者认为这其实是一种不合时宜的理想主义。所谓为封建统治服务,古代诗人大多都是如此,不能独以此诟病沈德潜。如果说沈德潜后来成为乾隆帝的宠臣,有意以这种诗学迎和乾隆帝以邀宠谋利,

---

① 《答曹谦斋见赠并题诗稿》,《归愚诗钞》卷六。
② 《归愚诗钞》卷五。

则这种人格卑鄙不足道。但沈德潜的诗学著作大都成于其成进士以前，正是在他人生最坎坷的时期，所以他的诗学观念确是出自其内心信仰，只是这些主张不切实际。诗歌在政治架构中的地位不可能恢复，诗歌的政教功能也不可能再兴。沈德潜向往的这种政教传统可以作为一种价值标准用以清理诗歌史，也可以要求诗人本着诗教的精神来写诗，他本人也曾"借诗箴规，吁尧咈舜"①，但他无法要求皇帝用当代诗人的诗歌来观民风，正得失，更不能要求皇帝用当代诗人的诗歌来教化下民，因此其所谓政教传统就现实作用而言只是一句空话。沈德潜成为乾隆帝的重臣之后，与乾隆常有诗歌之倡和，按说其政治位置正可用诗歌来讽谏，以实践其诗歌理想，但是他与乾隆帝倡和的四卷《矢音集》，却多为颂圣之作。儒家的理想主义在价值的领域是庄严的，一旦遭遇现实的政治专制，就不得不低头。尽管沈德潜抱有一种理想主义态度，立论甚高，无奈在现实中行不通。这种高论在现实中也就成为不切实际的空话和大话，只能言说而不能实施。正因如此，所以袁枚批评沈德潜有"褒衣大袑气象"，是给诗歌戴上大帽子，摆出大架子吓唬人。袁枚之主张写性灵更切合诗歌的现实处境，因而是一种现实主义者的理论。

三　从《古诗源》到《清诗别裁集》：沈德潜所确立的风雅正统

　　沈德潜有《古诗源》《唐诗别裁集》《明诗别裁集》《国朝诗别裁集》（《清诗别裁集》）四部大型的断代诗选，清楚地表明其清理诗歌史的意图。他试图通过诗歌史的清理构建诗歌史正统，以上接风雅传统。

---

①　袁枚《太子太师礼部尚书沈文悫公神道碑》，《小仓山房文集》卷三。

在儒家诗学传统中，《诗经》从诗歌史上说是源头，而从价值论上说又是最高的典范和价值标准。这两者的结合，决定了儒家诗学说诗必须往前追溯。与风雅相连，必须尊崇传统。如果《诗经》仅被视为诗歌史的源头，那么其意义只在于诗歌史由此而发生，不必成为评价诗歌的价值标准，后世的诗歌无须放在《诗经》的天平上衡量，根据其继承风雅传统的程度来确定其价值高下。如果《诗经》不是最早的作品，则尊《诗经》不一定要往前看，不一定要尊传统。正是因为《诗经》的上述特征，决定了儒家诗学尊经与尊传统相纠结的特点。沈德潜说"仰溯风雅"，"仰"言其高，是价值的方面，"溯"言向前，是历史的方面。唯其从史的方面说是源头，所以要"溯"；正因为其价值最高，所以要"仰"。因此沈德潜的诗歌史清理不是向后看，而是向前看；不是比较后代较前代有哪些发展变化，而是审视后代作品哪些符合风雅传统，哪些背离风雅传统，故沈德潜的诗歌史建构带有极强烈的价值厘定意味。

沈德潜对诗歌史的清理是从唐诗开始的。其以"别裁"名其书，乃用杜甫"别裁伪体亲风雅"之语，已含有上接风雅之意在。其《唐诗别裁集序》说：

> 有唐一代诗，凡流传至今者，自大家、名家而外，即旁蹊曲径，亦各有其精神面目流行其间，不得谓正变盛衰不同，而变者衰者尽可废也。然备一代之诗，取其宏博；而学诗者沿流讨源，则必寻究其指归。何者？人之作诗，将求诗教之本原也。唐人之诗，有啴谐廉直顺成和动之音，亦有志微噍杀流僻邪散之响，由志微噍杀流僻邪散，而欲上溯乎诗教之本原，犹指南而之幽、蓟，溯北而之闽、粤，

不可得也。①

如要"备一代之诗",自然需"取其宏博",讲求全面,这是着眼于诗歌史的原貌,但不是沈德潜诗选的目的。沈氏诗选是要给学诗者作为创作典范,而创作应该体现诗教精神,那么对典范的选择就需体现诗教精神,故而需要"沿流讨源","寻究其指归",就要以诗教为标准进行别裁。"啴谐廉直顺成和动之音"是符合诗教的,而"志微噍杀流僻邪散之响"有悖于诗教,由前者可以上溯诗教之本原。这就是他编选《唐诗别裁集》的基本意图和思路,故《唐诗别裁集》不是一部客观的断代诗歌史的选本,而是一部体现强烈的价值厘定意味的选本。沈德潜在《国朝诗别裁集序》中曾将自己的《国朝诗别裁集》与钱谦益《列朝诗集》、朱彝尊《明诗综》作比较,说钱、朱之诗选"备一代之掌故",自己的诗选则"惟取诗品之高也",即是说钱、朱选本重史,自己的选本重品,也表明沈德潜选诗的强烈的价值厘定意味。

　　沿着唐诗上溯,必然面临汉魏六朝诗歌传统问题,因而有《古诗源》之选。沈德潜清理诗歌史原本是要在诗歌史中追溯风雅精神,建立诗教精神延续之统,这是某种价值的历史。这个统当然是呈现在历史中的,但它不是严格按照时间的先后顺序在历史中展开的,在诗歌史的某一时期有可能中断。比如齐梁宫体诗,站在诗教之传统的立场上看,就是诗教精神的中断。价值意义上的传统可以跳越时代而接续,比如唐诗可以上接汉魏。陈子昂说"汉魏风骨,晋宋莫传"②,显然有跨越时代而上接汉魏风骨之意。但是诗歌形式风格自身的变化却是沿历史的前后顺序展开的,唐诗是从汉魏经齐、梁、陈、隋演变而来,而不能说

---

① 《唐诗别裁集序》。
② 《与东方左史虬修竹篇序》。

唐诗是直接由汉魏演进而来。沈德潜在沿唐诗向前溯源时便遇到如下问题:如若要建立诗教之统,那么完全可以跨越齐、梁、陈、隋而上接汉魏晋;但如考虑诗歌自身的演进,就不能跨越这些时代。那么,《古诗源》之"源"究竟是什么源? 是诗教精神之源,还是诗歌自身演进的源流之源? 换言之,是价值意义上的源,还是诗歌史意义上的源,或是两者兼而有之? 沈德潜《古诗源序》称:

> 诗至有唐为极盛,然诗之盛,非诗之源也。今夫观水者,至观海止矣,然由海而溯之,近于海为九河,其上为泽水,为孟津,又其上由积石以至昆仑之源。《记》曰:"祭川者先河后海。"重其源也。唐以前之诗,昆仑以降之水也。汉京魏氏,去风雅未远,无异词矣。即齐梁之绮缛,陈隋之轻艳,风标品格,未必不逊于唐,然缘此遂谓非唐诗所由出,将四海之水,非孟津以下所由注,有是理哉?

从诗教立场上看,汉魏诗歌上继风雅传统,其价值早成定论,自无问题。关键是齐、梁、陈、隋诗在诗教之传统中应处于什么样的位置。沈德潜在此并未再严格按照诗教精神来续统,而是充分考虑诗歌自身演进的历史。所以他虽然承认这些时代的诗歌"绮缛""轻艳",不符合诗教精神,在价值上低于唐诗,但从诗歌自身演进的角度审视它们,却是唐诗之源。因而这里所说的"源",更多是诗歌史演进的源流之源。这表明沈德潜在上溯诗教精神之际,还是考虑到诗歌自身的演进历程。

正是着眼于诗歌自身的演进,沈德潜说:"唐诗者,宋元之上流;而古诗,又唐人之发源也。"[1]如果从尊重诗歌史的角度,沈德潜应选

---

① 《古诗源序》。

宋元诗,但他未选这两代之诗,因为在他看来,"诗入宋元,流于卑靡"①。可是齐、梁、陈、隋诗不卑靡吗?何以这些时代的诗歌可以入选,而宋元诗不能入选?这表明沈德潜在论古诗之际与论宋元诗持有不同的价值标准,对古诗宽而对宋元严,所以沈德潜对宋元诗抱有偏见。这种立场其实早在云间派陈子龙就曾表露,陈氏《皇明诗选序》曰:"夫齐梁之衰,雾縠也,唐黼黻之,犹同类也;宋元之衰,砂砾也,明英瑶之,则异物也。"②此将齐梁与唐诗视为同类,而把宋元诗与明诗视为异物,则宋元诗不如齐梁诗。沈德潜没有直接作这种表示,但就其对待齐梁与宋元诗的不同态度,可以说他也持有与陈子龙类似的立场。

　　按照沈德潜论诗歌源流的观点,唐诗是宋元诗的上流,照此再往下说,应该说宋元诗是明诗的上流,但是沈德潜论及明诗时却说:"宋诗近腐,元诗近纤,明诗其复古也。"③沈德潜不以明诗上接宋元,而是直接与汉魏盛唐相接,这也与陈子龙相同。这表明在沈德潜看来,诗歌自身的演进史到元为止;明以后不再接着宋元演进,而是向汉唐复古。代表这种复古精神的是前后七子,沈德潜说他们"力追雅音","古风未坠"。④沈德潜一反钱谦益等对七子复古派的否定态度,对七子正面肯定,肯定其回归汉魏、盛唐诗歌传统的正确性,但认为公安、竟陵背离了诗教传统:"自是(按,前后七子)而后,正声渐远,繁响竞作,公安袁氏,竟陵锺氏、谭氏,比之自郐无讥,盖诗教衰而国祚亦为之移矣。"⑤明末陈子龙批判公安、竟陵诗风,而继承七子派,受到沈德潜的高度评价:"诗教之衰,至于锺、谭,剥极将复之候也。黄门(按,陈子龙)力辟蓁

① 《唐诗别裁集·凡例》。
② 《陈忠裕全集》卷二十五。
③ 《明诗别裁集序》。
④ 同上。
⑤ 同上。

芜,上追先哲,厥功甚伟。"①在沈德潜看来,清代诗歌应接续明七子、陈子龙之统而发展,于是他有《国朝诗别裁集》。

　　以上就是沈德潜所确立的诗统,也是诗歌史的建构。沈德潜的诗歌史建构有历史与价值双重意义。沈氏通过对诗歌史的清理建立诗歌传统,这个诗统既是历史的统,更是价值的统,他在历史传统中彰显并确立儒家诗学的价值系统。在这种意义上说,沈德潜的诗学系统主要是通过历史的方式建立起来的。这与叶燮《原诗》不同,叶燮"原诗"之"原"乃是推求诗歌原理之意,侧重逻辑推论,虽然也有对诗歌史正变源流的论述,但是这种史的论述是统摄在逻辑论证之中的。

四　宗旨、体裁、音节、神韵：
对性情、格调、神韵三说的综合

　　沈德潜所说的诗教从诗歌与政治的关系上说,固然是政教精神,但再具体向诗歌内部说时就不只是政教方面,也包括审美方面。他在清理诗歌史时从四个层面来评诗:

　　　既审其宗旨,复观其体裁,徐讽其音节。(《唐诗别裁集序》)
　　　予惟诗之为道,古今作者不一,然揽其大端,则审其宗旨,继则标风格,终则辨神韵。(《七子诗选序》)
　　　先审宗指,继论体裁,继论音节,继论神韵,而一归于中正和平。(《重订唐诗别裁集序》)

―――――――――
　　①　《明诗别裁集序》。

以上诸节涉及他评诗的四个标准:宗旨、体裁(风格)、音节、神韵。在以上诸节中,以《唐诗别裁集序》为最早,作于康熙五十六年(1717),《七子诗选序》作于乾隆十八年(1753),《重订唐诗别裁集序》作于乾隆二十八年(1763),最为晚出。《唐诗别裁序》提出宗旨、体裁、音节,而未提到神韵;《七子诗选序》提出宗旨、风格、神韵,没有言及音节;《重订唐诗别裁序》则提出宗旨、体裁、音节、神韵。沈德潜在《七子诗选序》中说:"予囊有古诗、唐诗、明诗诸选,今更甄综国朝诗,尝持此论,以为准的。"据此,他的四部断代诗选及《七子诗选》所持的标准都是相同的。这表明他在《唐诗别裁序》中虽然没有提出神韵,但神韵其实也是一个尺度。据《七子诗选序》的说法,其《唐诗别裁集序》中所说的体裁与《七子诗选序》中所说的风格大体相同。因而,沈德潜论诗有四个标准:宗旨、体裁(风格)、音节、神韵。这四项在沈德潜看来是诗歌固有的四个构成层面,也是其评价诗歌的四个角度和标准,因而也成了沈德潜诗学的四个层面,这四层面构成了沈德潜诗学的基本理论框架。

值得注意的是,云间派陈子龙等选编《皇明诗选》也提出评诗的四个标准,陈子龙《皇明诗选序》说:

> 与同郡李子、宋子网罗百家,衡量古昔,攘其芜秽,存其菁英,一篇之收,互为讽咏,一韵之疑,其相推论。揽其色矣,必准绳以观其体;符其格矣,必吟诵以求其音;协其调矣,必渊思以研其旨。大较去淫滥,而归雅正,以合于古者九德六诗之旨。①

这里提出的四个标准是:色、体、音、旨,亦即色彩、体格、音调、宗旨。如

---

① 《陈忠裕公全集》卷二十五。

果将陈子龙提出的这四条标准与沈德潜的四标准对比,可以看出,体、音、旨分别相当于沈德潜的体裁、音节、宗旨,也就是说有三项是一致的。这种一致不是偶然的相合,沈德潜对陈子龙评价甚高,其《说诗晬语》谓:"诗至锺、谭诸人,衰极矣。陈大樽垦辟榛芜,上窥正始,可云枇杷晚翠。"陈子龙的诗学也是沈德潜非常熟悉的,故其论诗标准的一致性表现出沈德潜诗学对云间派诗学的继承关系。但是,沈德潜与陈子龙也有明显的不同,那就是陈子龙把色彩作为其论诗的标准之一。关于这一点,第二章已有论述,而沈德潜则去掉色彩这一标准,而增加了神韵,体现出他们之间审美趣味的差异。

　　沈德潜与陈子龙论诗的另一个重要差别是他们审查的先后程序不同。陈、沈二人都明确说明他们审查作品的程序。陈子龙所说的程序是:色彩、体格、音调、宗旨。前三项是审美方面,后一项宗旨乃是思想内容方面。沈德潜所说的程序是:宗旨、体裁、音节、神韵。第一项是思想内容方面,后三项是审美方面。比较他们评诗的程序,就会发现,陈子龙先审查审美方面,后审查思想内容方面,而沈德潜则先审查思想内容方面,后审查审美方面。这种程序的差别关系重大,表现出他们诗学之间的重大不同。本书第二章论及陈子龙主张"先辨形体之雅俗","后考性情之贞邪",虽以情志为本,但却以格调优先,程序的先后正体现了陈子龙的格调优先的思想。沈德潜把宗旨放在首位,实际上是把思想内容的审查放在首位。七子派强调的是格调优先,陈子龙在强调格调优先的同时也主张情志为本,沈德潜则不仅以情志为本,也以情志优先。

　　以情志为本,不仅是云间派的主张,也是钱谦益一派的诗学主张,但钱谦益主张性情优先,格调为末,与云间派格调优先有着重大的区别。沈德潜主张先审宗旨是性情优先,这与钱谦益一派诗学是一致的。沈德潜对云间派系统的这一重大调整,与明末以来钱谦益一派主张性情优先、批判七子云间派模拟格调的诗学影响有关。要之，在沈德潜的四标准中，先审宗旨体现了钱谦益一派的诗学主张，论体裁、音节即格调，是继承七子、云间派的诗学，辨神韵则继承王士禛的诗学，这四个层面综合了性情、格调、神韵三说。

五　先审宗旨:性情优先

沈德潜论诗主张先审宗旨。"宗旨者,原乎性情者也。"所谓宗旨,就是作品体现出的政治道德方面的价值和意义。他说:

> 　诗必原本性情,关乎人伦日用及古今成败兴坏之故者,方为可存,所谓言之有物也。若一无关系,徒办浮华,又或叫号撞搪以出之,非风人之指矣。①

诗人的性情要与人伦日用、古今成败相关。这是沈德潜要求的宗旨。

1. 政治伦理价值优先于审美价值

在沈德潜的论诗程序中,对宗旨的考察优先于对格调、神韵的辨析,这种优先不仅是程序的优先,也是价值的优先,即政治伦理价值优先于审美价值。沈德潜在《湖北乡试策问》中明确地提出这一问题:

> 　《风》《骚》以后,诗人代兴,上下艺林,四言何以独推韦孟,五言何以独推苏、李,阮籍何以擅长于魏代,陶潜何以卓绝于六朝,陈子

---

① 《清诗别裁集·凡例》。

昂、元结、李白、杜甫、韩愈何以高出于唐,苏轼、陆游何以高出于两宋,元好问何以高出于金源,岂其语言之工与,抑诗外别有事在也?①

此处提出诗歌评价的标准问题,所谓"语言之工"指审美价值,"诗外别有事在"是政治伦理价值,以上这些诗人之所以高出于其同时代诗人,是取决于其审美价值,还是取决于其政治伦理价值?沈德潜提出两个判断标准供人选择,实际上蕴含两个评价标准哪个优先的问题。因是策问的试题,沈德潜没有直接作出回答,但实际上沈德潜是把政治伦理标准放在首位的:

> 天壤间诗家不一,谐协声律,稳称体势,缀饰辞华,皆诗也。然求工于诗而无关轻重,则其诗可以不作。惟笃于性情,高乎学识,而后写其中之所欲言,于以厚人伦,明得失,昭法戒,若一言出而实可措诸家国天下之间,则其言不虚立,而其人不得第以诗人目之。②

"谐协声律,稳称体势,缀饰辞华"都是审美方面的讲求,是"求工于诗"。所谓"诗"是审美意义上的诗,"求工于诗"是讲求诗歌的审美价值,亦即上文所言之"语言之工"。沈德潜认为如果只具有审美价值而"无关轻重",没有政治伦理价值,这样的作品就无意义,可以不作。相反,如果诗人性情深笃,学识高明,其作品具有政治伦理价值,也就是上文说的"诗外别有事在",这样的作品言不虚立,这样的诗人也不能只把他看作"诗人"而已,此所谓"诗人"乃是指只具有审美能力者。叶燮

---

① 《归愚文钞》卷七。
② 《高文良公诗序》,《归愚文钞》卷一。

论诗有"才人之诗"与"志士之诗"之辨,其所谓"才人"是只具有审美才能者,沈德潜所说的"诗人"与之相当;叶燮所谓"志士"指既具有审美才能而又具有高明之性,经历事变、遭境坎坷之人,沈德潜所说的"不得第以诗人目之"者实与之相当。虽然沈德潜所说的这种人已经没有叶燮所谓"志士"所带有的强烈的身世不遇的色彩,但就其都具有审美才能之外的秉性修养而言则是相同的。

当然,沈德潜这样说,并不是否认形式美的价值,而是认为应该在先有性情的前提下来讲求形式美,形式美不能脱离性情而独立讲求。他批评当代诗人"镂刻非不工,性情渐乖隔"①,"言语非不工,性情何有焉"②,都是此意。他又称:

> 夫《诗三百篇》为韵语之祖,韩子云:"《诗》正而葩。"则知正,其诗之旨也;葩,其韵之流也。未有舍正而言葩者。③

"正"是诗之旨,即性情之正,"葩"是韵之流,即审美表现方面,在这两者之间,"正"对"葩"具有统帅作用,不能脱离性情而谈论审美形式。

政治伦理价值优先的思想在沈德潜的诗歌批评中鲜明地体现出来。云间派主张格调优先,先辨形体,后论性情,体格不古,则其性情就不必再论。这样即便性情符合标准,也会因形体的不合格而遭摈弃。一个最突出的例子就是杜甫的五言古诗。杜甫诗忠君爱国,在其五言古诗中有突出的体现,从审宗旨的角度说应该受到推重。但是云间派继承七子派的观点,论五言古诗以汉魏晋为审美正宗,唐代五古因为不

---

① 《答曹谦斋见赠并题诗稿》,《归愚诗钞》卷六。
② 《古风》,《归愚诗钞》卷四。
③ 《曹剑亭诗序》,《归愚文钞余集》卷三。

符合汉魏晋审美正宗,被视为变体而受到贬斥,杜甫的五言古诗也在受排斥之列。在这种立场下,尽管陈子龙称以情志为本,其论诗也有审宗旨一条,但由于主张格调优先,先辨形体,后考性情,使得其在考察情志之前就因格调方面的因素将作品摈弃。沈德潜则与之不同,他从陈子龙"后考性情之贞邪"变而为先论性情之贞邪,把性情放在优先的位置。这样同样是杜甫的五言古诗,他的评价就与云间派不同:

> 苏、李、《十九首》后,五言最胜。大率优柔善入,婉而多风。少陵才力标举,纵横挥霍,诗品又一变矣。要其感时伤乱,忧黎元,希稷契,生平抱负,希流露于褚墨间,诗之变,情之正也。宜新宁高氏,别为大家。①

从辨体角度说,沈德潜承认杜甫五古是变体,在审美立场上与七子、云间派是一致的,但他却从政治伦理价值方面肯定杜甫。所谓"诗之变,情之正"指的就是审美与政治伦理两方面的不一致,而在这种不一致的情况下,他持的是政治伦理价值优先的立场。沈氏《唐诗别裁集》不仅取录杜氏五古,而且数量达五十三首之多,居全唐诗人之冠。白居易诗是七子、云间所不屑的,但沈德潜却对其评价很高:

> 乐天忠君爱国,遇事托讽,与少陵相同。特以平易近人变少陵之沉雄浑厚,不袭其貌,而得其神也。②

所谓"得其神"是得其"忠君爱国"之神,这也是站在政治伦理价值优先

---

① 《说诗晬语》。
② 《唐诗别裁集》卷三。

的立场所作的评价。在政治伦理价值优先的立场下,沈德潜对白居易
不符合正统的审美特征也承认其价值。

　　从审美角度说,沈德潜是主唐派,对宋诗是不满的。但是沈德潜并
没有一概排斥宋诗,他评价陆游曰:

> 　　放翁出笔太易,气亦稍粗,是其所短,然胸怀磊磊明明,欲复国
> 大仇,有触即动,老死不忘,时无第二人也。上追少陵,志节略同,
> 勿第以诗人目之。①
> 　　少陵一饭不忘君,放翁至死不忘复仇,忠君爱国,唐宋重此
> 二人。②

在审美上,沈德潜对陆游诗持批评态度,但在政治伦理价值优先的立场
下,却高度肯定陆游诗。所谓"勿第以诗人目之",即是说不能仅把陆
游看作诗人,不能仅从审美立场上评价陆游。

　　另一方面,如果性情方面不符合标准,即便审美上工巧也要被摈
弃。沈德潜《古诗源例言》有曰:

> 　　晋人《子夜歌》,齐梁人《读曲》等歌,俚语俱趣,拙语俱巧,自
> 是诗中别调。然雅音既远,郑、卫杂兴,君子弗尚也。愚于唐诗选
> 本中,不收西昆、香奁诸体,亦是此意。

沈德潜承认《子夜》《读曲》这些艳歌俚俗之语有风趣,朴拙之语也见其
巧,这是肯定这些作品的审美价值,但由于这些作品在性情方面不符合

---

① 《宋金三家诗选·放翁诗选例言》。
② 《宋金三家诗选》,《示儿》评语。

标准,故为沈德潜所摈弃。他称其《唐诗别裁集》不收西昆、香奁诸体,也是此意。又,他在《清诗别裁集》中不收王次回诗①,称"动作温柔乡语,如王次回《疑雨集》之类,最足害人心术,一概不存"②。这些都表明在沈德潜的诗学价值系统中,政治伦理价值优先于审美价值。

政治伦理价值优先,这原本是儒家诗学的一个重要特征。由于诗歌产生初期在人们政治道德生活中具有巨大实际作用,被组织在政教架构之中,其功能实以政教为主,诗教说正是对当时诗歌实际政治道德作用的概括。尽管孔子有"尽善尽美"的思想,把美与善作了分别,但是这并不意味着他承认美是一个与善平行的独立的领域。孔子又说"言之无文,行而不远"③,文是对言的修饰,但这种修饰还是为了言有更好的实际效果,文饰之美还是为善服务。善优先于美,是美的统帅,美是为了更好地体现善。不仅如此。儒家诗学认为审美风尚与政治道德状况有密切的关系,是政治道德状况的反映,这样审美问题也归结到政治道德。因而儒家诗学在处理政治伦理与审美关系时是以伦理统摄审美,可称之为摄美归善。这种诗学观反对脱离政治伦理谈论审美问题。这是儒家诗学的基本传统之一。沈德潜的这种诗学观正是儒家诗学传统的体现。

如果从儒家诗学的立场看,七子派和神韵说诗学都离开伦理优先的前提来谈论审美问题,这样就等于失去灵魂和统帅。沈德潜先确立伦理优先的前提,在这个前提下,他吸收了七子派的格调说和王士禛神韵说,将政治伦理优先与审美本位的诗学统一起来。

---

① 王次回乃明末人,严格说来,王次回应算是明代诗人,但由于其诗在清初流传甚广,沈德潜将之视为清诗人,袁枚也是如此。
② 《清诗别裁集·凡例》。
③ 《左传》襄公二十五年。

2. 温柔敦厚

沈德潜审宗旨,一方面要求诗歌"关乎人伦日用及古今成败兴坏之故",另一方面要求符合温柔敦厚的诗教。沈德潜强调诗教,最受现代研究者诟病,认为其反对揭露社会现实,为封建统治服务。其实这种批判失之简单化。

沈德潜所谓温柔敦厚可以从三个层面来理解,一是道德人格的层面,二是政治的层面,三是审美的层面。就道德人格的层面而言,温柔敦厚关涉人格修养。儒家的教化传统有所谓诗教、书教、乐教、易教、礼教、春秋教,这六教之于人的教养各有侧重,或侧重在智知,如书教、易教,或偏重仪式,如礼教,或偏重在属辞比事的能力,如春秋教,六教合而成为一个人从人格到智知到能力诸方面的基本教养。诗、乐两教在儒家传统教化中偏重人格的陶养,此即《礼记·经解》所谓"温柔敦厚诗教也""广博易良乐教也"。由于乐教无传,这样温柔敦厚就成为我国传统文化中关于人的人格修养的基本的价值取向。这种取向对我国民族性格特征的形成产生了深远的影响,直至今天,温和、忠厚也还被认为是良好的性格特征。从儒家诗学的立场上看,既然诗教对形成温柔敦厚的性格具有如此重大的作用,那么,后来的诗歌也要担负起塑造人格的责任。根据传统诗学的观点,诗歌之所以能使人温柔敦厚,是因为诗歌本身具有这种性质,而诗歌之所以有这种性质,乃是取决于诗人的性情。这样,诗教本来是就诗歌所具有的教化作用而言,但由于传统诗学认为"诗如其人",所以由诗教必然引出对诗人人格的温柔敦厚的道德要求。站在儒家诗学的立场上看,诗人的作品能否温柔敦厚,不只是艺术问题,更是诗人的品格修养问题。沈德潜说:"夫言也者肖其中之所欲出也。心躁者无和声,心平者无竞气。"①正是谓此。温厚和平

---

① 《施觉庵考功诗序》,《归愚文钞》卷十一。

不只是性情的表达方式问题,更是人格修养问题。诗歌的温厚和平与否乃是诗人人格修养高下的表现,因而温柔敦厚乃是儒家诗学对于诗人的性情修养的内在要求。在这种意义上,诗人创作之所以温柔敦厚,不是外在的因素,不是为了外在目的或受到外在压力,而是其内在的人格修养必当如此。

其《说诗晬语》云:

> 州吁之乱,庄公致之,而《燕燕》一诗,犹念先君之思;七子之母,不安其室,非七子之不令,而《凯风》之诗,犹云"莫慰母心",温柔敦厚,斯为极则。

此二诗一涉及君臣关系,一涉及母子关系。由于庄公的错误,戴妫被逐归,但她还嘱咐庄姜念先君之思①。明明是母亲不安于室,而非七子之过,但七子还是自责,说自己不能慰悦母心。在沈德潜看来,这些正表现出其人格的高尚,这是温柔敦厚的极则。

就政治层面而言,温柔敦厚关涉到如何讽谏即批评统治者,这是儒家诗学强调诗歌的政治作用必然面临的问题。诗歌要关乎政治,就必然要对统治者有美有刺。当要对统治者进行讽刺时,就必然要面临批评方式及态度的问题。这一问题触及儒家传统中尊道与尊君的关系。在理论上,所谓圣王是道的体现。这样尊道与尊君能够统一。但是儒家所说圣王只是一种理想,这种圣王理想在人间只能寄托在远古时代,而在现实政治中,虽然称君主为圣上,但君主不符合儒家的道德政治理

---

① 《燕燕》一诗的内容,按照《毛诗》的说法,卫庄公之夫人庄姜无子,而以陈女戴妫之子完为己子,庄公卒,完继位,但庄公的嬖人之子州吁弑完,戴妫归陈,庄姜送之,而作此诗。诗中有"先君之思,以勖寡人"之句。

想乃是事实。统治者有错误,站在儒家道德政治观的角度对其提出批评,这是尊道。但在提出批评时,又受到君臣之礼的约束,而君臣之礼又是儒家之道的内容之一。所以如何在这两者之间进行调和平衡,这是古代政治家的重要的政治智慧。在古代流传很多臣子善于讽谏的故事,既维护儒家之道的尊严,又不违背君臣之礼,就是这种政治智慧的表现。但是古代也有很多犯颜直谏者,也受到人们的肯定与赞扬,这正是尊道的表现。由于儒家诗学强调诗歌与政治的关系,故尊道与尊君的问题也体现在诗歌领域。统治者有错误,诗人应该以诗讽刺,诗歌是表达政治意见的一种手段。这是尊道。但是诗人与统治者有君臣关系,即便不是最高统治者,也有等级尊卑的关系。以诗歌对统治者提出批评,同样存在君臣尊卑之礼的限制。而从诗人的人格修养上来说,也要求温柔敦厚,要求性情和平。不仅关涉统治者时如此,在涉及亲戚、友朋等方面的人伦关系时也都应如此。这样一方面诗歌要发挥其政治功能,要敢于对统治者提出批评意见,另一方面又要以和平委婉的方式提出来。这就是《诗大序》所说的"主文而谲谏"。沈德潜所举"主文谲谏"的代表是《硕人》一诗,他说:

> 庄姜贤而不答,由公之惑于嬖妾也。乃《硕人》一诗,备形族类之贵,容貌之美,礼仪之盛,国俗之富,而无一言及庄公,使人言外思之,故曰主文谲谏。

《硕人》不直接指斥君主之过,而是极力铺写庄姜身份之尊贵,容貌之美丽等等,却没有一句提及庄公,让人从言外想见庄公的昏惑。这种方式既有批评君主之意,又表现得十分委婉,正是温柔敦厚诗教的表现,所以为沈德潜所称赏。

从审美的层面看,温柔敦厚诗教对于诗人的政治道德要求,须通过

一定的审美表现方式表现。沈德潜说:

> 诗之为道也,以微言通讽谕,大要援此譬彼,优游婉顺,无放情竭论,而人裴徊自得于意言之余。《三百》以来,代有升降,旨归则一。惟夫后之为诗者哀必欲涕,喜必欲狂,豪则放纵,而戚若有亡,粗厉之气胜,而忠厚之道衰。其与诗教日以偾矣。①

诗人的意见要通过委婉曲折的方式表现,而不能直截了当地说出,要使自己的意思含而不露,让读者体会得之。这种表现方式本来服务于诗歌的政治道德功能,但从审美角度看,却具有温厚含蓄之美,而且在诗歌史上形成了一种审美传统。"讽刺之词,直诘易尽,婉道无穷",这是从审美角度说的。在沈德潜看来,这是各个时代诗歌的共同指归。他评清代诗人施闰章与宋琬诗云:"宋以雄健磊落胜,施以温柔敦厚胜,又各自擅场。"②这里对二人诗歌风格作比较,显然将温柔敦厚视为一种审美风格。

但是沈德潜主张温柔敦厚,也面临诗歌史的问题。《诗经》中也有情感激烈的揭露批评之作,这是所有主张温柔敦厚的诗学家必须面对的问题。沈德潜对此问题采取了比较灵活的立场,他说:

> 《巷伯》恶恶,至欲"投畀豺虎","投畀有北",何尝留一余地?然想其用意,正欲激发其羞恶之本心,使之同归于善,则仍是温厚和平之旨也。《墙茨》《相鼠》诸诗,亦须本斯意读。

---

① 《施觉庵考功诗序》,《归愚文钞》卷十一。
② 《清诗别裁集》卷三,施闰章诗评。

本来按照沈氏的观点,温柔敦厚既要求性情和平,也要求性情的表现方式委婉,但在这里他却未持这两条标准,而是从诗人作诗的"用意"即目的来判定,只要目的善良,则情绪可以激烈,表现可以直截了当。

沈德潜的温柔敦厚说也面临《离骚》的评价问题。温柔敦厚要求性情和平,但《离骚》恰恰是不和平。他说:

> 《离骚》者,《诗》之苗裔也。第《诗》分正变,而《离骚》所际独变,故有侘傺噫郁之音,无和平广大之响。读其词,审其音,如赤子婉恋于父母侧而不忍去。要其显忠斥佞,爱君忧国,足以持人道之穷矣。尊之为经,乌得为过?

沈德潜这里不再将和平与人格修养联系起来,而是着眼于性情的内容,认为性情正,表现方式可以不和平。

沈德潜论温柔敦厚,有两个标准,其一是性情之善,其二是表现方式之和平。两者兼具,最为其所尊崇,是所谓正;仅具第一条而不具第二条,也为其所肯定,是所谓变。就主正一方面言,与汪琬、王士禛一派立场接近;就容变一方面言,又与黄宗羲、叶燮一派接近。这表明沈德潜在坚持传统诗教立场的同时,又力图使其具有灵活性和开放性。

3. 宗旨"原乎性情":人品决定诗品

在沈德潜看来,诗歌的宗旨来自诗人的性情,无论诗歌的政治伦理意义还是温柔敦厚,都与诗人的性情相关,所以他说"宗旨者,原乎性情者也"。他论"审宗旨"必然要从作品归结到诗人:

> 文章诗歌本乎心术,著乎语言,表里洞然不可掩,故读之而性

　　情之厚薄，品诣之邪正，遭遇之荣枯，年寿之修短，皆可豫决。①

诗人的性情直贯到作品中，"诗如其人"，诗即其人，评诗即评人，这是传统诗学的一个基本观念。沈德潜的诗学同样贯穿这一基本观念，所以他认为心术表现于作品，表里洞然不可掩，读其作品，不仅可以知其人格品行，甚至人生际遇、年寿长短，也可预知。正是因为人即诗，诗即人，人与诗之间具有这种直贯性，诗人的人格就必然延伸到诗歌，成为诗的品格，也可以说诗歌的品格就是诗人的人格，人品即诗品，诗品即人品。

　　其实，诗品既包括人格的层面，也包括审美的层面。但在儒家诗学价值系统中，伦理层面是最高的终极的层面，审美层面尽管具有相对独立性，却非最高的终极的层面，而是最终由伦理层面决定，审美品格的高低最终取决于人格的高低。这样，诗品的高下最终取决于人品的高下，诗歌的最高价值乃是人格的价值。

　　从以上的观念出发，对于诗人而言，要成为伟大的诗人，要写出伟大的作品，关键在于人格修养。沈德潜称：

　　　　世之专以诗名者，谈格律，整对仗，校量字句，拟议声病，以求言语之工。言语亦既工矣，而么弦孤韵，终难当夫作者。惟先有不可磨灭之概，与挹注不尽之源，蕴于胸中，即不必求工于诗，而纵心一往，浩浩洋洋，自有不得不工之势。无他，功夫在诗外也。②

格律、对仗、字句、声病，俱属审美形式问题。对这些方面的讲求即是审美修养，这是诗内的功夫。具有"不可磨灭之概，与挹注不尽之源"，这

---

①　《李兰枻时文序》，《归愚文钞余集》卷三。
②　《缪司寇诗序》，《归愚文钞》卷十二。

乃是人格方面的修养,是诗外的功夫。沈德潜并非认为诗人不需要有
审美修养,但他认为在人格修养与审美修养之间有轻重主次之分,人格
修养应该优先于审美修养,所以他说要"先有不可磨灭之概,与抱注不
尽之源"。他贬斥专求审美形式之工的诗人,认为他们不能称为"作
者",真正的"作者"在审美修养以外更具有崇高的人格。在他看来,只
要有崇高的人格修养,"纵心一往","自有不得不工之势",必然能在审
美上达到很高的水平。这已不仅是以人格修养统帅审美修养,而且显
示出以人格修养取代审美修养的倾向。沈德潜《说诗晬语》称"有第一
等襟抱,第一等学识,斯有第一等真诗",也体现出这种诗学倾向。这
与叶燮论诗重胸襟是一致的。叶燮的另一弟子薛雪也继承叶燮的思
想,称:"诗文与书法一理,具得胸襟,人品必高。人品既高,其一謦一
欬,一挥一洒,必有过人之处。"①不过,叶燮诗学的着眼点是解决审美
方面的问题,伦理优先的思想蕴含在其以审美问题为基点的总体理论
框架中,没有得到凸现,而沈德潜将这一问题提到突出的位置。

4. 以儒家诗教兼统道佛倾向

　　沈德潜先审宗旨面临着这样一个理论问题:如何对待具有道佛思
想倾向的作品。从儒家诗学的立场看,具有道佛思想倾向的作品与政
教无关,不具备儒家诗学所要求的政治道德功能,正如纪昀所说的
"王、孟清音,惟求妙悟,于美刺无关"②,但沈德潜并不排斥具有佛道倾
向的作品,其《唐诗别裁集》选有大量王、孟一派的山水田园诗即是明
证。肯定这一派的作品岂不是与儒家诗学政教立场相矛盾?沈德潜是
如何对待这一问题的呢?

---

① 《一瓢诗话》。
② 《嘉庆丙辰会试策问五道》,《纪文达公遗集》卷十二。

他对这一派作品作出儒家化的解释,其《卞培基诗序》云:

> 白香山云:"韦苏州高雅闲澹,自成一家之体。"言其自然耳。
> 而诗之自然关乎性情。性不挚,情不深,不能自然也。然挚性深
> 情,惟笃于伦物者有之。

"挚性深情""笃于伦物"是儒家的性情人格,而沈德潜把具有浓厚佛道
倾向的韦应物作了儒家化的解释,使韦氏着上儒家色彩。其《曹剑亭
诗序》引韩愈语云"《诗》正而葩",认为"正"是"诗之旨"。不论韩愈、
还是沈德潜,其所谓"正"都是指符合儒家思想。但沈德潜在这种标准
之下却把"苏(按,武)、李(陵)、曹(植)、阮(籍)、陶(渊明)、谢(灵
运)、李(白)、杜(甫)、王(维)、韦(应物)诸家"都视为"正宗",称:"此
诸家者遇不必尽同,类皆随时随地,寄兴写怀,可喜可愕,可泣可歌,言
人之所难言,而总无戾于温柔敦厚之旨,故足尚也。"①这样就把道佛倾
向包容进儒家思想之中。

　　沈德潜这种把佛道儒家化的倾向有其理论基础,他在《儒释辨上》
中称:"人之心性,非即有儒与释之分也,能尽则儒,不尽则释,能尽则
用之天下而不穷,不尽则明于一己而无益。"②儒佛之别不是心性之体
的区别,而是用上的不同。但是在沈德潜,这种心性之体上的同,是同
归于儒,而不是同归于佛。从这种立场上看,佛家的出世乃是不能尽心
性,是"明于一己",因而是"自私";儒家的入世乃是能尽心性,是"用之
天下",所以沈德潜主张"士贵经世,而不当出世"。③ 对于沈德潜,儒道

---

①　《曹剑亭诗序》,《归愚文钞余集》卷三。
②　《归愚文钞》卷三。
③　《儒释辨下》,《归愚文钞》卷三。

的异同也可作如是观。唯其如此,沈德潜几部诗选都声称要以儒家的厚人伦、美教化、移风俗、匡政治为宗旨,却都选录了相当数量的具有佛道倾向的作品。尽管佛道的倾向可以包容进来,但二者还是有分界的,儒高于佛道,从伦理优先的立场上,杜甫高于李白、王维。

对于沈德潜的审宗旨的观点,现代研究者往往以封建诗学抨击之。这种抨击不能说没有任何合理性,但是这种抨击至少是简单化的。伦理优先是儒家诗学的突出特征。儒家诗学的这一特征要求诗人关心政治道德,要求诗歌表现政治道德内容,要求诗歌具有政治道德价值;这使中国古典诗歌的主流始终不脱离现实人生。但是这种诗学观念的消极意义也不可忽视。它容易发展成道德主义、政治主义,以诗歌为道德政治的工具,使艺术审美无独立性。现代文学理论中的文艺为政治服务,政治标准第一、艺术标准第二的观点,表面上说虽来自马克思主义,其实与儒家传统有密切关系。当我们反省工具论之际,也不能忽视其与传统诗学的联系。

六 古诗之源:《风》诗正宗

沈德潜论诗重体裁、音节的辨析,乃是继承七子、云间派的格调说。在沈德潜的四部断代诗选中,以《古诗源》与《唐诗别裁集》最为重要。这体现了他对古诗传统与唐诗传统的审美总结。在他看来,明诗与清诗乃是对以上两个传统的继承。沈德潜对古诗传统与唐诗传统的总结的最突出特点就是:在论汉魏六朝古诗传统时以《国风》传统为正宗,而在论定唐诗传统时,却尊雅颂传统的变体。

1. 所谓风格、体裁与音节

七子派说格调,没有就内在性一面论述主体的性情决定形式风格,而仅就外在一面说,因而格调成为与性情无关的格套。而沈德潜则从内外两方面论格调。他有时称"体裁",有时称"风格",其中亦有分辨。当其就外在性角度言,则称体裁,就主体的内在性角度言,则称风格。他说:"风格者,本乎气骨者也。"①显然是说风格本于诗人的气骨。他称宗旨"原乎性情",神韵"流于才思之余",则宗旨、风格、神韵这三方面都与主体相关。性情、气骨、才思三者合为一个完整的人格、一个生命体。气骨之气,本指生理意义上的生命,人乃禀气而生,所禀之气不同构成个性的不同,曹丕《典论·论文》说"气之清浊有体,不可力强而致",刘勰《文心雕龙·体性篇》说"风趣刚柔,宁或改其气",都是在这种意义上说的。但气可以通过道德理性来涵养,孟子养气说所言正是这一义②。而这一义曹丕、刘勰未曾阐明,到韩愈才接着孟子的思路谈文气。这种经过道德理性涵养的渗透着人格内涵的气,具有活生生的生命感,这样道德理性融含在生命之中而带有生命的感性与个别性,因而具有审美的品格。所谓骨,不是生理学意义上的骨骼,而是指道德理性可以将人从人格上撑立起来,给人以挺立之感,犹如人之骨骼。沈德潜所谓气骨,正是经过道德理性涵养的气骨,他说钱大昕等七子"秉心和平,砥砺志节,抱拔俗之才,而又亭经藉史,培乎根本,其性情、其气骨、其才思三者具备"③,显然"秉心和平"是指性情而言,"砥砺志节"是就气骨而言,"拔俗之才"则是指神韵而言,由此可见,气骨实是由志节而结成,又随人先天生命性的不同以及所养之差异而具有不同的特征。这种气骨由人而直贯到作品,而形成作品的风格。诗人的志节有

---

① 《七子诗选序》。
② 徐复观说:"气是生理的综合作用。养气,乃是以道德理性,涵养生命中的生理作用。"(《中国文学中的气的问题——〈文心雕龙·风骨〉篇疏补》,见《中国文学论集》,台中民主评论社 1966 年版,第 297 页)
③ 《七子诗选序》。

高下,所以风格也有高下之分,因而风格含有品格之意。这是由内在性、由主体的性情个性一面说风格。

沈德潜所谓体裁,乃是从外在性角度说。沈氏所言体裁并非指五言、七言等诗歌样式,而是相当于七子派所说的体格,即作品的审美表现形式风格。沈德潜与七子、云间派一样注重辨体,在他看来,每一种诗体有其典范的审美形式风格,如他论五言古诗云:

> 五言古,长篇难于铺叙,铺叙中有峰峦起伏,则长而不漫;短篇难于收敛,收敛中能含蕴无穷,则短而不促。又长篇必伦次整齐,起结完备,方为合格;短篇超然而起,悠然而止,不必另缀起结。苟反其位,两者俱慎。①

这里对五言长篇及短篇古诗之体作了辨别。沈德潜不仅论述了各种体裁形式的典范审美特征,也总结了各种题材诗歌的典范审美特征,如咏古、游山、咏物、题画等等。这些论述构成其辨体的核心内容。

沈德潜也把音节作为其论诗的一个层面:"诗以声为用者也,其微妙在抑扬抗坠之间。读者静气按节,密咏恬吟,觉前人声中难写、响外别传之妙,一齐俱出。"但他对音节的考察主要是在批评过程中的实际鉴别上,而在理论上并没有多少论述。

沈德潜注重风格、体裁、音节,乃是对七子、云间派诗学的继承与发展。七子派主正,公安派主变。叶燮主变而不失其正,欲调和七子、公安,但立足点在变,而沈德潜则主正而容变,是要扭转宗宋的诗歌风尚,回复到汉魏晋唐诗歌传统。

---

① 《说诗晬语》。

2. 苏李诗与《古诗十九首》:《国风》之遗与古诗的价值标准

沈德潜论定汉魏、六朝古诗传统,实际上是以五言诗为中心的,而五言诗又以五言古诗体为中心。他的《古诗源·例言》有曰:

> 《风》《骚》既息,汉人代兴,五言为标准矣。就五言中,较然两体:苏、李赠答,无名氏《十九首》,古诗体也;《庐江小吏妻》《羽林郎》《陌上桑》之类,乐府体也。

尽管《古诗源》也选入乐府体五言,但是毕竟不是文人五言诗,不能成为五言诗的中心,而五言诗的中心乃是古诗体,代表了文人五言诗的传统。

在五言古诗传统中,汉代乃是历史起点。汉代五言古诗又以传统所谓苏李诗及《古诗十九首》为代表。沈德潜认为,苏李诗及《古诗十九首》继承了《国风》的传统,他说:"苏、李、《十九首》,每近于《风》。"①又说:

> 《古诗十九首》,不必一人之辞,一时之作,大率逐臣弃妻,朋友阔绝,游子他乡,死生新故之感。或寓言,或显言,或反覆言,初无奇辟之思,惊险之句,而西京古诗,皆在其下。是为《国风》之遗。②

由于汉代距《诗经》传统最近,故汉诗具有亚经典的地位。这样苏李诗及《古诗十九首》成为沈德潜确立的古诗传统的审美价值标准:

---

① 《古诗源》卷七,陆机诗评语。
② 《说诗晬语》。

> 庞言繁称,道所不贵。苏李诗,言情款款,感寤具存,无急言竭论,而意自长,神自远。使听者油然善入,不知其然而然也。是为五言之祖。①

> 和远清平,不必奇辟之思,惊险之句,而汉京诸古诗,皆在其下。五言中方员之至。②

前段说苏李诗为"五言之祖",后段谓《古诗十九首》为"五言中方员之至",乃是以二者为五言诗的典范与价值标准。由于二者是《国风》的继承者,故五言古诗传统实际上是以《国风》传统为正宗。

3. 古诗审美传统之一:比兴与委婉含蓄

在诗歌的审美表现方式上,比兴是沈德潜追溯到的诗歌审美表现方式之源,是诗歌最基本的体格,是《诗经》以来的审美传统:

> 事难显陈,理难言罄,每托物连类以形之;郁情欲舒,天机随触,每借物引怀以抒之;比兴互陈,反复唱叹,而中藏之欢愉惨戚,隐跃欲传,其言浅,其情深也。倘质直敷陈,绝无蕴蓄,以无情之语而欲动人之情,难矣。③

沈德潜这一段话涉及表现对象、表现方式及审美特征三个层面。从表现对象言,沈德潜认为理、事、情都是诗歌的对象,这是继承了叶燮的诗学。就表现方式论,沈德潜强调"托物连类""借物引怀",即以比兴的方式来表现,而所谓"质直敷陈"即是赋的直陈方式,乃是沈德潜排斥

---

① 《说诗晬语》。
② 《古诗源》卷四,《古诗十九首》评语。
③ 《说诗晬语》。

的。从审美特征方面说,运用比兴可以带来"言浅""情深"的效果,具有"蕴蓄"的审美特征。沈德潜承认有不蕴蓄的诗境,其《说诗晬语》称:"意主浑融,惟恐其露;意主蹈厉,惟恐其藏。究之恐露者味而弥旨;恐藏者尽而无余。"意主浑融是蕴蓄,意主蹈厉是显露,两者之间,沈德潜推崇的是蕴蓄之境。他认为,汉代古诗继承了《诗经》的比兴传统。其《古诗源》卷四评《拟苏李诗》云:"拟诗非不高古,然乏和宛之音,去苏、李已远。"由此可见苏李诗具有和婉之音。其评《古诗十九首》中"迢迢牵牛星"一首云:"相近而不能达情,弥复可伤。此亦托兴之词。"评"冉冉孤竹生"一首云:"起四句比中用比。"又其评"孟冬寒气至"一首云:"用意措词,微而婉矣。"他评《古诗三首》中"橘柚垂华实"云:"区区之诚,冀达高远。通首托物寄兴,不露正意,弥见其高。"七子派认为比兴传统主要体现在《国风》中,吴乔更是明确指出《风》诗多比兴,《雅》《颂》多赋体,有以《风》为正宗而《雅》《颂》为变体之意。沈德潜实际上也持这种观点。他说:"苏、李、《十九首》,每近于《风》,士衡辈以作赋之体行之,所以未能感人。"①这里以陆机诗与苏李诗、《古诗十九首》相比较,所谓"作赋之体"也就是铺陈的方式,他说"士衡长于敷陈"②,即指此。这实际上是说陆机诗长于"质直敷陈"的赋法,沈德潜以"作赋之体"与《风》对举,则其所谓"每近于《风》"者,指的是比兴委婉的特征。但是,沈德潜不认为陆机等人的多用赋体是近于雅颂传统,因为他对陆机持贬斥态度,不可能将之与雅颂传统相关联。

4. 古诗审美传统之二:古澹

古澹是沈德潜总结的古诗的另一审美传统:

① 《古诗源》卷七,陆机诗评语。
② 《古诗源》卷十,颜延之诗评语。

　　《风》《骚》以后,五言代兴,汉如苏、李赠答,《古诗十九首》,句不必奇诡,调不必铿锵,而缠绵和厚,令读者油然兴起,是为雅音。后如阮,如陶,如陈正字、张曲江,如王右丞、韦左司、柳仪曹诸家,虽途轨各殊,而宗法自合。无他,唯其发源于古澹也。古澹者,苏、李、《十九首》之遗也。①

沈德潜把苏李诗及《古诗十九首》所代表的审美传统称为古澹。古澹就是在表现形式上不加修饰,不求以审美表现形式吸引人,没有奇特的句子,没有响亮的音调,"味则泊乎不觉其甘也,格则浑乎不觉其奇也,音则泠泠乎不觉其倾耳动听也"②,总之这种诗歌没有一切外在的动人的形式美。沈德潜评论庾肩吾说:

　　　　庾肩吾、张正见,其诗声色臭味俱备。诗之佳者,在声色臭味之俱备,如庾、如张是也;诗之高者,在声色臭味之俱无,如陶渊明是也。③

所谓"声色臭味"乃是指诗歌的形式美诸因素,具备这些因素,具有形式美,这种诗是佳诗;但从审美品格上说,并非高格。审美品格高的诗乃是超越外在形式美的作品,即"声色臭味之俱无"的作品。"声色臭味之俱无"正是沈德潜所说的古澹。
　　陈子龙提出的论诗四标准含有色彩一项,而沈德潜论诗四标准却删除这一项,反映出二人诗学观的差异。陈子龙为代表的云间派主张

----

　　① 《乔慕韩诗序》,《归愚文钞》卷十三。
　　② 同上。
　　③ 《古诗源》卷十三,庾肩吾《经陈思王墓》评语。

汉魏、盛唐传统,也吸收了六朝的华艳,色彩华艳乃是云间派诗歌的突出特征之一。沈德潜标举古澹,认为"声色臭味之俱无"才是诗中高格,站在这种立场上,云间派追求华艳之色彩就显得品格不高。

　　王士禛论诗也推崇古澹,但其所谓古澹偏向指道佛思想影响下的审美特征,故王士禛所说的古澹传统体现在陶渊明及王、孟、韦、柳一派诗人的作品中。而沈德潜所谓古澹并非专指受道佛影响的审美特征,所以他所确立的古澹传统以苏李诗及《古诗十九首》为源,其后既包括阮籍、张九龄、陈子昂一系,也包括陶渊明、王、孟、韦、柳一派。

5. 古诗审美传统之三:自然浑成

　　自然浑成是沈德潜所总结的另一审美传统,他称:"文章本天成,所贵在自然。"①他又说:

　　　　夫诗之为道者不一,予独有取于司空表圣所云"俯拾即是,不取诸邻。与道俱往,着手成春"者。盖其说以自然为宗。而皮袭美自序其《松陵集》又云:"穿穴险固,破碎阵敌,卒造平淡而后已。"是两家者,皆有惩于形模沿袭之弊而发焉者也。……诗贵以自然为宗,以奇变为用者也。②

此处明确提出"以自然为宗"。

　　自然有本然的自然,有经过人工而臻及的自然。本然的自然,就主体及创作过程看,诗人就在自然之中,在创作中没有自觉其为诗人,没有自觉其创作为艺术的创作,并没有一个自觉的理性意识控制写作过

---

① 《古风》,《归愚诗钞》卷四。
② 《练江诗钞序》,《归愚文钞余集》卷一。

程,没有人为的技巧的意识,而是任自己的性情流动而成诗。人工臻及的自然乃是后得的自然,诗人作为审美主体有了诗人的匠心,有了自觉的创作意识,苦心经营而成。从这种角度,创作不是自然而然,是不自然的。但就作品的审美形态看,却无苦心经营的痕迹,就像是未经雕琢一样。本然的自然与后得的自然之所以都谓之自然,乃是就审美形态而言。这两种自然的区别在唐代皎然《诗式》已言之,其"取境"条谓:

> 又云:不要苦思,苦思则丧自然之质。此亦不然。夫不入虎穴,焉得虎子。取境之时,须至难至险,始见奇句。成篇之后,观其风貌,有似等闲,不思而得,此高手也。

苦思是就创作过程而言,经过"至难至险"的阶段,则此一过程是不自然的。但皎然主张,不应从创作过程讨论自然,而当从创作结果的审美形态观之,即观其"成篇之后"的"风貌",像是"不思而得",这是效果上的自然。因而自然有两种,即本然的自然与后得的自然。

沈德潜也区分了两种自然:

> 陶诗合下自然,不可及处在真在厚。谢诗追琢而返于自然,不可及处在新在俊。①

所谓"合下自然"即本然的自然,在沈德潜看来,这种自然是直接从性情流出,所以自然关乎性情:

---

① 《古诗源》卷十,谢灵运诗评语。

　　　　白香山云：韦苏州诗高雅闲澹，自成一家之体。言其自然耳。
　　而诗之自然，关乎性情。性不挚，情不深，不能自然也。然挚性深
　　情，惟笃于伦物者有之。①

按照沈德潜的说法，诗人要有真挚之性、深厚之情才能自然，而这种性
情又只有"笃于伦物者有之"，这就赋予自然以儒家思想的根基。这与
前人论自然多得自道家思想有所不同。其所以如此，乃是与沈德潜欲
以儒家思想为基础融摄道佛思想有关。

　　沈德潜所说的"追琢而返于自然"，乃是通过人工雕琢而臻至的自
然，乃是后得的自然，亦即皎然所谓经过苦思的效果上的自然。沈德潜
称谢灵运"匠心独造""钩深极微"②，就是指出其"追琢"的特点，又谓
其"大约经营惨淡，钩深素隐，而一归自然"③，指出其诗为后得的自然。

　　在沈德潜看来，汉魏、六朝诗歌史乃是从本然的自然到人为的自
然，再到雕琢而失去自然的过程。《古诗源》卷二评李陵《与苏武诗三
首》之一云："一片化机，不关人力。此五言诗之祖也。"此所谓"化机"
就是自然而然，是本然的自然。这种评价亦可用以评论《古诗十九
首》。又《古诗源》卷五评曹丕《杂诗》："二诗以自然为宗。言外有无
穷悲感。"这种自然也是本然的自然。晋宋时代雕琢的倾向已经颇为
明显，但陶渊明诗却体现了本然的自然。谢灵运诗有雕琢的一面，但雕
琢而归于自然。在沈德潜看来，谢诗并未都能由雕琢而归自然。沈氏
评谢灵运《登永嘉绿嶂山诗》说："此诗过于雕镂，渐失天趣。"④可见谢

①　《卞培基诗序》，《归愚文钞余集》卷三。
②　《说诗晬语》。
③　《古诗源》卷十，谢灵运诗评语。
④　《古诗源》卷十。

氏一些作品有雕琢过甚的倾向。与谢灵运同时的颜延之更是雕琢过甚而不能归于自然："颜诗，惠休品为镂金错采，然镂刻太甚，填缀求工，转伤真气。"①在沈德潜看来，此后的创作大体上是朝向雕琢一路发展。他称谢惠连诗"一味镂刻，失自然之致"②，认为鲍照"五言古雕琢与谢公相似，自然处不及"③。"诗至于陈，专工琢句，古诗一线绝矣。"④

　　浑成与自然有联系也有区别。浑成是浑然一体之意，不突出局部，而强调的是浑沦的完整一体感。浑成必然是自然的。沈德潜说：

> 诗贵浑浑灏灏，元气结成，乍读之，不见其佳，久而味之，骨干开张，意趣洋溢，斯为上乘。若但工于琢句，巧于著词，全局必多不振。……领略此意，便可读汉魏人诗。⑤

"工于琢句""巧于著词"会将词句从整体中凸现出来，这样就会破坏浑然一体的整体统一感。从这种观点出发，沈德潜以汉魏人诗为最高典范，称"汉魏诗只是一气转旋，晋以下始有佳句可摘。此诗运升降之别"⑥。"有佳句"就是突出局部，而有损整体的浑成之美。他认为这是判定汉魏诗与晋以后诗之高下的一个重要标志。他批评"梁、陈、隋间专尚琢句"⑦，正是嫌琢句破坏了浑成之美。重浑成之美，是沈德潜评选诗歌的一个普遍性标准。其选《唐诗别裁集》"有不着圈点而气味浑

---

① 《古诗源》卷十，颜延之诗评语。
② 《古诗源》卷十一，谢惠连诗评语。
③ 《古诗源》卷十一，鲍照诗评语。
④ 《古诗源》卷十四，阴铿《开善寺》评语。
⑤ 《唐诗别裁集·凡例》。
⑥ 《说诗晬语》。
⑦ 同上。

成者收之,有佳句可传而中多败阙者汰之"①。持这种标准,沈德潜批评陆游七言律诗:"八句中上下时不承接,应是先得佳句,续成首尾,故神完气厚之作,十不得其二三。"②这些都是重浑成之美的表现。

沈德潜对汉魏、六朝古诗传统的价值论定是以传统所谓苏李诗及《古诗十九首》为价值标准的,以此为标准对后代作品作价值判定,则汉魏、六朝古诗史实际上是价值蜕化史。其基本观念与七子、云间派一致。但七子派主张法汉魏,到晋宋而止,对此以后的五言古诗持否定的态度。王士禛肯定了晋宋以后五古的地位,其《五言古诗选》对齐、梁、陈、隋包括北朝诸诗人的作品并不一概排斥,这对沈德潜《古诗源》有直接影响。在魏以曹植为最杰出的诗人,推重阮籍,在晋推崇左思、刘琨、郭璞、陶渊明,在宋推重谢灵运、鲍照,在齐推谢朓,在梁以为沈约、江淹、何逊尚可称能手,在陈以阴铿、徐陵为略具体裁,而在北朝推崇庾信。这些与王士禛《五言古诗选》大体一致。汉魏、六朝古诗的价值格局基本上是王士禛论定的,沈德潜只不过作了局部调整,使之趋于完善。由于王士禛《五言古诗选》仅收录五言一体,且跨越至唐代,而沈德潜《古诗源》兼顾其他诸体,且断到唐以前,因而作为一个古诗选本逐渐取代王氏诗选。沈德潜的独到之处在于其对唐诗传统的论定。

七　唐诗传统:《雅》《颂》为尊

沈德潜论定汉魏、六朝古诗传统以《风》诗为正宗,但他对唐诗传统的总结采取了与对待汉魏、六朝古诗传统相异的态度,转而尊崇继承

---

① 《唐诗别裁集·凡例》。
② 《说诗晬语》。

雅颂传统的一派。

1. 五言古诗：变体为尊

对于唐代五言古诗，明七子派及云间派都是以汉魏传统为标准来衡量，认为汉魏五言古诗是正统，而唐代五言古诗为变体，背离了汉魏古诗的正统，因而基本上是一种否弃的态度。李攀龙有"唐无五言古诗"之说，正是这种态度的表现。

唐代的五言古诗有没有继承汉魏传统的一面？当代文学史家从现实主义精神层面透视，自然会认为唐代五言古诗是汉魏传统的忠实继承者。但是七子派提出这一问题的着眼点是诗歌的格调，着眼于格调的层面，七子派否认唐代五言古诗继承了汉魏传统。陈子昂称"汉魏风骨，晋宋莫传"，其本人显然以继承汉魏传统自任，但李攀龙也嫌其"以其古诗为古诗"，否认他继承了汉魏传统。这种观点在今天看来可能有些荒谬，但在当时却是影响了诗坛上百年的观点。云间、西泠派以至清初诗坛盛行的模拟汉魏五言古诗的风气正是这种诗学观念的产物。到王士禛虽然不再模拟汉魏古诗，但其诗学理论还是承认七子派所划出的所谓《选》体五古与唐体五古的分界。与七子派不同的是，王士禛认为唐代陈子昂、张九龄、李白、韦应物、柳宗元五人属于继承传统者。

沈德潜与王士禛一样认为唐代五言古诗有继承汉魏传统者与自成唐体者两类。关于前一类，沈氏以陈子昂、张九龄、李白三家最能复汉魏之古：

> 五言古体，发源于西京，流衍于魏晋，颓靡于梁陈，至唐显庆、龙朔间不振极矣。陈伯玉力扫俳优，直追曩哲，读《感遇》等章，何啻在黄初间也！张曲江、李供奉继起，风裁各异，原本阮公，唐体中

> 能复古者,以三家为最。①

此处所列陈子昂、张九龄、李白三家,是汉魏传统的继承者,故沈氏称"唐体中能复古者,以三家为最"。但他并不认为唐代唯此三家复古,于是又列出继承陶渊明诗风的诸人,《唐诗别裁集·凡例》称:

> 过江以后,渊明诗胸次浩然,天真绝俗,当于语言意象外求之。唐人祖述者,王右丞得其清腴,孟山人得其闲远,储太祝得其真朴,韦苏州得其冲和,柳柳州得其峻洁,气体风神翛然埃壒之外。

至此,沈德潜实际上肯定了唐代五古中取法汉魏的一派和取法陶渊明的一派。在沈德潜看来,陶渊明诗的古澹乃是继承苏李诗及《古诗十九首》的传统,因而取法陶渊明在根源上说也还是取法汉魏。

在沈德潜,五言古诗的审美正统是以传统上所谓苏李诗及《古诗十九首》为基准确立起来的,陈子昂诸人在他看来符合这一传统,但以杜甫、韩愈为代表的唐体五言古诗不符合这一传统。沈德潜将杜甫五言古诗与汉魏正统作了比较:

> 苏、李、《十九首》以后,五言所贵,大率优柔善入,婉而多风。少陵材力标举,篇幅恢张,纵横挥霍,诗品又一变矣。

苏李诗及《古诗十九首》的传统是"优柔善入,婉而多风",即所谓温厚和婉,而杜甫诗则"材力标举,篇幅恢张,纵横挥霍",站在汉魏审美正

---

① 《唐诗别裁集·凡例》。

统的立场上,沈德潜承认杜诗是"诗之变",即是变体。前已言及,沈德潜站在性情优先的立场,从内容方面肯定了杜甫五古,不止如此,沈德潜在审美上也肯定了杜诗之变:

> 少陵诗阳开阴阖,雷动风飞,任举一句一节,无不见此老面目,在盛唐中允推大家。
>
> 少陵五言长篇意本连属,而学问博,力量大,转接无痕,莫测端倪,转似不连属者。千古以来,让渠独步。
>
> 唐人诗原本《离骚》《文选》,老杜独能驱策经史,不第以诗人目之。①

以上三节肯定了杜甫五言古诗之变。杜甫于五古尤擅长篇,所谓"阳开阴阖,雷动风飞"即上文所谓"纵横挥霍",指规模的宏大,气势的磅礴,表现得淋漓尽致,在审美上是向外显露的,与汉魏古诗的向内蕴含差异甚大。第二条引文指出杜甫五言长篇古诗在叙述结构上的独创性,第三条则指其用语用典的独创性。以上特征构成杜甫五言古诗的总体独创性,正是杜甫之变,也正是唐之为唐、有别于汉魏传统之所在。若以汉魏传统为价值标准评判,会认为杜诗之变背离了汉魏传统,应持否定态度,七子、云间派正如此。王士禛评述杜甫五言古诗"别是一体",亦即变体,虽未公然贬斥,实则未给予其地位。沈德潜一方面承认杜甫诗是变体,这种观点上通七子、云间及王士禛,但他又对杜诗的这些特征给予崇高的评价,认为杜甫是盛唐大家,《唐诗别裁集》收录杜甫的五言古诗最多。杜甫在唐代五言古诗中的地位高于继承汉魏传

---

① 《唐诗别裁集》卷二。

统的诸诗人,这表明沈德潜未以汉魏传统作为价值标准评判杜诗,而认可杜诗在审美上的独创性。

再看沈德潜对韩愈五古的评价:

> 才大者声色不动,指顾自如,太白五言妙于神行,昌黎不无蹶张矣,取其意规于正,雅道未渐。
>
> 善使才者,当留其不尽,昌黎诗不免好尽,要之意归于正,规模宏阔,骨格整顿,原本《雅》《颂》,而不规规于风人也,品为大家,谁曰不宜。①

此以韩愈五古与李白相较,李白是汉魏传统的继承者,故这种比较实乃将韩愈诗与汉魏传统作比较。"蹶张"指向外肆露,"好尽"谓其不含蓄,这些都是站在五言古诗审美传统的立场上对韩愈所作的批评,而"取其意规于正"乃是站在伦理优先的立场上肯定韩愈。当肯定了其伦理价值,沈德潜又正面肯定韩愈审美之变,"规模宏阔,骨格整顿,原本《雅》《颂》",规模宏大,结构严整,这是韩愈诗不同于五古审美传统之处。沈德潜认为,苏李诗以及《古诗十九首》继承的是《国风》传统,而韩愈诗继承的是雅颂传统。将韩愈诗放入雅颂传统中,从而确立其审美上的地位,所以韩诗与杜诗一样也被品为大家。

沈德潜称杜甫、韩愈为大家,此点特别值注意。明人高棅《唐诗品汇》评诗有正宗、大家等等的区分,正宗是符合审美传统者,大家是不符合审美传统但成就甚高者,尽管高棅并未明示这中间有高下之别,但其排列顺序是先正宗而后大家。而明七子派只推崇正宗,在他们看来,

---

① 《唐诗别裁集》卷四。

不属于正宗,就不能成为大家。沈德潜也认为杜、韩是变体,故不以杜、韩为正宗,但他并未贬抑变体,反给予变体以崇高地位,尊之为大家。这就有尊正宗与尊大家的关系问题。在五言古诗一体上,李白诗是正宗,杜甫诗是大家。尽管沈德潜没有在李、杜之间作高下的分别,但《唐诗别裁集》入选的五言古诗在数量上,杜甫多于李白。如果以汉魏传统为价值标准,李白应高于杜甫,但选诗的数量显示,沈德潜实际上把杜甫置于更高的位置。这种差别当然有伦理优先立场的影响,但从他肯定杜甫的变体为"千古独步"来看,其对杜甫在审美上的独创性是全面肯定的。如果把杜甫的五言古诗放到《诗经》传统中,杜甫与韩愈同属于雅颂传统。沈德潜最尊杜甫,在理论上意义重大,表明沈德潜在对待唐诗传统时,实际上已改变他的《风》诗正宗的价值标准,转而尊变体,以雅颂传统为尊。

　　但是,沈德潜面对汉魏传统与杜、韩诗的传统实抱有矛盾心理。在理智上,他固然承认五言古诗之变,且给予杜甫的变体以最高的地位;但在情感及审美趣味上,他其实皈依汉魏传统,或说皈依《风》诗传统。这种情感与理智的矛盾从下述引文可以看出:

> 少陵之言诗,曰语必惊人,昌黎之言诗,曰横空硬语,取乎奇情郁起也,而赠孟云卿,则云"李陵、苏武是吾师",赠张文昌,则云"张籍学古澹",杜、韩旨归仍在声希采伏者矣。①

"李陵、苏武是吾师"是杜甫语,"张籍学古澹"是韩愈语。所谓"声希采伏"就是汉魏古诗的古澹传统。沈德潜以为杜甫、韩愈论诗的旨归还

---

① 《乔慕韩诗序》,《归愚文钞》卷十三。

是古澹,还是汉魏传统。沈氏借对杜甫、韩愈两句诗的诠释道出其本人
对汉魏传统的神往。他站在汉魏传统立场上所指出的韩愈的缺点也是
杜甫的不足,他称"善使才者,当留其不尽",杜甫"才力标举,纵横挥
霍",也是使才而尽。沈德潜评韩愈诗所言"蹶张""好尽"是贬义词,而
评杜甫诗所说的"纵横挥霍"是褒义词,但它们所指向的事实相通,都
具有不涵蕴的特征。但沈德潜未批评杜甫,因为在沈德潜的心目中,杜
甫是儒家诗学的典范,具有最崇高的地位,他不可能直接批评杜甫。沈
德潜在对杜甫、韩愈两位诗人作审美评价时,总是先站在审美正宗的立
场上对其作出审视,指出其变,然后又对其变加以肯定。由前者言,表
现出其重汉魏传统的倾向,这可衔接《古诗源》的立场,与七子派、王士
禛是一致的;由后者言,显示他并不以汉魏传统为唯一审美价值标准评
价唐诗,而正面肯定变体的价值,呈现出比七子派、王士禛更为宽容的
态度。

2. 七言古诗:雅颂传统为正宗

如果说在五言古诗体上,沈德潜以《风》诗为正宗,以杜、韩的雅颂
传统为变体,那么,在七言古诗体上,沈德潜则是尊雅颂传统为正宗。

关于七言古诗,明前七子派何景明的《明月篇序》曾比较初唐四杰
体与杜甫体,以四杰体为《国风》的继承者、为正体,而杜甫诗为《雅》
《颂》的继承者,为变体,何景明认为《风》诗传统高于雅颂传统,因而初
唐四杰高于杜甫。这一问题此后成为论诗者争论的中心问题之一①。
王士禛《论诗绝句》批评何景明之论,而在《七言古诗选》中确立了杜甫
七言古诗的正宗地位。

---

① 参阅本书第二章。

沈德潜认为初唐四杰体非七古正宗,这一点实是继承王士禛之说:

> 对仗工丽,上下蝉联,此初唐七古体,少陵所云"劣于汉魏近
> 《风》《骚》"也。明代何景明谓此得风人之正,而以少陵之沉雄顿
> 挫为变体,因作《明月篇》以拟之。王渔洋《论诗绝句》云:"接迹风
> 人《明月篇》,何郎妙悟本从天。王、杨、卢、骆当时体,莫逐刀圭误
> 后贤。"得此论而初盛之诗品乃定。①

何景明对初唐四杰体特征的概括并不只是"对仗工丽,上下蝉联"这些
形式特征,更重要的是指出,初唐四杰诗具有"义关乎君臣朋友,辞必
托诸夫妇"的《风》诗传统,而"子美之诗,博涉世故,而出于夫妇者常
少;致兼《雅》《颂》,而风人之义或缺",杜甫诗继承的是《雅》《颂》的传
统,而在何景明看来,《风》的传统高于《雅》《颂》。但沈德潜回避了这
一关键问题,因为沈德潜如果正面引出何景明提出的这一问题,他也面
临现实的理论困难。在沈德潜的心目中,汉魏古诗的传统是《风》诗传
统,此乃正宗,而杜、韩诗所体现的雅颂传统乃是变体,如果持这种观点
来审视何景明提出的问题,则何景明的观点正与沈德潜相合,可是,沈
德潜这里以杜甫诗为正宗,岂非又以雅颂传统为正宗,而以《风》诗的
传统为变体? 其中观点的变化,沈德潜如何解释? 所以站在沈德潜的
立场上,不便明说杜甫诗继承的是《风》诗的传统抑或《雅》《颂》的传
统,一旦明说,就须对《风》诗传统与雅颂传统的高下作出分别,须对自
己的观点的变化作出理论的解释。这些是隐含在沈德潜诗学背后的问
题,沈德潜自己没有说明。要追问的是,沈德潜的观点何以会有这种变

---

① 《唐诗别裁集》卷五,刘希夷《公子行》评语。

化？我以为这是其尊传统与辨体论诗两种思想的矛盾。

本章第二节论及尊《诗经》必然尊传统，而传统是在时间中展开延续的，必然与历史相关联。尊传统必然尊汉魏。但从辨体的角度，每一种诗体都应有其他诗体所不能取代的审美独特性，这种独特性是该诗体的典范特征，这种典范特征也就是所谓正体。但是正体的判定须有一定的标准，如何确立此标准？在何景明，是以诗歌传统为标准，符合传统的是正体，否则为变体。何景明认为，汉魏以来的主流传统是《风》诗传统，初唐四杰符合该传统，所以是正体。沈德潜固然有尊传统的思想，所以尊汉魏，但是，在沈德潜，正体的判定着眼的是体格上应当如此，却非必以传统来判断。在论五言古诗时，沈德潜认为正体就是传统的、时间上在先的，两者正相吻合；但在论七言古诗时，正体与传统二者就出现不吻合，沈氏未以符合汉魏传统的为正体，以不符合汉魏传统者为变体。沈德潜对七言古诗正体有如下的说明：

> 文以养气为归，诗亦如之。七言古或杂以两言、三言、四言、五六言，皆七言之短句也。或杂以八九言、十余言，皆伸以长句，而故欲振荡其势，回旋其姿也。其间忽疾忽徐，忽翕忽张，忽澒溔，忽转掣，乍阴乍阳，屡迁光景，莫不有浩气鼓荡其机，如吹万之不穷，如江河之滔溔而奔放，斯长篇之能事极矣。四句一转，蝉联而下，特初唐人一法，所谓"王、杨、卢、骆当时体"也。①

从辨体的立场看，沈德潜认为七言古诗应以浩气磅礴、奔放苍茫为特征。这正与五言古诗相对，五言古诗表现的是温和涵蕴的一面，七言古

---

① 《说诗晬语》。

诗表现的是凌厉奔放的一面。从诗体上说，七言古诗体是最能表现中国传统所说的"浩气"和"豪气"的一种诗体。句式的长短错杂能使文气疾徐相间，而且这种相间不是均衡的，就使得其错综变幻，形成变化莫测的美感。这种特征是初唐整饬流丽之体所不具备的。初唐四杰体如波光粼粼的江河，平漫而流，没有波涛滚滚滔滔而来的审美感觉。如果站在尊传统的立场上，沈德潜所推崇的这种滔滔滚滚之诗境与汉魏传统不相合，但站在辨体的立场上，他认为这恰是七言古诗的正体。尊杜甫七言古诗于初唐体之上，乃是在七言古诗这一体裁范围内尊雅颂传统于《风》诗传统之上。这与沈德潜对待五言古诗传统的立场是一致的。

从七言古诗这一体裁的历史看，沈德潜所标举的七古正体实际上是以李白、杜甫为代表的。他评论初唐之后七古曰：

> 王、李、高、岑四家驰骋有余，安详合度，为一体。李供奉鞭挞海岳，驱走风霆，非人力可及，为一体。杜工部沉雄激壮，奔放险幻，如万宝杂陈，千军竞逐，天地浑奥之气至此尽泄，为一体。钱、刘以降，渐趋薄弱，韩文公拔出于贞元、元和间，踔厉风发，又别为一体。①

这四种风格类型的划分与王士禛大体一致，所不同者是王士禛将岑参从王维、李颀、高适一系分离，与李白同归"奇特"一类，又把韩愈归为杜甫的继承者。沈德潜对中唐以后的七言古诗评价不高，这与王士禛也是一致的。但王士禛将乐府与古诗分为两体，沈德潜则将之与古诗

---

① 《唐诗别裁集·凡例》。

并为一类。元、白、张、王的七言乐府，王士禛虽然肯定其"皆古意"，但不收入《七言古诗选》，而沈德潜则将之列入七古类。白居易《长恨歌》《琵琶行》因属初唐体，为王士禛所不屑，却被沈德潜选入。这表明沈德潜在审美上的宽容性。

李白的七言古诗，常常长短句错杂，为明代李攀龙所不喜，谓"英雄欺人"。王士禛对李白七古评价甚高，但对其长短错杂之体亦不满："七言长短句，唐人唯李太白多有之，沧溟谓其英雄欺人者是也，或有句杂骚体者。总不必学，乃为大雅。"①因而在《七言古诗选》中并未给予其与杜甫对等的地位。沈德潜与王士禛不同，他在理论上对长短错杂之体给予充分的肯定，认为这正是七言古诗的长处所在。《唐诗别裁集》选李白七古三十七首、杜甫五十八首，在数量上杜甫多于李白。但沈德潜将杜甫的三十四首与李白的三十七首合为一卷，再将剩下的二十四首杜诗与韩愈等诗合为一卷。从数量上说，杜甫诗本可独成一卷，但沈德潜未作如此划分，他想在卷次的划分上给予李、杜二人以对等的地位。在伦理优先的立场上，沈德潜给予杜甫以高于李白的地位，但站在审美立场上，则给予二人以平等的地位，所谓"各不相似，而各造其极"②是也。

3. 律诗：以杜甫为宗

五律，明代徐祯卿、高叔嗣最擅，但二人以王、孟为宗。王士禛继承徐、高二人尊崇王、孟之倾向，到沈德潜，则以杜甫为宗：

五言律，阴铿、何逊、庾信、徐陵已开其体，唐初人研揣声音，稳

---

① 《师友诗传录》。
② 《说诗晬语》。

顺体势,其制乃备。神龙之世,陈、杜、沈、宋,浑金璞玉,不须追琢,自然名贵。开、宝以来,李太白之明丽,王摩诘、孟浩然之自得,分道扬镳,并推极盛。杜子美独辟畦径,寓纵横排奡于整密中,故应包涵一切。终唐之世,变态虽多,无有越诸家之范围者矣。①

沈氏虽对杜甫之前的五言律诗传统给予充分肯定,但认为杜甫具独创性,能在整密之中又具纵横排奡的特征,可以包含一切,因而具有最高地位。《唐诗别裁集》选杜甫五律达六十七首之多,远在王维(三十一首)、李白(二十七首)之上。

七律,李梦阳、何景明推尊杜甫,李攀龙尊王维、李颀,王士禛对以上两派都给予肯定。沈德潜与王士禛一样把唐代七律分为两派,一派以王维、李颀为代表,包括崔颢、高适、岑参、大历十才子、刘禹锡、柳宗元等,一派以杜甫为代表,李商隐为继承者,两派以外均是"曲径旁门,雅非正轨"②。在沈氏所列两派之中,韩愈、孟郊、元稹、白居易被排除在外,这与王士禛一致。但在两派之间,沈德潜给予杜甫高于王维、李颀一派的地位,此不同于王士禛。他论述七律的审美特征云:

　　七言律,平叙易于径遂,雕镂失之佻巧,比五言为尤难。贵属对稳,贵遣事切,贵捶字老,贵结响高,而总归于血脉动荡,首尾浑成。后人只于全篇中争一联警拔,取青妃白,有句无章,所以去古日远。③

① 《说诗晬语》。
② 《唐诗别裁集·凡例》。
③ 《说诗晬语》。

沈德潜对七律的审美要求显然以杜诗为基准,故他将杜甫七律置于更高的位置。

总之,沈德潜在《唐诗别裁集》中有明显的推尊李、杜、韩的倾向,有明显的以雅颂传统为尊的倾向,迥异于他对待汉魏六朝诗歌传统的态度。

八　鲸鱼碧海、巨刃摩天与羚羊挂角、镜花水月: 格调与神韵的统一

沈德潜在唐诗传统中推尊李、杜、韩,这在他乃是非常自觉的诗学价值取向。这也与当时的诗学思潮有密切关系,他是想以此纠正王士禛《唐贤三昧集》尊王、孟一派诗学倾向的偏差。

王士禛在世时,宋荦已指出王士禛《唐贤三昧集》标举的诗境是有所偏向的,其《漫堂说诗》云:

> 近日王阮亭《十种唐诗选》与《唐贤三昧集》,原本司空表圣、严沧浪绪论,所谓"言有尽而意无穷""妙在酸咸之外"者。以此力挽尊宋祧唐之习,良于风雅有裨。至于杜之海涵地负,韩之鳌掷鲸呿,尚有所未逮。

宋荦认为王士禛的诗选没包括杜甫、韩愈所代表的壮美诗境。而沈德潜则以李白、杜甫、韩愈所表现的壮美诗境为主。沈氏在作于雍正九年(1731)的《说诗晬语》中说:

> 司空表圣云:"不着一字,尽得风流。""采采流水,蓬蓬远春。"严沧浪云:"羚羊挂角,无迹可求。"苏东坡云:"空山无人,水流花

开。"王阮亭本此数语,定《唐贤三昧集》。木玄虚云:"浮天无岸。"
杜少陵云:"鲸鱼碧海。"韩昌黎云:"巨刃摩天。"惜无人本此定诗。

此语可以看作宋荦之言的接续。沈氏已嫌《唐贤三昧集》为不足,事实
上《唐诗别裁集》正是本杜、韩语以定诗。《唐诗别裁集》刻成于康熙五
十六年(1717),但原序中没有明说此意。这大概是因为王士禛刚刚去
世,其影响正盛,沈德潜当时困于场屋,声名未成,自觉力量不够,不愿
在理论上与之立异。到乾隆二十八年(1763),在《重订唐诗别裁集序》
中,沈德潜便揭明此旨:

> 新城王阮亭尚书选《唐贤三昧集》。取司空表圣"不着一字,
> 尽得风流",严沧浪"羚羊挂角,无迹可求"之意,盖味在酸咸外也。
> 而于杜少陵所云"鲸鱼碧海",韩昌黎所云"巨刃摩天"者,或未之
> 及。余因取杜、韩语意,定《唐诗别裁》,而新城所取亦兼及焉。

这表明《唐诗别裁集》的基调是"鲸鱼碧海""巨刃摩天"之境,而又有
意兼容《唐贤三昧集》的诗境。沈德潜与王士禛的这种分别在审美上
意义重大。《唐贤三昧集》代表王士禛后期对盛唐诗审美精神的把握,
这种把握重在神韵方面。王士禛《七言古诗选》乃是他对唐诗传统的
另一种审美把握,这部诗选以杜甫为宗,代表壮美的一面①。王氏两部
诗选合观,乃是王士禛所把握到的唐诗精神。但由于《唐贤三昧集》后
出,人们往往以《唐贤三昧集》为王士禛晚年定论,为其神韵说的代表。

---

① 李兆元《十二笔舫杂录》卷九引《说诗晬语》"惜无人本此定诗"一段后云:"(按,
沈德潜)言外不无自负,盖其所选《唐诗别裁》,实本此三言以定之,而于《三昧集》一派亦
兼收焉。然阮亭《五七言古诗选》,则又在《别裁》之前已具有此巨观矣。"

沈德潜正是如此。在沈德潜看来,"鲸鱼碧海""巨刃摩天"之境更能代表唐诗精神,所以他标举这种诗境,以纠正王士禛的审美倾向。

　　但是,沈德潜并未因尊李、杜之崇高而排斥神韵,而是吸收并改造了王士禛的神韵说,将之作为其诗学的组成部分。明代的胡应麟是把神韵建立在格调之上的,王士禛纠正七子派崇尚雄壮高华之格调,偏向于古澹清远一派,如此格调与神韵之间处于某种紧张状态,到沈德潜则又将神韵作为体裁、音节之上的一个层面,消解了格调与神韵的对立状态。沈德潜云:

　　　　闻之白沙陈氏曰:"诗全主韵,无韵则无诗矣。"夫韵不可以迹象求,不可以声响着,流于迹象声响之外,而仍存于迹象声响之间。此如画家六法然,无论神品逸品,总以气韵生动为上。盖无韵则薄,有韵则厚;无韵则死,有韵则生。北宗不如南宗,韵不足也。审是而诗之贵韵更可知也。①

沈德潜以陈献章之论来证明神韵对于诗歌之重要性。他对赵执信抨击王士禛不以为然,谓赵氏"生平服虞山冯氏定远,称私淑弟子,而于渔洋王氏,著《谈龙录》以贬之。然责人斯无难,未必服渔洋之心也"②。在沈德潜诗学中,神韵是一个重要层面。

　　但是沈德潜论神韵与王士禛有很大的不同。王士禛的神韵说强调神韵在文句之外,故味外、言外、象外为其所乐道;沈德潜虽认为神韵"流于迹象声响之外",又称其"流于才思之余,虚与委蛇,而莫寻

---

　　① 《石香诗钞序》,《归愚文钞》卷三。
　　② 《清诗别裁集》卷十三。

其迹也"①,但又同时认为神韵"仍存于迹象声响之间",这样神韵就可以从"迹象声响之间"即味内、言内、象内来把握。因而沈德潜就从可以入手之处论神韵。"唐诗蕴蓄,宋诗发露;蕴蓄则韵流言外,发露则意尽言中。"②蕴蓄并不等于神韵,但蕴蓄就有神韵,即其所谓的"蕴蓄则韵流言外"是也。那么蕴蓄又是怎么来的呢?在沈德潜看来,蕴蓄是来自比兴的表现方式。沈德潜在《说诗晬语》中说,诗歌之言理、事、情应运用比兴,如果"质其敷陈",用赋的方式直接陈述,就"绝无蕴蓄"。可见,有比兴才有蕴蓄,有蕴蓄才有神韵。在沈德潜,比兴应该为诗歌创作所必用,因而神韵也应为诗歌所共具。宋诗发露而无比兴,所以也就无神韵可言。如此,神韵就落实到比兴传统上。比兴是可以把握的,属于"迹象声响之间"之事,所以神韵也就有了可以着手之处。

　　沈德潜论神韵与王士禛还有一个重大的区别,即王士禛所说的神韵虽然也可以包括李、杜一派诗歌,但其神韵说的理论重心却在清远古澹一派,尤其《唐贤三昧集》的倾向更为明显。而沈德潜所说的神韵固然可以包括清远古澹一派,但其理论重心则是"鲸鱼碧海""巨刃摩天"一派。对他来说,关键是要把神韵与雄壮的诗境融通,若不能融通,神韵就不能成为他论诗的一个普遍标准。他强调由比兴、蕴蓄而来的神韵,故其所谓神韵所可包括的范围就远远大于清远古澹。王士禛标举的王、孟山水田园之优美诗境固然有神韵,所以《唐诗别裁集》收录甚多;而沈德潜所标举的壮美诗境也含有神韵,其评杜甫七律云:

　　　　王摩诘七言律,风格最高,复饶远韵,为唐代正宗。然遇杜《秋兴》《诸将》《咏怀古迹》等篇,恐瞠乎其后。以杜能包王,王不

---

① 《七子诗选序》。
② 《清诗别裁集·凡例》。

能包杜也。①

杜甫包容王维的是什么?《说诗晬语》云:

> 王维、李颀……诸人,品格既高,复饶远韵,故为正声。老杜以
> 宏大卓识、盛气大力胜之。读《秋兴》八首、《咏怀古迹》五首、《诸
> 将》五首,不废议论,不弃藻绩,笼盖宇宙,铿戛韶钧,而横纵出没
> 中,复含酝藉微远之致。目外为大成,非虚语也。

很明显,杜甫所能包容王维的乃是"酝藉微远之致",即"远韵"。杜甫
诗在"盛气大力"的崇高中又含有"酝藉微远"的神韵美。王士禛主张
古淡闲远中涵沉着痛快,是以阴柔之美中涵蕴阳刚之美。到沈德潜,则
主张阳刚之美中而涵阴柔之美,这就是沈德潜的审美理想。

　　沈德潜对唐诗的审美把握与汉魏不同,汉魏诗以苏李诗和《古诗
十九首》为审美基准,而唐诗则以李白、杜甫及韩愈为最高境界。从审
美精神看,汉魏诗的审美精神是温和涵蕴,唐诗的审美精神是发扬蹈
厉。汉魏诗的涵蕴具有内向性,它有内蕴的无穷,但不能向外建构,不
能向外而有磅礴浩然之气势,不能有雷霆万钧之力量,不能有巨大之规
模,不能有盛大之气象,而李、杜、韩之"挥霍纵横""规模宏阔"则具有
外向性,可以向外建构,恰可以成就汉魏诗所不能成就的"浮天无岸"
"鲸鱼碧海""巨刃摩天"之境界,恰可以有磅礴浩然之气势、雷霆万钧
之力量、巨大之规模、盛大之气象。从审美精神看,真正能代表汉代盛
大气象的是汉赋,而非苏李诗和《古诗十九首》;真正能代表唐之盛大

---

① 《唐诗别裁集》卷十三。

气象的是李、杜、韩诗。

沈德潜在《古诗源》和《唐诗别裁集》中实持有不同的标准。王夫之以温厚和静为诗歌应有之精神,这种精神与儒家文化的人格标准相一致。持这种精神来评价中国诗歌传统,汉魏当然是典范,所以王夫之对唐宋诗持批评态度,其诗学尤其不能消纳杜甫的"挥霍纵横"。沈德潜不同于王夫之,其《古诗源》在审美原则上可与王夫之相通,但是其《唐诗别裁集》则与王夫之相左。王夫之论诗无论在道德精神还是审美精神上严守的都是诗教精神,沈德潜在论汉魏、六朝古诗时与王夫之可以相通,在论唐诗时,所推崇的李、杜、韩诗显然是温柔敦厚的诗教所不能涵盖的。这几位诗人的"鞭挞海岳,驱走风霆"[①]、"挥霍纵横""规模宏阔",其所体现出的精神显然不是温柔敦厚的精神。沈德潜主张诗教,但其所崇尚的审美精神实已越出诗教精神,而王夫之才是传统诗教的固守者。

七子、云间派的诗学价值系统是以《诗经》为基点建立的。他们以汉魏传统为《诗经》的最佳继承者,因而汉魏传统取得亚经典的位置;他们又以汉魏传统作为价值尺度衡量后代诗歌,认为只有符合汉魏传统才有价值。七子、云间派虽然主张歌行、近体宗法盛唐,但在其诗学价值系统中,唐诗的地位并不高,尤其是唐代的五言古诗、乐府体诗被他们否弃。沈德潜对七子、云间派的诗学价值系统作了调整,他虽推尊汉魏传统,但不以汉魏传统作为价值标准论定唐诗价值,这样不符合汉魏传统的诗歌亦具价值,唐诗的价值地位问题在沈德潜诗学中得以解决。被视为王士禛晚年定论的《唐贤三昧集》对唐诗传统的总结偏向于王、孟一系,而沈德潜对唐诗传统的总结以李、杜为宗,兼取王、孟一

---

① 《唐诗别裁集·凡例》评李白诗语。

派,唐诗的价值格局到沈德潜基本论定。

明清以来绵延数百年的回归汉魏盛唐传统的诗学思潮中,产生巨大影响的有前后七子派(包括云间派)、王士禛、沈德潜。七子派主格调,王士禛主神韵,沈德潜则主格调而兼容神韵,经历了正反合的过程。回归汉魏、盛唐传统的诗学思潮至沈德潜是一个总结,也是一个终结。此后再未兴起这样一股有影响力的思潮,在以上三派之外,也再未出现总结汉魏盛唐传统的可以自成一派的理论。

第十二章
沈德潜的同调者的诗学
及纪昀对诗歌史的总结

沈德潜是乾隆前期德望最高的诗论家。在他的周围有一批门弟子及同调者,与其在理论及创作上相呼应。乾隆后期,纪昀主持《四库全书》的编纂,并纂定《四库全书总目》,对诗歌史的规律也作了总结。

一 田同之与赵文哲:
对王士禛诗说的继承与发扬

钱锺书先生《中国诗与中国画》说,王士禛神韵说的影响短促得可怜,这种说法并不确切。清人对待王士禛诗学的态度大体有三种:一是抨击,赵执信与翁方纲所提及的边连宝即属此类①;二是有批评也有继承,袁枚、纪昀、翁方纲都对神韵说提出批评,也都在某种程度上吸收了王士禛诗学;三是继承,沈德潜吸纳王士禛神韵说作为其诗学的一个层面,而沈德潜的诗友田同之及沈氏的门人赵文哲,更是王士禛诗学的继承者和发扬者。钱锺书先生所言仅是清人批评王氏神韵说的一面,而忽略了清人继承吸纳其诗说之另一面。

---

① 《坳堂诗集序》,《复初斋文集》卷三。

1. 田同之对王士禛神韵说的宣扬

田同之(1677—?),字彦威,号小山姜,山东德州人,康熙五十九年(1720)举人,官国子监助教,康熙朝著名诗人田雯之孙;有《小山姜田先生全集》,论诗著作有《西圃诗说》。田同之与沈德潜同为主唐派人物,二人于雍正十三年(1735)在京城结交,相与论诗为友①。

田同之祖父田雯论诗受王士禛影响,但其所得主要在王氏肯定韩、苏的一面,而非神韵方面,故田雯的诗歌创作也以才力豪放见长,有宗宋的倾向。田同之论诗不宗其祖父,而宗王士禛。他一方面维护王士禛诗学的地位,抨击赵执信等对王士禛的攻击,另一方面主张学唐诗,反对诗坛宗宋的风气。

沈德潜称"彦威为山姜(按,田雯)之孙,而笃信谨守,乃在新城王公,有攻新城学术者,几欲拼命与争"②。张元序其《砚思斋集》称其"自家学而外,独心折于新城王渔洋先生,以为有当于严仪卿以禅喻诗之旨"③。二人均指出田同之为王士禛诗学的继承者。田同之有《与朱香南编修论诗,因属其选裁本朝风雅,以挽颓波,并寄沈归愚庶常》一诗云:

> 迄及我朝重右文……名家大家各位置,坛坫巍巍夸并峙(按,指王士禛与田雯)。争为山东一瓣香,崇如信阳(何景明)与北地(李梦阳)。山姜(田雯)花谢蚕尾(王士禛有《蚕尾集》)倾,野狐

① 沈德潜《砚思斋集序》,见田同之《砚思斋集》卷首。
② 《清诗别裁集》卷二十四。
③ 《砚思斋集》卷首。

怪鸟齐争鸣。泛泛东流视安德(指田雯),狺狺龙吠集新城。①

此处称其祖田雯与王士禛齐名,被尊崇如明代的李梦阳与何景明。其实,田雯在康熙诗坛固然名声甚著,其地位实不足与王士禛并列。明代李、何虽并称,但毕竟是先李后何。田同之以李、何比其祖父与王士禛,乃是以李梦阳比其祖父田雯(田雯诗属于李梦阳豪放一类),以何景明比王士禛(王士禛诗属于何景明俊逸一类),此说法有诹祖之嫌。沈德潜《清诗别裁集》录此诗,"崇如信阳与北地"句作"远近文人无异议",或许沈德潜觉得此句不妥,对原诗作了修改。诗中"狺狺龙吠集新城"者指的就是赵执信抨击王士禛一事。沈德潜称此诗"不直赵秋谷宫赞,故大声疾呼论之"②,指出其针对之所在。沈氏在为田同之《砚思斋集》所作序中说:

> 小山姜尝谓余曰:"前三四十年,无朝野内外,言诗者必以新城(按,王士禛)、德州(田雯)为归,今猖薄后生置德州不议,而竟思集矢于新城以快其口吻,甚有著为论说以排之者,而排之者即曩日心摹手追之人,是世道人心之忧也。"

此所载田同之语与其诗内容一致,所谓"著为论说以排之者",指赵执信著《谈龙录》抨击王士禛事。田同之认为,赵执信曾心摹手追王士禛之学,但其身后却著论排诋,此已不仅是诗学的争论,而是人格的问题。田同之比赵执信年轻六岁,年龄相近,又同为山东人,一攻击王士禛,一

---

① 沈德潜《清诗别裁集》卷二十四选此诗,诗题作《与畹叔编修论诗,因属其选裁本朝风雅,以挽颓波》,诗中字句有异。

② 《清诗别裁集》卷二十四。

拥戴王士禛,二人尖锐对立。

王士禛曾引《许彦周诗话》之论,认为杜甫、苏轼诗乃是"长江大河"之境,而谢朓、王、孟诸人乃是"澄泽灵沼"之境。田同之认为,田雯诗属于前者,王士禛诗属于后者。其《西圃诗说》云:

> 《许彦周诗话》:"长江大河,飘沙卷沫,枯槎束薪,兰舟绣鹢,皆随流矣。珍泉幽涧,澄泽灵沼,无一点尘滓,只是体不似江河耳。"渔洋:"由前所云,唯杜子美、苏子瞻足以当之;由后所云,则宣城、水部、右丞、襄阳、苏州诸公皆是。"其言题矣。然以今日论之,足继杜、苏二公者,唯我司农先王父(按,田雯);足继王、孟诸公者,唯阮亭司寇公而已。

田同之视田雯为杜甫、韩愈传统的继承者,而以王士禛为王、孟传统的继承者。以田雯为大家,王士禛为名家,田雯高于王士禛。他称:"神韵超妙者绝,气力雄浑者胜。"[1]"神韵超妙"者,正是"珍泉幽涧,澄泽灵沼"之美,"气力雄浑"者,正是"长江大河"之美,田同之虽以前者为绝妙,但终以后者为胜。不过就他个人的审美趣味而言,却更接近于王士禛,故他更多地继承王士禛的神韵说:

> 前人论诗主格者、主气者、主声调者,而渔洋先生独主神韵。"神韵"二字,可谓放出三昧,直足千古。[2]

正因为宗神韵说,故田同之主张审美表现应微应婉,要言外有余意:

———————————

① 《西圃诗说》。
② 同上。

不微不婉,径情直发,不可为诗;一览而尽,言外无余,不可为诗;美谓之美,刺谓之刺,拘执绳墨,不可为诗;意尽于此,不通于彼,胶柱则合,触类则滞,不可为诗。知此四者,始可与言诗矣。①

田氏要求情感的表达不能直露,诗意不能着实,言在此而意在彼,不能直接美与刺,唯有如此,才会有言外的余味。这正是王士禛神韵说的内涵。

田同之论诗多引王士禛之说。王士禛论诗之道有"兴会""根柢",田同之引以冠其《西圃诗说》之首。他又引侯方域之语来阐述神韵与学问的关系:

诗之妙处无他,清空而已。然不读万卷,岂易言清;不读破万卷,又岂易言空哉？杜诗云:"读书破万卷,下笔如有神。""神"者,清空之谓也。而"清空"二字,正难理会。

"清空"其实也就是神韵。"清"的超脱凡俗正是神韵之一义,"空"之空灵正是不着色相之义。清空之境从主体来说需要多读书。诗之清首先是诗人的性情之清,而性情的陶养有赖于读书。诗之空灵不能填塞典实学问,但不可以没有学问,而是将学问融会贯通,化在诗人的性情当中,如盐在水中,故田同之强调"读破万卷"的"破"就是融会贯通。

田同之与沈德潜一样属于宗唐者。与沈氏一样,田同之也主张温厚和平:"古人诗意在言外,故从容不迫,蕴蓄有味,所谓温厚和平也。若剑拔弩张,无所不至,祇自形其横俗之态耳,何诗之有？"②他以唐诗

———————————

① 《西圃诗说》。

② 同上。

为标准衡量宋诗,认为"宋诗深,去唐却远","宋元诗味薄"。他对宋代
一些主要诗人都有批评:"宋诗中黄鲁直不免于生强,陆务观不免于滑
易,范致能之缛且弱,杨万里、郑德源之鄙且俚,刘潜夫、方巨山之意无
余而言太尽,此皆不成乎鹄者也。""子瞻、鲁直、介甫三家古今体,无不
从老杜来,但所谓差之毫厘,谬以千里。"①田同之批评当代宗宋诗
者曰:

> 学诗者以唐人为宗,此遵道而得周行者也。顾今之学者舍唐
> 人而称宋,又专取其不善变者效之,鄙里以为文,靡曼嬉亵以为尚,
> 且翊翊自得,并当世之典型而诋毁焉。是非倒置,黑白茫然,不啻
> 饮狂泉而病啍呓焉。②

田同之把宗唐、宗宋简化为雅郑之对立,其《历代诗选读本序》云:

> 诗有盛衰,要其端,雅郑而已。夫雅郑不并存,而去存有正眼,
> 秋毫未合,天地遂隔。此诗运升降之由来,而别裁伪体之所关为綦
> 重也。即以有明至今日言之,洪、宣疲苶不振,得何、李、边、徐四君
> 子奋追正始,继以嘉靖七子相接踵,可谓彬彬大雅矣。厥后公安、
> 竟陵辈有心矫弊,而鄙俚僻涩,雅音几亡,得陈黄门挽之,而未至于
> 熄。迨《列朝诗》一选,于二百七十余年中党同伐异,倒置是非,一
> 时相沿而蹈剑南、石湖之习,且甚至耳食之徒竟有以老杜为戒者,
> 是盖误用之,遂至去雅趋郑,以滋其流弊而不自知也。幸王司寇阮
> 亭先生有《十种唐诗》并《唐贤三昧》之选,大乘独立,继复有沈宗

---

① 《西圃诗说》。
② 《沈楼诗草序》,《二学亭文涘》卷一,《小山姜田先生全集》。

伯归愚《唐诗别裁》,去郑存雅,俾天下之有目者,咸知所服从而莫之易。①

田同之称明代前后七子等宗唐派为雅音,以公安、竟陵派为郑声,而陈子龙反郑归雅。清初钱谦益抨击七子派,在他看来乃是颠倒是非,影响及诗坛,宗法宋诗,又渐去雅趋郑,而王士禛、沈德潜提倡唐诗,复又去郑存雅。此与沈德潜立场一致。

2. 赵文哲对王士禛诗说的阐发

沈德潜的诸弟子中,赵文哲论诗上承王士禛神韵说,王昶《蒲褐山房诗话》谓其"论诗以新城为主"。文哲(1725—1773),字升之,号璞函,上海人,乾隆二十七年(1762)召试,赐内阁中书。有《媕雅堂集》等,论诗著作有《媕雅堂诗话》。

赵文哲的诗学是王士禛诗学的诠释与引申。《媕雅堂诗话》采用辨体方法论诗,该诗话的结构以诗体为序安排。其论王维五言古诗云:

> 王右丞无体不工,五言尤属绝品。其佳处去六朝人已远,而隽永超诣,全是一片妙悟。故王渔洋不入《古诗选》,而以冠《三昧集》。学五古者断断以此为正宗。

王士禛《古诗选》所选五言古诗于唐代只选录陈子昂、张九龄、李白、韦应物、柳宗元,未选王维之作,而《唐贤三昧集》则选录王维大量的作品。对此,赵文哲作出解释。他认为,王维五言古诗的特点是"隽永超

---

① 《二学亭文涘》卷一。

诣""一片妙悟",其佳处已远离六朝传统,王士禛《古诗选》是以六朝传统为基准的选本,故不以之入《古诗选》;而《唐贤三昧集》以唐诗特征为基准,所以王维诗为此集之冠。赵文哲论韦应物五言古诗云:

> 韦苏州与右丞同以微妙胜,而韦之设色微近六朝,字法句法,二家又有不同,要之并属正宗,不可轩轾。渔洋之所以冠冕当代者,只于二家中独有神契耳。

韦应物诗在设色方面稍近六朝传统。赵文哲认为,这正是王士禛把韦应物诗收入《古诗选》的原因之所在。

赵文哲又论杜甫五言古诗云:

> 杜工部五古于太白、摩诘、苏州诸家,另辟门径。其《咏怀》《北征》诸篇,涵汇万有,一代巨制,其中写景言情,有朴处,有韵处,全从乐府得来。若《羌村》《彭衙》《玉华宫》、前后《出塞》及《石壕》《新婚》诸题,约有数十首,皆如元气之入人脾肝,洵诗家之极轨。然惟工部有此境遇,有此襟抱,有此笔力,足以相副,后人无病呻吟,亦是无取。故流连光景,涵泳性情之作,只宜以王、韦为准的。

杜甫五言古诗与李白、王维、韦应物相比,另辟门径,此即王士禛所谓杜甫五言古诗"别是一体"。赵文哲一方面承认杜甫五古是"诗家极轨",认为这些作品具有最高地位,显示出其受沈德潜论杜诗的影响;但另一方面,赵文哲认为杜甫诗有其特殊的境遇、襟抱、笔力,后人如果缺乏以上三者而强学之,便成无病呻吟。杜甫所处的时代有安史之乱,而当代诗人乃在乾隆盛世,不可能有杜甫的境遇。杜甫地位、成就虽高,但高不可及，现实中已无学之的可能。在当代，诗人们只能写流连光景、涵泳性情之作，这种作品应以王维、韦应物为准。赵文哲虽然在理论上尊杜，但归结却在王维、韦应物，这与王士禛一致，而有别于沈德潜。

赵文哲论七古谓"七古以盛唐人为极则，然尽其变必极之宋人而后已，所谓变而不失其正者也"，此与王士禛选七言古诗兼取宋人一致。其论五律谓"当以右丞为正宗，襄阳、嘉州为辅，太白逸矣，工部大矣，句语不无利病，择之须精"，这与沈德潜称"杜少陵独开生面，寓纵横颠倒于整密中，故应超然拔萃"显然不同①，而与王士禛一致。赵文哲论七律主张"当以右丞、东川、嘉州数篇为准的"。赵文哲不仅在诗学观上继承王士禛，而且在创作上也最推崇王士禛，谓"本朝五古断以王渔洋为正宗"，论五律称"本朝王渔洋初学王、孟，中学老杜，皆有至处，故当推为第一"，七律、五七言绝句也都极推崇王士禛的作品。

对各种诗体的审美特征进行辨析，在七子派、云间派、王士禛以及沈德潜的诗学中均是重要内容，但他们的诗学主张存在差异，体现在辨体方面也有所不同。赵文哲基于王士禛诗学立场，对各种诗体进行辨析，使王士禛诗学更加具体化、细密化。

二　虞山诗人的转向唐音

明清之际钱谦益代表的虞山派以反七子派著名，无论钱谦益的肯定宋元，还是冯班兄弟的倡言晚唐，均突破七子派的诗学樊篱，对清初以来的诗歌理论与创作产生了深远影响。但是，到雍正、乾隆年间，虞山诗人的诗学倾向发生转变，从反格调转向格调派。这与浙江诗人由

---

① 《唐诗别裁集·凡例》。

明清之际西泠十子的主格调到厉鹗诸人宗宋诗的转向形成鲜明的对照。

　　钱良择,字玉友,号木庵,常熟人。《海虞诗苑》卷十称,钱氏青年时出入京师,与查慎行兄弟订金石交,沈德潜《清诗别裁集》卷二十六谓其曾随大吏出使海外,又同朝贵使塞外绝域。其诗歌"豪放感激,不主故常,古体规昌黎,近体橅昭谏(按,罗隐)"①,可见其创作以中晚唐为宗,与格调派的倾向有所不同。钱氏有《唐音审体》一书②,分体选录唐人诗作。书中论述各种诗体源流,后人辑出为诗话。该书选诗的标准与格调派相近,沈德潜有曰:

> 　　玉友……为诗感激豪宕,不主故常,而所选唐诗,又兢兢规格,如出二人议论,不可一律拘也。③

此处所说"选唐诗",即指《唐音审体》,而"兢兢规格",言钱氏对诗歌体格的讲求,这与其创作上的"不主故常"不同。钱良择在创作与批评上体现出不同倾向。

　　钱良择书名"审体",即考察审视唐诗体格。论诗着眼于体格正是七子派等倡言格调者的诗学观。明清之际,虞山派冯班论诗综合公安、竟陵派与七子派诗学,对于七子派诗学的辨体方法也有所吸收。故冯班论诗也颇有对诸种诗体的辨析。但七子派的辨体多侧重在审美特征的辨析,故其辨体多品鉴性的论述;而冯班的辨析则侧重在源流史实的

---

①　《海虞诗苑》卷十。

②　该书刻本,笔者未见,然赵执信《谈龙录》提到此书。《谈龙录》成书于康熙四十八年(1709),可知《唐音审体》成书于康熙四十八年以前。

③　《清诗别裁集》卷二十六。

论辩,故其辨体多切实的考辨。钱良择与沈德潜为同时代人,沈德潜的
《唐诗别裁集》与《唐音审体》为范围性质相同的著作。沈德潜选唐诗
也重辨体,但他继承的是七子派重审美特征辨析的方法,而钱良择所承
的是冯班重源流史实考辨的方法①,二人在辨体方面也不相同。兹对
两者作一比较:

> 七言始于汉歌行,盛于梁。梁元帝为《燕歌行》,群下和之,自
> 是作者迭出,唐初诸家皆效之。陈拾遗创五言古诗,变齐梁之格,
> 未及七言也。开元中,其体渐变。然王右丞尚有通篇用偶句者。
> 旋乾转坤,断以李、杜为歌行之祖。李、杜出,而后之作者不复以骈
> 俪为能事矣。歌行本出于乐府,然指事咏物,凡七言及长短句不用
> 古题者,通谓之歌行,故《文苑英华》分乐府、歌行为二。(《唐音审
> 体》)

> 歌行起步,宜高唱而入,有"黄河落天走东海"之势。以下随
> 手波折,随步换形,苍苍莽莽中,自有灰线蛇踪,蛛丝马迹,使人眩
> 其奇变,仍服其警严。至收结处,纡徐而来者,防其平衍,须作斗健
> 语以止之;一往峭折者,防其气促,不妨作悠扬摇曳语以送之,不可
> 以一格论。(《说诗晬语》)

钱良择是从七言古诗的历史源流中考察其体。先说七言始于汉歌行,
到梁盛行。初唐陈子昂虽变齐梁诗风,但还只限于五言古诗体,七言古
诗仍沿梁体。开元时代虽有所变化,但到李、杜才发生根本转变,完全
摆脱梁代风气,因而七言古诗应以李、杜为宗祖。与钱良择从历史源流

---

① 《谈龙录》:"常熟钱木庵(按,良择)推本冯氏,著《唐音审体》一书,原委颇具,可
观采。"

中论诗之体格不同，沈德潜则对各体的审美特征直接阐述。这两者的区别就像经学与道学的区别，一重考据，一重义理。

王应奎（1683—1759 或 1760），字东溆，号柳南，常熟人，诸生。著有《柳南随笔》《续笔》，其中颇多论诗之语。王氏复有《海虞诗苑》，选录虞山诗人的作品，每个诗人各有小传，体例仿钱谦益《列朝诗集》。

虞山派钱谦益、冯班论诗都抨击严羽，认为七子派复古理论源自严羽。严羽推尊盛唐，拈出妙悟说，尤其为钱、冯二人所攻，而王应奎则为严羽辩护：

> 严沧浪诗话一书，有冯氏为之纠缪，而疵病尽见。即起沧浪九原，恐亦无以自解也。然拈"妙悟"二字，实为千古独辟之论。冯氏并此而诋之，过矣。夫妙悟非他，即儒家所谓左右逢原也，禅家所谓头头是道也。诗不到此，虽博极群书，终非自得之境，其能有句皆活乎？其能无机不灵乎？沧浪又云："诗有别肠，非关书也。"此言虽与妙悟之说相表里，而又须善会之。惟钱圆沙先生云："凡古人诗文之作，未有不以学始，以悟终者也，而于诗尤验。"此论虽本沧浪，而"以学始之"一语，实可圆"非关书也"之说，尤足为后学指南耳。①

王应奎认为妙悟乃是诗家实有之境，肯定了严羽的妙悟说。但他是从创作境界的角度理解妙悟说，将妙悟诠释成"左右逢源""头头是道"，指一种自如的创作境界，亦即从必然达至自由的境界。严羽妙悟说固有这方面的含义，但还有镜花水月之境的含意，王应奎所谓妙悟与严羽

---

①　《柳南续笔》卷三，"《沧浪诗话》"条。

所说实有区别。王氏又引钱曾语，认为诗文应该以学始，以悟终，学是功夫，是过程，悟是结果，是境界。严羽也有由熟参到妙悟的观念，但其强调悟，而王应奎则突出熟参的重要性。

三　乔亿的诗说

乔亿，字慕韩，号剑溪，江苏宝应人。太学生。著有《剑溪文略》《剑溪说诗》等。《剑溪说诗》成于乾隆十六年（1751）前。

乔亿与沈德潜有较密切的交往，诗学倾向也与沈基本一致。沈德潜既序其诗集，又序其《剑溪说诗》。乔氏创作宗法唐人，论诗也主唐。阮元《广陵诗事》称："宝应乔剑溪亿有《诗说》二卷，《三百篇》以至元明，多所辨论。生平最讲唐音，于唐人叙说尤悉。"①正因为主唐，所以他不满清初以来诗坛的宗宋风气：

> 明诗屡变，咸宗六代、三唐，固多伪体，亦有正声。自钱受之力诋弘、正诸公，始缵宋人余绪，诸诗老继之，皆名唐而实宋，此风气一大变也。至近人谓学诗断自元和，不可作开元、大历之想，是朝菌蟪蛄侪也。②
> 明代诗人，尊唐攘宋，无道韩、苏、白、陆体者。国朝则祖宋祧唐，虽文章宿老，宋气不除。③

乔亿认为明代诗学以六朝、三唐为宗，尽管有模拟之弊，但其总体的诗

---

① 《广陵诗事》卷五。
② 《剑溪说诗》卷下。
③ 同上。

学倾向正确,而清代自钱谦益抨击七子派,诗坛转宗宋人,则是方向性错误。这种观点与沈德潜是一致的。乔亿与沈德潜也有不同处,他不像沈氏那样强调诗歌内容的政治道德内涵,认为"所谓性情者,不必义关乎伦常,意深于美刺,但触物起兴,有真趣存焉耳"①,只要得性情之真就可以,这似乎与袁枚诗学相通,但其实不同,因为乔亿所谓性情原本是不背离伦常的性情,诗人的闲情逸致可以不关伦常,但也不违伦常,而袁枚所谓性情则可以是不合正统伦常的性情,比如男女之情,在乔亿的诗学中则是不被许可的。

　　既然主唐,又反对模拟,就面临如何既继承传统又能有自己独特性的问题。这也是乔亿诗学最有理论价值的部分。他说:

　　　　景物万状,前人钩致无遗,称诗于今日大难。惟句中有我在,斯同题而异趣矣。
　　　　节序中,景物同,而时有盛衰,境有苦乐,人心故自不同。以不同接所同,斯同亦不同,而诗文之用无穷焉。②

唐以景达情,但自然景物是有限的,已被前人写尽,如何创新?乔亿认为关键在于主体,景物中要有主体,主体所处的时代及个人的境遇不同,对于景物就会有不同的感受,由于主体因素的不同,即便景物相同,也会产生不同的意义。基于以上观念,乔亿强调"景物所在,性情即于是存焉","勿写无意之景","若景中断须有意,无意便是死景"。③

　　乔亿认为诗人处理景物有两种不同方式:

---

① 《剑溪说诗》卷下。
② 同上。
③ 同上。

> 景有神遇,有目接。神遇者,虚拟以成辞,屈、宋以下皆然,所谓五城十二楼,缥缈俱在空际也。目接则语贵征实,如靖节田园、谢公山水,皆可以识曲听真也。①

"神遇"之景是虚构的,景物不必现实中实有,如王维画雪中芭蕉,这其实就是王士禛所说"兴会神到";"目接"之景是写实的,景物为现实中实有,可以辨识其时其地。这两种方式,王士禛强调的是第一种,赵执信强调的是第二种,乔亿则对这两种方式都给予肯定。

四 李重华的音、象、意说

沈德潜的同调还有李重华。李重华(1682—1754),字实君,号玉洲,吴江人。雍正二年(1724)进士,官翰林院编修,有《贞一斋集》,论诗著作有《贞一斋诗说》。

李重华是天才型诗人,出于同样是天才型诗人的张大受之门。沈德潜曾于乾隆十一年(1746)序李氏诗集,大称其才。《贞一斋诗说》有《论诗答问三则》《诗谈杂录》两部分,沈德潜称其有"诗话二卷",即指此两部分而言。其《诗谈杂录》开篇称"余旧有论诗三则,质诸归愚子,谓其允协",而沈德潜谓其诗话"或引而不发,或金针度人,可希风昌谷(按,徐祯卿)《谈艺录》"。②

1. 对王士禛诗学的批评

李重华论诗最推重杜甫,这与沈德潜一致,而与王士禛不同。但沈

---

① 《剑溪说诗》卷下。
② 《清诗别裁集》卷二十七。

德潜未批评王士禛,李重华则对王氏颇有批评。他对王士禛指摘杜诗颇为不满:"近见阮亭批抹杜集,知今人去古,分量大是悬绝,有多少矮人观场处,乃正昌黎所称不自量也。"又批评王士禛的辨体观点云:

> 阮亭选《三昧集》,谓五言有入禅妙处,七言则句法要健,不得以禅求之。余谓王摩诘七言何尝无入禅处,此系性所近耳。况五言至境,亦不得专以入禅为妙。

王士禛对五、七言的分界甚严,李重华认为五言并不专以入禅之境为妙,而七言也有入禅境者,打破了王士禛的分界。他又批评王士禛以禅悟论诗:"严沧浪以禅悟论诗,王阮亭因而选《唐贤三昧集》。试思诗教自尼父论定,何缘堕入佛事?"他不仅批评王士禛的诗学,且不满王士禛的创作。沈楘德跋《贞一斋诗说》云:"其于渔洋山人则曰:恰肖王、孟、钱、刘,而隐讽以亦步亦趋,又何其言之蕴藉耶?"谓李氏评王士禛诗似王、孟、钱、刘,实为批评王诗模拟王、孟、钱、刘一派。

2. 音:空中天籁

李重华论诗,以为诗有"三要":"发窍于音,征色于象,运神于意。"①音、象、意三者构成诗歌的三要素。

所谓音,李重华或称之为音节。把音节作为诗歌的基本要素之一,这在明清诗学中并不鲜见。七子派格调说的基本要素之一就是音调,陈子龙论诗有四要,其中之一就是音节,沈德潜论诗四要素中也有音节一项。但是,七子派论音节,是强调学习前人作品的典范音调,当代

---

① 《贞一斋诗说》。以下未注明出处者俱出此书。

诗人作品的音调必须符合前人的音调才能具有审美价值。这是重外在性的一面。陈子龙论诗也是如此。沈德潜论诗虽然有音节一项，但是他对音节并未提出很新的见解。李重华论音节，强调音节从内在自然流出，重视内在性及自然。从这方面说，其关于音节的论述对七子派有纠偏的作用。李重华《贞一斋诗说》云：

> 诗本空中出音，即庄生所云"天籁"是已。籁有大有细，总各有其自然之节，故作诗曰吟曰哦，贵在扣寂寞而求之也。求之果得，则此中或悲或喜，或激或平，一一随其音以出焉。如洞箫长笛各有窍，一一按律调之，其凄锵要眇，莫不感人之深。今不悟其音而惟吾所为，犹断竹而妄吹之也。如是以为文字且不可，奚当于诗？

《庄子》有"天籁"说，陆机《文赋》有"扣寂寞而求音"之说，李重华将其音节理论与以上两者关联起来。所谓诗歌是"空中出音"，乃受《庄子》"天籁"说的影响。"天籁"之音由窍穴而出，李重华认为诗歌作为人的心声，乃是由人心中的窍穴而出：

> 庄生所云"天籁"者，言为心声，人心中亦各具窍穴，借韵语发之。其能者自然五音六律，与乐相和，此即"吹万不同"之谓也。

李氏从《庄子》"天籁"说引申到诗歌，认为诗人心中也具有窍穴，诗歌乃是诗人心中窍穴发出的声音，故谓"空中出音"，与陆机"扣寂寞而求音"相同。自然中窍穴不同，发出的声音亦不同，所谓"吹万不同"者是也。

李重华所谓人心中有窍穴之说未免给人玄妙之感，其实他要说的是，诗歌的音节是自内在发出。七子派格调说强调的是音节的外在性，音节是一套外在的规范,诗人必须遵守,这样在作诗时音节就不是自内在流出,而是从外在作成。李重华的"空中出音"说正是针对这种观点而发,强调音节的内在性一面。他把诗歌的音节与诗人内在的情感联系起来,认为音节是因情感而有,受情感决定。他说:"诗之音节,不外哀乐二端。乐者定出和平,哀者定多感激。"音节从根本上说是由哀乐之情决定,所谓"空中出音"实乃从情感而出。李重华有论诗诗云:

> 空中天籁本吾师,苏李何心独创奇? 吟到河梁离别句,片言流出是真诗。①

"空中天籁"即上文所说"空中之音"与"天籁",以传统所谓苏李诗为代表,苏李诗情真意切,从胸臆自然流出,其音节自然高妙,未曾有意要创为奇异的音节。由于强调音节自胸臆自然流出,所以李重华反对人为外在造成音节:

> 同一著述,文曰作文,诗曰吟诗。龙鸣曰吟,弹琴者弦指龃龉成音亦曰吟,盖从空里求音,与词妙会,陆士龙所谓"扣寂"是已。彼凑合为句,毋乃弹之不成声乎?

"凑合为句",音调不是从内在自然流出,而是从外在人为作成,他认为这种人为造作的音节定然不会成调。

从"天籁"的角度理解诗歌的音节问题,李重华认为,诗人心中的窍穴人各不同,因而诗人的音调也各自不同。据此,他批评七子派乃至

---

① 《与张支百研江话诗随笔九首》之一,《贞一斋集》卷九。

王士禛模拟古人的音调：

> 或谓：唐人音律，于鳞始得其传，至阮亭尤极精细。余谓：就唐人言之，音律元非一种。大家、名家，各自为调。且如李、杜篇什，甫闻謦欬，便易分别谁某；其余凄锵磊落者，细玩之都具本来面目。于鳞所得，祗是官样壳子耳。阮翁骨性既佳，摹拟渐熟，因于王、孟、钱、刘诸家，有宛然恰肖处。若持此卓自树立，迥然独出头地，何难驾元、明作者而上之？惜其亦步亦趋而止也。

诗是天籁自鸣，从内自然流出，则不同的诗人具有不同的音调，即他所说的"大家、名家，各自为调"，各个诗人都有其自己之面目。李攀龙对唐人音调之各自特征没有深入认识，模拟所得，只是一种音调，即所谓"官样壳子"。王士禛也是模拟唐人音调，其对王、孟、钱、刘一派体会较深，较之李攀龙模拟得更似，然其缺点在于没有自己的音调，只是步趋古人，不能卓自树立。

李重华强调音节的内在性，强调音节是自然流出，那么音节有没有外在性？是否所有人从内在自然流出的音节都有美感？在李重华看来，并非如此。他在强调音节的内在性一面的同时，也认为音节有其外在性的一面：

> 律诗止论平仄，终身不得入门。既讲律调，同一仄声，须细分上去入，应用上声者不得误用去入，反此亦然。就平声中，又须审量阴阳清浊，仄声亦复如是。至古体虽不限定平仄，逐句各有自然之音，成熟后自知。古、近二体，初学者欲悟澈音节，他无巧妙，只须将古人名作，分别两般吟法：吟古诗如唱北曲，吟律诗如唱昆曲。盖古体须顿挫浏漓，近体须铿锵宛转，二者绝不相

蒙,始能各尽其妙。余尝论欲识诗篇工拙,先听吟咏合离,此最是捷径法。今无论古、近,俱付一样口角吟之,神理全失,何由闯入门庭?

李重华认为,不同的诗体有不同的音调,古体应该"顿挫浏漓",近体应该"铿锵宛转",这是固定的规范,任何诗人都应该遵守。就律诗而言,不仅要遵守共同的平仄模式,还应该更进一步,对仄声还要分辨上、去、入声,对平声还要审查阴阳清浊声字,这些规则诗人都要遵守。但如何作到既遵守规则,又自然从内在流出,李重华未作论述。

3. 象:"写景是大半工夫"

李重华论诗三要素的另一要素是象:

> 物有声即有色,象者,摹色以称音也。如舞曲者动容而歌,则意惬悉关飞动。无论兴、比与赋,皆有恍然心目者。故诗家写景是大半工夫。今读古人诗,望而知为谁氏作,象固然矣。斯不独征声,又当选色也。

李重华从声色相关推论诗中象的必然性,有声之物必然有形色,象是摹物之形色以与音相配。他要由此推论诗歌有声,必然有象。他把象与景联系起来,认为写象其实就是写景,故称"诗家写景是大半工夫"。他又把象与赋、比、兴联系起来,认为赋、比、兴都有象,因而皆与写景相关:"写景是诗家大半工夫,非直即眼生心,诗中有画,实比兴不逾乎此。"

李重华论述兴曰:

兴之为义，是诗家大半得力处。无端说一件鸟兽草木，不明指天时，而天时恍在其中；不显言地境，而地境宛在其中；且不实说人事，而人事已隐约流露其中。故有兴而诗之神理全具也。

兴必然涉及写物，即所谓"鸟兽草木"，描写这些物象在李重华看来也是写景。但兴并非纯粹描写物象，物象描写中同时表现天时、地境、人事，故他说"有兴而诗之神理全具"，在诗中地位特别重要。李重华论比云："比，不但物理，凡引一古人，用一故事，俱是比，故比在律体尤得力。"以物理为比，乃比的本来意义，因要写物，故也可谓之写景。但李重华认为，用典也是比，将用典与传统的赋比兴说相关联。又其论赋曰：

赋为敷陈其事而直言之，尚是浅解。须知化工妙处，全在随物赋形。故自屈、宋以来，体物作文，名之曰赋，即随物赋形之义也。相如论作赋之法，是何等能事。

朱熹释赋偏于叙事一面，李重华认为这种解释是肤浅的。在他看来，赋义的关键是"随物赋形"，也就是传统所说的"体物"功能。

综上所述，赋比兴的含义功能有不同的一面，但有共同处，即都要摹写物象。

4. 意："意立而象与音随之"

李重华所谓意处于神与象、音之间，意之上有神，意之下有象与音：

意之运神，难以言传，其能者常在有意无意间。何者？诗缘情而生，而不欲直致其情；其蕴含只在言中，其妙会更在言外。《易》

曰:"鼓之舞之以尽神。"善写意者,意动而其神跃然欲来,意尽而其神渺然无际,此默而成之,存乎其人矣。

神乃是诗人的人格生命。意有两方面含义:一指诗人创作的一种兴感状态,如说"意动"者是;一指诗人所要表现的思想情感,如说"写意"者是。一般而言,诗意是具体的,关乎一定的事物,但在具体的意当中,往往能够透出诗人的整个人格生命。就读者而言,读一首诗,在领会诗中具体的意之外,还可以感受到诗人完整的人格生命,活生生如对其人。这种人格生命似乎在诗中,又似乎在诗外。就作者一面说,诗人作诗,乃是表现具体的意,但伴随着意的是诗人的整个人格生命,具体的意可以有尽,但人格生命无尽。

在意与象、音之间,意处于优先地位。《贞一斋诗说》云:

曰:是三者孰为先?曰:意立而象与音随之。余所以先论音,缘人不知韵语由来,则缀辑牵合举谓之诗,即千古自然之节胥泯焉。若悟其空中之音,则取象命意,自可由浅入深。故指示初学,音特居首也。

就诗人创作而言,要先立意,意立而象与音随之而出。李重华论诗之所以要先谈音,乃是由于一些作诗者往往从外在拼凑成诗,故他要从最浅处说起,告诉人们韵语乃是由人心而出,不可拼凑而成。由音进而言象论意,由浅入深,使人知为诗之道。

李重华的音、象、意说,涉及诗歌的内容、意象、音调,确实抓住了诗歌的核心,不过他未充分展开论述。

五　纪昀对古代诗歌传统的总结

纪昀是继沈德潜之后在诗坛有巨大的影响的另一位诗人。他也是一位正统派,以主持编纂《四库全书》著名,《四库全书总目提要》对诗学问题的论述带有总结性。《提要》虽非出一人之手,然就诗文评部分而言,基调大体一致,无疑体现总纂官纪昀的观念。沈德潜的诗学被视为官方诗学,其实纪昀才真正代表官方的诗学。沈德潜的几部诗选只是一家之言,纪昀总纂的《四库全书总目提要》则不能仅看作一家之言,而应视为官方立场的代表。

1. 诗文评的独立:批评学的确立

在《四库全书总目》之前,诗文评在目录学上没有独立的位置,《四库全书总目》"诗文评类"的总论述及历史上对诗文评一类著作的归类云:

> 《隋志》附总集之内,《唐书》以下则并于集部之末,别立此门,岂非以其讨论瑕瑜,别裁真伪,博参广考,有裨于文章欤。

此前,诗文评著作或是附在总集之内,或是放在集部之末,没有作为一个独立的类别对待。纪昀主编的《四库全书总目》在集部专立"诗文评类",在分类学上给予诗文评以独立的位置,标志文学理论批评已经被视为一个相对独立的领域。

《四库全书总目》把传统的文学批评分为五种类型:

> 文章莫盛于两汉,浑浑灏灏,文成法立,无格律之可拘。建安、

黄初,体裁渐备,故论文之说出焉。《典论》其首也。其勒为一书,传于今者,则断自刘勰、锺嵘。勰究文体之源流,而评其工拙;嵘第作者之甲乙,而溯厥师承,为例各殊。至皎然《诗式》,备陈法律,孟棨《本事诗》,旁采故实,刘攽《中山诗话》、欧阳修《六一诗话》,又体兼说部。后所论著,不出此五例中矣。①

《四库全书总目》所列五种类型是:一、"究文体之源流,而评其工拙",此着眼于文体的批评,以刘勰《文心雕龙》为代表;二、"第作者之甲乙,而溯厥师承",此着眼于作家的批评,以锺嵘《诗品》为代表;三、"备陈法律",以皎然《诗式》为代表,乃诗格、诗法之类,着重谈创作原则;四、"旁采故实",以孟棨《本事诗》为代表,叙述与诗人、作品有关的故事;五、"体兼说部",以刘攽《中山诗话》、欧阳修《六一诗话》为代表,带有笔记的特征。纪昀认为,这五种类型可以概括后来所有的文学批评的形式。这五种类型的划分代表了纪昀对古代文学批评特征的基本认识。

2. "发乎情,止乎礼义":对情理关系的折中

纪昀论诗,理论基点是"诗言志"的传统命题:

> 诗之名始见《虞书》,"诗言志"之旨亦即见《虞书》。孔子删《诗》,传诸子夏,子夏之小序,诚不免汉儒之附益,其大序一篇,出自圣门之授受,反复申明,仍不出"言志"之意,则诗之本义可知矣。②

---

① 《四库全书总目》卷一百九十五,"诗文评类"总论。
② 《诗教堂诗集序》,《纪文达公遗集》卷九。

纪昀从情与理统一的角度理解"诗言志",以《诗大序》"发乎情,止乎礼义"规定志的内涵。他说:

> 余谓西河卜子传《诗》于尼山者也。《大序》一篇,确有授受,不比诸篇小序,为经师递有加增。其中"发乎情,止乎礼义"二语,实探《风》《雅》之大原。后人各明一义,渐失其宗。一则知"止乎礼义"而不必其"发乎情",流而为金仁山《濂洛风雅》一派,使严沧浪辈激而为"不涉理路,不落言诠"一论;一则知"发乎情"而不必其"止乎礼义",自陆平原"缘情"一语引入歧途,其究乃至于绘画横陈,不诚已甚与! 夫陶渊明诗时有庄论,然不至如明人道学诗之迂拙也。李、杜、韩、苏诸集岂无艳体,然不至如晚唐人诗之纤且亵也。酌乎其中,知必有道焉。①

《诗大序》称"发乎情,止乎礼义",发乎情是个体性、感性的一面,礼义是社会性、理性的一面。诗歌要抒情,但又需用理性来规范,使情感具有道德意义,如此个性与社会、感性与理性达到统一。这二者的统一是儒家诗学的重要特征之一。

纪昀站在这种情、理统一的立场审视后来的诗歌史,认为陆机"诗缘情"说只强调"发乎情",而忽略"止乎礼义",忽视对情感的理性道德规范;而道学家论诗则只强调"止乎礼义"一面,而忽略"发乎情",忽视个体性和感性,诗学流为道学。以上两者各执言志说之一端,都陷入偏颇之境。前者在诗歌创作上的体现是齐梁及晚唐诗,后者则是道学家的性气诗。他说:

---

① 《云林诗钞序》,《纪文达公遗集》卷九。

> 齐梁以下,变而绮丽,遂多绮罗脂粉之篇,滥殇于《玉台新咏》,而弊极于《香奁集》,风流相尚,诗教之决裂久矣。有宋诸儒起而矫之,于是《文章正宗》作于前,《濂洛风雅》起于后,借咏歌以谈道学,固不失无邪之宗旨,然不言人事而言天性,与理固无所碍,而于"兴、观、群、怨""发乎情,止乎礼义"者,则又大相径庭矣。①

齐梁及晚唐诗只知诗歌"发乎情",而不知"止乎礼义",流入艳情,背离了诗教;宋代道学家只知"止乎礼义",而不知"发乎情",陷入以道学为诗。以上两派各陷入一偏。纪昀主张两者统一,认为陶渊明、李白、杜甫、韩愈、苏轼等诗人统一了两者。

强调情与理的统一,在儒家诗学的范围内不失为比较折中的观点。这种观点其实也体现了中国诗歌的基本品格,代表了传统诗学的基本价值观念。道学家的性气诗在传统诗学价值系统中始终没有取得正宗的地位,齐梁及晚唐的艳情诗也没能获得很高的地位,不能不说与传统诗学的这种"发乎情,止乎礼义"的情理统一的诗学价值观有密切关系。如果去掉其具体的政治道德方面的特殊的时代含义,而看其注重情理的结合,依然可以作为今天文学理论的借鉴。

3. 人品高则诗格高:人品决定诗品

"诗言志"的命题往主体方面说,就有人品与诗品的关系问题。纪昀说:

> 锺嵘以后,诗话冗杂如牛毛,而要其本旨,不出圣人之一语:

---

① 《诗教堂诗集序》,《纪文达公遗集》卷九。

《书》称"诗言志"是也。盖志者,性情之所之,亦即人品、学问之所见。富贵之场,不能为幽冷之句;躁竞之士,不能为恬淡之词。强而为之,必不工;即工,亦终有毫厘差。阮亭先生《论诗绝句》有曰:"风怀澄澹推韦、柳,佳处多从五字求。解识无声弦指妙,柳州那得并苏州。"岂非柳州犹役役功名,苏州则扫地焚香、泊然高寄乎? 饴山老人持"诗中有人"之说,亦是意焉耳。①

诗歌所言之志是诗人性情的表现,而性情中可以见出诗人的人品、学问,什么样的人有什么样的性情,也就有什么样的志,志与人一致,诗与人一致。诗即其人,人即其诗,不可矫强而为。本非自己性情之所有而强力为之,其作品必不能工,即便是工,也不能达到最工。纪昀举出王士祯的《论诗绝句》对韦、柳的评价,二人诗写的都是恬淡之趣,但是柳不如韦。在纪昀看来,其原因就在于韦应物为人性情恬淡,而柳宗元却追求功名,性情并不恬淡,而去写恬淡之诗,尽管其诗也达到工的境地,但终不及韦应物。纪昀以王士祯对韦、柳二人的评价证明诗即其人的观点,并认为赵执信"诗中有人"之说也体现此意。

纪昀由诗即其人的观点更进一步认为人品决定诗品:

故后来沿作,千变万化,而终以人品、心术为根柢。人品高,则诗格高;心术正,则诗体正。陶诗无雕琢之工,亦无巧丽之句,而论者谓"如绛云在霄,舒卷自如"。李、杜齐名,后人不敢置优劣,而忠爱悱恻,温柔敦厚,醉心于杜者究多,岂非人品心术之不同欤?②

---

① 《郭茗山诗集序》,《纪文达公遗集》卷九。
② 《诗教堂诗集序》,《纪文达公遗集》卷九。

诗品包括两个方面,一面是道德之品格,一面是审美之品格。人品决定诗品,一是说人品决定诗歌的道德品格,二是说人品决定诗歌的审美品格。人品直贯到诗歌,体现在诗歌当中,成为诗歌的道德品格。这种道德品格是决定诗歌价值的主要因素。在纪昀看来,不仅诗歌的道德品格取决于人品,而且诗歌的审美品格也取决于人品,这就是所谓"心术正,则诗体正"。陶渊明诗格之高取决于其人品之高。李、杜诗从审美品格上说,不能优劣,但如果从道德品格上说,杜高于李。心术与人品都是指人的道德品性,但心术较之人品更具体。在纪昀,两词有时可以相互替代。如他说"诗以言志,古人所云,心术学问皆于是见"①,只言心术而未言人品,其实即指人品也。

诗人的人品不仅决定诗歌的道德品格,也决定诗歌的审美品格。这是儒家诗学伦理优先的表现,是儒家论诗之大体。沈德潜坚持这种观点,纪昀亦是如此。

4. 儒家诗学价值系统对道佛精神影响下的诗歌传统的接纳

纪昀强调儒家诗学的政教传统,面临如何接纳受道佛思想影响的陶、谢、王、孟一派诗歌传统的问题。这一传统不关乎政教,与儒家诗教精神不同,站在诗教的立场上如何看待这些作品?对于代表官方立场的纪昀而言,这是必须从理论层次回答的问题。沈德潜对王、孟一派作了儒家化的诠释,认为其符合诗教传统。这种诠释回避了两者的基本区别,消解了上述问题。但杜诗与王、孟诗思想倾向差别明显,乃是诗歌史的事实。沈德潜的消解方式并不能令人信服。纪昀对这一问题的观点与沈德潜不同,他承认陶、谢、王、孟不合于诗教:

---

① 《袁清慤公诗集序》,《纪文达公遗集》卷九。

　　　　夫两汉以后，百氏争鸣，多不知诗之有教，亦多不知诗可立教，
　　故晋宋歧而元（按，玄）谈，歧而山水，此教外别传者也，大抵于教
　　无裨，亦无所损。①

此称晋宋诗是"教外别传"，即在诗教传统之外。关于王、孟一派，他也
认为"王、孟清音，惟求妙悟，于美刺无关"②，也在诗教传统之外。这与
沈德潜将王、孟一派作为诗教传统的组成部分有明显不同。纪昀认为
这一派诗歌对于诗教无益亦无害。就事实层面看，沈德潜与纪昀的诗
学都容纳了佛道思想，但在理论上沈德潜是一元论立场，即所有的作品
都应符合诗教，而纪昀则是多元论立场，有些作品不符合诗教，但也有
存在的合理性。当然，在纪昀，多元之间并不平等，而以儒家思想为优
先，故在李、杜之间，纪昀认为杜高于李。

　　纪昀虽承认"教外别传"的作品无损诗教，但在其诗学价值系统中
具有什么地位？纪昀对《诗经》传统作出新的诠释，将之放到《诗经》传
统中：

　　　　《书》称"诗言志"，《论语》称"思无邪"，子夏《诗序》兼括其旨
　　曰"发乎情，止乎礼义"，诗之本旨尽是矣。其间触目起兴，借物寓
　　怀，如"杨柳""雨雪"之类，为后人所长吟而远想者，情景之相生，
　　天然凑泊，非六义之根柢也。然风会所趋，质文递变，如食本疗饥，
　　而陆海穷究其滋味；衣本御寒，而纂组渐斗其工巧。于是乎咏物之
　　作，起于建安；游览之篇，沿于典午。至陶、谢而标其宗，至王、孟、
　　韦、柳而参其妙，至苏、黄而极其变。自唐至今，遂传为诗学之正

---

① 《诗教堂诗集序》，《纪文达公遗集》卷九。
② 《嘉庆丙辰会试策问五道》，《纪文达公遗集》卷十二。

脉,不复能全宗《三百篇》矣。怡山老人作《谈龙录》,力主"诗中有人"之说,固不为无见,要其冥心妙悟,兴象玲珑,情景交融,有余不尽之致,超然于畦封之外者,沧浪所论与风人之旨,固未尝相背驰也。①

纪昀认为,《诗经》的本旨虽然是"诗言志","发乎情,止乎礼义",但是《诗经》也有"触目起兴,借物寓怀"传统,比如"杨柳依依""雨雪霏霏"之类,这些诗句情景相生,自然天成,与"六义"并无密切关系。纪昀的这种说法等于承认《诗经》传统并不是单一的诗教、"六义"传统,在此之外还有一个非主流的传统,即触目兴怀、情景相融的传统。虽然这一传统在《诗经》中并未独立出来,但随时代变迁,却得以突出发展。纪昀勾勒这一发展的过程:建安时代有咏物之作,晋代出现游览之作,到陶、谢以此标宗,这一传统具有了独立性。唐代的王、孟、韦、柳继续发展这一传统,使之臻于妙境,而再发展到宋代的苏、黄(这里所指是其描写山水之作),又对这一传统进行变化。纪昀认为,在明代,继承这一派的是徐祯卿、高叔嗣,"沿及有明,惟徐昌谷、高叔嗣传其衣钵"②。在清代继承为王士禛。在纪昀看来,这一由《诗经》的非主流传统发展而来的传统到当代已成为诗学的正脉,形成在诗教之外的另一诗歌传统,严羽的诗学乃是这一传统的概括。虽然严羽所诠释的这一传统已不能符合诗教之旨,但是,这一传统毕竟由《诗经》发展而来,因而不能说这一传统背离了《诗经》的传统。

纪昀对《诗经》传统作出新的诠释,引出诗教之外的触目起兴、情景相生的一脉,再把陶、谢、王、孟一派与《诗经》的这一脉相衔接,就使

---

① 《挹绿轩诗集序》,《纪文达公遗集》卷九。
② 《田侯松岩诗序》,《纪文达公遗集》卷九。

陶、谢、王、孟一派成为《诗经》传统的组成部分。这种新诠释对于纪昀的诗学意义重大，它从理论上解决了陶、谢、王、孟一派在儒家的诗学价值系统中的地位问题。纪昀一方面承认陶、谢、王、孟一派与诗教无关，但另一方面又认为这一派也是从《诗经》发源而来，这使得纪昀既可以维护诗教的地位，又能给予陶、谢、王、孟一派以合理的位置。

纪昀又从诗学理论的角度追述这一派诗学的发展过程：

> 锺嵘《诗品》阴分三等，各溯根源，是为诗派之滥觞。张为创立《主客图》，乃明分畦畛。司空图分为二十四品，乃辨别蹊径，判若鸿沟。虽无美不收，而大旨所归则在清微妙远之一派，自陶、谢以下，逮乎王、孟、韦、柳者是也。至严羽《沧浪诗话》，始独标妙悟为正宗，所谓"如空中音，如相中色，如镜中花，如水中月，如羚角无迹可寻"，即司空图所谓"不着一字，尽得风流"也。①

纪昀认为在理论上崇尚陶、谢、王、孟一派起自司空图。司空图《二十四诗品》列出许多种风格，但其所崇尚的却是"清微妙远"一派②，到严羽则标妙悟为正宗，独把这一派作为诗歌的正宗。在纪昀看来，司空图无论如何还是标出许多流派，严羽却是独尚妙悟，只崇尚"清微妙远"一派。这种观点也见于《四库全书总目》，《沧浪诗话》提要云：

> 大旨取盛唐为宗，主于妙悟。故以"如空中音，如象中色，如镜中花，如水中月，如羚羊挂角，无迹可寻"，为诗家之极则。

---

① 《田侯松岩诗序》，《纪文达公遗集》卷九。
② 纪昀认为《二十四诗品》为司空图作，但近年来此问题有争论。

此所谓"主于妙悟"即上文"独标妙悟为正宗"之意。其实，严羽《沧浪诗话》是把李、杜诗视为诗歌的极致，而纪昀此说则认为严羽并非崇尚李、杜，而是尊崇王、孟。这一点清初的黄宗羲已指出，其《张心友诗序》说："沧浪论唐虽归宗李、杜，乃其禅喻谓：'诗有别才，非关书也；诗有别趣，非关理也。'亦是王、孟家数，与李、杜之海涵地负无与。"①纪昀虽然没有明确指出这一问题，但其观点实与黄宗羲一致。

纪昀不认同钱谦益、冯班兄弟对严羽的抨击，认为严羽的妙悟说实可上溯陆机、锺嵘及刘勰诸人的理论：

> 　　虞山、二冯顾诋沧浪为呓语，虽防微杜渐，欲戒浮声，未免排之过当。执肴蒸折俎为古礼，而欲废莼羹，取朱弦疏越为雅乐，而尽除清笛，不能谓其说无理，然实则究不可行。况"课虚无以责有，叩寂寞而求音"，陆平原言之；"'思君如流水'，既是即目"，"'清晨登陇首'，羌无故实"，锺记室言之；"山沓水匝，树杂云合，目既往还，心亦吐纳，春日迟迟，秋风飒飒，情往似赠，兴来如答"，刘舍人亦言之。则此论不倡自仪卿也。②

纪昀认为陆机的"课虚无以责有，叩寂寞而求音"之说、锺嵘的"即目"及"羌无故实"之说以及刘勰的"情往似赠，兴来如答"之说，都是严羽诗说的来源。在陆机、锺嵘、刘勰的诗学中已经含有某些妙悟说的因素，经司空图到严羽而成为比较完整的理论，这就是纪昀所勾画的重妙悟一派理论的发展脉络。既然陶、谢、王、孟一派也是发源自《诗经》，且已发展为诗学之正脉，既然代表这一派的诗学理论也是源远流长，那

---

①　《南雷文定》前集卷一。
②　《田侯松岩诗序》，《纪文达公遗集》卷九。

么钱谦益、冯班兄弟排斥严羽诗学,就不恰当。

5. 拟议与变化:对七子派与公安、竟陵派的折中

明代七子派与公安、竟陵派的复古与新变的两极对立造成的弊端,给清代诗坛留下深刻的教训,也对清代诗学产生深远影响。自明清之际,诗坛就开始反省明代诗学,批评明代诗学的两极对立之弊,而在理论及创作中走综合之路。这种反省与综合一直延续到沈德潜,其诗学有折中七子派与公安、竟陵派的倾向。这种反省与综合也体现在纪昀的诗学中。纪昀在《嘉庆丙辰会试策问五道》中,就有一道题问及明代诗学的问题:

> 北地、信阳,以摹拟汉唐,流为肤滥,然因此禁学汉唐,是尽偭古人之规矩也;公安、竟陵,以荜甲新意,流为纤佻,然因此恶生新意,是锢天下之性灵也。又何以酌其中欤?①

七子派倾心汉、盛传统,以模拟而求复现这一传统,结果带来弊端,但若为此而禁人学习汉唐,便是背弃前人的传统;公安、竟陵主张性灵,唯性灵是写,新意固多,却背离传统,但要因此而反对新变,则是禁锢诗人们的性灵。如何能在此两极之间折其中?这里所谓"酌其中",正显示出纪昀欲在七子派与公安、竟陵派之间折中综合的取向。纪昀此说既是给天下士子提出的问题,也是他本人思考的问题。

有关此一问题的论述在纪昀著作中多次出现。其《四百三十二峰草堂诗钞序》云:

---

① 《纪文达公遗集》卷十二。

诗日变而日新。余校定《四库》,所见不下数千家,其体已无
所不备。故至嘉隆七子,变无可变,于是转而言复古。古体必汉
魏,近体必盛唐,非如是不得入宗派。然摹拟形似,可以骇俗目,
而不可以炫真识。于是公安、竟陵,乘机别出,么弦侧调,纤诡相
矜。风雅遗音,迨明季而扫地焉。论者谓王、李之派,有拟议而
无变化,故尘饭土羹;三袁、锺、谭之派,有变化而无拟议,故偭规
破矩。

此处所云七子派指后七子,有拟议("摹拟")而无变化,公安、竟陵则有
变化而无拟议,两极对立,各有其弊。

在纪昀看来,七子派与公安、竟陵派的拟议与变化在诗歌史上并非
孤立特出的现象,而是渊源有自。其《鹤街诗稿序》说:

自汉魏以至今日,其源流正变、胜负得失,虽相竞者非一日,而
撮其大概,不过拟议、变化之两途。从拟议之说最著者无过青丘,
仿汉魏似汉魏,仿六朝似六朝,仿唐似唐,仿宋似宋,而问青丘之体
裁如何,则莫能举也。从变化之说最著者无过铁崖,怪怪奇奇,不
能方物,而卒不能解文妖之目,其亦劳而鲜功乎?

纪昀认为,诗歌史上拟议与变化两种创作倾向自汉魏以来就一直存在。
在七子派之前,最著名的拟议者是明初的高启,无论模拟哪一代诗歌均
酷似,却无自己的面目;在公安、竟陵之前,最著名的主变者是元末的杨
维桢,其文章以奇怪著称,却被目为"文妖"。可见拟议、变化两端各有
其弊,并非自七子、公安、竟陵才至如此。

很明显,纪昀主张把拟议与变化结合,在学习传统中有新变,而新
变又不背离传统。关于两者结合的途径,纪昀指出:

　　　　盖必心灵自运,而后能不立一法,不离一法,所谓神而明之,存
　　乎其人也。①

两者结合,关键在于诗人须具有主体性,即所谓"心灵自运",这样学习
古人就不离"我"在,就不会"句拟字摹,食古不化"②,而能作到"不立
一法,不离一法",就能将传统与新变统一起来。
　　纪昀的诗学带有非常突出的折中特征,情与理、儒与道佛、传统与
新变,这些在纪昀诗学都处于一种对立统一状态,因而使其诗学具有较
强的包容性。

---

① 《四百三十二峰草堂诗钞序》。
② 《四库全书总目》卷一百七十一,《空同集》提要。

第十三章
从"非关学也"到"以学为本"：
浙派的学人之诗理论

严羽反省宋诗，提出"诗有别材，非关书也；诗有别趣，非关理也"，其诗学取向是强调诗与文的区别，强调诗与学问的界限，总之是强调诗歌的特殊性。元明以来的回归汉魏、盛唐传统的诗学大体上沿着这一理论途径发展。但是清朝中期以后，古文家强调诗文的相通，学者强调学问与诗的相通，则诗与文与学问又有趋向合一的趋势。在此过程中，浙派主张学人之诗，桐城派主张诗文相通，到翁方纲则将两者统一。这种趋势与整个学术领域所谓义理、考据、辞章三者统一的趋向是一致的。以下三章将讨论诗学领域里的这种倾向，本章讨论浙派提出的学人之诗的理论。

本章所谓浙派乃是一个广义的方便的称法，包括传统所谓浙派与秀水派。传统意义上的浙派指钱塘诗人厉鹗、金农、杭世骏、符曾、丁敬、奚冈、符之恒、汪沆、翟灏、吴锡麒等人。秀水派指浙江秀水诗人金德瑛、钱载、王又曾、万光泰、诸锦、祝维诰、汪孟鋗等。这两个诗派诗学主张相近，又同为浙江人，故本章统称浙派。

一　从"非关学也"到"以学为本"：
学人之诗理论的提出

严羽提出"别材""别趣"说，认为诗歌抒写性情，以兴趣为特征，反对以学问为诗,以议论为诗,其理论的重心在于强调诗歌是一个特殊的领域,有自己的特殊规律。虽然严羽并不排斥读书、穷理对于诗歌创作的重要性,但其理论的立足点则在"别材""别趣"。从诗歌与学问关系的角度透视清代诗学,可以看到清代诗学有一条清晰的线索:即从立足于严羽的"别材""别趣"命题,强调其论题中关于多读书的一面,而逐渐走向严羽论题的反面,即以学问为中心。浙派提出"学人之诗"的口号,正是这种转变的标志。

1. 明末清初以来诗学重学问以矫公安、竟陵俗化之弊

明末清初以来诗学有一个共同倾向,即注重诗人的学问修养。这种共同取向的出现与明末清初诗坛对公安、竟陵派诗学弊病的反省有关。明末清初诗学家认为公安、竟陵派提倡性灵,有俚俗之弊,这种弊病产生的根源在于无学问。钱谦益诗学受公安派影响,对公安派多有回护,而对竟陵派则猛烈抨击。他抨击锺惺、谭元春《诗归》"寡陋无稽",认为谭元春"学殖尤浅"。① 冯班说:"锺伯敬创革弘、正、嘉、隆之体,自以为得性情也。人皆病其不学。"②认为竟陵派之病在于没有学问,乃是当时普遍的见解。同样属于虞山派阵营的周容把竟陵派的弊端追溯到严羽"别材""别趣"说的影响,其《春酒堂诗话》称:

> 诗有别材,非关书也;诗有别趣,非关理也。此严沧浪之言,无不奉为心印。不知是言误后人不浅。请看盛唐诸大家,有一字不本于学者否?有一语不深于理者否?严说流弊,遂至竟陵。

---

① 《列朝诗集小传·锺提学惺》。
② 《钝吟杂录》卷三。

将竟陵派的流弊归咎于严羽的"别材""别趣"说,或许并不公平。因为从公安到竟陵,其诗学深受王阳明心学的影响,袁宏道论诗主性灵,排斥道理闻见,其诗学并非由严羽而来,而竟陵派诗学实是受到公安派的影响。但是性灵说排斥道理闻见也就是排斥道理学问,这又与严羽的"别材""别趣"说有相通之处。晚明竟陵派继公安派而起,主性灵为两派之所同。由于公安派盛行在明万历年间,明末清初人批评性灵说往往只提竟陵派,其实他们对竟陵派的批评也可视为对公安派的批评。周容把竟陵派的弊病与严羽诗学相联系的看法并不孤立,朱彝尊也持此见①。

由于明末清初人认为公安、竟陵派之弊是缺乏学问所致,因而他们要纠正公安、竟陵的弊病,必然强调学问对于诗歌创作的重要性。云间派就已经有重视学问的倾向,周立勋《岳起堂稿序》称:

> 诗者,性情之作,而有学问之事焉。凡论美刺非,皆一时托寄之言。学士大夫赋以见志,一经之士,不能独知其辞,岂固可以不学哉!②

他又称陈子龙"及为歌诗,本于性情,该以学问",显然,重学问是云间派诗学的倾向之一,也是云间派矫正公安、竟陵派诗学流弊的方药。钱谦益认为"诗文之道,萌折于灵心,蛰启于世运,而苗长于学问"③,把学问作为诗歌创作的三要素之一。黄宗羲称"诗非学而致,盖多读书,则诗不期而自工","读经史百家,则虽不见一诗,而诗自

① 请参看本书第十章第一节相关论述。
② 《陈忠裕公全集》卷首。
③ 《题杜苍略自评诗文》,《有学集》卷四十九。

在其中",①又称:"昔之为诗者,一生经、史、子、集之学,尽注于诗。夫经、史、子、集,何与于诗?然必如此而后工。"②冯班谓"余不能教人作诗,然喜劝人多读书",并称读书有三条好处:"多读书则胸次自高,出语皆与古人相应,一也;博识多知,文章有根据,二也;所见既多,自知得失,下笔知取舍,三也。"③侯方域称:"(按,诗)章法欲清空一气。杜少陵云'读书破万卷,下笔如有神',不读万卷,岂易言清;不破万卷,岂易言空哉?"④吴乔《围炉诗话》卷一云:"诗乃心声,心日进于三教百家之言,则诗思月异而岁不同。此子美之'读书破万卷'也。"王士禛是严羽诗学的继承者,其论诗也要求性情与学问"二者相辅而行,不可偏废"⑤。

　　如果我们把清初诗学领域里的这种重学问倾向放到明末清初学术文化思潮的大背景中审视,可以发现,诗学领域里的这种倾向与整个学术文化领域里反省明代学术空疏之习、倡导博学于文的思潮是一致的。这样明末清初的学术文化思潮与诗学领域的内部问题就连在了一起。

　　但是,在当时诗坛,无论是在创作中还是在理论上,大多数诗学家并不崇尚在诗歌中表露学问。云间、西泠诗人如此,虞山派实际上也是如此。黄宗羲是著名的学者,但其《范用宾诗序》云:"诗之为道,以空灵为主,无事于堆积脂粉,空灵不多读书不可。"在黄宗羲看来,诗歌应该空灵,而不应堆砌学问,学问的作用正是帮助达到空灵的诗境。施闰章《蠖斋诗话》:"古人诗入三昧,更无从堆垛学问,正如眼中着不得金屑。"他们都不主张在诗中显露学问。王士禛神韵说更是如此。

----

① 《诗历题辞》,《南雷诗历》卷首。
② 《马虞卿制义序》,《南雷文定》三集卷一。
③ 《钝吟杂录》卷三。
④ 《陈其年诗序》,《壮悔堂集》卷二。
⑤ 《师友诗传录》。

　　从诗歌的本质看,古代诗学主张"诗言志",肯定的是诗歌的抒情本质,从理论上说,凡是具有一定语言能力的人都是潜在的诗人,学问并不是诗歌必备的条件,民歌就是其明证。但是性情有陶养的问题,陶养可由非学问方式进行。人之初生,只有所谓天赋本性;家庭及社会环境对人的性情会构成影响,这可以看作是文化氛围的陶养,但这种陶养乃是潜在的,个人对这种陶养没有自觉的意识,因而没有反省的知性的特征,只是自然而质朴的。民歌的性情典型地体现了这一特征。陶养亦可经学问的方式进行,个人通过读书既获得知识,这些知识又对主体的天然的性情进行陶冶、浸润而使性情得以提升或改变。依儒家的观点,求知活动不能脱离道德而独立存在,知识的价值是为了提升主体的道德境界。依照这种思路看传统诗学的性情与学问,则学问乃是为了陶养提升主体的性情。冯班所谓"多读书则胸次自高",即是谓此。从艺术经验的学习上,通过多读前人的作品可以提高自己的审美修养及艺术表现能力,所谓"熟读唐诗三百首,不会作诗也会吟",就是这个道理。主张学问陶养性情,或者提高艺术修养,这种学问并不直接呈现在诗中。明清之际诗学强调诗人的学问修养,乃在性情的陶养与艺术表现力的修养,而不是在诗中表露学问。

　　这一时期诗学并未真正从理论上提出严羽"别材""别趣"说的反命题,只是将严羽诗学中关于多读书的一面强调得更为突出。

2. 学问为本与"学人之诗"的提出

　　随着清代学术思潮的进一步发展,学术对诗歌领域的渗透也逐渐深入。到雍、乾之间,浙派提出了"学人之诗"的理论。

　　浙派的人物一般将其诗学追溯到朱彝尊。朱彝尊的理论及创作均"以取材博者为尚"。朱彝尊崇尚博学的诗学倾向对浙派诗人产生重大影响。乾隆年间,吴树虚序浙派诗人翟灏《无不宜斋未定稿》云:

吾浙国初衍云间派,尚傍王、李门户。秀水朱太史竹垞氏出,
尚根柢考据,擅词藻而骋辔衔,士夫咸宗之。俭腹咨嗟之吟,摈弃
不取,风云月露之句,薄而不为,浙诗为之大变。①

此序回顾清初以来浙诗的流变:清初西泠派诗人追随云间派,循明七子
派的复古道路,到朱彝尊崇尚学问,诗人宗之,浙诗大变。由此可见朱
彝尊对浙派形成的影响。在诗学取向上,朱彝尊主张唐诗,而浙派主张
宋诗。何以浙派以朱彝尊为宗呢?因为朱彝尊主张唐诗以杜甫为宗,
而杜甫又对宋诗有巨大影响,二者可以相通。

厉鹗继承朱彝尊诗论中崇尚博学的倾向,其《绿杉野屋集序》:

少陵之自述曰:"读书破万卷,下笔如有神。"诗至少陵止矣,
而其得力处,乃在读书万卷,且读而能破致之。盖即陆天随所云
"凌轹波涛,穿穴险固,囚锁怪异,破碎阵敌,卒造平淡而后已"者。
前后作者若出一揆。故有读书而不能诗,未有能诗而不读书。②

朱彝尊曾举杜甫"读书破万卷"以证其重学问之说,厉鹗也是如此。这
种诗学主张亦体现在其创作中。

汪师韩,字杼怀,号韩门,又号上湖,浙江钱塘人。雍正十一年
(1733)进士。其《诗学纂闻》"读书"条云:

《三百篇》、汉魏之作,类多率尔造极。故严沧浪曰:"诗有别
才,非关书也。诗有别趣,非关理也。"后人传诵其语。然我生古

---

① 《无不宜斋未定稿》卷首。
② 《樊榭山房文集》卷三。

人之后,古人则有格有律矣,敢曰不学而能平? 依法则天机浅,凭臆则否臧凶,离之两伤,此事固履之而后难也。且夫诗尚比兴,必傍通鸟兽草木之名,既不能无所取材,则不可一字无来历矣。"关关""呦呦"之情状,"敦然""沃若"之精神,夹漈特著论以明之,其要归于读书而已。《传》曰:"不学博依,不能安诗。"读诗且不可不博依也,而顾自比于古妇人小子之为诗也哉?

汪师韩认为,"别材""别趣"之说可以概括《诗经》、汉魏诗歌传统,但是却不能为后代诗学的原则。他从两个方面说明之:一、前人的艺术经验凝结为格律,后人不能不学,要学就要读书;二、诗歌要用比兴,必然要了解鸟兽草木之名,这也需要读书。总之,"别材""别趣"之说不适于汉魏之后的时代。

雍、乾之际,崇尚学问的理论及创作倾向已形成风气。杭世骏从理论上正式提出"学人之诗",其《沈沃田诗序》云:

诗缘情而易工,学征实而难假。今天下称诗者什之九,俯首而孜孜于学者,什曾不得一焉。……《三百篇》之中,有诗人之诗,有学人之诗。何谓学人? 其在于商,则正考父;其在于周,则周公、召康公、尹吉甫;其在于鲁,则史克、公子奚斯,之二圣四贤者,岂尝以诗自见哉? 学裕于己,运逢其会,雍容揄扬,而《雅》《颂》以作,经纬万端,和会邦国,如此其严且重也。后人渐昧斯义,勇于为诗,而惮于为学,思义单狭,辞语陈因,不得不出于稗贩剽窃之一途,前者方积,后随朽落。……余特以"学"之一字立诗之干,而正天下言诗者之趋,而世莫宗也。①

_____

① 《道古堂文集》卷十。

杭世骏把学人之诗追溯到《诗经》,认为《诗经》就有学人之诗的传统。这显然是要为其学说找到经典的依据。其《郑荔乡蔗尾集序》又云:

> 古之为诗者由本以及末,今之为诗者骛末而遗本。由本以及末,故朝经夕史,昼子夜集,优柔厌饫,无意于求工而诗益工。骛末以遗本,傭儑耳目,雕琢曼辞,实而按之,仍枵然而无所有。①

钱谦益、王士禛等虽重学问,但都把性情作为"诗之本",而杭世骏则把学问视为作诗之本。

"学人之诗"理论口号的提出,标志着这一派诗学已经站在"别材""别趣"说的反面。

二　以学问为诗材

朱彝尊及浙派强调学问与诗的关系,涉及三个方面:其一是在表现对象方面,直接以学问为表现对象,亦即诗歌表现的内容是学问的问题;其二是在抒情方式方面,用典故作为抒情手段;其三是在审美风格方面,通过对诗歌语言出处的选择有意造成某种审美风格。

1.《南宋杂事诗》:以诗为学

浙派以学问为诗歌直接的表现对象,以《南宋杂事诗》为代表。《南宋杂事诗》共七卷,为厉鹗、沈嘉辙、吴焯、陈芝光、符曾、赵昱、赵信同撰。《四库全书总目提要》说:

---

① 《道古堂文集》卷十一。

　　　　是书以其乡为南宋故都,故捃摭轶闻,每人各为诗百首,而以
　　所引典故注于每首之下,意主纪事,不在修词。故警句颇多,而牵
　　缀填砌之处亦复不少。①

杭州为南宋故都,厉鹗等人将此地的旧事逸闻,用诗歌形式表现出来。
这一类诗歌实际上是用诗歌来谈学问。经学家汪师韩,也喜欢用诗歌
论学。韩愈有《石鼓歌》,诗中颇有考据学问之内容,这类诗歌古人只
是间一为之,并不多作,但在清代却成为学者诗人们最喜欢的诗体之
一。汪师韩的诗集中,像《吴山两像歌并序》《吕君赠铜雀瓦砚歌并序》
《题夏承碑拓本》《浮山玉兔寺诗偈并序》《朱西畯凤尾砚歌并序》之类
的以考据为内容的诗作甚多。这类作品大都前有序,诗中有注,有的诗
后还有长长的注文。这一倾向颇流行于浙派诗人中。到翁方纲,此种
倾向更是突出。

2. 以学问为诗材

　　"学人之诗"理论的最重要内容之一是以学问为诗材。朱彝尊已
经提出以学问为诗材,并且以博为尚。浙派诗人继承并发展了这一倾
向。厉鹗说:

　　　　夫坫,屋材也;书,诗材也。屋材富,而宗庙榱桷,施之无所不
　　宜;诗材富,而意以为匠,神以为斤,则大篇短章,均擅其胜。②

学问是诗歌的材料,这种材料以富为佳。这是浙派提出的最重要的诗

---

① 《四库全书总目》卷一百九十,《南宋杂事诗》提要。
② 《绿杉野屋集序》,《樊榭山房文集》卷三。

学原则之一。

诗材,是诗人用以表情达意的材料。诗歌的材料可以是诗人在生活中所遇的人事,可以是自然景物,也可以是书籍中的故实。与之相关,传统诗歌可以有不同的抒情方式:以事抒情,以景抒情,以典故抒情。以事抒情、以景抒情乃是汉魏至唐代诗歌的主流方式,而唐代诗歌最典型的抒情方式就是以景抒情;但杜甫诗及晚唐李商隐诗歌中以典故抒情已经运用得相当之多。到宋诗,以典故抒情成为突出的现象。但就以抒情为目的的诗歌而言,事、景与情感的联系最为直接,因而从理论上以典故抒情不是诗歌必需的方式。正因如此,钟嵘《诗品》称:"若乃经国文符,应资博古,撰德驳奏,宜穷往烈。至乎吟咏性情,亦何贵于用事?"就眼前的人事、景物兴发感触,这确是汉魏古诗的特点,钟嵘的观点实际上体现了汉魏以来五言诗歌发展的主流的审美传统。在钟嵘的诗学中,既要求诗歌有无限的滋味,又要求诗人对思想情感的表达不能晦涩艰深,其所谓滋味介于"意浅"与"意深"之间,所以他主张赋、比、兴兼而用之。这一思想也是汉魏抒情诗歌主流传统的审美总结。

但是,钟嵘还未认识到用典可以作为抒情达意的手段,事实上用典也可以是诗歌的一种表情达意手段。赵翼说:

> 诗写性情,原不专恃敷典。然古事已成典故,则一典已自有一意。作诗者借彼之意,写我之情,自然倍觉深厚。此后代诗人不得不用书卷也。①

赵翼认为,用典是借古人之意来写我的情感,乃是一种抒情方式。如果

---

① 《瓯北诗话》卷十。

放在赋、比、兴的传统中,用典可以视为比之一类。李重华说:"比,不但物理,凡引一古人,用一故事,俱是比。"①用典是借用古代的人事来比类今人今事。随着诗歌史的演进,用典的这一义就逐渐展示出来,因而不用故实的审美传统也被逐渐打破。从用典的角度来看,杜甫诗歌是重要的转捩点,上承汉魏,下开宋诗。杜甫是大量用典的诗人,但又能使自己的用典最大限度地符合汉魏以来的诗歌审美传统。宋代的《西清诗话》曾引杜甫语云:"作诗用事,要如释氏语,水中着盐,饮水乃知盐味。"此言是否真正为杜甫所言尚值得怀疑,但不妨视为杜甫诗在用典方面特征的概括。他既用典抒情,又像将盐化在水中一样,将典故化在自己的情感中,浸透着自己的情感,使典故成为自己情感的血肉,而不是一种异在的东西,像是包裹在情感之流中的沙石。用典本来容易导致意义隐曲晦涩,用锺嵘的话说就是"患在意深",李商隐诗就是沿此方向发展。但"水中着盐"之论主张用典而不使人觉,这种取向与锺嵘之诗学正可以相沟通。因为杜诗有这种特征,故杜甫诗歌可以朝两个方向诠释:既可以通向锺嵘一系的诗学,为主张汉魏抒情传统的人们所接受;也可以被视为"以学为诗"的宋诗的开先河者,因为他是大量用典的诗人。

在清代,王士禛神韵说在用典问题上可以说是上承锺嵘。神韵诗的主要抒情方式乃是以景抒情,所以王士禛不主张多用典,其《论诗绝句》对锺嵘不尚故实大加称赏:"五字'清晨登陇首',羌无故实使人思。"又称:"仲韦所举古诗'高台多悲风''明月照积雪''清晨登陇首',皆书即目,羌无故实,而妙绝千古。"②但王士禛并不反对用典,而是主张活用。《师友诗传续录》有云:

---

① 《贞一斋诗说》。
② 《师友诗传续录》。

（按，刘大勤）问：诗中典故，何以活用？

（渔洋）答：昔董侍御玉虬（文骥）外迁陇右道，龚端毅公（礼部尚书）及予辈赋诗送之。董亦有诗留别，起句云："逐臣西北去，河水东南流。"初以为常语，徐乃悟其用魏主"此水东流而朕西上"之语。叹其用事之妙。此所谓活用也。

用典又不使人觉其用典，此即活用，这与《西清诗话》所引杜甫"水中着盐"之论相同。这种活用典故亦即王国维所谓"不隔"。田同之云：

今人作诗必入故事，有持清虚之说者，谓盛唐诗即景造意，何尝有此。是则然矣，然病不在故事，顾所以用之何如耳。善使故事者，勿为故事所使，有而若无，实而若虚，可意悟不可言传，可力学得不可仓卒得也。宋人使事最多而最不善使，故诗道衰。①

从作者抒情的角度，典故不能成为达情的障碍；从作品与读者关系的角度，典故不能成为阅读的障碍。因为站在抒情中心的立场上，诗歌的本质是抒情，典故也应为抒情服务，若典故妨碍诗人抒情，阻碍读者对作品情感的理解，用典就是不成功的。

朱彝尊及浙派以学问为诗材的主张，显然与王士禛的神韵说异趣。他们不崇尚以景抒情方式，而是崇尚以典故抒情的方式。他们把以景抒情的方式贬作"风云月露之词"，把不尚用典的作品称作"俭腹咨嗟之吟"。他们不是强调用典要如"水中着盐"，让人不觉，而是要让人觉其用典，知其学问，并且浙派诗人常用僻典，往往在诗中加注，注出

---

① 《西圃诗说》。

典故。

3. 作为造就审美风格手段的用典

浙派之以学问为诗材,其另外一个重要目的就是通过用典造就特殊的审美风格。

用典对于诗歌的意义,并不仅仅在于一种抒情的手段,而且具有审美风格方面的功能。这方面的作用在锺嵘的诗学中尚未揭示出来。写景抒情是将情感寄寓在空间展开的图景中,叙事抒情是将情感寄寓在时间展开的故事中,而这两者都具有平铺性。但典故不然,典故具有极强的浓缩性,将古代的人事浓缩在数个字当中,是隐在诗后的世界,需要靠读者去展开,因而给人更多的纵深感。一般以景抒情者在审美上有清空之感,而用典者则有深厚之感。景物具有透明性,典故则是不透明的。这种审美感是浙派的追求之一。

典故所出的时代对于诗歌风格色彩也具有意义。如果仅从作为抒情手段的意义上说,任何时代的典故只要能够表现自己的情意,都可以使用。但如果从风格色彩的角度看,典故与时代具有一定的关联,可以给人以时间远近之感,而这种远近的时间感在诗歌中具有审美的意义,即所谓古与今的色彩,古在审美感觉上往往与雅相关,而今则容易与俗相连。特定时代的人事往往是用其时代的语言记录的,语言也具有时代的色彩,这种语言的时代色彩在诗歌中也具有审美意义。这种在时间上呈现的审美色彩与诗歌整体的风格色彩必须具有和谐的统一关系。七子派要复现汉魏盛唐诗的审美特征,故主张不用唐以后事。这在七子派的理论背景中是可以理解的,若用宋元典故入诗,总体风格上所追求的汉唐之高古风格,就与近代典故所带来的近今的时间感在审美上相冲突。王士禛主张神韵,不像七子派般拘泥格调,但他对这一问题也很重视:"自何、李以来,不肯用唐以后事,似不必拘泥。然六朝以前事,用之即多古雅。唐宋以下,便不尽尔。此理亦不可解。总之,唐宋以后事,须择其尤雅者用之。如刘后村七律,专好用本朝事,直是恶道。"①所谓六朝以前事多古雅,而唐宋以后事则不尽然,事件本身的雅俗之外,主要就是由于典故时代远近的因素。

经、史、子、集四部的语言在诗歌中的审美色彩也不同。由于经书的特殊地位,是人尊仰的对象,具庄严之感。经典中的语言用之于诗歌,会将经典的庄严色彩带入诗中,往往与诗歌本身具有的和婉的特征不和谐,易令人感觉硬直的说教色彩,常会被认为是腐。清初刘大勤曾就此问题请教王士禛,《师友诗传续录》云:

> 问:少陵诗以经中全句为诗。如《病橘》云:"虽多亦奚为?"《遣闷》云:"致远思恐泥。"又云"丹青不知老将至,富贵于我如浮云"之句,在少陵无可无不可,或且叹为妙绝;苦效不休,恐易流于腐,何如?
>
> 答:以《庄》《易》等语入诗,始谢康乐。昔东坡先生写杜诗,至"致远思恐泥"句,停笔语人曰:"此不足学。"故前辈谓诗用史语易,用经语难。若"丹青"二句,笔势排宕,自不觉耳。

杜甫以经语入诗,刘大勤更举出用全句入诗之例。王士禛并未说不能用经语,但他引苏轼语表示这种作法不足学。这实是着眼于诗歌语言的审美色彩而论。在诗歌创作中,用典多出自史、集及常见的诸子。

浙派在用典方面的突出特征是喜欢用说部的典故,并且喜欢用生僻的典故。全祖望称厉鹗"于书无所不窥,所得皆用之于诗,故其诗多

---

① 《师友诗传续录》。

有异闻轶事,为人所不及知"①。毕源《丁辛老屋集序》称王又曾"至于取材于众所不经见,用意于前人所未及发,此又君所独到"。这些都指出浙派用典的特点,这种特点对形成浙派诗生涩冷峭的风格有很重要的作用。词语在前人诗歌中出现的频度对诗歌语言风格具有重要意义。前人诗歌中出现频度高的词语,人们比较熟悉,在语言色彩上难以引起审美关注,这在诗歌语言色彩上就是所谓熟。而出现频度比较低或者未出现过的词语运用在作品里,较易于给人新异之感,这就是所谓生新。说部的典故前人所用不多,浙派诗人往往用之,其审美意义就在于此。《贞一斋诗说》:

> 诗家奥衍一派,开自昌黎;然昌黎全本经学,次则屈、宋、扬、马,亦雅意取裁,故得字字典雅。后此陆鲁望颇造其境。今或满眼陆离,全然客气;问所从,则曰我韩体也。且谓四库书俱寻常闻见,于是专取说部,摭拾新奇,以夸繁富。不知说部之学,眉山时复用之者,不过借作波澜,初非靠为本领。今所尚止在于斯,乃正韩、苏大家吐弃不屑者,安得以奥衍目之?

"专取说部"云云所批评的就是浙派。朱庭珍《筱园诗话》也批评浙派:

> 好用说部丛书中琐屑生僻典故,尤好使宋以后事。不惟采冷峭字面及摭拾小有风趣语入诗,即一切别名、小名、替代字、方音、土谚之类,无不倚为词料。意谓另开蹊径,色泽新异别致,生趣姿态并不犹人也。殊不知大方家数非不能用此种故实字样,大方手

---

① 《厉樊榭墓碣铭》,《鲒埼亭集》卷二十。

笔非不能为此种姿态风趣,乃不屑用,并不屑为,不肯自贬气格,自抑骨力,遁入此种冷径别调耳。是小家卖弄狡狯伎俩,非名家之品也。①

这样用僻典,固然在语言色彩方面具有意义,这些生僻的故事、冷僻的字词组织在诗歌中,容易在人们的审美感觉中唤起新奇感,形成生新的审美效果。但这样作的弊病在于,典故的生僻对抒情构成障碍。阅读过程中,由于不熟悉这些典故,阅读者无法沉浸于情感体验,而需对诗歌的典故进行知识性的认知,阅读活动不是情感活动占据主导地位,而是认识活动占据主导地位。这样诗歌就易于背离抒情的本质。在风格方面,传统诗学主张性情之特性决定风格之特征,由性情而风格,上下一贯。但是浙派由使用语言技巧而形成的诗歌语言层面的风格,如何能与性情的特性相贯通呢?语言层面的风格可以通过一定的技巧人为地造成,可以不必与自己的性情相关联。人为造就的风格如果脱离自己的性情,那么风格就没有自己性灵的灌注,成为缺乏灵魂的空壳,不过是另一种形式的格调而已。因而语言的技巧固须讲求,但应放在性情决定风格的大前提下,如此才能将性情与语言风格相统一。

三　尚涩与尚清

1. 崇尚雕琢生涩

崇尚人为雕琢是浙派诗审美趣味的突出特点。中国传统诗学价值系统崇尚自然,不尚雕琢,唐宋以降的诗学尤如此。明代以来的诗学,

----

① 《筱园诗话》卷二。

无论是七子、云间派,还是公安、竟陵派都不尚雕琢,清初以来,钱谦益一派及王士禛神韵派都主张自然,但钱谦益的自然是奔放的自然,如江河波涛;王士禛的自然是宁静的自然,若淙淙溪流。他们都不让人感到人为的痕迹,隐去语言技巧的层面,不使人感觉其存在,而让人直接感知诗歌的情感内容,所谓"但见性情,不睹文字"。他们都把自然视为诗歌创作的最高境界。

浙派则不同。他们有意对抗王士禛提倡兴会的传统,而主张靠学力功夫作诗。他们追求人工雕琢,特意让人感到人工的存在及创作的苦心。在浙派,语言技巧层面的意义极重要,他们特意凸显这个层面的存在,对这一层面加以变异,使之有别于传统的审美习惯,使人有陌生的感觉。这种审美追求与形式主义诗学"陌生化"理论有相通之处。

厉鹗鲜明地主张这种审美风格:"诗之难,难于锻炼情景。"①李既汸《鹤征后录》云:"樊榭之诗能于渔洋、竹垞两家外独辟畦径,自成一派。其幽深精妙,穷极雕镂,譬如入幽崖峭谷,几乎断绝人迹。"②吴鸥亭《云蠖斋诗话》谓其"镂心役肾,句雕句琢"③,王昶《蒲褐山房诗话》称其"刻琢研练",都指出厉鹗诗的这种特点。这与王士禛追求的兴会自然,也与顺、康时期学宋诗者所追求的奔放自然大异其趣。厉鹗谓汪沆诗"以坚瘦为其格"④,也是雕镂而成。

朱彝尊论诗主学问,但以唐诗为宗,反对宋诗,批评黄庭坚诗谓"黄鲁直,吾见其太生"⑤。但浙派却崇尚生涩。袁枚说:"吾乡诗多浙

① 《盘西纪游集序》,《樊榭山房文集》卷三。
② 《樊榭山房文集》卷首引。
③ 同上。
④ 《盘西纪游集序》,《樊榭山房文集》卷三。
⑤ 《椽村诗序》,《曝书亭集》卷三十九。

派,专趋宋人生僻一路。"①又说:

> 陆陆堂(按,陆奎勋)、诸襄七(诸锦)、汪韩门(汪师韩)三太
> 史,经学渊深,而诗多涩闷,所谓学人之诗,读之令人不欢。②

生涩主要表现在诗歌的语言层面,由于这些诗人具有广博的学问,追求字字有来历,而且所用字及典故都不是一般的习见的,而是生僻的,遂造成一种陌生感,凸现了诗歌的语言层面。这与唐诗追求的"但见性情,不睹文字"是对立的,这种诗歌就是要人感受到语言层面的存在,让读者感受到其独特的效果。

杭世骏也追求生涩,桂元复《上湖纪岁诗编序》云:"堇浦(按,杭世骏)每曰:诗之道,熟易而涩难,韩门(汪师韩)诗有涩味,所以可传。"③可见生涩乃是他们自觉的审美追求。

秀水诗人以黄庭坚为宗,其诗追求生涩,发其端者为金德瑛。金蓉镜《滮湖遗老集·论诗绝句寄李审言》自注:

> 竹垞不喜涪翁,先公(按,金德瑛)首学涪翁,遂变秀水派。萚
> 石(钱载)、梓庐(朱休度)、柘坡(万光泰)、丁辛(王又曾)、襄七
> (诸锦),皆以生硬为宗。

王昶《蒲褐山房诗话》谓"总宪(按,金德瑛)酷嗜涪翁,故论诗以清新刻削、寒酸瘦涩为能"。诸人都指出秀水派诗人的这一特征。

---

① 《随园诗话补遗》卷四。
② 《随园诗话》卷四。
③ 汪师韩《上湖纪岁诗编》卷首。

所谓生就是不习见,不合常规。在诗歌中,生可以表现在意象的生新、典故的生僻、句法的不合常规、诗歌用字的生僻、音调的不谐等。金德瑛诗学黄山谷,有意打破诗歌的音节结构规范,语句生硬。如"汉营气早成天子,垓下头终德故人"①,"猛士诗人楼九日,羽衣吹笛月三更"②,都是如此。

钱载中进士前就与金德瑛订交,而中第较晚,与金氏乃为门生。钱载诗为金德瑛所喜,王昶《蒲褐山房诗话》谓金氏"于同乡最爱钱君坤一"。钱载诗既继承黄庭坚诗的生硬,也继承韩愈以文为诗的特点,如:

> 雄雄势成隑,插汉峰多青。涧柳冷含旭,村枫深阴扃。铁华壁峭仰,虹影桥低经。载鸡车箱叫,负鹿驼背腥。归疾意竟出,趋分呼遥聆。担轻矍且既,店满炊方馨。稻堆晴簇簇,菜畦嫩冥冥。碾子沟泻玉,双黄寺开屏。蟠纤岩壑萃,蓄泄造化灵。庄东见石挺,云碧花丁星。③

该诗描写了许多景象,令人目不暇给,一些本不入诗的事物也写入诗中。如鸡叫,诗中多有描写,是美的意象,但车载着鸡在箱中叫,就没有美感。又如驼背上鹿肉的腥气,显然也没有美感,也被入诗。这些意象给人生新的感觉。除了意象的生新,钱载在句法上也打破常规,造成生硬的效果,像"插汉峰多青""碾子沟泻玉,双黄寺开屏"以及"大别山横

---

① 《徐州怀古》其一。
② 《徐州怀古》其二。
③ 《中关至热河》。

碧,江城带晚霞。息夫人庙口,春日有桃花"①等句都给人以生硬之感。
钱载还以散文的句法入诗:"非梧桐不栖,非竹实不食。栖与食诚难,
以斯征凤德。"②"妾坐秧田拔,郎立水田插。没脚湿到裙,披蓑湿到
胛。"③"开门适见山,立地遂成佛。"④"画山非山水非水,画树非树石非
石。胸中有物不得消,墨海鲸波随戏剧。"⑤这些散文化的句子都打破
了诗句的一般常规,给人以生新之感。

但在秀水派中也存在诗学与其审美追求不一致的情形。诸锦是秀
水派的重要人物,王昶称其"生平博闻强识,诗法山谷、后山"⑥,具有生
涩的特点。其论诗则主张天籁自然,称"由来天籁不关人,枝叶繁华总
失真"⑦,又称"眼边有景会拾得,始信文章本化工"⑧,这种观点与其追
求生涩是矛盾的。这种矛盾表明,生涩作为一种审美特征,在传统的审
美价值系统中地位不高,当诸锦面对诗歌史中的自然一派时,不能不给
予这种审美特征以崇高的地位。传统的审美价值系统对其有深刻的影
响,他难以超越传统的审美价值观而赋予生涩以高于自然的地位。

2. 尚清

神韵派主清远,主要形之于山水之作。厉鹗论诗也主清,其《双清
阁诗集序》有曰:

---

① 《望汉阳二首》之一。
② 《西园四首》之三。
③ 《插秧》。
④ 《宿雪崖》。
⑤ 《倪文贞公画册歌》。
⑥ 《蒲褐山房诗话》。
⑦ 《后论诗三十首》其一。
⑧ 《后论诗三十首》其二十九。

> 大抵诗之号清绝者,因乎迹以称心易,超乎迹以写心难。……已昔吉甫作颂,其自评则曰:"穆如清风。"晋人论诗,辄举此语以为微眇。唐僧齐己则曰:"乾坤有清气,散入诗人脾。"盖自庙廊风谕以及山泽之臞所吟谣,未有不至于清而可以言诗者,亦未有不本乎性情而可以言清者。①

杜甫《屏迹三首》之二有"心迹喜双清"句,诗人闵华(廉风)取"双清"名其阁。厉鹗因此而认为"'清'之一字为《风》《骚》旨格所莫外"。清有心清与迹清,迹清者指环境远离尘俗,心清指性情超凡脱俗。清是诗歌的基本品格,但诗之清取决于主体的性情之清,而非取决于环境之清。迹之清者为山水,相反者为尘俗,但处尘俗中亦可有超俗的性情,闵华即是如此。因而无论是"庙廊风谕"还是"山泽之臞"都可以达到清,其原因就在于性情之清。这与陶渊明"心远地自偏"同一道理,也与胡应麟对清的看法是一致的。但厉鹗认为在山水之中写性情之清易,而在尘俗之中又要超乎尘俗以写其性情之清难,因为处俗中而又超俗是困难的。闵华诗能至此,所以可贵。

心清与迹清对于诗歌的审美形态而言具有不同的意义。心迹双清者必寄意于山水田园,只有心清而无迹清,则可以写庙堂讽谕之诗,但由山水田园表现出来的心清与从庙堂讽谕中表现出来的心清在审美风格上必然有不同的面貌。厉鹗本人所追求的实际上是心迹双清。杭世骏称其"性耽闲爱静,乐山水,一再计偕,遂绝意仕进"②,其山水之乐在诗歌中得到了充分的体现。他自称"性喜为游历诗"③,吟咏山水是其

---

① 《樊榭山房文集》卷三。
② 《樊榭山房文集》卷首引《词科掌录》。
③ 《盘西纪游集序》,《樊榭山房文集》卷三。

诗歌创作的重要内容,全祖望所作《墓碣铭》谓其"最长于游山之什,冥搜象物,流连光景,清妙轶群"。如其《西溪道中》云:

> 连野看峰秀,晴云忽有无。寒田吹穤稏,清渚乱鸥凫。
> 意谓前林近,谁知细路迂。人家炊过午,空翠集山厨。①

《行田至荆山岭下作》:

> 大山何连延,细岑若回顾。中有微径通,两村隔松雾。平畴开朝日,宿麦半凝冱。云根脉未泄,涓流但微注。野人篱落小,鸣鸡隐杂树。虽无氾胜书,农话眷幽素。稍营下噢业,更羡上洄住。竹桥滑春霜,往来定非误。②

这些诗继承山水田园诗的传统,无一丝尘俗气,沈德潜称其"诗品清高"③,评价是恰当的。

汪沆诗也多山水之作,厉鹗称汪沆诗"以清莹为其思"④,与厉鹗是一致的。杭世骏《马思山南垞诗稿序》:"诗无定格,以清贵为宗。有山水之助,不有云霞之情,非清也。有经籍之腴,不有高远之见,非贵也。"⑤此所谓"山水之助"正是迹清,而"云霞之情"乃为心清,二者结合正所谓心迹双清,与厉鹗论清若合符节。

厉鹗之所谓清与神韵诗之清有相同处,都是脱俗。但在审美形态

---

① 《樊榭山房诗集》卷一。
② 《樊榭山房诗集》卷七。
③ 《清诗别裁集》卷二十四。
④ 《盘西纪游集序》,《樊榭山房文集》卷三。
⑤ 《道古堂文集》卷十。

上,二者则有不同。神韵诗的清是洒脱而飘逸,厉鹗之清则是刻削而清瘦。

3. 厉鹗:刻削与清的统一

追求雕琢生涩与追求清,前者受宋人影响,而后者写山水之趣,又可通于唐人。这两者在厉鹗身上得到统一。徐世昌说:"樊榭性情孤峭,所作幽秀绝尘,思笔出于宋人,而不失唐人之格韵,故能于王(按,士禛)、朱(彝尊)之外,自辟蹊径。"①此所谓"思笔出于宋人"者就是指其诗的刻画雕琢,而"不失唐人之格韵"者,即指其所体现的精神通于唐人。唐人山水之作的代表诗人王、孟一派追求的是自然,其清淡闲远之境是在自然中呈现的,没有斧凿之痕,而厉鹗则不同,其清远之境是雕凿刻削出来的。本来清淡闲远之境应该自然,因为超越就是解缚,不论是主体的性情还是审美表现上都应体现出这种解脱感,但是厉鹗追求的是主体性情上的超越解脱,而在审美表现上却追求人工雕琢,镂心役肾,这样人格精神与审美表现处于不和谐的状态,正是这种状态使得二者之间形成一种张力,让人感到一种费力的超越。这种审美感使其作品获得一种新的审美风格。这种审美风格不同于王、孟,亦异于王士禛。

王士禛也喜欢山水之作,但在审美表现上继承的是唐人的传统,追求的是自然,所谓神韵天然者是也。故王士禛的山水之作可以放到王、孟、韦应物的审美传统中。其所以如此,与辨体观点有关。七子派主张唐宋对立而贬斥宋诗,神韵派给予宋诗以地位,但也继承七子派的辨体方法,认为应该分体取法唐宋,律诗学唐而不学宋,七古可以有取宋人,

---

① 《晚晴簃诗汇》卷六十。

山水田园应该取法陶、韦、王、孟,而且应该纯粹,"锦则全体皆锦,布则全体皆布,无半锦半布之理"。这样唐宋诗的传统虽然也在一个人的作品中体现出来,但在不同的体裁、题材上并未得到统一。但厉鹗对体的观点则与王渔洋不同。他说:

> 诗不可以无体,而不当有派。诗之有体,成于时代,关乎性情,真气之所存,非可以剽拟,似可以陶冶得也。是故去卑而就高,避缛而趋洁,远流俗而向雅正,少陵所云"多师为师",荆公所谓"博观约取",皆于体是辨。众制既明,炉鞴自我,吸揽前修,独造意匠,又辅以积卷之富,而清能灵解即具其中。盖合群作者之体,而自有其体,然后诗之体可得而言也。自吕紫微作江西诗派,谢皋羽序睦州诗派,而诗于是乎有派。然犹后人瓣香所在,强为胪列耳。在诸公当日未尝斫斫然以派自居也。迨铁雅滥觞①,已开陋习。有明中叶,李、何扬波于前,王、李承流于后,动以派别概天下之才俊,啖名者靡然从之,七子、五子,叠床架屋。本朝诗教极盛,英杰挺生,缀学之徒,名心未忘,或祖北地、济南之余论,以锢其神明,或袭一二巨公之遗貌,而未开生面。篇什虽繁,供人研玩者,正自有限。②

朱彝尊有曰:"吾于诗而无取乎人之言派也,吕伯恭曰:诗者,人之性情而已。吾言其性情,人乃引以为流派,善诗者不乐居也。"③可能对厉鹗的主张有所影响。体与派不同。体是风格,厉鹗对体的理解着眼于内

---

① 即杨维桢(铁崖)。
② 《查莲坡蔗塘未定稿序》,《樊榭山房文集》卷三。
③ 《冯君诗序》,《曝书亭集》卷三十八。

外两方面。厉鹗说体成于时代,时代的风尚对个人风格的形成具有影响,这种时代风尚外在于主体。这是就外在性一面说。从内在的方面说,则体关乎性情。顺着性情的一面说,则性情是"真气之所存",无法从外在"剽拟",因而风格作为性情的表现,是不可以模仿的。但厉鹗又说"似可以陶冶得",所谓"陶冶"就是后天的学习锻炼。陶冶与模仿不同,模仿是纯外在地学习,陶冶是从外在而内化,最终成为内在的东西。本来,七子派乃至王渔洋主张辨体,追求的是体的单纯性,不同的体不能糅合起来,但厉鹗主张"合群作者之体,而自有其体",恰恰就是要把不同的体结合起来,熔铸成自己的一体。正是这种诗学观念的不同,才使得厉鹗能够打破唐宋之界,将唐宋诗的特征相融合。

　　严羽的"别材""别趣"说是以唐诗为审美基础的诗说,而"学人之诗"的理论则是以宋诗为审美基础的诗论。"学人之诗"理论体现在诗歌史观上必然肯定宋诗。所以从康熙末到雍、乾之间,又形成新的宋诗热。但这一时期的宋诗热与前一期有所不同,顺、康时期的宋诗派,主要是在主真重变的理论下突破七子派的审美束缚,主张抒写的自由,故苏轼、陆游、范成大、杨万里成为他们学习的对象,以此来拓宽宗唐诗派的诗歌境界;而雍正、乾隆年间以浙派为中心兴起的宋诗热,则是以学问为中心理解和肯定宋诗,所以黄庭坚成为他们最崇尚的诗人,他们强调用典、主人为刻琢、主生涩,形成独特的审美追求。到翁方纲,则更从理的角度理解宋诗,而到清末的同光体诗人,则又将理与学问往性情上化,将唐宋传统结合起来。

第十四章
诗法与文法合一：从金圣叹的以时文法论诗到桐城派的以古文法论诗

自严羽以来，唐宋诗之争与诗文之辨密切相关，唐人以诗为诗，宋人以文为诗，成为宗唐派反对宋诗的主要原因。"别材""别趣"说在理论上的重要意义就是划一条诗文之界，所以宗唐派的诗学往往强调诗文之辨。但是，清初以来，也有主张诗文共通的理论，这种理论经历了从金圣叹的以时文论诗的时文诗学到桐城派的以古文论诗的古文诗学的发展历程。

一　金圣叹、徐增为律诗分解：以时文法论诗

金圣叹是清初著名的评点家，其评点对象涉及诗歌、小说、戏曲、传记等不同的体裁样式，但他从这些体裁样式的具体特征中超离，而注重它们之间的共同性——文法。金圣叹所谓文法涉及叙述理论，所以他的评点学可以说是一种叙述学理论。

金圣叹认为各种体裁的作品之文法相同：

> 圣叹本有才子书六部……然其实六部书，圣叹只是用一副手眼读得。如读《西厢记》，实是用读《庄子》《史记》手眼读得。便

读《庄子》《史记》,亦只用读《西厢记》手眼读得。①

金圣叹以《离骚》、《庄子》、《史记》、杜诗、《水浒传》、《西厢记》为"六才子书"。他称这六部书都是"用一副手眼读得",着眼于这六部书的共同性。他说"《水浒传》方法都从《史记》出来",因而读《水浒传》"不惟晓得《水浒传》中有许多文法,他便将《国策》《史记》等书,中间但有若干文法,也都看得出来"。② 可见金圣叹所说的读"六才子书"所用的同"一副手眼"就是文法。

"六才子书"中《离骚》、杜诗都是诗歌,金圣叹认为,诗歌也与小说等具有相同的文法:

> 诗与文虽是两样体,却是一样法。一样法者,起承转合也。除起承转合,更无文法。除起承转合,亦更无诗法也。③

诗法与文法相同,这共同之法就是起承转合之法。以起承转合论诗,并不起于金圣叹,而起于元代。题为杨载所作的《诗法家数》以起承转合为"律诗要法",而题为傅与砺述范德机意而作的《诗法正论》,其中心就是以起承转合论诗。此书引范德机语说:"作诗成法,有起承转合四字。"不仅以起承转合为律诗之法,而且以之论《诗经》以来的所有诗歌;不仅以之论诗,而且认为文也以此为法。金圣叹以起承转合为诗文所共同之法则的思想,与这些元代著作是相同的。

---

① 《读第六才子书〈西厢记〉法》,《金圣叹全集》第三册,江苏古籍出版社1985年版。

② 《读第五才子书法》,贯华堂本金批《水浒传》。

③ 《示顾祖颂、孙闻、韩宝昶、魏云》,《鱼庭闻贯》,《金圣叹全集》第四册。

　　金圣叹以起承转合论诗,主要在律诗一体。他把律诗与八股文联系起来,认为它们之间有共同性:

　　　　为法律之律,非音律之律也。自唐以前,初无此称。特是唐人既欲以诗取士,因而又出新意,创为一体:二起二承二转二合,勒定八句,名为律诗。……此政如明兴之以书义取士也。明祖既欲屈天下博大精深之士,一皆颖首肆力于四子之书矣,既而三年试之,则又自出新意,创为一体:一破一承一开一合四比。……夫唐人之有律诗之云,则犹明人之有制义之云也。①

　　金圣叹把律诗之律解释为"法律之律",认为律诗之律乃唐人以诗取士所定,起承转合各两句,就如明代以八股文取士对文体的规定一样。金圣叹称律诗的起承转合乃科举定制,这与历史事实并不相符。其之所以如此说,乃是要将律诗视同八股文。这样可以用论八股文之法以论诗。

　　金圣叹论诗的独特之处在于,他在起承转合的基础上又进一步把律诗分为两解,前解为起为承,后解为转为合。本来乐府诗由于合乐歌唱,适应音乐的旋律有分解之说,但给律诗分解则是金圣叹的独创。其所以要为律诗分解,乃基于对诗歌的一个基本看法:"诗非异物,只是一句真话,弟近日所以决意欲与唐律分解也。"②在他看来,日常的说话是一种意义表达活动,诗歌也是意义表达活动,只不过诗歌的表达是一种艺术化的意义表达而已,其本质相同:

---

　　① 《答徐翼云学龙》,《鱼庭闻贯》,《金圣叹全集》第四册。
　　② 《与顾掌丸》,《鱼庭闻贯》,《金圣叹全集》第四册。

> 诗非异物,只是人人心头舌尖万不获已必欲说出之一句说话
> 耳。儒者则又特以生平烂读之万卷,因而与之裁之成章,润之成文
> 者也。夫诗之有章有文也,此固儒者之所矜为独能也,若其原本,
> 不过只是人人心头舌尖万不获已而必欲说出之一句说话,则固非
> 儒者之所得矜为独能也。①

诗歌不过是人不能不说出的一句话,诗人(儒者)对这种说话的方式加
以润饰,这是诗人的独特本领,但就其"原本"而言则同于日常的说话,
在这种意义上,人人都有这种表达能力。

金圣叹将诗歌还原成日常的说话之后,又考察了日常说话。但他
考察的不是说话的意义即内容,而是说话意义的表达方式即形式结构。
金圣叹把日常的说话看作一个完整的意义表达整体,认为所有的意义
表达在结构上是相同的:

> 弟因寻常见世间会说话人,先必有话头,既必有话尾。话头
> 者,谓适开口渠则必然如此说起,盖如此说起,便是说话,不如此说
> 起,便都不是说话是也。话尾者,既已说过正话,便又亟自转口云
> 如今且合云何是也。……今弟所分唐律诗之前后二解,正即会说
> 话人之话头、话尾也。②

金圣叹认为,所有的意义表达都有相同的表达结构,即意义的展开与收
束,用金圣叹之语即话头与话尾。日常的说话不论有多少具体的句子,
但就其表达一个意义而言,它们是一个意义表达整体。这个整体可能

---

① 《与家伯长文昌》,《鱼庭闻贯》,《金圣叹全集》第四册。
② 《答韩贯华嗣昌》,《鱼庭闻贯》,《金圣叹全集》第四册。

由两个句子组成,也可能由多个句子组成,但就其作为一个整体而言,金圣叹常常称之为"一句说话"。金圣叹把艺术化的意义表达方式还原成日常的意义表达,但在他考察日常的意义表达时却又把它作为艺术化的形式。因为日常的说话并非都有一个完整的意义表达结构,尤其是百姓日常生活中的说话,在结构形式上常常是杂乱无章的,而金圣叹用艺术的眼光透视日常的说话,却将之看作一个有组织的形式,从中寻找与艺术共同的表达结构,其实是把日常的说话艺术化了。

金圣叹认为诗歌与日常的说话具有相同的意义表达结构,而说话的表达结构就是话头与话尾,这一结构体现在律诗就是前解与后解:

> 弟见世人说到真话,即开口无不郁勃注射者,转口无不自寻出脱,自生变换者。此不论英灵之与懵懂,但是说到真话,即天然有此能事。天然有此平吐出来一句,连忙收拾一句;又天然必是二句,必不是一句。今唐律诗正复如此。前解,便是平吐出来之一句,所谓郁勃注射之句也。后解,便是连忙收拾之一句,所谓自寻出脱,自此变换之句也。所谓真话也,然不与分解,却如何可认。①

"开口""平吐出来一句",就是话头,"转口""连忙收拾一句",就是话尾。日常说话的一个完整的意义表达在结构上必然分为两部分,这两个部分也可以视为两句话,前一部分是话头,即"开口",后一部分乃话尾,即"转口"。律诗的八句是一个意义表达整体,也可分为两部分,即前解与后解,前四句即前解,相当于日常说话的话头,后四句即后解,相

---

① 《与顾掌丸》,《鱼庭闻贯》,《金圣叹全集》第四册。

当于话尾。

按照金圣叹的分解理论,律诗前解为起为承,后解为转为合。就意义关系看,前解与后解之间必然存在一个意义转折:

> 三四自来只是一二之羡文,五六自来只是七八之换头。……三四生性自来是向前,五六生性自来是向后。①

一二句为起,三四句为承,在结构关系上三四句一定是上承一二句,所以必然是向前;七八句为结,五六句是转折,为七八句作准备,所以五六句必然是向后。金氏认为这是一条固定不变的铁律:

> 诗至五六而转矣,而犹然三四,唐之律诗无是也;诗至五六虽然,然遂尽脱三四,唐之律诗无是也。②

诗到五六句必然是要转,必然要与前解在结构上分离,唐人律诗均遵守此律。但金圣叹又认为,这种分离也不是完全的脱离,还必须有一定的关联,否则前后两解就成为互不相干的两个独立体。按照金圣叹的理论,以首联与尾联为中心构成两个相对独立的结构体,这两个结构体通过意义的关联而成为一个大的结构体。金圣叹就是这样试图通过分解来说明律诗的意义表达结构的关系。此以其评点杜审言《春日京中有怀》为例,以见其分解理论的具体运用:

> "今年游寓独游秦,愁思看春不当春。上林苑里花徒发,细柳

---

① 《与张才斯志皋》,《鱼庭闻贯》,《金圣叹全集》第四册。
② 《与毛序始》,《鱼庭闻贯》,《金圣叹全集》第四册。

营前叶漫新。"

　　前解曰:今年不当春。三四承之,便不别换笔,只一直写曰:花亦不当花,柳亦不当柳。盖二句十四字,并不更出"不当春"之三字也。

　　"公子南桥应尽兴,将军西第几留宾。寄语洛城风日道,明年春色倍还人。"

　　后解曰:明年倍还春。五六先之,亦更不远出笔,只就势起曰:南桥公子今虽尽兴,西第将军已自留宾,然我今不与,便都不算,一齐寄语都要重还。一直读之,分明只如一句说话。①

　　金圣叹把前解的意义用一句话概括,即"今年不当春"。三四句在意义上与一二句乃是直接的承递关系,花是"徒发",叶是"漫新",乃展开申说"不当春"之意。后解的意义用一句话概括,即"明年倍还春"。但此一意义由五六句先发出来,南桥公子今虽尽兴游春,西第将军已自留宾客,这些乐事因为没有我参加都不能算,所以落句云"明年春色倍还人"。后解的意义对于前解来说,乃是一个转折,前解说今年独游,因愁中看春不当有春,后解一转,称明年会同游春,春色会加倍还人。前后解的意思合起来,就像是日常的一句说话。

　　按照金圣叹的说法,唐代律诗的起承转合之法乃是作为科举定制,唐代所有诗人都遵守这种定制,因而在他看来,唐代律诗都符合这种意义表达结构。

　　在金圣叹之后,徐增继承其分解说。徐氏《而庵诗话》称:"圣叹《唐才子书》,其论律分前解、后解,截然不可假借。"他对分解说有比喻

---

　　① 《贯华堂选批唐才子诗》卷一,《金圣叹全集》第四册。

性的说明:

> 律分二解,二解合来只算一解,一解止二十八字。前解如二十
> 七个好朋友赴一知己之招,意无不洽,言无不尽,吹弹歌舞,饮酒又
> 极尽量,宾主欢然,形骸都化;后解即是前解二十八个好朋友,酬酢
> 依然,只是略改换筵席,颠转主宾。前是一人请二十七人,此是二
> 十七人合请一人也。①

按这种比喻,前解以一意为中心,各字句皆围绕其展开,而后解不过是
前解意义的再现,只不过是换了展现的方式。徐增把金圣叹的这一理
论当作诗歌的"正法眼藏":

> 解数,起承转合,何故而知其为正法眼藏也?夫作诗须从看诗
> 起,吾以此法观唐诗及唐已前诗,无不焕然照面,若合符节,故知其
> 为正法眼藏无疑也。②

他认为唐以前诗及唐诗都符合这一理论。但徐增对分解说没有展开说
明,难以看出其对金圣叹的理论有什么发展。

吴乔虽然认为诗文有严格的分界,但又认为诗文的结构布局有相
同处:

> 古诗如古文,其布局千变万化。七律颇似八比:首联如起讲、
> 起头,次联如中比,三联如后比,末联如束题。但八比前中后一定,

---

① 《而庵诗话》。
② 同上。

诗可以错综出之,为不同耳。①

吴乔认为古诗的布局与古文相似,千变万化;而七律与八股文相似。但与金圣叹不同,吴乔并不认为所有律诗都遵守起承转合之法。他称律诗有两种体,一种体为不守起承转合之法者,以沈佺期《古意》为代表,另一种体是遵起承转合之法者。而在遵起承转合之法者中,吴乔又分两种体:

> 遵起承转合之法者,亦有二体:一者合于举业之式,前联为起,如起比虚做,以引起下文;次联为承,如中比实做;第三联为转,如后比又虚做;末联为合,如束题。杜诗之《曲江对酒》是也。一者首联为起,中二联为承,第七句为转,第八句为合,如杜诗之《江村》是也。八比前后虚实一定,七律不然。②

在吴乔所列遵起承转合之法的两体中,前一体与金圣叹所云一致。

王士禛论诗重神韵,重兴会,但也认为要遵守起承转合之法。《师友诗传续录》载刘大勤问王士禛"律诗论起承转合之法否",王答:"勿论古文今文、古今体诗,皆离此四字不可。"在王士禛看来,起承转合不仅是古文之法,也是时文之法,还是古今体诗之法,这种看法与金圣叹乃是一致的。

袁枚《随园诗话》卷六载当时学者对时文与诗学关系的讨论:

> 时文之学,有害于诗,而暗中消息,又有一贯之理。余案头置

---

① 《答万季野诗问》。
② 《围炉诗话》卷二。

> 某公诗一册,其人负重名,郭运青侍讲来,读之,引手横截于五七字
> 之间,曰:"诗虽工,气脉不贯。其人殆不能时文者耶?"余曰:"是
> 也。"郭甚喜,自夸眼力之高。后与程鱼门论及之,程亦韪其言。
> 余曰:"古韩、柳、欧、苏,俱非为时文者,何以诗皆流贯?"程曰:
> "韩、柳、欧、苏所为策论应试之文,即今之时文也。不曾从事于
> 此,则心不细,而脉不清。"余曰:"然则今之工于时文而不能诗者,
> 何故?"程曰:"庄子有言:'仁义者,先王之遽庐也;可以一宿,而不
> 可以久处也。'今之时文之谓也。"

时文作为科举应试之文,士子自幼而习,其起承转合的严密的组织形式
与结构方式,实是对人们思维形式的一种训练与规范,必然渗透到作者
的思维中,对其思维方式产生影响。这种思维方式不仅会对作诗者有
潜在的作用,也会影响评诗者,使得其对于诗歌语意的承接转合的所谓
气脉十分敏感,常常以之作为衡量诗歌工拙的价值标准。

二　桐城派先驱重内容、重道德的倾向

　　与金圣叹等以时文理论论诗不同,桐城派则以古文理论论诗。桐
城诗派发始自姚范①。桐城派三大家中,方苞不作诗,刘大櫆文与诗并
能,但诗歌无大影响。在诗歌创作上真正有一定影响的是姚鼐。桐城
派的古文理论与诗论合一也有一个过程。方苞提出古文的义法说,但
未用以论诗,姚范、刘大櫆、姚鼐论诗之语稍多,但未形成自己独特的理
论系统,真正建立独特的桐城派诗学的是方东树。方东树将桐城前辈

---

① 钱锺书《谈艺录》(补订本):"桐城亦有诗派,其端自姚南菁范发之。"(第
145页)

的古文理论移以论诗,建立了一套古文家的诗学。桐城派的义法理论
对翁方纲的诗学也有一定影响。

桐城派论诗重内容,强调主体的道德学问修养,这种倾向早在方苞
之父方仲舒已见端倪。方苞《鹰青山人诗序》云:

> 苞童时侍先君子,与钱饮光、杜于皇诸先生以诗相唱和,慕其
> 铿锵,欲窃效焉。先君子戒曰:"毋以为也。是虽小道,然其本于
> 性质,别于遭遇,而达以学,诵者非尽志以终世,不能企其成。及其
> 成也,则高下浅深纯驳,各肖其人,而不可以相易。岂惟陶、谢、李、
> 杜嶷然于古昔者哉? 即吾所及见,宗老、涂山及钱、杜诸公,千里之
> 外,或口诵其诗,而可知作者必某也,外此,则此人之诗,可以为彼,
> 以遍于人人,虽合堂同席,分韵联句,掩其姓字,即不辨其谁何。漫
> 为不知何人之诗,而耗少壮有用之心力,非躬自薄乎?"苞用是遂
> 绝意于诗。①

方仲舒指出作诗的主体三要素:性质、遭遇、学问。三者结合而成诗人
之个性,其个性体现于诗中,形成各人诗歌的风格特征。正因为风格是
个性的表现,所以人有其诗,诗肖其人,见其诗可以知其人。从这种
角度,作诗不能由外在学成,须注重诗人的性情与学问修养以及境
遇。方仲舒认为,诗人的修养与古文家的修养相同。戴名世记方仲
舒语云:

> 诗之为道,无异于文章之事也。今夫能文者,必读书之深而后

---

① 《方望溪全集》卷四。

> 见道也明,取材也富,其于事变乃知之也悉,其于情伪乃察之也周,
> 而后举笔为文,有以牢笼物态而包孕古今。诗之为道,亦若是而已
> 矣。吾未见夫读书者之不能为诗也,吾未见夫不读书者之能为诗
> 者也。世之人不于读书之中求诗,而第于诗中求诗,其诗岂能
> 工哉?①

方仲舒认为诗之道同于文章之道,其着眼点在诗人与文章家的修养方
面,二者都需多读书。多读书,可以见道明,取材富,详察事变情伪,这
是说理论事之文所必备的修养,而在方氏看来,也是诗人必需的修养。
戴名世称其"六经三史不开卷而尽能举其辞,此先生之诗所自出也。
然则先生之诗固以为文之道为之,是即先生之文也"②。这表明方苞的
父亲实践了自己的诗学主张。

戴名世认为作诗与作文都需学问修养,其《野香亭诗序》:

> 余尝闻先辈之论制义者矣,曰:"制义之为道,无所用书,然非
> 尽读天下之书,无所由措思也;无所用事,然非尽更天下之事,无由
> 措字。"吾以为诗之为道亦若是则已矣。③

这种主张与方苞之父一致。戴名世论诗以志为本,其《程偕柳淮南游
草序》称:

> 《书》曰:"诗言志。"志者,诗之本也。荀子之论《小雅》曰:

---

① 戴名世《方逸巢先生诗序》,《戴名世集》卷二。
② 同上。
③ 《戴名世集》卷二。

"疾今之政以思往者,其言有文焉,其声有哀焉。"此诗之情也。今
之人举所为本与情者而无之,相与为浮淫靡丽之作而以为工,而作
诗之旨失之远矣。①

强调属于内容方面的志与情,而对雕琢形式的诗歌不满,也体现出古文
家的审美立场。与反对雕琢形式相关,戴名世主张创作出于自然。其
《吴他山诗序》云:

> 余游四方,往往闻农夫细民倡情冶思之所歌谣,虽其辞为方言
> 鄙语,而亦时有义意之存,其体不出于比、兴、赋三者,乃知诗者出
> 于心之自然者也。世之士多自号为能诗,而何其有义意者之少也?
> 盖自诗之道分为门户,互有訾謷,意中各据有一二古人之诗,以为
> 宗主,而诋他人之不能知,是其诗皆出于有意,而所为自然者已汩
> 没于分门户争坛坫之中,反不若农夫细民倡情冶思之出于自然,而
> 犹有可观者矣。又其甚者,务为不可解之辞,而用事则取其僻,用
> 字则取其奇,使人茫然不识所谓,而不知者以博雅称之。以此为
> 术,而安得有诗乎? 此诗之一变也。②

戴名世认为诗歌创作应有情感于内,自然流出而为诗,这样的诗歌才有
内容。民歌虽语言鄙俗,却出之自然,因而有"义意之存"。士子作诗
多有意为之,因而缺乏内容。这种观点与其论古文主张"第在率其自
然而行其所无事"是一致的。
   桐城派古文理论的奠基者是方苞。方氏提出古文义法说,但并未

---

① 《戴名世集》卷二。
② 同上。

以义法说论诗。其文集有数篇诗序,乃是传统的诗说。方氏论诗也重诗歌的内容及道德政治作用,其《徐司空诗集序》称:

> 诗之用,主于吟咏性情,而其效足以厚人伦,美教化。盖古之忠臣孝子、劳人思妇,其境足以发其言,其言足以感动人之善心,故先王著为教焉。魏晋以降,其作者穷极工丽,清扬幽眇,而昌黎韩子一以为乱杂而无章,盖发之非性情之正,导欲增悲,而不足以感动人之善心故也。唐之作者众矣,独杜甫氏为之宗,其于君臣父子夫妇昆弟朋友之间,流连悱恻,有读之使人气厚者,其于诗之本义,盖合矣乎。①

方苞强调诗歌抒情须得性情之正,才能够厚人伦,美教化。这种观点与其义法说的"言有物"相通。在他看来,诗歌须得性情之正,归根结底在于诗人的人格。其《徐司空诗集序》称徐氏:

> 其交友尽义,处众直而温,虽隶卒惟恐有伤,逾年如一日也。呜呼! 观公之接物如此,则其于君臣父子夫妇昆弟友朋之间,端可知矣。间出所为诗示余,即境以抒指,因物以达情,悲忧恬愉,皆发于性情之正,而意言之外,常有冲然以和者。

方氏从诗人作品追溯诗人人格,作品是诗人之人格的表现。这种观点正是传统诗学"诗如其人"的观念。到方东树,把诗人、古文家的修养与道学家的修养合一化,可以说正是方苞等人重诗人人格修养观点的

---

① 《方望溪全集·集外文》卷四。

发展。方苞虽未直接主张诗文一律，但其论古文有受诗论影响之处。其《古文约选·凡例》称，"退之变《左》《史》之格调，而阴用其义法；永叔摹《史记》之格调，而曲得其风神"，"格调""风神"诸语乃是明以来论诗常用的术语，方苞取以论文，可见在他的古文理论中，古文也有格调、风神，与诗歌相通。

三　姚鼐：诗文一律

1. 道与艺、天与人：诗文共同的理论

桐城派诗学发展到姚鼐，诗文理论渐趋合一。姚鼐不是着意探讨诗歌的特殊问题，而是有意探讨诗文共同的规律。他把传统诗学关于内容、主体道德学问修养方面的论说用一个哲学范畴"道"来概括，而审美方面的内容则被归结为"技""艺"：

> 夫道有是非，而技有美恶，诗文皆技也。技之精者，必近道，故诗文美者，命意必善。文字者，犹人之言语也，有气以充之，则观其文也，虽百世而后，如立其人而与言于此；无气，则积字焉而已。意与气相御而为辞，然后有声音节奏高下抗坠之度，反复进退之态，采色之华。故声色之美，因乎意与气而时变者也。①

《庄子》论道、技关系，认为由技可以进乎道，当技达至自由之境时便进入道境。姚鼐称诗文是一种技艺，但他说"技之精者，必近道"，并不是说在审美方面朝精的方向前进就可以达到道境，而是说诗文必须表现

---

① 《答翁学士书》，《惜抱轩文集》卷六。

道,故他称诗文美者命意必善,命意善正是诗文内容接近道之体现。

诗歌的内容近于道,必然要求诗人有道,因为诗歌的命意来自诗人的修养,道的问题自然涉及诗人的修养方面,姚鼐云:

> 古之善为诗者,不自命为诗人者也,其胸中所蓄,高矣,广矣,远矣,而偶发之于诗,则诗与之为高广且远焉,故曰善为诗也。曹子建、陶渊明、李太白、杜子美、韩退之、苏子瞻、黄鲁直之伦,忠义之气,高亮之节,道德之养,经济天下之才,舍而仅谓之一诗人耳,此数君子岂所甘哉!志在于为诗人而已,为之虽工,其诗则卑且小矣。……夫诗之至善者,文与质备,道与艺合,心手之运,贯彻万物而尽得乎人心之所欲出,若是者千载中数人而已。①

"诗人"也就是所谓具有"技"者,指具有审美才能而在道德学问等方面没有特别修养者,沈德潜的诗论也有这种说法,相当于叶燮"志士之诗"与"才人之诗"分别中的"才人"。姚鼐认为古之善为诗者不仅具有审美能力,即不仅具有"技",更重要的是"胸中所蓄"要高、要广、要远。而他所说的"胸中所蓄"乃指"忠义之气,高亮之节,道德之养,经济天下之才",即道德人格修养以及治理天下的能力,归结言之,就是要有道。诗人在这些方面修养高且广远,发而为诗,其诗也必然高、广、远。诗人的道德人格与治世之才方面的修养是道,审美才能是技;诗人的道德经济表现在诗中而为内容是质,艺术表现形式是文。道与艺、质与文两者必须结合。

在《敦拙堂诗集序》中,姚鼐又用"天"与"人"一对范畴来讨论诗

---

① 《荷塘诗集序》,《惜抱轩文集》卷四。

学问题：

> 言而成节,合乎天地自然之节,则言贵矣。其贵也,有全乎天者焉,有因人而造乎天者焉。今夫《六经》之文,圣贤述作之文也,独至于《诗》,则成于田野闺闼无足称述之人,而语言微妙,后世能文之士,有莫能逮,非天为之乎? 然是言《诗》之一端也,文王、周公之圣,大小《雅》之贤,扬乎朝廷,达乎神鬼,反覆乎训诫,光昭乎政事,道德修明而学术该备,非如列国《风》诗采于里巷者可并论也。夫文者,艺也,道与艺合,天与人一,则为文之至。①

天者即自然,艺术须合乎自然才能贵。但合乎自然有两种:一是先天的而合于自然,一是经过后天人为而合于自然。《诗经》的《风》诗属于前者,《雅》《颂》属于后者。《雅》《颂》的作者"道德修明而学术该备",通过人为而达到自然。在姚鼐看来,《雅》《颂》的传统高于《风》诗传统。姚鼐把诗学理论问题用诗文共同的普遍性范畴来概括,表明其透视诗学问题的角度乃是会通了诗文的,是基于诗文相通的思想。

2. 阳刚之美与阴柔之美

姚鼐所谓"技",指的是诗文自身的审美规律方面的内容。诗文用文字形式达意,但是文字中实灌注着气,也就是主体的生命力。文字形式若无气的灌注,则就成为一堆没有生命的符号而已。诗文表现意,属于人之德性的一面;诗文有气,属于人之生命的一面。意与气两者决定了诗文的语言表现形式——辞,辞须达意,同时也传达作者的生命特

---

① 《惜抱轩文集》卷四。

征。有了辞才有声调、色彩。因而从"技"的一面说，气对于诗文而言乃是关键。

古人论文气或从清浊上说，或从阴阳刚柔上说。曹丕《典论·论文》称"气之清浊有体，不可力强而致"，以清浊论文气；刘勰《文心雕龙·体性篇》"风趣刚柔，宁或改其气"，以刚柔论说文气。其后屠龙、魏禧等亦曾从刚柔上论文气，但语焉不详，未成系统，到姚鼐始成为完整的理论。

在诗歌领域，类似于阴阳刚柔之分的理论见于严羽《沧浪诗话》。严羽提出诗歌有"优游不迫"与"沉郁痛快"两种诗美，前者偏于阴柔，后者偏于阳刚。七子派的格调说崇尚雄壮、广大、壮亮，属于阳刚之美；神韵说体现的审美倾向清秀、古澹，属于阴柔之美。但是，云间派陈子龙在崇尚清刚之气的同时，已经主张要有华丽的姿色，姿色即阴柔之美，呈现出以阳刚之美为基调统一阴柔之美的倾向；神韵说的代表王士禛主张"雄浑"与"风调"、"神韵"与"豪健"的统一，称"沉着痛快，非惟李、杜、昌黎有之，乃陶、谢、王、孟而下莫不有之"①，但这种统一是以阴柔之美为基调的统一。沈德潜也主张二者的统一，认为杜甫诗"横纵出没中，复含酝藉微远之致"，所向往的是以阳刚为基调的统一。

姚鼐的阴阳刚柔说实是把诗文理论关于风格类型的思想进行总结，将其与传统哲学相联系，进行哲学的概括，提炼出阳刚之美与阴柔之美两个基本的美学范畴。其《复鲁絜非书》云：

> 天地之道，阴阳刚柔而已。文者，天地之精英，而阴阳刚柔之发也。惟圣人之言，统二气而弗偏，然而《易》《诗》《书》《论语》所

---

① 《芝麓集序》，《蚕尾集》卷一。

载,亦间有可以刚柔分矣。值其时其人,告语之体各有宜也。自诸子而降,其为文无弗有偏者。其得于阳与刚之美者,则其文如霆,如电,如长风之出谷,如崇山峻崖,如决大川,如奔骐骥;其光也,如杲日,如火,如金镠铁;其于人也,如冯高视远,如君而朝万众,如鼓万勇士而战之。其得于阴与柔之美者,则其文如升初日,如清风,如云,如霞,如烟,如幽林曲涧,如沦,如漾,如珠玉之辉,如鸿鹄之鸣而入廖廓;其于人也,漻乎其如叹,邈乎其如有思,暖乎其如喜,愀乎其如悲。①

姚鼐把文章之美分为阳刚与阴柔两大类,并对两种类型的美之特征进行一系列的描绘。阳刚与阴柔之分与作者的气禀密切相关。人禀天地阴阳之气而生,唯有圣人得阴阳二气之中,其余人所禀者总有所偏,或偏于阳刚,或偏于阴柔,形之于文,自然也出现偏于阴柔或偏于阳刚的差异,自古以来文章已如此。在阳刚与阴柔之美之间,姚鼐崇尚阳刚之美:

> 温深徐婉之才,易得也,然其尤难得者,必在乎天下之雄才也。夫古今为诗人者多矣,为诗而善者亦多矣,而卓然足称为雄才者,千余年中,数人焉。②

"温深徐婉之才"偏向于阴柔,为易得之才,难得的是"雄才",即偏向于阳刚之才。尽管作者在阳刚与阴柔之间不能无偏,但姚鼐认为,二者应该兼济,不应只执一端,排斥另一端而走向极端。"糅而偏胜可也,偏

---

① 《惜抱轩文集》卷六。
② 《海愚诗钞序》,《惜抱轩文集》卷四。

胜之极,一有一绝无,与夫刚不足为刚,柔不足为柔者,皆不可以言文。"①"阴阳刚柔,并行而不容偏废,有其一端而绝亡其一,刚者至于偾强而拂戾,柔者至于颓废而阉幽,则必无与于文者矣。"②故姚鼐一方面崇尚阳刚之美,另一方面又称"文之雄伟而劲直者,必贵于温深而徐婉",要刚中带柔。在清代诗学的理论背景中审视姚鼐之论,其主张远合于陈子龙,近合于沈德潜。不过他用更具哲学概括性的范畴来表示陈、沈以传统诗学范畴表述的思想,而且将之作为诗文共同的理论提倡。

3. 折中唐宋传统

姚鼐的诗学明显有融合唐宋诗传统的倾向,这从其诗论及诗选中都能见出。其《谢蕴山诗集序》称谢诗"囊括唐宋之菁,备有闳阔幽深之境"③,《高常德诗集序》称"常德之诗,贯合唐宋之体"④,这些都为他所欣赏。其《今体诗钞》也体现出折中唐宋的倾向。《今体诗钞》乃继王士禛《古诗选》而编,选五律、七律两种诗体。姚鼐序云:

> 论诗如渔洋之《古诗抄》,可谓当人心之公也。吾惜其论止古体而不及今体。至今日而为今体者,纷纭歧出,多趋讹谬,风雅之道日衰。从吾游者,或请为补渔洋之阙编,因取唐以来诗人之作采录论之,分为二集十八卷,以尽渔洋之遗志。

---

① 《复鲁絜非书》,《惜抱轩文集》卷六。
② 《海愚诗钞序》,《惜抱轩文集》卷四。
③ 《惜抱轩文集》卷四。
④ 同上。

王士禛曾选五言古诗与七言古诗,姚鼐认为"当人心之公",表明他认同渔洋的古诗选本及观念。姚鼐《今体诗钞》欲以补渔洋之未备。他称自己论律诗的观点与渔洋有所不同,谓"渔洋有渔洋之意,吾有吾之意"①。渔洋论五律,推王、孟为正宗,姚鼐虽也推重王、孟一派,但更崇尚杜甫五律,称"读五言至此,始无余憾"②,且多选杜甫五言排律,这正是姚鼐崇尚阳刚之美的表现。

　　王士禛选七言古诗唐宋并重,体现了融合唐宋传统的倾向,但在七言律诗体上却尊唐贬宋,认为欧、苏、黄三大家"必不可学"③。姚鼐于七言律诗打破唐宋的界限,选录宋人作品,尤推崇黄山谷。姚鼐论诗推黄山谷,乃受到其叔父姚范的影响。姚范,字南青,号姜坞,论文上承方苞,下启姚鼐,与刘大櫆为友。其《援鹑堂笔记》云:

　　　　涪翁以惊创为奇,其神兀傲,其气崛奇,元(按,玄)思瑰句,排斥冥筌,自得意表,玩诵之久,有一切厨馔腥蝼而不可食之意。④

在尊唐者看来,黄庭坚独创一体,背离唐诗的传统,但姚范认为,黄庭坚的独创,不追随唐人传统,正是其不随俗之精神在审美上的表现,所谓"其神兀傲,其气崛奇",就是指其诗歌所体现的挺立不俗的精神。姚范对黄庭坚诗歌的推重,既是着眼于审美特征,更是着眼其所显示的人格精神。姚范这种诗学观念在姚鼐的诗论中也有鲜明的体现。姚鼐论黄庭坚七律云:"山谷刻意少陵,虽不能到,然其兀傲磊落之气,足与古

----

① 《今体诗钞·序目》。
② 同上。
③ 《然镫记闻》。
④ 《援鹑堂笔记》卷四十。

今作俗诗者澡濯胸胃,导启性灵。"①所谓"兀傲磊落之气"与姚范所云"其神兀傲,其气崛奇"一致,也是称赞黄庭坚诗的不俗。桐城派诗学的这种诗学观在后来的何绍基的"不俗"论中可见回响。

王士禛在古诗方面打破唐宋诗界限,而姚鼐则又在律诗方面打破唐宋诗之界。姚鼐本人的诗歌创作也是折中于唐宋之间,自成一格,其七律尤为当时及后人推崇。

四　方东树:以古文义法论诗

方东树是将古文理论直接运用于诗歌批评的代表人物,他试图以古文理论建立其诗学理论。桐城派主程朱理学,主张把理学的修养与古文家的修养合一,到方东树,则进一步把诗人的修养与理学家的修养合一,在这个层面说,诗人与学人合,诗学与理学一。他把古文理论直接用来建立诗学理论,古文学与诗学合一。

1. 古文理论的理论框架

方东树把方苞的"言有物,言有序"的义法说直接运用于诗学:

> 诗以言志。如无志可言,强学他人说话,开口即脱节。此谓言之无物,不立诚。若又不解文法变化精神措注之妙,非不达意,即成语录腐谈。是谓言之无文无序。②

此将"言有物"直接与传统诗学的"言志"命题相关联,指诗歌的内容;

---

① 《今体诗钞·序目》。
② 《昭昧詹言》卷一。

"言有序"乃指"文法",在这方面,方氏未使用传统诗学的诗法范畴,而是将古文理论的文法范畴直接引入诗中。他又以唐代古文家李翱的理论将诗歌分成文、理、义三方面:

> 李习之云:"文、理、义三者兼并,乃能独立于一时,而不泯于后代。"习之学于韩公,故其言精审如此,乃法言也,微言也。①

方东树解释文、理、义三者,"文者辞也,其法万变,而大要在必去陈言","理者,所陈事理、物理、义理也","义者法也"。三者中,理属于"言有物",而文(辞)与义(文法)则属于"言有序"。方东树的诗学即以此为基本框架建立。

2. 言志与"言有物":关于内容与诗人的修养

方东树将"诗言志"的命题与义法说的"言有物"命题等同。虽然他对"有物""有序"二者均重视,但在其理论中,内容是第一位,故他说"诗之为学性情而已"②。从言志一面看,诗歌是主体性情的表现,上通于主体的人格学问,"诗如其人",人如其诗。方东树说:

> 有德者必有言,诗虽吟咏短章,足当著书,可以觇其人之德性、学识、操持之本末。古今不过数人而已,阮公、陶公、杜、韩也。③

他从"有德者必有言"推论诗是诗人之德的表现,故从诗可见诗人的

---

① 《昭昧詹言》卷一。
② 同上。
③ 《昭昧詹言》卷四。

德性、学问、操持。论及诗歌内容时,方东树或说性情,或说志,或说理,三者之间,性情就是志,但他对志不是从感性的方面而是从理性的方面理解。其所谓性情或志虽不能直接等同于理,但其归结处却是理。在他看来,这也正是理学与诗学相通之处。故他在谈论诗歌内容及诗人时,往往直接站在理学家的立场上立论,而非立足于诗学家的立场。

对于诗歌内容,方东树强调儒佛之辨。他不推崇"诗佛"王维一派的诗歌,其《昭昧詹言》卷十六云:

> 辋川于诗,亦称一祖。然比之杜公,真如维摩之于如来,确然别为一派。寻其所至,只是兴象超远,浑然元气,为后人所莫及;高华精警,极声色之宗,而不落人间声色,所以可贵。然愚仍不喜之,以其无血气无性情也。譬如绛阙仙官,非不尊贵,而于世无益;又如画工,图写逼肖,终非实物,何以用之?为诗而无当于兴、观、群、怨,失《风》《骚》之旨,远圣人之教,亦何取乎?

方东树承认王维诗的审美价值,"兴象超远,浑然元气"云云都是审美方面的极高评价。但对于诗歌内容,方东树却以王维诗"无血气无性情","于世无益",故不喜之。方东树所持乃儒家诗学的政教立场,王维诗无关乎政教,故没有价值。沈德潜也强调儒家诗学的政教作用,但对王、孟一派的诗歌作了儒家化的解释,将这一传统纳入儒家诗教传统,纪昀不同于沈德潜,一方面承认王、孟派诗歌无益于诗教,另一方面也认为其无害,因而纪昀并不排斥这一传统。方东树不同于沈德潜和纪昀,他在思想内容方面排斥王、孟传统,表现出其诗学观的狭隘性一面。

方东树强调诗即其人,由诗作可见诗人之德性与学问,其前提条件是诗中性情的真实性。如果诗中性情出乎虚拟，则诗与人就不一致，这种作品在他看来没有价值：

> 古人著书，皆自见其精神面目。圣贤不论矣。如屈子、庄子、史迁、阮公、陶公、杜公、韩公皆然。伪者作诗文另是一人，作人又另是一人。虽其著书，大帙重编，而考其人之本末，另是一物。此书文所以愈多而愈不足重也。①

著书作文须人与文一致，其"精神面目"必须真实。作伪者人与文不一，无真实性，故作品没有价值。为此，方东树提出诗人应"立诚"：

> 修辞立诚，未有无本而能立言者。且学无止境，道无终极。凡居身居学，才有一毫伪意，即不实。②
> 要之尤贵于立诚。立诚则语真，自无客气浮情、肤词长语、寡情不归之病。③

"立诚"要求诗人表露于诗歌作品的情感是诗人真实的情感，不能虚拟情感。这是其诗论的内在要求，因为诗歌是主体的性情的表现，势必要求诗歌表现的性情与现实中主体的真实性情一致。

诗即其人，学诗的关键就在于作者德性学问的修养，若无修养而仅在审美形式方面学习他人，必然沦为优孟衣冠。"古人各道其胸臆，今

---

① 《昭昧詹言》卷三。
② 《昭昧詹言》卷一。
③ 《昭昧詹言》卷十四。

人无其胸臆,而强学其词,所以为客气假象。"①儒家诗学大都强调诗人
的道德修养,沈德潜如此,纪昀也是如此。而方东树则是把诗人的道德
修养等同道学家的修养,认为两者一致:

> 朱子曰:"文章要有本领,此存乎识与道理。有源头则自然着
> 实,否则没要紧。"②
> 诗文与行己,非有二事。以此为学道格物中之一功,则求通其
> 意,自不容已。③
> 非深思格物,体道躬行,不能陈理。④

诗歌的性情是作者性情的表现,诗歌内容的价值就取决于作者性情的
价值,而作者的性情又与其人格的高下密切相关,这一观点并不鲜见,
叶燮、沈德潜均强调诗人的襟抱,正是这种观点的体现。把诗人的人格
修养与道学家的人格修养方式联系起来,也并不始于方东树,叶燮就认
为诗人须有格物的功夫,但是叶燮除强调格物一面外,还重视社会遭遇
对人格的作用,其所谓"志士"即经过各种逆境磨难。但方东树不同。
他强调诗人的人格修养与道学家相同,修养不仅是对理的认知问题,也
是道德实践问题,须"体道躬行"。在方东树诗学中,诗人与理学家合
一化了。

---

① 《昭昧詹言》卷二。
② 《昭昧詹言》卷一。
③ 同上。
④ 同上。

3. 诗法与文法一

桐城派论文认为审美表现形式具有独立性,同乎传统诗学中主张诗歌形式具有独立性一派。方东树把桐城派的古文法直接运用到诗歌领域,认为诗法与古文法相同。

文法一向为桐城派所重,方苞所谓"义法"就有"言有序"一面,刘大櫆认为文章形式具有独立性:"义理、书卷、经济者,行文之实;若行文自另是一事。"①根据这种观点,古文家固然须"义理、书卷、经济"方面的本领修养,但这种本领修养不能替代审美修养,因为审美表现力乃是另外的一种能力,必须具有专门的修养。刘大櫆的这种区分具有重要的理论意义。儒家文艺观容易有一种偏向,即以道德代替审美,以道德修养代替审美修养。刘大櫆强调两者之间的分别,表明其承认古文具有自己的审美规律。这种观点为方东树所继承,方氏称:

> 虽亦有本领,不得古人行文之妙,则皆无当于作者。故本领固最要,而文法高妙,别有能事。②
> 诗文虽贵本领义理,而其工妙,又别有能事在。③

此所谓"本领"即德性学问、识与道理,所谓"工妙"乃是指审美方面达到很高的水平,具有审美价值。方东树一方面认为本领最为重要,另一方面也认为本领不能代替审美,审美具有自己的规律,诗文作者要具有这种特别的审美能力。

————————

① 《论文偶记》。
② 《昭昧詹言》卷一。
③ 同上。

刘大櫆说:"古人文章可告人者惟法耳。"①方东树所谓"能事",具体而言就是文法。文法涉及审美表现方面的问题。讨论这些问题并非桐城派的独得之秘,传统诗学关于诗法本有很多论述,但方东树的特殊之处在于认为"诗与古文一也"②,将古文的文法直接应用到诗歌领域,并且不称为诗法,而直称文法。桐城派虽大都认为诗文相通,但在方苞、刘大櫆、姚鼐,还未直接以文法论诗,到方东树则直接以文法评诗。

方东树的文法论受到姚范的直接影响。姚氏《援鹑堂笔记》云:

> 宋人作序,前多有冒头,序其原由情节。惟昌黎不然,劈头涌来,是其雄才独出处。③
> 昌黎于作序,原由每能简洁,而文法硬札高古。④

宋人作序,先叙述作序缘由,如结识交往的过程等,此即所谓"冒头",然后再述作序正题。但韩愈作序不是如此,往往直入正题,而不说缘由,或者缘由交代非常简略。韩愈古文的这种特征,姚范称之为"文法硬札高古"。这些本都是论古文的,但方东树"以此言移之于诗",认为汉魏以及阮籍、陶渊明、谢灵运、杜甫等人的诗歌都是如此⑤。方东树所说文法,其本人曾用一句话概括:

> 古人文法之妙,一言以蔽之曰:语不接而意接。⑥

---

① 《论文偶记》。
② 《昭昧詹言》卷十四。
③ 《援鹑堂笔记》卷四十四。
④ 同上。
⑤ 《昭昧詹言》卷一。
⑥ 同上。

"语不接"是指意的表达不要平铺直叙,来龙去脉一一顺序出来,而须错综变化:

> 文法以断为贵,逆摄突起,峥嵘飞动倒挽,不许一笔平顺挨接。①

所谓"断",就是"语不接"。从叙述结构上,前后不是顺承关系,不能"平顺挨接",而要"逆摄",是逆向的关系,如此在审美效果上就像山峰突起,有峥嵘之感。方东树此论实即姚范所谓"劈头涌来"之意。所谓"意接",是说尽管文意不是平顺地叙述出来,尽管没有外在的相互承接的结构,但内在的意脉清晰,各部分之间有内在的关联,有一种内在的有机的结构:

> 汉魏人大抵皆草蛇灰线,神化不测,不令人见。苟寻绎而通之,无不血脉贯注生气,天成如铸,不容分毫移动。②

蛇在草中,木工墨线,表面断断续续,不相承接,实则相贯成一,此即"语不接而意接"。方东树说,诗歌一方面要"错综变化不见迹",另一方面"寻其意绪,又莫不有归宿",③也正是此意。兹以其分析《行行重行行》为例,原诗云:

> 行行重行行,与君生别离。相去万余里,各在天一涯。道路阻

---

① 《昭昧詹言》卷一。
② 同上。
③ 同上。

且长,会面安可知? 胡马依北风,越鸟巢南枝。相去日已远,衣带日已缓。浮云蔽白日,游子不顾返。思君令人老,岁月忽已晚。弃捐勿复道,努力加餐饭。

方东树评论说:

> 此只是室思之诗。起六句追述始别,夹叙夹议,"道路"二句顿挫断住。"胡马"二句,忽纵笔横插,振起一篇奇警,逆摄下游子不返,非徒设色也。"相去"四句,遥接起六句,反承"胡马""越鸟",将行者顿断,然后再入己今日之思,与始别相应。"弃捐"二句,换笔换意,绕回作收,作自宽语,见温良贞淑,与前"衣带"句相应。……凡六换笔势,往复曲折。

依方东树所见,此诗之意乃是思妇室思,先追述始别,再写久别不归,再写相思,再写自宽。如果顺序写来,就是"平叙挨讲"。但这首诗前六句追述离别时的情景,"相去日已远"四句言久别不归,在意义上是上承前六句,但是"道路阻且长"两句议论将追述截断,而插入"胡马依北风"二句,从叙述的角度言,这是将叙述的过程打断,而且"胡马依北风"二句,在意义上是强调恋故,与其后四句所表现的"游子不顾返"在意义上是逆向的,此即"语不接",即"断"。不过,尽管叙述被隔断,但上下意脉不断,即"意接"。"思君"二句由写久别转到此刻的相思,而"弃捐"二句又由相思转到自宽。通过变换艺术手法及叙述的角度,使得诗意的表现在形式上富于变化。

"语不接而意接"是文法的总原则,具体到各种诗体,也有不同的法则。如七言古诗,方东树认为此体"以才气为主",最高的境界乃"天授",但只有李、杜二人臻及此境,后人则难以为继。其次,"则须解古文者,而后能为之"。韩愈、欧阳修、苏轼三人是"纯以古文之法行之"。
具体说就是"一叙、一议、一写三法",①叙者是叙事,议者是议论,写者
是写景:

> 一叙也,而有逆叙、倒叙、插叙,必不肯用顺用正。一议也,或
> 夹叙夹议,或用于起最妙,或用于后,或用于中腹。一写也,或夹于
> 议中,或夹于叙中,或用于起尤妙,或随手触处生姿。②

叙述要逆叙、倒叙、插叙,不能顺叙、正叙;议论的方式以夹叙夹议为佳,
议论的位置或在开始,或在中间,或在结尾;写景或者夹在议论中,或者
夹于叙述中,其位置以起首为妙,其他位置亦可。这三法须"颠倒夹
杂,使人迷离不测,只是避直、避平、避顺"③,这正与他所说的文法的总
原则相一致。

　　在方东树之前,乾隆年间的乔亿受桐城派方苞义法论的影响,就认
为古诗与古文义法相通。乔亿之父与方苞有交往,乔亿也曾见过方苞。
其《剑溪说诗》认为古诗与古文相通,称:"诗文有不相蒙者,律诗也,古
诗则与之近。"④又称:"《史》《汉》、八家之文,可通于七古;李、杜、韩、
苏之七古,可通于散体之文。"又曰:"李东川《夷齐庙》诗,放写山河寂
寞,韩、欧《孔子庙碑记》,但详典礼,皆不着议论,诗古文之义法同也。"
这些都是着眼于古诗与古文义法的相同处。但方东树不仅认为古诗与
古文义法相同,而且认为律诗也与之相同。他论七言律诗的文法云:

------

① 《昭昧詹言》卷十一。
② 同上。
③ 同上。
④ 《剑溪说诗》卷上。

> 固是要交代点逗分明,而叙述又须变化,切忌正说实说,平叙挨讲,则成呆滞钝根死气。或总挈,或倒找,或横截,或补点,不出离合错综,草蛇灰线,千头万绪,在乎一心之运化而已。①

此处强调叙述的变化性,反对正面直说及顺序,也与其所言文法的总原则相一致。总之,所有诗体在审美表现方面均须避免平顺,而须讲求曲折变化与奇崛。这就是方东树所谓文法的基本原则。

4. 去陈言

韩愈论文主张"惟陈言之务去",方东树认为这也是诗歌的原则。以此为原则,他在审美观上就站在尊传统的格调派的对立面,主张生新,这与浙派追求生新具有一致性。

去陈言,核心就是诗歌的创造性。方东树说:

> 去陈言,非止字句,先在去熟意,凡前人所已道过之意与词,力禁不得袭用。于用意戒之,于取境戒之,于使势戒之,于发调戒之,于选字戒之,于隶事戒之,凡经前人习熟,一概力禁之,所以苦也。②

所谓熟,就是为前人所常用、习见的。方东树所说的陈言不只是字句,还包括内容、审美表现方式及审美风格等诗歌创作的所有方面。他认为凡属前人已有、已用的都是陈言,均须弃而不用。总之诗歌创作的一切方面都要有创造性。

---

① 《昭昧詹言》卷十四。
② 《昭昧詹言》卷九。

方东树的这种观点与尊传统的格调派在价值观上相对立。格调派认为，判断后代诗歌价值的依据就是审视其是否符合传统，符合传统的才有价值。而在方东树，符合传统就是陈熟，是陈言，必须摒弃。有价值的诗歌恰恰是不符合传统、具有创新的作品。站在这种立场上，他不满复古派，其批评李梦阳云：

> 古人诗格诗境，无不备矣。若不能自开一境，便与古人全似，亦只是床上安床，屋上架屋耳，空同是也。①

李梦阳在创作上不能自开一境，全似古人，其诗没有价值。复古派特别推重《选》体，方东树却认为"学《选》诗当避《选》体，此是微言密旨，杜、韩所以为百世师也。不但避其词与格，尤当避其意。盖《选》诗之词格与意，为后人指袭，在今日已成习熟陈言"②。在方东树看来，《选》体诗在当代已成陈言，必须避开。他对桐城派前辈刘大櫆的诗歌也有不满，称"海峰不免太似古人"③。

方东树主张去陈言，则与陈熟相对的生新奇奥涩等均为方氏肯定，"诗文以避熟创造为奇"④，"唐、宋以前诗人，虽亦学人，无不各自成家"⑤。他从四个方面说明创新的具体方法：

> 一曰创意艰苦，避凡俗浅近习熟迂腐常谈，凡人意中所有。二曰造言，其忌避亦同创意，及常人笔下皆同者，必别造一番言语，却

① 《昭昧詹言》卷一。
② 《昭昧詹言》卷三。
③ 《昭昧詹言》卷一。
④ 同上。
⑤ 同上。

又非以难深文浅陋,大约皆刻意求与古人远。三曰选字,必避旧熟,亦不可僻。以谢、鲍为法,用字必典。用典又避熟典,须换生。又虚字不可随手轻用,须老而古法。四曰隶事避陈言,须如韩公翻新用。①

方东树从创意、造言、选字、隶事四个方面阐明创新的方式,此四方面的共同要求是避开前人已有的内容与表现方式,避熟求生。

生新不仅体现于意与词句,还体现在音调上。传统诗学一般追求音调和谐之美,王士禛论诗四言中就有"谐"的要求。对此,方东树则不以为然:

> 山谷曰:"宁律不谐而不使句弱,宁用字不工而不使语俗。"观此,则阮亭标四法,一"谐"字非至教矣。谐则易弱。②

在他看来,黄庭坚所追求的正是不和谐的音调。

求生就是求创新,但并非所有意义上的创新都为方东树所认可,他追求的创新不能通向当代性、通俗化,他反对当代的语言、当代的趣味进入诗歌。正是在这种意义上,虽然袁枚论诗也主创新,但在方东树看来,袁枚的诗歌恰恰是变入俚俗,有市民气:

> 近世有一二妄庸巨子,未尝至合,而辄矜狁求变。其所以为变,但糅以市井谐诨、优令科白、童孺妇媪浅鄙凡近恶劣之言,而济之

---

① 《昭昧詹言》卷一。
② 《昭昧詹言》卷十。

以杂博，饾饤故事，荡灭典则，欺诬后生，遂令古法全亡，大雅殄绝。①

此处抨击的就是袁枚一派。袁枚一派求变，但流于诙谐浅白，这种倾向使诗歌杂入市井优伶的趣味、民间浅俗的习气。方东树多次批评袁枚一派"伧俗"，并将之追溯到宋代的姜夔与元人吴渊颖："姜白石摆落一切，冥心独造。能如此，陈意陈言固去矣，又恐字句率滑，开伧荒一派。"②姜夔诗"冥心独造"，固然具有创造性，但其弊病是"字句率滑"，即没有来历出处，陷入率易油滑，其诗在审美上缺乏典重感，流入"伧荒"。方东树又说："立夫（按，吴渊颖）伧俗，乃开袁简斋、赵瓯北、钱箨石等派。"③从姜夔到吴渊颖到袁枚、赵翼、钱载，都属于求变而陷入俗化的一流。

　　为了避免求创新而陷入俗化，既要创新，又要与袁枚一派划清界限，方东树主张，要作到创新与典雅的结合，一方面要有创造性，另一方面要体现深厚的学问。在这方面，谢灵运、鲍照、韩愈、黄庭坚乃是学习的典范：

　　　　读鲍诗，于去陈言之法尤严，只是一熟字不用。然使但易之以生而不典，则空疏杜撰亦能之。④

鲍照诗一个熟字不用，这是去陈言、求生，但如果只求生新，那么空疏不

---

①　《昭昧詹言》卷一。
②　同上。
③　《昭昧詹言》卷十。
④　《昭昧詹言》卷六。

学之人也能作到,所以又要用典,字字有来历,这样既生新,又典雅。

鲍照在用典上避熟求生,韩愈则熟中翻新:

> 韩公去陈言之法,真是百世师。但其义精微,学者不易知。如云"公诗无一字无来历",夫有来历,皆陈言也,而何谓务去之也?则全在于反用翻用,故着手成新,化朽腐为神奇也。①

韩愈诗"无一字无来历",字字有出处,有出处就是前人已用过,何以能新?其途径就是"反用翻用",以旧翻新。典故虽已为前人所用,但韩愈所用的方式、表达的意义却不同,这样虽是字字有来历,却是创新。

方东树认为,谢、鲍的创新之法是取生,虽然字字有来历,却为前人诗中未经用过。韩愈的创新之法是翻新,虽前人诗中已用过,却通过反用、翻用,推陈出新。方东树曾具体说明黄庭坚诗的创新之法:

> 涪翁以惊(一义)、创(一义)为奇,意(一事)、格(一事)、境(一事)、句(一事)、选字(一事)、隶事(一事)、音节(一事),着意与人远,此即恪守韩公"去陈言""词必己出"之教也。故不惟凡(一丑)、近(一丑)、浅(一丑)、俗(一丑)、气骨轻浮(一丑),不涉毫端句下,凡前人胜境,世所程式效慕者,尤不许一毫近似之,所以避陈言,羞雷同也。而于音节,尤别创一种兀傲奇崛之响,其神气即随此以见。杜、韩后,真用功深造,而自成一家,遂开古今一大法门,亦百世之师也。②

---

① 《昭昧詹言》卷九。

② 《昭昧詹言》卷十。

黄庭坚诗一方面在意、格、境、句、选字、隶事、音节诸方面有意不与人同，另一方面又追求无一字无来历，乃是以故为新。在方东树看来，黄庭坚的创新尤其体现在音节方面，创造了一种"兀傲奇崛之响"，也就是一种不和谐的音调。

既要创新，又要学古，在古中求新，既生新又典雅，这就是方东树所谓"去陈言"的理想境界。

从金圣叹的以时文学论诗，到桐城派的以古文学论诗，可以看出清代诗学中八股文及古文理论对诗学理论渗透的一面。从严羽到明七子，从王士禛到沈德潜，都是强调诗文之界，强调诗歌的独特性一面；从金圣叹到方东树，其诗学则强调诗文相通相同的一面，尤其是方东树，更把诗文作家的修养与道学家的修养等同起来，既打通了诗文之界，又打通了诗文与理学之界，使诗与文合一，又使诗文与道学合一。浙派诗学主张诗人与学者合一，浙派与桐城派的诗学所体现的总体趋势就是诗与文合，诗文与道学合，诗文与学问合，这种合一趋向正是义理、考据、辞章三者合一趋势的体现。在诗学领域，翁方纲又对浙派与桐城派的诗学进行整合，形成肌理说。

第十五章
学人之诗与文人之诗理论的总结：
翁方纲以宋诗为基点的诗学

　　无论格调说还是神韵说，都是汉魏盛唐诗歌传统的总结，翁方纲的诗学实际上是以宋诗为基础建立起来的诗学，是对宋诗传统的理论总结。宋代以来还没有从理论上确立宋诗的美学原则，翁方纲对宋诗的审美特征进行研究总结，确立了宋诗的美学原则。

　　宋诗是诗歌史的异质传统，乃南宋以来大多数人的共识。要接纳这种传统，上升到理论的层次上，就必须有理论的依据。自钱谦益肯定宋诗，在清初形成宋诗热。肯定宋诗，可以有两条途径：其一是强调宋诗与传统的共同性，主张宋诗并没有违背传统，这种肯定形式并不改变传统诗学的价值系统；其二是承认宋诗与唐诗的差异，然后为宋诗的独特性寻找理论根据，这种肯定宋诗的方式就必须突破原有的价值系统。翁方纲的诗学属于后者，他站在宋诗立场上对宋诗给予正面的理论说明。

一　肌理说：学人之诗理论
与文人之诗理论的结穴

　　翁方纲提出肌理说，一方面是沿着浙派的诗学进路打通诗学与考据学之界,另一方面也是沿着桐城派诗学的进路打通诗学与理学之界。他提出的诗学命题实际上是严羽"诗有别材,非关书也;诗有别趣,非关理也"的反命题。

1. 肌理:外通学理

关于肌理的含义,翁方纲说:"义理之理,即文理之理,即肌理之理也。"①郭绍虞先生据此认为肌理的意义包括义理、文理两方面,学术界大体沿用此说。但这样诠释肌理的含义存在一个问题:既然肌理就是义理与文理,那么肌理说实际上就是一个"理"字,如此,肌理的"肌"其意义何在? 翁方纲何以不径称其诗学为"诗理说"?

浙派、桐城派的诗学打通了诗学与学问、义理,使学问与诗歌相通,理学与诗学相贯,这种倾向体现了清代学术义理、考据、辞章之学的统一趋向。翁方纲沿着浙派、桐城派诗学的进路,也试图把诗学放到一个总的学术框架中,用一个总体的框架来涵盖诗学。另一方面,他又面临着诗学理论传统,他提出的问题放到诗学理论传统中看,又须是诗学内部的问题。他的肌理说一方面通于其整体的学术框架,另一方面又是诗学内部的问题。这样肌理说就必须朝着两个方向来诠释:一是往上说,一是往下说。往上说者,是确定肌理在义理、考据、辞章三者统一的大的学术架构中的位置;往下说者,是延伸到诗学内部问题中,揭示肌理说具体的诗学内涵。

关于往上说的诠释,翁方纲说:

> 理者,民之秉也,物之则也,事境之归也,声音律度之矩也。是

---

① 《志言集序》,《复初斋文集》卷四。

> 故渊泉时出,察诸文理焉;金玉声振,集诸条理焉;畅于四支,发于事业,美诸通理焉;义理之理,即文理之理,即肌理之理也。①

翁方纲说的理是普遍的理,为人世、自然万事万物所共同具有,此理可以贯通一切事物,一切事物的理都是相同的。文理、条理、通理、义理、肌理等等都是一理,其《理说驳戴震作》有云:

> 夫理者,彻上彻下之谓,性道统絜之理即密察条析之理,无二义也;义理之理,即文理、肌理、腠理之理,无二义也。

翁方纲认为所有的理都是一义,无须对理的含义作出分别。"性道统絜之理"是本质之理,"密察条析之理"是结构之理,义理是本质之理,文理是结构之理,翁方纲认为均是一理,所以理是"彻上彻下之谓"。理统贯一切事物,诗歌自然也不能例外。翁方纲说义理之理即文理之理、肌理之理,则诗歌之理与宇宙万物之理原是一理,诗歌在这方面并无特殊性。站在翁方纲的立场上,世界的一切都可以归结到一个理字,一切学术也都可以归结到一个理字,一切学问也都可以相通。由此而言,诗学可以通于义理学,可以通于考据学,因为它们的本原乃是一理。这样,诗学这一学问领域向上而有了一个与其他学问领域共同的基本原理。因而翁方纲用义理、文理来诠释肌理,不是要说诗歌的特殊规律,而是要把诗学放到一个普遍的学术框架中,说它们的普遍原理。严羽说"别材""别趣",是要说诗歌的特别之处,说诗歌的特殊规律,而翁方纲则是强调诗歌与其他学问的相同之处,强调它的不特别之处。

---

① 《志言集序》,《复初斋文集》卷四。

就文学范围而言,翁方纲用义理、文理来诠释其所谓肌理,而义理、文理两方面是一切文章所共具的要素,这种诠释不是朝向诗歌的特殊性方面,而是朝向诗文的共同性方面进行。将肌理往上说到义理、文理,则肌理与桐城派的义法就是相同的理论框架。翁方纲说:

> 《易》曰:"君子以言有物。"理之本也。又曰:"言有序。"理之经也。①

"言有物"是理之本,本即义理,"言有序"是理之经,经即文理。这正是桐城派义法说的内容。翁方纲的时代,桐城派已有相当的影响,姚鼐与翁方纲为同时人,二人曾往复论诗。桐城派的义法说对翁方纲思考诗学问题产生了影响。

翁方纲用义理、文理诠释肌理,是力图把诗学问题引出诗学之外,置于一个更大的统一的学术理论框架中处理。这种大的统一的学术理论框架就是所谓义理、考据、辞章的统一架构。

乾嘉时代,出现了学术整合化的倾向,即义理、考据、辞章之学的统一化趋向。戴震称:"古今学问之途,其大致有三:或事于义理,或事于制数,或事于文章。事于文章者,等而末者也。"②段玉裁在《戴东原集序》中言及戴震此一学说时称:

> 始玉裁闻先生之绪论矣,其言曰:有义理之学,有文章之学,有考核之学。义理者,文章、考核之源也,孰乎义理,而后能考核,能文章。玉裁窃以谓义理、文章未有不由考核而得者。

---

① 《杜诗"熟精〈文选〉理""理"字说》,《复初斋文集》卷十。
② 《与方希原书》,《戴东原集》卷九。

"考核之学"即戴氏所说的"事于制数"。戴震主张以义理为中心统一学术,而与戴震不同的是,段玉裁则主张以考据为基础来统一三者。钱大昕说:

> 尝慨秦汉以下,经与道分,文又与经分,史家至区道学、儒林、文苑而三之。夫道之显者谓之文,《六经》、子、史,皆至文也,后世传文苑,徒取工于词翰者列之,而或不加察,辄嗤文章为小技,以为壮夫不为,是耻肇帨之绣,而忘布帛之利天下;执糠秕之细,而訾菽粟之活万世也。①

钱大昕也主张经学、道学、文学三者统一。

翁方纲也认为义理、考据、辞章三者可以统一。其《吴怀舟诗文序》云:

> 有义理之学,有考订之学,有词章之学,三者不可强而兼也。况举业文乎? 然果以其人之真气贯彻而出之,则三者一原耳。②

在义理学与考据学之间,翁方纲主张考据应该置于义理学的价值系统之内,考据没有终极的价值,只是阐明义理的工具。义理学较之考据学有优先的地位,义理是统帅与目的。翁方纲说:

> 夫考订之学何为而必欲考订乎? 欲以明义理而已矣。其舍义

---

① 《味经窝类稿序》,《潜研堂文集》卷二十六。
② 《复初斋文集》卷四。

理而泛言考订者,乃近名者耳,嗜异者耳。①

从儒学的整体看,考据学本为阐明义理,为义理服务,必然受制于义理学的价值系统;但从考据学内在的要求看,考据是在求真,这样考据有可能突破义理学价值系统的束缚而具有独立性。阎若璩对伪《古文尚书》的考证,正体现出这一倾向。阎氏的考证使程朱理学建立在《古文尚书》基础上的所谓"十六字心传"受到空前的威胁。这样在儒学内部出现了对立。翁方纲的这种观点正是针对清初以来考据学脱离义理学而独立发展以至出现对立的状况而发。他批评阎若璩等人的考据为"近名""嗜异",就是为此。因而他主张"考订之学以衷于义理为主"②。要把考据学统摄到义理学之价值系统之内。既然考据是为明义理服务,那么辞章之学就是表现义理的。这样义理、考据、辞章三者之间,义理成为中心。

正因为在翁方纲看来,考据学从属于义理学,故他提出的肌理说可以通于义理学,也可以通于考据学。其《蛾术集序》云:

> 士生今日经学昌明之际,皆知以通经学古为本务,而考订诂训之事与词章之事未可判为二途。③

从翁方纲对肌理的诠释看,并没有包含考据一义,其实他所说的义理乃是建立在考据基础上的义理,是由考据而明的义理。

---

① 《与陈石士论考订书》,《复初斋文集》卷十一。
② 《考订论》上之一,《复初斋文集》卷七。
③ 《复初斋文集》卷四。

2. 肌理:内连诗理

以上是对肌理说往上诠释的一面,亦即将诗学放到一个总的学术框架中,确认诗学与义理、考据学有共同的原理。郭绍虞先生称翁方纲的肌理说为经学家的诗论,如果就其强调诗学与义理、考据相通的一面看,郭先生的话有合理性。但是,郭先生这样说也容易让人产生错觉:似乎翁方纲的肌理说是站在经学的角度提出的理论,而非出自诗学理论传统的角度;似乎翁方纲提出的问题是外在于诗学理论传统的问题,不是诗学理论传统固有的内在问题。事实上,翁方纲的肌理说一方面通于经学,另一方面也是诗学理论传统中的内在问题。

关于翁方纲为什么要提出肌理说,其《神韵论》上有明确的说明:

> 昔之言格调者,吾谓新城变格调之说而衷以神韵,其实格调即神韵也。今人误执神韵,似涉空言,是以鄙人之见,欲以肌理之说实之。

翁氏回顾从七子派的格调说到王士禛神韵说的演变历程,认为王士禛的神韵其实就是七子派的格调,当代人误执王士禛神韵说,流于空寂,所以要以肌理说使之着实。在翁方纲看来,王士禛神韵说之所以空寂,乃是因为神韵说上承严羽"别材""别趣"之说,标举"镜花水月""空音镜像"之境,诗中无学、诗中无理。翁方纲提出肌理说就是要以学理充实之。如果把肌理说放到古代诗学理论传统中审视,肌理说实际上乃是"别材""别趣"说的反动。严羽在主张"别材""别趣"之际,也说过须读书、穷理,但严羽的理论重心在"别材""别趣"。而翁方纲则将学理作为诗歌的根本,实际上是把严羽诗学中所含的一个副命题上升为主命题。因而肌理说并不是一个外在于诗学理论传统的学说,其所提出的恰恰是内在于诗学理论传统的问题。

以上是就诗歌境界言,谓神韵说的境界偏于空寂,须以肌理实之。翁方纲在《仿同学一首为乐生别》中又从入手的途径方面说明其提出肌理说的动机:

> 昔李(按,梦阳)、何(景明)之徒空言格调,至渔洋乃言神韵。格调、神韵,皆无可着手也,故予不得不近而指之曰肌理。少陵曰"肌理细腻骨肉匀",此盖系于骨与肉之间,而审乎人与天之合,微乎艰哉。①

就指示学诗者路径而言,他认为,格调、神韵难以有具体入手的途径,而肌理则示人一种切实的途径。

以上两则引文,前一则言境界,后一则言方法,翁方纲的肌理说既要标举一种诗境,又要示人以入手的途径。这些表明肌理说所要解决的是诗学理论传统的内在问题。

翁方纲之所以要称其诗学为肌理说,也与诗学理论传统有关。古代诗学主张诗与人通,诗即其人,人物品鉴可以通于诗歌批评,因而把诗歌视为一个活生生的生命体,这正是中国诗学的特征之一。从把诗歌作为一个生命体的角度,格调犹人之体格声气,神韵即人之风神,翁方纲也沿着这一理路命名其诗学,称之为肌理。以人而论,人之神韵虚而难言,肌理实而可执。翁方纲以义理、文理诠释其肌理说,则其肌理说的核心就是一个"理"字,但翁方纲不称其诗学为"诗理说"或其他什么"理说",而称之为"肌理说",因为"肌理"与"神韵"在同一理路上,

---

① 《复初斋文集》卷十五。

其名称本身就表明这种诗学是沿着格调、神韵说的理论传统提出问题，是有针对意义的，本身就带有与格调、神韵相比较的意义，如果去掉"肌"字，换成"诗理说"或别的什么字，就失去这种针对与比较的意义。因而翁方纲称其诗学为肌理说，强烈地表明他是站在诗学理论传统内部提出的问题。

3. 学人之诗与诗人、才人之诗

既然在翁方纲看来，诗学可以通于义理之学、考据之学，三者可以统一，那么从主体论上说，诗人与经学家、理学家即学者是三位一体的。从修养论上说，其修养方式也是相同的；从研究上说，方法论也是相同的：

> 有诗人之诗，有才人之诗，有学人之诗。齐梁以降，才人诗也；初盛唐诸公，诗人诗也；杜则学人诗也。然诗至于杜，又未尝不包括诗人、才人矣。①

翁方纲将才人、诗人之诗分别与特定时代联系起来，其说法未必确当。他又以杜甫为学人之诗，认为杜甫之诗包括才人、诗人之诗。这种说法虽是讨论诗歌史问题，但上升到理论层面上，就是学人可以兼才人、诗人，但诗人、才人却不能兼学人。学者的修养可以通于诗人的修养，由学者可以成为诗人。如此，翁方纲将诗人学者化、学者诗人化。

翁方纲的肌理既外通于学理，又内连于诗理，所以他的诗学打通了诗内与诗外、经学与诗学，贯通了学人与诗人、才人，可谓是彻上彻下，彻内彻外。

---

① 《七言律诗钞·凡例》。

二　从"非关理也"到"一衷诸理"

严羽说"诗有别趣,非关理也",并以此为依据尊唐贬宋,此后的尊唐者大都依此批评宋诗,而要肯定宋诗,则必须从理论上击破这一命题。翁方纲针对这一命题,说诗歌不是"非关理也",而是"一衷诸理"。如果能证明诗歌"一衷诸理"的命题,则以"非关理"为依据批评宋诗就不能成立。所以翁方纲的肌理说拈出"理"字,不仅具有理论的意义,更具有诗歌史的意义,它是肯定宋诗的依据。

1. 诗与理:诗文之辨与唐宋之辨

诗与理的关系是诗学理论传统的一个重大问题。这一问题在理论的层面关涉诗文之辨,在诗歌史的层面关涉唐宋诗之辨。

严羽说"诗者吟咏性情也",又说"诗有别趣,非关理也",他据此提出唐宋之辨,唐人主兴趣,宋人以议论为诗。这成为此后数百年间尊唐贬宋者的重要理论依据。尊唐者认为,唐诗主性情,是以诗为诗;宋诗说理议论,是以文为诗。这样唐宋诗之辨上升到理论的层面就是诗文之辨,诗文之辨落实到诗歌史上就是唐宋诗之辨,两个问题纠结在一起。元明以来的宗唐诗学沿着这一理论进路展开。肯定宋诗者要对宋诗作出肯定,不能回避反对宋诗者提出的理论问题,必须对反对宋诗者所提出的问题作出理论的回答。根据反对宋诗者所提出的问题,回答的方式不过有两种。一是否认宋诗说理。这种回答方式可以承认反对宋诗者的关于诗言情的诗歌本质观,与反对宋诗者有共同的理论前提。只是在认定宋诗是否说理的具体问题上有差异。第二种回答是承认宋诗说理。若承认宋诗说理,又要肯定宋诗,那就必须从理论上论证说理的合法性,必须对诗与理的关系作出正面的肯定的理论回答,必须从诗歌本质的层面上解决诗歌与理的关系问题。

　　钱谦益深明这一点,所以他抨击复古派、肯定宋诗的地位,要追溯到严羽,批驳严羽的诗学:"严氏以禅喻诗……其似是而非,误人箴芒者,莫甚于妙悟之一言。彼所取于盛唐者何也? 不落议论,不涉道理,不事发露指陈,所谓玲珑透彻之悟也。"①钱谦益举出《诗经》的例子为据,认为《诗经》有议论、道理、发露、指陈。《诗经》是经典,无论是正面立论,还是反面驳论,引经据典乃是最有力的手段。钱谦益正是如此。他以《诗经》的例子来证明议论说理同样是《诗经》的传统,尽管这种证明方式在今天看来缺乏理论说服力,但在当时却有重要意义。这种证明实质上乃是要打破严羽以来的诗文之辨,从理论上确立议论说理是诗歌的固有特征。钱谦益《严印持废翁诗稿序》称严氏"作为歌诗,往往原本性情,铺陈理道"②,即肯定诗歌可以说理。钱谦益打破严羽、七子派的诗文之辨,也就打破了唐宋诗之辨,肯定了宋诗的价值。黄宗羲与钱谦益一样肯定宋诗,他针对严羽批评宋诗"以文字为诗,出才学为诗,以议论为诗",认为这些特征都是唐诗的传统:"以文字为诗,以才学为诗,以议论为诗,莫非唐音。"③肯定议论说理也是唐诗的传统,打破了以言情、说理议论为唐宋诗之别的理论。

　　严羽乃至七子派主张言情、说理为诗文之辨、唐宋之辨,而钱谦益、黄宗羲则反对之,二者观点互相对立。以前者之观点,宋诗固然在其否定之列,但这种观点一旦被强化,杜甫诗就要被否定,毛先舒尤其是王夫之对杜甫的批评正表明此点。不过,即便是批倒杜甫,这种观点也还有一道难以逾越的关隘,即被崇奉为经典的《诗经》中也有说理议论的

---

①　《唐诗英华序》,《有学集》卷十五。
②　《初学集》卷三十三。
③　《张心友诗序》,《南雷文定》前集卷一。

例子,这以他们的理论无法完满解释。而这一点恰恰成为钱谦益们抨击他们的最有力工具。以钱谦益、黄宗羲一派的观点,固然可以肯定宋诗,但如果承认说理议论的合法性而不加限制,就要承认道学家的说理谈道的性气诗的合法地位。而宋元以来,道学家之性气诗在诗歌传统中一直被视为外道,没有获得真正的诗歌史的地位,如果承认性气诗的地位,那么诗和文的分界是什么? 就是有韵、无韵之别? 若如此,诗歌不就成为刘克庄所指责的"经义策论之有韵者"了吗? 这样看来,以上两种观点都有其各自理论以及实践上的困难。其后的诗学家察觉到以上的困难,试图对两方的观点进行综合。

　　冯班是钱谦益的门人,他也抨击严羽,但在对待议论说理问题上与钱谦益实有不同。冯班批评严羽"不落言筌,不涉理路"云:

> 诗者,讽刺之言也,凭理而发,怨诽者不乱,好色者不淫,故曰思无邪。但其理元(按,玄),或在文外,与寻常文笔言理者不同,安得不涉理路乎?①

冯班认为诗"凭理而发",正面肯定诗与理的关系,这与钱谦益是一致的,但他又认为诗之言理与文之言理不同,诗之理在文外,不能直说。冯班不以言情与说理为诗文之辨,却讨论诗文表现理之方式的不同,因此唐宋诗之辨也还是存在的。冯班不喜欢宋诗,这也是重要缘由之一。

　　贺裳评严羽之论云:

> "诗有别趣,非关理也。"然理原不足以碍诗之妙,如元次山

---

① 《钝吟杂录》卷五。

《舂陵行》、孟东野《游子吟》、韩退之《拘幽操》、李公垂《悯农诗》，
真是《六经》鼓吹。乐天与微之书曰："文章合为时而著，歌诗合为
事而作。"然其生平所负，如《哭孔戡》诸诗，终不谐于众口。此又
所谓"言之无文，行之不远"。故必理与辞相辅而行，乃为善耳，非
理可尽废也。①

贺裳从消极的意义上阐明理不妨碍诗歌之妙（美感），而严羽从积极的
意义上论证诗歌有特别的趣味，与理无关。从逻辑上说，严羽说诗歌的
趣味与理无关，并不一定意味着他认为理对诗歌的趣味有妨碍，关键在
于如何表现。因而贺裳所云与严羽在理论上并无矛盾。但是，贺裳实
际上是要肯定理对于诗歌的正面价值，要对严羽"非关理"之说作出修
正。他所谓辞是比较宽泛的概念，指审美表现方面的诸因素，并非专指
辞藻。贺裳主张辞应该有文，而文即美的感性化的表现形式。所谓理
与辞相辅而行，就是要求把理寓于美的表现形式中，把理与感性化的审
美表现形式和谐统一起来。贺裳之论是要破严羽的诗文之辨，但他没
有肯定宋诗的地位，主要是因为在他看来宋诗在审美表现方面即辞方
面有欠缺。

吴淇也是尊汉魏尊唐诗者，他称：

　　诗以理为骨，然骨欲藏不欲露，故诗人之妙，全在含蓄，留有余
不尽之意，以待后来明眼人指破。②

其所谓"诗以理为骨"，正面肯定诗与理的关系，而所谓理藏而不露者，

---

① 《载酒园诗话》卷一。
② 《六朝选诗定论》卷一。

又认为诗中不能直接说理。陈祚明诗学中的一个重要范畴就是理。他
说:"诗之大旨惟情与辞。曰命旨,曰神思,曰理,曰解,曰悟,皆情
也。"①他把诗分为情与辞两个方面,而把理放在情的诸因素之中。这
表明在陈祚明的诗学观念中,理与情并不对立,他偏向于从情理统一的
一面理解二者关系,但其将理置于情的范畴之下,又表明他所理解的统
一乃是以情摄理。

张谦宜云:

> 文章名理,世鲜兼长。诗非不要理,只是人不能于诗中见理
> 耳。理无不包,语无不韵者,《三百篇》之《雅》《颂》是也。不必以
> 理为名,诗妙而理无不通者,《离骚》以讫汉魏是也。但求词佳,不
> 堕理窠者,两晋、六朝以讫三唐是也。祗求理胜,不暇修词者,程、
> 朱、邵子辈是也。风气日下,得一层必失一层,若天限之,生古人以
> 后者,何处下手?②

张谦宜认为,从《诗经》到汉魏,是理与词达到和谐统一的时期,此后或
词胜于理,或理胜于词,各有得失。这种论断显然受到严羽以词、理、
意、兴论诗歌史的影响,不过张谦宜把意兴归入词之一面。严羽只说
"南朝人尚词而病于理",而"唐人尚意兴而理在其中",张谦宜则把两
晋、六朝、唐诗都归于尚词一类,但他不说这些时代"病于理",而只说
其"不堕理窠"。说"病于理"是言其弊病,是否定的意义,张谦宜将晋、
唐诗一并说,不便说其诗病于理,故云"不堕理窠"。"不堕理窠"乃是
一个肯定的说法,不是弊病。但从其将"但求词佳"与"祗求理胜"两者

---

① 《采菽堂古诗选·凡例》。
② 《茧斋诗谈》卷一。

对举而言,又说得一层必失一层,则又有嫌晋至唐诗有于理不足之意。从上段引文看,张谦宜似乎只是认为道学家诗爱说理,但事实上,他认为言理是宋诗的普遍特征,道学家只是极端的例子:"诗中谈理,肇自三《颂》。宋人则直泄道秘,近于钞疏,将古法婉妙处,尽变平浅,反觉腐而可厌。"他认为:"善谈理者,不滞于理,美人香草,江汉云霓,何一不可依托,而直须仁义礼智不离口,太极天命不去手,始谓之谈理乎?"①理不应该直接说出来,而应该寓于比兴当中而形象化。

从冯班到张谦宜,都在一方面纠正严羽"诗有别趣,非关理也"的命题,肯定诗歌的趣味与理有关,但又沿着把"理"感性化的途径来处理诗与理的关系,主张理寓于情感,或是以比兴等感性化的形式将之表现出来,而反对直接说理。这实际上也是吸收了严羽诗学强调"兴趣""意兴"等感性化的一面。正是由于这一方面,所以他们都不能正面肯定宋诗的价值。

王士禛论诗继承严羽诗学,也把言情与说理作为诗文之界,因而反对在诗中说理:

> 《诗三百》主言情,与《易》太极说理判然各别。若说理,何不竟作语录,而必强之为五言七言?且牵缀之以声韵,非蛇足乎?荆川之徒撰白沙、定山及荆川诗为《二妙集》,继《击壤集》后,以为诗家正脉,艺林传为笑柄,讵可蹱其陋哉!②

言情是诗的特征,说理是文的特征,两者有明确的分界,这正是严羽及七子派的诗文之辨。唐顺之及门人编陈献章、庄昶及唐顺之等诗为

---

① 《茧斋诗谈》卷一。
② 《居易录》卷十。

《二妙集》①，以继邵雍《伊川击壤集》，作为诗家的正宗，王士禛称其为笑柄，就是因为这些人的诗歌乃是说理之作。但王士禛并不像七子派那样把言情与说理作为唐宋诗之别，认为宋诗中只有道学家诗好说理。其门人刘大勤曾问："宋诗多言理，唐人不然，岂不言理而理自在其中与？"王士禛答曰：

> 昔人论诗曰："不涉理路，不落言诠。"宋人惟程、邵、朱诸子为诗好说理。在诗家谓之旁门。②

刘大勤的观点是以说理为宋诗的特征，以言情说理为唐宋诗的分界。这犹是严羽、七子派的观点。王士禛一方面强调严羽"不涉理路"之说，但另一方面却说宋人只有二程、邵雍、朱熹这些道学家作诗好说理，而不说宋诗多言理。这样他把诗文之辨与唐宋诗之辨分离，言情说理是诗文之辨，但并不等于唐宋之辨。严羽、七子派以说理贬斥宋诗，王士禛并不以此作理由贬斥宋诗，只是贬斥道学家的性气诗。这是王士禛与严羽、七子派的重要不同。

　　叶燮以理、事、情为诗歌的对象，从理论上直接把理作为诗歌的表现对象之一，这与王夫之把理排除在诗歌的表现对象之外是不同的，但叶燮又认为，作为诗歌对象的理不是"名言之理"，而是"名言所绝之理"；所谓"名言之理"是文之对象，而"名言所绝之理"才是诗歌的对

---

① 黄虞稷《千顷堂书目》卷三十一著录："唐顺之《二妙集》十二卷，选唐宋元明七言律绝。"其书为唐顺之门人万士和所刻。士和《二妙集序》："先生尝选汉魏以来古选歌行绝句律诗各若干首，龙溪王氏名之曰《二妙集》，盖用白沙语，谓其理法俱妙。""集成而世无好者……先生于七言律绝拣选尤严，余因刻此一种，并增入先生所作，分十二卷。"（《明文海》卷二百四十）

② 《师友诗传续录》。

象,作为诗歌表现对象的理与文的表现对象不同。这与主唐者所说的诗中不能直言理的观点又是相通的。

王士禛未能正面吸纳理,理对其诗学而言还属于负面范畴,而沈德潜的诗学则吸收了理,使其成为正面的范畴。沈德潜继承叶燮的诗学,认为理也是诗歌的表现对象,但他并未区分"名言之理"与"名言所绝之理",而是认为理应该以比兴的方式来表现,所谓"事难显陈,理难言罄,必托物连类以形之",正是要求将理以感性形态表现在诗歌中。他说:

> 诗不能离理,然贵有理趣,不贵下理语。陶渊明:"汲汲鲁中叟,弥缝使其淳。"圣人表章《六经》,二语足以尽之。杜少陵:"江山如有待,花柳自无私。"天地化育万物,二语足以形之。邵康节诗,直头说尽,有何兴会?至明儒"太极圈儿大,先生帽子高",真使人笑来也。①

严羽有"非关理也"之论,沈德潜则说"诗不能离理",肯定理与诗有密切关系。所谓理趣者,就是使理感性化、形象化,使其具有美感。而理语者,就是直接说出道理。他称:"人谓诗主性情,不主议论。似也,而亦不尽然。试思二《雅》中何处无议论?杜老古诗中《奉先》《咏怀》《北征》《八哀》诸作,近体中《蜀相》《咏怀》《诸葛》诸作,纯乎议论。但议论须带情韵以行,勿近伧父面目耳。""议论须带情韵以行"也正是将理感性化。王士禛只是肯定议论在七言古诗中的合法性,沈德潜则打破了这种限制。

---

① 《清诗别裁集·凡例》。

　　主唐派诗学对于理的问题到沈德潜获得合理的解决。从"非关理也"到"不能离理",理在主唐派的诗学系统中从没有合适的位置到有正面的位置。钱谦益以《诗经》的例子论证诗歌可以议论说理,黄宗羲认为议论说理都是唐诗,这些观点本是主唐派诗学无法接受的,但到沈德潜却将这些观点都吸纳到其诗学。只是沈德潜对此加了一条界线,即必须将理感性化。在毛先舒、王夫之、王士禛的诗学中,杜甫诗歌因叙事、议论因素而难以在其诗学中有合理的位置,沈德潜则解决了这个困扰主唐派诗学的问题。

2. 翁方纲:"一衷诸理"

　　清初以来的诗学较为深入地探讨了诗与理关系,不过,宗唐派如沈德潜还是立足于传统的"诗有别趣"立场,只不过是对严羽"非关理"的命题作了若干修正;主张宋诗者如钱谦益,其诗学理论的重心也不在理的问题上,而是针对七子派的重形式而强调性情的自由抒发。翁方纲则是正面直接地以理为基点立论,旗帜鲜明地提出严羽"诗有别趣,非关理也""不涉理路"之说的反命题,称"在心为志,发言为诗,一衷诸理而已"①。

　　翁方纲面临严羽以来"非关理也"的理论传统,这一理论传统在元明时代影响颇大,宋诗之受贬斥就与此理论传统的影响有密切关系。在翁方纲看来,这一理论传统在清代由于王士禛的提倡而更有影响。翁方纲要提出"非关理也"的反命题,当然可以自我立说,称诗歌应该以理为中心。但他却从诗学理论传统的内部寻找其立论的依据,这样可以使他的理论上接诗学传统,在论证策略上可以使其理论更具有说

---

　　① 《志言集序》,《复初斋文集》卷四。

服力。而且,翁方纲追溯到的理论来源地位越高,则越能有力地支持其理论。他从杜甫、韩愈以及杜牧等人的诗文中找到理论依据。杜甫说"熟精《文选》理",韩愈说"雅丽理训诰",杜牧序李贺集谓"少加以理,奴仆命《骚》可也"。这些论诗之语均言及"理",强调"理",正与严羽"非关理也"相对立。这些论诗之语成为翁方纲肌理说在诗学理论传统中寻得的经典性依据。这样翁方纲就把肌理说建立在诗学理论传统之上,成为从诗学理论传统内部引出的理论,而与严羽乃至王士禛"非关理也""不涉理路"的诗学相对抗。正是为此,他在《志言集序》《格调论》《神韵论》中反复引及,而且又有《杜诗"熟精〈文选〉理""理"字说》《韩诗"雅丽理训诰""理"字说》两篇专论对此专门论述。可见这些论诗之语对于翁方纲确立肌理说之重要性。

杜甫有"熟精《文选》理"之语,王士禛的门人曾问此句"理"的含义,王士禛称"'理'字似不必深求其解"①。而在翁方纲,杜甫的这句话恰恰可以成为肌理说的重要理论依据,王士禛称"理"字"不必深求其解",在翁方纲看来,正显示出严羽及王士禛诗学的理论破绽。由于杜甫在诗歌史的崇高地位,杜甫之语恰可以成为翁方纲用以批评严羽及王士禛诗学的最佳依据。所以翁方纲紧紧抓住这一句话,由之来确立其理论系统。他称:

> 自宋人严仪卿以禅喻诗,近日新城王氏宗之,于是有不涉理路之说,而独无以处夫少陵"熟精《文选》理"之"理"字,且有以宋诗近于道学者为宋诗病,因而上下古今之诗,以其凡涉于理路者皆为诗之病,仅仅不敢以此为少陵病耳。然则孰是孰非耶? 曰:皆是

---

① 《师友诗传录》。

也。客曰：然则白沙、定山之宗《击壤》也，诗之正则耶？曰：非也。
少陵所谓理者，非夫《击壤》之流为白沙、定山者也。①

翁方纲将诗学史对待理的态度分为三类：一是从宋代邵雍到明代陈献
章、庄昶这些道学家一派，一是严羽到王士祯的"不涉理路"之说，一是
杜甫"熟精《文选》理"之说。严羽到王士祯之"不涉理路"说与道学家
之诗是对立的两极，两者各陷一偏，杜甫之说则得其正。

　　翁方纲认为，严羽、王士祯主张"不涉理路"，但无法解释杜甫"熟
精《文选》理"的"理"字；这一派排斥宋诗和诗歌史上一切涉于理路之
诗，但不敢以此批评杜甫。杜甫诗的地位无可怀疑，而杜甫本人也说
"熟精《文选》理"，那么这句话足以反驳"非关理也""不涉理路"之说。
因此，翁方纲在其论诗著作中反复引申发挥杜甫此语，由此反驳严羽、
王士祯一派，从而确立肌理说。

　　《文选》一般被视为追求文辞（修辞）之书，杜甫说"熟精《文选》
理"之"理"的内涵是什么，翁方纲必须加以说明：

　　　　天下未有舍理而言文者，且萧氏之为《选》也，首原夫孝敬之
　　准式、人伦之师友，所谓"事出于沉思"者，惟杜诗之真实足以当
　　之，而或仅以藻缋目之，不亦诬乎？

在翁方纲看来，杜甫所谓"《文选》理"之"理"所指是"孝敬之准式、人
伦之师友"这些道德伦理，杜甫诗体现出的正是这种理。

　　翁方纲进一步证明杜甫诗的言理，他说：

---

① 　《杜诗"熟精〈文选〉理""理"字说》，《复初斋文集》卷十。

　　杜之言理也,盖根极于《六经》矣,曰"斯文忧患余,圣哲垂象
系",《易》之理也。曰"舜举十六相,身尊道何高",《书》之理也。
曰"春官验讨论",《礼》之理也。曰"天王狩太白",《春秋》之理
也。其他推阐事变,究极物则者,盖不可以指屈。则夫大辂椎轮之
旨,沿波而讨原者,非杜莫能证明也。

"斯文忧患余"二句出自杜甫《宿凿石浦》,《易传》谓:"作《易》者,其有
忧患乎?"仇注谓"文王蒙难而作象,孔子莫容而赞《易》,皆从忧患得
之"。杜甫实以圣哲自任,谓自己的诗歌也从忧患得之,可比之于卦
辞、系辞传。"舜举十六相"二句出《述古三首》之二,《左传》文公十
八年谓:"是以尧崩而天下如一,同心戴舜以为天子,以其举十六相,去
四凶也。"杜甫借舜举贤才讽当时统治者用才不当。"春官验讨论"语
出《奉留赠集贤院崔(国辅)于(休烈)二学士》,上句为"天老书题目"。
天宝间杜甫献赋,明皇召试文章,宰相("天老")书题,礼部官员判其高
下。《周礼》以宗伯为春官,掌典礼,后世因称礼部尚书为大宗伯,礼部
侍郎为少宗伯,在此泛指礼部官员。杜甫只是借春官一词代指礼部官,
并未言《礼》之理,翁氏不免牵强。"天王狩太白",语出《九成宫》。
《春秋》有"天王狩于河阳"句,当时唐肃宗在凤翔(太白山在凤翔郿
县),故借用"天王狩"语指称之。此四例可分两类,前两例属一类,借
古人典故以表达自己的情感与思想;后两者属于一类,只是借用其词语
而已。其实翁方纲所举的这四句诗并非阐述《易》《书》《礼》《春秋》之
理,只是这四句诗出典自经书,自然关涉到经书的内容,在翁方纲看来
就是言经书之理。翁方纲之所以举出这四句诗,是因为这四句诗涉及
儒家《六经》中的四部经典,而《六经》中《乐经》无传,《诗经》本身就是
诗,所以翁方纲举出四个例子,说杜甫诗言儒家四部经典之理,也就等
于说杜甫诗言全部儒家之理。翁方纲如此牵强地论证杜诗言理,不过

是借杜甫来证明其"一衷诸理"的命题。

诗歌所言之理与道学家之理是否同一理？对于翁方纲的肌理说而言，这是很重要的关节。叶燮也主张理是诗歌的表现对象，但他分辨诗歌之理与常理不同，是"名言所绝之理"，意味诗歌所言之理是特别之理。翁方纲是在义理、考据、辞章统一的大框架中谈论诗之理，诗之理必须能与义理之学的理相衔接，那么从义理之学到诗学才能一贯，否则义理学之理是一理，而诗学之理别是一理，理字就截分两橛，就不能如翁方纲所说的"彻上彻下"，其统一的大框架无法成立。从其理论系统的内在要求看，翁方纲必然要肯定义理学之理与诗学之理的同一性，所以他明言"理安得有二哉"，认为道学家的理与诗歌的理乃是同一之理。但是翁方纲这样肯定又面临一个问题，既然理只有一个，那么道学家的言理诗与杜甫的言理诗有无区别？道学家的诗是否也是诗歌的正宗？如果在西方诗学的背景中，哲学诗之接受肯定不会有困难，但是在抒情传统占绝对优势的中国诗学背景中，要肯定道学家这一类哲学诗极困难。这一界限也是翁方纲难以逾越的，所以他表明"理安得有二哉"之后，就立即加以限定，说"顾所见何如耳"，要说"少陵所谓理者，非夫《击壤》之流为白沙、定山者也"，理虽同是一理，但表现理的方式则不同：

> 理之中通也，而理不外露，故俟读者而后知之云尔。若白沙、定山之为《击壤》派也，则直言理耳，非诗之言理也。①

翁方纲最终还是承认诗之言理有其特殊性。所谓"理之中通""理不外

---

① 《杜诗"熟精〈文选〉理""理"字说》，《复初斋文集》卷十。

露"就是说诗歌言理而不直接说理,这种说法与传统诗学观并无区别。站在这种立场上,他称:

> 自王新城究论唐贤三昧之所以然,学者渐由是得诗之正脉,而未免歧视理与词为二途者,则不善学之过也。而矫之者,又或直以理路为诗,遂蹈白沙、定山一派,致启诗人之訾謷,则又不足以发明六义之奥,而徒事于纷争疑惑,皆所谓泥者也。必知此义,然后见少陵之贯彻上下,无所不该。学者稍偏于一隅,则皆不得其正。

翁方纲一方面正面肯定诗言理,另一方面又与道学家言理划清界限。既批评"不涉理路"之说,也批评道学家之诗。从具体的理论上看,并未超出沈德潜诗学的范畴。较之钱谦益、黄宗羲直接肯定说理、议论,翁方纲向传统诗学更靠近一步。

韩愈有《荐士》诗评述《诗经》以来的诗歌,其首四句云:"周《诗》三百篇,雅丽理训诰。曾经圣人手,议论安敢到?"这也是翁方纲论证肌理说的重要依据。翁方纲乃针对其"理"字称:

> 近有疑此篇"理"字者,故不得不为之说曰:理者,综理也,经理也,条理也。《尚书》之文直陈其事,而诗以理之也。直陈其事者,非直言所能理,故必雅丽而后能理之。雅,正也;丽,葩也。韩子又谓"《诗》正而葩是也"。凡治国家者谓之理,治乐者谓之理,治玉者谓之理,治丝者谓之理。故曰国史明乎得失之迹,得失皆理也。又曰以一国之事系一人之本谓之风,言天下之事形四方之风谓之雅,颂者美盛得之形容,形与系皆理也。又曰风、雅、颂为三经,赋、比、兴为三纬,经与纬皆理也。理之义备矣哉。然则训诰者,圣王之作也。理则孰理之欤?曰:作是诗者不知也。及其成

也,自然有以理之。此下句曰:曾经圣人手,议论安敢到。此即理
字自注也。理者,圣人理之而已矣。凡物之不得其理,则借议论以
发之,得其理则和矣。岂议论所能到哉?至于不涉议论,而理字之
浑然天成,不待言矣。非圣人孰能与于斯!①

此诗之"理"字前人或有疑其有误,翁方纲则认为不误,因此要对此加
以解说。而翁方纲的解说因为要牵连至肌理说,所以大费周折。"雅
丽理训诰","雅丽"者指《诗经》,"训诰"者指《尚书》。《尚书》是直陈
其事,而《诗经》来"理"之。这里的"理"当作动词用。从广义上说,就
是所谓综理、经理、条理,都是指运用某种手段方式使对象达到一种有
序状态,具有某种结构,治国、治乐、治玉、治丝都称之为理,都可以从这
种意义上理解。具体到诗上来说,就是将《尚书》的内容以诗的形式来
展现,在这种意义上,形成诗歌过程中所涉及的一切方面都可以称之为
"理"。这里有内容方面的"理",很多的事实摆在面前,要对它们作出
判断,即对政治得失的认识,这是"理";有表现方式、表现形态方面的
"理","以一国之事系一人之本","言天下之事形四方之风","形"和
"系"涉及表现的角度和范围,这是"理",风、雅、颂是体裁("经"),赋、
比、兴是表现方式("纬"),这也是"理"。在翁方纲所说的意义上,整
个作诗的过程就是对所要表现的对象进行"理"的过程。作为动词用
的"理"的结果即是作为名词用的"理",有义理、文理两个方面,义理即
所谓"正",文理即所谓"葩"。本来,韩愈说"曾经圣人手,议论安敢
到",乃是谓《诗经》经过孔子的整理,自己不敢评论。但翁方纲却将之
加以引申发挥,说事物没有经过"理",就要借议论直接说出来,而《诗

---

① 《韩诗"雅丽理训诰""理"字说》,《复初斋文集》卷十。

经》之"理"训诂,使义理和形式得到了和谐的统一,义理蕴含在形式中,得到了完满的表现,就无法直接议论说出来。这正是诗歌之"理"的特殊之处,而与其在论杜甫"熟精《文选》理"之"理"时所说的"理之中通""理不外露"连在了一起。翁方纲对韩愈这句诗牵强解释,不过是要借此来证明其肌理说之理。

"诗言志"的命题涉及情理关系,但这一命题具有相当大的诠释空间,既可以往强调缘情的方面诠释,也可以往强调理的方向诠释。袁枚的诠释代表了前一种诠释方向,翁方纲则代表了后一种诠释方向。翁方纲也谈"诗言志":"昔虞廷之谟曰:'诗言志,歌咏言。'孔庭之训曰:'不学诗,无以言。'言者,心之声也。文辞之于言,又其精者。诗之于文辞,又其谐之声律者。然'在心为志,发言为诗',一衷诸理而已。"①他由言志出发,将笔锋一转,将言志归结到理。这清楚地表明他由理来把握言志的倾向。至此理就取代志成为中心。翁方纲从义理方面把握志,使得他对志的理解过于偏狭。据洪亮吉称"黄仲则《悔存轩集》,为翁学士所删。凡稍涉绮语及饮酒诸诗,皆不录入"②。正反映出其诗学存在的这方面问题。

翁方纲提出理的问题,主要的意义在于从理论上否定了严羽以来的"非关理也""不涉理路"之说,确立理在诗歌中的本然地位,正面地把理作为诗歌的本质。这是理论命题的重大变化。这一理论命题打破了诗文之辨,也打破了唐宋之辨。严羽、七子派等以"诗有别趣,非关理也"排斥宋诗,翁方纲从理论上推翻这一理论命题,则排斥宋诗就没有道理。沈德潜站在抒情诗学的立场上容纳理,因而使其抒情诗学更具有理论上的弹性,可以解决《诗经》乃至唐诗传统中的议论说理问

---

① 《志言集序》,《复初斋文集》卷四。
② 伍崇曜《石洲诗话》跋。

题,可以接纳杜甫;翁方纲之肯定诗言理,目的是肯定宋诗。两者的根本立场不同。

3. 义理、文理与正本探源之法、穷形尽变之法

翁方纲颇注意其肌理说与诗学理论传统的贯通,他将肌理说直接与杜甫、韩愈、杜牧之说法相连,而反对严羽的"非关理也""不涉理路"之论;其《诗法论》又将自己的肌理说与传统的诗法论贯通起来。其《诗法论》云:

> 文成而法立。法之立也,有立乎其先、立乎其中者,此法之正本探原也;有立乎其节目、立乎其肌理界缝者,此法之穷形尽变也。杜云"法自儒家有",此法之立本者也;又曰"佳句法如何",此法之尽变者也。

翁方纲认为有两种诗法:一是"法之正本探原"者,二是"法之穷形尽变"者。"正本探原"之法涉及诗歌创作的本原问题,"穷形尽变"之法涉及诗歌的艺术表现形式及技巧问题。前者通于义理,后者通于文理。传统谈诗法者所论大都属于后者,这一方面的理论放到翁方纲的肌理说中,正是所谓文理。站在肌理说的立场上言,只谈表现形式技巧的诗法,就是只谈文理,而不谈义理,这是不够的,所以他要提出正本探源之法,与其肌理说的义理—义衔接起来。

翁方纲将其所谓正本探源之法追溯至杜甫《偶题》"法自儒家有"的诗句。其《石洲诗话》卷一云:

> 杜公之学,所见直是峻绝。其自命稷、契,欲因文扶树道教,全见于《偶题》一篇,所谓"法自儒家有"也。此乃羽翼经训,为《风》

《骚》之本,不反如后人第为绮丽而已。

在翁方纲看来,"法自儒家有"的"法"字不是一般人所理解的表现形式技巧之法,而是诗歌的本原之法,这种法显示诗歌的本原所在。杜甫说"法自儒家有",表明杜甫认为诗歌的本原在儒家之学。杜诗正是这种诗学观的体现,杜甫以稷、契自命,要借文学来扶持儒家之教,体现的正是这句诗之意。翁方纲所说的这种正本探源之法,放到他的肌理之理的框架中看,实际就是义理之理。他在《杜诗"熟精〈文选〉理""理"字说》中举出杜甫诗句,证明杜诗言《易》《书》《礼》《春秋》之理,与他在这里称杜甫诗的本原在儒家,两者乃是一致的,可以互相贯通。只是前者从理的角度说,后者乃从法的角度说而已。

翁方纲将"法之穷形尽变"者追溯到杜甫的诗句"佳句法如何",所指乃是审美表现方面的法则:

惟夫法之尽变者,大而始终条理,细而一字之虚实单双,一音之低昂尺黍,其前后接笋、乘承转换、开合正变,必求诸古人也。①

此方面的法则包括篇章结构、字法、句法以及音调方面的法则。这些方面的法则就是文理。翁方纲只在对肌理之理作诠释时使用文理一词,当他在讨论具体的诗学问题时大多称之为诗法或法。两者其实是相通的。

---

① 《诗法论》,《复初斋文集》卷八。

三 从虚到实

在翁方纲看来，王士禛神韵说崇尚镜花水月之境，流于空寂，他提出肌理说就是要纠正神韵说的空寂之弊，使诗境由虚转实。

1. 虚境与实境：唐宋诗之别

翁方纲对唐宋诗的特征作了对比性概括，称"唐诗妙境在虚处"，而"宋诗妙境在实处"。

翁方纲认为，唐诗可以盛唐为代表。初唐的优秀诗人如陈子昂、张九龄等"皆开启盛唐者也"，中晚唐的优秀诗人如韦应物、柳宗元、韩愈、白居易、杜牧等"皆接武盛唐、变化盛唐者也"，所以"有唐之作者，总归盛唐"。而盛唐诗的妙境就是虚处，他说：

> 盛唐诸公，全在境象超诣。所以司空表圣《二十四品》，及严仪卿以禅喻诗之说，诚为后人读唐诗之准的。[1]

这种"境象超诣"的特征，他或者称"兴象超妙"[2]、"兴象超远"[3]，翁方纲批评王士禛《唐贤三昧集》对盛唐诗的理解陷入空寂，但是他也用"境象超诣"概括盛唐诗传统，不仅如此，他还用以概括整个唐诗传统，勉强地将杜甫、韩愈、白居易、杜牧等诗人强纳入兴象超诣的境界之中。他之所以如此概括，乃是与宋诗比较而言，着意强调唐宋诗的分别。

---

[1] 《石洲诗话》卷四。
[2] 《石洲诗话》卷一："唐人之诗，但取兴象超妙。"
[3] 《石洲诗话》卷一："盛唐诸公之妙，自在气体醇厚，兴象超远。"

翁方纲认为宋诗以实为特征,其《石洲诗话》称:

> 若夫宋诗,则迟更二三百年,天地之精英,风月之态度,山川之气象,物类之神致,俱已为唐贤占尽。即有能诗者,不过次第翻新,无中生有。而其精诣,则固别有在者。宋人之学,全在研理日精,观书日富,因而论事日密。如熙宁、元祐一切用人行政,往往有史传所不及载,而于诸公赠答议论之章,略见其概。至如茶马、盐法、河渠、市货,一一皆可推析。南渡而后,如武林之遗事,汴土之旧闻,故老名臣之言行、学术,师承之绪论、渊源,莫不借诗以资考据。而其言之是非得失,与其声之贞淫正变,亦从可互按焉。①

唐诗的"境象超诣",实是以景抒情的方式造成的诗境,所以对天地、山川、风月、物类这些自然风物的描绘是唐诗的突出特征。但是经过唐人近三百年的描绘,自然风物之美被唐人描绘已尽,宋人不可能在这方面与唐人争长。宋诗的特点主要体现在研理、观书、论事上。宋诗不以境象见长,而以义理、学问、论事见长。从宋诗中可以见出宋代的政治、经济、道德、学术等各个方面内容,这些内容有许多为史传所不载,因而可作考据的资料。此即宋诗之实。

翁方纲所谓唐诗虚、宋诗实,渗透着考据学的价值观念。站在考据学的立场言,宋诗中有义理、有学问、有史事,有实在的内容可执可考,故可谓实;唐诗描绘自然风物,除风云月露之外,往往没有实在的东西可抓,所以觉得虚。

翁方纲以其对唐宋诗特征的理解为基准,批评当代人误会了唐宋

---

① 《石洲诗话》卷四。

诗各自的精神,批评吴之振《宋诗钞》对宋诗的特征作了错误的理解与概括。其《石洲诗话》称:

> 今论者不察,而或以铺写实境者为唐诗,吟咏性灵、掉弄虚机者为宋诗。所以吴孟举之《宋诗钞》,舍其知人论世、阐幽表微之处,略不加省,而惟是早起晚坐、风花雪月、怀人对景之作,陈陈相因。如是以为读宋贤之诗,宋贤之精神其有存焉者乎?①

人们一般认为自然景物为实,但在翁方纲看来,这正是虚。翁方纲认为,当代人往往把道学家似的吟咏性灵、体玄悟道式的作品当作宋诗,是误解了宋诗的精神。翁方纲认为《宋诗钞》所录作品多是"早起晚坐、风花雪月、怀人对景之作",这正是他说的"吟咏性灵、掉弄虚机"。所以他说:"吴孟举之抄宋诗,若用其本领以抄邵尧夫、陈白沙、庄定山诸公之诗,或可成一片段耳。"②吴之振选宋诗所持的这种观点,只可以选道学家的诗,而不能用以选宋诗,因为其观点不符合宋诗的特征,而只能概括道学家诗歌的特征。

翁方纲认为,从唐诗到宋诗的转变乃是从虚到实的转变。他从诗歌史的角度论述这种转变,认为自然风物已被唐人写尽,宋人从自然转向读书穷理、社会人事乃不得不然,是必然的趋势。

2. 理味与事境:唐诗的虚境以实为基础

翁方纲从比较的角度认为唐诗妙境在虚处、宋诗妙境在实处,但是他并没有停留在这种比较的分别上,因为若承认这是根本的分别,则唐

---

① 《石洲诗话》卷四。
② 同上。

诗与宋诗是两种不同的审美类型,两者没有一个共同的原则。翁方纲的肌理说崇尚实,但如果唐诗与宋诗没有共同的原则,则他的肌理说就不能一贯,不能成为所有诗歌共同的原理;肌理说就与神韵说一样,只能成为一个以宋诗为基础的诗学流派。其实事实本是如此,但翁方纲不承认这一点,如果他承认这一点,神韵说主唐诗,肌理说主宋诗,各有所主,他就没有理由批评神韵说之陷入空寂。所以从其诗学的内在逻辑要求言,翁方纲必须在其唐宋虚实分别论的背后,找出共同的原理。翁方纲是想把宋诗的实的特征上升为诗歌的普遍原理,于是,他须论证唐诗的虚境也以实为基础,唐诗的虚境只是形态上的,而非根基上的,在根基上唐诗也是实。不但宋诗实,唐诗从根本上说也是实,所谓唐宋诗的虚实之别只是形态上的分别,非根本的分别。如此,实就贯通唐宋,而唐又可以代表前代诗,实遂成为诗歌的普遍原理。

翁方纲所说一切诗歌皆具的实,指的是诗歌的"理味""事境"。《石洲诗话》说:

> 诗教温柔敦厚之旨,自必以理味、事境为节制,即使以神兴空旷为至,亦必于实际出之也。风人最初为送别之祖,其曰"瞻望弗及,泣涕如雨",必衷之以"秉心塞渊""淑慎其身"也。《雅》什至《东山》,曰"零雨其蒙""我心西悲",亦必实之以"鹳鸣于垤""有敦瓜苦"也。况至唐右丞、少陵,事境益实,理味益至,后有作者,岂得复空举弦外之音,以为高把群言乎?①

其所谓"理味"与"事境",前者就主观一面言之,后者就客观一面言之。

---

① 《石洲诗话》卷八。

就主观而言,诗以言志抒情,须以理为依归,要有理性的内涵;只有体现了理,诗歌才能起教化读者的作用,这样才能有所谓诗教。站在翁方纲肌理说的立场上说,一首诗即便写得极空灵,也须在诗中有某种理性的内涵,如此才能对读者有意义。他举出《诗经》写得神兴空旷的例子来阐明此点。《燕燕》一诗,据《毛诗》的说法乃是卫庄公的夫人庄姜送戴妫归陈的送别诗,共有四章,其首章云:

> 燕燕于飞,差池其羽。之子于归,远送于野。瞻望弗及,泣涕如雨。

诗以燕燕起兴,写送别的情景,依依不舍之情溢于言表。第二、三两章反复咏叹第一章的主题,但到第四章即末章,诗人说:

> 仲氏任只,其心塞渊;终温且惠,淑慎其身。先君之思,以勖寡人。

前三章反复咏叹送别时的依依不舍之情景,天上只有双飞的燕子,下面是旷野,遥望行人渐去渐远以至在视野中消失,送别者满面泪水。就诗歌的这些部分看,只是写了一种情境,确实是"神兴空旷",但是在最后一章,却说"其心塞渊""淑慎其身",归到戴妫的贤德,前面的情境在意义上有了归结,这就是理味。翁方纲所谓"理味"正是他所谓言志必衷于理之说。

　　翁方纲举出《诗经》的《东山》一诗,来说明诗歌应以事境为节制。《东山》诗句"零雨其蒙""我心西悲",写蒙蒙的雨天与思家之悲,这种情境没有具体的时间、背景,确实"神兴空旷",但诗中却又写到"鹳鸣于垤""有敦瓜苦"这些具体的事物,构成诗人所处的具体的环境与背景,使得诗人的情感具有着落。

"事境"在翁方纲的诗学中是重要的范畴,指诗人所处的特定的时空及人事的背景,它是诗境在客观界的基础。诗人总是处于一定的时空之中、一定的人事的环境之中,这个环境不是纯然外在于主体的,而是"我"在其中,是"为我"的环境。在这种意义上,不同的诗人各有其独特的环境,而同一个诗人在不同时地所面临的具体的环境也不同。在翁方纲看来,诗歌总是因诗人所处的事境而起,都与特定的事境相关联,每个诗人的每一首诗的事境都各不相同,因而他主张,诗歌的诗境与其事境应该相合,这样诗内与诗外相通相合,即"文词与事境合一"。翁方纲《延晖阁集序》谓:"圣门善言德行,则文章即行事也。《乐记》'声音之道与政通',则文章即政事也。泥于言法者,或为绳墨所窘;矜言才藻者,或外绳墨而驰:是皆不知文词与事境合而一之者也。"又《朱草诗林集序》也称:"予尝论古淡之作必于事境寄之,放翁亦言绝尘迈往之气于舟车道路间得之为多。"①行事、政事、舟车道路等等都是事境。这个事境制约着诗歌,诗歌不能脱离事境而存在,而必须与事境相合。

诗境与事境的相合,可以有两个方面。一方面是要求诗歌所表现的情感必须与特定的事境相合,必须是特定事境中的情感,这一点翁方纲所举的反面的例子就是王士禛的作品。王士禛有《送吴天章归中条山六首》,吴天章即吴雯,康熙十八年(1679)应博学宏词科没有被取中,渔洋以诗送之。以下是《渔洋精华录》所选的一首:

> 中条最深处,风物四时幽。水鹤穿云下,林枫夹岸稠。人烟盘豆驿,村路玉溪流。卧起清晖里,萧然何所求。

---

① 《复初斋文集》卷四。

翁方纲评云：

> 人之相别，必有因时因地，悲愉欣戚之殊，而诗之词气因之。即如吴天章此归，乃其应召试不遇而归也，虽与秀才下第不同，然与他时之归自不可同语矣。乃渔洋先生之诗，则不问其何人、何时、何情、何事，率以八寸三分之帽子付之，尚复何诗之有？①

依翁方纲的意思，吴雯应博学宏词科不遇，虽与秀才下第不同，但毕竟是不幸的事情。王士禛送别诗面对的就是这一事境，其诗应该针对这种特定的事境中之人的特定情感，如此才是"切己切时切事"。但王士禛的这首送别诗所写的则是想象吴雯归中条后隐居之趣。翁方纲认为这种情调与吴雯召试不遇而归的事境不合，乃是诗人袭用隐居诗的套路。这种批评与赵执信指摘其"诗中无人"是一致的。

另一方面要求诗歌中的景物必须与特定的时地相一致，翁方纲说：

> 诗不但因时，抑且因地。如杜牧之云："南山与秋色，气势两相高。"此必是陕西之终南山。若以咏江西之庐山，广东之罗浮，便不是矣。即如"夜足沾沙雨，春多逆水风"，不可以入江、浙之州景；"闾阖晴开誅荡荡，曲江翠幕排银榜"，不可以咏吴地之曲江也，明矣！今教粤人学为诗，而所习者，止是唐诗，只管蹈袭，势必尽以西北方高明爽垲之时景，熟于口头笔底，岂不重可笑欤？所以闽十子、吴四子、粤五子皆可操土音，不为过也。②

---

① 《复初斋王渔洋诗评》。
② 《石洲诗话》卷二。

在神韵说,景物从属于抒情的需要,是抒情的工具,没有独立的价值,因而从理论上说没有客观真实性的要求,所谓"雪中芭蕉""兴会神到"体现的就是这一观念。翁方纲虽然不否认景物的抒情作用,但在他看来,诗歌描写的事物还是客观的事境的构成部分,对诗境有制约的作用,因而他对诗中景物有客观真实性的要求,认为景物具有独立的真实性价值。北方景物与南方不同,唐代政权以西北为中心,古唐诗景物也多具西北方的特征。南方人写诗,若一味学唐诗风格,则其景物描写也必然要以西北方景物入诗,这样诗中景物与客观环境就不相合,就违背了真实性原则。

诗境与事境相合,翁方纲称之为"切己切时切事,一一具有实地"①。切者,切合也。事境对诗境的"节制",上升到理论的层面,是对诗歌提出客观真实性的要求。在这一点上,肌理说与神韵说存在理论分界。神韵说强调主观真实性原则,只强调情感的真实,其情感不必与客观世界的事境相关联,诗人从客观界取得的景物只为表现情感之用。而翁方纲除此之外还要求客观真实性原则,而且主观的真实性必须建立在客观真实性的基础之上,没有客观的真实性,主观的真实性就无由建立,也无法检验。在翁方纲看来,诗境与事境相脱离,诗境就成为缺乏客观依据的悬空的境界,那么,诗境中的主体的情感从何而来? 如何验证诗中之性情的真实性? 如何确证诗中情感非出虚拟? 这确是王士禛诗学存在的理论困难,也是自吴乔、赵执信以来人们诟病王士禛神韵说的原因之一。

翁方纲论诗主张"以理味事境为节制",其所以要上溯到《诗经》,乃是欲以经典来增强其理论说服力。他以《诗经》中"神兴空旷"者为

---

① 《神韵论》中,《复初斋文集》卷八。

例,显然是表明连"神兴空旷"之诗尚且如此,则其他作品自不待言。翁氏从诗歌史的角度,谓到唐"事境益实,理味益至",所谓"益"者,是说从《诗经》到唐诗是朝向此一方向发展的。翁方纲曾说杜甫五言古诗"尽有建安、黄初之实际"①,此所谓"实际",即指"理味""事境",这表明在他看来建安、黄初之诗也具有实的特征。说杜甫"事境益实,理味益至"人们固无异议,但他认为不仅杜甫如此,"兴象超诣"的王维一派也如此:

> 　　昔渔洋先生每谓开元、天宝诸作全在兴象超诣,然如王右丞之作,则句句皆真实出之者也。即王少伯《斋心》一诗,空洞极矣,而按之具有实地。②

所谓"真实出之""按之具有实地",即指其有"理味""事境"。照此说法,后代的诗歌也应朝这一方向发展。宋诗以实为特征正符合这种趋向。但宋以后诗歌出现曲折,王士禛神韵说也是方向不正。

3. 铺陈排比与"正面实作":诗歌创作的最高境界

　　翁方纲论证唐诗的虚境也以实为基础,从而证明实是诗歌的普遍原理。从这种立场看,唐诗的虚境只是表现方式和表现形态的特征。翁方纲又进一步论证,造成这种虚境的以妙悟为中心的审美表现方式和形态不是诗歌的最高审美境界,而与之相对,正面直写的表现则是更高的境界:

---

① 《石洲诗话》卷一。
② 《重刻吴莲洋诗集序》,《复初斋文集》卷三。

> 诗家之难,转不难于妙悟,而实难于铺陈终始,排比声律,此非
> 有兼人之力,万夫之勇者,弗能当也。①
>
> 大约古今诗家,皆不敢直擂鼓心,惟李、杜二家能从题之正面
> 实作。②
>
> 杜之魄力声音,皆万古所不再有。其魄力既大,故能于正位卓
> 立铺写。③

翁方纲将妙悟与铺陈排比作为两种相对的艺术表现方式。前一种在诗
歌史上以盛唐诗为代表,在理论上以严羽及神韵说为代表,以妙悟为
宗,揭橥"不着一字,尽得风流",主张"不犯正位",不正面描绘诗的表
现对象,而从侧面烘托点染。但翁方纲认为这在诗歌创作中不是最难,
最难的是"铺陈终始,排比声韵",是"正面实作",即对表现对象作正面
的直接的叙述描写。这种难易之比较实则高下之比较,以铺陈排比高
于妙悟。这种观点与钱谦益的主张一致。翁方纲在肯定实的诗境上与
钱谦益有相合处。翁方纲在比较唐宋诗境时,谓唐诗以虚为特征,其实
是以王、孟一派的特征概括唐诗,但在此他却将李、杜从王、孟一派中分
离出来,以王、孟为妙悟,以为李、杜为"正面实作",认为李、杜高于王、
孟。不仅如此,翁方纲在肯定铺陈排比之同时也肯定了元、白一派诗歌
的地位:

> 即如白之《和梦游春》五言长篇以及《游悟真寺》等作,皆尺土
> 寸木,经营缔构而为之,初不学开、宝诸公之妙悟也。看之似平易,

---

① 《石洲诗话》卷一。
② 《与友论太白诗》,《复初斋文集》卷十一。
③ 《石洲诗话》卷一。

而为之实艰难。元、白之铺陈排比,尚不可跻攀若此,而况杜之铺
陈排比乎?①

在宋诗中,翁方纲以苏轼为正面铺陈排比的代表。他评苏诗说:

> 苏诗此歌(按,指苏轼《石鼓歌》),魄力雄大,不让韩公,然至
> 描写正面处,以"古器""众星""缺月""嘉禾"错列于后,以"郁律
> 蛟蛇""指肚""钳口"浑举于前,尤较韩为斟酌动宕矣。而韩则
> "快剑斩蛟"一连五句,撑空而出,其气魄横绝万古,固非苏所能
> 及。方信铺张实际,非易事也。②
> 竹垞尝摘《剑南》七律语作比体者,至三四十联。然亦不仅七
> 律为然,放翁每遇摹写正面,常用此以舒其笔势,五古尤多。盖才
> 力到正面最难出神彩耳,读此方知苏之大也。③

从传统的赋、比、兴的角度,所谓"正面实作",即用赋法。翁方纲虽认
可"兴象超诣"之诗有审美价值,但以正面实作为更高的境界。

四　从兴会兴趣到理性对创作过程的控制:
节制与逆笔

王士禛神韵说推重兴会式的创作状态,翁方纲肌理说则推重理性
化的创作。翁方纲所谓肌理不仅具有义理层面的意义,还有文理即结
构层面的意义,他认为所有诗歌都应具"细肌密理",而宋诗更典型地

---

① 《石洲诗话》卷一。
② 《石洲诗话》卷三。
③ 《石洲诗话》卷四。

体现了这一特征。其肌理说实是以宋诗为基准的诗学。

1. 作为"穷形尽变"之法的肌理

翁方纲说肌理是义理之理,也是文理之理。在文理之理的意义上,他常使用"细肌密理"之称。"细肌密理"的具体内容即其《诗法论》所言"穷形尽变"之法,即"大而始终条理,细而一字之虚实单双,一音之低昂尺黍,其前后接笋、乘承转换、开合正变"的法则,具体而言,乃指由读书学古而来的字法、句法、章法、音节等诗歌各个层面的法则。这些法则构成一个多层面的结构系统,贯穿在作品中,使作品具有细密感,如同肌体中的肌肉细腻而文理密实,所以翁方纲谓之"细肌密理"。

梁章钜《退庵随笔》引翁方纲语云:

> 作诗言大章法,固是要义。然学者多熟作八股,都羡慕大章法之布置,而不知五字七字之句法,至要至难。句法要整齐,又要变化,全在字之虚实双单,断无处处整齐之理。能知变化,方能整齐也。

所谓"大章法"是作品整体的结构布局,即其《诗法论》所言"大而始终条理"的始终条理,由于章法着眼于整体,所以是大的方面。翁方纲认为,当代人受八股文的影响,注重整体布局,章法固然重要,但句法是最重要也是最难的。因为肌理说强调的是"细肌密理",大章法还只是大的方面,如果只停留在这一层面,就不能细密,而句法处于章法与字法之间,向上而通章法,向下而落实于字法,处于枢纽的位置。抓住句法,下而贯穿到字法,这样法则就落实到极细微处,就有了"细肌密理"。

翁方纲所谓句法可将一个诗句作为一个结构体,也可将一联诗或一组诗句作为一个结构体。就一联而言,如他称元人戴帅初"鬌氃水温初荇菜,粉墙风细欲梨花""六桥水暖初杨柳,三竺山深未杜鹃","此二联句法亦新"。^① 上两联均将表时间词"初""欲""初""未"嵌入每一句诗的第五字位置,使前后事物发生时间、因果或背景相关联。就一组诗句而言,如他称苏轼《安州老人食蜜歌》结四句"因君寄与双龙饼,镜空一照双龙影。三吴六月水如汤,老人心似双龙井","亦若韩《石鼓歌》起四句句法"。^② 这四句共用三次"双龙",体现出句法特点。

　　句法还可以放在更大的结构中来看,翁方纲评苏轼《答任师中家汉公》:

> 《答任师中家汉公》五古长篇,中间句法,于不整齐中,幻出整齐。如"岂比陶渊明"一联,与上"闲随李丞相"一联,错落作对,此犹在人意想之中。至其下"苍鹰十斤重"一联,"我今四十二"一联,与上"百顷稻""十年储"一联,乃错落遥映,亦似作对,则笔势之豪纵不羁,与其部伍之整闲不乱,相辅而行。^③

在这一个大的结构体中,不是看单个句子的句法特征,而是看在一个整体中长句与短句的相间、散句与对句的搭配。如就单个句子看,句子或长或短,或对或散,乃是参差不齐,但就大的结构体看,结构体内长短句之间、散句对句之间互相映对,存在这种平衡的结构关系。这就是他所谓"于不整齐中,幻出整齐"之意。翁方纲在这方面显示出与一般格调论者的不同,如七言歌行体,李攀龙批评李白喜用长短句,是"英雄欺人"。王士禛在这方面也赞同李攀龙。翁方纲则反对这种理论,认为整齐不能仅着眼单个句子形式本身,而应着眼整体结构,从动态看,要

---

① 《石洲诗话》卷五。
② 《石洲诗话》卷三。
③ 同上。

在多样中体现出整一,而非仅在句式形式上划一。依翁方纲之说,每首诗都是一个独特的结构体,整一是原则,体现整一的方式则不同。如此翁方纲所谓法则就是一种灵活的法则,不存在固定的外在形式法则,没有固定的格调。这种思想在其论音节方面也明显体现出来。这是肌理说论法则与格调说及神韵说的重要区别。

句法再往下说必然落实在用字上,即翁方纲所言"一字之虚实单双",他评述杜甫《望岳》曰:

> "岱宗夫如何"五字,是杜公出神之笔,"如何"二字虚,"夫"字实,从来皆误解也。此一"夫"字,实指岱宗言之,即下七句全在此一"夫"字内。盖少陵纵目遍齐、鲁二大邦,而其"青未了",所以不得不仰叹之。此"夫"字,犹言"不图为乐之至于斯""斯"字神理,乃将"造化神秀""荡胸层云"诸句,皆摄入此一"夫"字内,神光直叩真宰矣。岂得以虚活字妄拟之乎?①

一般认为杜甫"岱宗夫如何"之"夫"字是虚字,以下数句均具体描述岱宗之"如何"。翁方纲认为这是误解,"夫"是一个指代岱宗所有形象的实字,就像"不图乐之至于斯"中的"斯"字,"斯"字包含所有的"乐",这一"夫"字意谓"岱宗那么美啊",指称岱宗所有的美,后面对岱宗之美进行具体描绘,从前后的意义结构关系看,这一"夫"字将后几句的描写全部收摄进来。它像一个发光点,而后面的句子像是四射的光线,由一点而发散,又由四方而收摄于一点。翁方纲对"夫"字的解说固然牵强,却也显示出其将一字之虚实的研究与整首诗联系起来的整体性

---

① 《石洲诗话》卷六。

观点。

　　音节也是翁方纲所谓肌理的重要方面,是构成诗歌音乐性的重要因素。古人论诗极重音乐美。格调说的主张者虽重视这一层面,却未有重要的研究成果。王士禛重视古诗的平仄问题,有《古诗平仄论》之作,赵执信受王士禛启发,作《声调谱》。翁方纲对这些著作非常重视,将之收录于其《小石帆亭著录》中。而他又对王士禛、赵执信的观点有所不满,遂自著《五言诗平仄举隅》《七言诗平仄举隅》以伸其说。在音节方面,王士禛注重平仄模式的有定性,如要求七言古诗"若平韵到底者,断不可杂以律句,其要在第五字必平","第四字又必仄";①翁方纲则强调其无定性与灵活性的一面:

　　　　文章千变万化,如碧空之云,无一同者,无一复者,而无一处不自成章法,不可泥也。②

与论句法一样,翁方纲着眼于一首诗整体的平仄结构关系:"古人一篇之中,句句字字,皆是一片宫商,未有专举其一句以见音节者。"③不像王士禛要求整齐划一的平仄规则,他认为每一首诗都可以有其自身的平仄结构方式,注重研究每一首诗的具体的平仄结构关系:"平对仄,仄对平,此乘除阖辟之理也;平因平,仄因仄,此乘除变化之理也。"④古诗的平仄法则在翁方纲诗论中没有固定的模式。

　　古诗的音节有所谓换韵的问题。王士禛主张换韵须整齐,比如四

---

① 《王文简古诗平仄论》。
② 《王文简古诗平仄论》按语。
③ 同上。
④ 阮籍《咏怀诗》"湛湛长江水"评语。

句一换韵,或六句一换韵,"须首尾腰腹匀称"①,翁方纲则主张于参差中见整齐。以杜甫《武昌铜剑歌》为例:

> 雨余江青风卷沙,雷公蹴云捕黄蛇。蛇行空中如枉矢,电光煜煜烧蛇尾。或投以块铿有声,雷飞上天蛇入水。水上青山如削铁,神物欲出山自裂。细看两胁生碧花,犹是西江老蛟血。苏子得之何所为? 蒯缑弹铗咏新诗。君不见凌烟功臣长九尺,腰间玉具高挂颐。

这首诗前两句一韵,其后则四句一换韵,换韵的句数不一致。王士禛认为此法不可取:"换韵多寡不一,虽是古法,不可为常也。"②翁方纲则说:

> 此篇换韵之格,乍看似参差,而实整齐之至也。末一韵多一长句,故第一韵少二句,以蓄其势,第五句六句仍顺承三四句之韵,则中间仍是四句一韵,前后伸缩,音节天然,岂得以参差异之?③

翁方纲着眼于一首诗的整体论音节,视之为一个整体结构,虽然换韵的句数不整齐匀称,但整体而言,因为末一韵有一个长句,故第一韵少两句。前面是缩,是蓄势,后面是伸,是排宕。整体来看,有一种动态的内在平衡关系。再如杜甫《石犀行》,王士禛也视为换韵不齐者,翁方纲则称:"此篇凡三换韵,前六韵十二句,中二韵四句,末二韵二句,似乎

---

① 《师友诗传续录》。按《师友诗传录》及《王文简古诗平仄论》中均有类似的说法。
② 《王文简古诗平仄论》。
③ 《王文简古诗平仄论》按语。

多寡参差矣。然合拍吟之,只是以四句收束十二句,以二句收束四句,此理易明,绝非参差也。"①站在这种立场上,换韵无须固定法则,每一首诗可以具有独自的换韵方式。

章法、句法、字法均着眼于诗歌的外在结构形态,翁方纲所谓"顺逆乘承"则更着眼于诗歌内在的意义结构关系。李白《经下邳圯桥怀张子房》:

> 子房未虎啸,破产不为家。沧海得壮士,椎秦博浪沙。报韩虽不成,天地皆振动。潜匿游下邳,岂曰非智勇。我来圯桥上,怀古钦英风。唯见碧流水,曾无黄石公。叹息此人去,萧条徐泗空。

翁方纲评论其前六句曰:

> 太白诗逸气横古今,不待言矣。顾其中有顺逆乘承之秘,不可顺口滑过。且即如人人习读之《圯上》诗,起句"虎啸"二字,飞空而来,却以一"未"字翻勒住,则势蓄而不泻也。及说到"报韩",却偏从"不成"说,又以"虽"字翻勒住,则势益蓄而不泻也。如此蓄而不肯泻去,然后放出"天地皆震动"五字,摇山掣海之笔来也。②

"逸气"是"豪荡纵横"的才力,"顺逆乘承之秘"正是所谓"细肌密理"。在翁方纲看来,李白的诗歌并非顺势直泻,也是用"细肌密理"处处节制,这证明其肌理说的普遍意义。但这里的"细肌密理"着眼的是意义及语气之间顺逆的结构关系。这首诗写张良,本是正面赞扬,归结乃

---

① 《王文简古诗平仄论》按语。
② 《与友论太白诗》,《复初斋文集》卷十一。

"天地皆振动",气势力量极大。当然,表现气势力量可以顺写,一气直下而来。但翁方纲不主张顺写,而主张蓄势。当蓄到不可不放时然后放,其气势力量则更大。在他看来,李白该诗即如此。首句"子房未虎啸","虎啸"极有气势力量,且在首句,即翁方纲所谓"飞空而来"者,但"未"是否定词,用这个否定词将"虎啸"勒住,此即蓄势。"报韩虽不成"句,"报韩"二字其语义的趋向本是顺势,而"不成"却是否定,这二者构成逆向关系。"虽"字这一表示强烈转折的虚词置于"报韩"之后,宛如一道大坝阻拦住"报韩"的语义流,造成强烈的蓄势。至此,正面顺说的意义都被否定性地拦住,"虽"所造成的强烈的转折语气必将一切的重心移到表示"但是"的转折句上,经过蓄势,正面顺说的意义才着落下来。至此,才显示出真正的"虎啸","天地皆振动"。正是经过反复蓄势,"所以其声大而远也"①。剖析诗歌的内在意义结构是翁方纲肌理说的重要内容。

综上所述,翁方纲所谓法涉及诗歌的音律以及字法、句法、章法、音节以及内在的意义结构等各层面。各个层面的法则构成一个完整的结构系统,此即翁方纲所谓肌理的重要内容。在翁方纲,各个层面的法则均非固定不变,这使肌理说与格调说及神韵说有了明确的分界。

2. "细肌密理"对才力的节制

从创作主体的角度看,创作有天分和学力两个方面;从创作状态角度看,有偏于兴会式的创作与偏于理性式的创作。神韵说侧重于天分与兴会一面,性灵说亦如此,尽管他们都不废学力与理知的一面。翁方纲则强调学力与理性的一面,尽管他也不废天分与兴会的一面。

---

① 《石洲诗话》卷一。

翁方纲将其理论追溯到杜甫,杜甫《解闷》其七云:

> 陶冶性灵存底物,新诗改罢自长吟。熟知二谢将能事,颇学阴
> 何苦用心。

据翁方纲弟子梁章钜《浪迹丛谈》卷十载,翁氏称杜甫此诗"可作杜诗
全部之总序",表明在翁方纲看来,杜甫此诗提出的观点体现在杜甫的
全部创作当中,既是其创作的原则,也是其创作的经验总结。《石洲诗
话》解此诗云:

> "孰知二谢将能事,颇学阴何苦用心",言欲以大、小谢之性
> 灵,而兼学阴、何之苦诣也。"二谢"只作性灵一边人看,"阴、何"
> 只作苦心锻炼一边人看,似乎公之自命,乃欲兼而有之,亦初非真
> 欲学阴、何,亦初非真自许为二谢也。

梁章钜《浪迹丛谈》卷十记翁方纲论此诗云:

> 所赖乎陶冶性灵者,夫岂谓仅恃我之能事以为陶冶乎? 仅恃
> 在我之能事以为陶冶性灵,其必至于专骋才力,而不衷诸节制之
> 方,虽杜公之精诣,亦不敢也。

将以上两段引文互参可知,翁方纲认为,"能事"指性灵、才力,这是先
天的一面,大、小谢代表的是这一面;"苦用心"指"苦心锻炼","细肌密
理"即肌理的节制,这是后天学力的一面,阴、何代表的是这一面。杜
甫这两句诗并不真的说他以二谢自许,并要学习阴铿、何逊,而是表
明其想兼有性灵与苦心、才力与学力,将两方面统一。尽管翁方纲主

张两方面统一,但是他强调的却是后一方面。如果只强调"能事"即性灵、才力,则"专骋才力"而不受节制,这样的诗歌就没有严密的法则,杜甫也不敢如此。翁方纲的理论重心落在"细肌密理"对性灵才力的节制方面。

翁方纲又通过诠释苏轼诗句表明这种观点:

> 吾尝谓苏诗亦有一句可作通集总序,曰"始知真放在精微"。"真放"即豪荡纵横之才力也,即此上七字所云"能事"也,"精微"即细肌密理之节制也,即此下七字所云阴、何苦心也。①

他称苏轼"始知真放本精微"可以作为其全集的总序。"真放"指才力的一面,相当于杜甫所言二谢之"能事";"精微"指"细肌密理"节制的一面,相当于杜甫所言阴、何"苦用心"。苏轼是天才型诗人,具有豪荡纵横的才力,在翁方纲看来,苏轼的"真放"也以"精微"为基础,苏轼的诗歌也有"细肌密理"。

性灵、才力乃天赋,不能依赖后天努力获得,法则却可习得,靠的是学力。翁方纲当然不否认诗歌创作需要才力,但他强调的是对这种才力的节制,强调不能"专骋才力"。在创作中,天才的特征是纵横自由,没有拘束,而法则的特征是限制约束。这两者处于某种对立或紧张状态。但是,通过主体的修养功夫达到所谓化境或悟境时,法则就内在化,而为性灵才力所涵摄,这种对立或紧张关系就得以消解。翁方纲承认有超越法则以上的自由境界,但是他强调的不是紧张消解后的自由境界,而着重强调法则对创作的约束。李白是诗歌史的第一天才诗人,

---

① 《浪迹丛谈》卷十。按,《石洲诗话》卷三也称苏轼"始知真放本精微","一语殆亦可作全集评也"。

可是翁方纲也强调李白诗歌有"细肌密理";苏轼诗号称豪放,属于自由抒写一类,翁方纲强调的却是苏轼"细肌密理"的约束,即表明苏轼这样的天才诗人也重法则。

何以翁方纲强调两者的紧张状态?其中有审美方面的奥秘在。才力与法则的关系的不同形态制约着诗歌审美的形态。在翁方纲看来,如果"专骋才力",没有法则的约束,在艺术表现上往往是平直纵横的表现,如长江大河滚滚直下,这种诗歌在审美上有豪放自由感,而缺乏精深感。翁方纲不是从自由感的角度体悟诗歌,而侧重从法则的精深感方面理解。翁方纲论诗是学者诗人的立场,站在这种立场上他更偏爱由学力酝酿而成的精深感。他在《石洲诗话》称李颀诗"精密",又谓"龙标精深可敌李东川",①认为王昌龄的"精深"可以与李颀相比,"精密""精深"都是由"细肌密理"造成的精严感。追求这种精严感是翁方纲主张以"细肌密理"对天才进行节制的重要原因。

"细肌密理"是翁方纲评价诗歌的重要价值尺度。对于在诗法方面讲求不细的诗歌,翁方纲称之为"肌理粗",加以批评。这在其《石洲诗话》中随处可见:

> 清江三孔,盖皆学内充而才外肆者,然不能化其粗。正恐学为此种,其弊必流于真率一路也。②
>
> 徐仲车《大河》一篇,一笔直写,至二百韵。殊无纪律。诗自有篇法节制,若此则不如发书一通也。③
>
> 逢原诗学韩、孟,肌理亦粗。④

① 《石洲诗话》卷一。
② 《石洲诗话》卷三。
③ 同上。
④ 同上。

> 李庄靖诗,肌理亦粗。①
> 遗山虽较之东坡,亦自不免肌理稍粗。②
> (按,郭羲仲)拟杜《秋兴》八首,肌理颇粗。③

"肌理粗"与"细肌密理"相反,指不讲求字法、句法、章法等各层面的法则或者讲求不够,不能作到精密,给人以粗的感觉。

翁方纲强调"细肌密理"对才力的节制,要在诗歌创作中贯彻严密的法则,所以必然强调创作过程中的"苦用心",反复思量,刻苦锻炼,就这一方面言,翁方纲的观点通于浙派的强调勤苦锻炼,但不同于浙派的是,他不主张在审美表现形态上流露出刻苦之态,因为从审美感觉上说,刻苦之态与才力的审美自由感相对立,过多呈露刻苦之态,会有才力不足而强为之的捉襟见肘的感觉,给人以寒酸之感。翁方纲批评孟郊、卢仝诗"酸寒幽涩,令人不耐卒读"④,又说:"孟东野诗,寒削太甚,令人不欢。刻苦之至,归于惨栗,不知何苦而如此。"⑤"刻苦之至,归于惨栗"云云谓过度苦用心,给人发抖的感觉,这作为审美感呈现出来,令阅读毫无愉悦感。从这种观点出发,翁方纲也不满梅尧臣诗:

> 都官思笔皆从刻苦中逼极而出,所以得味反浅,不如欧公之敷愉矣。读此方识荆公之高不可及也。刻苦正须从敷愉中出。⑥

---

① 《石洲诗话》卷五。
② 同上。
③ 同上。
④ 《石洲诗话》卷二。
⑤ 《石洲诗话》卷三。
⑥ 同上。

梅尧臣诗乃是从刻苦中逼到极点而出,在审美上没有余裕感,所以味浅。翁方纲认为,欧阳修诗具有"敷愉"感,即余裕愉悦感,王安石诗则兼具梅尧臣与欧阳修诗的特点,既刻苦锻炼,却不像梅诗有拼命逼极之感,又有余裕感。

3. 诗至宋益加细密,黄庭坚为其代表

翁方纲要求所有的诗歌都应具"细肌密理",但从诗歌史的角度看,翁方纲认为宋诗最能体现其所谓的"细肌密理":

> 谈理至宋人而精,说部至宋人而富,诗则至宋而益加细密,盖刻抉入里,实非唐人所能囿也。①
>
> 宋人精诣,全在刻抉入里,而皆从各自读书学古中来,所以不蹈袭唐人也。②

"细密"即上文所言"细肌密理",由于讲求精细之处,所以翁方纲说其"刻抉入里"。"诗则至宋而益加细密"云云,当然并不否认其他时代诗歌的细密,但宋诗则更为典型体现出这种特征,更可作为肌理说的典范。

在对宋诗审美精神的把握上,翁方纲与吴之振有很大的不同。其《石洲诗话》卷三云:

> 吴《钞》云:"元祐文人之盛,大都材致横阔,而气魄刚直,故能振靡复古。"其论固是。然宋之元祐诸贤,正如唐之开元、天宝诸

---

① 《石洲诗话》卷四。
② 同上。

> 贤,自有精腴,非徒雄阔也。……吴《钞》大意总取浩浩落落之气,
> 不践唐迹,与宋人大局未尝不合,而其细密精深处,则正未之别择。

吴之振《宋诗钞》对元祐时代诗歌审美精神的把握是"材致横阔""气魄
刚直",这种诗歌呈现出阔大而有力度的美感,即翁方纲所谓"雄阔"。
在翁方纲看来,"雄阔"未尝不是这一时期诗歌的特征,但是这一时期
诗歌别有"精腴"所在,那就是"细密精深",即诗所体现出的"细肌密
理"。翁方纲认为《宋诗钞》在审美上倾向于"浩浩落落之气",即一种
浩大豪放之美,却忽略了宋诗的"细密精深"。所以《石洲诗话》每每批
评吴之振"专以平直豪放者为宋诗"①,"不避粗犷,不分雅俗,不择浅
深"②。翁方纲有曰:

> 情景脱化,亦俱从字句锻炼中出,古人到后来,只更无锻炼之
> 迹耳。而《宋诗钞》则惟取其苍直之气,其于词场祖述之源流,概
> 不之讲,后人何自而含英咀华?势必日袭成调,陈陈相因耳。此乃
> 所谓腐也。何足以服嘉、隆诸公哉?③

翁方纲批评《宋诗钞》只重"苍直之气"即上文的"浩浩落落之气",而
不探究宋诗在诗法即肌理方面的传承源流,令后人无从入手,只能像七
子派模拟唐人格调般模仿宋诗。
　　翁方纲与吴之振的观点差异,反映出清初以来诗学对宋诗审美精
神理解的差别。宗宋诗学从清初到清末可视为一股持续不断的思潮,

---

① 《石洲诗话》卷四。
② 《石洲诗话》卷三。
③ 同上。

就像宗唐派诗学思潮有其内部的发展嬗变一样,宗宋派思潮内部也有发展变化。吴之振对宋诗精神的把握主要以欧、苏、陆为基点,而翁方纲对宋诗的把握则是以黄庭坚为基点。清初主变一派的诗学主要目标是打破七子派的审美禁区,故取法宋诗的是抒写的自由,这对当时充满兴亡之感的清初诗人而言,亦便于抒发家国之感。他们选择的主要是欧、苏、陆一系,钱谦益和黄宗羲均如此,吴之振《宋诗钞》体现的倾向大体代表了清初对宋诗的认识,王士禛论苏、陆诗风是"豪迈雄放"①,与吴之振正相一致。清初的这种倾向表现在诗歌创作上固然可以自由抒写,但此风一旦形成,人人可为,其弊端是忽视形式技巧的讲求,审美价值不高。浙派学宋诗已经避开豪放一路转而求锻炼雕琢,讲求形式美,显示出宗宋一派的审美转向,翁方纲诗学乃是浙派诗学倾向的继续。

虽然翁方纲将细密视为宋诗的整体特征,但从细肌密理的角度言,他认为黄庭坚更能代表宋诗的这一特征。翁方纲论述宋诗"益加细密""刻抉入里"云:

> 其总萃处,则黄文节为之提挈,非仅江西派以之为祖,实乃南渡以后,笔虚必实,俱从此导引而出。善夫刘后村之言曰:"国初诗人如潘阆、魏野,规规晚唐格调;杨、刘则又专为昆体;苏、梅二子,稍变以平淡豪俊,而和之者尚寡;至六一、坡公,肖然为大家,学者宗焉。然二公亦各极其天才笔力之所至,非必锻炼勤苦而成也。豫章稍后出,会粹百家句律之长,究极历代体制之变,搜讨古书,穿穴异闻,作为古律,自成一家,虽只字半句不轻出,遂为本朝诗家宗

---

① 《渔洋诗话》卷中:"长山刘孔和节之……为诗豪迈雄放,有东坡、放翁之风。"

祖。"按此论不特深切豫章,抑且深切宋贤三昧。不然而山谷自为
江西派之祖,何得谓宋人皆祖之? 且宋诗之大家无过东坡,而转桃
苏祖黄者,正以苏之大处,不当以南北风会论之,舍元祐诸贤外,宋
人盖莫能望其肩背,其何从而祖之乎?①

值得注意的是翁方纲所引述刘克庄比较欧、苏与黄庭坚的内容,刘克庄
认为,欧、苏以才力擅场,"非必勤苦锻炼而成";黄庭坚则以学力称胜,
属于锻炼勤苦而成者。刘克庄认为南宋诗的宗祖是黄庭坚。以刘克庄
的理解,宋诗的主流精神是"虽只字半句不轻出"的"锻炼勤苦"精神。
翁方纲认同刘氏观点,认为刘克庄论黄庭坚语不但切合黄庭坚,也道出
整个宋诗的特点。所以他与刘克庄一样认为宋诗不以苏轼为宗祖,而
以黄庭坚为宗祖。不但如此,翁方纲对苏轼也是肯定其"锻炼"的一
面。翁氏论苏诗固然承认其才力,但强调的却是其"锻炼"。他说"东
坡妙处,亦不在于豪横",苏轼"有此锻冶之功,所以贵乎学苏诗也"。②
照这种理解,苏轼与黄庭坚二人在"锻炼勤苦"方面相通。与刘克庄强
调苏轼天才的一面相比,侧重点有所不同。比较苏、黄二人,翁方纲认
为黄庭坚更能成为其所标举的细肌密理型的宋诗的代表。
　　翁方纲从肌理的角度对黄庭坚诗进行诠释,提出"黄诗逆笔说"。
其《黄诗逆笔说》云:

　　　　逆笔者,即南唐后主作书拨灯法也。逆固顺之对,顺有何害而
　　必逆之? 逆者意未起而先迎之,势将伸而反蓄之。右军之书势似
　　欹而反正,岂其果欹乎? 非欹无以得其正也。逆笔者,戒其滑下

---

① 《石洲诗话》卷四。
② 《石洲诗话》卷三。

也。滑下者,顺势也,故逆笔以制之。长澜抒写中时时有节制焉,
则无所用其逆矣。事事言情,处处见提掇焉,则无所庸其逆矣。然
而胸所欲陈,事所欲详,其不能自为检摄者,亦势也。是以山谷之
书卷典故,非襞绩为工也;比兴寄托,非借境为饰也,要亦不外乎虚
实、乘承、阴阳、翕辟之义而已矣。①

书法有逆笔法,逆笔可以防止笔势顺势滑下,有节制之作用。对于诗人
而言,胸中有所感,总想不加约束地陈说出来,对于要写的事情,总想没
有限制地全面叙述出来,在翁方纲看来,这是常有的倾向,所以他说是
"势也"。这样不加节制地抒写,一气滚出,如同书法中的顺势滑下,这
在翁方纲看来乃是"粗直",所以他强调"细肌密理"的节制。翁方纲认
为,黄庭坚诗的书卷典故与比兴寄托,就像书法的逆笔,具有节制平直
抒写的作用。翁方纲的这种说法着眼的角度比较特别。一般说到用
典、比兴不外是用以抒情,或者造成某种语言风格,但翁方纲却不是从
这种角度理解,而是从结构关系的角度,着眼其所具有的"虚实、乘承、
阴阳、翕辟之义"。在抒写过程中,运用典故、比兴,等于变换意义表达
方式,这种表达方式的变换打断原来的抒写过程,原来的意义流被截
断,不至于顺势而下,典故、比兴起到节制的作用,这种作用相当于书法
的逆笔。

　　翁方纲强调诗歌应该有"细肌密理",宋诗的肌理较前代细密,而
在宋诗中,黄庭坚诗体现得最为典范。翁方纲的肌理说崇尚实境,宋诗
乃是代表;肌理说崇尚精细,宋诗也是代表。所以肌理说乃是宋诗的
理论。

---

　　① 《复初斋文集》卷十。

五　为诗必以肌理为准：
对明清诗歌道路的反省与新方向的确立

　　按照翁方纲的诗学,宋诗的出现乃是诗歌史发展的必然,宋诗的道路是一条正确的道路。宋以后的诗学应该沿着宋诗走下去。但是明代七子派走错了道路,清代神韵说也走错了道路。他的肌理说就是要扭转明清诗学的方向,使之走上正确的道路。

1. 学古"师其意"：对七子派抄袭格调的批判

　　翁方纲的肌理说强调学古。其《诗法论》说诗有"正本探原"之法与"穷形尽变"之法,其论"正本探原"之法,称"不自我始之","必求诸古人也";其论"穷形尽变"之法,也说"必求诸古人也";他又与学人讲求黄庭坚诗法,其中一条就是"以古人为师"。可见学古乃是肌理说指示给学人的基本途径。七子派诗学也强调学古,翁方纲却否定七子派。

　　翁方纲主张学古要师其意："凡所以求古者,师其意也;师其意,则其迹不必求肖之也。"①"师其意",用肌理说的术语说就是"师其理"。杜甫说"熟精《文选》理",说的正是学古。在翁方纲看来,杜甫强调的是学《文选》的"理",非"效其体";学《文选》之"理"是"师其意",而"效其体"则是肖其"迹"。这个"理"字包括义理之理与文理之理,就是肌理,所以在翁方纲,学古就是求古人的肌理。

　　站在肌理说的立场言,七子派的学古不是"师其意",而是"效其体"。翁方纲说"有明一代,徒以貌袭格调为事"②,貌袭格调,只是形式的一面,

①　《格调论》中,《复初斋文集》卷八。
②　《神韵论》下,《复初斋文集》卷八。

为了在格调上似古人,而不顾诗歌的内容,用翁方纲之语即缺少"理";就事境而言,翁方纲主张"文词与事境合一",七子派求格调似古人,不顾自己所处的事境,比如李攀龙诗喜欢用"万里""千山"一类诗语,乃是为了造成一种阔大的诗境,但是这种诗境往往与他所处的事境不能相合。

翁方纲所说的学古也包括形式的方面,即文理之"理",或说"穷形尽变"之法。七子派论学古也强调法,翁方纲也强调法,何以翁方纲称自己学古人之法是"师其意",而称七子派学古人之法为肖其迹,是"效其体"？在翁方纲看来,其所谓法与七子派有所不同。他所说的法乃是一套规范,而运用这一套规范可以造成各种风格。就像语言学中语言与言语的区别。语言乃是一套规范,言语乃是规范的运用。规范相同,但不同的人运用可以有各自不同的言语。古人作品中的法乃是法的具体运用,就像言语;后人学古人之法,乃是要透过其具体的运用学到一套规范,就像语言学家从具体的言语中归纳出一套语言规范来。这套规范非我独创,而是来自古人,但运用这套规范可以创作出自己的风格,这就是所谓"体"。翁方纲《诗法论》有曰:

> 欧阳子援杨子制器有法以喻书法,则诗文之赖法以定也审矣。忘筌忘蹄,非无筌蹄也。律之还宫,起于审度,度即法也。顾其用之无定方,而其所以用之,实有立乎法之先,而运乎法之中者,故法非徒法也,法非板法也。且以诗言之,诗之作,作于谁哉？则法之用,用于谁哉？诗中有我在也,法中有我以运之也。即其同一诗也,同一法也,我与若俱用此法,而用之之理,用之之趣,各有不同者,不能使子面如吾面也。同一时,同一地,同一境,同一事之作,而其用法之所以然,父不能得之于子,师不能传之于弟;即同一在我之作,而今岁不能仿昨岁语,今日不能用昨日之语,况其隔时地、分古今,而强我以就古人之法,强执古人以定我之法,此则蔑古之

尤者也,而可谓之效古哉?

翁方纲首先承认诗文有法,法就意味有一套规范,意味普遍性和约束性,如音律的标准一样,对于任何人都相同。但是,同样的规范可以造成不同的审美形态,关键在于规范的运用。因为一旦说到运用,就不只是法本身的问题,要涉及不同的主体、不同的客体对象。相同的法,我与你都用此法,但何以要用此法之理与旨趣不同,因而成就的面貌也就不同。相同的时地,相同的事境,其人不同,对法的运用就会不同。相同的人,但时间不同,其对法的运用也不同。作为一套规范的法则相当于语言,作为法则的具体运用相当于言语。作为规范意义上的法没有固定的审美形态,只是一套法则,而一旦运用就有了一定的形态,这就是所谓"体"。翁方纲已经在相当程度上意识到法的这种区别,但在理论上对这两种意义上的法则尚未能清晰地表述。当他说"诗文之赖法以定"时,这种法乃是普遍性规则,当他说"古人之法""我之法"时,此种法乃是法之运用。翁方纲批评七子派"强我以就古人之法,强执古人以定我之法",实际上是认为七子派所谓法乃是在具体运用意义上的法,已经有了一定的审美形态,这样学习古人的法则必然要与古人有相同的面貌,必然陷入模仿甚至抄袭。

翁方纲这两种意义上的法则的分辨也体现在他对格调的理解上。七子派诗学的核心是格调说,翁方纲首先承认格调的存在:

> 夫诗岂有不具格调者哉?《记》曰:"变成方,谓之音。"方者,音之应节也,其节即格调也。又曰:"声成文,谓之音。"文者,音之成章也,其章即格调也。是故噍杀啴缓、直廉和柔之别,由此出焉。①

---

① 《格调论》上,《复初斋文集》卷八。

翁方纲从音乐入手论格调。音乐不过是乐音的组合,乐音的组合规则相同,但是不同的组合却形成不同的音乐。在翁方纲看来,所谓格调,既有相当于规范意义上的格调,也有相当于具体的音乐意义上的格调。所谓"变成方",按照翁方纲的解释,"方"是"音之应节也",这个"节"乃是规范;"声成文"之"文"是"音之成章",这个"章"也是规范。但是这些规范表现在具体的音乐作品中,其形态是不同的。规范是无形的,不能独立存在,只是体现在具体的作品中。当翁方纲说"诗岂有不具格调者哉"之际,所谓格调指的是规范;当他指称七子派的格调说时,此种格调乃是运用规范而成的有定的审美风格,也就是上文所谓"体"。按照翁方纲的理论,不同的时代、不同的诗人可以而且应该有不同的体,即可以有不同的格调:"格调云者,非一家所能概,非一时一代所能专也。"①七子派主张古诗必《选》体,歌行、近体必盛唐,在他看来,实际上是把汉魏、盛唐的风格当作普遍性的规范,从风格上模拟古人,必然陷入"非古人之面,而假古人之面,非古人之貌,而袭古人之貌"②,必然流于假。翁方纲评论徐祯卿诗谓其诗所少的是一个"真"字③,这也可以看作是他对整个七子派的评价。

　　但是,照翁方纲这样讲格调也有一个问题。如果说格调是普遍存在的,不必讲求,那么,不同诗人的格调,不同时代的格调之间有没有高下之分? 按照翁方纲的理论逻辑去推理,应该说各种格调都是平等的,不能互相取代,没有高下之分。用这种理论为宋诗的存在找依据,当然可以。但是在文学批评中,必然会遇到困难。如何在审美上确定一首诗的高下? 翁方纲的重要标准就是肌理的粗细。如果把肌理作为衡量

---

① 《格调论》上,《复初斋文集》卷八。
② 《格调论》下,《复初斋文集》卷八。
③ 《石洲诗话》卷八,王渔洋《论诗绝句》"文章烟月语原卑"一首评语。

诗歌价值的标准,则肌理说岂不是又成为另一种格调说?

2. 渔洋诗无实地

从翁方纲的诗学观看,明代七子派的诗学道路是错误的,清初王士禛的诗学道路也是错误的。

翁方纲认为诗歌史是朝实的方向发展的:"至唐右丞、少陵,事境益实,理味益至,后有作者,岂得复空举弦外之音,以为高挹群言乎?"①事境、理味都是其所谓"实"的内容。王维、杜甫代表唐诗之两派,此两派诗歌都沿实的方向发展,则后来诗歌也应沿此方向发展;宋诗正沿此方向,所以宋诗的道路是正确的。明人"貌袭格调",只重形式,无从谈理味、事境。"至我国朝,文治之光,乃全归经术。是则造物精微之秘,衷诸实际,于斯时发泄之。"②但王士禛神韵说标举的却是弦外之音,不是崇实,而是尚虚,这是方向性错误。翁方纲说:"山谷之诗境质实,渔洋则空中之味也。"③"质实"正是唐诗以后正确的发展方向,王士禛却讲求"空中之味"。王氏不仅在创作上追求"空中之味",还以此评量古人:"渔洋意中,盖纯以脱化超逸为主,而不知古作者各有实际,岂容一概相量乎?"④

在翁方纲看来,神韵说强调虚的诗境,其弊病一是缺乏"理味",二是于事境不切。翁氏《杜诗"熟精〈文选〉理""理"字说》称"自王新城究论唐贤三昧之所以然,学者渐由是得诗之正脉,而未免歧视理与词为二途",指出王士禛神韵说的弊端之一就是把理与词分离,只在词的一

---

① 《石洲诗话》卷八。
② 《神韵论》下,《复初斋文集》卷八。
③ 《复初斋渔洋诗评》。
④ 《石洲诗话》卷六。

面讲求,没有理味。翁方纲要求诗歌有实境实感,客观的事境必须是主
体亲历的真实事境,主体的思想感情也是特定事境中的情感,"切己切
时切事,一一具有实地"①。但王士禛神韵说的弊病恰是于事境不切。

　　从诗歌史角度看,翁方纲认为神韵说乃是元明人审美特征的综合:
"宋人精诣,全在刻抉入里……然此外亦更无留与后人再刻抉者,以故
元人祇剩得一段丰致而已,明人则直从格调为之。"②"渔洋先生所讲神
韵,则合丰致、格调为一而浑化之。此道至于先生,谓之集大成可
也。"③元诗讲求风致,明诗注重格调,而王士禛则将风致、格调合而为
一,使之浑化,不留痕迹。一般认为神韵说与明代七子派有渊源关系,
言其来自元人的丰致,此乃翁方纲独有的观点,与事实并不相符。盖王
士禛所取于元代者为吴莱诸人,欣赏的是其七言古诗,并以之上接宋代
苏轼等人,而非翁方纲所说的丰致。

　　翁方纲毕竟是王士禛的再传弟子,他虽批评王氏,却不完全否定神
韵说,而是加以改造,并给予王士禛神韵说以历史地位。翁方纲称明代
诗歌是"尘滓",王士禛神韵说涤荡了明诗的"尘滓"。只有经过这种
"涤荡",使"斯文元气"回复至"冲淡渊粹之本然",④才令后来者可以
经术充之。在翁方纲看来,神韵说好似泻药,清除了尘滓,但其作用仅
此而止。清代诗学在"泻"过之后,就需要一副补药,那么谁来开此药
方? 在翁方纲看来,正是他本人。

　　翁方纲认为神韵说空而不实,所以他要将神韵实化,为神韵建立
"理味""事境"的基础。他说"神韵乃诗中自具之本然"⑤,认为神韵是

---

① 《神韵论》中,《复初斋文集》卷八。
② 《石洲诗话》卷四。
③ 同上。
④ 《神韵论》上,《复初斋文集》卷八。
⑤ 《坳堂诗集序》,《复初斋文集》卷三。

诗歌所本有,为一切诗歌所必备。沈德潜在王士禛之后把神韵作为其论诗的一个层面,认为所有诗歌都应具有神韵,但并非所有诗歌都现成地具有神韵;而翁方纲却认为神韵为诗歌所本具,所有诗歌都有神韵。他将神韵与其肌理说联系起来,以肌理诠释神韵,认为肌理即神韵①。这样神韵就变成了肌理,肌理说可以取代神韵说。

"诗言志"的理论命题中蕴含有情感与知识、义理的关系问题。从诗歌史看,唐以前诗歌的主流是抒情传统,诗学主流是抒情诗学。抒情诗学处理情感与知识、义理的关系,显然以情感为立足点,以情感涵摄知识与义理。这种诗学传统在面对宋诗这一"以学为诗,以理为诗"的异质传统时,就发生了认同危机。翁方纲将其诗学的立足点由以情感为中心转向以知识、义理为中心,并以此接纳宋诗传统。这种立足点的转变是传统诗学系统的重大调整。这种调整意义重大,它使得本来蕴含在抒情诗学中的一种倾向真正独立出来,形成一个理论系统,成为与抒情诗学相抗衡的诗学系统。但是抒情传统的力量巨大,翁方纲诗学提出后,很快就受到袁枚等人的批判。后来的宋诗派试图在理论上进行调整,强调性情与学问的统一,乃是向抒情传统靠拢的表现。

① 《神韵论》上,《复初斋文集》卷八。

第十六章
古典与近代之间:袁枚的性灵说

乾隆年间,沈德潜主张格调,浙派及翁方纲主张学问,而袁枚则主张性灵。站在诗歌领域的内部看,袁枚性灵说代表了诗歌返回其本原——性情的倾向,是由外向内的回归。

自郭绍虞先生以来,研究者一般将性灵说分成二义,一是性情义,一是灵机义。以性情义言其内容方面,说其性情如何突破封建礼教;以灵机义言其创作及审美表现形式方面,谓其如何崇尚天才、机巧、风趣等。这种二分式诠释方式还不足以见出性灵说之思想根源。我们还须再往上说,由性情往上说,是主体之天性;由灵机往上说,是主体的天才。天性与天才两方面合起来,就是袁枚所云之"才性"。才性之于人,乃是一个活的生命体,是一个整体。性灵说是才性论在诗学领域的体现,才性说是诠释袁枚性灵说的理论基点。人们常把袁枚的性灵说与公安派的性灵说相比,认为袁枚性灵说是公安派性灵说的继承,但两者的学说有一个基本的理论分界:公安派的性灵说建立在心学的基础上,袁枚的性灵说则建立在才性说的基础之上。

从才性论出发,性灵说注重的是人的自然生命,这一生命没有受到道德理性的束缚,它不崇高,却呈现生命原初的姿态,丰富而活泼,具有活力和个性,表现的是自然生命的美。中国诗歌以生命为表现领域,儒家诗学强调道德理性对原初生命的提升,强调理性化,固有其合理性,但易于失去生命原初的感性色彩。性灵说的意义在于强调生命的自然方面,弥补了儒家诗学失去的感性生命的另一极。格调说注重审美规范,是一种合理性的美;性灵说注重天才,这是一种自然的美。

一　才性与性情

第一章说过,儒家诗学所强调的诗歌的政治道德功能反映了诗歌产生初期在实际社会政治生活中的作用,在后来时代中,诗歌逐渐失去了实际的政治道德功能,不能落实到实际的社会政治生活当中。所以王闿运有古人"专为人作"、今人"乃为己作"之说。

面对诗歌的现实处境,诗人有两种态度:一种是依然坚持儒家诗学的诗教传统,并力图恢复此传统;另一种是承认现实,放弃儒家诗学的诗教传统,转而建立一种能够切合诗歌现实处境的理论。沈德潜代表的是前一种态度,袁枚代表的是后一种态度;前者是理想主义的,后者是现实主义的。

1. 真实原则与道德原则

中国传统诗学无论是主张言志或是缘情,对于诗歌的性情,都有一条原则,即诗歌抒写的情感与诗人的真实情感应当一致。所谓修辞立诚,所谓真,所谓文如其人、"诗如其人",所指都是这种一致性。尽管在现实创作中有诗与人不一的现象存在,但并不妨碍这一诗学原则在理论上的普遍有效性。这一原则可称为情感真实性原则。对于儒家诗学,除了情感真实性原则外,还有一条道德原则。在儒家诗学理论中,诗歌担负着道德教化的责任,诗歌须导人于善,诗歌中的情感必须善,而要作到这一点,根据诗即其人的原则,其人必定要善,须有高尚的德操。沈德潜所谓"有第一等襟抱,斯有第一等真诗",正是这一原则的体现①。

　　儒家诗学要求道德性原则与真实性原则的统一；真实性是基础，道德性是主导。沈德潜所谓"先审宗旨"，即是此意。道德修养具有不同的层次，儒家道德观当然要求最高的道德境界，这种思想表现在诗学的价值系统中，必然是道德层次高的作品优于道德层次低的作品。这种价值观不仅体现在诗歌批评系统中，也体现在创作中，诗人要使其作品具有最大价值，必须体现最崇高的道德，这就对诗人的人格提出极高的要求。站在道德性立场上，要求诗人的作品体现崇高的道德性，而站在真实性立场上，则要求诗人作品体现真实性。但是诗人并不是道德家，真实性与道德性之间事实上存在着紧张关系。儒家诗学观认为，解决这种矛盾的途径是提升与纯化诗人的人格，每一个诗人都应该自觉地提高自己的人格道德水平。但这是理论上的当然，落到现实当中，在实践上却十分困难。道德原则一旦成为社会认同的普遍原则，用以评诗，其对诗人就有一种无形但强有力的约束。诗人为使其作品具有最高道德价值，就有可能超越自己的人格真实而虚拟一个更高的道德主体，这样其作品的内容固然崇高，但是诗歌中的情感不是诗人真实人格的表现，诗与人不符，违背了真实性原则。沈德潜所代表的儒家诗学作为一个价值系统，用于诗歌批评，固然是一套有效的理论，因为批评要辨析高下，就须悬一个最高标准。但是这种理论运用于创作，也悬一个最高标准，让人人作到，就容易出现唱高调的伪作。这种道理古今皆然。

　　沈德潜论诗是就当然处说的，主张诗歌应该具有巨大的社会政治道德作用，表现最高尚的情感，诗人应具有最高尚的人格。在这种意义上言，沈德潜诗学是理想主义的。但当面对现实的诗坛时，沈德潜也不

---

　　①　受道佛思想影响的诗学要求诗人有超越尘俗的人格，虽然其具体的价值取向与儒家不同，但也是高尚的人格，可谓是广义的道德原则。

得不感叹诗道不尊,诗人缺乏高尚的道德。当然与实然的巨大反差,正
暴露出儒家诗学的伦理主义倾向遭遇严重的危机。

2. 才性与真人

袁枚走的是另一条道路。他不从当然处立说,而从实然处立论;不
再坚守道德性原则,而只坚持真实性原则。

作为诗人,袁枚风流放诞,其风流放诞的性情也表露于诗歌作品
中。袁枚及其创作代表了清代中叶诗坛出现的摆脱儒家诗学伦理主义
的价值取向。诗人不必有崇高的人格,诗人与常人在道德上没有区别,
就是现实生活中的常人。诗歌也不必有政治道德意义,只要歌咏自己
的性情即可。诗人回归常人,诗歌返归世俗。这种取向在当时有很大
的影响。袁枚在当时是最有影响力的诗人之一,而且有大量的弟子,即
证明这种取向具有充分的现实文化土壤。这种取向正表现出诗歌从崇
高走向俗化的倾向,正是诗歌的现实处境的体现。但是,站在沈德潜所
代表的儒家诗学的立场看,这种取向恰恰背离了儒家诗学的道德原则。
袁枚在这种原则面前,人品与诗品均显不高。沈德潜年长于袁枚许多,
但二人却是同年进士。沈德潜早在成进士之前就已有系统的诗学主
张,且影响力颇大。成进士之后,受皇帝的优宠,扶摇直上,其诗学的影
响更大。在这样的理论氛围中,袁枚必然面临理论的压力,必然要为
自己的作品作理论的辩护。他须提出一套理论,以说明其取向的合
理性。

当为其诗学取向作理论辩护时,袁枚也以经典作为依据。这种方
式与明末的李贽、公安派有鲜明的不同。李贽、公安派的诗歌理论来自
浸透着狂禅精神的心学,心学原有排斥外在权威的倾向,禅宗更有这种
倾向,所以公安派的性灵可以直接由其本心引出,而无须借权威来论
证。袁枚的性灵说尽管在诗学的范围内与公安派的性灵说有相通之

处,但是在其所由以立论的理论来源上却与公安派有显著的区别。袁枚的性灵是由才性论引出的理论命题,而非从心学引出的理论命题。因此袁枚未有如李贽、公安派般排斥权威与经典的精神,相反,他在提出命题时也还是寻求经典与权威作为自己立论的前提依据。

袁枚诗论的出发点是"诗言志"、修辞立诚的经典命题:"尝谓千古文章传真不传伪,故曰诗言志,又曰修词立其诚。"①从言志、立诚,他提出诗歌的情感真实性原则。就这一原则而言,袁枚与沈德潜是一致的,可以说他们有相同的出发点。但是,沈德潜在真实性原则之上,还提出道德性原则,而袁枚却没提及道德原则,他只有性情真实性原则。这是袁枚论性情与沈德潜论性情的一个重大理论分界。沈德潜的命题是"有第一等襟抱,斯有第一等真诗",袁枚的命题是有真人而后有真诗。他们的理论命题都把诗的问题归结于诗人,但沈德潜强调的是诗人的道德修养即善,袁枚强调的则是诗人的真。

袁枚不强调诗人的道德化,乃是基于他的人性观念。袁枚在才性论的基础上理解人性,与理学有很大差异。他在《答蕺园论诗书》中云:"人之才性,各有所近。假如圣门四科,必使尽归德行,虽宣尼有所不能。"②按照牟宗三先生《才性与玄理》的说法,才性的主体乃是一个审美的主体,而不是道德理性的主体,魏晋的才性论到后来的理学被归为"气质之性"。程朱理学讲人性,有"义理之性"与"气质之性"之分。"气质之性"乃是天赋的自然本性,是人的感性生命,人之所以有人欲者,即由于人有此"气质之性"。但人在"气质之性"之上还有"义理之性",即所谓"天理",亦即普遍的道德本质,这是人性的根本所在。在"天地之性"的照耀之下,"气质之性"不是纯善的,对于人的成圣而言

---

① 《钱玙沙先生诗序》,《小仓山房文集》卷二十八。
② 《小仓山房文集》卷三十。

其意义是负面的,需纯化提升,此即"变化气质"。

　　袁枚所持的是才性论,强调的是人的天赋本性,但这被理学家归入"气质之性",属于负面的、须改变的一面。袁枚要肯定才性,必然要肯定"气质之性":

　　　　宋儒分气质之性、义理之性,大谬。无气质则义理何所寄耶?亦犹论刀者不得分芒与背也,无刀背则芒亦无有矣。①

袁枚批评理学"义理之性"与"气质之性"之分,实乃反对在"气质之性"之上再悬一超越的"义理之性",反对在才性之上高悬一个超越的道德本性,反对纯化提升才性。如言才性,则其上没有一个更高的义理之性,才性是天赋如此,不能改变,也无须改变;但若说气质之性,则其上还有一个义理之性,气质之性应该被改变,也可以被改变。袁枚认为,孔门德行、文学等四科正是从尊重才性的角度划分的,四科都是根据人的才性而立,德行一科也是从才性而立,是某些人天性如此。如果不是从才性而立,那么德行一科应是最高的,四科的归结应该只有德行一科,何以有四科之分呢? 德行一科并不具有超越于才性之上的普遍性,不能尊德行于其他三科之上。

　　"义理之性"是理性化的、普遍的、纯善的,其人格偶像就是圣人;才性则是跃动着生命的、活生生的、感性化的、个性化的、非纯善的。袁枚说:"瑕瑜不相掩者,玉也;粹然一色者,砥砆也。仆耻为砥砆,方欲暴生平得失于天下,然后天下昭昭然可指可按,而后以存其真。"②理学也并非不承认人性中有瑕有瑜,所谓"气质之性"就是有瑕,但关键是

────────────

① 《牍外余言》卷一。
② 《答家惠䌼孝廉》,《小仓山房尺牍》卷三。

主体要通过一系列的修养功夫令人格升华和纯化,化瑕为瑜。袁枚则反对这种升华,不承认一个超越气质之性之上的普遍的义理之性的存在。在他看来,人一旦超越其才性而进行人为的提升,就陷入人格的虚伪:"足下之意,以我辈成名,必如濂、洛、关、闽而后可耳。然鄙意以为得千百伪濂、洛、关、闽,不如得一二真白傅、樊川。以千金之珠易鱼之一目,而鱼不乐者,何也? 目虽贱而真,珠虽贵而伪故也。"①按照袁枚才性论的理论逻辑,濂、洛、关、闽这些理学家之所以为理学家,乃是其才性所近,就如孔门四科中,近于德行一科,后来人不必皆成为道德家;若要求每个人都成为道德家,则势必要脱离人的本性之实际,就陷入虚伪。

　　才性论不是反道德,而是认为道德就在才性之中,没有一个超越的义理之性,义理之性就在气质之性当中,天理就在人欲当中。正是从才性、从气质之性来论述人性,所以与程朱理学相反,袁枚肯定人的感性生命的合理性。他认为"人欲当处,即是天理"②,把"情欲"作为众人望治于圣人,圣人治理天下的根本。袁枚对李翱《复性书》尊性而黜情深表不满,认为"性,体也;情,用也。性不可见,于情而见之","喜怒哀乐爱恶欲"是"圣人之所同"。③ 基于这种人性论观点,袁枚主张尊重人的自然本性。在《俭戒》《清说》两文中,袁枚反对以俭作为普遍的道德要求,认为情欲乃是人的本性,人应"自适其情",顺从本性,而"不近人情者,鲜不为大奸"。理就在情和欲之中,道德就是人的感情欲望得到适当的满足。人人的感情欲望都得到适当的满足,这就是圣人治理的理想世界。

---

① 《答蕺园论诗书》,《小仓山房文集》卷三十。
② 《再答彭尺木进士书》,《小仓山房文集》卷十九。
③ 《书复性书后》,《小仓山房文集》卷二十三。

正是从才性论出发,袁枚认为不必人人都追求人格的完善,"君子修身,先立其大,则其小者毋庸矫饰"①,只要大节不亏就是君子,细节上的不善不应被指责,而个人不应该也没有必要掩饰。袁枚以古代的杜甫及韩愈、近代的朱彝尊为例,认为他们都是如此②。袁枚言大节不亏,不是强调立大节的重要性,而是强调不应以道德束缚人的"才性"即自然本性,认为尊重人的自然本性是第一位的。

站在才性论的立场上,袁枚的性情与风流生活是合理的。在这种意义上,袁枚的才性论是为自己的生活辩护。依才性论,不必专门提出一个普遍的道德原则来要求人;对于人而言,只有一个原则,就是真;对于诗人来说,只有一个原则,也是真。有真人,才有真性情;有真性情,方有真诗。

3. 真人与真情

袁枚诗学中的人是才性论意义上的真人,他的性灵说中所谓诗写性情,也应从才性论的角度来理解。

从道德理性上说性情,则性情应体现道德理性,受道德理性的规范。从才性上说性情,性情不受道德理性的规范。袁枚所言之性情乃是他所标举的真人的性情,因而他对性情的唯一要求就是真,真人是随任自然本性的,因而凡是自然本性之所有,都是袁枚所谓性情的范围。性灵说之性情不同于王士禛神韵说与沈德潜格调说的性情。神韵说所谓性情,是佛道式的超越尘俗者的性情,沈德潜格调说所谓性情,是儒家诗学中具有崇高人格者的浸透着道德理性的性情,它们都脱离了人的生命的原初性。性灵说所谓性情,更多地带有生命的原初性,是人之

---

① 《答蕺园论诗书》,《小仓山房文集》卷三十。
② 同上。

生命的全部的流露，不简择，不提升，无遮蔽，有善有不善①，有美有不美，如其所存而显之，唯真是求，是全部的人性的敞露。这种性情包括人生的各种欲望，因为从才性的角度看，欲望也是人性的内容；这种性情也可以包括道德，因为从才性的角度看，道德也是人性的内容。就其所包含的欲望一面的内容说，以道德角度视之，非但不崇高，有些甚至可说是低俗，但如从审美的角度视之，则因是对人之生命全体的展露，真实而不妄，活泼而亲切②。正因为袁枚所谓性情的这一特征，所以最易引起争议。日本学者铃木虎雄在其《中国诗论史》中指出，袁枚所谓性情"近乎妓女嫖客的性情"，后来研究袁枚者则指出袁枚对封建礼教的突破，或者指出其诗揭露封建统治黑暗，如此等等。这些说法各得其性情说之一义，而未能得其全。他们用以看待袁枚所谓性情的标准是善，而袁枚从才性讲性情，却只讲真，不求善，真可以善，也可以不善。这与儒家诗学有明显的分界。儒家诗学对性情要求真与善的统一，而真统一于善。这就意味着须对性情进行提升澄汰，诗歌要表现符合道德的一部分。袁枚则不如此，他要求表现全幅的性情，无须提升澄汰，真是唯一的标准。

如此，袁枚的性情论与儒家诗学有可以相容的一面，也有相冲突的一面。儒家诗学论性情有真与善两原则，真而不善者受到贬斥，而袁枚论性情只有真的原则，被儒家诗学贬斥的真而不善的内容在袁枚的诗学中却受到认可。在袁枚所说的性情中，有关社会政治一面的内容当然与儒家诗学并不冲突，有关亲情友情的内容也没有问题，有关生命体

————————

①　当然所谓不善有程度及时代认识之不同，此是就当时社会一般的道德规范所认定的程度范围而言，一般是指个人品性上的一些疵点。

②　郭绍虞先生说"神韵说之于性情，不过朦胧一些而已，原不是与性灵有冲突的地方"（《中国文学批评史》，第568页）。如果但就重内在性立场而言，二者确实有一致之处，就审美表现而言，神韵也较性灵朦胧，但是如果就性情本身的内容而言，二者的区别明显。

验层面的内容,如他的《齿痛》《拔齿》《补齿》《留须》《镊须》《染须》《不染须》《觉衰》《恶老》《喜老》等作品表达对疾病、衰老的生命体验,在儒家诗学看来虽然没有政治道德意义,但也不至于有正面的冲突。其与儒家诗学观最有冲突的是男女之情的内容。在袁枚的创作中,表现男女之情的作品乃是那些写他对姬妾的思恋之情以及一些涉及寻花问柳的作品。如《寄聪娘》之一云:"寻常并坐犹嫌远,今日分飞竟半年。知否萧郎如断雁,风飘雨泊灞桥边。"这些作品写男女之爱时,乃将其作为性爱本身来对待,并且往往是将这种感情不加掩饰地直接呈现,而不是以传统的含蓄委婉的方式来表现,这样就使这种情感比较炽热,感性的成分比较浓厚。

儒家诗学对直接表现男女之情一般是反对的,男女之情只有在被赋予政治道德内涵时才具有正面价值。王夫之曾肯定过艳诗,但他要求这些诗歌所表现的情感一定体现道德规范,其归结还在伦理价值。沈德潜在其《清诗别裁集·凡例》中称,那些"动作温柔乡语,如王次回《疑雨集》之类,最足害人心术,一概不存",这种态度正是儒家诗学对待艳情诗态度的体现。尽管沈德潜不是在评价袁枚的作品,但是他否定艳情诗,实际上等于从理论上间接否定了袁枚这类作品的价值。因为他们二人在当时诗坛都有很大的影响,沈德潜提出对艳情诗的评价问题,自然会间接触及对袁枚诗的评价。事实上,袁枚的这些"缘情之作"就曾为时人批评,程蕺园劝其删去这些缘情之作,而袁枚则从他自己的理论立场出发,为之作理论的辩护。

袁枚说:"情所最先,莫如男女。"①将男女之情视为人类最基本的情感,因而也应是诗歌表现的最基本情感。这是对儒家诗学的挑战。

① 《答蕺园论诗书》,《小仓山房文集》卷三十。

他通过诠释经典来证明这一观点。《随园诗话》卷六说：

> 宋沈朗奏："《关雎》夫妇之诗，颇嫌狭亵，不可冠《国风》。"故别撰《尧》《舜》二诗以进。敢翻孔子之案，迂谬已极。而理宗嘉之，赐帛百匹。余尝笑曰：《易》以乾、坤二卦为首，亦夫妇、阴阳之义。沈朗何不别撰二卦以进乎？且《诗经》好序妇人，咏姜嫄则忘帝喾，咏太任则忘太王；律以宋儒夫为妻纲之道，皆失体裁。

对于《关雎》，说诗者称是后妃之德，带有浓厚的政治道德色彩，袁枚则去掉其政治道德色彩，将其诠释为纯粹的艳情诗。他将被赋予神圣庄严色彩的《大雅》的《思齐》《生民》诠释为一般的叙妇人之诗，以为《易经》乾、坤二卦所言也是夫妇、阴阳。袁枚的这种诠释把经典从浓重的政治道德哲学色彩中剥离出来，将其还原为纯粹的男女夫妇方面的内容。通过这种诠释，袁枚为他肯定艳情诗确立了经典依据。

以此为依据，袁枚在《再与沈大宗伯书》中对沈德潜否定艳情说提出驳难：

> 闻《别裁》中独不选王次回诗，以为艳体不足垂教，仆又疑焉。夫《关雎》即艳诗也，以求淑女之故，至于展转反侧，使文王生于今，遇先生，危矣哉！《易》曰："一阴一阳之谓道。"又曰："有夫妇，然后有父子。"阴阳夫妇，艳诗之祖也。①

袁枚在此借对《易经》《诗经》的诠释来证明艳情诗的合法性。与沈德

---

① 《小仓山房文集》卷十七。

潜相反,袁枚大力肯定王次回,他在《随园诗话》卷三中说:"香奁诗,至本朝王次回,可称绝调。惟吾家香亭可与抗手。"而他所称赏的是什么作品呢?"回廊百折转堂坳,阿阁三层锁凤巢。金扇暗遮人影至,玉扉轻借指声敲。脂含垂熟樱桃颗,香解重襟豆蔻梢。倚烛笑看屏背上,角巾钗索影先交。""惺惺最是惜惺惺,拥翠依红雨乍停。念我惊魂防姊觉,教郎安睡待奴醒。香寒被角倾身让,风过窗棂侧耳听。天晓余温留不得,隔宵密约重叮咛。"这些乃是表现男女偷情之作,铃木虎雄谓袁枚所说的性情是"妓女嫖客的性情",并非全无道理。

4. "有关系"与"无关系"

袁枚所谓性情还面临另一理论问题。儒家诗学主张诗歌应具有政治道德功能,这在《毛诗序》中有完整表述,反映诗歌在早期社会生活中的重要地位和作用。正因为具有这种功能,所以诗歌担负着重大的社会责任。诗人作为创作主体同样担负着重大且崇高的社会责任。沈德潜上承儒家诗学,强调诗歌的社会功能,谓其"用如此其重也",因此他主张诗歌应该"有关系"。从此角度看,袁枚所肯定的性情有相当的成分是"无关系"的。在沈德潜的诗学价值系统中,袁枚所肯定的这种性情就没有价值。袁枚要肯定这种性情,就必须面对儒家诗学的"有关系"理论而提出一种新的理论。

袁枚主张,诗歌可以"有关系",也可以"无关系"。他依然通过诠释经典来论证其理论。孔子说诗可以兴、观、群、怨,可以事父、事君,多识于鸟兽草木之名。袁枚对这段话作了自己的诠释,认为孔子所云"迩之事父,远之事君"是"有关系者","多识于鸟兽草木之名"是"无关系者"。①

---

① 《答沈大宗伯论诗书》,《小仓山房文集》卷十七。

这种诠释在理论上相当重要。孔子所说的事父、事君是指诗歌的政治道德作用,而多识草木鸟兽之名是指诗歌的认知功能,但问题的关键在于,孔子是说一首诗既可有政治道德作用,同时兼有认知功能呢,还是指一些作品可有政治道德作用,另外一些作品可不具此种作用,而仅具有认知功能呢?上述两种诠释具有不同的理论意义。如是前者,由之引申出的理论就是,所有诗歌都应具有政治道德作用;若是后者,由之引申出来的理论则是,并非所有的诗歌都应具有政治道德作用,亦即诗歌可以不具有政治道德作用,以沈德潜之语表述,即诗歌也可"无关系"。显然,儒家诗学传统对孔子之语所作的是前一种诠释,儒家诗学并不否认诗歌的知识功能,但以政治道德功能优先,它统帅和支配其他功能,其他功能没有独立的地位。袁枚所作的是后一种诠释,他把诗歌的不同功能分离开来,认为不同的功能具有独立性,反对以伦理功能为统帅的观点。本来"无关系者"在儒家诗学价值系统中没有地位,袁枚要赋予这类作品与"有关系者"以同样的地位。他要确立"无关系"诗歌的地位,就须对这种诗歌的价值作理论论证。其所以要依经立论,就是要为其观点寻找经典的依据。当然袁枚并没有否定诗歌的政治道德作用,但其立论的重心是强调"无关系者"。正因如此,他称沈德潜"必关系人伦日用"之说有"褒衣大袑气象",①又称之为"老学究论诗"的"门面语",②认为选诗者以此为标准,"动称纲常名教,箴刺褒讥,以为非有关系者不录"③,乃是选家的一病。袁枚强调诗歌"无关系"的一面,正是要突破儒家传统的诗学观。这种观点卸掉了诗人所担负的沉重的政治道德责任,抹掉了诗歌的崇高感。

---

① 《答沈大宗伯论诗书》,《小仓山房文集》卷十七。
② 《随园诗话》卷七。
③ 《随园诗话》卷十四。

5. 袁枚性情理论的正面及负面意义

儒家诗学强调诗歌的政治伦理价值,有其合理性,但若强调过度,容易使诗歌的领域变得单一而狭隘,令诗歌所表现的人的生命缺乏丰富性。性灵说主张表现人的全部生命,强调表现人的生命的丰富性,可以弥补儒家诗学这方面的不足。但是,袁枚诗学拆除了儒家诗学对性情所作的限制,把人的生命中的一切内容都纳入诗歌的表现范围,这也有负面影响。比如对艳情诗,沈德潜一概排斥,当然具狭隘性。袁枚正面肯定,并且把它就当作性爱本身来看待,认为诗歌可以表现性爱的内容,这固然合理。但是,并非有关性爱的一切内容都适合在诗歌中表现,男女之情也有健康的情趣与不健康的情趣之别,像袁枚对嫖妓、偷情之作的欣赏,其本人作品对自己老而狎妓言之津津,显然具有负面的意义。

袁枚以真实性原则为根本,认为真实是对诗歌的性情方面的唯一要求,这对于防止创作主体的虚伪的道德化、情感的虚拟化固然有其意义。但是只讲真实性原则,在诗学理论上也有相当的偏差。性情之善是儒家诗学的首要价值标准,沈德潜论诗首要审宗旨,体现的正是这一思想。袁枚论性情只有真的标准,没有善的标准。如果不考虑审美因素,所有的真情是否等值?屈原的爱国之情是真实的,杜甫的忧国忧民是真情,而艳情诗的"拥翠依红"之情也是真实的,那么这些情感有无价值上的高下?袁枚诗学只讲真性情,不对性情的道德价值的高下作出认定与评判。

儒家诗学主张性情之真与性情之善的统一,这在理论上是一个合理的命题。由于其道德原则具有一定的狭隘性,则又暴露出某些缺陷。袁枚的性情理论强调性情之真,弥补了儒家诗学的缺陷。袁枚打破真善的统一,在理论上则陷入另一偏颇。当代研究者往往把袁枚的这种理论放到反封建的政治层面来诠释,因而极力肯定,而不言其理论上的偏差,有失确当。

二　才性与天分

袁枚的真性情理论乃从才性论引发而出,其关于创作才能的理论也是从才性论引申而来。

1. 袁枚与公安派之辨

比较袁枚的性灵说与公安派的性灵说,会发现在他们之间有一个重要的分别:袁枚性灵说特别强调诗人的天赋,公安派性灵说却不然。这种分别来自其理论渊源的差异。公安派的性灵由心学传统引出,李贽童心说是其直接的理论基础。童心即人的本心,性灵就是童心的发露。童心是诗歌的本原所在,是一切文学的本原所在,只要从童心流出,无论什么时代、什么体格,都是最好的诗文。正是立足于此,他们才推崇通俗文学,认为通俗文学流露出的童心较之士大夫文学更具本真性。由于童心为一切人所本自具有,所以在这种意义上,一切人都可以是文学家。李贽《童心说》称:"苟童心常存,则道理不行,闻见不立,无时不文,无人不文,无一样创制体格文字而非文者。"他们直指本心,从本心上立论,按照这种理路,童心是诗歌之根本,有才无才者皆有童心,有童心就有文,有童心就是文人("无人不文")。在这一命题之下,不能说诗歌是一种特别的天才,有些人天生具有诗歌的才能,有些人则非,这样说就与他们的命题相违背。因而他们不强调诗文需要特别的才能,不强调文学家是具有特别才能的人。

但袁枚与之不同,其性灵说是从才性理论引出的。按照才性论的理路,他必然强调诗人的才能乃是出于天赋。

2. "诗文之道,全关天分"

袁枚说:"人之才性,各有所近。"孔门四科,就是根据才性所分。四科中有文学一科,故在他看来,擅长文学也是才性之所近。才性为天之所赋,所以他说:"诗文之道,全关天分。"①正是在才性论基础上引出的必然结论。

袁枚从才性论出发,认为人的各种技艺无不来自天之所赋:

> 今夫越女子论剑术曰:"妾非受于人也,而忽自有之。"夫自有之者,非人与之,天与之也。天之所与,岂独越女哉!以射与羿,奕与秋,聪与师旷,巧与公输,勇与贲、育,美与西施、宋朝,之数人者,俱不能自言其所以异于众也。而众之人,方且弯弓、斗棋、审音、习斤、学手搏、施朱粉,穷日夜追之,终不克肖此数人于万一者,何也?②

在袁枚看来,不仅人的美貌、聪明、勇武来自天赋,而且一向被认为主要靠后天锻炼的剑术、技艺也来自天赋,就连政治才能也是如此。他说:"天之生才,敏钝各异:或应机立决,或再三思而后决;或卧而理,或戴星出入而后理。"③总之,人的才能皆得自天赋才性,才能的差异源自天赋。

由才性观点来看,诗人的诗歌才能也来自天赋:

---

① 《随园诗话》卷十四。
② 《赵云松瓯北集序》,《小仓山房续文集》卷二十八。
③ 《答门生王礼圻问作令书》,《小仓山房文集》卷十八。

> 诗不成于人，而成于人之天。其人之天有诗，脱口能吟；其人
> 之天无诗，虽吟而不如其无吟。同一石，独取泗滨之磬：无他，其物
> 之天殊也。舜之庭，独皋陶赓歌，孔之门，独子夏、子贡可与言诗；
> 无他，天人之天殊也。刘宾客亦云："天之所与，有物来相。彼由
> 学而至者，如工人染夏以视羽畎，有生死之殊矣。"①

所谓诗"成于人之天"，意谓诗来自人的天分。袁枚称舜的臣子唯皋陶
善诗，孔子的弟子，只有子夏、子贡可以谈诗。尽管袁枚的这种说法于
事实未必相符，但他引出这些有权威的古人，旨在证明：诗歌的才能来
自人的天分。

在袁枚，诗歌全关天分，可以从几个方面讨论。就性情一面说，诗
歌是吟咏性情的，但有些诗人天性多情，有些诗人则天性少情：

> 凡作诗，写景易，言情难。何也？景从外来，目之所触，留心
> 便得；情从心出，非有一种芬芳悱恻之怀，便不能哀感顽艳。然
> 亦各人性之所近：杜甫长于言情，太白不能也；永叔长于言情，子
> 瞻不能也；王介甫、曾子固偶作小歌词，读者笑倒，亦天性少情
> 之故。②

天性多情者长于抒情，天性少情者则短于抒情。袁枚把杜甫、欧阳修归
于多情之类，把李白、苏轼、王安石、曾巩归于少情之类。袁枚说："东
坡诗有才而无情。"③就是指此而言。在袁枚看来，这些都是天性所决

---

①　《何南园诗序》，《小仓山房续文集》卷二十八。
②　《随园诗话》卷六。
③　《随园诗话》卷七。

定。天性的差异造成作品特征的不同。袁枚把多情少情归之于天性，这与公安派的性灵说有根本的不同。在公安派，性灵来自童心，童心作为人的本心，人人本有自足，没有多少之分。由于为道理闻见所染，人们渐失童心，但这是后天所致，而非天性为然。王士禛、沈德潜等也都没有天性多情少情之说。正因为袁枚持的是才性论的观点，所以他把审美风格方面的差异都归结于天性。不仅言情与天性有关，而且诗歌音节方面的特征也与此相关："诗有音节清脆，如雪竹冰丝，非人间凡响，皆由天性使然，非关学问。"①从这种角度看，诗人的天性就是一种限定，决定诗人创作的特征。

就诗歌的审美能力方面而言，袁枚认为诗人的审美感悟能力也来自天分。他在说过"诗文之道，全关天分"之后，称"聪颖之人，一指便悟"②，"悟"就是一种审美上的感悟能力。袁枚又认为，诗人的审美创造力也来自天分，此即所谓天才：

> 作诗如作史也，才、学、识三者宜兼，而才为尤先。造化无才，不能造万物；古圣无才，不能制器尚象；诗人无才，不能役典籍、运心灵。才之不可已也，如是夫！③

"役典籍、运心灵"指诗歌创作过程，这种创造活动依赖诗人的天才。在诗才之中，又有清才与奇才之分：

> 然而自古清才多，奇才少。晋人称谢邀清才，宋神宗读苏轼

---

① 《随园诗话》卷九。
② 《随园诗话》卷十四。
③ 《蒋心余藏园诗序》，《小仓山房续文集》卷二十八。

文,叹"奇才,奇才"。才中分量,又不可以十百计。①

袁枚对这两种诗才并非等量齐观,他给予奇才以更高的地位。《随园诗话》曰:"天下清才多,奇才少。"②袁枚认为苏轼是奇才,孙渊如是"天下之奇才也"③,"山阴胡稚威天游旷代奇才"④,又称蒋心余为奇才,他描绘蒋氏诗云:

> 其摇笔措意,横出锐入,凡境为之一空。如神狮怒蹲,百兽慑伏;如长剑倚天,星辰乱飞;铁厚一寸,射而洞之;华岳万仞,驱而行之。目巧之室,自为奥阼,袒而搏战,前徒倒戈。人且羡,且妒,且骇,且却走,且訾謷,无不有也。然而学之者,非拆胁即绝膑矣,非壶哨即鼓儳矣。故何也? 则才之奇,不可袭而取也。⑤

奇才具有极强的审美表现能力,所有的对象都能自如地表现,给人以涵盖一切的浑茫之感;这种才的力度很强,给人以所向披靡、不可阻挡之感。

清才一类的诗人,其审美表现能力及力度感较之奇才为弱,而以阴柔之美见长。袁枚在《钱竹初诗序》有曰:"余曩以清才目之,尚未审其学之深、力之宏也。"⑥据此看来,清才的特征与深厚的学养和宏壮的力度感是相对的。《随园诗话》卷二评王士禛说:

---

① 《蒋心余藏园诗序》,《小仓山房续文集》卷二十八。
② 《随园诗话》卷七。
③ 同上。
④ 《随园诗话补遗》卷七。
⑤ 《蒋心余藏园诗序》,《小仓山房续文集》卷二十八。
⑥ 《小仓山房续文集》卷二十八。

　　须知先生才本清雅,气少排奡,为王、孟、韦、柳则有余,为李、
杜、韩、苏则不足也。余学遗山《论诗》一绝云:"清才未合长依傍,
雅调如何可诋娸? 我奉渔洋如貌执,不相菲薄不相师。"

王士禛具有清雅之才,缺少排奡之气,可见清才与韩愈所说"横空盘硬
语,妥帖力排奡"的刚健有力的特征是相对的。袁枚把王士禛的清才
与王、孟、韦、柳归为一类,王、孟、韦、柳俱属清才一类。与王、孟、韦、柳
一类相对,袁枚又以李、杜、韩、苏并提,而他视苏轼为奇才,那么李、杜、
韩理应也属是奇才,却又不然。他说杨万里"天才清妙,绝类太白"①,
则李白是清才一类。至于杜、韩,袁枚没有明确说明。或许在他看来,
清才与奇才是两种典型的类别,在它们之间还有许多过渡性的才力。
在《随园诗话》中,袁枚指出许多诗人是清才,如"婺源施兰皋,少有清
才"②,"女弟子席佩兰,诗才清妙"③,"弟香亭诗才清婉"④。这正与他
所说的天下清才多而奇才少的观点相一致。袁枚本人以清才自视。汪
大绅认为袁枚诗似杨万里,范瘦生大不服,以汪语告袁枚。袁枚就称杨
万里之天才清妙,并以自己都与杨万里相类而自豪⑤。如此,则袁枚实
是间接道出自己有清妙之才。

　　依照才性的观点,诗人之成为诗人首先需天赋作基础。诗人天赋
的不同对其创作成就的高低、审美特征的形成有根本性的影响。苏轼
这样的诗人先天是有缺欠的,天赋的奇才与天赋的少情两者的结合构
成苏轼诗的基本特征。但袁枚有时又前后所言自相矛盾,他曾说"才

---

① 《随园诗话》卷八。
② 《随园诗话补遗》卷七。
③ 《随园诗话补遗》卷八。
④ 《随园诗话补遗》卷十。
⑤ 《随园诗话》卷八。

者情之发,才盛则情深"①,以这种说法,才与情相连,不能分离,但他又说苏轼"有才而无情",袁枚诗论颇有这种自相矛盾的情况。

3. 才与学、识

袁枚沿着才性论,认为诗文之道全在天分,但这是他强调天分时说的话,并非表明他对天分之外的因素全不重视。袁枚颇重视后天的学、识。

袁枚以射箭比喻才与学的关系:"诗如射也,一题到手,如射之有鹄,能者一箭中,不能者千百箭不能中。"他称"其中不中,不离天分学力四字",他又引孟子"其至尔力,其中非尔力",认为"至是学力,中是天分"。②他也重视识,《续诗品》有《尚识》一品:"学如弓弩,才如箭镞,识以领之,方能中鹄。"他在《答兰垞第二书》中说:

> 善学诗者,当学江海,勿学黄河。然其要总在识。作史者才、学、识,缺一不可,而识为尤。其道如射然。弓矢,学也;运弓矢者,才也。有以领之,使至乎当中之鹄,而不病于旁穿侧出者,识也。作诗有识,则不徇人,不矜己,不受古欺,不为习固。③

此处也以射箭喻才、学、识的关系,但与《续诗品》稍有不同。《续诗品》把才比作箭镞,此段论述将才比作运弓矢的能力。在论天分、学力的关系时,袁枚说箭之能中鹄的是天分,即才,但在《续诗品》及《答兰垞第二书》却把中鹄归之于识。袁枚强调识时,说才、学、识三者中识为要、

① 《李红亭诗序》,《小仓山房外集》卷二。
② 《随园诗话补遗》卷六。
③ 《小仓山房文集》卷十七。

为尤,但这与他强调才时所说"才、学、识三者宜兼,而才为尤先"是相矛盾的说法。审视袁枚诗学的整体,他确以才为优。

就诗学理论传统来看,以才、学、识三者论诗并非新鲜的见解,但袁枚在才性论的思想背景中突出了才的一面。在袁枚,性情是天性之流露,审美的创造力也源于自然天赋,正是才性的表现,是其生命原初性的表现。格调说诗学也论述才,但更侧重法则对才的约束,使诗才合规范,但这样就使才带有更多知性的后天成分,弱化才的天赋的原初性。翁方纲肌理说标举学者诗人,强调学问的方面,更把才的生命原初性成分减少到最低点。这一点恰是性灵说所重视的。性灵说也谈后天的学识,但以才为中心,这样就使性灵说的审美创造力更多地带有原初的生命感。才的这种原初生命感与性情的生命感是一体化的,正是人之才性的不同侧面的展露。诗歌所呈露的天才也具有审美意义,能令读者由此而欣赏主体的才性之美。

三　天籁与人巧

在性灵说的理论中,就诗人的性情而言是天性所发,就诗人的才能而言是天性所赋,就性情的表现而言则是天籁自鸣。总之是一个"天"字。这正是袁枚才性论观点在诗学的体现。

1. 天籁与人籁,无题与有题

袁枚认为诗歌有天籁与人籁之分:

> 无题之诗,天籁也;有题之诗,人籁也。天籁易工,人籁难工。《三百篇》《古诗十九首》,皆无题之作,后人取其诗中首面之一二字为题,遂独绝千古。汉魏以下,有题方有诗,性情渐漓。至唐人

有五言八韵之试帖,限以格律,而性情愈远;且有"赋得"等名目,以诗为题,犹之以水洗水,更无意味。从此,诗之道每况愈下矣。①

天籁是自然、天然之意,人籁是人为、人工、人巧之意。为什么无题诗是天籁、有题诗是人籁呢？按照"诗言志"的理论传统,诗歌应该是诗人有感于中而发之外,诗歌不是"作"出的,而是从内心"流"出的。就无题诗而言,诗人对作诗并无事先的规划与限制,是情感自然地发露而成诗,没有人为的设计与干预,故袁枚称之为天籁。他认为从《诗经》到《古诗十九首》都是天籁。袁枚所说的有题诗是指先命题而后作诗,这就如同命题作文,不是先有感于中,而是先有诗题于前,此诗题就是外在的规定与限制,诗人的性情必须按照题目而人为地兴起,必须在这种规定与限制范围内活动,如此性情的感发、兴起、流动、表现的过程就不是自发的自然的,而是人为的。诗人不是按照情感自身的规律自然抒写,而是按照人为的设计与意图来抒写,故袁枚称之为人籁。两者的分别是:一自然,一人为。由于人籁背离性情自身的规律,很难作到有感而发,所以性情渐少。在袁枚看来,外在性的要求越多,对抒写性情的限制就越多,诗歌的性情亦越少。站在这种立场上审视诗歌史,袁枚认为诗歌史是从天籁到人籁的过程,是从内在性趋于外在性的过程,是越来越远离性情的过程。

2. 作为创作状态的天籁与人巧

袁枚所说天籁与人籁着眼于性情受不受外在的约束限制,站在主性情的立场上,他当然崇天籁而贬人籁。袁枚又从创作状态角度论述

---

① 《随园诗话》卷七。

天籁与人巧。从这种角度论天籁与人巧时,他对两者的态度与前面的论述相比发生了明显的变化。

袁枚把诗歌创作状态分为天籁型和人巧型两种类型:

> 萧子显自称:"凡有著作,特寡思功;须其自来,不以力构。"此即陆放翁所谓"文章本天然,妙手偶得之"也。薛道衡登吟榻构思,闻人声则怒;陈后山作诗,家人为之逐去猫犬,婴儿都寄别家。此即少陵所谓"语不惊人死不休"也。二者不可偏废。盖诗有从天籁来者,有从人巧得者,不可执一而论。①

从创作状态的角度言,天籁型的创作是自发的创作状态,袁枚引述萧子显之语"须其自来",诗思自己涌现出来,"特寡思功","不以力构",不是靠苦思得来、人为而致。这种创作状态是兴会的状态:"作诗,兴会所至,容易成篇。"②"人有兴会标举,景物呈触,偶然成诗,及时移地改,虽复冥心追溯,求其前所以为诗之故而不得。"③诗人无法人为地控制这一创作过程,是天籁、天然、妙手偶得。人巧型的创作则相反,靠的是人为有意的苦思冥想。

袁枚认为天籁之作富于性情,人籁的作品则少性情,因而他崇天籁而贬人籁。当从创作状态角度论述天籁与人巧时,是否得自天籁的作品富于性情,而得自人巧的作品缺乏性情?袁枚没有明确表述,其实他本人并未意识到这一问题。

袁枚关于天籁与人巧的二分,在理论上还蕴含着另一问题:这种划

---

① 《随园诗话》卷四。
② 《随园诗话》卷二。
③ 《程绵庄诗说序》,《小仓山房续文集》卷二十八。

分是从创作状态上对诗人的分类,还是仅为创作状态本身的划分,与诗人的分类无关？如是前一种情况,那么就可以说一部分诗人的创作属于天籁型,而另一部分诗人的创作属于人巧型。如袁枚所举的萧子显属天籁型,而薛道衡、陈后山则属人巧型。按照袁枚的才性论观点,诗人之所以有天籁与人巧的分别,乃是由于诗人才性的不同,是先天的差异。如是后一种情况,那么每一个诗人的创作可能有时是天籁型的创作,有时则是人巧型的创作,天籁、人巧与诗人先天的才性没有直接关系。袁枚对以上两层意思没有作进一步的分辨,其实两层意思都包含在他的诗学当中。

　　袁枚认为这两种创作状态不可偏废,这与他崇天籁而贬人巧的态度形成鲜明的对照。但在不同的场合,他强调的重点有所不同。当他强调天籁时,便说:"我不觅诗诗觅我,始知天籁本天然。"①"我不觅诗诗觅我"者,正是萧子显"自来""不以力构"之意。但是,当强调人巧时,袁枚又说一切的创作都离不开苦思。其《续诗品》有《精思》一品:"疾行善步,两不能全。暴长之物,其亡忽焉。文不加点,兴到语耳。""文不加点"就是一种不用人为苦思的兴会状态,即得自天籁者。一旦进入这种创作状态,往往写作快如疾行。但袁枚认为写得快与写得好,两者不能相兼。诗写得快,必然不能传之久远。所谓文不加点之说,只是一时兴到之言,不能信以为真。他说:"太白斗酒诗百篇,东坡嬉笑怒骂皆成文章,不过一时兴到语,不可以词害意。若认以为真,则两家之集,宜塞破屋子,而何以仅存若干？"②又称"名手作诗,经营惨淡,一日中未必得一二佳句","挥毫对客、万言立就"云云是欺人之谈,③认为

① 《老来》,《小仓山房诗集》卷二十五。
② 《随园诗话》卷七。
③ 《答章观察招饮》,《小仓山房尺牍》卷四。

"毕竟诗人诗,刻苦镂心肝"①。站在这种立场上看,一切诗人的创作都应得自人巧,不是经过苦思得来的诗不是好诗。可是他明明说过"我不觅诗诗觅我","诗觅我"者自然不用苦思,两者之间呈现互相矛盾的状态。这正是袁枚论诗的问题所在,他想令其诗说面面俱到,但各个侧面如何构成和谐的统一体,恰是袁枚思考所欠缺的。

在另一些场合,袁枚又认为天籁、人巧的创作状态也与诗体有关:

> 作古体诗,极迟不过两日,可得佳构;作近体诗,或宽十日,不成一首。何也? 盖古体地位宽余,可使才气卷轴,而近体之妙,须不着一字,自得风流。天籁不来,人力亦无如何。今人动轻近体,而重古风,盖于此道未得甘苦者也。②

古体诗的诗体特点可以运用才气学问来创作,而近体诗的特点,则靠的是天籁,此处天籁与天才无涉,乃指自发的创作状态。按照此处说法,一个诗人写作古体诗时可凭借天才、人巧,当其写作近体时就须靠天籁。天籁作为一种自发的创作状态,不能人为地招致,只能等待其偶然到来,就诗人而言,反倒处于一种被动状态,因为天籁不来,诗人无计可施。

其实,天籁与人巧也是可以统一的。天籁是就当下的创作状态言,而人巧涉及修养过程,当人的审美修养达至很高的程度,相当于禅家所说的"悟境",儒家所说的"化境",其创作状态就具有自发性,即所谓天籁。这层意思在袁枚诗学也有所表露,他在《随园诗话》卷五引叶书山

---

① 《意有所得,辄书数句四首》之四,《小仓山房诗集》卷二。
② 《随园诗话》卷五。

语谓"人功未极,则天籁亦无因而至。虽云天籁,亦须从人功求之",并称之为"知言"。这种说法视"人功"为诗人的修养过程,当"人功"达到极点时,便可以有天籁的创作状态。

四　性灵与格调

1. 性情与格调:袁枚与沈德潜的理论立场

性情与格调的关系,是明清诗学讨论最多的问题之一。在性情与形式风格之间,形式风格有内在于性情的一面,也有外在于性情的一面。就内在性的一面而言,形式风格为性情所决定,服务于性情;就其外在性的一面而言,形式风格具独立性,可以独立地继承及评价。这两方面须处于平衡状态,如果只强调内在性的一面,审美传统如何继承? 形式风格方面的高下如何评判? 如果只强调外在性的一面,形式风格就成为无关乎性情的格套,形式风格本身成为目的,背离了言志抒情的传统。明代诗学中,七子派尤其是后七子派李攀龙、王世贞凸现的是外在性的一面,公安派强调的是内在性的一面,两派处于对立的状态。清代诗学则试图综合这两派,使之恢复到平衡状态。这种综合的倾向在沈德潜与袁枚的诗学中也体现了出来。

将沈德潜与袁枚的诗学放到七子派与公安派两大诗学流派的背景中审视,沈德潜近于七子派,袁枚近于公安派。但是沈德潜吸纳了性灵派主性情的观点,袁枚吸收了格调论的观点。尽管他们的基本立场有差异,但是其诗学也有相通之处。

2. 格律不在性情之外:形式风格内在于性情

袁枚在审美问题上与沈德潜诗学的重要理论分界,是他强调诗歌的形式风格内在于性情："有性情，便有格律，格律不在性情外。"①所谓格律即格调之意。格调内在于性情，格调与性情就不是平行并列的两个范畴，性情范畴高于格调范畴，格调从属于性情，这样诗歌内容与形式风格的关系以及诗歌的变化等等，归结下来就是一个性情范畴，就是一个言志抒情命题。而袁枚的性灵说强调的正是这一命题。格调内在于主体的性情，由主体性情决定，不同的性情自有不同的格律，如此袁枚取消了格律的外在性与独立性。这种观点与公安派、钱谦益是相通的。

由格调内在于性情的命题，袁枚推出诗无定格的命题：

> 夫诗宁有定格哉？《国风》之格，不同乎《雅》《颂》；皋、禹之歌，不同乎《三百篇》；汉魏、六朝之诗，不同乎三唐，谈格者，将奚从？②

形式风格由性情决定，性情不同，形式风格就有差异，不仅诗人之间有差异，时代之间也有差异，所以诗不能有"定格"。这是强调格调内在于性情得出的必然结论，袁枚说："诗者，人之性情，唐宋者，帝王之国号，人之性情，岂因国号而转移哉？"③立足于主性情的立场，诗歌表现性情，而性情并无唐宋之分，诗歌的形式风格也不应有唐宋之分，所以袁枚说："论诗区别唐宋，判分中晚，余雅不喜。"④划分唐宋，是着眼于格调对唐宋诗特征的辨别，这是格调论的观点。从格调内在于性情的

---

① 《随园诗话》卷一。
② 《赵云松瓯北集序》，《小仓山房文集》卷二十八。
③ 《随园诗话》卷六。
④ 《随园诗话》卷七。

立场看,诗歌的形式风格由性情决定,人人不同,无所谓唐宋之别。

由诗无定格,必然得出诗无高格的结论,即各种审美特征没有价值
上的高下之分。格调论者主张诗有定格,认为诗歌在审美上有其应该
如此的特征,有定格才有标准,才能作出高下的评判,才有审美价值上
的高低之分。而诗无定格,就是认为诗歌在审美上没有应该如此的特
征,没有应该,就没有标准;没有标准,就没有高下的评判,就没有价值
上的高低之分。袁枚说:"盖实见夫诗之道大而远,如地之有八音,天
之有万窍。择其善鸣者,而赏其鸣足矣,不必尊宫商而贱角羽,进金石
而弃弦匏也。"①所谓"不必尊宫商而贱角羽"云云,正表明审美无高下
之论。袁枚又说:

> 诗人家数甚多,不可硁硁然域一先生之言,自以为是,而妄薄
> 前人。须知王、孟清幽,岂可施诸边塞?杜、韩排纍,未便播之管
> 弦。沈、宋庄重,到山野则俗。卢仝险怪,登庙堂则野。韦、柳隽
> 逸,不宜长篇。苏、黄瘦硬,短于言情。悱恻芬芳,非温、李、冬郎不
> 可。属词比事,非元、白、梅村不可。②

"诗人家数甚多"即诗无定格之意。每种风格都有其长,也都有其局限
性,不具有普遍性,所以无高下之分。杜、韩的风格与温、李、韩偓的风
格各有其短长,不能说杜、韩高于温、李、韩偓。这与沈德潜有明显的不
同,沈德潜恰恰认为各种审美特征之间有高下的分别,杜、韩在审美上
高于温、李、韩偓诸人。

由格律内在于性情到诗无定格,再到诗无高格,这些观点落实到创

① 《再与沈大宗伯书》,《小仓山房文集》卷十七。
② 《随园诗话》卷五。

作,必然是要求诗人抒写性情时不受格调的束缚。从内在性立场上看,自己的性情一定要有自己的面目,由自己的面目才能见出自己性情的独特性。如果没有自己的面目,就不能见出自己的性情。袁枚说:

> 作诗如交友也,倘两友相见,终日一味作寒暄通套语,而不能听一句肺腑之谈,此等泛交,如何可耐? 足下之诗,敷衍唐人皮面,不能表见性情,有类泛交之友。①

从内在性立场看,格调乃是一个通套,以这个通套表现自己的性情,不能表现性情的独特性,只会妨碍性情的表现。袁枚反对外在的规则对性情的束缚,《随园诗话》卷一曰:

> 余作诗,雅不喜叠韵、和韵及用古人韵。以为诗写性情,惟吾所适。一韵中有千百字,凭吾所选,尚有用定后不慊意而别改者,何得以一二韵约束为之? 既约束,则不得不凑拍,既凑拍,安得有性情哉?

"诗写性情,惟吾所适",这正是主性情者的主张,因为格调内在于性情,诗人在抒写性情时不受外在格调的约束,所以才能"惟吾所适"。格调说也可以说"诗写性情",但不说"惟吾所适",因为在性情之外还有格调及法则,这个格调法就对抒写性情构成约束,不能"惟吾所适"。当然叠韵、和韵、用古人韵并不能说是格调说的观点,而是一种相当普遍的创作现象,但是在袁枚看来,这种作法正是用外在的规则束缚性

---

① 《与罗聘》,《小仓山房尺牍》卷五。

情。站在内在性立场上,他批评讲求声病并执以为法则者,是"桎梏其性灵,使无生人之乐"①,他对王士禛讲求古诗的平仄规则也甚为不满:

> 近有《声调谱》之传,以为得自阮亭,作七古者,奉为秘本。余览之,不觉失笑。夫诗为天地元音,有定而无定,到恰好处,自成音节。此中微妙,口不能言。试观《国风》《雅》《颂》《离骚》、乐府,各有声调,无谱可填。杜甫、王维七古中,平仄均调,另有如七律者;韩文公七字皆平,七字皆仄;阮亭不能以四仄三平之例缚之也。倘必照曲谱排填,则四始、六义之风扫地矣。此阮亭之七古所以如杞国伯姬,不敢挪移半步。②

以袁枚的观点,诗歌乃是才性之所发,而才性乃是天赋,所以诗歌是"天地元音",顺性情之所至而抒写,其中自有天然之规律,这种天然规律可以说是有定,但是又不能人为地从外在讲求规定,所以又是无定。诗人应该遵循的就是那个天然律,天然律是内在于性情中的,所以不用人为地讲求。而王士禛定古诗平仄之规则,恰恰是以人为的外在规则强加给诗人的性情,所以袁枚谓之"缚",是一种束缚。

3. 辨体与外在性问题

如果就袁枚主张格调内在于性情而言,这种主张与公安派具有一致性,但是袁枚与公安派的只强调内在性不同,他对形式风格的外在性一面也是重视的。在这方面,袁枚与格调论者具有相当的一致性。

无论是七子派还是王士禛、沈德潜,他们都认为各种诗体本身有其

---

① 《随园诗话补遗》卷三。
② 《随园诗话》卷四。

自身的审美特征,这是辨体理论的重要内容。如果承认各种诗体具有其文体风格,这种文体风格就成为创作规范,诗人作七言古诗就必须遵守七言古诗的基本规范,作七言律诗就必须遵守七律的基本规范,对于诗人来说就是外在的规范,就有约束性。当袁枚站在内在性立场上强调性情时,反对外在规范的束缚,但是,他也承认外在性的一面,也用辨体的方法论诗:

> 严沧浪借禅喻诗,所谓羚羊挂角,香象渡河,有神韵可味,无迹象可寻,此说甚是。然不过诗中一格耳。阮亭奉为至论,冯钝吟笑为谬谈,皆非知诗者。诗不必首首如是,亦不可不知此种境界。如作近体短章,不是半吞半吐,超超元箸,断不能得弦外之音,甘余之味:沧浪之言,如何可诋? 若作七古长篇、五言百韵,即以禅喻,自当天魔献舞,花雨弥空,虽造八万四千宝塔,不为多也;又何能一羊一象,显渡河、挂角之小神通哉? 总在相题行事,能放能收,方称作手。①

袁枚认为,严羽所说的羚羊挂角、空音镜象之境乃是近体短章所应具有的审美特征,而不是七言古诗、五言长篇的特征,这两种诗体应该如"天魔献舞,花雨弥空",也就是杜甫所谓的"鲸鱼碧海"之境。这种强调不同诗体具有不同审美特征的观点,袁枚称之为"相题",这正是七子派、王士禛及沈德潜所谓的辨体的观点。

袁枚也用辨体的观点论诗,所以他在不同的诗体上也有不同的宗主:

---

① 《随园诗话》卷八。

　　余尝教人：古风须学李、杜、韩、苏四大家，近体须学中晚、宋元
诸名家。或问其故。曰：李、杜、韩、苏才力太大，不屑抽筋入细，播
入管弦，音节亦多未协。中晚名家，便清脆可歌。①

古风要学李、杜、韩、苏，是因为李、杜、韩、苏体现了五七言长篇古诗所
应具有的审美特征，也就是上面所谓"天魔献舞，花雨弥空"之境。袁
枚所认定的七言古诗的宗主与王士禛非常接近。而他认为近体之所以
要学中晚唐及宋元诸名家，乃是因为近体有音律美的要求。李、杜诸人
才大，对音律的讲求不精细，而中晚唐诸名家讲求细致，协于音律，所以
"清脆可歌"。这是就音节一面说的。袁枚主张近体诗应该具有羚羊
挂角、空音镜象的特征，故他又说："近体之妙，须不着一字，自得风
流。"②按照这种辨体观点，杜、韩、苏三家的近体，恐怕不相符合。袁枚
没有直接批评杜、韩的近体诗，但对于苏轼的近体，却提出尖锐的批评：
"东坡近体诗，少蕴酿烹炼之功，故言尽而意亦止，绝无弦外之音，味外
之味。"认为"阮亭以为非其所长，后人不可为法，此言是也"③。这种观
点显然是与王士禛相同的。王士禛辨体还辨题材的风格，他说"为诗
各有体格，不可混一"，认为田园宜学陶渊明、王维、韦应物，山水宜学
二谢，艰苦流离宜学杜甫，称"不可云我学某一家，则无论那一等题，只
用此一家风味也"。④这种辨体观在理论上蕴含着三层意思：一、各种
题材或内容具有其应有的风格特征；二、古人于这些题材各有所长；三、
后人作诗应该根据不同的题材确立不同的风格，选择不同的学习对象。

---

①　《随园诗话》卷七。
②　《随园诗话》卷五。
③　《随园诗话》卷三。
④　《然镫记闻》。

这种辨体思想为袁枚所继承,他称之为"相题",《续诗品》有《相题》一品说:

> 古人诗易,门户独开;今人诗难,群题纷来。专习一家,脛脛小哉! 宜善相之,多师为佳。地殊景光,人各身分。天女量衣,不差尺寸。

古代诗人是专门家,往往擅长一体,以某种风格见长,袁枚说:"夫古人成名,各就其诣之所极,原不必兼众体。"①正是上诗中"门户独开"之意,他以唐代为例,列举许多诗人的擅长所在:

> 即以唐论,庙堂典重,沈、宋所宜也,使郊、岛为之,则陋矣;山水闲适,王、孟所宜也,使温、李为之,则靡矣;边风塞云,名山古迹,李、杜所宜也,使王、孟为之,则薄矣;撞万石之钟,斗百韵之险,韩、孟所宜也,使韦、柳为之,则弱矣;伤往悼来,感时记事,张、王、元、白所宜也,使钱、刘为之,则仄矣;题香襟,当舞所,弦工吹师,低徊容与,温、李、冬郎所宜也,使韩、孟为之,则亢矣。②

古人擅长的是某一种题材,比如庙堂、山水等等,形成某种风格,此一种风格成为这种题材的典范风格。后代诗人写某种题材,就须学习此种题材的典范风格。"如登清庙明堂,当用高文典册;如过竹篱茅舍,便宜味淡声希;如经历山危海险,自当硬语盘空;如偶然宠柳骄花,必须惊

---

① 《再与沈大宗伯书》,《小仓山房文集》卷十七。
② 同上。

才绝艳。"①正是这种意思。古代诗人可以只擅长一种题材,而后代诗人则要写多种题材,即所谓"今人诗难,群题纷来"。这样不同的题材就要用不同的风格,就要学习不同的诗人,古人的风格可以是单一的,而今人的风格则必须是多样的。"在古人清奇浓淡,业已成名而去,我辈独树一帜,则不得不兼览各家,相题行事。"②袁枚的这种观点与王士禛其实是一致的,所不同的是,袁枚所肯定的家数比王士禛多,在审美上较王士禛开放。

袁枚的这种辨体观点就带来两个理论问题。其一,袁枚主张各种体裁、题材各有其应该具有的审美特征,这种观点运用于诗歌批评,就是认为各种体裁、题材各有其审美价值标准。可以按照他的理论逻辑推论,王维、李颀等人的七言古诗低于李、杜、韩、苏,而中晚唐的近体诗高于杜、韩、苏。这种观点虽然在具体的内容上与七子派、王士禛及沈德潜不同,但是其基本的理路却相同。这就与袁枚站在内在性立场上反对评判各诗人、时代的审美特征之高下的观点相矛盾。其二,袁枚站在内在性立场上,主张格调内在于性情,反对诗人受外在格调的束缚,从才性论出发,他主张人之才,各有所近,引申到审美风格上,审美风格与诗人的才性也有关系,所以袁枚说"才力笔性,各有所宜,未容勉强"③;但是他却又主张近体诗都应该具有"不着一字,尽得风流""弦外之音,味外之味"的特征,古体长篇都应该具有李、杜、韩、苏那样的风格特征,如果诗人的才性属于清才一类,而要让他有李、杜、韩、苏那样的风格特征,这样不是违背自己的才性,使得诗歌的风格背离了自己的真实面目? 如果近体诗都要具有弦外音、味外味,不又成为另一种约

---

①　《再答李少鹤》,《小仓山房尺牍》卷十。

②　同上。

③　《随园诗话》卷五。

束诗人性情的格调？袁枚在《答沈大宗伯论诗书》曾批评沈德潜"诗贵温柔,不可说尽"的观点,而他自己不是也有"不可说尽"的观点吗？不仅如此,他本人也主张"诗贵温柔",其《随园诗话》卷六论王安石说:"王荆公作文,落笔便古;王荆公论诗,开口便错。何也？文忌平衍,而公天性拗执,故琢句选词,迥不犹人。诗贵温柔,而公性情刻酷,故凿险缒幽,自堕魔障。"这正是以"诗贵温柔"来抨击王安石的诗歌。

格调之于性情,有内在性的一面,对于这一面,袁枚说"有性情,便有格律,格律不在性情外";格调之于性情,也有外在性的一面,袁枚说"格律莫备于古,学者宗师,自有渊源"①。袁枚对这两面都说到了,但是他所说的两面的观点却是互相冲突的。如果说"有性情,便有格律",就不能说"格律莫备于古",因为古人不能穷尽所有的性情,今人有新的性情就会有新的格律,就不能说格律"备于古"。再者,如果说"有性情,便有格律",格律内在于性情,那么从逻辑上说,诗人并没有学习前人格律的必要,因为格律就在性情之中,就无须学习古人。袁枚的诗学试图综合各种观点而成为一种最圆通的诗说,如何将不同的观点或侧面统一起来,这是袁枚应该深入考虑的问题,但是他却忽略了这一问题。

4. 无我与有我

如果只说格律内在于性情,有性情便有格律,从逻辑上说就没有格律的继承问题。既然袁枚承认格律有外在于性情的一面,则格律就有独立的可继承性。于是在袁枚的诗学中,就有学古的问题。袁枚称"格律莫备于古,学者宗师,自有渊源",即指此而言。

---

① 《答沈大宗伯论诗书》,《小仓山房文集》卷十七。

　　如何学古，是明代以来诗学的突出问题。七子派从格调上学习，结果流于面目上的相似，神韵派学习古人的神韵，在神情上似古人，这虽然比复古派有进步，但也只是从形似到神似，还是免不了似古人。他们在审美价值取向上以回归传统为目标。学宋者虽然突破汉魏盛唐的审美传统，但很多学宋者学习宋诗传统的方式却与学唐者相似，只不过学唐者像杜甫、王、孟，而学宋者像苏轼、黄庭坚而已。

　　对于以上诸派的学古，袁枚认为都有貌似古人之弊：

　　　　明七子学唐用宫调，而专摩初盛，故多疵焉；新城学唐兼用角羽，故少疵焉。然皆庄子所谓"循迹"者也，非能生迹者也。①

所谓明七子专用宫调者乃是指七子派学唐人的"声雄调邕"之作，而渔洋"兼用角羽"者，指王士禛学王、孟一派的清音。不仅七子派追随古人的形迹而未能有自己的面目，就连主张学古人之神的王士禛也是在袭古人之形迹，也没有自己的面目。袁枚没有直接批评沈德潜貌袭古人，但他对七子派的批评实际上也可视为对沈德潜的批评。不仅如此，当时诗坛的学宋者在他看来也是貌袭。他在《万柘坡诗集跋》中称："明七子貌袭盛唐，而若辈乃皮傅残宋，弃鱼菽而啖豨苓，尤无谓也。"②学盛唐者没有自己的面目是"貌袭"，学宋人者没有自己的面目也是"貌袭"。

　　"貌袭"者没有自己的面目，就是"无我"。针对这种弊端，袁枚提出要"着我"。其《续诗品》有《着我》一品云：

---

①　《高文良公味和堂诗序》，《小仓山房文集》卷十。
②　《小仓山房文集》卷十一。

> 不学古人,法无一可。竟似古人,何处着我? 字字古有,言言古无。吐故吸新,其庶几乎! 孟学孔子,孔学周公。三人文章,颇不相同。

学古人而不似古人,才能有"我",才有自己的面目。有我、无我是古代诗学的一个非常复杂的理论问题。"我"有性情之"我"与形貌之"我",具体到诗歌,表现为性情与审美表现形态之关系。"我"的性情是否一定要在审美表现形态上有"我"的独特面貌呢? 对于这些问题,不同的诗学系统有不同的解答。格调派的诗学系统中,"我"的性情可以用古人的形式来表现,也就是说"我"的性情不一定要有自己的"面貌",陈子龙说"情以独至为真,文以范古为美"体现的就是这种主张。当然形式上的"范古"到什么程度,在格调派内部也有差异,而且绝对的"范古"从理论上说也不可能(除非一字不易地抄袭),但在总体上"范古"则是一致的。站在这种立场上,性情可以是个性化、当代化的,但形式风格则可以在总体上是非个性化、古典化的。在主性情优先的一派的诗学系统中,"我"的性情一定要有自己的面目,须有自己的形式风格。当然没有绝对的自我的形式风格,但在总体的面貌上须是自己的。站在这种立场上,性情是个性化、当代化的,形式风格必须总体上是个性化、当代化的。站在后者的立场上,没有自己的面目就是无我,而站在前者的立场上,有自己的性情就是有我。这两种观点实际上代表了形式风格与性情关系的两面。形式风格有内在于性情、由性情决定的一面,也有外在于性情的独立性的一面。袁枚的"着我"显然是主张"我"的性情须有"我"的面目。

将格调派与性灵说在对待审美表现形式是否须具有自己的面目的观点放到传统的正变理论中审视,格调派是主正,性灵派是主变。他们都主张学古,但立足点不同,前者是学古而求正,后者是学古而求变。

所以袁枚的"着我"落实到审美表现形式风格上是要求变。他说:"唐
人学汉魏变汉魏,宋学唐变唐。其变也,非有心于变也,乃不得不变也。
使不变,则不足以为唐,不足以为宋也。"①其实格调派诗学也有变的思
想,如何景明、陈子龙都有这种思想,但变是一个具有很大弹性的范畴,
有大变和小变,有局部之变和全体之变,不同程度、不同范围的变都可
称之为变。格调派诗学的变乃是正中之变,在继承传统前提下的小变,
总体的面貌仍是古人的。而袁枚主张的变,其总体的面貌则是自己的。

　　袁枚的学古理论存在着矛盾。袁枚也有辨体的主张,认为不同的
诗体或题材须有不同的风格,须学习不同的对象。如他主张庙堂之作
应学沈、宋,须有典重的风格。典重是沈、宋的面目,我写庙堂诗,要学
沈、宋,也要有典重的风格,如此我的作品的总体面目就是沈、宋的,在
这种情况下,我的面目应该如何体现? 谈论辨体问题时,袁枚没有顾及
变的问题;当他论变时,也没有顾及他所说的辨体问题。而这两者的关
系恰是他应该考虑的问题。

五　性灵与学问

　　传统诗学是抒情诗学,无论在创作还是理论上都形成根深蒂固的
传统。抒情诗学虽然能在某种限度上容纳学问,但反对在诗歌中表露
学问,所以一旦在诗坛上出现学问化倾向时,必然会受到抒情传统的抵
抗。南朝曾兴起崇尚用事的潮流,有钟嵘以抒情传统相抵制;宋代有以
才学为诗的倾向,有严羽等的抵制。清代兴起学人之诗,受到沈德潜及
袁枚的抵制。在抵制学人之诗的倾向上,袁枚与沈德潜是一致的。

---

① 《答沈大宗伯论诗书》,《小仓山房文集》卷十七。

1. 真与雅：性情与学问

真和雅不仅是明代以来诗学面临的重大诗歌理论问题,也是重大的实践问题。七子派主雅而失真,公安派主真而不雅,成为清代诗学力图解决的问题。袁枚也面临这一问题,他强调真,这一点同于公安派,但公安派的性灵说不讲雅俗之辨,所以公安派可以把民歌作为其性灵说的典范。但袁枚强调雅俗之辨,既要"葆真"又要"安雅",在审美上与公安派划出界线。

《续诗品》有《安雅》一品:"虽真不雅,庸奴叱咤。悖矣曾规,野哉孔骂。君子不然,芳花当齿。言必先王,左图右史。沈夸征粟,刘怯题糕。想见古人,射古为招。"真而不雅,被明末以来诗学家视为公安派的弊病,袁枚实际上也是如此。如果将袁枚性灵说视为公安派性灵说在清代的延续,袁枚强调雅俗之辨,显然是在理论上扭转公安派性灵说的俗化倾向。袁枚所言之雅指审美表现形式之雅,要求真的性情须以雅化的审美形式表现出来。而要作到审美表现形式的雅化,就要有学问。《随园诗话》卷七说:

> 诗难其真也,有性情而后真,否则敷衍成文矣。诗难其雅也,有学问而后雅,否则俚鄙率意矣。

真关涉的是性情的问题,雅关涉的是学问问题,有学问才能雅。具体就是"言必先王,左图右史",字字都有来历。这就要求创作主体要有学问的修养,所以《续诗品》主张"博习",称诗"不关学,终非正声"。但是袁枚主张诗人应把学问消化吸收,熔铸成自己的语言,作到"字字古有,言言古无"。这就与"以学问为诗"划清界限。

虽然袁枚主张真与雅的统一,但其作品却被视为俚俗。其中的缘故何在？袁枚主张的雅与正统诗学所谓雅有所不同。正统诗学所谓雅包括内容与审美表现形式两方面，而袁枚所谓雅指的只是审美表现方面。就性情方面而言，正统诗学所谓雅有正的含义，即有道德性含义，即便是受道佛思想影响的诗学，雅也具有人格方面的含义，指人格的脱离世俗。但是袁枚所谓雅并无性情方面的含义，并不指性情之正。袁枚把好货好色之类的情感都表现在诗中，这在正统诗学看来是性情之俗。其次，在诗歌题材方面，正统诗学认为并非一切事物都可成为诗歌的表现对象，有入诗与不入诗的分别，这种分别的重要界限就是雅俗。但袁枚的雅却不包含题材方面的雅俗之辨，其作品几乎把生活中的一切包括拔齿补齿、留须染须、脚疮臀癣甚至苍蝇、蚊子都形之于诗歌，津津有味地描绘，这在正统诗学看来正是题材之俗。再次，在审美表现及风格方面，虽然袁枚与正统诗学一样追求雅，但内涵也有不同。正统诗学在审美表现上所要求的雅或是典雅，或是清雅，或是古雅等，是与通俗对立的；但袁枚所谓雅却是与通俗相通的，是以俗为雅。他所说的雅只是要求"字字古有"，但是古人用过的字也有艰深平浅之别，有各种色彩之分，仅就语言的层面看，用古人用过的字也可以造成各种风格，而袁枚的倾向是通俗浅白，这一点从袁枚的性灵诗可以明显看出。这在袁枚看来是雅，而在正统诗学看来是俗。正因为袁枚论雅与正统诗学不同，所以正统诗学以为俗的白居易、杨万里诗却受到袁枚的推戴，袁枚的创作与此二人有相似之处，袁枚以此为荣。可见，袁枚所谓雅实质上已经入俗，只不过这种俗中含有学问，不同于通俗文学。

2. 性灵与学人之诗

袁枚的性灵说容纳学问，公安派的性灵说则排斥学问。袁枚性灵说虽然认为诗歌不能"非关学也"，但其立足点还是抒情传统，而抒情诗学对学问的容纳是有限度的。这种容纳限度因为时代及诗学家的不同而呈现差异,如锺嵘就说诗歌"吟咏情性,亦何贵于用事",认为抒情诗不需要用事,以抒情传统排斥诗中用事。但是用事在唐代的抒情传统中被消纳,杜甫诗就是典范。不过其中也还有限度。旧传杜甫主张用典要如水中着盐,即涉及限度,要求用典不能妨碍抒情。袁枚性灵说对学问的容纳也有限度:其一,诗歌应表现性情,非用以表现学问;其二,他虽然主张"字字古有",但是另一面又说"言言古无",诗人应该将古人的东西熔铸成自己的语言,反对诗歌多用典。站在性灵说的立场看,从浙派到肌理派的诗人学者化、诗歌学问化的思潮,是超越了限度,走向另一极端。袁枚对诗坛的学问化倾向提出批评:

> 人有满腔书卷,无处张皇,当为考据之学,自成一家;其次,则骈体文,尽可铺排。何必借诗为卖弄?自《三百篇》至今日,凡诗之传者,都是性灵,不关堆垛。惟李义山诗,稍多典故;然皆用才情驱使,不专砌填也。余续司空表圣《诗品》,第三首便曰《博习》,言诗之必根于学,所谓"不从糟粕,安得精英"是也。近见作诗者,全仗糟粕,琐碎零星,如剃僧发,如拆袜线,句句加注,是将诗当考据作矣。虑吾说之害之也,故续元遗山《论诗》,末一首云:"天涯有客号詅痴,误把抄书当作诗。抄到锺嵘《诗品》日,该他知道性灵时。"①

他称自《诗经》以来,凡传世之作均是表现性灵,不关堆垛学问。学问应该为表现性灵服务,一旦超越此界,学问就反客为主,影响性灵的表现,变成堆垛学问。以李商隐诗为例,袁枚把他归入抒情传统所能容纳

---

① 《随园诗话》卷五。

学问的范围,因为在袁枚看来,李商隐所用的典故虽多,但还是被才情所驱使,在总体上还是为抒情服务,所以袁枚说李商隐"不专砌填"。而浙派及翁方纲的学人之诗则超越了这个限度,把诗的创作视为考据,背离了抒情传统,以学问为诗,所以受到袁枚的批评。

在《与杨兰坡明府》中,袁枚进一步论述了诗歌用典问题:

> 大抵古人用典,惟恐人知;今人用典,惟恐人不知。明季以来,时文学兴,古文学少,人人空疏。于是一二名士,先有自夸博雅之意,然后落笔。仆尝笑其心术不端。须知诗贵性情,不贵涂泽;文肆而质纤,古人所戒。锺嵘《诗品》云"高台多悲风""携手上河梁"皆一时情景所触,羌无故实,竟成绝调。大明大始中,夸用典故,文章遂同抄书,文体大坏。《南史》称沈隐侯用事,能如其胸臆之所出,教人读之不知有典,所以难及。此皆前哲明训,不可不知。[①]

从"诗贵性情"的性情优先立场说,形式本来是表现情感的工具,情感是目的,形式是为凸现情感,对于抒情而言,用典从理论上说并不是必需的手段,所以不应该崇尚用典,在这种意义上,袁枚继承了锺嵘的观点,与王士禛诗学也可以相通,但是对于用典,袁枚较之锺嵘在理论上又体现出一定的宽容性,他不否定用典,《续诗品》有《选材》一品讨论用典问题,乃是将典故作为诗材来对待。袁枚主张用典要能化为自己的血肉,沈约之用事就如出胸臆,让别人不知有典,"如水中着盐,但知盐味,不见盐质"[②],这样典故不成为异在的东西,不妨碍抒情,是用典

---

① 《随园尺牍》卷五。
② 《随园诗话》卷七。

的极境。这一点也与王士禛相通,王士禛也认为用典的极境是用如不用。在袁枚看来,学人之诗崇尚多用典,且崇尚用僻典,影响语言达情的直接性与透明性,使情感不能显豁地呈现出来,读者不能直接穿透语言形式而体会情感。这样用典就对情感的表现构成障碍。袁枚说"近今诗教之坏,莫甚于以注疏夸高,以填砌矜博,捃摭琐碎,死气满纸,一句七字,必小注十余行",认为这些诗人"性情二字,几乎丧尽天良"。①这正是对学人之诗的批判。

3. 著作、考据,各有资性,不能相兼

袁枚不仅从诗言情的角度论证以考据为诗背离诗歌之本质,而且也从才性论出发,论证诗歌与考据学不能相兼:

> 著作之文形而上,考据之学形而下。各有资性,两者断不能兼。……考订数日,觉下笔无灵气。有所著作,惟捃摭是务,无能运深湛之思。②

"著作之文"主要指诗文的创作,袁枚称著作之文与考据之学"各有资性",显然是从人之才性各有所宜的才性论观点出发。有的人才性宜于考据之学,有的人才性宜于著作之文。因为是天赋才性使然,所以两者不能相兼,作诗人、文人与作考据家不能两全,袁枚反复强调这种观点:

> 人才力各有所宜,要在一纵一横而已。郑、马主纵,崔、蔡主横,断难兼得。余尝考古官制,检搜群书,不过两月之久,偶作一

---

① 《答李少鹤书》,《小仓山房尺牍》卷八。
② 《随园随笔序》,《小仓山房文集》卷二十八。

诗,觉神思滞塞,亦欲于故纸堆中求之。方悟著作与考订两家,鸿
沟界限,非亲历不知。①

"人才力各有所宜"正是上文所说"各有资性"之意。所谓"一纵一
横",纵者指著作之文,横者指考据之学。两者正是天赋所限,所以不
能相兼。尽管袁枚称著作与考据为人之才性所宜,但他显然认为著作
高于考据。其《散书后记》称著作与考据"一主创,一主因;一凭虚而
灵,一核实而滞;一耻言蹈袭,一专事依傍;一类劳心,一类劳力"②,褒
贬之意极其明显。

　　翁方纲的诗学打通了诗歌与考据,使诗人与学者合一。袁枚正与
翁方纲相反,他强调两个领域不能相通,诗人与考据家不能相兼。前一
种倾向代表了清代学术对诗歌领域的渗透,而后一种倾向代表了诗歌
领域的自律的要求。

六　韵味与风趣

　　袁枚的性灵说虽然从理论上承认各种审美特征都是平等的,各种
风格有长有短,批评王士禛及沈德潜等人尊崇某些风格而贬低另一些
风格,但袁枚也并非平等对待所有审美特征,也是有所偏尚,其审美趣
味偏向于韵味和风趣。

1. 韵味

袁枚认为,严羽及王士禛所崇尚的"羚羊挂角""弦外之音、味外之

---

① 《随园诗话》卷六。
② 《小仓山房文集》卷二十九。

味",只是"诗中一格",只适合于近体短章,并非所有诗歌都应具有的普遍审美特征。但袁枚并没有把这种观点贯彻始终,他在很多场合中又认为韵味是诗歌应该具有的普遍审美特征:

> 余尝谓作诗之道难于作史,何也?作史三长,才、学、识而已。诗则三者宜兼,而尤贵以情韵将之,所谓弦外之音、味外之味也。情深而韵长。①

才、学、识是作史的三长,作诗除这三长之外,还要有情韵。所谓韵就是弦外之音、味外之味,所以韵味可以连说。他此处是把韵味作为所有诗歌都应具有的审美特征来要求的。袁枚从性情上说韵味,有情才有韵,"情深而韵长",这样把韵味与其性灵说连接起来。他在《再答李少鹤》中又说:

> 足下论诗讲体格二字固佳,仆意神韵二字尤为要紧。体格是后天空架子,可仿而能。神韵是先天真性情,不可强而至。木马泥龙皆有体格,其如死矣无所用何?

神韵就是韵味,"神韵是先天真性情"云云再把神韵与性情相联系。王士禛论神韵,也主张镜花水月之境来自兴会,而兴会又发自性情,在这种意义上说,王士禛也主张神韵来自性情。故袁枚之韵味说与王士禛之神韵说在理论上具有一致性。不过,袁枚所谓神韵,在内涵上与王士禛也有不同。王士禛神韵说所要体现的是古典的神韵,袁枚的神韵所

---

① 《钱竹初诗序》,《小仓山房续文集》卷二十八。

要体现的是当代的神韵。袁枚主张"味欲其鲜"①,新鲜的韵味必然带有时代性,王士禛要求的则是古,两者的取向是不同的。虽然王士禛主张神韵从性情、兴会而得,但在袁枚看来,王士禛并不是主性情,而是主修饰。他说:"阮亭主修饰,不主性情。观其到一处必有诗,诗中必用典,可以想见其喜怒哀乐之不真矣。"②既然王士禛的性情不真,其作品的韵味也不真。

　　袁枚以上主张韵味的观点,都是将其视为诗歌的普遍审美特征,而非作为诗中之一格。袁枚认为诗歌应有言外之意,称"诗无言外之意,便同嚼蜡"③,批评苏轼"东坡诗,有才而无情,多趣而少韵,由于天分高,学力浅也"④。他也不喜黄庭坚诗,称"山谷诗如果中之百合、蔬中之刀豆也,毕竟味少"⑤。这些都是以韵味作为审美标准作出的评判。这种观点与他所主张的风格多样化是相悖的。研究者多强调袁枚主张审美风格多样化,其实无论是理论上还是创作实践中,袁枚并没有真正完全作到多样化。

2. 风趣

　　王士禛神韵说推尊的是优美,沈德潜格调说推崇的是壮美,但无论是优美还是壮美,都有一个共同特征,即庄肃。这种庄肃的特征从根本上说,出自诗歌所表现的内容的特点。儒家主张诗歌关乎人伦日用、政教邦国,带有浓厚的政治道德色彩,这决定诗歌的特征必然是庄重严肃

---

　　① 《随园诗话》卷一。
　　② 《随园诗话》卷三。
　　③ 《随园诗话》卷二。
　　④ 《随园诗话》卷七。
　　⑤ 《随园诗话》卷一。

的,沈德潜要求诗歌"婉而微,和而庄"①,此"庄"即是庄肃。受道、佛
思想影响的诗歌,所表现的是超脱凡俗的情怀,王士禛要求诗有"骨重
神寒"的特点,因而也是庄肃的。袁枚也写有庄肃一类的作品,如其所
写的反映民生疾苦之作即属此类。但是袁枚性灵说的独特之处乃在他
于庄肃之外别标一种诗歌美——风趣。风趣与庄肃相对,是轻松、活
泼、诙谐。风趣是诗歌摆脱庄严的道德感之后的自由轻松的表现。

袁枚引杨万里之语说"风趣专写性灵",表明在他看来,风趣来自
诗人的性灵。从诗人角度说,这个主体不再是庄严的政治道德主体,已
不再有崇高性,不再令人觉得端正严肃,只是一个常人,让人觉得亲切
亲近。从诗歌角度而言,它表现的不是渗透着庄严的政治道德色彩的
崇高的性情,而是常人的生活化的性情,常人生活中的一切所感。正是
因为摆脱了庄严崇高感,所以诗人是轻松活泼的,诗歌所表现的内容也
是轻松活泼的。袁枚自称"我诗重生趣"②,可见风趣也是他在创作上
的追求。不妨看一首袁枚的诗作:

> 三丈吹纶障热风,诗随人住碧纱笼。
> 青蝇白鸟远相看,奈此萧然白发翁。
>
> ——《碧纱橱》

夏天躲进纱橱里,这本没什么可写。但由于诗人有轻松有趣的性情,因
而有一双轻松有趣的眼睛,善于捕捉生活中的趣事,写来非常风趣。这
种诗没有任何的道德政治色彩,仅仅是生活中的一个小小的细节。对
比一下袁枚的诗与沈德潜的作品:

---

① 《唐诗别裁集序》。
② 《哭张芸墅司马》。

久嚻四静理,买宅得山居。岂敢慕高蹈,聊云爱吾庐。
颓垣限鸡犬,乔木辨村墟。隙地堪为圃,吾将此荷锄。

——沈德潜《山居杂诗》之一

客敲柴门响,主人在梦中。惊起索布袜,遗失草堂东。
夜亦无所想,梦见竹树长。客若游我园,赤脚送君往。

——袁枚《随园杂兴》之三

这两首诗均描述隐居生活。前者学陶渊明,凸现的是传统文化中的隐者形象。诗中性情已经超出主体自身而带有文化传统所赋予的深厚的人格内涵,所以诗中透出的是庄肃。后一首诗则不同,它抒写的无拘无束、自在洒脱的真性情,没有深厚的道德内涵,显得轻松活泼、诙谐风趣。

从审美客体角度言,由于袁枚常以轻松活泼的眼光看待事物,所以客体往往也被赋予轻松活泼的色彩,失去崇高感,予人亲切活泼之感。如袁枚《一路望天都莲花二峰半为云掩到院少顷始露全峰》云:"山如新妇羞相见,故使云为半面妆。坐待片时才却扇,天公教我捉迷藏。"把云雾遮山比喻成新妇害羞遮面,新鲜风趣。只有在一个充满风趣的轻松活泼的主体的眼中才会有轻松活泼的客体。

风趣在审美表现上也有特殊的要求。轻松活泼的性灵必须以一种与之相适应的特殊的表现方式才能凸现出来。袁枚用杨万里的话说"非天才莫办",一再强调须"笔性灵",须有"灵机",就是对风趣在审美表现上的特殊要求。所谓"灵机"指审美表现上的灵活机巧,是诗人的天分在艺术表现方面的体现。《随园诗话》说:"人可以木,诗不可以木。"①木就

---

① 《随园诗话》卷十五。

是不灵;灵与格调相对,因为格调是一套规则、一副腔调,它是对灵的束缚。格调体现的是端庄、循规蹈矩,而灵巧恰恰与端庄、循规蹈矩相对。袁枚所谓"灵机"正是要突破格调的架子。且看袁枚的两首诗:

> 斗鼠窥梁蝙蝠惊,衰年犹是读书声。
> 可怜忘却双眸暗,只说年来烛不明。
>
> ——《夜坐》之二
>
> 草木在人间,去来有时节。
> 枯叶恋高枝,自觉无颜色。
>
> ——《枯叶》

前一首写衰年读书却以斗鼠来衬托表现,构思奇巧,这样把一件本是很严肃的事情通过喜剧性的情景表现出来,显得十分风趣。后一首的构思更巧妙,将枯叶拟人化,其挂在树枝上是"恋高枝",而枯叶已无绿色则是其"自觉无颜色",读来十分诙谐。

由于追求审美表现上的灵机,必然带来诗歌意象的活泼新鲜:"故人如白雪,入土总无声。"[1]"春风如贵客,一到便繁华。"[2]"大概衰翁何所似?春来残雪晓来灯。"[3]"残牙好似聊城将,独守空城队已无。"[4]"顽癣如顽妻,一来不可黜。"[5]这些意象都是前人作品所没有的,能予人鲜活之感。这些鲜活的意象在袁枚诗集随处皆是。

风趣诙谐作为性灵诗的突出特征,也是诗歌摆脱了诗教所赋予的

---

① 《郊外过故人墓》。
② 《春风》。
③ 《觉老》。
④ 《衰年杂咏》。
⑤ 《癣》。

庄严的政治道德使命的表现,因而这种审美追求也是对诗教的挑战和突破。正因如此,章学诚才站在正统诗教的立场上对这种审美追求大加抨击:

> 彼不学之徒,无端标为风趣之目,尽抹邪正贞淫、是非得失,而使人但求风趣。甚至言采兰赠芍之诗,有何关系,而夫子录之,以证风趣之说。无知士女,顿忘廉检,从风披靡。①

章学诚对风趣说的抨击从反面说明风趣说对正统思想的冲击。

七　江山代有才人出,各领风骚数百年: 赵翼的创造性理论

在袁枚的时代,与袁枚同调的还有赵翼。赵翼诗学最突出的是创新理论。而其创新理论最突出的特点是把创新价值作为一种独立的审美价值来对待,而且把创新作为最重要的审美价值标准。这是赵翼对传统诗学的重大突破。

当代文学理论往往把创造性作为批评文学作品的首要的审美价值标准,但在中国古代诗学却并非如此。人们常常把古代诗学的一个范畴"变"诠释成诗歌史观中的发展与创作论中的创造性,其实它们之间有相当的区别。先说发展。当代诗学中的发展范畴是与进化论的文学史观相关联的。说发展,就意味着承认文学是进化的。但在古代诗学中,诗歌史观意义上的变并没有进化论的含义,表示的是变化之意。只

---

① 《文史通义·妇学篇书后》。

有叶燮把宋代以前的诗歌史的变化看作是像植物从生根到开花的过程,带有一点发展的意味,但是这种过程到宋就结束了。因而叶燮所谓变,也不是真正的文学发展观,更不是进化论。再说创造。变与创造有相合的层面,但不等同。说创造或创新意味着前所未有。说变,有新的一面,在这种意义上可与创造或创新相通。但是,变还意味着是从过去而来,是对旧物的变化,意味着与旧东西、与过去、与传统的关联,这一层的含义是创造范畴所没有的。创造强调的恰恰是与过去无关、与传统无关的一面,变既意味着与传统的关联,又意味着对传统的改革;变意味着可以保持传统的延续性,创造或创新则不然。变有程度的不同,有小变,有大变,不同的诗学流派对于变所容纳的限度是不同的。如果变的程度超出传统诗学所能包容的限度,往往会受到批判。宋元以来,杨维桢被认为在创作上求新变,但被视为“文妖”。公安、竟陵派也被认为求创新,但明末以来诗学家多认为其背离传统。清代叶燮主变,但已经是要求陈熟与生新二者相统一,袁枚也主变,但他也主张继承传统。所以就明清以来诗学的主流倾向来看,创造性并不是其所追求的主要价值目标。

但赵翼不同,他追求的是真正的创造性,而且把创造性作为最重要的审美价值标准。在这一点上赵翼远远超出袁枚。赵翼在表示创造性的意义时已经不再使用“变”这一范畴,而多用“创”“新”等词。这些词较之“变”表现出更浓厚、更强烈的创造的意义。赵翼说:

> 元遗山《论诗》云:“苏门若有功臣在,肯放公诗百态新!”此言似是而实非也。“新”岂易言,意未经人说过则新,书未经人用过则新。诗家之能新,正以此耳。若反以新为嫌,是必拾人牙后,人云亦云;否则抱柱守株,不敢逾限一步,是尚得成家哉?尚得成大

家哉?①

元好问论苏轼,显然是嫌其继承传统不够,新变过多;而赵翼就是要标"新"。他所说的新是没有经人说过、没有经人用过的东西,这就是真正的创造性。新是诗人应该追求的目标,没有新,诗人就不能自成一家,就不能成为一个大家。判定一个诗人成为一家、成为一个大家的标准就是新、创造性。诗歌的价值是多方面的,如伦理价值、审美价值等等。不同的诗学流派对于诗歌诸方面的价值所强调的重点不同。赵翼不同于前人之处是,他把创造性作为诗歌最重要的价值来强调:"大凡才人好名,必创前古所未有,而后可以传世。"②诗歌能够传世表明其有价值,而在赵翼看来,能否传世的关键就在于其是否"创前古所未有",即是否有创造性。

在《瓯北诗话》中,赵翼每每以创造性尺度来评价前人作品。他评韩愈诗说:

> 韩昌黎生平所心慕生追者惟李、杜二公。顾李、杜之前,未有李、杜,故二公才气横恣,各开生面,遂独有千古。至昌黎时,李、杜已在前,纵极力变化,终不能再辟一径。惟少陵奇险处,尚有可推扩,故一眼觑定,欲从此辟山开道,自成一家。③

此段说李、杜二人"各开生面,遂独有千古","开生面"就是指其具有创造性,赵翼认为李、杜之所以千古流传,就是在于其创造性。韩愈也深

---

① 《瓯北诗话》卷五。
② 《瓯北诗话》卷四。
③ 《瓯北诗话》卷三。

明此意,所以不走李、杜之老路,而是看准杜甫诗中有奇险一途尚未开辟成道,遂在此用力,将此道开辟出来,成为自己的面目,自成一家。赵翼又评韩愈律诗说:"自沈、宋创为律诗后,诗格已无不备。至昌黎又斩新开辟,务为前人所未有。"①又说"昌黎不但创格,又创句法"②。这些都是着眼于韩愈诗歌的创造性作出的评价。

创造性尺度也贯穿在赵翼对其他诗人的评价当中,他评元、白诗说:"古来但有和诗,无和韵。唐人有和韵,尚无次韵;次韵实自元、白始。依次押韵,前后不差,此古所未有也。而且长篇累幅,多至百韵,少亦数十韵,争能斗巧,层出不穷,此又古所未有。"③"香山于古诗律诗中,又多创体,自成一格。"④又评苏轼诗说:"以文为诗,自昌黎始,至东坡益大放厥词,别开生面,成一代之大观。"⑤在以上的评论中,赵翼着眼的就是创造性,肯定的是创造性价值。

赵翼把诗歌史视为一个不断推陈出新的过程。其《论诗》说:"满眼生机转化钧,天工人巧日争新。预支五百年新意,到了千年又觉陈。"诗歌史是日日争新的,古人的新到了今天已经变成了陈,那么今人就应该再出新。赵翼又说:"李杜诗篇万口传,至今已觉不新鲜。江山代有才人出,各领风骚数百年。"他呼唤新的创造性时代、创造性诗人的问世。

复古派诗学主张传统,喜旧恶新;赵翼主张创造,好新厌旧。韩愈的奇险是创造,元、白的次韵是创造,苏轼的以文为诗是创造,这些都受到赵翼的肯定。传统诗学一般不把创造性作为独立的首要的价值标准

---

① 《瓯北诗话》卷三。
② 同上。
③ 《瓯北诗话》卷四。
④ 同上。
⑤ 《瓯北诗话》卷五。

来评诗,赵翼则把创造性价值从其他诸标准中抽离出来,作为独立的首要的标准。创造性被置于一个独立的突出的地位,这是赵翼诗学的贡献。但是,当赵翼的创造性理论落实到当代诗歌创作上时,就显露出局限性,他指出的途径不过是要在古中翻新[1],并不是具有当代性的创造。

儒家诗学与道佛影响下的诗学,或是强调诗人崇高道德,或是强调诗人超尘脱俗,都反对诗人的世俗化,而袁枚诗学肯定的正是世俗化的诗人,正是世俗化的性情。这种世俗化体现了新的时代特征。明代以来,宗唐派的诗学到沈德潜是一个结穴,主宋派的诗学到翁方纲是一个结穴,无论是宗唐还是主宋,都是趋古,而袁枚则跳出宗唐主宋的樊篱,其审美趣味带有时代性。站在古典诗学的立场上看,袁枚诗学的这种特征是俚俗,背离了古典诗学的主流精神,但他对古典诗学主流精神的一定程度上的叛逆,正显示出古典传统的蜕变。袁枚的诗学不属于近代的范畴,性灵说所体现的思想倾向及审美趣味尚不具有真正意义上的近代性。它是古典到近代的过渡。

---

[1] 《即事》之二:"古书翻案出新书。"

引用书目

《毛诗正义》,北京:中华书局,1957年。

《人物志》,刘劭撰,刘昞注,上海:上海古籍出版社,1990年。

《文心雕龙注》,刘勰撰,范文澜注,北京:人民文学出版社,1958年。

《诗品集注》,锺嵘撰,曹旭集注,上海:上海古籍出版社,1994年。

《李太白全集》,李白撰,王琦注,北京:中华书局,1977年。

《杜诗详注》,杜甫撰,仇兆鳌注,北京:中华书局,1979年。

《韩昌黎文集校注》,韩愈撰,马其昶校注,马茂元整理,上海:上海古籍出版社,1986年。

《河岳英灵集》,殷璠选,《唐人选唐诗(十种)》,上海:上海古籍出版社,1978年。

《中兴间气集》,高仲武选,《唐人选唐诗(十种)》,上海:上海古籍出版社,1978年。

《诗式》,皎然撰,上海:商务印书馆,1940年。

《李义山诗集》,李商隐撰,朱鹤龄笺注,沈厚塽辑评,香港:中华书局香港分局,1978年。

《才调集》,韦縠编,冯舒、冯班评点,清康熙四十三年垂云堂刻本,《四库全书存目丛书》。

《西昆酬唱集》,杨亿编,北京:中华书局,1980年。

《张子正蒙注》，张载撰，王夫之注，北京：中华书局，1975 年。

《林泉高致》，郭熙撰，《中国书画全书》，上海：上海书画出版社，1993 年。

《中山诗话》，刘攽撰，《历代诗话》，北京：中华书局，1981 年。

《苏轼文集》，苏轼撰，孔凡礼点校，北京：中华书局，1986 年。

《苏轼诗集》，苏轼撰，孔凡礼点校，北京：中华书局，1982 年。

《豫章黄先生文集》，黄庭坚撰，《四部丛刊》本。

《图画见闻志》，郭若虚撰，《中国书画全书》，上海：上海书画出版社，1993 年。

《西清诗话》，蔡绦撰，《稀见本宋人诗话四种》，南京：江苏古籍出版社，2002 年。

《斐然集》，胡寅撰，容肇祖点校，北京：中华书局，1993 年。

《沧浪诗话校释》，严羽撰，郭绍虞校释，北京：人民文学出版社，1983 年。

《五灯会元》，普济撰，苏渊雷点校，北京：中华书局，1984 年。

《遗山先生文集》，元好问撰，上海：商务印书馆，1937 年。

《桐江集》，方回撰，影印宛委别藏抄本，上海：商务印书馆，1935 年。

《唐诗品汇》，高棅编，上海：上海古籍出版社，1982 年。

《李东阳集》，李东阳撰，周寅宾点校，长沙：岳麓书社，1985 年。

《空同先生集》，李梦阳撰，明嘉靖刻本。

《空同集》，文渊阁《四库全书》本。

《王氏家藏集》，王廷相撰，明嘉靖刻、清顺治十二年修补本，《四库全书存目丛书》。

《国宝新编》，顾璘撰，明嘉靖吴郡袁氏嘉趣堂刻《金声玉振集》本，《四库全书存目丛书》。

《大复集》,何景明撰,文渊阁《四库全书》本。

《四溟诗话》,谢榛撰,《历代诗话续编》,北京:中华书局,1983 年。

《四友斋丛说》,何良俊撰,北京:中华书局,1959 年。

《李攀龙集》,李攀龙撰,李伯齐校点,济南:齐鲁书社,1993 年。

《古今诗删》,李攀龙撰,文渊阁《四库全书》本。

《弇州山人四部稿》,王世贞撰,文渊阁《四库全书》本。

《艺苑卮言》,王世贞撰,《历代诗话续编》,北京:中华书局,
1983 年。

《焚书》,李贽撰,北京:中华书局,1975 年。

《王奉常集》,王世懋撰,首都图书馆藏明万历刻本,《四库全书存目丛书》。

《艺圃撷余》,王世懋撰,《历代诗话》,北京:中华书局,1981 年。

《谷城山馆诗集》,于慎行撰,文渊阁《四库全书》本。

《诗薮》,胡应麟撰,上海:上海古籍出版社,1979 年。

《容台别集》,董其昌撰,明崇祯三年董庭刻本,《四库全书存目丛书》。

《涌幢小品》,朱国祯撰,北京:中华书局,1959 年。

《诗源辩体》,许学夷撰,北京:人民文学出版社,1987 年。

《袁中郎全集》,袁宏道撰,明崇祯二年武林佩兰居刻本,《四库全书存目丛书》。

《袁宏道集笺校》,袁宏道撰,钱伯城笺校,上海:上海古籍出版社,
1981 年。

《七录斋集》,张溥撰,崇祯吴门童润吾刻本,《四库禁毁书丛刊》。

《陈忠裕全集》,陈子龙撰,《乾坤正气集》本,台北:环球书局,
1966 年。

《陈子龙诗集》,陈子龙撰,施蛰存、马祖熙标校,上海:上海古籍出

版社,1983年。

《皇明诗选》,陈子龙、李雯、宋征舆撰,上海:华东师范大学出版社,1991年。

《皇明经世文编》,陈子龙、徐孚远、宋征璧编,明崇祯平露堂刻本,《续修四库全书》。

《天佣子集》,艾南英撰,台北:艺文印书馆,1980年。

《诗镜总论》,陆时雍撰,《历代诗话续编》,上海:上海古籍出版社,1983年。

《疑雨集》,王次回撰,上海:扫叶山房,1926年。

《王次回诗集》,王彦泓撰,郑清茂校,台北:联经出版事业公司,1984年。

《牧斋初学集》,钱谦益撰,钱曾笺注,钱仲联标校,上海:上海古籍出版社,1985年。

《牧斋有学集》,钱谦益撰,钱曾笺注,钱仲联标校,上海:上海古籍出版社,1996年。

《列朝诗集小传》,钱谦益撰,上海:上海古籍出版社,1959年。

《青箱堂诗集》,王崇简撰,清康熙二十八年王燕刻本,《四库全书存目丛书》。

《抱真堂诗话》,宋征璧撰,《清诗话续编》,上海:上海古籍出版社,1983年。

《默庵遗稿》,冯舒撰,清康熙刻本。

《钝吟老人文稿》,冯班撰,清毛氏汲古阁康熙陆贻典等《钝吟全集》本,《四库全书存目丛书》。

《钝吟杂录》,冯班撰,上海:商务印书馆,1937年。

《水田居文集》,贺贻孙撰,清道光至同治年间救书楼《水田居全集》本,《四库全书存目丛书》。

《激书》,贺贻孙撰,《豫章丛书》本,北京:北京图书馆出版社,1998年。

《诗筏》,贺贻孙撰,《清诗话续编》,上海:上海古籍出版社,1983年。

《愚庵小集》,朱鹤龄撰,上海:上海古籍出版社,1979年。

《金圣叹全集》,金圣叹撰,曹方人、周锡山标点,南京:江苏古籍出版社,1985年。

《梅村家藏稿》,吴伟业撰,《四部丛刊》本。

《梅村诗话》,吴伟业撰,《清诗话》,上海:上海古籍出版社,1978年。

《南雷集》,黄宗羲撰,《四部备要》本。

《黄宗羲全集》,黄宗羲撰,杭州:浙江古籍出版社,2005年。

《载酒园诗话》,贺裳撰,《清诗话续编》,上海:上海古籍出版社,1983年。

《围炉诗话》,吴乔撰,《清诗话续编》,上海:上海古籍出版社,1983年。

《逃禅诗话》,吴乔撰,《古今诗话续编》,台北:广文书局,1973年。

《答万季野诗问》,吴乔撰,《清诗话》,上海:上海古籍出版社,1978年。

《西昆发微》,吴乔撰,清康熙盛德容刻本,《四库全书存目丛书》。

《复社纪略》,陆世仪撰,《明代传记丛刊》,台北:明文书局,1991年。

《赖古堂集》,周亮工撰,上海:上海古籍出版社,1979年。

《尺牍新钞》,周亮工辑,长沙:商务印书馆,1941年。

《而庵诗话》,徐增撰,《清诗话》,上海:上海古籍出版社,1978年。

《亭林文集》,顾炎武撰,清刻本,《续修四库全书》。

《日知录集释》,顾炎武撰,黄汝成集释,上海:上海古籍出版社,1985 年。

《安雅堂稿》,陈子龙撰,明末刻本,《续修四库全书》。

《安雅堂文集》,宋琬撰,清康熙五年刻本,《续修四库全书》。

《安雅堂未刻稿》,宋琬撰,清乾隆三十一年刻本,《续修四库全书》。

《六朝选诗定论》,吴淇撰,清刻本,《四库全书存目丛书补编》。

《施愚山集》,施闰章撰,合肥:黄山书社,1992 年。

《蠖斋诗话》,施闰章撰,《清诗话》,上海:上海古籍出版社,1978 年。

《西堂全集》,尤侗撰,清康熙十八年刻本。

《西堂杂俎》,尤侗撰,上海:扫叶山房,1930 年。

《壮悔堂集》,侯方域撰,《四部备要》本。

《春酒堂诗话》,周容撰,《清诗话续编》,上海:上海古籍出版社,1983 年。

《诗广传》,王夫之撰,《船山全书》,长沙:岳麓书社,2011 年。

《读四书大全说》,王夫之撰,《船山全书》,长沙:岳麓书社,2011 年。

《四书训义》,王夫之撰,《船山全书》,长沙:岳麓书社,2011 年。

《思问录》,王夫之撰,《船山全书》,长沙:岳麓书社,2011 年。

《读通鉴论》,王夫之撰,台北:台湾商务印书馆,1979 年。

《古诗评选》,王夫之撰,张国星校点,北京:文化艺术出版社,1997 年。

《唐诗评选》,王夫之撰,张国星校点,北京:文化艺术出版社,1997 年。

《明诗评选》,王夫之撰,陈新校点,北京:文化艺术出版社,

1997 年。

《姜斋诗话笺注》,王夫之撰,戴鸿森笺注,北京:人民文学出版社,1981 年。

《聪山集》,申涵光撰,清康熙刻本,《四库全书存目丛书》。

《毛驰黄集》,毛先舒撰,清初刻本。

《诗辩坻》,毛先舒撰,《清诗话续编》,上海:上海古籍出版社,1983 年。

《西陵十子诗选》,毛先舒辑,清顺治刻本。

《扶荔堂文集》,丁澎撰,清康熙刻本。

《居易堂集》,徐枋撰,清康熙刻本,《续修四库全书》。

《采菽堂古诗选》,陈祚明撰,清刻本,《续修四库全书》。

《西河文集》,毛奇龄撰,台北:台湾商务印书馆,1968 年。

《西河诗话》,毛奇龄撰,台北:台湾商务印书馆,1968 年。

《尧峰文钞》,汪琬撰,《四部丛刊》本。

《钝翁前后类稿》,汪琬撰,清康熙刻本,《四库全书存目丛书》。

《说铃》,汪琬撰,《丛书集成续编》(据 1878 年啸园丛书本影印),台北:新文丰出版公司,1989 年。

《改亭文集》,计东撰,清乾隆十三年刻本,《续修四库全书》。

《鱼计轩诗话》,计发撰,《丛书集成续编》(据 1916 年《适园丛书》本影印)。

《陈迦陵文集》,陈维崧撰,《四部丛刊》本。

《二曲集》,李颙撰,北京:中华书局,1996 年。

《己畦文集》,叶燮撰,《郋园先生全书》本,《丛书集成续编》。

《汪文摘谬》,叶燮撰,《郋园先生全书》本,《丛书集成续编》。

《原诗》,叶燮撰,霍松林校注,北京:人民文学出版社,1979 年。

《曝书亭集》,朱彝尊撰,上海:中华书局,1936 年。

《明诗综》，朱彝尊撰，台北：世界书局，1962 年。

《静志居诗话》，朱彝尊撰，清嘉庆二十四年扶荔山房刻本，《续修四库全书》。

《董文友全集》，董以宁撰，清敦行堂刻本。

《吕晚村先生文集》，吕留良撰，复旦大学图书馆藏清雍正三年吕氏天盖楼刻本，《续修四库全书》。

《宋诗钞》，吴之振、吕留良、吴自牧选编，管庭芬、蒋光煦补，北京：中华书局，1986 年。

《莲龛集》，李来泰撰，福建师范大学图书馆藏清雍正李辙等刻本，《四库全书存目丛书》。

《憺园全集》，徐乾学撰，锄月吟馆光绪九年刻本。

《溉堂集》，孙枝蔚撰，上海：上海古籍出版社，1979 年。

《松桂堂全集》，彭孙遹撰，乾隆八年序刊本，《清代诗文集汇编》，上海：上海古籍出版社，2010 年。

《古钵集选》，王士祜撰，王士禛辑评，清康熙王士禛刻本，《四库全书存目丛书》。

《安序堂文钞》，毛际可撰，吉林省图书馆藏清康熙刻增修本，《四库全书存目丛书》。

《渔洋精华录集释》，王士禛撰，李毓芙、牟通、李茂肃整理，上海：上海古籍出版社，1999 年。

《蚕尾集》，王士禛撰，清康熙《王渔洋遗书》刻本，《四库全书存目丛书》。

《南海集》，王士禛撰，清康熙刻本，《四库全书存目丛书》。

《分甘余话》，王士禛撰，张士林点校，北京：中华书局，1989 年。

《香祖笔记》，王士禛撰，湛之点校，上海：上海古籍出版社，1982 年。

《池北偶谈》,王士禛撰,靳斯仁点校,北京:中华书局,1982 年。

《居易录》,王士禛撰,文渊阁《四库全书》本。

《古夫于亭杂录》,王士禛撰,《丛书集成续编》(据 1877 年啸园丛书本影印)。

《会心偶笔》,王士禛撰,台北:广文书局,1968 年。

《渔洋诗话》,王士禛撰,《清诗话》,上海:上海古籍出版社,1978 年。

《带经堂诗话》,王士禛撰,张宗楠纂集,戴鸿森校点,北京:人民文学出版社,1963 年。

《花草蒙拾》,王士禛撰,清道光十四年沈氏世楷堂《昭代丛书》刻本,《续修四库全书》。

《十种唐诗选》,王士禛撰,清康熙三十一年刻本,《四库全书存目丛书》。

《唐贤三昧集笺注》,王士禛撰,吴煊、胡棠辑注,台北:广文书局,1968 年。

《然镫记闻》,王士禛口授,何世璂述,《清诗话》,上海:上海古籍出版社,1978 年。

《师友诗传续录》,刘大勤问,王士禛答,《清诗话》,上海:上海古籍出版社,1978 年。

《漫堂年谱》,宋荦撰,清宋氏漫堂抄本,《续修四库全书》。

《西陂类稿》,宋荦撰,台北:台湾商务印书馆,1973 年。

《漫堂说诗》,宋荦撰,《清诗话》,上海:上海古籍出版社,1978 年。

《江西诗社宗派图录》,张泰来撰,《清诗话》,上海:上海古籍出版社,1978 年。

《古欢堂集》,田雯撰,文渊阁《四库全书》本。

《古欢堂集杂著》,田雯撰,《清诗话续编》,上海:上海古籍出版社,

1983 年。

《本事诗后集》，徐钪撰，《邵武徐氏丛书》（据光绪刊本影印），扬州：江苏广陵古籍刻印社，1986 年。

《邵子湘全集》，邵长蘅撰，清康熙刻本，《四库全书存目丛书》。

《石园文集》，万斯同撰，1936 年张氏约园《四明丛书》刻本，《续修四库全书》。

《午亭文编》，陈廷敬撰，文渊阁《四库全书》本。

《黄叶村庄诗集》，吴之振撰，清康熙刻本，《四库全书存目丛书》。

《百尺梧桐阁集》，汪懋麟撰，上海：上海古籍出版社，1980 年。

《麓台题画稿》，王原祁撰，清道光二十四年《昭代丛书》刻本，《续修四库全书》。

《唐音审体》，钱良择撰，《清诗话》，上海：上海古籍出版社，1978 年。

《遂初堂文集》，潘耒撰，清康熙刻本，《续修四库全书》。

《茧斋诗谈》，张谦宜撰，《清诗话续编》，上海：上海古籍出版社，1983 年。

《鬲津草堂诗》，田霡撰，清康熙乾隆间德州田氏丛书刻本，《四库全书存目丛书》。

《戴名世集》，戴名世撰，北京：中华书局，1986 年。

《圣祖仁皇帝御制文集》，清圣祖撰，文渊阁《四库全书》本。

《丛碧山房文集》，庞垲撰，清康熙刻本，《四库全书存目丛书补编》。

《诗义固说》，庞垲撰，《清诗话续编》，上海：上海古籍出版社，1983 年。

《义门先生集》，何焯撰，清道光三十年姑苏刻本，《续修四库全书》。

《赵执信全集》,赵执信撰,济南:齐鲁书社,1993年。

《中晚唐诗叩弹集》,杜诏撰,辽宁大学图书馆藏清康熙四十三年采山亭刻本,《四库全书存目丛书》。

《师友诗传录》,郎廷槐问,王士禛、张笃庆、张实居答,《清诗话》,上海:上海古籍出版社,1978年。

《方望溪全集》,方苞撰,台北:世界书局,1965年。

《方苞集》,方苞撰,上海:上海古籍出版社,1983年。

《上湖纪岁诗编》,汪师韩撰,清光绪十二年汪氏《丛睦汪氏遗书》刻本,《续修四库全书》。

《诗学纂闻》,汪师韩撰,《清诗话》,上海:上海古籍出版社,1978年。

《归愚文钞》,沈德潜撰,清刻本,《续修四库全书》。

《归愚诗钞》,沈德潜撰,清刻本,《续修四库全书》。

《古诗源》,沈德潜选,北京:中华书局,1963年。

《唐诗别裁集》,沈德潜选,北京:中华书局,1975年。

《明诗别裁集》,沈德潜、周准选,北京:中华书局,1975年。

《清诗别裁集》,沈德潜选,北京:中华书局,1975年。

《宋金三家诗选》,沈德潜选,济南:齐鲁书社,1983年。

《说诗晬语》,沈德潜撰,霍松林校注,北京:人民文学出版社,1979年。

《西圃诗说》,田同之撰,《清诗话续编》,上海:上海古籍出版社,1983年。

《一瓢诗话》,薛雪撰,杜维沫校注,北京:人民文学出版社,1979年。

《载酒园诗话》,贺裳撰,《清诗话续编》,上海:上海古籍出版社,1983年。

《贞一斋集》，李重华撰，清乾隆刻本，《四库未收书辑刊》。

《贞一斋诗说》，李重华撰，《清诗话》，上海：上海古籍出版社，1978 年。

《海虞诗苑》，王应奎选，古处堂乾隆二十四年刊本。

《柳南随笔》，王应奎撰，王彬、严英俊点校，北京：中华书局，1983 年。

《樊榭山房集》，厉鹗撰，《四部丛刊》本。

《本朝名家诗钞小传》，郑方坤撰，《三百年来诗坛人物评点小传汇录》，郑州：中州古籍出版社，1986 年。

《道古堂全集》，杭世骏撰，清光绪十四年汪氏振绮堂刻本。

《论文偶记》，刘大櫆撰，北京：人民文学出版社，1959 年。

《诗存》，金德瑛撰，清乾隆三十三年刻本，《续修四库全书》。

《援鹑堂笔记》，姚范撰，清道光姚莹刻本，《续修四库全书》。

《剑溪说诗》，乔亿撰，《清诗话续编》，上海：上海古籍出版社，1983 年。

《鲒埼亭集》，全祖望撰，清嘉庆九年史梦蛟刻本，《续修四库全书》。

《箨石斋诗集》，钱载撰，清乾隆刻本，《续修四库全书》。

《御制文初集》，清高宗撰，文渊阁《四库全书》本。

《小仓山房诗文集》，袁枚撰，周本淳标校，上海：上海古籍出版社，1988 年。

《小仓山房尺牍》，袁枚撰，《袁枚全集》，南京：江苏古籍出版社，1993 年。

《牍外余言》，袁枚撰，《袁枚全集》，南京：江苏古籍出版社，1993 年。

《随园诗话》，袁枚撰，北京：人民文学出版社，1982 年。

《续诗品注》,袁枚撰,郭绍虞辑注,北京:人民文学出版社,1963 年。

《戴东原集》,戴震撰,清乾隆五十七年段玉裁刻本,《续修四库全书》。

《纪文达公遗集》,纪昀撰,清嘉庆十七年纪树馨刻本,《续修四库全书》。

《蒲褐山房诗话》,王昶撰,《古今诗话续编》,台北:广文书局,1973 年。

《婵雅堂诗话》,赵文哲撰,《丛书集成续编》(据同治光绪荔墙丛刻本影印)。

《赵翼诗编年全集》,赵翼撰,天津:天津古籍出版社,1996 年。

《瓯北诗话》,赵翼撰,北京:人民文学出版社,1963 年。

《潜研堂文集》,钱大昕撰,《四部丛刊》(据清嘉庆本影印)。

《惜抱轩文集》,姚鼐撰,清嘉庆三年刻增修本,《续修四库全书》。

《今体诗钞》,姚鼐编选,曹光甫标点,上海:上海古籍出版社,1986 年。

《复初斋文集》,翁方纲撰,清李彦章校刻本,《续修四库全书》。

《石洲诗话》,翁方纲撰,《清诗话续编》,上海:上海古籍出版社,1983 年。

《七言诗三昧举隅》,翁方纲撰,《清诗话》,上海:上海古籍出版社,1978 年。

《王文简古诗平仄论》,翁方纲撰,《清诗话》,上海:上海古籍出版社,1978 年。

《四库全书总目》,永瑢等撰,北京:中华书局,1981 年。

《无不宜斋未定稿》,翟灏撰,藏清乾隆刻本,《续修四库全书》。

《汉学师承记》,江藩撰,清嘉庆十七年刻本,《续修四库全书》。

《广陵诗事》,阮元撰,《古今诗话丛编》,台北:广文书局,1971 年。

《两浙辀轩录》,阮元编,清嘉庆仁和朱氏碧溪草堂钱塘陈氏种榆仙馆刻本,《续修四库全书》。

《昭昧詹言》,方东树撰,汪绍楹校点,北京:人民文学出版社,1961 年。

《退庵随笔》,梁章钜撰,清道光刻本,《续修四库全书》。

《浪迹丛谈》,梁章钜撰,陈铁民点校,北京:中华书局,1981 年。

《清朝诗人征略》,张维屏撰,《历代诗史长编》,台北:鼎文书局,1971 年。

《乡园忆旧录》,王培荀撰,清道光二十五年刻本,《续修四库全书》。

《艺概》,刘熙载撰,上海:上海古籍出版社,1978 年。

《黄宗羲年谱》,黄炳垕撰,王政尧点校,北京:中华书局,1993 年。

《诗法萃编》,许印芳撰,《丛书集成续编》(据 1914 年云南丛书本影印)。

《王志》,王闿运撰,清同治七年成都志古堂重刊本。

《筱园诗话》,朱庭珍撰,《清诗话续编》,上海:上海古籍出版社,1983 年。

《明诗纪事》,陈田纂,台北:鼎文书局,1971 年。

《晚晴簃诗汇诗话》,徐世昌纂,1929 年退耕堂刻本,《续修四库全书》。

《雪桥诗话》,杨钟羲撰,刘承干参校,北京:北京古籍出版社,1989 年。

《今传是楼诗话》,王揖唐撰,天津:大公报社出版部,1933 年。

《宋辽金画家史料》,陈高华编,北京:文物出版社,1984 年。

《清诗纪事初编》,邓之诚撰,上海:上海古籍出版社,1984 年。

《中国文学批评史》,郭绍虞撰,上海:上海古籍出版社,1979 年。

《中国文学理论史》,蔡钟翔、黄保真、成复旺撰,北京:北京出版社,1987年。

《梦苕庵清代文学论集》,钱仲联撰,济南:齐鲁书社,1983年。

《清诗纪事》,钱仲联主编,南京:江苏古籍出版社,1987年。

《梦苕盦论集》,钱仲联撰,北京:中华书局,1993年。

《七缀集》(修订本),钱锺书撰,上海:上海古籍出版社,1985年。

《谈艺录》(补订本),钱锺书撰,北京:中华书局,1984年。

《清代文学评论史》,〔日〕青木正儿撰,杨铁婴译,北京:中国社会科学出版社,1988年。

《历代论画名著汇编》,沈子丞编,北京:文物出版社,1982年。

《清人诗论研究》,王英志撰,南京:江苏教育出版社,1986年。

《清代诗学初探》,吴宏一撰,台北:学生书局,1986年。

《四王画论辑注》,吴聿明编著,杭州:浙江人民美术出版社,1994年。

《中国文学论集》,徐复观撰,台中:民主评论社,1966年。

《中国艺术精神》,徐复观撰,沈阳:春风文艺出版社,1987年。

《明清之际党社运动考》,谢国桢撰,北京:中华书局,1982年。

《中国文学理论批评发展史》,张少康、刘三富撰,北京:北京大学出版社,1995年。

《郑振铎古典文学论文集》,郑振铎撰,上海:上海古籍出版社,1984年。

人名索引

初版后记

　　本书论述的是从明清之际到鸦片战争以前的诗学发展历程。在我看来,明清诗学大体上是围绕着真伪、正变、雅俗三对范畴展开的。明七子派求雅求正,但陷入伪;公安、竟陵派求真求变,但陷入俗。两派的诗学主张处于两极对立的状态。明末清初诗学开始对明代诗学对立的两极进行综合。这种综合又沿着两条途径展开:一是立足于雅正而求真;一是立足于真变而求雅。前一种倾向以云间派、陈祚明、施闰章、王夫之、王士禛以至沈德潜等人的诗学为代表,后一种倾向以钱谦益、叶燮、浙派以及翁方纲的诗学为代表。袁枚的性灵说虽然对以上两派诗学都有某些继承,但在思想上背离了正统思想,在审美上背离了诗歌史的主流审美传统,乃是古典诗学的蜕变,是朝向近代诗学的过渡。这是我对明清诗学发展线索的最基本的看法。

　　1989年秋,我入吴组缃先生门下作博士研究生,研习清代诗学,撰成博士论文《清代诗学思潮的历史演变进程》。在论文答辩中,蔡钟翔、刘世德、李修生、袁行霈、孙静、沈天佑诸先生都提出重要的修改意见。这些意见促进了我对清代诗学问题的进一步思考。我自1986年考入北京大学随张少康先生研习中国文学批评史,十余年来一直受先生的教诲,我发表的每一篇论文中都凝聚着先生的心血,本书的写作也始终得到先生的关心与指导,先生在序中所写对我的鼓励与期望,我将作为今后努力的目标与动力。北大出版社副总编辑张文定先生在审稿过程中提出过不少宝贵意见,为本书的出版付出了很多的精力与劳动。在此,我谨向各位先生表示衷心的感谢。

　　本课题被列为教育部"九五"社会科学规划项目,并受到北京市社会科学理论著作出版基金的资助,对此,我也深表谢意。

再版后记

　　本书出版至今已逾二十年。原书编辑张文定先生曾数度建议重印，一些师友和读者也每询及，我总希望加以修订，但一直未能着手，遂拖延至今。本书得以修订再版，多赖徐丹丽博士的提议与支持，责任编辑郑子欣博士为修订本的出版劳心出力，特申谢忱。

　　本书写作时，明清文集整理及影印尚少，故引用文献多从图书馆抄录，其间错漏未免。这次借修订的机会核对了引文，订正了错误。本次修订删改了若干字句，至于观点与论述则一仍其旧，以保持原貌。本书初版时因篇幅远超限制，抽除了原稿绪论及引用书目，绪论的内容摘要置于后记。这次修订补回绪论及引用书目，并新增了人名索引。因本次核对引文所用文献与原引文献有版本差异，故修订本引用书目以本次所用文献为准。绪论为二十多年前草就，二十多年来研究成果众多，这次修订未有述及，读者谅之。

　　本书初版承业师张少康先生赐序，教诲奖掖之情，永志不忘。出版以来，承师友及读者谬爱，多有鼓励及建议，本人亦铭感在心。周瑞冰女士曾帮助核对部分引文并编制索引，亦致谢意。

张　健

二〇二二年六月记于香港